united p.c.

Für den Inhalt und die Korrektur zeichnet der Autor verantwortlich.

Gedruckt in der Europäischen Union auf umweltfreundlichem, chlor- und säurefrei gebleichtem Papier.

www.united-pc.eu

Norbert Erich Leisch

FATAMORGANEN

Das Leben ein Traum

Roman

Vorwort

Fatamorganen

Vollblütige Pferde
Galoppieren den Sand
In erotischen Nächten
Ohne zügelnder Hand.

Doch himmelwärts Sterne
Erreichen sie nicht
Die Aura des Tages
Diktiert sie mit Licht.

Umgaukelte Sinne
Vom Ausritt geschwellt
Sind Ansporn vor Hürden
Die um sie gestellt.

Und rastlose Pferde
Auf rastlosem Sand
Durchqueren die Wüste
Unter peitschender Hand.

Erreichen Oasen
Als Fatamorganen
Und waren doch näher
Als sie es je ahnen.

Am Rande der Liebe
Am Ende der Welt.

Am Ausfluss der Meere
Von Träumen entstellt
Verharren die Sinne
Irritiert noch im Raum.

Versuchen zu Wachen
Und sterben im Traum.

Dreizehnter Juli neunzehnvierundneunzig

Das Melonenfeld knapp hinter Villavicinsa, nahe Madrid glich einem Schlachtfeld. Wie ein Meteor hatte der Vorderteil eines Flugzeuges in den Acker eingeschlagen, knapp dreihundert Meter vom Bauernhof Alfonsos entfernt. Die Erschütterung ließ ihn sein Mittagessen stehen lassen und ihn aus dem Haus auf die Staubwolke zu rennen, die aus seinem Acker aufstieg. Vor der Kulisse der Sierra de Credo bot sich ein bizarres Bild des Todes. Dieser Teil des Flugzeuges hatte keine Tragflächen und so schien ihm eine Explosionsgefahr nicht gegeben. Sekunden später krachte die zweite Hälfte auf sein Haus und der einflügelige Rumpf ging unmittelbar mit seinem Hof in Flammen auf.
Die von Nachbarn alarmierte Feuerwehr brachte nach Löschung und Abkühlung des Rumpfes des Fliegers die Leichen aus der Maschine und legte sie im Melonenfeld ab. Fleisch und Blut und Knochen, die aus Extremitäten wie ein Kochlöffel aus einem Püree ragten.
„Das Gebäude ist nicht mehr zu retten! Ich hab noch nie so viele zerquetschte Köpfe und Melonen gesehen. Das ist wie ein Alptraum“, sagte der Feuerwehrhauptmann zu Alfonso.
Die Feuerwehrleute waren mittlerweile mit dem Lagerraum der Maschine beschäftigt. Unter den verkohlten Gepäckstücken bargen sie auch einen Zinn-Sarg und stellten ihn am Feld ab.
„Wenigstens einer, der diesem schrecklichen Absturz nicht ins Auge hat sehen müssen“, sagte Alfonso zu einem der Feuerwehrleute.
„Die Flughafenbehörde hat schon ihre Spezialisten losgeschickt, die nach der Ursache des Absturzes suchen werden. Ich vermute, nachdem das Flugzeug auseinandergebrochen ist, noch einige Passagiere, die durch den Unterdruck aus der Maschine gesogen worden sind, hier im Umkreis von mehreren Kilometer zu finden“, bemerkte der Einsatzleiter stumpf.
Alfonso drehte sich eine Zigarette. Er fixierte den Sarg. Ein Toter am Weg nach Hause, der ein zweites Mal stirbt, sinnierte er. Er

schaute auf seinen rauchenden Bauernhof und atmete den ätzenden Brandgeruch, der aus seinem Lebensinhalt aufstieg.

Nichts, ist alles, was bleibt…! Alfonso drückte die Zigarette aus. „Sie sind versichert? Beziehungsweise Sie können die Fluggesellschaft belangen!“ Alfonso bejahte. „Und die Toten? Bringt man sie an ihr Ziel?“ fragte Alfonso.
„Feuer aus!“, kam von der Löschmannschaft die Rückmeldung.
„Wohin wollten diese Menschen? Und was haben sie sich dort erwartet? Ich kann nur einen Sarg zuordnen, dessen Seeleninhalt es jemand wert war, ihn nach Hause zu bringen und sich selbst dabei verloren hat.“
Der Einsatzleiter stand auf, um die Kontrolle abzunehmen. „Wir werden hier nicht mehr gebraucht“, sagte er zu Alfonso, leben Sie wohl!“
Ich könnte auf dem Feld jetzt Blutorangen züchten, wenn es nicht zu makaber wäre. Alfonso stützte sein Gesicht in beide Hände und weinte.
„Sie sind Zeuge vor Ort?“ Alfonso bejahte die fragende Antwort des Beamten von der Flugaufsichtsbehörde.
„Alles was ich Ihnen sagen kann ist, was Sie auch selbst sehen können! Lufthansaflug 276 von Wien nach Lissabon, sagten Sie? Ich hab in Wien Bodenkultur studiert. Ich hab da eine gewisse Juliane Roberts kennengelernt und mit ihrer Tochter im Park gespielt. Wenig später verstarb die Frau und ich hab den Kontakt zu ihrer Tochter verloren. Was wohl aus dem Mädchen heute geworden ist?“

1.Tag

Als Roman am Flughafen Portela in Lissabon die Fokker der Lufthansa auf das Rollfeld hinab verließ, fühlte er sich frei. Die Betonfelder unter seinen Füßen waren aufgeheizt von der Sonne. Es roch nach Öl und dem Teer aus den Fugen zwischen den Betonplatten.
Die junge Frau, die den Platz neben ihm im Flieger hatte, lag mit ihrer Ausstrahlung noch angenehm in seiner Empfindung für sie. Er fragte beim Drink nach ihrem Namen. „Roberts, Julia Roberts“, sagte sie „aber nicht die!“ „Sie haben auch keinen so breiten Mund, nur ihre Augen haben Sie“. Er lachte, als sie nach seinem Namen fragte. „Das glauben sie nie: „Roman, Roman Polansky. Aber nicht der“. Und optische Ähn-lichkeiten, darauf bestehe ich, möchte ich ausgeschlossen wissen!“

In diesem Augenblick holte Julia ihn in Richtung zum Busshuttle ein. Alles an ihr wirkte zufällig perfekt. Ihre Beine waren weit über die Oberschenkel frei und so war ihr Schritt. Der Pulli hörte zehn Zentimeter über dem Nabel auf und der Rock begann weitere zehn Zentimeter darunter, um auch gleich wieder aufzuhören.

„Hören Sie“ hörte er sich sagen. „Können wir nicht draußen noch gemeinsam einen Kaffee trinken?“ Sie sah in seine Augen und dann auf die Uhr. „Warum nicht? Ich habe nur ein paar Telefonate im Hotel zu erledigen für das morgige Fotoshooting. Ich muss da noch einiges mit der Technik und den Fotografen koordinieren. Aber das dauert bestimmt nicht lange.“

„Missoni?“ fragte er, Julias Verpackung bewundernd. Julia nickte. „Ich bin zwei Tage früher angereist, lenkte Roman sich wieder ab. Ich will einen Eindruck abseits der Arbeit von Lissabon mitnehmen. Übermorgen bin ich bereits zwischen der

Algarve und Porto unterwegs. Ich bin sozusagen in einer Scout Funktion, Yachthäfen aus- oder umzubauen, eventuell auch einen Neubau für meine Firma in Wien zu verwirklichen, unterwegs."

Der Bus brachte sie ruckend zur Ankunft. In dem überfüllten Fahrgastraum blieb es unumgänglich, einander zu berühren. Er war dankbar, dass Julia ihm gegenüber stand und keiner der vielen Japaner, Koreaner, oder Vietnamesen. Geschäftsreisende nahm er nur wenige aus. Sie zeichneten sich in der Hochsaison durch einen leidenschafts-losen Blick mit leichter Aggression aus.

Julia und er hatten nur Handgepäck. Das ersparte ihnen das Anstellen am Förderband. Sie gingen zum dritten Taxi mit der Aufschrift Airconditioned. Roman hielt Julia die Tür auf. Beim Einziehen ihrer Beine in das Wageninnere konnte er für Sekunden-bruchteile sehen, dass sie keine Unterwäsche trug.

Julia entgegnete dem Augenblick. Sie schloss die Beine ordentlich und lehnte sich in der Rücklehne des Mercedes zurück. Roman ging hinten um den Wagen herum und stieg neben ihr ein. Er überlegte, wie er die Stille zerkleinern konnte. War er prüde oder gar Connaisseur?
„Waren Sie schon einmal in Lissabon?" riss ihn ihre Stimme aus seinem Versuch, ein gemeinsames Thema ausfindig zu machen. Ihre Frage schredderte in dem Moment seine Gedanken in Einzelstreifen, die nicht mehr zusammenpassen wollten. „Nein. Zum ersten Mal", sprudelte er dankbar, bei dieser Arbeit unterbrochen worden zu sein, hervor. „Und Sie?"„Ich arbeite für Christians in London, mit Niederlassung in Wien. Ich bin für das Castings der Models und für Fotoshootings für diese Saison in Lissabon verantwortlich.

Julias Gesicht wendete sich ihm zu. Ihre braunen Augen sedierten seine Gesichtszüge. Etwa Dreißig, dachte sie. Unter seinem lockeren Seidenhemd konnte sie seinen Körperbau nicht erkennen. Sein Teint war leicht gebräunt und seine grau-braunen Augen sogen ihren Blick auf.

„Roman“ sagte sie, „ich darf doch Roman zu Ihnen sagen.“ Ohne die Antwort abzuwarten legte sie eine Hand auf seinen rechten Oberschenkel. „Wenn Sie wollen, zeige ich Ihnen Lissabon abseits des Tourismus, wenn das auch einigermaßen schwer ist um diese Jahreszeit.“
„Das nehme ich gerne an. Ich denke, die Dinge mit vier Augen zu sehen, zählt doppelt! Sie müssen entschuldigen, dass ist eine mathematische Regel. Ich bin Ingenieur“. Roman legte seine Hand um ihre nackte Schuler.

Sein Blick haftete auf ihrem Gesicht, wobei das Spektrum aus seiner Perspektive auch ihr Dekolleté mit einbezog. Wunderhübsch ist sie. Zweiundzwanzig, maximal fünfundzwanzig Jahre alt. Das dunkle, kastanienbraune Haar war nach hinten oben zusammengefasst. Ein paar einzelne Haarsträhnen hatten sich gelöst und fielen, von der Klimaanlage bewegt, über ihren schlanken Hals auf die Schultern hinab.
Als hätte sie seine Gedanken gelesen, griff sie nach hinten und fasste die Einzelgänger wieder zu einer Frisur zusammen. Dass seine Hand durch die Bewegung an ihre Frisur und dem damit einhergehenden Wechsel ihrer Sitzposition an ihre Taille abgerutscht war, irritierte Julia nicht. Danach legte sie ihre Hand wieder auf Romans Oberschen-kel.
Er berührte sie mit seinen Augen. Ihre Hand lag wie bei braven Mädchen mit der Handfläche nach oben im Schoß. Der Gedanke mit dieser jungen Frau zu schlafen, ließ ihn die Gegend übersehen.
Der Wagen näherte sich währenddessen den Ausläufern der Stadt und die Straße wurde holpriger. Es gab keine Notwendigkeit zu sprechen durch ihre beiderseitige Berührung.

Der Taxifahrer fragte in die entstandene Sprechpause in gebrochenem Englisch nach dem genauen Zielort und Julia antwortete. Dann überschlug sie ihre Beine, was selbst im Fond

eines Mercedestaxis eine gewisse Übung erforderte. Damit zwickte sie Romans Hand mit ihrer Kniekehle ein.
Sie hatten vom Nordwesten her die Stadt erreicht und der Fahrer bog rechts Richtung Innenstadt ein. Die Fahrt wurde jetzt langsamer durch die vielen Ampeln und endete letztlich im Schritttempo, als sie in eine Fußgängerzone einbogen.
„Wo wohnen Sie in Lissabon?"
„Ich habe noch kein Hotel", sagte Roman. Das von meiner Firma gebuchte ist erst in zwei Tagen aktuell. Dort wird auch mein Reisegepäck hingeschickt. Es ist eine ganze Menge, weil die Zeit meines Aufenthalts in Portugal nicht abschätzbar ist.
„Ich denke, die haben hier im Hotel sicher was frei für ein paar Tage" erwiderte Julia. Sie bemühte sich, die überkreuzten Beine wieder nebeneinander zu bekommen.

„Wie lange bleiben Sie in Portugal?" „Weiß nicht. Ich muss, wie gesagt, die Atlantik-küste von der Algarve bis Porto abgrasen. Wir suchen eine Bucht, die ausbaubar ist oder einen bestehenden Yachthafen, der erweiterbar ist, in diesem Großraum."
„Porto ist schön", warf sie ein, „ich war da vor zwei Jahren und kenne alle Portwein-keller", sie lachte strahlend in Romans Richtung. „Trinken Sie gerne Portwein? Da kenne ich mich besser aus als mit dem Segeln".

Roman las: Hotel Residenza do Carmo, als der Fahrer auch schon abrupt seinen Wagen zum Stillstand brachte. Ihre Konversation wurde durch das Öffnen des hinteren Wagenschlages durch den Fahrer unterbrochen.
Roman gönnte dem Taxifahrer keine Sekunde lang den stecken gebliebenen Blick an Julia beim Aussteigen. Schnell nahm er Trinkgeld aus seiner Hosentasche und drückte es dem Fassungslosen in die schwitzende Hand. Dass der noch etwas nachredete, hörte Roman nicht mehr, so schnell untergriff er Julias Arm und zog sie die Stufen zum Hotel hinauf.
„Sie gönnen auch niemanden was", lachte sie und ließ sich ziehen.

Ein Dauerhupen ließ Roman innehalten. Scheiße, in der Fluchtaufregung hatte er vergessen, das Taxi zu bezahlen. Er schob Julia durch die Drehtür und lief die Stufen auf die Straße hinab. Roman murmelte eine Entschuldigungsfloskel, bezahlte und ging ins Hotel zurück.

Julia wurde gerade in der Rezeption hofiert, als sich Roman neben sie stellte.
Der Mann versteifte sich und fragte höflich nach Romans Wünschen.
„ Tut mir leid, Senor, aber es gibt in der ganzen Stadt kein renommiertes Hotel, das Zimmer frei hat. Wir haben zurzeit einen Ärzte-Kongress bis Ende der Woche“.

„Gut, dann suche ich mir was unter Bed and Breakfast oder eine Pension“.
Bevor er noch richtig ausgesprochen hatte, widersprach Julia: „Meine Firma hat hier eine Suite gebucht, weil wir doch Castings veranstalten. Wenn Sie wollen, überlasse ich Ihnen gerne einen Raum für die zwei Tage zur Überbrückung“.
Roman zögerte.
So machen wir's“, sagte Julia mit sich stimmig. Sie nahm mit einer Hand ihren Zimmerschlüssel entgegen, mit der anderen Hand Romans Pilotenkoffer und ging in Richtung Aufzug voraus. Roman zuckte mit den Schultern. Auch gut. Dann beeilte er sich, Julia hinterher zu kommen.
Im Aufzug nahm er seinen Koffer aus ihrer Hand. Sich dabei zu berühren war unum-gänglich. Für einen Moment schlossen sich ihre Finger zu einer Hand. Julia glich diese Spannung mit der Feststellung aus:
„Sie schulden mir noch einen Kaffee! Wenn Sie wollen, zeige ich Ihnen das ganze Appartement und wir ziehen uns für die Stadt um“. Sie hielt inne „Ach so, ihr Gepäck kommt ja direkt in Ihr Hotel.“ Er nickte stumm. Sein Seidenhemd klebte etwas an ihm.

Sie hatten das oberste Stockwerk erreicht. „Ich darf vorgehen“, sagte sie und nahm den Korridor in Richtung Nummer 810. Er

war einen halben Schritt hinter ihr. Ihr Parfum streifte seinen Geruchsnerv angenehm.
„So, da sind wir“! Sie traten in einen großzügigen, etwas dämmrigen Vorraum mit Lichteinstrahlung durch die aus geätztem Glas bestehenden Doppeltüren zum Salon.
Julia stieß mit beiden Händen übermütig die Flügeltüren auf. Licht flutete aus den insgesamt vier großen Bogenfenstern. Der Raum war mindestens 10 mal 6 Meter groß und zirka 5 Meter hoch. Platz genug für Julia, sich ihrer Schuhe mit einem Weitwurf in eine Raumecke zu entledigen.

Die Klimaanlage schnurrte leise. Julia ließ sich auf eines der Sofas fallen und überkreuzte die Beine.
„Darf ich mich ein wenig frisch machen?“ fragte er, um sich ihrer Faszination gegenüber abzukühlen.
„Ich zeige Ihnen das Bad“. Julia öffnete die überschlagenen Beine und setzte sie am Boden auf. „Entschuldigen Sie Julia, ich komme mir in Ihrer Gegenwart vor wie ein ausgehungertes Tier.
„Nein, Sie müssen entschuldigen“, entgegnete Julia im Beine zusammennehmen, „ich bin nicht gewohnt, bei meiner Ankunft in männlicher Begleitung zu sein. Ich zieh’ mich auch brav an zum Kaffee“.
Sie brachte ihn zum Bad. Osmanische Kultur umfing ihn beim Eintreten.

Er streifte die Kleidung ab und stieg unter die Dusche. Es tat wohl, nach der Reinigung noch eine Minute unter der kalten Dusche zu stehen, als es klopfte.
„Können Sie sich was überziehen, ich muss ganz dringend für kleine Mädchen“.
Roman griff sich ein Handtuch und wollte aus dem Bad.

„Nein, nein, bleiben Sie, ich bin gleich fertig. Wenn Sie sich rasieren wollen, Rasiermesser liegen original verpackt zur Genüge herum. Die Mädchen müssen fürs Fotoshooting oft noch die Bikini-Linie nachbessern“. Während sie sprach hob sie den

Rock hoch. Roman konnte vom Spiegel aus sehen, dass Julia vollkommen glatt war.
Sie klappte die Klobrille herunter, setzte sich auf die Toilette, spreizte die Beine und erlöste sich ihres Druckes. Sie griff nach einem feuchten Toilettentuch und führte es ihrem Schritt ein. Dann war sie ebenso schnell aus dem Bad, wie sie es betreten hatte.

„Bin ich jetzt prüde, oder nur Mann“, murmelte er für sich.

Er packte einen Rasierer aus seiner Zellophan-Verpackung aus, schäumte seinen Bartwuchs ein und rasierte sich. Danach zog er seine Kleidung an und schloss die Tür beim Hinausgehen.

Julia stand an der Kommode, einem der wenigen Möbel in dem Raum, dafür umso imposanter.
Auf der Anrichte waren Blumen arrangiert und eine volle Obstschale liebevoll mit Orangen, Granatäpfel und Trauben aufgeschichtet.

„Wollen Sie auch einen Drink“? Dabei öffnete sie das Kästchen über der Kommode und entnahm ihr eine Flasche 18 jährigen Macallen Whisky und zwei Gläser, die sie halbvoll einschenkte. Beim Niedersetzen hielt sie ihren Rock nach unten hin und ihre Beine eng geschlossen nebeneinander.
Roman stand etwas unbeholfen vor ihr, als Julia nach seiner Hand griff und ihn neben sich auf das Sofa zog.
„Da nehmen Sie“, sie hielt ihm das halbgefüllte Glas entgegen.
„Vielleicht sollte ich doch versuchen, ein Zimmer für die paar Tage zu finden“, sagte er, während er mit Julia anstieß und das Glas in einem Zug leerte.

Wie zur Beruhigung legte sie ihre Hand auf seine Schuler: „Die Fotografen, die Techniker und natürlich auch die Mädchen zwischen 16 und 24 Jahren, die morgen früh zum Fotoshooting bestellt sind, können bereits damit umgehen. Sie wechseln die Bikinis im selben Raum vor der Mannschaft. Alles andere würde viel zu viel Zeit in Anspruch nehmen, Sie können gerne dabei sein."

Julia erhob sich vom Sofa und ging zum Schrank mit dem Whisky. Sie musste sich etwas strecken und aus seinem Blickwinkel war das ein erregender Anblick. Als sie sich Roman wieder zuwandte, kontrollierte er beschaulich seine Fingernägel auf ihre Korrektheit.
Ertappt! Er hatte es noch immer nicht begriffen: Also Erotik abspeichern und bei Bedarf abrufen. Warum nicht Sex haben? Womit spielte Julia? Mit ihm oder seinen Gedanken?

Roman stand auf und ging ihr entgegen, um ihr die Flasche abzunehmen. Er schenkte ihnen beiden nochmals die Gläser halbvoll ein und stellte die Flasche zurück in den Schrank.
„Wissen Sie was, ich dusche schnell und zieh' mir was anderes an, dann können wir gehen". Sie drehte sich auf ihren schuhlosen Füßen um und verschwand im Bad.
Roman nippte jetzt nur mehr am Whisky, er spürte schon seine Wirkung.
Neuland! Warum nicht Entdecker sein? Er verwarf den Gedanken wieder und versuchte, an seine Arbeit zu denken.

Julia kam aus dem Badezimmer und direkt auf ihn zu. Sie hatte nur ein Handtuch um ihre Taille, an ihrem Dekolleté und an den Beinen glänzten noch Wassertropfen. Sie beugte sich zu ihrem Glas am Couchtisch und ihre Brüste waren in seiner Augenhöhe. Sie bewegten sich kaum zwischen dem Stehen und Vorbeugen. So straff waren sie, und braun wie ihr ganzer Körper.
Julia nahm keine Notiz von seiner ersichtlichen Entdeckungsreise. Sie leerte das Glas und verschwand in einem der Nebenräume.

„Weiß oder grün?", stach ihre Stimme in die Nachbearbeitung der Eindrücke in seinem Kopf. Wie die Nadel in die Seifenblase..
„Grün", antwortete Roman aus seinen Fantasien gerissen, „das passt gut zu Ihren braunen Haaren".

Er hörte sie lachen, dann stand sie auch schon wieder vor ihm. Sie trug eine sehr kurze und an den Oberschenkeln sehr weite Hose und ein selbst für ihre Oberweite sehr tief ausgeschnittenes Top. Der Bauch war frei.
Sie trug Sandalen in ebenfalls passendem grün und drehte sich mit erhobenen Armen vor ihm wie ein Cheerleader.
„Na, was sagen Sie?“
„Atemberaubend“, mehr konnte er dazu nicht vorbringen.
„Oh, fast hätte ich es vergessen, ich muss ja noch telefonieren“, Julia schlug sich an die Stirn.
An einer der Wände stand ein kleines Tischchen mit einem Telefonapparat und einem Sessel davor. Sie ließ sich darauf fallen, nahm ihr Handy und begann Nummern daraus zu wählen.

„Darf ich mir die Suite ansehen“? fragte er höflich zwischen zwei Gesprächen.
„Ja natürlich“ antwortete sie und war auch schon im nächsten Gespräch.

Mit dem Salon waren insgesamt 4 Räume verfügbar, zwei kleinere aber schön eingerichtete Arbeitszimmer, von dem eines mit einem ausziehbaren Sofa bestückt war, und dann das Schlafzimmer. Das Bett war aufgeschlagen und in hellblau überzogen. Die Polster waren mittig eingedrückt und luden zum Entspannen ein. Durch die zugezogenen Vorhänge drang die Hitze nicht in den Raum und gab ihm ein diffuses Licht.
Er erwischte sich bei dem Gedanken, sich mit Julia in dem großen Bett zu wünschen.

Roman berührte leicht die aufgeschlagene Decke, um das Laken nicht zu verschieben, als er Julias Schritte näher kommen hörte.
„Hier schlafe und liebe ich mich ganz ungestört“ und im selben Atemzug „Haben Sie schon die Terrasse gesehen?“
Roman verneinte und sie zog ihn aus dem Schlafzimmer.

Hinter dem Telefontischchen ging eines der Fenster bis an den Boden und war zu einer Tür umfunktioniert worden.

„Die vom Hotel wollen nicht dass man sie benützt, wegen der Sicherheitsvorschriften.
Aber ich Frühstücke hier immer, man hat so einen schönen Ausblick in die Straßen.
Die anderen Räume haben Sie gesehen? Eines der Arbeitszimmer ist mit einem ausziehbaren Sofa eingerichtet, ich habe veranlasst, dass es für die Nacht vorbereitet wird. Trinken wir hier draußen unsere Gläser leer und genießen wir den warmen Wind. Ich finde es wunderbar den Wind zu spüren, deswegen trage ich auch nie Unterwäsche im Sommer“.

Sie ließ sich auf einem der Teakholzsessel, die rund um einen Tisch aufgestellt waren, nieder und legte die Beine hoch.
Roman holte die Gläser aus dem Salon und sie tranken schweigend.
„Das da drüben das ist der Elevador Santa Justa“, unterbrach sie die Stille, „eine der Verbindungen in den oberen Stadtteil.“
„Wo?“ fragte Roman. Sie zog ihn burschikos aus seinem Lehnsessel und brachte ihn an das verrostete Geländer des Dachgartens. Sie hakte sich an seinem Gürtel fest und er spürte die Hitze ihrer Hand an seiner Lende. Julia ging es wohl ebenso, denn genauso übergangslos ließ sie wieder von ihm ab.
„Kommen Sie, wir gehen los!“

Als sie das klimatisierte Hotel auf die Straße hinaus verließen, war es drei Uhr nachmittags und hatte die größte Hitze.

„Die Straßencafés in der Rua do Ouro sind von Bäumen beschattet, da kann man die Hitze aushalten, morgen zeige ich Ihnen den oberen Teil der Stadt“.
Julia hatte sich wieder an seinen Gürtel gehakt.
„Morgen Vormittag steht ein Fotoshooting und Casting, um neue Gesichter zu entdecken, am Programm. Da geht es sehr sexy zu, wie ich schon erwähnte“.
“Ich weiß nicht“, legte sich Roman quer, „ob ich dem gewachsen bin. Nackte kichernde Körper und keine Möglichkeit meinen Stress dabei abzubauen, bedeutet keine Befriedigung“.

Julia blieb abrupt stehen und drehte Roman zu sich. Dann gab sie ihm einen flüchtigen Kuss auf die Lippen, um sich gleich wieder abwenden zu wollen. Jetzt hielt er sie vor sich an den Hüften zurück.
„Ich bin nicht auf der Flucht“ hörte er sich rau sagen. Im gleichen Augenblick nahm er Julia mit beiden Händen um die Wangen und öffnete mit seinen Lippen ihren Mund. Julia spürte den sanften Druck seiner Zunge, die sie ausfüllte und erhitzte. Und sie erwiderte seine Impulsivität.

Das hätte ich ihm nicht so schnell zugetraut, dachte sie, und schmiegte sich fugenlos an seinen Körper. Sie fühlte seinen Muskel bis in ihren Schritt. Julias Körper spannte sich Roman entgegen und willenlos ließen beide das geschehen.

Julia löste sich zuerst, unter ihrem Top zeichneten sich die Brustwarzen ab und auch Roman hatte seine Probleme.
„Warten wir ein wenig bevor wir weitergehen, eine Entspannung tut uns beiden gut“, sagte Julia.
Sie gingen beide auf Abstand, um sich zu beruhigen. Immerhin war es heller Tag und die Straße voller Menschen.

Als sie bereit waren weiterzugehen, vermieden sie den Körperkontakt. Sie redeten den ganzen Weg in die Rua do Ouro kein Wort.
Danach aber stellt sich ein vertrauliches Du in ihrer weiteren Konversation ein.
„Gehen wir runter zum Wasser“ kam nach dem großen Schweigen der erste Versuch von Julia, ihrer beider Gedanken in eine andere Richtung zu lenken.
Roman brachte nur ein kratziges „ja“ hervor. „Lass’ uns vorher aber was trinken, ich bin ganz ausgetrocknet“, entschuldigte er seinen rauen Ton. Julia nickte und sie setzten sich kurzerhand in das nächste Café.
Julia bestellte Erdbeerfrapé und Roman Mineralwasser.

„Wusstest du, dass die Baixa, das ist die untere Altstadt in der wir gerade sind, zu einem Großteil Mitte des 18. Jahrhunderts durch ein Erdbeben fast völlig zerstört worden ist? Kaum vorstellbar dass diese alten Häuser hier neu sind.
Wenn das Ausland behauptet, Wien sei morbid, so strahlt diese Stadt für mich als Ausländerin eine ebenfalls wunderbar glückliche Traurigkeit aus.

Ich als Wienerin darf das sagen. Ich bin zwar in Edingburgh geboren, nach meinem Abschluss der Unterklasse aber verließ meine Mutter Schottland und zog mit mir nach Wien. Mein Vater hat das nie ganz verkraftet. Wir schreiben uns heute noch regelmäßig Briefe und er spricht noch immer von der Familie, die es nicht mehr gibt.
Kurz nach der Trennung von meinem Vater ist meine Mutter an Gebärmutterkrebs gestorben“.
„Das tut mir leid“, warf Roman ein.
„Ach, das ist schon dreizehn Jahre her und tut nicht mehr weh“, entgegnete sie. „Und warum ausgerechnet Wien?“ „Weil die Familie meiner Mutter in Ungarn lebte und neunzehnsechsundfünfzig mit ihr aus politischen Gründen nach Österreich emigrierte, bevor sie die Grenze dicht machten. Sie entstammten ungarischem Kleinadel und mussten alles an Grund und Boden zurücklassen.

Er hörte aufmerksam zu, doch sein Blick glitt fasziniert über die Geradlinigkeit der Straße zum Rio Tejo mit ihren alternden Prunkhäusern links und rechts davon.
„Morbid, das hat was“, bestätigte er, „oder wie sagtest du? Eine glückliche Traurigkeit“!

Julia kam aus ihrer Besinnlichkeit zurück in die Gegenwart und versuchte sich als Reiseführer.
„Siehst du da vorne links geht es zum oberen Stadtteil. Von da aus kann man den Ende der 80er Jahre ausgebrannten Stadtkern sehen. Sie bauen schon seit Jahren wieder auf, aber Alt-Lissabon wird das nicht mehr.

Roman sah in Richtung ihrer Handbewegung.
„Und was ist diese Stahlkonstruktion dort“?
„Das ist der berühmte Elevador Santa Justa, den wir auch schon vom Hotel aus gesehen haben. Damit fahren wir, wenn du wieder in Lissabon bist. Du kommst doch wieder?“ Roman nickte stumm. Ihre Nähe war schon jetzt sein Zuhause.
„Den Täter zieht es immer wieder an den Tatort zurück“, sagte er lachend.
„Soll die Tat ich sein oder warst du doch schon in Lissabon?“ fragte Julia spitz und verlangte nach der Rechnung.
Sie bezahlte ihrer beider Konsumation und stand wortlos auf. Sie wendete sich ihm nicht zu und betrachtete bedächtig ihre Schrittfolge. Ihre Hände hatte sie unter der Brust verschränkt. Wie zum Schutz sah sie die Häuserfronten hinauf.
Themenwechsel dachte Roman und nahm ihren Schritt auf.

Von hinten gesehen hatte ihr wiegender Gang mit den verschränkten Armen vor ihrem Körper eine trotzige Faszination. Ihre Beine schritten gegengleich zu ihrer Hüftbewegung. Und im Sonnenlicht, das jetzt voll in die Straße schien, wirkten sie bronzefarben und berührten in jeder ihrer Bewegung den kurzen Hosensaum, der sich um ihre nackten Schenkel legte.

Sie hatten den Praca do Comércio erreicht und vor ihnen öffnete sich ein großzügiger Platz.
Hier am Tejodelta war ein angenehmer Wind vom nahen Meer zu spüren.
Roman drehte sich einmal im Kreise, um den Platz als Ganzes in sich aufzunehmen.
„Was bedeutet die Säule in der Mitte des Platzes“? fragte er um wieder ein Gespräch anzufangen.
„Das galt dem Wiederaufbau nach dem Beben von Mitte des 18.Jahrhunderts durch König José I, glaube ich, ja so ist es“ legte sie sich selbstbestätigend fest.

Sie schritten die großquadrigen Steine an der Schiffsanlegestelle ab. Es herrschte reges Treiben mit Ausflugsbooten.

“Wenn du deinen Triumph ausleben willst, dann kannst du das unter dem Triumph-bogen tun.. Dahinter ist eine belebte Einkaufsstraße, falls du dir eine zweite Hose oder Hemden kaufen willst. Oder Unterwäsche“, fügte sie hinzu. Roman nahm sie an der Schulter und hielt ihren Schritt an.
„Julia, mir ist nicht entgangen, dass du seit meinem Scherz mit dem >Tatort< eingeschnappt bist. Es war nur eine dumme Redewendung, das musst du mir glauben“.
„Ach schon gut, ich habe überreagiert, weil ich mich nicht als Tatort betrachtet sehen will“. Sie drehte sich zu ihm und hatte wieder diesen sanften Blick, sie nahm seine Hand und so gingen sie unter dem Triumphbogen durch. Gleichberechtigt! Wobei in Roman Zweifel an seinem Anteil dabei aufkamen.
„Die Idee ein paar Sachen zu kaufen, ist nicht schlecht“ sagte er und zog sie zu einer Boutique auf der anderen Straßenseite, auf der mit geschwärzten Buchstaben in weißem Marmor Men’s Wear eingemeißelt war.
Er blieb kurz vor der Auslage stehen, um sich die Hersteller der Kleidungsstücke näher anzusehen. Es waren durchwegs noble Schneider, die hier angeboten wurden.

Sie betraten das klimatisierte Geschäft und ein Verkäufer fragte sofort, ob er helfen könne. Julia nahm, während Roman an Hosen und Hemden eine Auswahl zu treffen suchte, Platz und beobachtete ihn. Er wirkte sehr selbständig bei der Auswahl und so blieb sie auf ihrem Platz.
Ihr fiel dabei auf, dass sich der Verkäufer mehr mit ihrem Körper beschäftigte als mit dem von Roman. Die erste Hose war zu eng, obwohl seine Männlichkeit dabei gut rüberkam. Sie schmunzelte innerlich, als sie den ratlosen Blick von Roman sah.
„Nimm was in Seide, das passt dir gut und fällt locker. Und vergiss‘ die Unterwäsche nicht“, hänselte sie.

Roman hatte seine Auswahl getroffen und sie gingen wieder auf die Rua Augusta hinaus. Er hatte ihren Rat befolgt und sich eine

dunkelbraune Seidenhose mit Bundfalten und ein lockeres Seidenhemd in beige gekauft. Und Unterwäsche!
Julia hakte sich unter, die Hitze hatte nachgelassen, und sie schlenderten die Rua Augusta hinauf bis zur ersten Seitenstraße in die Rua do Quro.
Die Straße war großzügig in jeweils zwei Spuren mit Seitenfahrbahnen angelegt und der Asphalt heizte das Umfeld durch Autostaus zusätzlich auf.

Die Straßencafé in der Ruo do Ouro waren noch nicht stark besucht. Ein paar Touristen mit ihren Kindern saßen und tranken Kaffee und Limonade. Auf Höhe des Elevador Santa Justa blieb Roman plötzlich stehen.
„Bleiben wir hier“ sagte er spontan. Er wies auf einen Platz neben einer Palme, die ihnen Rückendeckung gab.
Der Kellner war schneller da, als sie die Sessel unter die Beine schieben konnten.
„Senor?“ „Zwei Glas Freixenet“ sagte Roman mit Blickkontakt zu Julia. Die nickte nur und blies sich zur Kühlung Luft unter ihr Topp.

„Das eben auf der Straße vom Hotel weg, war verzaubernd schön. Für diesen einen Augenblick hast du mich mit deinem Kuss in deiner Umarmung zum Prinzen gemacht. Ich will nicht wieder Frosch werden!“. Julia blickte ihm in die Augen.
„Ich habe im Bad heute Morgen auf dich masturbiert. Ich hab dich bereits im Flieger schon zum Prinzen geschlagen…Ohne dein Wissen! Aber mein Zauber ist kompliziert!“

„Keiner ist eine Insel! Und wenn, erwarten wir doch alle, dass uns jemand dort findet.
Julia strich ein paar Brösel vom Tischtuch und sah ihn dabei nicht an. Er hörte sich dozieren über Paarungszeremonien der Tiere und deren Verhaltensmuster. Sein Adrenalin stieg beim Begehren, Julia zu überzeugen. Er hörte abrupt auf und sagte:
„Ich liebe dich, deine Art dich zu bewegen, Textilien zu tragen, die erst durch dich zur Kleidung avancieren… deine Zunge in

meinem Mund“ er lächelte und hob ihr Kinn an, um so ihren Blick mit seinem zu fixieren…Dein Ganze.“
Julia sah ihm stumm in die Augen. Es war ein freundlicher, liebevoller Blick, der den Widerhall seiner Bemühungen spiegelte.
„Weißt du“ fuhr er mutiger fort, „Liebe ist für mich wie ein Ringelspiel, der Kreis schließt sich mit jeder Umrundung an dem Ort des Einstiegs. Ich möchte mit dir einsteigen und immer wieder an den Ausgangspunkt zurückkommen um neu zu beginnen. Immer und immer wieder.
Roman lehnte sich zurück.
Das Tischtuch vor Julia war mittlerweile vollends sauber. Sie zupfte jetzt nervös an ihrer grünen, zu kurzen Short herum. Ihr Schritt zeichnete sich darunter ab und bedrängte ihre Scham.
„Du solltest doch Unterwäsche tragen“, lachte er. „Ich erwische mich dabei, anderen den Genuss deiner erotische Ausstrahlung zu missgönnen. Wir Männer masturbieren auch auf euch. Aber mit dem Menschen einzuschlafen, der befriedigt ist und befriedigt hat, das ist wie Ringelspiel fahren. Wer das Ringelspiel erfunden hat, muss sehr verliebt gewesen sein. Es ist berauschend.
Ich hab dabei die Vorfreude entdeckt. Vorfreude ist nichts anderes als sich einen Traum alleine zu erfüllen.“ „So läuft mein Leben auch ab!“ bestätigte Julia mit einem Kopfnicken.
„Wir sitzen alleine hier und niemand kann uns, außer wir uns selbst, da wieder runter holen. Wir brauchen nur die Verkrampfung in den Steigbügeln zu lösen und uns gegenseitig vom hohen Ross helfen. Entschuldige die Zweideutigkeit.“ Versuchte Roman sich absichtlich und nachdrücklich zu verdeutlichen.
„Und“ hakte Roman in die entstandene Pause nach: „ In vielen fernöstlichen Kulturen werden weinende Babys an ihren Genitalien in den Schlaf gestreichelt.
Du solltest einmal die zufriedenen kleinen Menschen sehen. Das alles haben wir Erwachsene uns verkompliziert. Sogar schwimmen müssen wir wieder lernen!“

Der Kellner brachte den Sekt, der am Weg auf die Straße schon ein wenig warm geworden war. Er stellte die beiden Gläser jedem von ihnen beiden zur Rechten und eine Schale Pinienkerne in die Mitte des Tisches. Julia hatte dadurch Zeit gewonnen, ihren körperlichen und seelischen Zustand Roman gegenüber einzuordnen.
Als der Kellner fort war, zog sie mit einem Ruck, das Gesäß anhebend, ihre Short in eine erträgliche Position. Sie griff nach dem Glas, ohne Roman in die Augen zu sehen, und leerte es in einem Zug.
Sie hielt die Hand an den Mund, einige der Perlen im Sekt schienen zurückkommen zu wollen.
„Pardon", hickste sie. „Ich bin ständig alleine unterwegs und bin es gewohnt zu masturbieren. Die Reize suche ich mir am Tag und lebe sie in der Nacht aus. Oder auch zwischendurch. Meine Welt ist keine Männerwelt. Auch wenn mich dein Kuss an einem Punkt getroffen hat, der mich stimulierte."
Langsam füllten sich die Tische um sie. Roman winkte dem Kellner, nochmals das Gleiche zu bringen.
„Wir können uns drehen, wenn wir uns Halt geben. Dreh alle Lichter auf, verbirg nichts von dir! Ich höre schon die Musik!"
Straßenmusikanten hatten vor dem Lokal Position bezogen. Romas aus dem Hinterland . Roman griff grinsend in seine Hosentasche. „Was sonst noch in meiner Hose ist, behalte ich für dich auf", brachte er ein paar Pesetas zum Vorschein und ließ sie in den herumgereichten Hut fallen.

Julia war diesmal langsamer beim Trinken. Sie hatte das Haar nach der Dusche nicht mehr aufgesteckt und es bewegte sich im leichten Nachmittagswind um ihre Schultern.
„Ich möchte mit dir schlafen Julia." Roman hielt ihrem Blick stand, der ein wenig traurig und störrisch zugleich war. Sie strich eine vorgefallene Haarsträhne wieder an ihren Platz zurück und überschlug die Beine wie zur Abwehr.

„Weißt du was Cunnilingus ist?“ Ihre Augen hatten jetzt wieder den verführerischen Ausdruck, der Roman so faszinierte. „Ja natürlich…Und?“
Er winkte dem Kellner, um abermals Sekt zu bestellen. Danach beugte sich Julia über den Tisch zu ihm. „Dein Kuss hat mich aufgeweckt. Ich möchte dieses Kribbeln überall an mir spüren“… Sie zog sich wieder in den Korbsessel zurück wie in ein Schneckenhaus und beobachtete die Wirkung ihrer Worte.
Auch Roman spürte jetzt den Sekt oder auch ihre erotisierende Aufforderung. Wahrscheinlich Beides.

Unmerklich war es dämmrig geworden. Die Tische wurden zum Abendessen gedeckt und der Kellner fragte sie, ob sie zum Essen bleiben wollen.
„Ein paar Fischvorspeisen wären nicht schlecht“, entzog sich Julia seinen gedanklichen Liebkosungen in ihrem Schritt. Roman nickte.
Als der Kellner fort war fragte Roman „Cunnilingus also. Ist das nicht eine etwas einseitige Art der Liebesvollstreckung? Das Wort Vollstreckung gefiel ihm in diesem Zusammenhang.
Julia schlug die Beine wieder auseinander und beugte sich vor. „So kannst du das nicht sehen, wenn du meinen Körper begehrst. Immerhin öffne ich mich dir ganz und gebe mich dir hin“.
Resignierend zuckte Roman mit den Schultern. „Ich will! Aber das kann doch nur ein Teil zum Ganzen sein. Weißt du was Fellatio ist?“
Jetzt kamen die beiden kleinen Fischteller und unterbrachen das Gespräch.
Julia griff herzhaft zu. Mit vollem Mund spricht man nicht“, antwortete sie kurz angebunden. Roman stocherte lustlos in seinem Essen herum bis Julia fertig war.

„Und“ fragte er, „wo ist der Unterschied? Bei Fellatio spricht man auch nicht mit vollem Mund!“ Julia saß am Tisch wie ein abgewiesenes Kind, die Hände auf den nackten Oberschenkel und aufrecht.
„Lass uns ins Hotel gehen“, sagte sie.

Roman winkte dem Kellner um die Rechnung und dann gingen sie schweigend in Richtung Hotel. Die Rua do Carmo war nur ein paar Häuserblocks entfernt.
Es war noch immer dämmrig aber schon mit einem Anschein der sich über die Stadt senkenden Nacht. Die Auslagen warfen ihre Beleuchtung zusätzlich auf die Straße, in der ein Hauch warmen Windes die Blätter der alten Bäume fächerte.

Im Hotel angekommen übergab der Portier Julia den Schlüssel und murmelte ein „Gute Nacht, Senor, Senora!“ Selbst im Aufzug wechselten sie kein Wort und vermieden es, sich in die Augen zu sehen.

Vor der Suite nahm Roman Julia den Schlüssel aus der Hand und sperrte das Schloss auf. Es war so angenehm ihre Hände nach einer halben Stunde endlich wieder zu berühren. „Lass mich das Schloss öffnen! Ich mach dir alles auf was du willst. Willst du?“

Im Salon angekommen, nahm er Julia von hinten und küsste ihr Ohrläppchen. „Ich beneide dich, alles zu bekommen was du willst. Du brauchst dich nicht einmal danach zu bücken. Ich hebe es für dich auf! Julia entwand sich seiner Umarmun, um diese frontal fortzusetzen. Dabei drückte sie ihn mit beiden Armen an ihren Körper. „Roman, du bist lieb und ich geb dir alles, was ich mir heute von dir borge, zurück“.
„Versprochen?“.
„Versprochen!“ bestätigte sie.

Sie öffnete die Tür zum Schlafzimmer. „Da sind alle meine Fantasien drinnen“, sagte sie, sich im zuwendend.
Das Bett war gemacht und aufgedeckt.
„Komm, gehen wir duschen“. Sie zog ihn an der Hand in das Badezimmer, das, wie er gerade feststellte, zwei Zugänge hatte. Die Tür aus dem Schlafzimmer war komplett verspiegelt und als Tür auf den ersten Blick nicht erkennbar.

„Ich dusche besser alleine“.
Er ging an die großen Fenster im Schlafzimmer und zog die Vorhänge zurück. Er sah in die beleuchtete und pulsierende Nacht und er fühlte eine Art von Leere sich in ihm ausbreiten. Wenn auch letztlich die Vorfreude siegte.
Julia kam aus dem Bad. Nackt und glatt bis an die Zehen.
Roman legte seine Kleidung ab und duschte ebenfalls.
Als er ins Schlafzimmer kam, nur mit einem Handtuch um die Lenden, saß Julia im Kreuzsitz am Bett, in der rechten Hand ein halbvolles Glas Wein. Die Klimaanlage surrte leise und durch das gekippte Fenster drangen entfernt die Geräusche der Großstadt in den achten Stock herauf.
Julia bot ihm Wein aus dem Glas in ihrer Hand an. Dann ließ sie sich rücklings in die Polster fallen. „Du weißt, dass Liebe mehr ist, als ein Kuss auf den Mund?
Roman küsste ihren halboffenen Mund lange bis ihr Gegendruck anzeigte, dass sie bereit war.
Der leichte Zug der Klimaanlage streifte seinen Rücken im Hinunterbücken in Julias Schoß. Roman streifte das Handtuch ab. Er liebkoste Julias Schenkelinnenseiten und dann ihre Schamlippen. Sie nahm während seiner Zärtlichkeiten den gordischen Knoten, den ihre Beine unter ihrem Gesäß gebildet hatten, auseinander und strich ihm über sein volles, dunkles Haar.
„Das ist wie Tandemspringen, man fliegt und weißt doch, dass man sicher mit dem Partner am Boden ankommen wird. Ich vertraue dir und auf meine Art liebe ich dich“.
Julia drängte sich Romans zärtlichem Kontakt in ihrem Schritt entgegen bis sie seine Zunge erlösend an ihrer Klitoris spürte. Julias Atem wurde schneller. Ihre Schenkel spannten sich den Händen Romans um ihren Po entgegen.
Er sah über ihre Bauchdecke die Brüste sich heben und senken. Immer schneller.
Roman erlebte ihren entspannten Gesichtsausdruck und ihr leises finales Glücklichsein.
Sie hob sein Gesicht aus ihrem Schoß und setzte sich auf.
„Das war wunderschön. Wenn du es willst, befriedige dich. Ich stehe dir Modell, wenn du willst! Du kannst mich aber auch in

dein Zimmer mitnehmen… Ich hab dir Feuchtigkeitstücher in dein Schlafzimmer gelegt, falls du mir nachzukommen versuchst.

„Ich liebe dich Julia. Warum können wir nicht miteinander umgehen wie zwei, die sich lieben?“ „Dann befriedige dich doch hier bei mir! Komm schon“, lockte Julia ihn sanft. So wie du da stehst, kannst du sowieso nicht einschlafen!“
Roman zog ihr das Betttuch bis knapp unter die Brust hoch.
„Wenn du denkst ich bin prüde, das bin ich nicht. Aber ich schlafe gerne nach meinem Orgasmus ein. Im Notfall mit mir alleine!“
„Dann wünsche ich dir eine gute Nacht!“ streichelte sie seinen Arm mit ihrer Hand und machte das Licht aus. „Denk an mich!“
Roman blieb noch eine Minute um sich abzureagieren. Das Angebot war in beiden Fällen verlockend. Er entschied sich aber, Julias erotisierende Wirkung über Nacht in sein Zimmer mitzunehmen. Mit dem Handtuch um die Hüften ging er aus dem Schlafzimmer. Im Salon schenkte er sich noch ein halbes Glas Macallan ein.
Auch sein Bett war für die Nacht vorbereitet und aufgedeckt. Er drehte den Fernseher auf und ließ sich ins Bett fallen. Am Nachttisch lagen wie versprochen die Feuchtigkeitstücher und ein Stück Schokolade auf seinem Kopfpolster.
Er nahm Beides. Dann schlief auch er ein.

2.Tag

Am nächsten Morgen stand Julia nackt in der Tür. Ihr Blick war in Richtung der am Boden achtlos verstreuten Feuchtigkeitstücher gerichtet.
„Ich wusste doch, dass du die brauchen wirst“, lächelte sie ihn an.
Roman machte mürrisch die Augen auf.
„Was dachtest du, was ich ohne dich hätte machen sollen?“
Ich war ja da für dich! Du hättest nicht alleine zu sein brauchen.
„Jetzt sei kein Griesgram, in einer Stunde kommen die Techniker, die Fotografen und die Mädchen. Übrigens war ich nochmals bei dir letzte Nacht. Ich hab dich nicht alleine gelassen“.
„Ich fühlte mich aber alleine“ murrte Roman. Dann ging er unter die Dusche.

Als er aus dem Badezimmer kam, hatte der Zimmerkellner bereits das Frühstück auf der Dachterrasse serviert. Julia saß nur mit einem übergroßen T-Shirt bekleidet, das sie zwischen ihren Oberschenkeln zusammengerafft hatte, und langte kräftig bei Ham & Eggs zu.
Roman setzte sich zu ihr an den Tisch. Er machte einen missmutigen Eindruck ihr gegenüber, wenn auch nicht bewusst.
Julia beugte sich über den Tisch und nahm seine Hand.
„Ich habe ganz schnell einen Orgasmus und danach mag ich niemand mehr in mir haben. Was hättest du dabei gestern für dich mitnehmen können?“
„Deine Befriedigung hätte mich mitnehmen können! Ich irrte alleine herum!“

„Komm“, zog sie ihr T-Shirt hoch. „Greif dich an. Ich laufe mit dir um die Wette!“

Sie entzog ihm ihre Hand und öffnete ihre Schenkel unter dem Tisch „Mach schon. Die Leute kommen gleich. Fantasiere dich mit mir in den Himmel!“ hob Julia vom Boden ab.
„Und du?“ Entspannte sich Julia danach. Sie öffnete die Augen und nahm wieder Sitzposition am Sessel ein, von dem sie beinahe herunter gerutscht war. „Bist du fertig?“
„Hilf mir. Ich hab mich in den Augenblick verliebt. Ich bin nicht so schnell wie du. Als ich dir näher kam, warst du schon weg.“
Julia stand auf und ging um den Tisch herum. Sie saugte sich zwischen seine Lippen und strich mit der Hand seine Bauchdecke hinab. „Ich hatte schon lange kein Sperma in meiner Hand.“ Julia entzog ihn seiner Umklammerung. „Halt dich an mir fest, ich helfe dir! Ich liebe dich, darauf musst du vertrauen! Ich hab nur Probleme mit meinen Körperfunktionen.“
Roman strich von unten Julias Brüste hinauf „Lass dich los! Ich fang dich auf“, küsste Julia ihn mit der Zunge. „Komm in meine Hand!“, Ermutigte sie ihn, als das Telefon zu läuten begann.
„Konzentriere dich! Greif mich an wo du willst!“ Roman suchte ihren glatten Schritt und streichelte sich mit Julias Hilfe frei. Es läutete zum wiederholten Mal. „Gehst du ans Telefon, ja? Ich muss mir die Hände waschen“, lief Julia ins Bad.
Schmeiß’ die Tücher in deinem Zimmer in den Papierkorb“, hörte er sie noch aus dem Badezimmer rufen.

„Meinen Anteil am gestrigen Sex!“ murmelte er.
„Ja, bitte?“ beendete er das Dauerläuten und legte den Hörer danach wieder auf. „Deine Crew ist in zehn Minuten da. Sie ist bereits im Hotel und trinkt noch Kaffee.
Roman bückte sich nach den Papiertüchern und versenkte sie im Papierkorb. Er packte die gestern gekaufte Kleidung aus und zog sich an, als es an der Außentür klopfte. „Soll ich aufmachen“, rief er zum Badezimmer gewandt. „Ja bitte, das ist sicher die Crew“.

Roman öffnete die Tür, vor der ein Heer von Technikern, Männer und Frauen mit Fotoausrüstung, Stellung bezogen hatten. Einer von ihnen trug unterm Arm eine Riesenrolle, die an eine Tapete erinnerte.

Julia verließ das Bad durch das Schlafzimmer. Sie war in eine graue Versace Jeans geschlüpft und hatte ein hellgelbes Top dazu ausgewählt. Dann betrat sie, die Crew begrüßend, den Raum.
„Der Salon ist jetzt ihr Reich!“ sagte sie, und zu Roman gewandt „Komm’ mit ins Arbeitszimmer, hier stören wir die nächste halbe Stunde nur.“
Unmittelbar danach ging im Salon ein Poltern los, das nur hin und wieder durch einen Fluch übertönt wurde.

„Lass’ uns mittags in die obere Altstadt zum Essen gehen. Was hältst du davon? Und nachher spazieren wir ein bisschen herum. Möchtest du? Immerhin ist es fürs Erste dein letzter Tag in Lissabon“.
Roman sah in sich gekehrt bei ihren letzten Worten durch das Zimmerfenster. Die Sonne kam jetzt über die Häuserdächer und machte den Raum noch heller.
„Ja“, sagte er, „alleine möchte ich auf keinen Fall sein. Das war ich die ganze Nacht“ fügte er leiser, den Blick nicht vom Fenster nehmend, hinzu.
Julia kam um ihn herum und setzte sich breitbeinig über seinen Schoß. „Du bist warm wie die Morgensonne“ lachte er jetzt wieder. Und Julia gab ihm einen flüchtigen Kuss auf den Mund. „Schauen wir nach was, die da draußen zustande gebracht haben“! Sie hob sich von ihm und hinterließ erkaltende Wärme auf seinem Schoß zurück. Roman folgte ihr zur Tür.

Es war tatsächlich eine Tapete, die der Mann unter dem Arm getragen hatte. Mittlerweile war sie auf der leeren Innenraumseite mit Doppelklebestreifen aufgespannt und vermittelte den Eindruck in den brandenden Atlantik zu schauen. Davor waren Scheinwerfer platziert und zwei überdimensionale Ventilatoren, die wohl Leben in die Haare bringen sollten, um das Küstenidyll glaubhaft erscheinen zu lassen..
Er musste aufpassen, um nicht über die Unmengen von Kabelsträngen zu stolpern, als es erneut klopfte.

Die Hotelgärtner kamen mit Karren und holten vom Dachgarten vier große Palmen durch die hohe Fenstertür und platzierten sie nach Anweisung. Danach trugen noch ein paar Pagen Holzpritschen herein.
Die Männer von der Technik legten sie nach Julias Wünschen vom Fenster bis zur Tapetenwand auf und es kristallisierte sich der Eindruck eines Laufsteges vor dem Betrachter. Die Palmen standen jetzt links und rechts.

„Atlantik für Arme“ unkte Roman.
„Du irrst“ sagte Julia, in Konzeptblättern vertieft, den Raum auf- und abschreitend. „Das ist wesentlich teurer durch den Arbeitsaufwand als eine Naturkulisse. Hier sind wir aber wetterunabhängig und Licht und Wind sind berechenbar“.
Roman muckste nicht mehr auf und wollte eben wieder in das Arbeitszimmer zurück, als es erneut klopfte. Julia sah auf ihre Uhr, es war Punkt neun Uhr.
„Das sind die Mädchen, würdest du so nett sein und sie hereinbitten. Bringe sie ins Arbeitszimmer, wir sind hier gleich fertig.

Roman ging zur Tür und öffnete. Was vor ihm stand, war keine kichernde Ansammlung von Legehennen, sondern sieben Mädchen, die kultiviert und apart Kleidung zum Leben zu erwecken vermochten. Roman trat einen Schritt zur Seite und forderte, nachdem alle im Vorraum standen, sie auf, ihm zu folgen.
Er kam sich vor wie der Rattenfänger von Hameln, als er über den Laufsteg mit ihnen Richtung Arbeitszimmer vorging. Er trat ein und hielt die Tür auf.

„Ich bin Patty, ich heiße Cortez, mein Name ist Java, ich heiße“ .... „Halt, halt meine Damen, das merke ich mir ohnehin nicht“, unterbrach Roman ihr ordentliches Auftreten. „Nehmen Sie Platz, wenn auch nicht für alle eine Sitzgelegenheit vorhanden ist. Die Technik ist gleich soweit, darf ich was zu trinken anbieten?“

In diesem Moment ging die Tür auf und Julia steckte ihren Kopf herein.
„Guten Morgen Mädchen, ist alles okay, wollt ihr was trinken?“
„Nein danke“ sagte eine von Ihnen, Roman glaubte dass es Patty, die als erste eingetreten ist, war.
„Es kann gleich losgehen, für die von euch, die ihre Bikini-Linie noch nachbessern müssen: Geht vorsichtig durch den Salon ins Badezimmer!“
Patty, die dunkelhäutige musste Java sein, und ein drittes Mädchen verließen den Raum. Damit stand nahezu für jedes der Mädchen eine Sitzgelegenheit zur Verfügung.
Nachdem die meisten von ihnen sich am Sofa drängten, ergab das ein erotisches Bild von Farbe, viel Haut und schönen Gesichtern.

„Können wir uns duzen, das ist am Set so üblich und nicht so formell. Besonders wenn, man halbnackt oder beim Umziehen unbekleidet ist“.
Die Frage kam von einem blonden Mädchen, das am Boden sitzend ihre Beine mit den Armen umschlungen hielt. Das Kinn auf die Knie gestützt betrachte es ihn eingehend. Das an den Oberschenkel raufgerutschte Kleid ließ keinen Ansatz von Unterwäsche erkennen.
Das muss die Sechzehnjährige sein, mutmaßte Roman bei ihrem Anblick. Ein erwachsenes Kind! Alt genug, um keinen Babyspeck mehr zu haben und jung genug, sich jeden Wunsch erfüllen zu lassen.

Es war eine fast zu lange Pause auf die Frage entstanden, deswegen beeilte sich Roman zu antworten: „Natürlich habe ich nichts dagegen. Also dann: Du ihr! Ich heiße Roman“.
„Ich bin die Jüngste, deshalb darf immer ich die Fragen stellen“, führte das am Boden sitzende Mädchen aus. Sie hatte tatsächlich den Schweigebann gebrochen und leise begannen sich die Mädchen zu unterhalten.
Roman ging ans Fenster, weil er nicht wie ein Oberlehrer vor ihnen stehen wollte, und sah in den Himmel. Die klare Luft des

Morgens mit ihrem Blau hatte sich schon etwas grau eingestaubt und es sah heiß aus draußen.

„Ich kenne Julia schon lange“, riss ihn die Mädchenstimme neben ihm aus seiner Beschaulichkeit. „Ich heiße Sharona, Sharona Roberts. Der Bruder ihres Vaters ist mein Vater. Er hatte meine Mutter in einem Urlaub auf Madeira kennen gelernt. Nachdem meine Mutter nicht in das kalte Schottland ziehen wollte, hat mein Vater sich hier einen Job gesucht. Mittlerweile hat er eine eigene kleine Rederei und betreibt Handel mit Madeira“.
„Hat dir Julia nicht von mir erzählt?“
„Warum meinst du sollte mir Julia etwas erzählt haben?“
„Na ja, sie war gestern am Telefon so anders. Erstens, ich bin Teenager, ich bekomme schnell mit, wenn was läuft“.
„Und zweitens?“ fragte Roman in die Verzögerung hinein.
„Zweitens kommen wir sehr gut miteinander aus. Ich bin oft hier in ihrer Suite, wenn sie in Lissabon arbeitet, und verbringe auch Nächte hier“.

Roman schoss die Vorliebe von Julia für Cunnilingus durch den Kopf und ihre abweisende Haltung gestern ihm gegenüber, mit ihm schlafen zu wollen.. Er betrachtete Sharona aufmerksam und entschied, dass sie nur angeben wollte. Julia mochte bisexuelle Interessen haben, so gut kannte er sie noch nicht, um das beurteilen zu können. Aber eine Lesbe war sie sicher nicht. Nächte vermögen, aus uns andere Menschen zu machen. Stevensons Doctor Jekyll and Mister Hyde fielen ihm dabei ein. Fantasien bauen sich in der Dunkelheit auf und nehmen Formen an. Auch die Dunkelheit hat Konturen. Roman schloss diese Tür für den Augenblick und sperrte hinter sich ab.

In dem Moment wurde die Flügeltür zur Gänze aufgemacht und Julia sagte: „Bitte meine Damen! Aufs Set! Ihr könnt eure Oberbekleidung hier im Zimmer lassen und die Unterwäsche draußen mit den Bikinis wechseln“.
Es begann ein reges Treiben. Blusen wurden geöffnet mit den Inhalten von Größen A bis D, Unterverzeichnisse inbegriffen,

und Röcke und Hosen wurden im Sitzen über die Beine ausgezogen. Nur ein Hauch von Dessous trennte von der absoluten Nacktheit.

Sharona Roberts trug keine Unterwäsche und saß mit übergeschlagenen Beinen wartend auf ihren Aufruf. Roman folgte zwei der Mädchen in den Salon, als die drei Mädchen aus dem Badezimmer kamen.
„Zieht euch bitte auch gleich aus. Wir beginnen“ sagte Julia, sich ihnen zuwendend.

Roman war heiß, aber nicht der Mädchen wegen, sondern es waren die Scheinwerfer und die Sonne, die durch die weggezogenen Vorhänge, um weiches Licht einfallen zu lassen, den Raum aufheizten.
Den nackten Geschöpfen machte die Wärme keine Probleme.
Roman scherzte: „Habt ihr keine Badehose für mich?“
Was auf der einen Seite Lachen auslöste, wurde seitens der Fotografen und Techniker ignoriert.

Die ersten beiden Mädchen hatten sich aus- und die Bikinis übergezogen, dann schritten sie auch schon auf dem Laufsteg an den Palmen vorbei direkt auf das Meer zu.
Im Raum war nur das Gebläse der Scheinwerfer, der Windmaschinen und ein wahres Feuerwerk an Fotoblitzen und Klicken der Kameras zu hören. Dazwischen ein paar Anweisungen von Julia.
Während die Mädchen sich aus- und anzogen passte Julia auf, damit nicht ein Fotograf ein Nacktfoto schoss.
Die Bikini-Modelle waren sehr extravagant und wurden je nach Typ Mädchen von Julia ausgesucht. Sie machte sich auch jeweils Notizen dazu.

„So, jetzt die Missoni-Gruppe“ rief sie in das Arbeitszimmer hinein.
Mit den nächsten drei Mädchen war Sharona mitgekommen. Nackt wie sie war.

„Du posierst oben Ohne“ sagte Julia kurz und reichte ihr ein schwarz bis hellbraun verlaufendes Bikini-Höschen.
Sharona schlüpfte hinein und zog es in ihren Schritt bis es Kontur hinterließ.. Dann stieg sie auf die Holzpaletten und ging auf die nächste Palme zu.
Sie umgriff sie wie ein Phallussymbol, mit leicht geöffneten Lippen und streckte den Po raus, was dem Bikini, in dem Fall eigentlich Monokini pepp gab. Dann ließ sie ebenso schnell von dem Stamm ab, wie sie ihn genommen hatte.
Die Fotografen waren begeistert. „Komm Sharona setz’ dich unter die Palme und nimm die Beine ein wenig auseinander, nein nicht soviel, das ist ein Modemagazin!“
Sharona schmunzelte und tat was man ihr anschaffte, konnte es aber nicht lassen sich mit gespreizten Fingern unterhalb der Brust anzufassen
„Kann man das so lassen?“ fragte eine Fotografin.
Julia strich sich eine Haarsträhne zurück und ging in Position der Fotografen. Ihr Blick war konzentriert. „Ja, ich denke schon. Das wirkt erotisch und Sommer ist erotisch“.

Sharona fühlte sich sichtbar wohl unter den vielen Blicken und genoss es, wie durch die auf sie gerichteten Windmaschinen ihr Haar den Nacken umflog.
„Komm“ sagte Julia“ ein Unterteil noch in Solo, dann machen wir Gruppenaufnahmen.“
Julia reichte ihr einen String-Tanga, diesmal von dunkelblau ins Weiße verlaufend, wobei das reine weiß vom Schambein abwärts eine jungfräuliche Ästhetik im Schritt bildete. Roman sah dass Julia Sharona beim Umziehen gleichviel Aufmerksamkeit schenkte wie er.
Sharona’s Brustwarzen hatten nur einen kleinen Vorhof und hoben sich trotzig vom Busen ab. Sie richtete sich das String zwischen den Pobacken ein und stellte sich vor die Atlantikküste. Eine Hand in der abgesenkten Hüfte, die andere Hüfte nach außen wiegend. An den Palmen vorbei und wieder zurück.
Dann blieb sie stehen und steckte die Hand unter das Bikini-Unterteil, bis nur mehr ein Daumen über dem Stoff lag.

„Aufhören, sofort aus! Diese Fotos gehen mir nicht raus, dass das klar ist“, und zu Sharona: „was denkst du dir eigentlich? Wir arbeiten hier seriös, noch einmal so was und du bist draußen!“
Julia gab Sharona einen Klaps auf den Po. Sie warf ihr einen Strandumhang zu, der umgekehrt von weiß ins Blaue verlief, und zupfte ihn an ihr in Form. Durch Teile der oben herum helleren Farbabstufung konnte man die jungen Brüste mehr fantasieren als ersehen.
„So jetzt ihr drei dazu!“ gab Julia Patty, Monique und Lisa Anweisungen. „Monique du links und Lisa, du rechts.“
Patty hatte etwa die Gestalt von Julia. Sie sah sehr extravagant aus in einem von Pink ins Gelbe verlaufenden Badekostüm. Die Figur wurde darin besonders betont.
„Du kniest zwischen Lisa und Monique mit leicht geöffneten Beinen, damit man den Sitz im Schritt gut sehen kann. Und lehne dich soweit zurück, bis du dich mit einer Hand hinten abstützen musst. Lege den Kopf in den Nacken, damit dein Haar nach hinten abfällt.
Und Sharona, Sharona? Du stellst dich breitbeinig hinter Lisa und Monique. Leg deine Hände um ihre Schultern und beuge dich vor bis auf die Linie der anderen Gesichter. Dabei lachst du spitzbübisch und schaust direkt in die Kameras“.

Julia überprüfte ihre Aufstellung aus Sicht der Fotografen. „Monique, das linke Bein hinten in die rechte Kniekehle legen.“Und nun seht euch an. Sharona, du hältst den Blick in die Kameras. Wind ab“, sagte Julia.
Diese Einstellung wurde mit unterschiedlichen kleinen Abwandlungen fortgesetzt.

„Bevor wir Versace machen, eine kleine Trinkpause, frischer Orangensaft und Mineralwasser kommen sofort“, verlautete Julia, als es auch schon klopfte.
Zwei Frauen brachten die bestellten Sachen und bauten sie auf der Kommode auf.
„Will jemand Kaffee“ fragte eine der Bediensteten und ein mehrstimmiges bejahen war die Antwort.

Der Kaffee wurde gebracht und Julia ersuchte, als sie sah, dass einer der Techniker gerade seine Zigarettenpackung aus der Hemdtasche ziehen wollte, dass im Salon nicht geraucht werden möge. „Sie können aber Ihren Kaffee ins Foyer hinunter mitnehmen. Wir machen dann in einer viertel Stunde weiter. Die Terrasse ist für Sie leider nicht zugänglich."

Roman ging auf die Dachterrasse hinaus und Julia folgte ihm.
„Na, gefällt dir was du siehst?" fragte sie und legte zur Entspannung den Kopf weit in den Nacken.
„Das sind doch alles nur Bilder, nur Gaukeleien, das wahre Leben bist du und ich, das weißt du!"
Sie seufzte, „wenn ich das nur so sicher wüsste wie du".

Roman umarmte sie. Dann ging er zurück in den Salon und schloss die Tür hinter sich.
Dass Julia noch eine ganze Weile verloren in das mehrere Stockwerke unter ihr liegende Grün der Baumkronen schaute und sich an den schmerzenden Unterleib griff, sah er nicht. Sie kam mit einem kleinen schwarzen Ring mehr unter ihren Augen in den Raum zurück.

„Es geht weiter, Versace!" rief sie wie zum Angriff.
Roman hatte sich den Telefonsessel herangezogen und ließ das Schauspiel nun sitzend über sich ergehen. Voran kam Java mit zwei Kolleginnen. Als Java den zugewiesenen Bikini anzog, sich somit umkleidete, staunte Roman nicht schlecht, dass sie ein männliches Geschlechtsteil zwischen den Beinen hatte. Julia erriet seinen fragenden Blick.
„Java macht ausschließlich Aufnahmen für Versace", flüsterte sie ihm von hinten ins Ohr. „Sie/er war auch schon seine Geliebte".
„Warum sollen Schwule nicht auch einmal Lust auf Busen haben", entgegnete er ebenso leise.

Wenn einem Versace nicht gefällt, kann man ihm rein gar nichts abgewinnen. Roman ging es so. Die weiblichen Modelle passten

von der Schminkart zwar zu den Bikinis, aber nicht in sein Bild einer Frau. Die Posen waren bizarr und beim Gruppenfoto konnte man deutlich die Männlichkeit von Java unter dem Bikini erkennen.
Die Fotografen wechselten einen Blick zu Julia, die nach Überprüfung des Konzeptes, zustimmend nickte. Um halb elf war der Zauber zu Ende.

Die Mädchen schlüpften wieder in ihre Unterwäsche und zogen im Arbeitszimmer ihre Oberbekleidung an.
„Ihr ward großartig“, küsste Julia jede einzelne auf die Wange, nur Sharona küsste sie auf den Mund.
Familie, dachte Roman, der Sharona beim Ankleiden nicht aus den Augen ließ, als sie ein Bein nach dem anderen hob um in ihren Rock zu steigen.
Als Sharona ging hörte er sie Julia fragen: „Sehen wir uns noch, oder ruf' an wenn du Lust hast mich zu sehen, ja?“ Julia nickte. Familie?

Im Salon beschäftigten sich die Techniker mittlerweile mit dem Abbau des Equipments und die Fotografen gaben nacheinander Julia die Hand zum Abschied.
Auch die Tapete war von der Wand verschwunden, die Holzpritschen ebenso.
Nur die Palmen standen noch im Salon.
Sie waren endlich alleine! Der Trubel von eben hinterließ eine stille Oase.
Julia nahm Roman um den Hals und ihre Hände glitten an seinen Schultern abwärts an den Oberarmen bis zu seinen Händen, die sie leicht drückte und gleich darauf wieder losließ.
Im Gehen sagte sie: „Ich muss aus der Jeans und mich duschen.“
Sie kam nach wenigen Minuten nackt und nass aus dem Bad.
„Willst du einen Drink?“ War ihre Frage, als sie mit zwei halbgefüllten Gläsern Macallan an den Couchtisch zu Roman trat und sich neben ihm auf das Sofa fallen ließ.
Roman stieß mit ihr an, während sie mit einem lang gezogenen „Ah“ die Beine auf den Couchtisch legte.

„In zwei Tagen habe ich die Fotos, dann beginnt erst die Arbeit der Auswahl.

„Julia“ sagte er, ohne auf ihren Arbeitsplan einzugehen, „Julia, was letzte Nacht nicht passiert ist, möchte ich nicht nochmals durchmachen müssen!“ „Aber ich war doch da für dich. Du hättest mir nur entgegen zu kommen brauchen. Du wolltest alleine sein!“
Sie ließ sich auf das Sofa zurückfallen, nachdem sie das Whiskyglas abgestellt hatte, zog ein Bein an ihre Brust, umschlang es mit der rechten Hand während ihre Linke Romans Hand suchte.
„Es ist wahrscheinlich die letzte Nacht vor deiner großen Inspizierungsreise“, umarmte ihn Julia nach einer Pause. Ich werde dir heute Abend alles zurückgeben. Du musst dich nur beeilen. Ich habe Schmerzen beim vaginalen Verkehr.
Roman spürte angenehm wie ihn ihr Versprechen streichelte.
„Versprochen?“ „Versprochen!“ küsste Julia ihn auf den Mund.
Sie öffnete ihre Sitzposition und stand auf.
„Und jetzt zieh ich mich an und wir gehen essen“, sagte sie fröhlich.

Es war Mittag geworden, und auch Roman verspürte Appetit.
Auch er ging nochmals unter die Dusche.
Als er aus dem Bad kam, schlüpfte Julia gerade in einen flamingofarbenen Rock und zog sich ein zartgrünes Top über den Kopf hinunter.
Nabel frei, keine Unterwäsche!

„Im Chiado Viertel sind die alten Häuser trotz des Erdbebens noch zum größten Teil erhalten geblieben. Auf den Plätzen sind nette Restaurants und es ist durch die kleinen Parks schattig“, sagte Julia ihm zugewandt, als sie das Hotel auf die Straße verließen.
Über die Rua do Carmo, an deren unteren Ende das Hotel Residenza einen kurzweiligen und kurzen Weg in den oberen, wie auch in den unteren Stadtteil anbot, erreichten sie den Platz

um den Largo do Carmo. Der elegante Brunnen strahlte Frische aus, die sie nach der leicht bergan gehenden Straße willkommen einatmeten.
Roman ging an den Brunnen und hielt die Hände hinein. Tauben flatterten auf und flüchteten in Kopfhöhe an ihm vorbei, dass er sich unwillkürlich duckte. Julia lachte.

Roman versuchte einen der nieder fliegenden Vögel mit bloßen Händen zu fassen, um seinen Stolz wieder herzustellen, was aber ihr Lachen verstärkte.
„In der Rua Nova da Trindade, gleich hier um die Ecke“, sagte sie, nachdem er seine Vogelfängerambitionen aufgegeben hatte“, ist eines der besten Restaurants der Stadt. Das Cervejaria da Trinidade. Hier war ich schon öfters Geschäftsessen ausstatten lassen. Abgesehen von der ausgezeichneten Küche, wir würden Haubenlokal dazu sagen, ist das Restaurant im Ambiente eines ehemaligen Klosters eingerichtet.
Aber ich möchte im Freien essen, außerdem bestellt man dort besser seinen Tisch vor.“

Roman schloss sich wieder Julia an, die während seines Versuches eines Kommunikationsaufbaues mit den Tauben langsamen Schrittes schon ein Stück vorausgegangen war. Als er sie wieder eingeholt hatte, sagte er gespielt missmutig: „Die Tauben können mich nicht hören“.
„Woher kommt wohl ihr Name glaubst du?“, ging Julia darauf ein.

Es hatte jetzt 38° Grad, wie er auf einer Anzeigetafel ablesen konnte.
Roman blies Julia kühlend in den Nacken, dass sich ihr offenes Haar nach vorne hin teilte. Sie strich es wieder an seinen Platz und nahm seine Hand indem sie ihre Finger zwischen seine legte. Seine Hand ist trocken und stark, ich mag seine Hände, entschied Julia.

Sie erreichten die Bergstation des Elevador da Gloria, zwei Wagons die mittels Seilen in den Schienen gegengleich die Garnituren vom oberen zum unteren Stadtteil brachten.
Das Gelb der, wie er vermutete, aus den zwanziger Jahren stammenden Wagons, hatte etwas Heimeliges, wenn er vergleichsweise an die zweckmäßigen Straßenbahnen in Wien dachte.
„Ist eigentlich die Seilstraßenbahn in San Francisco oder diese hier älter?“ fragte er interessiert. Julia dachte nach:
„Ich weiß es nicht“ sagte sie nach einer Pause des Überlegens.

In der vor Ihnen sich öffnenden Parkanlage standen ein paar Bänke leer. Den überwiegenden Teil aber besetzten junge Leute und vertrieben sich die Mittagspause im Gespräch, oder aßen einfach nur eine Kleinigkeit aus der Hand.
Der Park selbst mit alten Nadelholz- und Akazienbäumen strahlte eine trockene Hitze aus, die aber nicht das Atmen erdrückte.
Roman zog Julia, deren Finger noch immer zwischen den Seinen lagen, zu einer der leer stehenden Bänke und setzte sich. Dann atmete er den Geruch des Parks tief durch die Nase ein. „Hast du Katzen?“ fragte er, sich Julia zuwendend.
„Nein“ „Auch nicht als Kind?“ „Nein, niemals“.
„Mein Elternhaus ist am Stadtrand von Wien, genauer gesagt, im Südwesten Wiens“ erklärte Roman. „Wir hatten in meiner Kindheit zwei Katzen, die ich liebte. Ob Frühling, Sommer, Herbst oder Winter, selbst wenn ich blind gewesen wäre, hätte ich durch sie gewusst, welche Jahreszeit gerade ist. Katzen nehmen mit ihrem Fell die Gerüche auf. Oft schmuste ich mit meiner Nase in ihrem Nackenhaar und atmete ihr Parfum auf“.
„Das klingt ja wie eine Liebeserklärung“, brachte Julia sich in sein Selbstgespräch ein.
„Ist es auch!“
Roman beugte sich zu ihrem Nacken und schnupperte daran herum. Die Erinnerung wird schon deutlicher“, lachte er.
„Gehen wir was essen“, Julia stand auf und zog ihn notgedrungen an der umschlungenen Hand mit hoch.

„Der Park ist schön“, sprach er neben ihr gehend weiter, „und die alten Häuser rundherum. Ich mag das Licht in den glänzenden Nadeln und auf den Blättern der Akazienbäume, die Sonnenflecken auf dem verdorrten Gras. Sieht aus wie bei uns im Garten nach einem vierwöchigen Urlaub. Als die Sommer auch bei uns noch heiß und trocken waren“.

Sie waren mittlerweile im Bairro Alto angelangt. Die Häuser wirkten ärmlich aber malerisch. Viele kleine Geschäfte und Handwerksstätten reihten sich aneinander und das Straßenbild war um diese Tageszeit noch nicht durch Tourismus entweiht.
„Ich kenne da eine schlichte Tascas mit ein paar Tischen im Vorgarten“, unterbrach Julia seine Beschaulichkeit. „Ich habe einen Mordshunger“!

Der Vorgarten war klein und erinnerte ihn an eine griechische Taverne für Einheimische. Sie ließen sich unter der schattig überwachsenen Pergola an einem Tisch nieder.
Roman ordnete die anderen Gäste ein: Arbeiter, Geschäftsleute aus den nahen Verkaufsläden klassifizierte er, und ein Pärchen das sich, wie zuvor er und Julia, die Hände hielt.
„Idyllisch ist es hier“, sagte Roman und Julia lächelte ihn an.
„Ich fühle mich wohl in deiner Gegenwart, überall“, sagte sie.

Der Wirt kam und fragte nach Ihren Wünschen. Julia übernahm das Gespräch in gebrochenem Portugiesisch und der Wirt zählte drei Speisen auf.
„Es gibt Gemüseeintopf, Schweinefleisch und Fisch, ich glaube Thunfisch“ erklärte sie Roman ihr Verständnis der angebotenen Speisen. „Und Hauswein und Bier“.
„Na gut, das nehme ich“.
„Was jetzt, alles?“
„Ah, ich darf wählen, dann nehme ich Hauswein und dich“, sagte er scherzhaft mit sanfter Stimme.
„Ich kam nicht vor in seiner Speisenaufzählung“ antwortete sie etwas nervös. „Also?“ „Gemüseeintopf und Wein, Thunfisch ist mir zu trocken“, entschied Roman. Julia bestellte das Gleiche.

Der Wirt machte kehrt, um sogleich jedem von ihnen ein Glas Rotwein auf den Tisch zu stellen. Roman lehnte sich im Sessel zurück und verschränkte die Arme hinter dem Kopf, während er gleichzeitig seine Beine links unter dem Tisch ausstreckte. Dabei stieg er unabsichtlich auf Julias nackte Füße.
„Aua!" sie hatte die zartgelben Sandalen unter dem Tisch ausgezogen und kühlte ihre Fußsohlen am schattigen Kies ab.
„Tut mir leid", Roman zog die Beine wieder ein. „Hast du überhaupt noch was an?"
„Willst du's sehen?" sie streckte die Brust raus, dass sich das Topp darum spannte und wischte mit der Hand gleichzeitig einen Glasuntersetzer vom Tisch zu Boden.
„Jetzt kannst du auch meinen Rock kontrollieren" Übermütig griff Julia zum Glas Wein und prostete Roman zu. „Nur zu" ermutigte sie ihn.

Roman beugte sich nach dem unter den Tisch gerollten Kartondeckel. Unmerklich hatte Julia dabei die Beine ein wenig auseinander gezogen und rutschte im sich Zurücklehen mit dem Schoß näher an den Sesselrand, während ihr Rock in unveränderter Position am Sitz festhielt. Das Tischtuch kitzelte sie auf den Oberschenkeln.
Roman koste ihre Beine an der Innenseite mit seinem Handrücken bis in den Schritt. Als er wieder hochkam, mitsamt seinem Blutstau, hielt er triumphierend den Untersetzer in seiner Rechten.
„Und?" fragte Julia.
„Es ist kein Rock da, nirgends!"
Julia sagte lachend, „dann müssen wir hier bleiben".
Sie setzte sich wieder auf und hielt mit einem verschmitzten Lächeln ihr Glas Roman entgegen.
Auf dich", dann leerte sie das Glas Wein in einem Zug. „Der darf nicht warm werden". Roman folgte ihrer Aufforderung.

Als das Essen kam unterbrach es Julias Fantasie.
Roman bestellte nochmals zwei Glas Wein und der Wirt brachte, sie beide betrachtend, einen Krug mit ungewisser Inhaltsmenge.

Nach den nächsten beiden Gläsern war er jedenfalls noch lange nicht leer.

Nachdem die Frau des Wirtes die Teller eingeholt hatte, suchte Roman wieder das Gespräch.
„War das vorhin einer deiner Tagesreize, die du in der Nacht auslebst?“ fing er etwas ungeschickt und grob an. Julia versteifte sich. Sie dachte, jetzt, wo ich anfange ihn zu mögen, jetzt kommt er mir dafür zynisch.
„Nein, nein, es tut mir leid, das war ungeschickt von mir“, versuchte Roman die Situation zu retten. „Eigentlich wollte ich nur hören, dir mehr als ein Tagesreiz für die Nacht zu sein“.
„Du reagierst ja wie eine Frau“, Julia spürte, wie sich die eintretende Verkrampfung wieder in ihr löste.
„Lass uns trinken und nicht aneinander zweifeln. Was ich dir so in den letzten eineinhalb Tagen über mich erzählt habe, weiß sonst keiner“.

Sie dachte, wie wohl sie sich in seiner Nähe fühlte und dass sie keinerlei Scham ihm gegenüber empfand, weder was ihre Gespräche betraf, noch körperlich.
Julia verschränkte die Hände hinter dem Nacken und lehnte sich zurück.
Die makellos glatten Achselhöhlen übten eine Faszination auf Roman aus.

„Warum waren eigentlich so viele Fotografen beim Fotoshooting anwesend, einer hätte doch gereicht?“
Julia nahm ihre Arme wieder herunter, stützte die Ellenbogen am Tisch auf und legte ihre Hände lose übereinander.
„ Fotoshootings kosten ein Schweinegeld. So wie wir keine Naturkulisse aus den schon erwähnten Gründen in Betracht ziehen, genauso verhält es sich mit den Fotografen. Unsere Modefotos gehen in die ganze Welt. Vogue, Elle an die Modeschöpfer und so weiter. Je mehr Auswahl und Perspektiven wir durch die verschiedenen Blickwinkel und Persönlichkeiten,

die sie ablichten, bekommen können, desto effizienter wird der Kapitaleinsatz.
Roman betrachtete sie schweigend während sie fortfuhr:
„Teilweise werden die Modefotos ja auch für die Vorstellung neuer Gesichter verwendet. Deshalb auch das aufreizende Verhalten meiner Cousine, Sharona. Sie träumt davon, mit Achtzehn Playboy Model zu werden."

Noch eben diese übermütige sexy Frau, dachte er, und jetzt eine vortragende Managerin.
„Apropos Sharona", hakte Roman ein, „sie sagte, dass sie des Öfteren, wenn du in Lissabon bist, bei dir die Nächte verbringt".
„Ja, das stimmt, sie ist nun mal der Spezies Familie zuzuordnen und ich mag sie. Ihre Eltern wohnen außerhalb von Lissabon und betreiben da am Meer eine Rederei mit drei oder vier kleinen Frachtern zwischen Portugal und Madeira.
Sharona liebt die Großstadt, deshalb ist sie, wenn ich da bin, auch hier. Ihre Eltern wissen sie nicht gerne alleine in der Stadt."
„Das leuchtet mir ein", gab Roman keine Ruhe. „Aber sie hatte so einen komischen Unterton, als sie von den Nächten mit dir sprach".
„Ach diese pubertäre Jungfrau", Julia schüttelte den Kopf. „Ich habe einmal in ihrer Lieblingsdisco, wir feierten da ihren sechzehnten Geburtstag, etwas zu viel Whisky erwischt und wir sind mit dem Taxi ins Hotel gefahren. Das war vor ungefähr einem halben Jahr. Während ich duschte, hatte sie sich einfach in meinem Schlafzimmer in mein Bett gelegt. Ich sagte ihr, sie solle im Arbeitszimmer schlafen, wie immer. Ich bräuchte meine Nacht für mich alleine. Sharona murrte etwas und wickelte sich in die Decke und drehte sich von mir ab, um sich im nächsten Augenblick mir wieder zuzuwenden. Wie ist ein Höhepunkt? Wollte sie wissen.
Was?! Hab' ich sie gefragt, es ist zwei Uhr nachts, um diese Zeit haben arbeitende Menschen den schon hinter sich. Damit sah ich das Gespräch als beendet an, löschte das Licht und drehte mich auf meine Lieblingsseite. Doch Sharona gab keinen Frieden.

Zuhause könne sie mit niemandem über ihre Gefühle sprechen, die seien verklemmt, und dass sie durch ihre Eltern auf der Welt sei, grenze an ein Wunder. Wahrscheinlich sei sie ein Retortenbaby, schmollte sie.

Sharona hatte sich abgedeckt und stützte sich mit der Hand seitlich, sich mir zuwendend, am Kopf ab. Zugegeben, ihr Körper war vollkommen und ich musste sie ansehen. Aber mehr war bis dahin nicht. Ich küsste sie auf die Wange und wünschte eine gute Nacht. Morgen vielleicht, sagte ich noch.
„Die Geschichte ist aber noch nicht zu Ende? stellte Roman mehr sachlich als fragend fest.
„Nein, ist sie noch nicht".

„Ich war schon am Einschlafen als Sharona anfing, unruhig zu werden und sich im Bett hin und her warf. Sie strampelte die Decke mit den Füßen von sich und streichelte ihre Schenkelinnenseiten mit beiden Händen auf und ab ihrer Scham entgegen, wobei sich ihre Beine immer weiter spreizten. Ich war in der Situation, sie zu maßregeln, mich schlafend zu stellen, oder sie gewähren zu lassen.
Ich wusste, dass sie zu Hause noch mit ihren Eltern einen Schlafraum teilte und so ließ ich sie gewähren, sozusagen als Geburtstagsgeschenk.
Erst als sie anfing immer lauter zu werden und es bereits fast drei Uhr morgens war, sagte ich, sie solle in ihrem Zimmer fertig werden.
Sie musste tatsächlich geglaubt haben ich hätte geschlafen, so erschrocken reagierte sie. Sharona schloss die Beine und es herrschte mit einem Moment Stille in dem Raum. Nur ihr Körpergeruch war noch da.
Sie warf sich über mich und weinte und umklammerte mich um den Hals. Ich kam nicht umhin, ihren erhitzten Körper durch meine Decke hindurch zu spüren. Sie tat mir leid. Also gut, sagte ich, der erste Höhepunkt muss erlernt werden. Dein ungestümes Vorgehen bringt dich da nicht hin. Lege dich wieder zurück in deine Hälfte des Bettes.

Sharona folgte und legte sich hin, als würde sie auf die große Bescherung warten. Ich sagte ihr, sie solle ihre Brüste streicheln, solange bis sich, was sie dabei empfindet von oben nach unten verlagert. Sie fragte mich wann denn das sein werde und ich antwortete, dass sie das nicht übersehen werde…

Nach einer kleinen Weile bereits strich eine ihrer Hände die Bauchdecke hinab über ihre Scham. Mit der anderen Hand berührte sie abwechselnd die eine, dann die andere Brustwarze. Sie schloss ihre Augen und atmete ruhig. Sie war ganz still, fast konnte man die Elektrizität, die ihr Körper ausstrahlte, hören.
Als sie die Klitoris berühren wollte, sagte ich ihr, dass sie zuerst die äußere Vagina streicheln solle, auch Innen, das Jungfernhäutchen liege viel tiefer, sie bräuchte keine Sorge zu haben, es zu verletzen.
Sharona zog wie automatisch die Beine ein wenig hoch und auseinander. Dann streichelte sie sich wie angeordnet.
Ihre Augenlider waren noch immer geschlossen und sie verfiel immer mehr dem Genuss ihrer Körperwünsche. Ohne die Augen zu öffnen sagte sie, sie verspüre ein Ziehen im Unterleib, als müsse sie urinieren. Ich versicherte sie, dass das in Ordnung sei und sie ab jetzt ihre Klitoris mit stimulieren könne.
Als ich auf die Uhr sah, war es bereits fast vier Uhr morgens. Ich brauchte ein wenig Schlaf, ich hatte an diesem Morgen einen ausgebuchten Terminkalender.
Es geht nicht, sagte sie in meine Gedanken und meinen Schlafwunsch hinein.
Nun, dachte ich, sind wir soweit gekommen, werden wir auch fertig.

Ich beugte mich zu Sharona hinüber und nahm ihre linke Hand, streckte ihren Mittelfinger hervor und legte ihn an ihre Po backen. Jetzt denke an das Straßenverkehrsteilnehmer-Freundschaftszeichen und stecke deinen Finger wohin die Autofahrer ihn sich am liebsten hin stecken möchten, sagte ich kurz.

Sie war zwar etwas verstört, doch ich war nur noch müde. Und die Methode hatte immer funktioniert!
Als sie dann doch noch innerhalb der nächsten halben Stunde ihren so ersehnten Höhepunkt hatte und mir erzählte, dass sie es sogar mit zwei Fingern hinten gemacht hatte, war ich endlich so aufgekratzt, dass ich aufstand und im Badezimmer masturbierte. Sharona schlief indessen mit einem glücklichen Zug um die Lippen."
Den letzten Satz unterlegte Julia zynisch.
„Das war's, dieses kleine Luder hat mich einen Kunden gekostet weil ich unkonzentriert am nächsten", sie berichtigte sich, „am selben Tag gearbeitet hatte"!

„Deine Beschreibung war sehr erotisch und aus Sicht des Zuhörers, jedenfalls war es deine Nachtruhe wert, Frau Sexualtherapeutin".
Roman verteilte den restlichen Inhalt des Kruges in ihrer beider Gläser und hielt Julia das Glas zum Anstoßen entgegen. Sie tranken schweigend aus, dann hob Julia sich vom Sessel und ging in das Lokalinnere auf die Toilette.
Im Herauskommen winkte sie mit der Rechnung. „Du bist eingeladen, wir können gehen".
Roman stand auf und umfasste ihren Arm beim Gehen. So behielt er Julia, während sie die Stufen zur Ruo do Diano de Noticas hinaufgingen und nach links abbogen.

„Das ist das sogenannte Fado Viertel" begann Julia ihre Ausführung, etwas atemlos. Am Abend ist das Bairro Alto eine viel besuchte Gegend von Terroristen", sie berichtigte sich, „ein freudscher Versprecher. Touristen natürlich, wegen der vielen Lokale wo Fado angesagt ist. Die meisten Lokale sind Kreditkarten-Etablissements, wie ich sie nenne. Wo vorwiegend Touristen sogenannte heimische Folklore-Spezialitäten, mit dem Preis eines von den hiesigen Gastronomen aufgebauten kommerziellen Netzes bezahlen und ihnen vorgegaukelt wird, heimisches Kulturgut zu konsumieren.

Ich kenne da aber ein Lokal der einsamen Herzen, wie ich es nenne“. Die zumeist traurigen, troubadour-ähnlichen Vortragsweisen mit Gitarrenbegleitung, stimulieren mich angenehm“. Da kann man als Frau auch alleine hingehen und es sind fast nur Einheimische da.
Julia sah bei ihren letzten Worten etwas wehmütig und zerbrechlich aus.
Roman glitt an ihrem Arm abwärts und zog ihre Handfläche an sein Gesicht und berührte sie mit seinen Lippen..
„Wörtlich übersetzt“, sagte Julia, die mit sanfter Stimme, während sie seine Liebkosung in ihr Herz aufnehmend, weitersprach, „bedeutet Fado Schicksal und ist Inbegriff der portugiesischen Musik.“
„Also Schicksalslieder. Aber das Schicksal zeigt sich doch nicht immer nur von der traurigen Seite“, entgegnete Roman, ihre Handinnenfläche jetzt wieder loslassend.
„Sieh uns beide an!“
„Das ist es ja, was mich traurig macht, ich habe mich so an deine Anwesenheit gewöhnt.“
Wenn du fort bist, gehe ich in mein Lieblingslokal und weine auf dich“, beschloss sie ihren Satz.
„Sehnsucht und Schwermut werden auch meine Tage prägen, Julia“, sagte Roman, der bei den letzten Worten von ihr immer langsamer seine Schrittfolge fortsetzte, bis er endgültig stehen blieb.
„Mein Hauptdomizil ist Lissabon, auch wenn meine Arbeit einen sehr großen Radius umfasst. Wir sehen uns die nächsten Wochen ganz bestimmt.“

Roman zog Julia an sich und küsste sie wie am ersten Tag auf der Straße. Hier waren aber kaum Menschen um sie herum. In der Nachmittagssonne genoss sie seine Herausforderung und lehnte sich glücklich an ihn. Wie ein kleines Mädchen, das nicht mehr loslassen wollte.

Die Gassen, durch die sie anschließend spazierten, waren von niederen Häusern geprägt. An vielen Hausmauern rankten sich

Bogomil-Blüten. In pink und weiß brannten sie sich in die Hausmauern. Es war ein buntes Bild der Harmonie.

„Schön still ist es hier“.
„Warte bis es Abend wird“, drehte sich Julia Roman zu. Sie schob wieder ihre Finger zwischen die seinen und behielt sie zwischen ihren beiden. Sie übertrug jede ihrer Schrittbewegungen auf seinen Körper.
„Bist du oft in Wien oder der ständig unterwegs?“
Julia reagierte aus ihren Gedanken gerissen.
„Was? Ach so, ich kann es mir nicht immer aussuchen, nach Möglichkeit mache ich Vorbereitungen für meine Arbeit schon in Wien, außerdem ist das Büro in Wien meine Anlaufstelle. In London bin ich nur zweimal im Jahr. Da fliege ich dann meist auf ein paar Tage zu meinem Vater nach Edinburgh“.

Ihr Mobiltelefon meldete sich mit der Melodie des Donauwalzers.
„Also doch noch Wienerin!“ Stellte Roman grinsend fest.
Julia nahm das Handy ans Ohr und führte ein kurzes Gespräch. Dann überlegte sie und sah Roman an.

„Ich hätte morgen frei gehabt und wollte meine Cousine nach Portimao zu ihren Großeltern bringen. Das geht jetzt nicht“, sagte sie etwas sauer. Dann überlegte sie:
„Fährst du nicht morgen an die Algarve?“
„Ja, aber frühestens am Nachmittag. Vormittags muss ich mich in meinem Hotel einrichten und mich um einen Mietwagen kümmern. Außerdem möchte ich mir am Schifffahrtsamt Küstenpläne besorgen. Woran denkst du?“
„Na wenn du in die Nähe von Portimao kommst, könntest du Sharona vielleicht dort absetzen“.
„Wo liegt Portimao, fragte Roman, „ich wollte in Albufeira ein Hotel buchen und dort meine Arbeit beginnen“.
„Das liegt genau am Weg, nur zirka dreißig Kilometer von Albufeira entfernt“. Julia sah ihn abwartend an.
„Tja gerne, möglicherweise können wir noch gemeinsam zu Mittag essen, und ich sehe dich vor meiner Abreise“. Julia nickte.

„Wieso bist du nicht gleich nach Faro geflogen, von dort ist es ein Katzensprung nach Albufeira?“
„Ich wollte dich kennenlernen, deswegen!“ Er sah Julia schmunzelnd in die Augen.
„Aber der wahre Grund sind geografische und zweckmäßige Überlegungen. Erstens bekomme ich hier alle Pläne die ich brauche, und zweitens ist für meinen Arbeitsbereich Lissabon letztendlich zentraler“.
„Mir kommt diese Entscheidung sehr entgegen, lächelte Julia ihn an“.

Inzwischen hatten sie die gewundene leicht bergan verlaufende Rua Joao Pareira da Rosa erreicht, von der sie in die kleine Travessa dos Inglesinhos einbogen und wieder in den belebteren Teil des Bairro Alto kamen.

„Lass’ uns setzen und was Trinken“ sagte Roman.

Der Nachmittag hatte seinen Höhepunkt erreicht und die Hitze lag unbeweglich in den Straßen. Zwischen den vielen Boutiquen reihte sich eine große Auswahl von Lokalen ein.
Julia blieb vor einem der Geschäfte stehen und deutete auf ein Werbeposter in der Auslage.
„Siehst du, das ist eines von unserer Firma, das habe ich ausgewählt“.

Das Werbeplakat zeigte eine tief verschneite Winterlandschaft. Auf einem Pferdeschlitten räkelte sich ein Mädchen im Bikini.
„Das ist Werbung für ein neues, angenehm kühles Obermaterial“, erklärte Julia.
„Sieht metallisch aus“, bemerkte er als er das Foto aus der Nähe betrachtete.
„Ist es auch. Der Stoff ist mit Metallfäden durchwirkt, die das Sonnenlicht absorbieren. Dadurch hat die Trägerin das Gefühl nichts anzuhaben.
Ich trage auch so ein Modell, du kennst ja meine Vorliebe, am liebsten nackt zu sein“.

Sie gingen noch ein paar Schritte, um sich dann in der Nähe eines Brunnens unter großen Platanen zu setzen.
„Mir ist nach Whisky und Soda, das Essen war doch sehr üppig", legte sich Roman fest.
„Und du?" Julia nahm die Getränkekarte zur Hand, dann klappte sie sie zusammen.
„Ich auch", sagte sie, „die haben Macallan da, sogar 18jährigen". Wenig später kam ihre Bestellung und Salzgebäck.

„Auf dich", hob Roman das Glas, „und nahm Julias Handrücken unter seine Hand.
Wie ein großer Schirm, unter dem man vor alltäglichen Einflüssen geschützt ist, ging es ihr durch den Kopf.
„Wir waren in Wien stehen geblieben", holte Roman sie aus ihren Gedanken.
„Nein widersprach Julia, „wir sind zwischen dem Mittagessen und hier auf der Straße stehen geblieben" lächelte sie in warm an.

„Über mein Leben in Wien gibt es nicht viel zu erzählen", ging sie auf seine Frage ein. „Ich lebe da allein in einer Altbauwohnung im ersten Bezirk.
Wenn ich nicht in unserem Büro in Wien arbeite, treffe ich mich mit Freundinnen. Wir verbinden Tage mit Einkaufsbummel und Abende damit, gemeinsam essen zu gehen oder mit Kinobesuchen. Ich bin aber genauso gerne alleine zu Hause und lese.
Manchmal, wenn ich meinen Aufenthalt in Wien abschätzen kann, belege ich Abendkurse in Literatur und Geschichte, gehe aber ebenso regelmäßig auf Vernissagen und Ausstellungen. Außerdem besuche ich gerne das Kabarett, Theater und Konzerte. Wenn ich es schaffe, in meiner Freizeit rechtzeitig aufzustehen, auch zum Jazzbrunch mit Freunden.
Fixen Freund habe ich keinen in Wien, wenn du das herausbekommen willst!"
„Wollte ich" gab Roman offen zu.

Julia unterließ es zum Zeitpunkt seine Bindungen zu hinterfragen. Ihr genügte der Augenblick hier und jetzt.
„Du hast auf jeden Fall ein abwechslungsreicheres Leben in Wien als ich“, erklärte sich Roman.
„Die meiste Zeit des Arbeitstages verbringe ich an meinen Zeichentischen. Als Statiker und Bauingenieur darf ich mehrere haben“ er ächzte gespielt. „Meine Aufgaben beziehen die Suche neuer Möglichkeiten für Yachtanlagen genauso ein, wie die regelmäßige Prüfung der bestehenden. Das hier ist mein erster Auftrag sozusagen im Außendienst. Ich sehe es als Herausforderung an für die Planung, den Bau und die Auswahl verantwortlich gemacht worden zu sein.
Ich habe meinen Ingenieur in der Höheren Technischen Lehranstalt, in der HTL in Mödling bei Wien gemacht, um danach von der Schule weg sofort bei FVYC zu beginnen. Seit meinem siebzehnten Lebensjahr, das ist knapp zehn Jahre her, habe ich mich da hineingearbeitet und in der Abendschule mein Diplom nachgeholt. Es war nicht immer leicht, wenn die anderen Jungs sich die Nächte um die Ohren schlugen, zu Hause zu sitzen und zu büffeln.
Jetzt steht DI Roman Polansky auf einem kleinen Schild neben meiner Bürotür“. Roman atmete durch. „Aufregend was?“

Julia zupfte den rechten Träger ihres Tops zurecht, der beim Abstellen des leeren Glases an ihrer Schulter heruntergerutscht war.
„Trinken wir noch einen?“
„Ich langweile dich mit meiner Arbeit?“ unterbrach sich Roman.
„Nein! Aber mein Glas ist leer und ich bin in Stimmung noch mal das Gleiche zu nehmen. Es ist schön hier. Der Ausblick auf das Menschengetümmel wirkt belebend auf mich“. Sie fügte hinzu, „wenn ich nicht selbst darin stecken muss. Dann ist es eine Qual für mich“.
Roman winkte dem Kellner.

Nachdem er mit dem Rücken zur Straße gesessen hatte, wechselte er mit seinem Sessel an Julias Seite. Sie war wieder

aus ihren Schuhen geschlüpft und saß entspannt an den Sesselrücken gelehnt und hatte beide Hände links und rechts der Sitzfläche hinab hängen.
Der Whisky wurde gebracht, diesmal mit einer Schale Kartoffelchips.

Roman nahm genüsslich einen Schluck vom Whisky und fragte Julia, wie sie auf Macallan gekommen war, auch im Hotel bevorzuge sie ja diese Marke.
Julia sah ihn erstaunt an. „Ich bin geborene Schottin, hast du das vergessen? Abgesehen davon lernte ich durch meinen Vater das Gutshaus der Macallan's und deren Vertriebsleiterin kennen. Da bekam ich ihn solange zu trinken, bis ich mich an den Geschmack gewöhnt hatte". Sie lachte, „nein also er schmeckt mir am Besten von all unseren schottischen Single Malt Whiskys. Stört dich was an dem Geschmack?"
„Nein, ganz im Gegenteil, ich habe nur noch nie diese Marke gesehen oder davor von ihr gehört".
„Dazugelernt" schmunzelte Julia und hob ihm das Glas zum Anstoßen entgegen.

Sie sahen nun beide eine Weile auf die bunte Menschenmenge ohne zu sprechen. „Sie sind das lebendige Meer in seinem Kommen und Gehen", dachte Roman laut.
Er berührte mit seinem Handrücken den von Julia.
„Ebbe und Flut. Du und ich.
Es ist so viel von der Natur und ihrer positiven wie negativen Gewaltigkeit in jedem von uns. Wir erkennen das nur nicht, oder zumindest ein nur geringer Teil von uns erkennt das.
Ein noch kleinerer Teil aber lebt sie! Ich denke, du gehörst dazu und dafür beneide ich dich".
„Hör auf, das macht mich verlegen", Julia machte eine kleine Pause. „Obwohl du nicht Unrecht hast wenn ich es mir genau überlege. Die meisten Entscheidungen meines Lebens habe ich aus dem Bauch getroffen Man sagt, dass das eine erdige Entscheidung ist. Aber da gibt es noch Luft, Feuer und Wasser, was ist damit an mir"?

An meinem Feuer wärme ich mich selbst, Wasser kenne ich vom Baden und mein Körper mag die Luft. Ist das denn genug?
Ich denke eher, du hast alle vier Komponenten in dir. Du triffst Entscheidungen nicht aus dem Handgelenk sondern aus dem Herzen, mit beiden Beinen auf dem Boden und du kannst Brandherde löschen und wie der Phönix aus deren Resten aufsteigen. Du bist ein gewaltiges Stück dieser Natur".
Jetzt legte ihr Roman den Zeigefinger an den Mund.
„Ich liebe dich Julia, das macht mich zu dem was ich dir scheine. Du bist Auslöser meiner Gewaltigkeit, die du in mir siehst.

Julia lehnte ihren Kopf seitlich an seine Schulter und sah gedankenverloren auf das Treiben in der Straße vor ihnen. Ihr Haar berührte Roman und er fuhr fort, ihren Druck an seiner Schulter mit streichelnder Handbewegung an ihrem Hinterkopf zu entgegnen.

Alles auf der Welt war schon immer da. Und zwar in einem Übermaß, sodass man oft überfordert durch die Reize, die Auswahl nicht fähig ist, zu treffen. Ging es ihm durch den Kopf. „Siehst du" überlegte er jetzt wieder laut weiter, „ich hatte mich sehr auf meine Arbeit gefreut und in deiner Gegenwart entgleitet mir diese Freude. Von einem Moment zum anderen. Plötzlich sind die Prioritäten total verschoben. Erst wenn sich durch die andere Wirklichkeit die Vernunft zwischen die Situationen und deren Eindrücke stellt, sind wir für die Arbeitswelt wieder brauchbar.
Freisein und eine freie Entscheidung ist das nicht". Julia nickte mit dem Kopf, was er nur spüren aber nicht sehen konnte.
„Ich weiß was du meinst". Dabei suchten ihre Finger Platz zwischen zwei Knöpfen seines Hemdes und legten sich auf seinen warmen Brustkorb darunter. Als wolle sie sein Herz streicheln.

Roman fiel der Moment seines Aussteigens aus dem Flieger wieder ein und wie er tief einatmete und sich frei fühlte. Als ob

Arbeit fern seines Arbeitsplatzes in Wien schon Freiheit bedeuten hätte können.
Wie unwichtig diese Freiheit doch gegenüber der augenblicklichen war! Das wurde ihm soeben körperlich und seelisch bewusst.
Jetzt verspürte er sie wieder und ahnte gleichzeitig, dass sie ihn in all seinem weiteren Handeln einschränken werde.
„Allgemein verbindliche Freiheit gibt es nicht“, warf er plötzlich diesen Satz in die Idylle ihrer beider Sein.
Julia nahm den Kopf von seiner Schulter und sah ihm ins Gesicht. Roman merkte, dass in ihren Augen der Ansatz von Tränen stand.
„Kann es sein, dass wir beide gerade das Gleiche gedacht haben?“ Dann kuschelte sie sich wieder wortlos an ihn, noch ein bisschen heißer an Körper und der Nähe zu ihm.

Der Tag lehnte sich am Abend an, wie Julia sich an seiner Schulter. Mit der gleichen Wehmut.
„Lass uns zum Hotel bummeln“, sagte Roman und winkte der Kellnerin nach der Rechnung.

Über den belebten Platz Luis de Camoes mit seinem neunzehnhundertzweiundzwanzig entstandenem Café, bogen sie in die Rua Garrett ab.

Es war mittlerweile dämmrig geworden und die neunzehnhundertachtundachtzig ausgebrannten Reihen der Häuser der Innenstadt hoben sich bizarr in die einbrechende Dunkelheit.
Andeutungsweise erkannte Roman die Fassaden der Häuserfronten, deren hohle Fensteröffnungen den dahinter liegenden Abend erahnen ließen, ohne den heimeligen Lichtschein von Leben um diese Tageszeit.
Er ließ es zu, beim Anblick dieses rauchgeschwärzten Viertels förmlich den Lärm der Flammen, die aus den Fenstern himmelhoch ihren Funkenflug hochwirbelten, zu hören. Nur vom noch größeren Lärm der einstürzenden Dachstühle übertroffen.

Jeder menschliche Schmerz musste darin still gewirkt haben.

„Wie viele Schicksale mögen hier ihr abruptes Ende gefunden haben", sagte Roman, um ohne eine Antwort abzuwarten hinzuzufügen: „ Und wie viele hatten die Möglichkeit neu zu beginnen.
Warst du zum Zeitpunkt des Brandes in der Stadt?"
Julia verneinte, „da war ich noch ein Kind", sie berichtigte sich, „etwas älter als Sharona heute und ging noch in Wien in Hetzendorf in die Modeschule.
Wie alt schätzt du mich eigentlich?" Sie zwickte Roman in den Arm.
„Na, um die dreißig", lachte er, was ihm einen sanften Rippenstoß einbrachte.

Sie näherten sich langsam dem Hotel. Es hatte laut einer Anzeigetafel an einer Uhr immer noch achtundzwanzig Grad. Das Tageslicht bildete nur noch einen schmalen Streifen zwischen Horizont und der einfließenden Nacht vom Osten her. Es war windstill.

Als sie von der Straße ins Hotel kamen fröstelte es Roman ein wenig. Auch Julia umfasste reibend ihre Arme. Ihre Körper waren vom warmen Abend auf der Straße erhitzt, so dass der plötzliche Wechsel in die klimatisierte Hotelhalle ihnen als Kälte vorkam.

Der Portier übergab mit einem Gruß den Zimmerschlüssel und Post an Julia. Seine Blicke glichen jemandem, der einen Kleiderständer abzuräumen versucht.
Nackter konnte man vor seinen Blicken kaum sein.

Von den Sandalen, die Julias Körpergröße von einem Meter siebzig zierlich und mädchenhaft erscheinen ließen, klammerten sich seine Blicke die braunen Schenkel hinauf. Am Rocksaum entlang bis zum Top. Dass sie fröstelte, vermochte das Stück

Stoff über ihrem Busen nicht zu verbergen. Ins Gesicht sah er Julia nicht.
„Wenn er jetzt auch noch Unterwäsche fantasiert, bleibt er auf der Strecke“, sagte Roman leise in ihr Ohr.

Julia drehte sich um und stieß frontal gegen ihn. Sie lachten und er schubste sie vor sich her zum Aufzug.
Als sie das Zimmer betraten, umschlang Julia Roman mit beiden Armen um den Hals, als müsse sie sich hinaufziehen an ihm.
„Sei zärtlich“ flüsterte sie in sein linkes Ohr. Ihr Haar kitzelte dabei seine Wange.
„Ich will versuchen dir zu geben was immer du wünschst“.
Danach huschte sie ins Bad und er hörte sie duschen und Zähneputzen. Roman ging nach ihr.

Als er das Bad in das Schlafzimmer verließ, nur mit einem Handtuch um die Lenden, saß Julia schon am Bettrand und versuchte sich daran eine Flasche Dom Perrignon zu öffnen.
„Gib her, ich mach das!“ Aber sie bestand darauf, es selbst zu tun.
In diesem Augenblick löste sich der Korken mit einem Knall und der Champagner sprudelte über den Flaschenhals hinaus und über ihre Schenkel.
„Siehst du“, lockte Julia, „So will ich dich in mir spüren“.
Roman ließ das Handtuch fallen und zeigte seine Erregung. Er hielt die beiden bereitgestellten Gläser zum Einschenken Julia entgegen. Dann nahm er ihr Gesicht am Kinn und hob es an.
„Knallen kann ich nicht dabei“, lächelte er in ihre Augen. „ Aber überschäumen kann ich, wenn du den Korken raus bekommst.“
„Das ist leicht für mich! Ich hatte nur zwei oder drei Liebhaber und die waren grauslich“. Sie versuchte sich seinem Blick und seiner Hand zu entziehen. „Aber keiner von Ihnen hat heute mehr ein Gesicht. Deines würd ich gern behalten.
Ich hab Schmerzen bei einer Penetration. Komm einfach. Ich hak mich bei dir unter und lass mich von dir mitnehmen, wohin du auch gehst.“

Roman drückte sie an sich und ließ sich mit ihr auf das Bett zurückfallen. Julia schmiegte sich mit ihrer ganzen Fraulichkeit an seinen Körper. Sie strahlte eine trockene Hitze aus, wie der Mittag heute. Roman verspürte auch den gleichen Hunger, nur nicht nach Essen.

Er streichelte ihren Rücken und fühlte ihren Busen auf seiner Brust. Ihre Scham lag genau auf der richtigen Stelle.
Roman begann mit rhythmischen Bewegungen, Julia zu reizen. Julia ließ das gegengleich zu bis sie plötzlich das Auge des Hurrikans traf. Mit Stille und tiefhängenden Wolken ließ der Sturm, wie er gekommen war, von ihr ab. Warum läuft er nicht um sein Leben, soll er mich doch zurücklassen, verdrängte Julia die Schmerzen und blieb noch bei ihm.

„Warst du schon beim Arzt wegen deiner Schmerzen“, hörte sie Roman wie aus einer anderen Dimension fragen. „Kein Hurrikan hat mir jemals etwas anhaben können. Ich bin immer am Boden festgeklebt“, antwortete sie mit Tränen in den Augen.
„Ich hol dich da raus, ich lasse dich nicht zurück. Komm! Halt dich an mir fest!“ drückte Roman Julia an sich.
Julia hob sich von ihm ab und ließ sich daneben auf das Bett fallen. Dann sagte sie, die Arme unter dem Kopf verschränkend: „Ja, ich bin bei Ärzten gewesen, aber das sind alles Lustmolche!“
„Und eine Ärztin?“ fragte Roman weiter.
„Die eine war lesbisch, die untersuchte meine Klitoris auf ihre Funktion. Und dann habe ich auch zu wenig Zeit Termine einzuhalten“.
„Du solltest das aber ernst nehmen!“

„Komm“, sagte sie spontan mit einem leichten Biss in seine Unterlippe, „lass uns nicht reden“, und ließ sich wieder rücklings auf das Bett zurückfallen.
In diesem Moment strahlte sie eine frohe Glückseligkeit und Liebesbereitschaft gegenüber dem Moment aus. Roman wollte nur mehr Eines: Teilhaben daran. „Bist du sicher? Ich will dir nicht weh tun.“

„Nimm mich!“ Zog Julia Roman auf sich.

Roman fieberte dem Moment entgegen, als sich Julia ihm auch schon wieder entzog. Nur ihr Muskelspiel im Schritt und ein erlösendes tiefes Einatmen und ein kleiner Katzenjammerlaut zeigten an, dass sie eben fertig geworden war.
Julia drehte den Kopf zur Seite in die Polster und weinte leise. Sie drückte Roman von sich und aus ihr.
„Es ist so schön und tut so weh“, schluchzte sie jetzt hemmungslos.
Roman zog Julia mit sanftem Druck an sich und küsste Ihre Tränen, die nach heißem Atlantik schmeckten, fort.

„Ich wollte dir doch Befriedigung in mir verschaffen“.
„Auch wenn du davon gelaufen bist und ich noch am Start stehe, sieh es als Staffellauf oder Zwischenzeit! Du musst aber unbedingt einen Arzt aufsuchen“. Julia klammerte sich an Roman und nickte brav.
Roman schenkte Champagner nach und reichte Julia das Glas. Die Tränen waren vertrocknet und sie wischte sich über die Augen. Sie strich die Haare aus dem Gesicht und drückte sich an Roman.
„Soll ich es dir mit dem Mund machen? Dabei bist du auch in mir!“ Sie sah ihm erwartungsvoll in die Augen.

Roman wendete, im Glas beiseite stellen seinen Kopf ab. Dann sagte er, noch immer sie nicht ansehend: „Hast du es schon mal im Po gemacht?“
„Nein“, kam die zögernde Antwort. „Das heißt, ich habe einen kleinen Vibrator auf Reisen mit. Den hab ich mir beim Masturbieren schon öfters hineingesteckt. Das prickelte so schön“. Sie sah dabei zwischen seine Beine: „Der hat aber nicht deine Dimension“.

„Das ist nur weil ich so aufgeregt bin!“ wehrte Roman scherzend ab. „Streichle dich in Stimmung und nimm mich mit deinen

Empfindungen mit. Schon die Griechen wussten um diese Faszination, wenn auch unter anderen Umständen, Fellatio ist eine Einbahn, lasse es uns im Gegenverkehr versuchen."

Julia antwortete ernst: „Du magst diese Schweinerei also wirklich?!"
Roman drehte ihr seinen Kopf wieder zu und starrte sie betroffen an.
Im gleichen Moment lachte sie, „komm schon, lass' es uns probieren! Ich habe jetzt auch Lust darauf. Etwas das erste Mal mit dir zu tun ist für mich verlockend".

Sie nahm kurzerhand seinen Penis und befeuchtete ihn mit ihren Lippen. Danach nahm sie etwas von ihrem Speichel und führte ihre Finger zum Po. Roman sah dabei wie ihre Schamlippen anschwollen.
Julia legte sich auf den Rücken und hob die Beine hoch und auseinander um den Zielpunkt für Roman leichter zu gestalten. Sie nahm ihn mit beiden Händen um die Lenden und half ihm sich einzuführen.
Sie seufzte auf! „Mach mich nicht kaputt. Ich brauch meinen Po noch!"
Ihre Hände glitten an seinen Rücken hinauf unter die Achseln, gleichzeitig schlang sie die Beine um seine Lenden und wehrte sich gegen sein tiefes Eindringen in sie „Lass mir bitte Zeit!" Steck die Champagnerflasche rein, damit ich feuchter werde!
„Nobel geht die Welt zu Grunde" nahm Roman die halbvolle Flasche, schüttelte sie und steckte sie in Julia.
„Ist das gut für dich, oder tut es weh?" Nahm er einen zweiten Anlauf.
„Nein es tut nicht weh, es ist wunderschön. Komm tiefer", drängte sie mit einem Laut des Wohlbefindens.
„Es ist dein erstes Mal? „Ja" stöhnte Julia leise. „Tu' weiter, lass mich auf dir sitzen".

Sie schubste Roman in einer Rolle zur Seite und setzte sich mit den Pobacken auf ihn.

Die Drehung alleine schon war der halbe Höhepunkt. Sie hob und senkte ihren Körper, die Reibung wurde unerträglich schön. „Lasse dich in mir kommen, ich bin heiß darauf", sie streichelte seine Bauchdecke.
Julia lehnte sich weit zurück und stützte sich rücklings mit den Händen am Bett ab. Die damit erreichte Position öffnete ihren Schoß vor der Falllinie ihres Gesäßes.
Roman hatte seinen Kopf leicht angehoben und genoss es, ihren gespannten Körper bei seinen Bemühungen zu sehen..
Julias Haar fiel teilweise über ihr Gesicht und ihre Schultern. Die Lippen waren im stoßweisen Atem leicht geöffnet."Spring mit mir über die Hürde!"
Die Brüste wippten andeutungsweise in ihrem immer schneller werdenden Galopp. Knapp vor dem Sprung über die Latte riss sie die Zügel an sich und drehte ab.
„Gib mir noch einen Schluck Dom Perignon". Julia entzog sich kurz Roman und schüttelte die Flasche bevor sie sich einen erfrischenden Schluck davon einführte. Ich hab noch nie einen Orgasmus in meinem Rectum gehabt. Julia sah dabei so zufrieden aus, dass Roman sie auf Abstand zu sich selbst halten musste. Julia ließ ihren Kopf wieder in den Nacken fallen und hörte auf ihre Klitoris zu reizen. „Ich warte auf dich, ich halte still. Lass dich gehen und komme!"

„Komm schon, spring!" lenkte sie ihr Pferd erneut auf das Hindernis zu. Ich kann den Champagner nicht mehr lange in mir halten."
Roman entglitt erstmals seine Fantasie gegenüber der Wirklichkeit.
„War ein unbeschreibliches Gefühl, dich in mir kommen zu spüren."
Roman sah in ihr Gesicht. Es erweckte den Eindruck einer gespannten Gelöstheit. Julia hielt dem Blickkontakt stand und streichelte ihre Klitoris. Sie ließ einen Finger hinten hinein gleiten, dann einen zweiten. „Schmeckt wie ein Champagnerfrühstück mit Kaviar. Kaputt ist auch nichts", feuchtete sie ihre Fingerkuppen mit Speichel.

Ihr Atem wurde schneller.
„Ästhetisch, ich wünschte Männer könnten ebenso erotisch masturbieren“, sagte Roman.
Julia fuhr fort, sich zu berühren und streichelte mit der freien Handinnenfläche ihren Busen.
„Das könnt ihr“, sagte sie mit Wohlbefinden in der Stimme, „ich stelle es mir gerade eben vor. Ich möchte dich auch sehen wenn du dich befriedigst. Männer müssen dabei mehr Kraft aufbringen, was euch so reizvoll für uns macht. Euer Muskelspiel am Oberarm und das Hin- und Herbewegen eurer Hand, die einer Vagina gleich pumpt und euer Sperma im schönsten Moment kraftvoll freisetzt.“
Julia erregte ihre Darstellung selbst so sehr, dass sie heftig zusammenzuckte und losließ.

„Lass uns noch einmal kommen“. Julia setzte sich wieder vorsichtig auf Roman und nahm ihn tief in sich auf. Sie kreuzte dabei die Arme hochhebend, die Hände weit hinter dem Nacken und begann schneller in ihren Auf- und Abwärtsbewegungen zu werden.
„Ich möchte dich mitnehmen, gib mir deine Hand. Sie nahm Romans Hand und bewegte sie immer schneller an ihrer Klitoris. Gleichzeitig drückte sie ihren Busen lustvoll. Julia atmete schneller. „Ich…, ich komme! Jetzt!“
Durch das rhythmische Zusammenziehen und Dehnen ihres Unterleibsmuskels löste Julia förmlich eine Massage auf Roman aus. Roman entspannte sich.
„Dom Perrignon“, keuchte sie erhitzt. „Und ich hab ihn geöffnet“.
Sie hielten inne, gelöst vom Druck, und Julia ließ sich vornüber auf seine Brust fallen, ohne Roman schon frei zu geben. Er streichelte ihren Rücken auf und ab und ließ ihnen die Zeit, sich zu beruhigen.
„Ich liebe dich Julia“, sagte er leise. Sie entzog sich ihm sanft und ging unter die Dusche.
„Du brennst wie Cilli!“ Lächelte sie beim Zurückkommen.
„Ich bin Chilli“, konterte er.

Nachdem Roman aus dem Bad gekommen war hielt Julia ihm ein Glas Champagner entgegen. Im diffusen Licht der indirekten Beleuchtung hatte sie die Vorhänge zurückgezogen und der Blick auf die alten Häuser, in denen dann und wann noch Licht brannte, lag frei.
„Ob andere da draußen jetzt auch so glücklich sind", überlegte Roman. Er hob sein Glas Julia entgegen und versuchte daran Halt zu finden.
Seine Gedanken aber liefen ihm davon. Der morgigen Trennung bereits hinterher. Julia schien seine Gefühle zu erspüren. „Darf ich mich in deine Traurigkeit mit einbringen?"
Sie stand auf und nahm seine Hand und drückte sie sanft.
„Wir sehen uns wieder!"
Dann schliefen sie erstmals in einem gemeinsamen Bett ein. Wobei Julia bis ans nahende Morgengrauen nicht wirklich schlief.

3.Tag

Ein stiller Nieselregen hatte sich nachts über Edinburgh ausgebreitet und ließ die großköpfigen Granitsteine der Innenstadtstraßen glänzen. Es war zeitig des Morgens, hie und da drangen das Zuschlagen von Autotüren und Startgeräusche von Frühaufstehern durch das angelehnte Fenster in das Zimmer von Arthur Roberts. Da er erst frühestens ab zehn Uhr seine Vorlesungen an der Universität wahrnehmen musste, hatte er sich angewöhnt, seit der Trennung von seiner Frau und seiner Tochter vor zweiundzwanzig Jahren, seinem Morgen einen neuen Sinn zu geben. Täglich joggte er, nachdem er nur die Princess Street zu überqueren hatte, in Princess Street Gardens zwei Stunden lang. Sein Weg war immer der Selbe. Mit seinen mittlerweile 52 Jahren behielt er so eine sehr sportliche Figur. Kein Bauch, kein Fett und sein Idealgewicht zur Körpergröße von einen Meter fünfundachtzig.
Er machte sich daran, das Frühstück zu richten: Kaffee und Orangensaft, Hunger hatte er um diese Tageszeit nicht.
Es war still geworden in der Loft in der Princess Street. Viel stiller. Die alte Pendeluhr mit viertelstündigem Schlagwerk machte ihm das jeden Morgen deutlich.

Er schlüpfte in seine Joggingkleidung und trat auf die Straße hinaus. Nach dem Überqueren der Princess Street ließ sich Arthur in einen federnden Lauf fallen, der ihn in einem Oval wieder an den Ausgangspunkt zurückbringen sollte.
Die meisten Menschen, die ihm begegneten, kannte er und man grüßte sich mit einem Nicken oder Lächeln, je nachdem ob es männliche oder weibliche Jogger waren.

Arthur resümierte vorab den Ablauf des heutigen Tages: Rektorenwahl! Und auch er stand auf der Liste der Nennungen. Die Chancen, überlegte er, standen gut. Von vielen wusste er,

dass sie ihm ihre Stimme geben würden, aber es blieb trotzdem noch ein offener Kampf. Abgesehen von insgesamt vier Bewerbern war Sir Donald Scott ebenfalls als Favorit einzustufen, vor allem wegen seines Naheverhältnisses zum derzeitigen Rektor. Das würde kaum eine Änderung in der Führungspolitik in der Universität und gegenüber den Kollegen bedeuten.
Etwas atemlos machte Arthur ein paar Lockerungsübungen um gleich wieder weiterzulaufen.

Dennoch, so meinte er, sollten sich der Lehrkörper und die Führung der Universität dem Ende des 20. Jahrhunderts anpassen. Das würde nicht bedeuten, die Holztäfelungen und die aus dem Ende des 18. Jahrhunderts stammenden Schnitzereien aus den Klassen- und Aufenthaltsräumen zu entfernen. Lediglich mehr Licht benötigte der Hörsaal, und wenn er an das Chemielabor dachte, neues Instrumentarium und angepasste Arbeitsplätze für Studenten und Professoren.
Er selbst hatte im King's Buildings Philosophie studiert und in der Heriot Watt Universität, die 1966 modern gebaut und ausgestattet worden war, einen Lehrstuhl angenommen.
1981 bewarb er sich an der Old College University. Grund dafür waren seine privaten Veränderungen.
Er war damals knapp dreißig Jahre alt und ein halbes Jahr verheiratet. Juliane zog ihn oft mit der Anrede „Professor" auf, wenn er nach Hause kam und nur von seiner Arbeit sprach. Aber er liebte Juliane aus ganzem Herzen und später, nach einem Jahr, alle beide.
Sie waren das Liebenswerteste und Schönste was ihm in seinem Leben passiert war. Am Morgen des 20. Juni 1978 verließ Juliane ihn mit Julia. Eine amtliche Scheidung gab es nie.

Er dachte wehmütig an seine Frau, die an seiner Seite nicht sterben wollte und dann doch gestorben war, und an ihre gemeinsame Tochter Julia.

Arthur war in etwa die Hälfte des Weges gelaufen. Linker Hand erhob sich das Castle, zentraler Punkt Edinburghs, das ihm jedes Mal, wenn er vorbeilief, angenehme Schauer der Ehrfurcht, trotz seiner turbulenten Geschichte, über den Rücken laufen ließ. Es verschmolz grau in grau mit dem Regen aus den tief hängenden Wolken. Arthur bog zum Castle ab.
Der ansteigende Weg verdrängte seine Gedanken, der Nieselregen war in einen strömenden übergegangen.
Laufen, immer davonlaufen! Ich werde mich stellen. Die Rektorenwahl soll der Wendepunkt in meinem Leben werden, pulsierte es durch seine Adern.

Er hatte seinen Ausgangspunkt wieder erreicht und entledigte sich der nassen Kleidung. Dann duschte er heiß und anschließend kalt. Arthur fühlte sich klar im Kopf und aß mit Heißhunger sein Ham and Eggs. Danach entnahm er ein weißes Hemd, eine weiße Masche und einen dunkelblauen Anzug aus dem übersichtlich angeordneten Inhalt seines Kleiderschrankes. Rektor Arthur Roberts murmelte er vor dem Spiegel, den er zufrieden betrachtete.

Der Wahltermin war für zwölf Uhr mittags angesetzt, er wollte jedoch noch vorher in sein Café nahe der St. Giles Cathedral in der High Street mit Freunden einen Whisky trinken.

Die Kellner und der alte „Edradour“ der Besitzer des Lokals, so benannt wegen seiner Vorliebe zu diesem Single Malt aus der kleinsten Brennerei Schottlands, begrüßten ihn.
Die Hälfte der Kollegenschaft saß schon um den Stammtisch und diskutierte. Als sie Arthur kommen sahen gab ihm einer nach dem anderen die Hand und spuckte ihm über die Schulter.
„Hört sofort damit auf, ich war heute schon nass genug“ wehrte Arthur sich gegen das herzliche Willkommen. Instinktiv zählte er die potentiellen Wähler, es waren sechzehn von vierzig. Wenn man davon ausging, dass jeder der aufgestellten Kandidaten sich selbst wählte, so blieb immer noch der amtierende Rektor, Sir George Rowland, der ebenfalls zur Wahl stand.

Arthur nahm auf einem für ihn reservierten Sessel Platz und sah in die abwartende Runde.

„Meine Herren Magister und Doktoren: Ich freue mich sehr über Ihren Optimismus, den ich nur zu gerne teile. Aber wir sollten nicht vergessen, dass der amtierende Rektor sowie Sir Donald Scott, Mister McKenzie und Mrs. Karen Albright ebenfalls im Spiel sind“. Bei letzterer Namensnennung zuckten einige nur mit den Schultern.
„Die Dame ist doch nur proforma aufgestellt, um die Rechte des weiblichen Geschlechtes zu gewährleisten. Es gibt an keiner schottischen Universität eine Frau als Rektorin“, warf der Geschichtsprofessor ein.
„Das ist richtig, sie weiß das sicher auch und mit ihrem konservativen Verhalten gegenüber meiner Einbringung von Neuerungen wird sie sich selbst oder einen der anderen Kandidaten stärken. Im Übrigen finde ich ihre Einstellung einer Frau gegenüber unfair.
Schämen Sie sich“, sagte Arthur fröhlich und hob das mittlerweilen servierte Glas Macallan an seine Lippen. „Auf die Wahl!“

Es begann ein reger Gedankenaustausch bis knapp nach elf Uhr. Dann brach man in die nahe gelegene Old University auf. Zu Fuß. Alle ließen ihre Fahrzeuge stehen, weil man sich anschließend hier wieder treffen wollte.

Die Wahl fand in der Upper Library mit ihrer gewaltigen Kuppel statt. Eine Art Festsaal für besondere Anlässe. Rektor Sir George Rowland saß an einem der Lesetische und ordnete Papiere, als Arthur den Raum betrat. Sir Donald Scott stand ihm beiseite.
„Bin ich zu früh?“ fragte Arthur und sah dabei auf seine Uhr, die fünf Minuten vor zwölf anzeigte.
„Nein, kommen Sie nur herein, Ihre Kollegen müssen auch jeden Augenblick erscheinen. Die Bibliothek füllte sich. In dem klassizistisch angelegten Raum und vor der Kulisse der alten

Bücher entstand ehrerbietige Stille. Alle hatten einzeln an Lesetischen Platz genommen.

„Guten Morgen Kolleginnen und Kollegen“, eröffnete der Rektor die Wahl. Mit zwei Damen aus dem Sekretariat links und rechts an seiner Seite, wirkten die beiden Frauen wie die Figuren des Stadtwappens hinter dem Rednerpult: Ein Mädchen und eine Hirschkuh. Unterschiedlich wie sie waren, schienen sie sich mit dem Stadtwappen in Einklang zu bringen. Nisis Dominus Frusta, „Ohne Gottes Hilfe ist nichts von Dauer“. Dieser Spruch im Wappenbild rundete den Hintergrund des „Dreiergespanns“ ab.

Arthur ging durch den Kopf, dass in vielen irrationalen Bräuchen Gott als Aufhänger herangezogen worden ist und noch immer wird. Aktuell in den Bräuchen der Geschäftsleitungen. Aktuell von im Leben leer ausgegangener Menschen durch Politik und Wirtschaft. Aktuell in Kinderschändungen durch „Gottesdiener“, die Familien in ihrem Vertrauen auf Gott kaputt gemacht hatten. Als ob Gott die Gründe für Konkurse von Firmen und Entlassungen, denen die fromm oder unfromm an ihren Job glaubten, beeinflussen könnte. Nein, es sind die Menschen. Es ist an der Zeit für Gott einen neuen Wirkungskreis zu öffnen! Wenn er uns nach seinem Vorbild erschaffen hatte, so sind wir alle Götter. Nicht von ungefähr gibt es derer so viele in den Mythologien. Und was den Passus, „du sollst keine anderen Götter haben neben mir“, betrifft, setzt Arthur das so um, an das eigene Ego zu glauben. Gebote oder Ratschläge, wie auch immer. Was da jemand vor zweitausend Jahren aus Überlieferungen als gesellschaftsbildend konstruiert hatte, es bedarf zumindest einer Überdenkung.

Sir George Rowland dozierte immer noch die guten alten Zeiten. Schon zu Zeiten Maria Stuarts im Gemetzel zwischen England und Schottland suchte jede Seite den Segen des Herrn für ihre Taten. Ein und Denselben, wohlgemerkt! Sinnierte Arthur weiter. Gott war, seitdem er erfunden worden ist, eine großangelegte Werbekampagne. Jesus war, wie es die Werbebranche ausdrücken würde, ein Folgespot um neues Interesse zu aktivieren. Viele Menschen damals schienen nicht zu wissen, dass neues Leben nur durch Austausch von Körperflüssigkeiten zu entstehen vermochte. Ob beim Tier, wie auch beim Homo Sapiens. Eine unbefleckte Schwangere und viele Heilige, kamen also wegen der Werbewirksamkeit jedes Jahr hinzu. Diese Modedroge wurde nie verboten oder geahndet. Im Gegenteil, sie wurde im Lauf der Jahrhunderte von Päpsten ausgefeilt und in die Welt fantastischer Gaukeleien aufgenommen. Vielleicht weil es damals noch keine Soap Opera via Fernsehen gegeben hatte. Und wenn Menschen ausgelaugt vom Steine klopfen für eine Pyramide oder vom Fließband einer Autofabrik, aus einem Kohlebergwerk oder einer Diamantenmiene endlich nach Hause kommen, so sind die meisten gar nicht mehr fähig außerhalb der am Tag aufgeladenen Last und des Kraftaufwandes dafür, ihr bisschen eigenes Leben noch zusätzlich hoch zu heben.

Sir George Rowland kam auf den Punkt und bat um Aufmerksamkeit.

„Sie haben jeder einen gefalteten Briefbogen vor sich mit fünf Möglichkeiten zur Wahl. Kreuzen Sie bitte das für ihren Kandidaten entsprechende Kästchen an. Wenn Sie fertig sind, bringen Sie mir bitte Ihre Entscheidung nach vorne“.
Einer nach dem anderen verließ seinen Lesetisch und trat vor den Rektor und gab das Blatt Papier ab. Der Rektor zählte es durch. Es waren mit seiner Stimme einundvierzig Blätter. Er reichte sie in etwa zu halben Teilen an die Sekretärinnen weiter, die sich sofort an die Arbeit machten, die Stimmen zuzuordnen. Und danach gegengleich.
„Es ist keine Zweidrittelmehrheit zustande gekommen“, sagte er bedächtig nach der Auswertung, „zwischen welchen Kandidaten, darf ich Ihnen nicht sagen. Sie kennen die Regeln. Ziehen sie sich auf eine Stunde zurück und überdenken Sie Ihre Wahl.“
Sir George Rowland packte die Wahlzettel in seine braune Ledertasche, verschloss umständlich die Riemen daran, erhob sich von seinem Platz und verließ die Bibliothek.

Im Raum begannen Diskussionen und es bildeten sich Gruppen. Ein Teil von ihnen ging in die Mensa essen. Arthur war sich sicher, einer der Favoriten zu sein, doch sprechen wollte er jetzt niemanden. Er ging hinaus in den begrünten Innenhof um frische Luft zu atmen.

Konstante Feuchtigkeit würde der Bibliothek der Universität nützlich sein und nicht ihre Bücher der schädlichen Umwelt ausliefern, ging es Arthur durch den Kopf. Auch würde er die Administration der Universität auf ein Minimum reduzieren. Das Zeitalter der Computertechnik war an dieser Universität vorbeigegangen.

Der graue Himmel hatte sich gelichtet und durch die leichte Wolkendecke spürte man die Sonne.
„Herr Dozent Roberts“ hörte er hinter sich eine Frauenstimme“. Sie gehörte zu Angelica Horne, der Marketenderin, wie er das Mädchen aus der Mensa gerne nannte. „Ja?“

„Ist die Wahl schon entschieden?“ „Nein, noch nicht, es gibt einen zweiten Durchgang“.
Er hielt im Gang inne um der jungen Frau ein Einholen zu ermöglichen, da er vermutete, dass ihr Anliegen noch nicht beendet war. „Ist der Kontrahent Sir Donald Scott? Wenn ja, wünsche ich Ihnen alles Glück der Welt. Und mir, dass wir endlich die Wärmelampen für die Speisenanrichte bekommen. Ein gesunder Geist braucht warmes Essen!“
Arthur lächelte, sie konnte ihn immer wieder belustigen. Er mochte ihre direkte Art.
„Wo kommen Sie eigentlich her? Jetzt kennen wir uns schon...,“ er zögerte beim Rechnen, „...viele Jahre und ich weiß nichts über Sie“.
„Ich bin in Thurso geboren, am Ende der Welt, und da bin ich immer noch mit meiner Seele. Das Klima ist da sehr rau, aber die Menschen gehen herzlicher miteinander um als in der Stadt.

Bloß, es gibt dort keine Arbeit für eine Frau, das ist noch immer Männersache“.

Arthur betrachtete sie aufmerksam, er kannte sie immer nur in ihrem blauen Kittel. Jetzt trug sie das Haar offen und hatte einen knöchellangen Stoffrock und eine weiße Bluse aus Leinen an. Den breiten Ledergürtel um die schlanke Taille sah sie eher einer Gutsherrin, denn einer Köchin gleich. Sie gefiel ihm und erinnerte ihn an Juliane.
„Ist das Essen heute ausgesetzt?“ schmunzelte Arthur, „sonst sind sie doch um diese Zeit in der Mensa!“ Auch wenn nur Studenten, die den Sommer über am Campus bleiben, den Saal halbleer füllen.
„ Ich hatte mir vormittags freigenommen für ein paar Amtswege und bin am Weg Gwendolin beim Abräumen zu helfen. Ich muss mich nur noch umziehen und dann Ordnung in den Saustall bringen.“
„Heute gab es Haggis, das habe ich schon gestern vorbereitet und Gwen, sie ist eine Freundin, die Politwissenschaft studiert, hat sich für die Essensausgabe bereit erklärt“.
„Und am Abend“, ergänzte er, „wenn ich sie einladen darf, gibt es ein Dinner am Firth of Forth im Hawes Inn, als Kontrastprogramm zu unserer Mensa. Das soll Ihren küchenfreien Tag abrunden. Wir fahren mit dem Schiff, da können wir uns unterhalten“.
Angelica bejahte sofort ohne einen Kompromiss zu hinterlegen.
„Ich freue mich“ bekräftigte Arthur, „ich hole Sie gegen 16:00 Uhr in der Mensa ab, heute habe ich wegen der Wahl vorher keine Zeit“. „Fein, ich freue mich darauf“, sie drehte sich um und ging Richtung Hauptgebäude davon.
Arthur sah auf die Uhr, es war ein Viertel vor Eins. Er schlug den Weg zur Bibliothek ein und bog zu den Toilettenanlagen ab.
Ein schwerer Schlag auf den Hinterkopf entriss ihn seines eben erlangten Selbstvertrauens und all seiner eben wieder entdeckten Gefühle.

Die Ein-Uhr-Kanone feuerte ihren Schuss ab, als der Rektor mit den beiden Sekretärinnen die Bibliothek betrat und Platz an seinem Tisch nahm.
„Wo ist Mister Roberts?“ war seine Frage nach einem zählenden Blick durch den Raum.
„Wir warten zehn Minuten, danach beginnen wir mit der Abstimmung“.

Es herrschte stille Unruhe in dem Raum. Die zehn Minuten vergingen ohne dass Mr. Roberts erschienen wäre.
„Sie kennen die Regeln meine Damen und Herren, ein Fernbleiben der Wahl ohne Grund ist gegen die Statuten, also bitte um ihre Wahlpapiere“ mahnte der Rektor. Einer nach dem anderen gab seine Stimme ab, nur nicht Arthur Roberts.

Der Tag begann wenig erfreulich. Julia war als erste munter geworden. Sie drehte sich Roman zu, der noch schlief. Es war knapp sechs Uhr morgens.
Durch die noch zurückgezogenen Vorhänge fiel frühes Tageslicht auf Roman neben ihr. Sie betrachtete ihn Zentimeter für Zentimeter. Seine Frisur, die zwar augenblicklich unordentlich, ansonsten aber wie aus einem unmerklichen Mittelscheitel fallend, knapp seine Ohren bedeckte. Dann die hohe Stirn abwärts zu den dunklen Augenbrauen, seinem schmalen Nasenansatz und letztlich zu seinem leicht geöffneten Mund. Sein linker Arm lag über der Sommerdecke und demonstrierte selbst im Schlaf Stärke.
Seine Lippen sind schön, so weich im Gegensatz zu seinem hageren Gesicht, schmeichelte sie ihm in Gedanken. Romans Teint hatte sich in den letzten zwei Tagen nachgefärbt und seine dunklen, langen Wimpern passten sehr gut dazu.

Als ob Roman diese betrachtende Liebeserklärung mitbekommen hätte, streckte er seinen Arm aus und berührte Julias Brüste, ohne aufzuwachen.
Es war mittlerweile sechs Uhr geworden. Julia entzog sich vorsichtig seiner Berührung und nach dem Bad bestellte sie das Frühstück auf die Terrasse.
Als Julia ins Schlafzimmer kam um ihn zu wecken, lag Roman auf dem Bauch, die Decke zwischen den Beinen eingeklemmt und die Hand noch immer über ihrem jetzt leeren Bettteil ausgebreitet.
Julia klopfte ihm zärtlich auf den Po, sein breiter Rücken und die enge Taille, seine kaum behaarten Oberschenkel und der stramme Hintern begannen eine erotische Spannung in ihr auszulösen. Stattdessen rief sie: „Frühstück ist fertig, es ist sieben Uhr, wie du wolltest". Roman schlug, sich Julia zuwendend, die Augen auf. „Ich wollte nicht das es sieben ist, lass es sechs Uhr sein und komm ins Bett!"
„Nun mach' schon", drängte sie, „du wolltest doch um acht Uhr in deinem Hotel sein.
Roman schob die Decke beiseite: „Ich dusche und rasiere mich schnell, dann bin ich schon bei dir".

Julia saß in ihrem übergroßen weißen T-Shirt wie ein Engel in der aufgehenden Sonne am Frühstückstisch. Roman nahm einen Schluck vom heißen Kaffee und ging damit ans Terrassengeländer und blickte in die Straße hinunter. Vereinzelt schwemmten Geschäftsleute mit Wassereimern den Gehsteig vor ihren Lokalen von Staub und Blättern ab. Es schien ihm, als könne er den Geruch des verdunstenden Wassers auf dem warmen Asphalt bis herauf riechen.
Julia hatte sich hinter ihn gestellt und ihren Körper an ihn gedrückt. Auf Zehenspitzen, um über seine Schulter sehen zu können, sagte sie: „Ich schaue hier oft hinunter wenn ich traurig bin". Sie schien sich aber jetzt nicht dieser Traurigkeit hingeben zu wollen und fuhr stark fort:
„Da drüben", sie führte eine hinweisende Handbewegung aus, ist das Castello Sao Jorge und darunter breitet sich flussabwärts die

Alfama um den Burgberg aus. Eine schöne Wohngegend“, bestätigte sie.
Dein Hotel Castelo liegt nördlich in der Costa do Castelo.

Sie setzten sich an den runden Teakholztisch auf die Polsterung der Sessel. Die Palmen waren vom Hotelpersonal wieder auf ihren Platz gestellt worden und die ersten Sonnenstrahlen bewegten raschelnd die Wedel im Austausch der kühlen Nachtluft und dem anbrechenden Morgenwarm.
Nach dem Frühstück packte Roman im Arbeitszimmer seine paar Sachen in den Pilotenkoffer und trat zu Julia in den Salon. Sie hatte zwei halbvolle Gläser Macallan vorbereitet und ging Roman damit entgegen.
„Lass es uns für diesmal beenden wie es begonnen hat“, sagte Julia und führte ihm das Glas an die Lippen. Sein Geschmack soll dich jedes Mal an mich erinnern!“
„Hexerei? Ist das nicht strafbar?“ sagte er absichtlich belustigt. Obwohl im keineswegs nach lustig war, trank er aus und wünschte, sie könnte hexen.
Den gleichen Geschmack auf den Lippen, verband sie dieser Augenblick der Trennung.

Roman umarmte Julia. Er streichelte sie mit seinen Händen zwischen ihren Schulterblättern, dass sie diese automatisch zurückzog und er ihren Busen bis unter sein Hemd spürte wie er sich herzklopfend an ihn drückte.
Diesmal war es Roman, der zuerst losließ: „Ich muss los, das Taxi wartet schon“, Julia begleitete ihn zur Zimmertür. „Also heute Mittag zum Essen, ja? Ich habe mir überlegt, nachdem du dich in der Stadt nicht auskennst, dich mit Sharona im Hotel abzuholen, ist das okay?“ „Ist es, danke“. Dann drückte er Julia einen leichten Kuss auf den Mund, um sich sogleich abzuwenden und die Tür hinter sich zu schließen.

Das Taxi brauchte keine zehn Minuten um diese Tageszeit zu seinem Hotel. Roman bezahlte und stieg aus. Er hielt im Schritt an vor dieser wunderschönen alten Fassade mit kunstvollem

Stuck um die großen Fenster. Das Haus hatte vier Stockwerke und tatsächlich konnte man, wie Julia gesagt hatte, den Burg-Berg sehen.

Der Portier schrieb seinen Pass ab und gab ihn mit dem Zimmerschlüssel an Roman zurück. Der Aufzug sei links hinter ihm, bemerkte er noch höflich. Und „ihr Gepäck ist gestern angekommen und auf Ihrem Zimmer“.

Roman schloss im vierten Stock das Zimmer auf. Die beiden Fenster gaben den Blick auf die Hinterseite des Hotels, in Richtung der Burgfestung mit ihrem grün ansteigenden Hügel frei. Er öffnete einen der beiden Fensterflügel und stützte sich am Fensterbrett ab, dabei atmete er genüsslich die warme Morgenluft der Stadt auf. Es roch nach Nadelbäumen und trockener Erde.

Niemand kann einem Erlebtes wieder wegnehmen, tröstete er sich beim Gedanken an Julia. Im Kopf bleibt alles, Erinnerung sowie auch Vergessen. Plötzlich begann er sich wieder wohler zu fühlen in seiner Sehnsucht. Er würde jede Gelegenheit wahrnehmen in Lissabon zu sein.

Während er das Fenster offen ließ begann Roman den Inhalt seiner Koffer in die Kleiderkästen aufzuteilen. Das Zimmer war bei weitem nicht so komfortabel wie die Suite von Julia, aber auch hier stand ein Arbeitstisch zur Verfügung und Roman begann sein Notebook hochzufahren. Als er eine Verbindung zum Netz aufgebaut hatte, rief er als erstes seine E-mails ab. Während sich die Verbindung aufbaute duschte Roman und zog sich bequeme Kleidung, die aus einer Jeans und einem T-Shirt bestand, an. Er griff zum Telefon und veranlasste über die Rezeption die Bestellung eines Mietwagens. Danach bearbeitete er die Posteingänge, die sich ausschließlich auf seine Arbeit bezogen.
Es dauerte eine gute Stunde Rede und Antwort gegenüber Fragen aus Wien zu beantworten und er teilte mit, noch vormittags die Pläne der Küstenregionen zu besorgen und sich danach auf den

Weg nach Albufeira zu machen. Dabei fiel ihm ein, ein Hotel für die Nacht zu benötigen und er veranlasste das ebenfalls über die Hotelrezeption.

Als er in die Empfangshalle des Hotels kam, händigte ihm der Portier die Papiere für das Mietfahrzeug aus und gab ihm die Adresse seiner Nächtigung in Albufeira. Roman nahm die Wagenschlüssel in Empfang und ging Richtung Hinterhof des Hotels, auf dem sein Fahrzeug geparkt stand. Ein gelbes Peugeot Cabrio mit schwarzem Stoffverdeck und schwarzer Sitzverkleidung.

Roman hatte sich die Straßenkarte der Stadt eingeprägt und fuhr langsam die Costa do Castelo in Richtung Praca do Comércio wo das Schifffahrtsamt in der Avenida Infante Dom Henrique in einem der ausgedienten Lagerhäuser eingezogen war.
Roman sah auf die Uhr, es war ein Viertel vor zehn Uhr. Wenn er an die Bürokratie der Ämter in Wien dachte, so musste er sich beeilen, sein Anliegen vor zwölf Uhr zu erledigen.
Er fragte sich nach dem Kartenbüro durch, das durch die zweckmäßige Anlage des Lagerhauses schnell aufzufinden war, und trat nach dem Anklopfen ein.

Ein älterer Herr mit einer überdimensionalen schwarz gefassten Brille saß an seinem angeräumten Schreibtisch und schob Papiere von sich weg, als er nach Romans Wünschen fragte. Als hätte er dabei seine Kaffeeschale gefunden, nahm er einen Schluck daraus und die Liste, die Roman mitgebracht hatte, entgegen. Er studierte sie aufmerksam, dann machte er sich an die Arbeit, die gewünschten Pläne zusammen zu stellen.

Das Büro war Richtung Tejodelta ausgerichtet und Roman stellte sich ans Fenster und beobachtete das Treiben am Wasser. Die Sonne glänzte hell darauf. Ganz im Gegensatz zum muffigen Lagerraum Nummer 216 mit dem Geruch von verstaubtem Papier.
Um Zwölfuhrdreißig wollte Julia ihn abholen.

„Senor“, holte ihn der Beamte in portugisischem Englisch aus seinen Gedanken, „damit müssen wir ins Pausbüro“. Er schob sich an Roman in dem engen Raum vorbei zur Tür und deutete ihm zu folgen. „Sie können in der Zwischenzeit einen Kaffee auf der Etage trinken“. Roman lehnte dankend ab und hielt Schritt mit dem Beamten in den Kopierraum, nachdem dieser vorsorglich den Schlüssel zweimal im Türschloss hinter sich umgedreht hatte.
„Das Pausen der Pläne dauert aber mindestens eine Stunde“.

Roman resignierte und entschloss sich doch, etwas trinken zu gehen. Am Praco do Comércio, Ecke Rua da Alfandego, hatte ihm Julia gesagt, sei das das älteste Lissabonner Cafe Martinho da Arcada mit einer Bronzestatue des Dichters F. Passoa zwischen den Kaffeehaustischen auf der Straße und mit Blick zum Wasser. Er ließ das Auto stehen und ging zu Fuß die fünfhundert Meter.

Roman bestellte einen Espresso und die Karte. Macallan fand er keinen darauf, aber eine Vielzahl an Portweinen. Er dachte an Julia, dass sie Portwein mag und schloss sich ihrem Geschmack an.
Seiner Vorliebe, Menschen auf Grund ihrer Gesichter zuzuordnen, war durch die vorgehaltenen Zeitungen der Besucher nicht nachzukommen. Lediglich, dass es vorwiegend Einheimische waren, konnte er auf Grund der Tagesblätter erkennen.

Es war heiß unter den Straßenschirmen. Der Portwein hatte die Kraft dieser Sonne, die sich wohlig in seiner Seele auszubreiten begann, als das Mobiltelefon sich brummend in seiner Hosentasche meldete. Julia!

Nachdem die Tür hinter Roman ins Schloss gefallen war stand Julia diesen Moment verarbeitend in dem Vorraum und wischte

aufkommende Tränen aus den Augen. Ihr Herz schmerzte bis in den Unterleib vor Sehnsucht und ihr fiel ein, einen Arztbesuch zu vereinbaren. Sie hatte es Roman versprochen.
Obwohl sie in Portugal schlechte Erfahrungen mit Frauenärzten gemacht hatte, wollte sie bei ihrem Besuch ihres Vaters in Edinburgh einen aufsuchen. Sie wusste, dass er vormittags nach dem Joggen erreichbar war und wählte seine Nummer.

„Hallo Kleines“ hörte sie wohltuend seine Stimme wie eine heilende Hand an ihrem wunden Körper. „Wie geht es dir, wann kommst du?“
„Daddy, ich hab’ mich verliebt, es ist wunderbar. Er heißt Roman und ist aus Wien. Wir haben uns im Flieger kennen gelernt und er arbeitet hier für ein paar Wochen. Ich war noch nie so kribbelig traurig.“
„Traurig, wieso traurig?“ Ihr Vater klang angespannt. „Stimmt was nicht, kribbelig traurig klingt nach einem Ameisenhaufen der zerstört wird.“
„Nein, nein, es ist nur so, dass ich mich nicht in konventioneller Art ihm hingeben kann, ich habe dabei Schmerzen im Unterleib“.
„Hast du dein Tampon nicht entfernt“, kam die scherzhaft ratlose Antwort zurück, um sich gleich darauf dafür zu entschuldigen.
„Warst du schon beim Arzt?“
„Nein, das ist einer meiner Gründe dich anzurufen. Ich bin vom dritten bis sechsten August in London und werde danach wieder drei Tage zu dir kommen. Könntest du einen Termin bei einem Arzt deines Vertrauens vereinbaren?“
„Ja, kann ich, aber warum willst du das so lange anstehen lassen?“
Julia atmete durch. „Die südländischen Ärzte haben so ihre eigenen Untersuchungsmethoden, die sind so persönlich in ihren Umgangsformen mit Patienten. Wie Liebhaber. Und wenn ich auf dem Gynäkologen-Stuhl sitze suchen sie zuerst den G-Punkt.
Ich bin leicht erregbar und bin nicht in der Lage dann meinen Körper unter Kontrolle zu halten.

Bis zu meinen Schmerzen hat es noch keiner der Ärzte geschafft. Vorher bin ich aus den Fußstützen und in meine Kleidung geschlüpft.
Dass ich mich für meine Körperreaktion nicht zu schämen brauche war die höflichste Aussage dazu. Machst du mir einen Termin?"
„Natürlich, also ab dem siebten August, ist schon notiert".

Wie geht es dir Vater?" fragte Julia sichtlich beruhigter.
„Danke gut, wir haben heute Rektorenwahl in der Universität und ich bin mit weiteren vier Kandidaten aufgestellt, die Chancen stehen gut, aber ich muss 66 Prozent an Stimmen einbringen können. Ich wollte mich gerade auf den Weg machen.
„Dann alles Gute und alles Glück der Welt, ich küsse dich" liebkoste Julia ihren Vater.
„Ich liebe dich Julia", dann war das Gespräch beendet.

Julia durchsuchte ihre Garderobe und entschied sich für ein Kostüm von Chanel in grau. Für darunter wählte sie anthrazitfarbene Seidenstrümpfe und legte sich den dazu passenden Straps-Gürtel um die Hüften. Einen Moment überlegte sie Unterwäsche zu tragen, ließ aber von dem Gedanken ab. Der Rock des Kostüms war eng geschnitten und reichte fast bis in die Kniekehle. Dem Schutz der Intimsphäre war damit genug Rechnung getragen zu ihrem Präsentationstermin. Sie zog die brombeerfarbene Seidenbluse an und schloss das Kostümoberteil darüber mit dem zweiten Knopf um ihre Taille. Ihr Haar fiel offen die Schultern hinab.

Sie holte die Unterlagen, Fotos der letzten Herbstkollektion, aus ihrem Aktenkoffer und blätterte sie aufmerksam durch. Ein paar Fotos sortierte sie davon für Vogue heraus und fasste sie in einer Mappe zusammen. Es waren durchwegs die Highlights an weiblichen Modellen.
Bei den Bildern von Sharona zögerte Julia kurz um sie dann doch in die Präsentationsmappe aufzunehmen. Allerdings ganz hinten. Bei Vogue wusste man nie welchen Stil sie bevorzugen. Jung,

wild, sexy, oder unterkühlte Modelle wie Karen, die nur mit Perchlorethylen ins Bett steigt. Julia schmunzelte bei dem Gedanken.
Sie knöpfte ihr Kostümoberteil auf, zog es aus und ließ es über das Sofa fallen. Ihr war heiß trotz der Klimaanlage.

Julia ging ins Schlafzimmer und setzte sich auf das zerwühlte Bett. Sie versuchte bewusst, sich fallen zu lassen. Die Strapse spannten sich um ihre nackten Oberschenkel im Auseinanderziehen der Beine. Danach seufzte sie dem Höhepunkt mit Roman tief hinterher und streifte den Rock wieder über ihren Schoß zurück. Ihr Stressabbau dauerte keine zwei Minuten. Sie wusch sich im Badezimmer die Hände und massierte Feuchtigkeitscreme ein. Sie dankte in Gedanken Roman, ihr als Auslöser ihrer Fantasien, behilflich gewesen zu sein.

Der Termin mit Vogue war für zehn Uhr angesetzt. Pünktlich meldete der Portier das Eintreffen der Herren im Hotel. Julia griff nach einem Blick in den Spiegel zum Zimmerschlüssel und fuhr mit dem Lift in die Lounge.
Im letzten Moment hatte sie sich für eine blusenlose Version des Kostüms entschieden, was der Aufmerksamkeit der männlichen Interessenten ebenso Anspannung abverlangte, wie Julia selbst vor ihrer Präsentation.
Der Vortrag begann in Pattsituation.

Nach Begrüßung und Höflichkeitsaustausch und nachdem der Kellner Mineralwasser und Knabber-Gebäck auf dem runden Tisch platziert hatte, begann Julia mit ihrer Präsentation.
„Es freut mich, dass unsere Firma ihr Interesse wecken konnte. Wir stellen seit Jahren unsere Modelle in den Dienst der Mode und bieten dabei eine breite Auswahl und großes Einfühlungsvermögen in die Wünsche unserer Klienten. Die vor Ihnen liegende Mappe stellt meine Auswahl an Modellen für die Herbstmode dar“.
Nachdem die Mappe die Runde unter den drei Herren gemacht hatte, meldete sich Monsieur Lucas zu Wort.

„Es ist Ihnen bekannt, dass Sie als Subfirma für Vogue unseren Vorstellungen der Modepräsentation nachkommen werden. Da ihre Agentur Mädchen unter Vertrag hat, die wir ergänzend zu unseren Modellen rekrutieren, muss sichergestellt sein, dass sie unsere Vorgaben zur Gänze erfüllen. Wenn meine Kollegen bereit sind, gehen wir zur Auswahl der Mädchen über."

Julia nickte und die Manager begutachteten im Detail einer nach dem anderen die angebotene Palette und jeder von ihnen machte sich Anmerkungen zu den einzelnen Modellen.
„Sie haben eine ausgezeichnete Auswahl getroffen", schloss Monsieur Lucas die gemeinsame Betrachtung ab und legte die Mappe wieder vor Julia auf den Tisch. „Besonders gefällt uns ihr letztes Modell Sharona.
Wir haben vor diesen Herbst als Schwerpunkt Mode für junge, flippige Leute zu bringen.
Wie alt ist sie?"
„Sie wird siebzehn", antwortete Julia und überschlug dabei die Arme vor der Brust.
Sich von Monsieur Laforet seitlich beobachtet fühlend zog sie ihr Jackett ein wenig enger um ihren Oberkörper.
„Sie sind eine sehr attraktive Frau, wenn sie mir das erlauben zu sagen und sie wissen sich zu kleiden. Haben sie schon einmal ins Auge gefasst selbst als Model zu arbeiten?" lenkte Monsieur Laforet an Julias zurückweisender Haltung Anstand nehmend, das Gespräch in eine neutrale Richtung.

Julia hatte dafür einen vorbereiteten Satz parat, da sie das nicht das erste Mal gefragt wurde.
„Wenn ich eine Managerin wie mich finde, sofort", sagte sie lächelnd und löste ihre Arme wieder aus ihrer Verkrampfung um den Vertrag entgegen zu nehmen, den Monsieur Lucas aus seinem Aktenkoffer über den Tisch reichte.

Julia las aufmerksam die drei Seiten. Gemeinsam legten sie die Modelle schriftlich fest und gegenzeichneten die Vertragskopie.

„Darf ich sie auf einen Drink einladen, meine Herren?"

Obwohl es noch Vormittag war, stimmten alle zu. Laforet zog ihren Stuhl beiseite als Julia sich erhob und die anderen beiden Herren standen ebenfalls auf. Lucas ging einen halben Schritt hinter Julia in Richtung Bar und schmeckte ihr unwiderstehliches Parfum. Er ertappte sich, diese junge Frau zu begehren.

Julia dachte im Vorgehen, dass das ein gelungener Abschluss war. Der Job garantierte ihr ein weiteres Monat in Portugal bleiben zu können. Und bei Roman.
Sie sah auf die Uhr, es war elfuhrdreißig.
An der Bar angelangt entschuldigte sie sich, ein Telefonat führen zu müssen und ging in die Hotelhalle. Sie rief Roman an und sagte ihm, dass sie sich ein wenig verspäten werde.

Sharona kam, als Julia gerade das Gespräch beendet hatte, durch die Drehtür und auf Julia zu.
„Bin ich zu spät?"
„Nein zu früh, geh' um Himmels Willen nicht in die Bar, die von Vogue sind noch da, wenn sie dich sehen zucken sie aus".
„Das bedeutet ich bin in der Auswahl", jauchzte Sharona und fiel Julia um den Hals.

Julia löste sich von Sharona und hielt sie mit beiden Händen an den Schultern auf Abstand.
„Wie siehst du denn aus, was hast du mit deinem Haar gemacht?"
Julia betrachtete die Rasta-Strähnen, die in die Frisur geflochten waren und ihr Outfit kopfschüttelnd.
„Was werden deine Großeltern sagen wenn sie dich in dem kurzen Rock und mit dem Dekolleté sehen?"
„Ach was, die sind doch halb blind und ich fühle mich wohl darin. Es ist eine lange Autofahrt nach Portimao".
Weiß passt perfekt zu ihrer braunen Haut und dem blonden Haar, überlegte Julia professionell.

„Ich gehe mich verabschieden“, wendete Julia sich in Richtung Bar ab, „in ein paar Minuten können wir Roman am Hafen abholen und etwas essen.

Die Herren Lucas, Laforet und der Dritte, jetzt fiel ihr wieder sein Name ein, Benninger aus Köln, standen am Tresen und tranken Portwein. Sie nahmen Julia bereitwillig in ihrer Mitte auf und bezogen sie in das Gespräch über die Branche mit ein.
Nach den ersten beiden Runden Portwein wich die Allgemeinheit des Themas jedoch vom Hauptgleis ab und fuhr mit Eilzugstempo Richtung Julia.
„Ihre Ausstrahlung macht Männer zu Kampfhähnen“, entschuldigte sich Laforet leise, „übrigens ich heiße Francois“. Er legte seine aufgeregte Hand auf die Schulter von Julia.
Julia versuchte die aufkommende Abneigung unter Kontrolle zu bekommen.
„Hahnenkämpfe sind illegal und Sie sollten sich der scharfen Rasierklingen und deren Wirkung an den Füßen der Hähne bewusst sein. Wir sind hier nicht in einem Zug in Argentinien, wo man sich die Zeit mit Wetten darauf vertreibt, wer weniger Blut verliert.“ Entgegnete sie ebenso verhalten. „Jeder hat seine Aufgabe in diesem Job. Meine als Frau dabei ist, männliche Vorstellungen in eine Frauenwelt zu transportieren“.
Julia fing den nervösen Blick Lucas auf und ging auf ihn zu, was sie aus der Umklammerung Laforets an ihrer Schulter befreite.
„Meine Herren, ich kenne die narkotisierende Wirkung des Portweins, aber stellen Sie sich vor ich hieße Frank und hätte einen Dreitagesbart. Würde das die Situation entspannen?“
Lucas, vor dem sie mittlerweile stand, versuchte Julias Blickkontakt standzuhalten und entgegnete spontan: „Frank“, ich bin schwul und möchte mit Ihnen schlafen“.
Das allgemeine Lachen befreite Julia aus allen Umarmungen.

Roman hatte Julia gesagt, in unmittelbarer Nähe der Schifffahrtsbehörde im Cafe Martinho da Arcada zu sein Die hätten Menü anzubieten und kleine Imbisse. Danach verabschiedete sie Sharona und Roman.

Es war eine wehmütige Umarmung und danach fühlte sich Julia leer wie eine Patronenhülse.
Sie wünschte Roman möge ihr Projektil bis zum Wiedersehen im Herzen tragen.

Die Stahlkonstruktion der Ponte 25 de Abril ist nicht asphaltiert. Durch die stählerne Lamellenkonstruktion der Fahrbahn konnte man das Tejo-Delta aus 200 Metern Höhe unter sich sehen.

Wäre die Brücke länger als die zweitausendzweihundert Meter könnte sich Roman durchaus eine Erektion durch Vibration vorstellen.
Auch Sharona dürfte ähnliches empfinden. Sie rutschte immer tiefer in den Beifahrersitz, wobei sie ihren kurzen weißen Rock zwischen ihre Schenkel schob und die Hand dort beließ.

„Kribbelig was"? sagte Roman, ohne mit einer Reaktion zu rechnen.
Sharona beugte sich plötzlich über den Schalthebel in seinen Schoß und knöpfte seine Hose auf.
Die Vibration der Fahrbahn hatte schon Wirkung gezeigt, sodass Sharona keine großartige Navigation hatte anstellen müssen.
„Bist du wahnsinnig, neben uns fährt ein Bus, die Japaner machen sicher Fotos davon!"

Im nächsten Augenblick wurde ihm bewusst wie das enden sollte.
„Du bist doch noch Jungfrau, stimmt's?"

Jetzt kam der Verkehr auch noch zum Stillstand.
„Schau das du wieder alles in die Hose kriegst, wir stehen!"
„Ich wusste gar nicht, dass du im Plural von dir redest", antwortete sie keck, ließ es sich aber nicht nehmen seinen Schwanz kurz in ihren Mund zu nehmen..

Danach knöpfte sie brav wieder seine Hose zu und setzte sich artig auf ihren Sitz.

Schweigen.

Roman ärgerte sich, nicht seine Verbundenheit zu Julia angeführt zu haben, sondern einen Touristenbus. Der Verkehr kam wieder in Fluss und Roman schloss mit seinem Wagen auf.

Schweigen.

Sharona saß neben ihm in ihrer braunen Haut im weißen Kleid. Der Fahrtwind unterhob ihren Rock und die Haare umspielten ihr schlankes Gesicht mit den dunklen Augenbrauen.
Ein wunderbarer Kontrast dachte er, während ein Seitenblick auf ihre vollen Lippen die Erinnerung von soeben aufleben ließ.

Schweigen.

Verdammt ich bin doch kein Seitenblicke-Mensch!
Er legte seine Hand auf ihren Oberschenkel und schob das Kleid bis an ihre Bauchdecke zurück.
Ohrfeigen dürften ja auf Grund der nahen Vergangenheit keine zu erwarten sein, überlegte Roman.
Automatisch nahm Sharona die Beine ein wenig auseinander und ließ es sich gefallen.

„Es ist nur Sex, ist das in Ordnung für dich"? Zur Bestätigung legte sie ihre Hand auf seine und übte Druck darauf aus, der wohltuend durch seinen Körper fuhr.

Schweigen.

Bis Setúbal, dem Ende der Autobahn.

„Ich brauche jetzt wieder zwei Hände für die kurvenreiche Bundesstraße" vernahm er seine Stimme entschuldigend, und

auch weil seit der Brückenaktion kaum ein Wort zwischen ihnen gewechselt worden war.
Sharona setzte sich auf und zog das Kleid wieder über einen Teil ihrer Oberschenkel.

„Roman, ich bin noch Jungfrau. Ich habe alle meine Freunde gegenüber einer Änderung meines Zustandes Revue passieren lassen und ich weiß von Julia wie zärtlich du sein kannst. Sieh es als Lehrstuhl!"

„Hast du kein Gefühl gegenüber jemanden mit dem du Körper und Seele teilen willst"?
„Oh ja, kam die unmittelbare Antwort, aber das Risiko muss der Adressat meines Geschenks tragen.".
Roman war etwas aus der Fassung. Solche Gespräche mit einem Teenager zu führen war neu für ihn.
Sie gefiel ihm außerordentlich, er mochte ihre Hände, ihren Mund, ihr wunderschönes Gesicht.
Aber hatte er ebenfalls die Kraft, die diese knapp Siebzehnjährige vorzugeben schien?

Es war fast sechzehn Uhr und sie hatten das Hügelland um Campode Orique erreicht.
„Lass uns was trinken und uns erfrischen," sagte Roman während er den Wagen zu einer der am Straßenrand einladenden Tascas lenkte. „Die Fahrt durch das Hügelland der Korkeichenwälder war anstrengend."

Sharona räkelte und streckte sich beim Aussteigen. Die Luft war nicht so feucht wie in Meeresnähe und angenehm warm.
Nachdem Eistee und Portwein am Tisch standen und nachdem sie die Bestellung für diverse Vorspeisen aufgegeben hatten, faltete Roman die Hände wie zum Gebet vor seinem Gesicht.

„Du sagtest Julia hat dir gesagt ich sei zärtlich. Was verbindet euch so sehr, dass ihr, vorerst prophylaktisch gesprochen, einen Menschen glaubt klonen zu können?

„Glaubst du an Seelen-Verwandtschaft?“ stellte Sharona die Gegenfrage.
„Mir ist die Antwort genauso fremd wie dir. Ich bin nicht lesbisch aber es ist erfüllend, Körperwünsche in gemeinsamen Fantasien in Verbindung gebracht zu wissen. Ich bin jung und auf Entdeckungsreise!

Julia hatte zu meinem sechzehnten Geburtstag in meiner Lieblings-Disco eine Fete arrangieren lassen.
Zu Hause bei meinen Eltern wird meine Pubertät ausgeschwiegen und zusätzlich teile ich noch ein Schlafzimmer mit meinen Eltern.
Wo hätte ich die aufkommende Sexualität ausleben sollen?“
Roman nahm ein paar Oliven und tauchte das Weißbrot in das würzige Olivenöl, danach hob er wieder aufmerksam den Kopf und sah Sharona direkt an. Schön war sie in ihrer ungestümen Art und Sprache.

Sharona setzte fort: „Wir fuhren nach der Disco in ihre Suite und während sie nach mir duschte legte ich mich in ihr Doppelbett. Wir waren wahrscheinlich beide stimuliert von unserer Nacktheit. Während Julia unter der Dusche stand streichelte ich meinen vom Alkohol beschwingten Körper und war mir bewusst, bei meinem Anblick, von Julia aus ihrem Bett gejagt zu werden. Sie legte sich aber neben mich und hielt meine Hand an mir inne.
Indirekt ist es viel schöner, sagte sie und umarmte mich. Sie küsste mich auf den Mund und meine Lippen öffneten sich wie automatisch. Ich hatte bis dahin noch nie einen Kuss mit offenem Mund erlebt.
Ich umfasste ihre Taille und zog sie an mich. Es tat so gut ihre Körperwärme zu spüren. Ist das der Höhepunkt? fragte ich damals naiv.“

Sharona lächelte Roman unbeholfen an und nahm auch ein paar von den Vorspeisen auf ihren Teller.

„Den Höhepunkt muss man in deinem Alter erst erlernen, sagte sie zu mir. Frauen sind sensibel und nicht auf plötzlichen Direktkontakt programmiert. Lasse dich fallen. Der Orgasmus fängt dich dann von selbst auf.
Es gilt, dich auf deine Wünsche zu konzentrieren, Männer machen nämlich das Gleiche.

Im Übrigen sagte sie, die etwas angespannte Situation zwischen mir und ihren streichelnden Händen an meiner Bauchdecke abwärts, zu lösen.
Nachdem keine Spermien im Spiel sind, ist auch die Familie nicht involviert.

Wir kicherten damals beide etwas nervös während ich mich an sie schmiegte."

Sharona unterbrach sich: „Darf ich auch etwas Portwein haben?"

Roman nahm die gefalteten Hände wieder auseinander und schob ihr das Glas mit Portwein über den Tisch.

„Wir hatten beide Sehnsüchte und wir hatten nur uns," fuhr Sharona fort. „Ich legte meine Hand auf ihren Busen und hatte dasselbe kribbeln im Bauch wie bei der Brückenüberquerung zuvor.
Julia tauschte ihre Erregung mit der Meinen aus, wobei sie natürlich auf größere Ressourcen zurückgreifen konnte als ich.
Ich war sehr unbeholfen und nervös, weil ich keine Vorstellung davon hatte, was mich hinter der sich öffnenden Tür erwarten würde.
Julia küsste mich mit ihrer Zunge in den Mund und ich hatte das angenehme Gefühl zu Hause zu sein.
Danach beugte sie sich über meinen Schoß."

Es war eine gute Entscheidung kalte Vorspeisen gewählt zu haben, denn so konnten sie nicht auskühlen.

Roman bestellte noch zwei Glas Portwein und prostete dieser jungen Erwachsenen zu.

Der Nachmittag brachte laue Luft. Das weiche Licht der tief stehenden Sonne, das teilweise durch die Hügellandschaft unterbrochen, die ersten langen Schatten über die Eichenwälder der Landschaft ausbreitete, wirkte im Einklang mit Sharona und dem Portwein erotisierend.

„Und“, fragte Roman „was hat das mit mir zu tun?“

„Nun, ich hatte plötzlich Hemmungen von Julia im Schoß berührt zu werden“, erzählte Sharona weiter. „Ich wollte für die Zukunft auch mit mir alleine fertig werden können.

Julia hat mir von ihren Schmerzen in der Vagina erzählt und wie man mit der gleichzeitigen Stimulation der Klitoris und des Anusmuskels, ebenfalls das Glücksgefühl erreichen kann. Und, was für mich wichtig sei, ich würde so die klassische Unschuld nicht verlieren.“
Nach einem Schluck Portwein erzählte Sharona weiter:

„Ich spürte wie mich Julia dabei beobachtete als ich anfing an mir zu probieren. Sie steckte mir noch meinen Mittelfinger in den Mund um ihn zu befeuchten und führte meine Hand danach zwischen meine Pobacken, bis ich den Weg selber wusste. Dann legte sich Julia zurück und ich erahnte, dass sie auf ihrer Betthälfte das Gleiche tat.
Hin und wieder blinzelte ich rüber zu ihr. Ich fühlte durch ihre Körpersprache, dass Selbstbefriedigung keine Nebenwirkungen haben kann, sonst wäre Julia wohl kaum so schön und fünfundzwanzig Jahre alt geworden.“
„Fünfundzwanzig? Mir hat sie gesagt sie sei dreiundzwanzig“.
Sharona, die sich in ihrem Gesprächsfluss unterbrochen sah, antwortete schmunzelnd: „Vielleicht prophylaktisch für den vierzigsten Geburtstag! Aber lass mich zu Ende erzählen.

Ich brauchte einige Zeit länger, um mit meinen Wünschen klar zu kommen. Aber es klappte, und das verdanke ich Julia. Seitdem haben wir keine Geheimnisse voreinander. Und das bezieht dich mit ein."
Ihr weißes Kleid wiederspiegelte das milde Licht des Spätnachmittags. Nach einer kurzen Pause beugte Sharona sich über den Tisch Roman entgegen.

„Ich bin jetzt bereit meine Jungfräulichkeit zu verlieren, und wenn ich es mit einer Kerze selbst machen muss, noch besser wäre eine Flasche Portwein,... bestellst du eine?"

Roman war perplex, „in zwei Stunden wird es finster, wir sollten jetzt fahren!"

„Ich will es nicht mit der Essig-oder Ölflasche hier am Tisch tun, bitte eine jungfräuliche Flasche Vinho Verde."

„Wenn du dich betrinken willst und so vor deine Großeltern treten willst, bitte, ich bin nur der Chauffeur."
Roman bestellte und der Kellner brachte die Flasche in einem Gefäß mit Eiswasser und zog den Korken.
Als er einschenken wollte, gab Sharona ihm zu verstehen, das würde sie selber tun. Sie nahm die Flasche und hielt sie Roman entgegen: „Auf meine Jungfräulichkeit!"

Bevor Roman noch sein Glas hinhalten konnte zog Sharona die Flasche unter den Tisch und stieß sie mit einem heftigen Ruck in ihre Vagina. Danach saß sie einige Sekunden wie erstarrt und suchte Romans ungläubigen Blick. Wein und Blut begannen die Innenseiten ihrer Schenkel zu nässen.
Sharona stellte die Flasche benommen auf den Tisch zurück.
Das Umfeld hatte die Entjungferung nicht wahrgenommen, doch Roman fuhr sie mitten ins Herz.
Er reichte ihr die Serviette, die um die Flasche gelegt gewesen war und noch ein paar vom Tisch.

Dann griff er nach ihrer zitternden Hand und füllte die beiden bereitgestellten Gläser voll mit dem Vinho Verde.
„Das ist jetzt ein 94er Vintage," brachte er brüchig hervor.
„Warum hast du das getan?"

„Weil ich meine Entjungferung in schöner Erinnerung behalten möchte…, du hättest ja doch nicht mit mir geschlafen…"

Julia hatte den Nachmittag damit verbracht, sich Plätze für die Außenaufnahmen in der Stadt anzusehen. Es musste eine Herbstkollektion für die Auftragsarbeit für Vogue vorbereitet werden. Eine herbstliche Kulisse Ende Juli in Lissabon zu finden war nicht einfach.
Es bot sich das Castelo de Sào Jorge oder die Parkanlage um den Largo do Carmo an. Beides, erwog sie, ist durch die Nadelholz-Umgebung zeitlos auf den Herbst umzusetzen.
In beiden Fällen gehört starke Tourismusfrequenz zur Umgebung. Das war aber technisch zu lösen und hatte wahrscheinlich durch die Gaffer bedingt, eine Ausstrahlung auf die Modelle, sich zu präsentieren. Wie der Funke des Künstlers, den das Publikum auslöst, wie bei audiofielen Live-Aufnahmen.
Julia lehnte sich nach dieser Selektion zurück und holte sich Roman in Erinnerung.
Noch besser! Der Elevador de Santa Justa. Hier waren überhaupt keine Bäume in der Straße. In Verbindung zum Auftritt eines französischen Modemagazins in Lissabon für die Herbstmode würde sich, durch die Bauart der Stahlkonstruktion des Elevadors gegenüber dem Eiffelturm, eine Assoziation sicher gut ausnehmen.
Sie setzte sich ans Telefon und rief die beiden von den drei nominierten Modellen, Lisa und Patty an. „Mädchen es geht um

Gage, habt ihr am neunundzwanzigsten Zeit für ein Shooting. Herbstmode für Vogue?"
Danach meldete Julia den Termin für die Fotosession bei der Behörde an und holte sich die Bestätigung beim Equipment für den neunundzwanzigsten Juli ein.
Sie wählte noch die Nummer der Großeltern von Sharona und hinterließ Nachricht für sie, für Vogue Modell zu stehen. Sie dachte, jetzt sind sie auf ihr Outfit bei ihrer Ankunft vorbereitet. Einen Augenblick durchströmte sie elektrisierend die Nacht mit Sharona im Doppelbett.

Es war mittlerweile später Nachmittag geworden. Julia war müde aber aufgekratzt.
Sie beschloss ins A Severa auf Roman weinen zu gehen.

Zu Fuß schlenderte sie im Abendwerden ins Bairro Alto.
Als sie aus der eher ruhigen Rua de Sècula die geschwungene Rua Joao Pareira da Rosa hinauf und in die belebtere Travessa dos Inglesinhos einbog, dominierte wieder vertraute Geschäftigkeit ihre Stimmung.
In den ruhigen Gassen zuvor fühlte sich Julia zermürbend alleine. Zum Weinen, knapp vor ihrem Ziel. Sie wollte ihre Traurigkeit heute ausleben.

Sie trug das gleiche Kleid wie im Flieger, als sie Roman kennengelernt hatte. Der laue Abend unterstütze ihre nostalgischen Ambitionen, als er sie in ihrem nackten Schritt berührte. Julia erspürte ihre Fantasien heute ausreizen zu wollen. Nur einen Pulli hatte sie noch um die Schultern gelegt, der sie im Morgenwerden, sollte es soweit kommen, warmhalten würde.
Sie erstritt sich mit sich selbst beim Eintritt in ihr Lieblingslokal die Selbstbefriedigung und gewann die Entscheidung.
Ana, also 18 musste sie jedenfalls sein, überlegte Julia, sonst dürfte sieh hier nicht arbeiten, begrüßte sie und führte sie an einen Tisch in der Mitte des Lokals.

„Hast du was in einer Ecke Ana? Ich mag heute mit der Musik und mir eins werden. Dazu brauche ich größtmöglichen Abstand zu euren Besuchern."
„Du willst dich betatschen?"
„Wieso kommst du auf diese Idee!" leugnete Julia ab.
„Komm", sagte Ana und nahm Julia an der Hand, „Ich hab da eine Art Loge in der du weitgehend unbeobachtet bist und außerdem einen guten Blick auf die Musiker und eine gute Akustik hast."
Julia fühlte angenehm die Hand, die sie bestimmend zu ihrem Platz zog.
„Ich hab das an meinen freien Tagen hier auch schon gemacht, mich in die Musik und meine Fantasien fallen zu lassen. Werde glücklich! Was trinkst du?"
„Habt ihr einen 69er Vintage, das ist mein Geburtsjahrgang?"
Ana beugte sich über Julia und gab ihr einen Kuss auf den Mund. Das ging so schnell, dass Julia, selbst wenn sie die Wahl gehabt und sich dieser hätte stellen wollen, in diesem Moment dieselbe Wahl getroffen hätte.
Ana löste ihre Lippen und sagte herzlich „alles Gute zum Geburtstag, hab einen schönen Abend."
Julia kam gar nicht dazu einzuwerfen, dass sie erst im November Geburtstag hat. Es hätte der Situation aber auch nichts mehr wegnehmen oder hinzufügen können.
Danach ging Ana die Bestellung auszuführen. Julia sah noch ihrem Gang nach, bis er hinter dem Tresen verschwand. Dieser kurze Kontakt hatte sie in den Bann dieses Mädchens gebracht. Sie war fasziniert von der Ausstrahlung mit der sich Ana soeben eingebracht hatte.

Das Lokal füllte sich mit Stammgästen, aber auch mit vielen Touristen. Die Musiker hatten unmerklich ihre Plätze neben dem Tresen eingenommen und einer der Gitarristen begann mit klassischen Akkorden, die Leute zum Zurücknehmen ihrer Unterhaltungsgespräche anzuhalten.

Es wurde still um Julia und ihre Flasche Portwein.

Ihr Herz klopfte laut als sie die Beine leicht auseinander nahm. Sie bettete die linke Hand zwischen ihre Schenkel und zuckte erschreckt zusammen, als Ana ihr Pinienkerne auf den Tisch stellte.
Einen Moment hatten sie Blickkontakt und Ana fragte ob sie was essen wolle. Julia entspannte sich entdeckt." Das Menü mit Fisch und was Penisähnliches" antwortete sie, um die Situation zu entspannen.
„Ich kann dir eine kleine Flasche Champagner geöffnet bringen."
„Nein lieber ein Fläschchen Magenbitter, kann auch ohne Inhalt sein" scherzte Julia und versuchte unmerklich ihre Fingerkuppe zwischen ihren Pobaken zu enzfernen.
Die Musik wurde immer intensiver.

Das Menü ging irgendwie halbangetastet an Julia vorbei.
Der Fado-Gesang kribbelte im Bauch und Julia war nicht mehr weit ihrer Träume und Tränen.

Sie schenkte sich gerade Portwein nach, als Ana kam und ihr eine Zigarre in Alu-Hülse auf den Tisch legte. „Das ist angenehmer als ein Magenbitter, du musst sie ja nicht rauchen. Dann nahm sie das Geschirr und verschwand damit in Richtung Küche.
Während das Publikum einem Lied nach dem anderen hinterher applaudierte und Julia erotisiert von Anas Auslegung der Verwendung einer Zigarren-Hülse war, benetzte sie diese mit ihrem Speichel und führte sie ihrem Rectum ein.
Es war eine gute Empfehlung in jeder Beziehung, die Ana ihr heute angeboten hatte.

Die Musik erlaubte Julia auch ihrem Körper und seinem Inhalt die Freiheit zukommen zu lassen, die ihn befriedigen sollte. Sie bewegte sich rhythmisch, selbst in den Pausen.
Julia stellte sich vor, Roman in sich zu halten, als Ana zum Tisch kam.
„Schon ausgeraucht?"

Etwas jetzt noch zu verbergen wäre kindisch. „Ana, ich rauche noch und die Zigarre brennt!“

„Ich schütte dir etwas Öl ins Feuer“, mit diesen Worten stellte sie schwarze Oliven in Öl auf den Tisch. „Bei dir bin ich gerne Feuerlöscher!“

Julia entzog sich der Rauchutensilie und legte sie neben sich auf den Sessel.
„Versuch es mit dem Öl ermunterte Ana Julia.
„Lass gut sein, ich hatte Spaß genug“ entgegnete Julia.

Mittlerweile hatten sich die Musiker verabschiedet, die letzten Gäste hatten ihre Gespräche beendet und die Nachtluft kühlte Julias erhitze Gefühle durch die geöffneten Fenster.

Ana, neben dem Inhaber die einzige noch Anwesende, die den anbrechenden Tag für die nächste Nacht vorbereitete, legte ihre weiße Schürze ab.
„Es ist spät, du solltest gehen oder bleiben.“
„Bleiben“ sagte Julia spontan.
Sie sah Ana in ihre dunklen Augen, dann über ihren Busen hinab in den Schritt und über die langen Beine bis auf ihre nackten Füße.
Ana hatte ihre Schuhe ausgezogen und wirkte kleiner und zierlicher als zuvor.

Sie hat sicher dunkle Intimbehaarung nach ihrer Haut- und Haarfarbe zu urteilen.
Julia fragte, während sie sich Ana nackt vorstellte, „wie lange kennen wir uns schon?“
„Seit Anbeginn“, antwortete Ana ohne Überlegung und beugte sich über den Tisch um die gebrauchte Zigarren-Hülse neben Julia zu entsorgen.
Sie schien gegenüber Julia keine Tabus zu empfinden.

Julia ignorierte nicht, dass Ana mit der Hülse in ihrer Hand spielte. Die muss ja noch Körpertemperatur haben, überlegte sie, ohne sich unangenehm in ihrer Intimsphäre ertappt zu fühlen.
„Ich bin nicht frauenorientiert“ brachte Julia etwas schroff ein.

„Aber du bist doch nicht fertig geworden. Wir könnten gemeinsam damit fertig werden.“
Ana legte ihre Hand in die von Julia. „Sehen wir uns dabei zu, ob wir gegenseitig Hilfe benötigen, können wir dann immer noch entscheiden.“

Der Inhaber rief durch das Lokal, dass Ana zusperren solle, wenn sie das Lokal verlässt.

Ana bejahte und entschuldigte sich bei Julia, die restlichen Tische noch in Ordnung bringen zu müssen.
„Bleib solange hier, ich habe über dem Lokal ein kleines, aber gemütliches Zimmer, in das ich dich gerne einlade.“

Julia war tatsächlich nicht zu ihrem Orgasmus gekommen, so sehr sie sich auch darum bemüht und darauf gefreut hatte. Ana gefiel ihr und sie fasste Mut zu dem Gedanken, gemeinsam zu masturbieren und ihrem aufgewühlten Körper Ruhe zukommen zu lassen.

Nachdem Ana auch mitbekommen hatte, dass sie sich anal stimuliert, bedurfte das auch keiner Offenbarung mehr. Sie dachte in diesem Moment gar nicht so sehr an Roman, sondern im Vergleich an die Nacht mit Sharona.

Als Ana mit ihrer Arbeit fertig war und zu ihr an den Tisch kam, lud Julia sie auf den Rest des Portweines ein.
Beide Frauen tranken aus einem Glas.

Ana erzählte, dass sie aus Sintra komme und schwärmte von der Küstenromantik des Cabo da Roca, dem westlichsten Punkt Europas mit seinen bis zu sechzig Meter hohen und steil

abfallenden Felsen zum Atlantik. Das Klima sei feucht und rau, meistens weht auch starker Wind.
„Am Leuchtturm hatte ich mit 13 Jahren meine Jungfräulichkeit an einen jungen Burschen verloren. Das war so einschneidend mies und unromantisch, dass ich damals für mich entschied, was Jungs oder Männer mir gegenüber zu bleiben hatten, nämlich fern!

Nenne mich geschädigt wenn du willst, aber seither lebe ich meine Sexualität alleine oder in Gegenwart von Frauen aus“, ergänzte Ana. Die gleichen Bedürfnisse zu haben und Empfindungen dafür aufgebracht zu wissen, befriedigen mich.“

Ana löste ihre Hand aus Julias, die diese während der Erzählung intuitiv umfasst gehabt hatte, und legte sie an den Saum ihres Rockes, nachdem sie um den Tisch gegangen war und sich neben Julia gesetzt hatte. Ihr Mund berührte fast Julias Ohrläppchen.
„Lass uns zu mir hochgehen und ein Bad nehmen“.

Julia empfand die Intensität von Anas Worten körperlich, wie sie sich mit verbalen Bildern in ihrem Kopf implantierten.
Julia strich mit ihrem Handrücken über Anas Busen und stand auf.

Mit „über dem Lokal“ waren drei Stockwerke, verbunden durch eine ausgetretene Steintreppe, gemeint gewesen. Das Stiegenhaus wirkte abgewohnt und die Gerüche waren feucht mit untermischten Kochdünsten.
Umso mehr war Julia gespannt was sich hinter der Tür auftun würde.

Ana, nachdem sie mit einem Bartschlüssel das klemmende Schloss endlich aus seiner Verschlossenheit befreit hatte, trat beiseite und bat Julia mit einer einladenden Handbewegung, in das Innere der Wohnung zu kommen.
Mehrere Lampen standen da auf alten, gepflegten Möbel und verbreiteten warmes Licht im Raum. Dominant waren das

überdimensionale Sofa in der Mitte des Raumes und die sich dahinter befindende Fensterwand.
Alte geschreinerte Holzrahmen mit Glasfüllung, die die gesamte Raumseite ausfüllten.
Links davon stand ein übervolles Bücherregal und rechts war ein Küchenbereich angedacht über dem auf einer Leine diverse Dessous hingen. Ana nahm sie ab und verstaute sie in einer Kommode.

„Kann ich dir was anbieten, ich habe sehr guten grünen Tee. Der belebt.“ Ich bin nicht tot“, lachte Julia, „ich würde gerne bei Wein bleiben oder mit einem Whisky abhängen, wenn du hast?“

Ana kramte in einem Kästchen unterhalb des Mikrowellengerätes und zauberte eine Flasche Lagavulin hervor. „Der ist aber schon angebrochen.“ „ Das ist in Ordnung“, solange noch genug für uns drinnen ist“. Julia setzte sich auf das Sofa, lehnte sich in eine angenehme Position und überschlug die Beine. „Du musst wissen, ich bin geborene Schottin. Wieso kannst du eigentlich so gut englisch?“

Ana hatte mittlerweile auch Gläser gefunden und stellte sie auf den Couchtisch und schenkte ein. „Auf unseren Orgasmus!“ Darauf möchte ich mit dir trinken!“
Sie leerten die Gläser unter Augenkontakt in einem Zug.

„Ich geh das Badewasser einlassen, bin gleich wieder zurück und erzähle dir dann von mir“.
Sie verschwand in einer Nebentüre. Sie ließ das Badewasser ein, zündete mehrere Kerzen um den Badewannenrand an und noch ein Vanille-Räucherstäbchen.
Dann trat sie wieder ins Wohnzimmer zu Julia.
„So!“ atmete sie durch, „Wasser ab!“
Sie setzte sich neben Julia auf das Sofa.

„Zu meinem Englisch: Ich habe mich nach Abschluss der Oberstufe in Sintra ganz einfach von meinem Elternhaus

abnabeln wollen. Lissabon, erstens der Nähe wegen und zweitens wegen seines Angebotes an Fortbildungsmöglichkeiten, war für mich eine bevorzugte Lösung.
Zuerst suchte ich einen Job, in dem du mich ja kennengelernt hast. Dann wollte ich Sprachen studieren, Englisch war ja schon in der Schule Pflicht und Deutsch hatte ich mir wegen der Tourismusbranche dazu ausgewählt. Daneben mache ich noch die Ausbildung zum Hotelkaufmann.
Und mit sowas kannst du heute in einer Badewanne sitzen“, sie lachte und nahm Julia unter ihren Armen und zog sie an ihren Körper.

Julia nahm die Ruhe und die Geborgenheit die von Ana und von ihrem Zimmer ausging, angenehm entgegen. Sie kuschelte sich an ihren warmen Körper und drückte die Freundin.
Bis augenblicklich gab es noch keinen sexuellen Kontakt außerhalb ihrer, womöglich unterschiedlichen, Fantasien.
„Hast du noch einen Schluck Lagavulin, dass wir beim Küssen den gleichen Geschmack haben?“ Julia beließ es spontan bei einer Redewendung. Sie nahm Anas Kopf links und rechts in beide Hände und öffnete im Kuss ihrer beider Lippen. So hielten sie sich während ihres Kennenlernens zärtlich umschlungen.
Männer sind meist so direkt mit ihren Berührungen, empfand Julia plötzlich.
Die beiden Mädchen umspielten gegenseitig bloß die Säume ihrer Kleider und ließen der Vorfreude genüsslich ihre fantasievolle Freiheit.
„Das Badewasser!“ entfuhr es Ana und Julia fast gleichzeitig.

Der Schaumberg des Badezusatzes hatte den Rand der Wanne längst erreicht und bot im Überrinnen einen mystischen Anblick zwischen den aufgestellten Kerzen.
„Himmel oder Hölle“, sagte Ana bei diesem Anblick. „Wir können das entscheiden“.

Ana stand barfuß im übergelaufenen Wasser und drehte die Hähne zu. Dann zog sie über Kopf ihr Kleid aus und ließ es zu Boden fallen. „Das braucht sowieso eine Wäsche“.
„Himmel“, sagte Julia und zog ebenfalls ihr Kostüm aus. Dann standen sie sich nackt gegenüber, als Ana ihren Slip zu Boden fallen ließ.

„Ich bin in der Stimmung was überlaufen zu lassen“, mit diesen Worten ließ Ana sich in die Wanne gleiten. „Komm!“
Julia hatte Anas Brüste, die unter ihrer Kleidung gar nicht zur Geltung gekommen waren und den wohlproportionierten Körper, der im Schritt Spielraum zwischen den Schenkeln ließ, in Zeitlupe registriert. Ana hatte nur die Bikini-Linie rasiert, ihre Intimbehaarung verlief in einem ästhetisch klassisch verlaufenden Dreieck. Und wie sie vermutet hatte, dunkel.

Julia steckte sich die Haare hoch und rutschte gegenüber von Ana in die Wanne. Ana ließ sie dabei ebenfalls nicht aus den Augen. Danach berührten sich ihre nackten Körper in der engen Wanne.

Während Julia die Beine links von Ana platzierte und sich mit den Ellenbogen am Wannenrand hinter sich abstütze, begann sie sich im Badezimmer umzusehen. Der Duft von Vanille und das Licht flackernder Kerzen machten den Raum und Ana, die ihr das Wasser gereicht hatte, verzaubernd.
Lesbisch hin schwul her, es geht doch immer nur darum, für wie viele Augenblicke bis zum Tod man glücklich sein darf, ging es ihr durch den Kopf.

„Ich mag dich Ana, du bist wunderschön. Ich sitze das erste Mal mit einer Frau im gleichen Boot.“ Sie wies mit einer raumausfüllenden Bewegung auf das Wasser am Boden rund um die Wanne und schmunzelte.
Ana beugte sich vor, dass wieder Wasser aus der Wanne überschwappte. Sie nahm Julias Hand und legte deren Handinnenfläche an ihren Busen.
„Ich empfinde dir gegenüber, was ich unter Liebe verstehe.“

Julia antwortete sehr zeitverzögert. „Meine Seele ist gesund, aber mein Körper nicht. Ich habe Schmerzen bei einer Penetration, die somit unmöglich zum Orgasmus meines Partners führen kann. Wenn ich diese Penetration aus Liebe zulasse, sensibilisiert sich mein Körper so schnell auf den Punkt, dass ich zwar einen Höhepunkt habe, durch meine Schmerzen aber dem Partner keine Befriedigung in mir möglich zu machen imstande bin."

„Schmerzen in der Vagina? Du solltest dringend einen Arzt aufsuchen."
„Hab schon einen Termin", sagte Julia.

Jetzt entstand eine Pause, die intuitiv beide nur mehr mit ihren Körperwünschen klären konnten. Ana begann:

„Lass uns abtrocknen und ins Wohnzimmer gehen. Wir setzen uns vis-a-vis und streicheln uns selbst, dazwischen nehmen wir einen Lagavulin und wenn du dich bereit fühlst, lass mich dir helfen.
Vergiss nicht, ich bin die Gute, ich bin das Zigarren-Mädchen".

Julia stieg Farbe ins Gesicht, worauf Ana meinte: „Arschlöcher, als Darmausgangsorgan definiert, sind wir doch alle. Lediglich die funktionelle Ausschöpfung unterscheidet uns."

Sie drückte Julia auf das riesige Sofa mit seinen vielen Polstern und unterlegte
mit einem davon Julias Rücken.
„In dieser Position kann ich mehr von dir sehen". Sie reichte Julia eines der nachgefüllten Gläser Whisky. „Es lebe das Glücksgefühl und das was wir daraus zu machen im Stande sind!"
Beide tranken aus und Julia hallte der Zusatz und das was wir daraus machen noch unter der Bauchdecke und in ihrem Kopf. Ob Liebe, Neugier, Geilheit, Brutalität. Ana hatte Recht.

Der Orgasmus ist ein Chamäleon. Schutz zu finden besteht in seiner Anpassung.

Ana ließ sich im Kreuzsitz gegenüber Julia in das Sofa fallen. Sie beobachtete wie Julia zögerlich die Beine anhob und an sich zog. Wie sie mit ihrer rechten Hand über ihre Brüste und ihre Bauchdecke hinab ihre Klitoris zu streicheln begann und mit der anderen Hand ihre Pobacken auseinander zog.
Dann schloss Ana die Augen und begann sich sanft im Schritt zu stimulieren. Immer wieder nahmen sie visuellen Kontakt zu sich auf. Es knisterte förmlich vor Körperelektrizität und lud beide auf.

Ana hatte die verschränkten Beine ebenfalls gegen eine offenere Stellung eingetauscht und begann ihre Befriedigung im Öffnen ihrer Schamlippen zu suchen.
Sie spürte den Blick von Julia auf sich, und gab ihn zurück.
„Schön, oder?“ Sie hielt dem Blickkontakt stand, während sie zwei Finger ihrer Vagina entgegen drängte.

Julia fühlte sich ermutigt das Gleiche auf ihre Art zu tun.
„Soll ich dir Babyöl bringen? Ich kann dir auch meinen Finger hinten reinstecken, wenn du das zulässt.
„Nein, mach nur weiter an dir, ich sehe dir zu und versuche deine Befriedigung in meinem Körper umzusetzen.“
Ana hatte während dieses Intermezzos nicht aufgehört ihre Finger in ihre offene Scheide zu stoßen. Sie hatte die Beine immer weiter geöffnet und Julia sah das Spiel ihrer Muskeln um den Intimbereich.
„Lange kann ich es nicht mehr halten“ sagte Ana leise, „komm mit mir!“

Julia hatte plötzlich das Bedürfnis dabei zu sein, wenn Ana ihren Höhepunkt erreichte. Sie beugte sich über sie und küsste ihre Brustwarzen. Sie empfand impulsiv, dass eine Berührung jetzt mehr als tausend Worte wert waren.

Danach passierte das Erdbeben in Ana und Julia schmiegte ihre Finger in den Schritt der Freundin und erlebte jedes Nachbeben bis sich Anas Atem langsam beruhigte. Solange umarmte sie den aufgebrachten Körper.

„Und du?“ fragte Ana nachdem sich ihr Körper entspannt hatte und ihr Atem wieder ruhiger ging.
„Ich weiß nicht, ich hab da ein Loch in mir. Von einem Mann den ich liebe und der zurzeit an der Algarve arbeitet. Zusätzlich bin ich noch betrunken. Ich mache mir Sorgen wegen meiner Schmerzen. Ob Penis, Dildo oder Finger in mir, ich würde das alles gerne wieder lustvoll in meiner Vagina genießen“.
Ana umarmte Julias erhitzten Körper.

„Du bist ein wunderschönes Arschloch“ grinste Ana, lass es meiner Jungfräulichkeit auf diesem Gebiet zu, dir Befriedigung zu verschaffen“. Sie sah Julia dabei, einer Bestätigung entgegen wartend, in die Augen. Julia fiel zurück auf das Sofa und seufzte, „ich will ja einen Orgasmus! Also nur zu“.

Ana befeuchte ihren Finger und versuchte Julias Empfindlichkeiten aus ihrer Dunkelheit ans Licht zu führen. Zwischendurch führte sie immer wieder Speichel mit ihren Fingern ein. Sie spürte wie die Muskeln in Julia sich immer mehr einem Höhepunkt entgegen spannten.
Julia berührte mit einer Hand ihre Klitoris. Sie bewegte sie im Gleichklang mit Ana und winkelte ihre Beine an. Ihre zweite Hand suchte die Scheide von Ana.
Ana war noch feucht von eben und signalisierte mit ihren Unterleibsbewegungen die Bereitschaft, erneut Lust aufzubauen. Die Gegenseitigkeit der Berührungen, die Uneingeschränktheit ihrer Handlungen waren es dann auch, sich an Anas Hand sicher nach Hause gebracht zu wissen.

„Schneller und so tief du kannst!“ Julia atmete ihre Empfindungen aus und presste ihren Po gegen und um die Finger Anas in sich.

Wie in Trance stimulierte sie dabei ihrer beider Klitoris.

„Ich bin soweit Ana" mit einem Wohllaut spannte sich im gleichen Augenblick auch schon ihr Becken Ana entgegen, um danach gelöst in die Polsterung zurück zu fallen.
Sie sahen sich an und lachten.
Ana nahm Julias Hand aus ihrem Schritt und sich aus Julias Rectum.

Nach einer Verschnaufpause sagte Ana „Ich hätte da noch eine Nachgeburt. Du hast mich mit deiner Berührung wieder hochgebracht, zwei Minuten, ja?" Julia nickte.

Ana ging die Sache sehr zweckmäßig an. Ohne Vorspiel öffnete sie kniend ihre Schamlippen und befeuchtete sich darin um die Klitoris damit wichsend zu traumatisieren.
„Es kitzelt schon" entfuhr es ihr stoßweise im sich Zurücklehen.
Julia setzte sich auf und umfasste Anas Pobacken, zog sie auseinander und strich mit ihren Fingern dazwischen auf und ab. Bis sie am Punkt war.
Ana brach aus sich heraus und ließ sich vornüber in die Umarmung von Julia fallen.

„War's schön für dich?" Wir haben eben eine halbe Minute eingespart, die wir jetzt für einen Whisky haben, „feixte Julia.
Sie spürte den aufgebrachten Herzschlag Anas auf ihrem Busen.
Sie löste die Umarmung und Ana ging mit zittrigen Beinen um Lagavulin nachzuschenken und reichte ein Glas davon Julia.

4. Tag

Die Andeutung des aufkommenden Morgens legte sich mit seinem rötlichen Licht durch die großen Fenster auf die alten Möbel. Als ob er sie damit zum Erwachen bringen könnte.
Julia sah zum Fenster hinaus. Körperlich befriedigt fehlte ihr doch der Zusammenhang zwischen Nacht und Tag.
Noch nie war ein Morgenrot so blass, durchfuhr es sie.

Ana riss sie aus ihrer Wehmut mit zwei Gläsern in der Hand.
„Ganz schön deftig der Geschmack am Morgen“, bemerkte Julia, „hast du Zahnpasta und eine Bürste für mich?“ Ana nickte.
„Komm!“
In der Badewanne, die mitten in dem alten Bad stand, war noch immer das Badewasser vom Vortag eingelassen. Der Boden war noch immer von der gestrigen Überschwemmung nass, nur die Kerzen waren abgebrannt und es roch immer noch nach Vanille.
„Während du Zähne putzt, fülle ich die Wanne mit heißem Wasser nach.
Wie machst du das eigentlich, so glatt im Intimbereich zu sein?“
Mit der Zahnbürste im Mund erklärte Julia die Kombination von Wachs, scharfen Rasierklingen, und Enthaarungscremes. „Du musst nur besonders vorsichtig im Bereich der Schleimhäute damit umgehen.“
Sie wechselten sich am Waschbecken ab und Julia ließ sich in die Wanne rutschen und streckte ihre Glieder wohlig aus. Ana, die ihr bis dahin den Rücken zugekehrt hatte, wendete sich Julia zu.
„Ich habe das traurige Gefühl, dass Plagiate spontan entstandener Kunstwerke diese nicht ersetzen können…Ich liebe dich.“
Sie stieg neben Julia in die Wanne.

„Und das wird in meinem Original von dir so bleiben.“

Julia suchte im gemeinsamen Badewasser nach Worten.
„Für mich ist Sex sowas wie eine Entspannungstherapie,.“ führte sie mit einer unterstützenden schlampigen und abblockenden Handbewegung aus. „Ich gehe auf meine Wünsche und die meiner Partner ein und auf meine Art liebe ich in diesem Zustand. Menschen gegenüber, denen ich mich anvertraue, wie gestern dir, empfinde ich also Liebe!
Wen kümmert, was er nicht liebt? Es wäre nichts als Pflicht!“

Julia versuchte die Spannung in Ana zu lösen.
„Ich erlebte gestern die ausgeschmückteste Kür meines Lebens.“
Sie sah Ana warm in die Augen.
Ana stand das Wasser buchstäblich bis zum Hals.
„Du besuchst unser Lokal weiter? Ist nichts kaputt gegangen zwischen uns?“
„Im Gegenteil, du hast Teile wieder ineinander gefügt, die in meinem Puzzle durcheinander gekommen waren.“

Julia versuchte unter dem Schaum in der Wanne Anas Hand zu erwischen und hielt sie fest.
„Es tut mir nicht leid in dein Herz gedrungen zu sein. Aber du machst es mir so schwer, da wieder rauszukommen.
Du nur kannst mir den Weg daraus zeigen und danach versuchen, die Spuren zu verwischen…Und…
Ja, ich besuche mein Lieblingslokal und dich weiter! So schwer uns das auch treffen möge.“

Ana nahm mit beiden Handflächen Wasser aus der Wanne und ließ es über ihr Gesicht rinnen.
Als das Wasser ablief, dachte Julia, dass sicher auch Tränen dabei gewesen waren.

Danach machte Ana Eierspeise und sie frühstückten schweigend.

Es war gestern, ziemlich genau eine halbe Stunde nach dreizehn Uhr, als Notarzt und Polizei in der Old College University in Edinburgh eintrafen und die Toilettenanlage im ersten Stock absperrten.

Der Putztrupp, der drei Mal täglich für Reinlichkeit an diesen Orten sorgt, fand Arthur Roberts am Boden liegend in einer Blutlache um seinen Kopf.

Angelica Horne stand zu diesem Zeitpunkt in der Mensa und hatte alle Hände voll zu tun, um das Mittagessen vorzubereiten. Sie wusste nichts von dem bedenklichen Gesichtsausdruck des Notarztes beim Anblick von Arthur Roberts.
Überhaupt bekam keiner im Erdgeschoss mit, was zum Zeitpunkt der Essensausgabe in ihrer unmittelbaren Nähe passiert war.

Angelica Horne vernahm zwar die Sirene eines sich entfernenden Krankenwagens, war aber total beschäftigt mit der Wiederherstellung eines Ist-Zustandes der Mensa für den nächsten Tag.
Um sechzehn Uhr wollte Arthur Roberts sie abholen. Bis dahin musste sie noch duschen und sich umkleiden.
Sie hatte im vierten Stock ein eingerichtetes Zimmer und suchte nach passender Kleidung für die Einladung in das Hawes Inn. Sie wusste vom Hörensagen von seiner historischen Bedeutung und auch von seinen anspruchsvollen, prominenten Gästen.
Also dunkelblau oder beige. Sie entschied sich für ihr einziges dunkelblaues Cocktailkleid. Knapp über den Knien endend betonte es die Taille, wie auch ihre Beine. Sie hatte sich schon lange nicht mehr so schön und aufgekratzt gefühlt.

Von Arthur Roberts strömte Wohlbefinden und Ruhe auf und in sie über. Seine grau-braunen Augen ruhten heute Mittag so warm und wohlwollend auf ihr. Die im Ansatz weißen Schläfen rundeten sein hageres Gesicht mit ihren Vorstellungen eines Mannes ab, der ihr gefiel.

Zehn vor vier, saß sie mit ihren fünfunddreißig Jahren aufgeregt da wie eine Vierzehnjährige, die ihrem ersten Date entgegenfiebert.
Die Mensa war still und leer. Das Licht des Nachmittags fiel durch die großen Fenster. Der Nieselregen vom Vormittag hatte sich gänzlich verzogen und der Himmel lag klar auf dem Park mit seinem alten Baumbestand.
Angelica kontrollierte den Sitz ihres Kleides um den Busen und machte sich einen Kaffee aus der Espressomaschine.
Es wurde vier Uhr und ihr wurde immer bewusster, die Eingangstür nicht mehr aus den Augen zu lassen.

Stunden später zog dichter Nebel vom stahlgrauen Wasser des Firth Of Forth in die Stadt herauf und verschlang die hellen Lichter der Hotels und Restaurants. Schattengestalten der am Pier arbeitenden Seeleute und Passanten im schnellen Schritt, um seiner feuchten Umklammerung zu entgehen, bekamen Schemenhaftig-keit. In den dahinterliegenden Gassen stimmten sich die Huren mit Ale auf die Kundschaft ein.
Um sieben Uhr vergab der Kellner vom Hawes Inn den reservierten Tisch an wartende Gäste.

Angelica saß wie die Abende zuvor in ihrem ausgesessenen Ohrensessel und las, beiziehungsweise, versuchte einen Liebesroman zu lesen. Das Cocktailkleid, seiner Bestimmung entfremdet, lag neben ihr über einen Sessel geworfen.
Wie sollte ein Mann wie Arthur Roberts auch in ihre Liebesromane passen. Dozent und Gelehrter und sie nur eine einfache Köchin!
Es sollte verboten sein, akademische Titel auf die Zwischenmenschlichkeit oder überhaupt auf die Menschheit loszulassen, dachte sie. So eine Art Zölibat für Studierte schwebte ihr vor. Es sollte einen Nationalpark für Gefühle geben, in dem Praxis gegenüber Theorie geschützt ist.

Verbittert legte sie das gerade begonnene Buch zur Seite und suchte in ihren verärgerten und enttäuschten Gefühlen Ruhe im Schlaf zu finden. Doch sie war nicht imstande sich in das Wohlbefinden fallen zu lassen, das ihr diesen auch zuzukommen ermöglichte.

Sie stieg aus ihrem ausziehbaren Bett und schlüpfte in ihre Klamotten, eine ausgewaschene Jeans und einem schlampigen Pullover. Dann ging sie, die am Tag von Studenten belebte Treppe, hinab auf die Straße.

Es war knapp neun Uhr abends und das Tor noch nicht zugesperrt. Der fast schon obligate Nebel hatte den Stadtteil um die Universität wieder mit leichtem Nieselregen unterlegt.
Sie atmete tief durch und schlug den Weg Richtung Castle in die Altstadt ein. Es waren zirka fünfhundert Meter von der Universität bis dorthin.
In der Castle Street, in Reiseführern auch die „Royal Mile" genannt, waren die Pubs über Mitternacht hinaus geöffnet. Angelica hatte keine Ahnung wie lange sie abhängen wollte, aber sicher ist sicher, dachte sie. Sie hatte das Bedürfnis unter Menschen sein zu wollen.

Ohne zu wissen, dass sie das Stammlokal von Arthur Roberts betrat, drückte sie die schwere Eingangstür mit den Messingbeschlägen des Edradour auf. The Black Bull mochte zwar der Tempel des Malt Whisky sein, nach Life-Musik und Tourismuslärm war ihr heute Abend aber nicht zumute.
Gedämpftes Licht und der opulente Tresen mit seinen Bierzapfsäulen und seine Hintergrunddekoration, bestehend aus gedrechselten Holzregalen, die über und über voll waren mit „in Flaschen gezogenem Sonnenlicht", wie George Bernard Shaw es einmal ausgedrückt hatte, lenkten Angelica von ihren kaputten Gefühlen ab.
Angelica hatte erst vor ein paar Tagen mit einem Studenten, der schottische Kulturgeschichte, unter anderem über die Entstehung

und die Wirkung des Scotch Whisky auf menschliche Organe und die Seele, studierte, diskutiert. Seiner Recherche nach hatte der Cronicles of England, Scottland and Ireland fünfzehnhundertachtund-siebzig bereits bestätigt, „dass mäßig genossen er das Altern der Jugend verlangsame, Melancholie vertreibe und Herz und Sinne erleichtere".
Das ging ihr bei ihrer Bestellung durch den Kopf. Wasser des Lebens! Uisge beatha, dem daraus später entstandenen Namen Whisky.
Angelica hatte sich auf einen der noch freien Barstühle am Tresen gesetzt, nahm einen kräftigen Schluck vom empfohlenen Edradour und ließ ihn langsam ihre Kehle hinunter gleiten.

Danach fühlte sie sich wohler und ließ ihre Begegnung mit Arthur Roberts heute Mittag wehmütig Revue passieren. Sie hatte sich in seiner Gegenwart umworben gefühlt wie schon seit ihrer Jugend in Thurso nicht mehr.
Da gab es auch jemand in den sie verliebt gewesen war. Dann wurden ihre Gefühle aber so stark verletzt, dass sie die Fähigkeit zu lieben dafür verloren hatte.
Nach dem nächsten Glas traten schemenhaft Männerhände aus ihrer Erinnerung, die sie gegen ihren Willen auf den Boden der Scheune niedergedrückt hielten. Sie vernahm, als geschehe es eben jetzt, die Geräusche der Reißverschlüsse an den Hosen der Burschen, die sie teilweise per Gesicht vom Campus kannte.
Angelica nahm ein weiteres Glas Edradour, um den in Erinnerung aufkommenden Geschmack des Spermas ihrer Klassenkameraden zu verdrängen.
Die Jungs hatten, nach einem Heu-Fest betrunken, die Wette gegenüber ihrer Burschenschaft eingebracht. Sie entjungferten sie und die, die schon einmal ein Mädchen gevögelt hatten, stopften ihr den Mund mit ihren Schwänzen.

Sie suchte danach ihre verstreuten und teilweise zerrissenen Kleidungsstücke zusammen und schlich sich wie ein geprügelter Hund nach Hause.

Erst in der Badewanne kam sie zu sich, als sie bemerkte, dass sich das Wasser um ihren Unterleib rötlich färbte.
Sie spürte körperlich, dass mit ihrem Blut auch die Fähigkeit, sich einem Partner hinzugeben, geschwunden war.
Damals knapp achtzehn Jahre alt, verkapselte sie sich wie ein Kokon.

Bei Arthur Roberts hatte sie das Gefühl, aus ihrer Verpuppung schlüpfen zu können und sich ihm gegenüber als Schmetterling zu offenbaren. Auch er hatte sie heute um die Hoffnung eines ihrer Inhalte betrogen.
Angelica bestellte nach, diesmal Lagavulin, wegen seines extrem torfigen Geschmacks.
Ein würdiger Abschluss für ihre ausgetrocknete Seele. Erde zu Erde, Staub zu Staub, Trockenheit zu Dürre. Danach dachte sie, würde sie ihr Schlaf aus ihrer Erinnerung und ihrer Einsamkeit befreien.

5. Tag

Der Morgen danach brach für Angelica mit business as usual an. Sie duschte, zog ihren blauen Kittel über ihre Unterwäsche und ging in die Mensa, wo sie sich Kaffee und einen Toast machte. Sie hörte einige Autotüren zuschlagen, dann ein Klopfen am Portal zur Mensa.
Sie sah auf die Uhr, es war knapp nach acht Uhr. Alle wussten, dass die Mensa erst ab neun Uhr geöffnet war. Sie ging an die Tür und öffnete den in dunklen Anzügen und einer Polizeimarke an die Glastür haltenden Männern. Police!
„Ja bitte?“ Sie öffnete die Tür und bat, einzutreten.
„Wir kommen wegen gestern Nachmittag, ein Dozent ihrer Universität wurde im ersten Stock in der Toilettenanlage brutal niedergeschlagen.“
„Wer…, wieso?“ Noch im Fragewort erahnte sie die Antwort.
„Arthur Roberts, kannten sie ihn?“ Angelica spürte Tränen aufkommen. Glücksgefühl, das er sie nicht versetzt hatte und Entsetzen zugleich gegenüber dem was ihm widerfahren war, konnte sich nicht die Waage halten. Sie brach zusammen.
Detective Chief Inspekctor Francis MacGillian bemühte sich um Angelica Horne und hob sie auf einen der umher stehenden Stühle. „Geht’s wieder?“ fragte er so gefühlvoll, wie es ein Polizist eben zustande zu bringen vermochte.
„Kann ich bitte ein Glas Wasser haben?“ MacGillian nickte und einer der Männer holte aus dem Küchenbereich ein Glas Wasser.
„Miss Horne, es tut mir leid, aber wir müssen wissen, ob ihnen irgendwas aufgefallen ist. Oder ob sie Ahnung davon haben, was für diese Tat ein Auslöser gewesen sein könnte.“
„Wann ist es denn passiert“ schluchzte Angelica unter Tränen hervor.“ Zwischen ein Uhr und ein Uhr dreißig mittags“, kam die trockene Antwort.

Angelica nahm einige Schluck Wasser und sagte dann etwas gefasster: „Das einzige, was den gestrigen Tag von anderen an der Uni unterschieden hatte, war die Rektorenwahl. Die war für dreizehn Uhr zum zweiten Durchgang angesagt. Mister Roberts war unter den nominierten Kandidaten.“
„Und wer waren die Mitbewerber“, fragte MacGillian. „Ich kenne nur einen davon, Sir Donald Scott, aber es waren mit Arthur Roberts weitere drei oder vier Teilnehmer angetreten. Am besten fragen sie den Rektor, Sir George Rowland. Der kommt aber meist erst gegen elf Uhr.“
MacGillian bedankte sich und deutete den ihn begleitenden Männern mit einer Handbewegung, sich zurückzuziehen.
„Wir werden den Vormittag, zumindest bis zum Gespräch mit ihrem Rektor, noch im Hause sein. Sollte ihnen noch irgendwas einfallen, so lassen sie uns das wissen.“ MacGillian deutete mit Lüftung seines Hutes den Abgang seiner Truppe an.
Angelica Horne fühlte sich alleingelassener als je zuvor, obwohl sie zu niemandem gehörte.

Roman hatte gestern Sharona bei ihren Großeltern in Portimao abgesetzt. Es war fast zehn Uhr Nacht geworden. Sharona wollte unbedingt noch bei Paraia da Roche, an der Felsküste zum Atlantik, baden gehen. „Und außerdem muss ich pinkeln und meine Blutung stillen“ brachte sie als Argument vor.
Roman parkte den Wagen links von der Straße, direkt an einem in den Felsen gehauenen Abgang zum Meer. Sharona legte ihr Kleid ab und forderte Roman auf, sich ebenfalls auszuziehen. „Ich beiße nicht, ich bin heute ohne männliche Hilfe meiner Pubertät entschlüpft. Es wird ein bisschen brennen im Salzwasser, aber ab morgen bin ich eine funktionierende Frau.“ Damit nahm sie Roman an der Hand und ging zielsicher die Stufen hinab, dem brandenden Zischen des Atlantiks entgegen. Roman konnte, in der beim Abstieg immer intensiver werdenden Dunkelheit, nichts wahrnehmen. Einzig das Geräusch stärker werdender Brandung war ein Anhaltspunkt für ihr Ziel. Und die Spiegelung des Mondes auf der Gischt.

„So da sind wir“. Roman wähnte sich auf einer Art Plattform in einer Felsnische.
„Wenn du ganz normal abspringst, hast du zehn Meter Wasser unter dir.“ Bevor er noch fragen konnte, woher sie sich da so sicher sein konnte, war Sharona schon in die nasse Dunkelheit eingetaucht.
Portimao ist kaum fünf Kilometer entfernt, überlegte er, sie kennt also die Gegend. Wenn ich zeitverzögert springe, hat sie auch schon gepinkelt, also was soll's!
Roman sprang ihr hinterher.
Im Mondlicht nahm er im Auftauchen schemenhaft ihren Kopf über Wasser aus und spürte die Gischt der Brandung erfrischend um seinen Körper.
Sharona machte ein paar kräftige Tempi um Halt an der Felswand zu bekommen. „Komm, da geht's wieder raus“, forderte sie Roman auf, ihr zu folgen. Er umfasste ihre Hand im Turnergriff und zog sich an ihr aus dem Wasser.
Sharona wechselte blitzschnell in eine Umarmung mit beiden Händen. Unmittelbar danach strich sie damit über seine Bauchdecke hinab bis zu seinem Penis und umfasste ihn.
Roman versuchte halbherzig abzuwehren.
„Lass mich, das soll dein Anteil an meiner Entjungferung sein. Wie ich aus diverser Literatur weiß, ist es für euch Männer erstrebenswert, in den Mund einer Frau zu ejakulieren, zu kommen, zu spritzen, wie immer ihr das nennt, ohne jedwede Folgen einer Schwangerschaftsklage.“ Sie lachte übermütig und schloss ihre Lippen um Romans mittlerweile gebrauchsfähigen Penis. „Ich möchte als junge Frau den Geschmack von Männern in der Schule mitdiskutieren können.“

Danach entkräftete sie mit jeder ihrer Kopfbewegungen aufkommende Argumente gegen den von ihr gewünschten Ablauf. Am Ende resignierte Roman angenehm.
„Lass uns noch mal ins Wasser gehen, bevor wir uns ankleiden,“ mit diesen Worten zog Sharona ihn hinter sich her. „Du schmeckst gut, aber ich hab noch keinen Vergleich. Du warst erst

mein Anfang“. Dann sprang sie erneut in das aufgeschäumte Wasser. Roman folgte ihr.
Bis sie wieder an der Straße ankamen, waren sie beide fast trocken und schlüpften in ihre Kleidung. Auf Reisen zu sein und trotzdem festzukleben! Dieses Gefühl hatte Roman, als er sich knapp nach elf Uhr nachts in seinem Zimmer in Albufeira zu akklimatisieren versuchte.

Das Hotel lag im Zentrum der Stadt. Er musste sich, um es zu erreichen, erst einem fünfzehn bis zwanzig stelligen Quer-Gegenverkehr von Touristen in der Straße entgegen arbeiten, um dorthin zu kommen.
Nach den Aufnahmeformalitäten ließ sich Roman am kleinen Schreibtisch seines Zimmers im dritten Stock in den krächzenden Sessel davor fallen. Rechts von ihm war ein Fenster mit Blick hinaus. Wohin konnte er nicht zuordnen. Nur dass es, im sich widerspiegelnden Licht der Schreibtischlampe, belegt von Tabakrauch war.
Roman legte die Pläne der Marinas von Albufeira bis Sagres vor sich auf den Tisch und versuchte sich von den Geschehnissen des heutigen Tages abzunabeln.
Funktionierte total nicht!
In welchen Familienbetrieb war er da hineingeraten! Überlegte er. Wird Sharona akzeptieren, dass es nur Sex war, den sie provoziert hatte? Egal wie wohl er sich dabei gefühlt hatte? Und,- wird sie mit Julia darüber sprechen?
Roman entschloss sich, ans Meer zu gehen. Er wechselte das Hemd und reihte sich, beim Verlassen des Hotels, in den Fließverkehr der Straße ein.
Vor den Steinwällen gegenüber der Brandung führte ein Promenadenweg am Meer entlang. Roman spazierte an knutschenden Jugendlichen, Jugendlichen die sich lauthals betranken und an Lokalen vorbei, die unterschiedlichste Musik-Kultur in die Kulisse einbrachten.
Nach seinem Spaziergang wieder beim Hotel angekommen schwenkte er in das Lokal daneben ein.

Von der vierten Reihe hinter dem Bartresen bis zu seiner Bestellung verging fast eine halbe Stunde.
Roman bestellte einen 69er Vintage Portwein. Dank Sharona wusste er ja das Geburtsjahr von Julia. Er hatte das Gefühl, sich bestätigend seiner Zuneigung gegenüber Julia positionieren zu müssen. Wie dieser lauten und aufgekratzten Gesellschaft im Lokal nicht zugehörig, streckte sich der sicher nicht mehr nüchterne Barkeeper nach einem der obersten Regale. Vorher noch nach Akzeptanz des Preises fragend, schenkte er, Wertschätzung an zweieinhalb Jahrzehnten zelebrierend, vorsichtig, wegen eventuellen Bodensatzes in der Flasche, ein. Das Erkennen seiner Wertigkeit schien den Mann hinter dem Tresen die letzten fünfundzwanzig Jahre seines Lebens vergessen zu machen.
Genauso wie er eben zuvor noch mit hektischen und zittrigen Bewegungen Biere und Schnäpse an die lauten Deutschen ausgeschenkt hatte, genauso gefasst und ruhig war er beim Reichen des Portweins an Roman.
„Zum Wohl! Senor." Einen kurzen Moment trafen sich ihre Blicke. Es tat wohl, inmitten dieser aufgewühlten Masse von Menschen, die Stille dieses Blickkontaktes mit der Paarung des alten Weines zu erleben. Roman genoss Julias Geburtsjahrgang. Könnte er sie jetzt bloß in seinen Armen halten und an sich drücken.
Er murmelte in die Phonstärke des Lokals „Gute Nacht Julia, schlaf gut und träum schön." Danach trank er aus.

Bei Tageslicht bot sich sein Zimmer ihm noch abgefuckter als in der Nacht. Das Fenster, mit nachts unsichtbarem Ausblick, ging zum Innenhof hinaus. Die aufgehende Sonne war lediglich an Schattengebilden der Schornsteine an der Innenhofwand ersichtlich.

Roman überflog die Pläne, die von gestern Nacht noch auf dem Tisch lagen, packte sie zusammen und ging in den fensterlosen Halbstock frühstücken. Während er lustlos Nahrung aufnahm

dachte er wehmütig an den Ausblick von der Terrasse im achten Stock, am Frühstückstisch mit Julia.
Als Roman drei Häuserblocks weiter aus einem dem Hotel zugehörigen Hinterhof seinen Peugeot holen ging und ihn aus der engen Hauseinfahrt lenkte, wärmten Sonne und Licht seine wunde Seele. Es drängte ihn Julia anzurufen. Er sah auf die Uhr. Es war erst sieben Uhr dreißig. Roman parkte den Wagen an der Marina und schlenderte die Mole entlang. Seite an Seite lagen die unterschiedlichsten Yachten. Das Meer schaukelte sie an den Fendern schmatzend aneinander.
Vorsorglich hatte er bei seiner Abreise eine Hotelreservierung ab 4 Sterne mit Blick aufs Meer, beziehungsweise die Mündung der Riba in Lagos, veranlasst. Es hätte aber genauso Portimao sein können. Roman wollte aber bewusst keinerlei Zwiespältigkeit in sich aufkommen lassen.
Er war mittlerweile den halben Weg um die Marina unterwegs und kam zu dem Schluss, dass die bestehenden Anlagen nicht erweiterbar und somit auf Grund einer Verweigerung der Behörden für einen Zubau nicht realisierbar sind.
Bis zum Aufsperren der Ämter kehrte er in einem der gerade öffnenden Cafés ein.
Die ersten Segler und Motorschiffer oder deren Besatzung, nahmen gähnend in der frischen Morgenluft Platz.
Roman bestellte einen kurzen Espresso und ein Glas Wasser. Dann vertiefte er sich nochmals in die Pläne unter Einbezug seiner Vor-Ort-Inspektion.
Eine halbe Stunde später öffnete er die Tür zum Bürgermeisteramt. Eine weitere Stunde danach wurde er vorgelassen.
„No Chance!“ Unmissverständlich brachte der gut genährte Sekretär des Bürgermeisters seine Inakzeptanz gegenüber der Vorhaben des FVYC zum Ausdruck. „Wir sind vollkommen ausgelastet Senor, jede zusätzliche Mole würde Raubrittertum gegenüber der Küste und ihren Fischern bedeuten. Zeigen sie einmal die Pläne und ihre Vorstellung, wo sie ihre Marina bauen wollen. Infrastrukturerweiterung käme noch als Argument für ihr Vorhaben in Frage.“

Der Sekretär, sein Name war Roman bereits nach der ersten Minute entfallen, beugte sich über die von Roman vor ihm ausgebreiteten Pläne.

Zielsicher setzte er seinen dicken Finger auf Carveiro. „Das würden wir unterstützen!“
„Schön“, antwortete Roman, „warum nicht gleich im Landesinneren! Dieser Platz ist fern jeder Verwirklichung einer funktionierenden Marina! „Die Leute die in Marinas anlegen, wollen sich mit Proviant eindecken, mit Wasser und Sprit. Sie wollen Essen gehen.“
„Das wäre die Aufgabestellung für ihren FVYC! Es hat mich gefreut Senor Polansky“, damit erhob sich der Sekretär und streckte ihm die Hand entgegen.
Roman nahm sie aus Höflichkeit an und verließ das Büro. Ganz so hatte er sich seine Arbeit nicht vorgestellt. Er war ausgebildeter Ingenieur, nicht Verkäufer.

Um halb zehn Uhr, am Weg zu seinem Wagen, griff er nach dem Telefon.

„Roman, ich wollte dich auch schon anrufen, bin gerade beim Ausarbeiten des nächsten Fotoshootings, wie geht's dir ohne mich?“ Er vergegenwärtigte sich ihr Schmunzeln beim letzten Satz.
„Lach du nur. Ich vermisse dich! Dann erzählte er in Kurzform seinen Vormittag.
„Ich arbeite jetzt meinen Bericht nach Wien aus, danach schau ich mich im Großraum Portimao und Lagos um“.
„Hast du Sharona lebend absetzen können, haben sie die Großeltern danach ertränkt? Komm, sag schon, was haben sie zu ihrem Outfit gesagt? Ich kenne sie, die sind noch prüder als Sharona's Eltern.“
„Es lief gut, sie hatten ja die Nachricht von dir bekommen, dass Sharona für Vogue Modell stehen soll. Nachdem ich ihnen die Bedeutung von Vogue in der Branche erklärt hatte und sie Verständnis dem Zeitalter Sharona's entgegen zu bringen

versuchten, war die Sache ausgestanden und sie als Zwitterschaf in der Herde wieder aufgenommen worden."
„Was ist ein Zwitterschaf?" hinterfragte Julia. „Naja, schwarzes Schaf, weißes Schaf, eben grau. Das wird schon wieder!"

„Ich denke", sich berichtigend, sagte Roman." Ich bin mir sicher am Weg nach Porto einen Abstecher nach Lissabon einplanen zu können. Die Algarve, so scheint es, ist ausgereizt.
Wir könnten dann gemeinsam Zeit für das Tejo-Delta, in Verbindung mit meinem Auftrag verbringen?"

„Klingt gut, ich bin da! Wenn mein Kuss jetzt bei dir ankommt, wisch den Hörer ab, ich will nicht, dass ihn jemand anders bekommt. Ich freue mich auf dich Roman."
„Ich ruf mobil an und ich lass deinen Kuss wo er ist! Der Weckruf wird mich morgen früh mit deinem Kuss aus dem Schlaf holen. Ich liebe dich, Servus Julia."

Während des Gesprächs mit Julia, hatte er die Orientierung verloren. Letztendlich fand er dann sein Auto doch. Er löste das schwarze Verdeck aus seinem Verschluss und lenkte den Wagen aus der Stadt auf die Küstenstraße.
Immer wieder bog er in die zuführenden Straßen an die felsige Küstenlandschaft ab. Auf manchen Zufahrten zu Dörfern, die er auf eine Eignung für eine Marina prüfte, hing bei seiner Rückfahrt noch der aufgewühlte Staub der Wege von seiner Herfahrt in der Luft.
Die Sonne vibrierte auf der Straße.
Es war Mittag drüber und Roman verspürte Hunger. Portimao sich nähernd, beschloss er, dort an der Küste seine Rast anzulegen. Portimao selbst bot außer, dass Sharona sich hier irgendwo aufhielt, keinen Reiz. Er hatte seinen Wagen durch das beinahe großstädtische Verkehrschaos zwischen den modernen Geschäftshäusern zum Fischereihafen am Rio Arade gelenkt. In Erinnerung an Albufeira kam er zum Schluss, keinen Anlauf beim Amt bezüglich einer Genehmigung am Fischereihafen zum Bau einer Marina nachzufragen.

Roman erreichte Praia da Rocha südlich von Portimao und gestern.

Die hellen und breiten Sandstrände, die sich mit steil aus dem Atlantik zur Küste aufbauenden dunkelschroffen Felsgebilden abwechselten, boten einen wildromantischen Anblick. Auch hier bestand bereits ein gut ausgebauter Yachthafen. Und keine übergreifende Möglichkeit für eine neue Mole.
Während Roman auf seine Tappas wartete nahm er einen durstigen Schluck vom Bier. Er stellte fest, dass Hitze und eiskaltes Bier sich für kurze Zeit berauschend auf seinen Gemütszustand auswirkten.
Warum sollte Liebe nur zwischenkörperlich möglich sein?
Roman spürte die Konsequenzen in und an seinem Körper hochkommen.
Wie beim Automatikgetriebe eines Autos der Kickdown. Seine Räder drehten am Stand und verleiteten ihn, alle Gänge durchzuziehen.
Roman ging auf die Toilette und gab Gas, Julia einzuholen. Alle Gänge durch. Kickdown!
Am Ziel angekommen nahm er die Umgebung wahr, in die er sich dafür zurückgezogen hatte. Sprüche und Telefonnummern tapezierten die Wände der Toilettenanlage. Beim Blick in die Klomuschel sagte er halblaut. „Scheiße!“
Noch einen Espresso bestellend und auf das Meer blickend, war sein Körper zwar befriedigt, aber nicht sein Inhalt.

Die Vorzimmerdame zu Sir George Rowlands Kanzlei. Miss „Hirschkuh“ wies Chief Inspector MacGillian nach kurzem Telefonat die Tür zum Arbeitszimmer des Rektors.

Der Polizist hatte mit seinen Männern in den Stunden zuvor in der Uni Studenten nach irgendwelchen Vorkommnissen oder Merkwürdigkeiten hinterfragt. Ohne Ergebnis.
Niemand konnte auch nur den geringsten Anhaltspunkt für so eine Tat erkennen.
MacGillian kam zum Schluss, dass einzig und alleine die involvierten Kandidaten der Hintergrund zur Tat sein konnten. Die Spurensicherung hatte keinerlei ausführende Gegenstände am Tatort gefunden, mit denen Arthur Roberts niedergeschlagen worden war. Es blieb bei Mutmaßungen hinsichtlich der Tatwaffe.

Nach angemeldetem Eintreten in den vollkommen und reich ausgestatteten holzgetäfelten Raum, entgegnete ihm spürbare Herabgelassenheit seitens des Rektors.
Detective Chief Inspector MacGillian ließ sich davon nicht irritieren. „Sir Rowland, Herr Rektor, gestern ist an einem ihrer Mitbewerber für den Posten, den sie noch bekleiden, ein Mordversuch begangen worden. MacGillian konnte und wollte es sich nicht verkneifen, dieses noch stimmlich zu betonen.
Der Rektor bat ihn Platz zu nehmen. „Darf ich mich hier umsehen“, damit ging MacGillian, diversen Sitzgelegenheiten aus dem achtzehnten Jahrhundert ausweichen müssend, die Bildgallerie an den Wänden ab. „Vorfahren von ihnen?“ Der Rektor nickte nur. „Von Öl bis Fotopapier in Golfspiel-Positionen. Spielen sie auch Golf?“
Da sich MacGillian den Bildern zugewandt hielt, war der Rektor gezwungen mit einem verbalen „ja“ zu antworten. „Wie lange stehen sie der Universität schon vor?“ „Vierundzwanzig Jahre,“ kam die Antwort, „mit zeitweise hundertprozentiger Wählerstimmenanzahl.“
Sich am Kinn kratzend drehte sich MacGillin zu Sir George Rowland. „Sir, dürfen wir ihre Golfausrüstung sehen?“
„Ja. Warum?“ „Arthur Roberts hat einen Schlag auf den Kopf bekommen, der nach erster Erkenntnis von einer Eisenstange und somit eventuell auch von einem Golfschläger herrühren könnte.“

Detective Chief Inspector MacGillian merkte erstmals Unruhe bei Sir George Roland aufkommen. Der erhob sich und öffnete einen eingelassenen Schrank in der Täfelung. „Bitte, meine Golfausrüstung!"
„Dürfen wir die für zwei Tage ausleihen? Ich lasse sie gleich abholen". Ohne eine Antwort abzuwarten hinterfragte er die Namen der restlichen Kontrahenten. Und: In das Zwischenergebnis der Wahl möchte er auch noch Einsicht nehmen, schloss er seinen Satz.
Als McGillian den Raum verließ kam er ihm größer vor als beim Eintreten, möglich auch, dass der Rektor kleiner geworden war.

Die restlichen beteiligten Kandidaten an der Wahl konnten sich gegenseitig Alibis geben. Sie hatten die Bibliothek in der Wahlpause gemeinsam in die Mensa verlassen. Nur Mrs. Albright war für fünf Minuten auf der Damentoilette, allerdings gleich nach zwölf Uhr. Und unmittelbar danach wieder in der Kandidatenrunde bei Tisch. Alle wussten noch, dass das Häggis bei der Essensausgabe schon ausgekühlt am Teller war.

Angelica Horne reichte heute Mittag die Speisen mit geröteten Augen an die Studenten und Professoren. Sie schien auch gar nicht mehr da zu sein. Sie hatte vormittags das Spital, in das Arthur Roberts eingeliefert worden war, dank des Chief Inspectors erfahren.
Beim Ausschenken der Suppe, die sich zu einem großen Teil neben den Schalen auf den Untersetzern fand, war jeder Gedanke schon bei ihm.

Gedanken an Thurso, mit dem Kap ihres Geburtsortes, hundertdreißig Meter über dem Meer, mit seinem Leuchtturm und dem Blick über den Pentland Firth bis hin zu den Orkney Islands auf die Küste und dem Ben Hope, breiteten sich in ihr aus. Wie oft hatte sie diesen Ausblick, der sich ihr in der damals körperlich empfundenen Einsamkeit gegenüber der Naturkulisse vermittelte, durchlebt. Diese Erinnerung holte sie jetzt eben ein.

Angelica empfand sich hundertdreißig Meter über dem flutenden Atlantik und hatte Angst vor dem Abstieg.

Im Spital angekommen, hinterfragte sie das Zimmer Arthur Roberts. Nein sie sei nicht der Familie zugehörig. „Soweit ich von der Polizei, Detective Chief Inspector Francis MacGillian weiß, lebt seine Tochter auf dem Festland und war noch nicht zu erreichen. Ich stehe durch die Universität in persönlichen Kontakt zu ihm."
„Wenn sie bitte Platz nehmen Miss?" „Angelica Horne", antwortete sie schnell, um den Vorgang zu beschleunigen. Ihr Herz klopfte bis zum Hals.

Nach wenigen Minuten sprach sie ein Arzt an. „Miss Horne? Mein Name ist Doktor Albert Einsteen. Ich bin der zuständige Oberarzt hier." Er bemühte sich, dabei ein Lächeln in sein übermüdetes Gesicht zu bekommen, und hob sie am Arm aus ihrer Sitzposition. Der Schlag auf Mister Roberts Hinterkopf hat zu einer Fraktur seiner Schädeldecke geführt, welche sich auf seinen Gehirnfluss und damit auf das motorische Nervenzentrum auswirkt. Sein Körper ist stabil aber in einem komaähnlichen Zustand.
„Das heißt?" brachte Angelica mühsam hervor. „Wir nehmen an, dass er seine Umgebung akustisch wahrnehmen kann, ob er sie zuordnen kann, wissen wir noch nicht. Also, wenn sie zu ihm sprechen, gehen sie von einer Wahrnehmung aus".

Während der Ausführungen des Oberarztes waren sie in den vierten Stock gefahren. Doktor Einsteen hielt sie noch immer am Oberarm führend, als sie vor der Intensivstation ankamen.
„Ich muss sie bitten, den Kittel und die Überzieher für die Schuhe anzulegen".
Fahrig folgte Angelica der Aufforderung. Der Kittel, dann die Überzieher für die Schuhe. Mit Hilfe Doktor Einsteens stützender Hand gelang ihr, beides anzulegen.
Das kalte Neonlicht der Station schien ihr ohne Seele zu sein. Klinische Apparaturen summten und piepsten rhythmisch

„Ich lasse sie jetzt alleine.“ Die sich entfernenden Schritte nahm Angelica im Angesicht von Arthur gar nicht mehr wahr.
Sie beugte sich über den in Bandagen eingehüllten Kopf und berührte die freigelassenen und geschlossenen Augenlider und den Mund mit ihren Lippen.
Seinen Kopf mit beiden Händen links und rechts umfassend, saß sie wortlos an seinem Bettrand. Angelica brachte kein Wort aus sich hervor, nur Tränen. Arthur antwortete ihr auf die gleiche Weise.
„Ich bin bereit dich zu lieben, ich darf dich doch duzen?“

Oberarzt Einsteen zog Angelica sanft vom Bettrand. „Miss Horne, wir haben gleich Visite, sie müssen gehen“. Er tupfte Mister Roberts mit einem Gaze-Tuch die Tränen ab und begleitete Angelica aus dem Intensivbereich.
„Geben sie sich, Mister Roberts und uns Zeit! Ich kann ohne Neurochirurgen noch keine Diagnose stellen. Alle Maßnahmen für eine Diagnosestellung stehen noch an.
Und: Sie können jederzeit wieder kommen. Mister Roberts erlebt ihre Anwesenheit offensichtlich sehr emotional. Ich sehe das als Zeichen eines stabilisierten Seelenzustandes an. Um die Funktionalität des Körpers werden wir Ärzte uns kümmern.“
Die Visite entschied, Mister Roberts noch heute Nachmittag einer Magnetresonanz zuzuführen.

Es war sechzehn Uhr. Angelica war mit dem Taxi in der Universität angekommen als Arthur Roberts zu etwa der gleichen Zeit in die MRT-Röhre geschoben wurde.
Die rechte Schädeldecke war stark in Mitleidenschaft gezogen und das Gehirn zwischen den Knochenfragmenten beschädigt. Es mussten ein oder zwei Schläge mit einer Eisenstange oder etwas Ähnlichem ausgeführt worden sein. Die Spurensicherung hatte am Tatort keinerlei Ablagerung von einer Tatwaffe finden können.
„Macht es unter diesen Umständen Sinn, etwas zu unternehmen?“ Selbst mit einer künstlichen Schädelplatte stellt sich die Frage,

was von der Gehirnmasse zu retten ist“, dozierte der Neurochirurg. Doktor Einsteen argumentierte mit emotionellen Reaktionen des Patienten. „Da ist noch der Wunsch zu leben“, sagte er eindringlich.

Arthur Roberts hörte nur das gleichmäßig metallene Schlagen der Maschine. Sehen konnte er unter seinen geschlossenen Lidern nichts.
Warum öffnete ihm niemand die Augen? Seine Gliedmaßen nahmen keine seiner Befehle entgegen. Panik brach in ihm aus.
Einsteen nahm die Gehirntätigkeit via Computerschirm wahr.
„Da sehen sie“, sagte er aufgeregt, es ist nur der Auslöser für die Motorik kaputt!

Über das hämmernde Geräusch der Maschine hinaus versuchte Arthur Ruhe in Angelicas Besuch zu finden. Er spürte noch die Küsse auf seinen Augenlidern und dem Mund und wie ihre Tränen auf seinen Wangen zerrannen.
Wie die vollen Blütenstauden eines Kirschbaumes, die vom Wind entblößt werden, um danach zur Frucht zu reifen, kam er sich dabei vor.
Das Geräusch der Maschine verstummte und er vollzog in seiner Finsternis nach, wieder in sein Zimmer gebracht zu werden.
Wie oft hatte er nach einem anstrengenden Tag den Schlaf nicht finden können. Jetzt war sein dringlichster Wunsch, aufzuwachen. „Wir brauchen eine Einverständniserklärung, die Operation ist äußerst riskant. Wie ich durch die Polizei weiß, gibt es am Festland eine Tochter, die sie über Wien auszuforschen versucht. Bis dahin halten wir Mister Roberts stabil“, gab Einsteen die Anweisung.
„Und Miss Horne hat ein uneingeschränktes Besuchsrecht. Seine Seele ist im Augenblick das einzige Umfeld, in dem er sich bewegen kann. Diese Freiheit will ich unterstützt wissen. Mister Roberts ist kein Komapatient und wir müssen das würdigen.“
Dann verließ Oberarzt Albert Einsteen das Konferenzzimmer unter den Skalpell-Blicken der Kollegen im Rücken.

Unterwegs hatte Angelica im Blumenladen kleine Sträuße als Tischdekoration für die Mensa gekauft. Das tat sie sonst nur zu Semesterbeginn oder -schluss. Sie schmückte die Tische mit einem Blumenmeer.
Als sie damit fertig war und über ihre Arbeit blickte, kam ihr die Mensa wie ein blumengeschmückter Friedhof vor. Sie nahm einen kräftigen Schluck vom Kochweinbrand, dann einen zweiten, einen dritten. Danach heulte sie laut los.
Nachdem sie mittags nichts gegessen hatte zeigte der Brandy schnell Wirkung.
Mit zu vielen abstrakten Situationen wurde sie heute konfrontiert. Ihr Körper machte schlapp.
Sie fand noch die Kraft sich der Oberbekleidung zu entledigen, das Bett aus dem Wandschrank auszuklappen, um sich unmittelbar bäuchlings darauf fallen zu lassen.

Am späten Nachmittag hatte Roman Lagos erreicht. Er lenkte sein Auto Richtung Marina, die sich am südlichen Mündungsbereich der Riva in eine natürliche Bucht integrierte. Die umliegenden Orte und Luxusviertel wie Vilamoura, Quinta da Lago, Vale do Lobo und Vila Vita, nach seiner Kenntnis die Luxusresorts der Algarve, wollte er sich für morgen vorbehalten.

Die Ufermauern der Marina am Fluss waren weit ausladend und er sah keine Möglichkeit, hier eine Fortsetzung anzubauen. Auf den vorwiegend hier verankerten Luxusyachten wurde auf den Hinterdecks von livriertem Personal die Speisenfolge aufgetragen. Musik und das Kichern von viel zu jungen Mädchen gegenüber greiser Kapitänsmützenbesitzer, dominierte. Wenn auch die tiefstehende Sonne am ruhigen Wasser in der Marina als Kulisse seinen Seelenzustand zu berühren suchte, so verspürte Roman um so mehr Verlassenheit und den Wunsch nach Fleisch und Blut. Nach Gemeinsamkeit. Diese Stimmung mit jemandem zu teilen, war ihm jetzt zumute.

Wo denn, die Adresse nennend, die Straße zu finden sei, riss ihn eine junge Frau aus seinen Gedanken.
Mit seinem gebräunten Teint und schwarzem Haar dürfte er den Eindruck eines Einheimischen bei ihr erweckt haben.
Roman entschuldigte sich, nur Englisch zu können, wahlweise Deutsch.

Übergangslos hinterfragte sie auf Englisch die Adresse.
„Ich bin nicht von hier, ich bin nur genauso auf der Suche wie Sie, nach meinem Hotel. Wissen sie wo das Ambassodor da Plaia ist?“ entschludigte sich Roman. „ Das ist der große Betonblock gleich am westlichen Ende der Marina“, entgegnete sie, um sich danach an dem nächsten Passanten wegen ihres Anliegens wenden zu wollen.

„Warten sie“, beeilte sich Roman. „Darf ich sie zum Essen einladen. Das Angebot ist gegenüber einer fixen Adresse flexibler! Und wir müssen nicht suchen sondern nur auswählen!“
Roman versuchte, in Altersbeurteilung des Mädchens von zirka zwanzig Jahren, ein burschikoses Grinsen aufzusetzen.
„Mein Name ist Adele“, trat sie auf ihn zu. „Unter diesem Namen werde ich vom Escort Service für zehntausend Pesetas, Abendessen exklusiv, inseriert. Ich bin Studentin und verdiene mir mit Small-Talk und meinem Aussehen Geld für mein Studium. Wenn du Interesse hast, ruf ich eine Kollegin an, die sich statt mir bei der aufgetragenen Adresse einfinden soll. Du gefällst mir und die Möglichkeit einer flexiblen Gestaltung des Abends lockt mich sehr. Aber kosten muss es trotzdem was, ich brauche das Geld für Unterhalt und Miete“.
„Wie wär’s mit fünftausend schwarz auf die Hand, Abendessen natürlich exklusive?“
Sie nickte. „Ich heiße Angelina“, damit hakte sie sich unter seinen Arm. „Ich Roman“, kam die ebenso kurze Antwort.

„Was tust du in Portugal?“ Roman genoss ihren wiegenden Schritt und die Körperwärme an seiner Seite. Während sie Richtung der Auswahl an Restaurants entgegen schlenderten, erzählte er von seinem Beruf und seiner Position hier.
Roman hielt in seiner, auf sich basierenden Laudatio, immer wieder inne, wenn er vor einem Lokal die Speisenkarte studierte.
„Hier kehren wir ein, die haben eine Vielzahl an Meeresfrüchten“, sagte er bestimmend und zog Angelina, die noch immer untergehakt war, mit sich.

Sie warteten bis der Kellner ihnen einen Platz zugewiesen hatte und ihnen die Stühle zurechtrückte.
So intensiv wie >Adele< Angelina die direktiven des Escort-Service im Blut hatte, so konträr dazu und verdeckt war der Platz am Steg hinaus über dem Wasser.
„Schön ist es hier. Ich mag die Flussmündung. Wir sind hier so alleine, meist fühle ich mich nur vorgezeigt in meinem Job“. Sie atmete tief durch. Meistens bin ich nur Aufputz für alte Säcke, entschuldige den Ausdruck. Das ist die Branche“.
In deiner Gegenwart fühle ich mich nicht als Zirkuspferd. Ich mache das auch nur in den Ferien. Sonst studiere ich Anthropologie in Lissabon“.

Hummer und Langusten wurden am Tisch mit den dazugehörigen Werkzeugen aufgetragen.

Roman schlug herzhaft mit dem Holzhammer auf die Schalentiere ein. Angelina versuchte seinem Beispiel zu folgen. Autsch, beim ersten Versuch flogen Langustenteile in hohem Bogen Roman in den offenen Hemdausschnitt.
„Gut, dass sie nicht mehr krabbelt“, mit diesen Worten holte er die Langustenteile hervor, zerteilte sie und legte sie Angelica auf den Teller zurück.
„Aber dein Hemd!“ stammelte sie verlegen. „Lass nur“ er griff nach ihren Händen links und rechts vom Teller. „Du kannst es mir im Hotel doch auswaschen, oder?
Sie entzog ihm ihre Hände.

Stille entstand.

Überlaut kam jedem von ihnen ihr mahlendes Kaugeräusch neben den schwappenden Wellen an der Mole vor.
Angelina tupfte sich mit der Serviette den Mund ab und tauchte die Finger in das bereitgestellte Zitronenwasser.
Sie lehnte sich zurück, um sich gleich wieder vorzubeugen.
„Als Hostess zu arbeiten, dass mach ich schon den zweiten Sommer. Ich habe nie sexuellen Kontakt zum Klientel gehabt. Hotelzimmer und Hemdwaschen bezieht das aber schon fast ein. One-Night-Stand oder Date, wenn du mich dazu hinreißen kannst, bin ich auf deiner Seite!

„Ich versuch es ja, lass mich dich berühren, leg deine Hände wieder auf den Tisch!
Angelina gehorchte und Roman nahm sie unter seine Handinnenflächen.
„Natürlich will ich Sex, jeder Mann würde lügen mit dir keinen haben zu wollen. Für mich hast du aber auch den Hintergrund dafür. Mit Hintergrund meine ich Ausstrahlung, Herzlichkeit und Anmut. Wir beide sehen uns mit Sicherheit nie wieder und dieses Wissen sollte uns zusammen- und nicht auseinanderbringen.
Ich möchte mit dir schlafen. Das ist mehr, als nach Sex zu verlangen. Das heißt Träume zu teilen, Körperwärme auszutauschen und gemeinsam in einem unangetasteten Tag zu erwachen. Das ist Liebe zum Augenblick. Ein One-Night-Stand!
Angelina musterte Romans Gesicht und spürte angenehm seinen sicheren Händedruck.
„Bin schon fast auf deiner Seite, darf ich mich neben dich setzen?“

Roman erhob sich und zog Angelina an den Handgelenken um den Tisch herum auf seine Seite.
Danach legte er die Hand von hinten über ihre Schulter und versteckte seine Nase in ihren Nackenhaaren. Er sog ihren Duft in sich auf.

„Schlag das Märchenbuch jetzt bloß nicht zu!“ Sagte Roman. Angelina zog seinen um sie gelegten Arm tiefer an ihren Dekolleté-Saum.
„Ich will doch nur, dass du umblätterst. Ich möchte das Ende von dir hören“.

„Es gibt kein Ende!

Die Sprache die uns akustisch stimuliert, kann zwar Gefühle zum verbalen Ausdruck bringen“, sagte Roman, noch immer ihren schlanken Nacken kosend. „Empfindungen der Worte aber sind die unausgesprochenen Fantasien, welche die Sprache in Bilder umzusetzen vermögen. Den Schlüssel zu dieser Bildgallerie trägt jeder in sich.
Der Eintritt ist frei!
Möchten wir nicht alle einmal am Ende sagen, dass wir gelebt, geliebt und geküsst haben?“

Angelina drückte sich an ihn.

„Lass diese Seite des Buches aufgeschlagen“, und nach einer kleinen Pause:
Was hast du studiert, Philosophie?“ „Nein das ist nur Ausgleichssport für mein trockenes Studium zum Diplomingenieur“.

„Lass uns dein Hemd waschen gehen bevor der Fleck eintrocknet“, erinnerte Angelina ihn.

Roman bezahlte und ging mit Angelina Hand in Hand zum Auto. Es war nur ein Katzensprung vom Yachthafen an der Mündung der Riba zum Hotel, aber er wollte das Gepäck nicht bis dorthin tragen.
Ein Page nahm seine Koffer entgegen, ein anderer fuhr seinen Wagen in die Tiefgarage.

Die Halle des Ambassador war mit mächtigen Innensäulen und vergoldetem Stuck ziemlich deftig dem Jugendstil in seiner Gründerzeit nachempfunden. Genauso die Freitreppe die in die >Bel Etage< führte. Darunter befand sich gottseidank ein moderner Fahrstuhl.

Der Empfang kümmerte sich um seine Papiere und den Zimmerschlüssel. Roman hinterfragte, da er das Zimmer nicht selbst von Albufeira aus gebucht hätte, ob es auch ein Doppelbettzimmer sei. „ Wir verfügen über keine Einzelbettzimmer, Senor“ und mit Blick auf sein Hemd: „Wir haben eine Wäscherei im Haus, Senor. Morgen früh haben sie ihr Hemd gewaschen und gebügelt vom Zimmerservice zurück. Sie haben das Zimmer 617 im sechsten Stock mit Balkon und Blick auf die Flussmündung zum Meer, wie per Fax bestellt.“

Als er mit Angelina vor seinem Zimmer angekommen war, stand sein Gepäck schon vor der Tür. Roman schloss auf und ließ Angelina, nach dem Griff rechts an den Lichtschalter, den Vortritt.
„Weiche Knie?“ Fragte er als sie zögerlich in den Raum hineinging. „Ein bisschen schon! Schön ist es hier“, stellte sie nach einmal sich im Kreise drehend fest.

Roman ließ die elektrischen Jalousien hochfahren und trat auf den Balkon hinaus. Angelina stellte sich neben ihn und berührte seine Hand. „Gib mir Halt“, sagte sie leise.
Er drückte sie an seinen Körper und spürte die Hitze, die von ihr auf ihn überströmte.

„Wenn ich mein Hemd dem Zimmerservice zur Reinigung überlasse, bleibst du dann trotzdem die Nacht bei mir?“
„Ja!“ Antwortete Angelina. Das Herz schlug ihr bis zum Hals.
„ Ich weiß nicht, wie viele Menschen bekommen, was sie sich wünschen. Ich möchte heute nach meinem Teil greifen und dir die Hälfte zukommen lassen“, sagte sie leise.

„Das sind rechnerisch gesehen nur fünfzig Prozent für mich“, erboste sich Roman belustigt, es sei denn, du nimmst mich mit zweihundert Prozent an.

„Ach du weißt schon was ich meine“. Sei wie du den Abend über warst“.

Roman küsste sie von hinten ins Ohr und öffnete mit dem Zeigefinger ihre vollen Lippen. Angelina nahm ihn entgegen und saugte sich daran fest.

Dass sie den Druck seiner Hände um ihren Busen danach angenehm aufnahm, war unmissverständlich.

„Lass uns duschen, ich ruf nur noch schnell den Zimmerservice wegen des Hemdes. Was willst du trinken?“

„Mineralwasser, rief sie aus der Dusche. Ich bin schon beschwipst, vielleicht ein Glas Weißwein“.

Roman wartete bis es klopfte. Er nahm die Bestellung entgegen und gab sein Hemd ab.

Detective Chief Inspector MacGillian kam gegen fünfzehn Uhr in sein Büro. Er schloss die Lamellenjalousien in seinem holzgerahmten Glas-Iglu nach dem Eintreten und ließ sich hinter seinem Schreibtisch auf den Sessel fallen.

Er legte die Stimmzettel, die ihm der Rektor ausgehändigt hatte, vor sich auf den Tisch. Nachdem er von den Kandidaten, wie von Miss Horne wusste, dass es zwei Wahldurchgänge gegeben hatte, händigte im Sir George Rowland, nach Hinterfragung der Auswertung des ersten Wahldurganges, auch diese Stimmzettel aus.

Er schaute missmutig die einundachtzig gefalteten Zettel an und griff nach Whisky Pfeife, und Telefonhörer.

Wenige Minuten später klopfte es.

Constable James MacPherson trat nach Aufforderung ein. „Hat die Analyse der Golfschläger schon was ergeben?“ „Nein, die Spurensicherung arbeitet noch dran. Aber unsere Pathologin ist

ebenfalls Golfspielerin. Sie meinte dass ein „Eisen“ fehlt. Das könnte die mutmaßliche Tatwaffe gewesen sein.“
MacGillian nickte vor sich hin. An einen Golfschläger habe er nach Rücksprache mit Oberarzt Einsteen auch schon gedacht, verabschiedete er MacPherson.
Warum tun Menschen sich das an? Er hoffte, die Auszählung der Stimmen würde ihm Aufschluss darüber geben.
Er nahm einen genüsslichen Zug aus Glas und Pfeife und begann den Stoß Papiere, Kandidaten zugeordnet, aufzuteilen. Das Gleiche tat er mit den Stimmzetteln des zweiten Wahldurchgangs.
Das Muster, das sich daraus ergab, war in beiden Wahlvorgängen ein ähnliches.
Arthur Roberts hatte im ersten Anlauf vierundzwanzig Stimmen zu verzeichnen, Sir George Rowland vierzehn. Die drei verbbleibenden Kandidaten hatten sich anscheinend selbst gewählt.

Beim Nachzählen der Stimmzettel des zweiten Wahlgangs war der Stimmenzuspruch, nachdem Arthur Roberts nicht erschienen war, zu Gunsten des amtierenden Rektors auf einundzwanzig Stimmen angestiegen. Sechzehn Stimmen für den nicht anwesenden Mister Roberts und sich kontinuierlich fortsetzend, drei Stimmen für die restlichen drei Bewerber für das Amt.
Das schien MacGillian zum Zeitpunkt der Ermittlungen das einzige Motiv, dem er nacharbeiten konnte.
Wer hatte Zugang zu den Stimmzetteln? Wer außer dem Rektor wusste um die Stimmenverteilung? Und wer, außer dem Rektor selbst, hatte noch Zugang zu seiner Golfausrüstung? MacGillian lehnte sich im Sessel zurück und entspannte seinen Rücken.

Doktor Einsteen hatte ihn ersucht, die Tochter aus Wien ausfindig zu machen. Erstens um sie über den Zustand ihres Vaters in Kenntnis zu setzen, und zweitens wegen der Notwendigkeit einer Einverständniserklärung für eine notwendige Operation.

MacGillian entnahm ein Formular für ein Amtshilfeverfahren aus einer seiner klemmenden Schreibtischladen.
Sir Rowland erwähnte eine Tochter von Roberts, die nach Trennung von seiner Frau in Wien leben solle. Er erinnerte sich aus Gesprächen, die Jahre zurück lagen, als Arthur Roberts die Stellung eines Dozenten an der Old University angenommen hatte, dass er sie Julia nannte. Rowland wusste auch noch, dass seine Frau bald nach der Trennung verstorben war. Roberts hatte sich damals eine Woche frei genommen, um nach Wien zu fliegen.

Also Miss Julia Roberts, Wien!
Er kannte Wien nur von Neujahrskonzerten aus Fernsehübertragungen.
An manchen Neujahrsmorgen kam er zu diesem Zeitpunkt erst von seiner Arbeit nach Hause.

Während er die Punkte des Formulars ausfüllte, streiften ihn Erinnerungen an seine Frau und seine Tochter.
Chicago, United States of America.

Was würde er nicht tun, seine Tochter zurückzufinden. Aber es lag kein Fall dafür vor!
Man könnte ihm auch jede mit Mädchennamen >MacGillian< vorführen. Vielleicht war sie auch schon verheiratet und trug längst einen anderen Namen?
Seine Frau hatte ihn, als ihrer beider Tochter zwei Jahre alt war, verlassen.
Es entstanden vor seinem geistigen Auge nur mehr verwischte Aquarellbilder. Bilder, als er noch in der kleinen Wohnung mit ihrer unmittelbaren Körpernähe, Constable war und Straßendienst schob.
MacGillian verspürte Zärtlichkeit an diese Zeit in sich aufkommen.

Sie verlebten eine wunderschöne Harmonie bis er von Rowdies bei einem Schlichtversuch in einem Pub niedergeschlagen

worden war. Sie traten auf ihn ein und er hatte eine Niere dabei verloren.
Sie könne mit dem Wissen, dass sich sowas wiederholen könnte, nicht leben. Entweder er quittiert den Dienst, oder sie verlässt ihn mit ihrer gemeinsamen Tochter. Das ganze löste einen Sprung in der gemeinsamen Kaffeeschale aus. Das Porzellan riss jeden Tag ein Stück tiefer auf bis es in zwei Hälften zerbrach.

MacGillian hatte das Formular zu Ende gearbeitet, stand auf und schob es ins Faxgerät.

Er leerte das Whiskyglas, klopfte seine Pfeife aus und verstaute beides wieder in seinem Schreibtisch - neben einer halben Porzellanschale. Es war spät geworden. Er knipste die Lampe aus und verließ durch die leeren, neonbeleuchteten Korridore das Amtsgebäude.

„Komm Arthur, ich geb dir Schwung auf der Schaukel". Mit diesen Worten zog ihn sein Großvater hinter sich her. Er untergriff seine Ärmchen und drückte ihn an sein kratzendes Bartgesicht. Dann setzte er ihn auf die Schaukel und stupste diese an.
Einmal Wiese unten, dann Schuhe und Himmel oben. Immer wieder. Rauf und runter.

Arthur Roberts lag im Sarkophag seiner körperlichen Hülle und bemühte sich zu fliegen.

Als er damals in seiner Kindheit bei Ankunft das grüne Hochland um Craigelachie auf dem kleinen Hügel über dem Spey erstmals in sich aufnahm, zog ihn Großmutter an ihren nassen Kussmund und raubte ihm den Atem.

Er wollte sich bei dieser Erinnerung mit dem Handrücken den Mund trocken wischen, wie er es damals getan hatte. Es gelang ihm, aber er wurde dabei nicht trocken.
Ob er Speichel verliert?
Wie spät mochte es sein. Warum hatte man ihn verschnürt, dass er sich nicht bewegen konnte?
Wo ist die angenehme Nähe von Angelica Horne?

Doktor Einsteen betrat das Zimmer und beugte sich über Mister Roberts.
„Sir, sie hatten einen schweren Unfall. Auf gutes Glück dass sie mich verstehen, gebe ich Ihnen alle zu ihrem Verständnis notwendigen Informationen... Augenblicklich sind sie motorisch unbeweglich, was wir bald zu ändern hoffen.
Es ist knapp vierzehn Uhr vorbei und Miss Horne wird sie gleich besuchen. Sie hat sich schon angemeldet“.
Er tupfte Roberts den ausgetretenen Speichel vom Mund.

„Wie ich sehe, war der Zimmerservice schon da“, sagte Angelina aus der Dusche kommend, Romans nackten Oberkörper betrachtend.
„Komm ins Bad, ich wasche dich. Ich hab mal ein Seminar über japanische Kultur und den Stellenwert der Geisha darin, belegt. Ich fand keine Diskriminierung der Frau dabei. Die meisten meiner Studien-Kollegen legten es als solche aus. Ich bin der Ansicht, es kommt nur darauf an, ob man was aus freiem Willen tut. Komm!“

Roman legte Hose und Unterwäsche ab.
Er empfand es erotisieren, wie Angelina sein Haar mit dem Shampoo einschäumte und seine Kopfhaut von hinten nach vorne massierte.

Ihre Brüste legten sich dabei zwischen seinen Schulterblättern angenehm an. Sie wusch seinen Rücken bis einschließlich seines Gesäßes von hinten, dann noch weiter bis zu den Waden hinab.
„Wenn wir noch gemeinsam schlafen wollen, solltest du bald aufhören!"
Er untergriff ihre Achseln und zog sie vor seinen Körper.
„Verstehst du nun was ich meine?"
Angelina glitt zum Zeichen ihres Verständnisses mit ihren seifigen Händen von seiner Brust abwärts.
„Oh ja, dass verstehe ich gut. Du solltest meine Bereitwilligkeit auch bewerten".
Roman beugte sich in ihren Schritt hinab, während das fließende Wasser die Reste der Seife in den Ausfluss sog.
Beide griffen zu den Handtüchern und frottierten sich die Haare.
„Lass uns ein Glas Wein trinken", sagte Roman. „Ich habe einen Vinho Verde bestellt, der schmeckt dieses Jahr besonders gut".
Das Wissen darüber behielt er für sich.

Angelina hatte kurzes, brünettes Haar, das sie, während sie ihre Dessous anlegte, mehrmals mit den Fingern durchkämmte.
„Was tust du? Warum ziehst du dich an?"
„Ich will dass du mich ausziehst!
Dachtest du ich war nur zum Duschen da?"

Angelina lachte herzhaft: „Weiche Knie bekommen? Dachtest du dass ich dich so stehen lasse?"
„Soll ich meine Unterwäsche auch wieder anziehen?"
An Roman hinunter sehend entgegnete sie: „Wenn du der Meinung bist, dass du in deinem Zustand hineinpasst, dann bitte!"
Sie lachten beide.
„Ich möchte an Größe verlieren um Zurückhaltung üben zu können… bis unsere Haare trocken sind! „Lass uns am Balkon ein Glas Wein trinken, bevor er warm wird."

Roman zog Angelina aus ihrer sitzenden Position an sich.

„Beware of the Nacked Man“, knurrte er mit drohendem Unterton, …“ein Lied aus den Siebzigern von Randy Newman“, fügte er erklärend hinzu.
Sie schaute ein wenig ratlos. „Na ja, da haben wir beide noch die Schulbank gedrückt.
Aber ich mag den Entertainer, deswegen kenne ich auch seine Texte und seine Musik“.

„Dich auszuziehen ist aufregender als dir beim Anziehen zuzusehen!“ Der Reiz bestand darin, an das zu gelangen, was sie ihm so appetitlich angerichtet hatte. Sich von Angelina in ihrem Körper aufgenommen zu spüren, drängte Roman nach dem Wunsch sich am rosa angerichteten Fleisch zu delegieren.

Als hätte sie seine Gedanken erraten, zog ihn Angelina in ihren Schritt, „Koch ruhig mit den Fingern und lass dir Zeit. Messer und Gabel würden nur die Atmosphäre einer Nirosta Küche in einem Nirosta-Restaurant aufkommen lassen, ich bin fürs Bodenständige!“
Roman nahm die Bestellung entgegen und führte sie aus. „Einmal Finger-Food, Mam!
Ist es in Ordnung, wenn ich die Speisen persönlich vorkoste?“
Angelina schmunzelte und streichelte Romans Rücken.“ „Ja, ist es!“

Wie die Felsen die sich hart vom weichen Sandstrand an der Algarve abhoben, so empfand er sein Eindringen in Angelina. Sie zog ihn mit in die Brandung, um sich gemeinsam darin abzukühlen.

Die angewinkelten Beine ausstreckend und die Arme hinter dem Kopf verschränkend, verschnaufte Angelina.
Roman zog sich an den Ellenbogen im Umdrehen in eine Sitzposition am oberen Bettende hoch und lehnte sich zurück.
Sein Brustkorb bebte konform mit ihrem.
Angelina griff nach seiner Hand und schob ihre Finger zwischen seine.

„Bringst du mir Mineralwasser, ja?
Kannst du noch einmal?“

Mit dem Glas in der Hand setzte sich Roman wieder neben sie: „Bis zum Umfallen! Ich kann mir keinen schöneren Tod vorstellen!“
Angelina trank das Glas in einem Zug leer und stellte es ab.

Roman hallten seine Worte hinterher. Hatte er nicht die gleiche Bereitschaft Julia gegenüber bestätigt?
Wonach er sich gesehnt hatte und sehnt, ist doch nur, was die Evolution für ein Zusammenspiel zwischen den Geschlechtern vorsieht.
Bei Julia hatte sich das als kompliziert herausgestellt. Jetzt schien ihm sein Verhalten Julia gegenüber wie ein Verrat.
Trotz der Hingabe von Angelina, fehlte ihm die Empfindung. Der Auslöser, den Julia am Punkt bei ihm getroffen hatte: Sie zu lieben!
Die körperliche Befriedigung eben vermochte ihn nicht in einen ausgeglichenen Seelenzustand zu versetzen.

Roman suchte, seine Schwermut zu verbergen.
Angelina lag so hübsch ausgepackt neben ihm auf dem Bett, dass er ihr den Abend nicht vermiesen wollte.
Es ist bloß Respekt vor ihrer Hingabe, redete er sich ein. Und Einflussnahme auf seine eigene fleischliche Lust, die sie prachtvoll zur Geltung gebracht hatte.
Das Räderwerk, das er selbst am Yachthafen in Gang gesetzt hatte, aber schien ihn jetzt zu überrollen.
„Selbst schuld“, murmelte er hörbar.
„Wie bitte?“ wendete sich Angelina ihm zu. Sie stellte das Wasserglas beiseite und zog sich ebenfalls mit einem Ruck an den oberen Bettrand und lehnte sich an.
„Ach nichts, ich muss nur nochmals aufstehen um den Wein zu holen. Willst du auch?“
Angelina nickte. Sie zog die Beine an ihre Brust, legte das Kinn auf die Knie und umfasste ihre Beine mit beiden Händen. Sie

wirkte wie ein Aktfoto von Ron Harris mit der Tiefenschärfe einer Hasselblad Kamera.
Ihre Position erinnerte ihn an die Hochglanzhefte, Vorlage für Maler und Zeichner, aus seiner Schulzeit.
Obwohl er diese Studienrichtung niemals angestrebt hatte, so lösten diese ästhetischen Aktfotos damals schon eine erotische Reaktion in ihm aus.
Sie mussten nicht nur einmal als Auslöser für eine Selbstbefriedigung herhalten.

Nachdem sie beide mit dem Wein angestoßen hatten, zog er sie aus ihrer Sitzposition an sich.
Er küsste Angelina vom Mund über die Brüste abwärts und suchte Schutz und Halt seiner selbst zwischen ihren Schenkeln.

Als ich so alt war wie sie hatte ich noch eine Strichliste meiner Eroberungen geführt, ging es Roman durch den Kopf. Heute interessiert mich dieses Podest der Sieger nicht mehr. Sex ist Teamarbeit!

„Lass mich dich nicht überholen müssen Angelina. Bring dich ins Ziel, ich folge in deinem Windschatten."
„Bleib dicht hinter mir", stieß Angelina atemlos im Unterfahren der Zielflagge hervor.

Roman bekam den Schwall aus der geöffneten Magnum-Champagner-Flasche am Siegerpodest als Zweiter körperlich zu spüren.
Sieg des Teams!
Angelina und Roman entspannten sich. Sie atmeten sich noch gegenseitig ein paar Minuten in ihrer Umarmung.
„Soll ich die Klimaanlage über Nacht anlassen?"
„Nein, lass die Nachtluft von der Riba uns zudecken".
Angelina löste sich von Roman und entzog sich damit seiner Präsenz in ihrer Scheide. Sie machte keine Anstalten sich duschen gehen zu wollen.

„Du schläfst mit allen Konsequenzen mit mir ein?“
„Ja“, und im Atemholen:
„Keine Sorge, ich nehm die „Pille“, ich fühl mich nur so wohl, dass ich nichts verändern will“.
Roman verschränkte die Arme hinter seinem Kopf. Die ruhiger werdende Atmung Angelinas ließ auch ihn immer schläfriger werden Er stand nochmals auf um den Rest des Vinho Verde in sein Glas einzuschenken.

Am liebsten hätte er jetzt Julia angerufen. Nach seiner körperlichen Befriedigung verspürte er keine Schuldgefühle. Das gerade stellte ihn vor eine Leere, die Julia, trotz der Tatsache, sich nicht homogen an eine Befriedigung seiner Vorstellungen anpassen zu können, auszufüllen vermochte. „Ich liebe dich Julia“, sagte er leise in die Nacht hinaus. Großvater war Blendmeister bei den Macallans. Er roch, wenn nicht nach Whisky, so doch immer nach Verbranntem. Arthur konnte das damals nicht zuordnen.
Es war eben der Geruch des Großvaters.
Heute weiß er, dass den die Röstung der Gerste über Torf bewirkt hatte.

Speyside, wie gerne würde er jetzt in diesen vollgrünen Wiesen des Sommers sein!

Angelica hatte kurz bei ihrer Ankunft im Spital Kontakt zu Oberarzt Einsteen aufgenommen. Sie hinterfragte, warum Arthurs Augen geschlossen seien.
„Wir gehen davon aus, dass er visuell nichts wahrnehmen kann. Nein, wir wissen es zum gegenwärtigen Zeitpunkt bereits, Miss Horne“, berichtigte er sich.
„Gehen sie jetzt zu ihm, Ihre Nähe beruhigt seinen Gemütszustand in der Dunkelheit.
Keiner von uns kann nachvollziehen, was sich in seinem Kopf abspielt.
Die das behaupten, die lügen. Wir können nur Messungen anstellen über Aktivitäten, aber wir erhalten keine Bilder.

Mister Roberts Gehirnfluss ist aktiv!

Ich lasse Sie ungestört, den Kittel und Überzieher für die Schuhe bitte nicht zu vergessen“. Damit entließ er sich.

Arthur beobachtete gerade die Sommerschmetterlinge auf den fetten Kleeblüten und die Bienen, die darum bemüht waren, den Geschmack des Sommers in ihre Waben einzubringen.
Mitten in diese Idylle brachte sich Angelica ein.
Schmetterlinge und Bienen schreckten auf und flogen oder flatterten davon. Plötzlich saß Arthur alleine mitten auf der Wiese. Nur die Blumen blieben als Angelica seine Hand unter die ihre nahm.
„Hallo Arthur, du weißt noch, dass wir uns seit gestern duzen? Ich hoffe so sehr, dass du jedes Wort von mir verstehst. Es liegt mir so viel… so viel daran.“
Arthur versuchte aus dem tiefen Gras aufzustehen und auf Angelica zuzugehen.
Doch seine Beine versagten.
Er versuchte die Hand nach ihr auszustrecken und blieb am Boden kleben.

„Kannst du nicht ein Zeichen mit den Augenlidern geben? Versuch es! Für ein Ja, einmal, für ein Nein zweimal. Komm, kannst du mich verstehen?“

Arthur hatte verstanden.

Er sah sich noch immer auf der Blumenwiese wie versteinert vor Angst, sich nicht mitteilen zu können.

Bleib da, Angelica!
Um Himmels Willen gib mich jetzt nicht auf. Ich versuch es ja.
Er bemühte sich mit aller Kraft und Willensanstrengung.
Plötzlich umarmte ihn die Wärme von Angelicas Körper.
Sonniger Morgentau feuchtete und wärmte seine Lippen im Abziehen des Sommergewitters über seiner Wiese.

„Du hast die Augenlider einmal bewegt. Du kannst dich mitteilen! Ich kann dich verstehen! Arthur, Arthur, Arthur!“ Heulte Angelica, während sie seine Lippen und Augenlider küsste, ungehemmt los.

5. Tag

Roman ließ zwar die Balkontüre auf, hatte aber zusätzlich die Klimaanlage angelassen. Er hatte seinen Telefonweckruf, und damit den Kuss von Julia gestern Nachmittag, total verschlafen. Es war zehn Uhr morgens und hatte sicher schon an die 28 Grad. Die Luft vom Fluss legte sich dazu noch feucht auf Atemwege und Haut.
Roman duschte. Den Bartwuchs ließ er heute unangetastet.
Er empfand sich verwegen damit.
Und Verwegenheit brauchte er heute auch, um seiner Aufgabe und der Kommunalpolitik, entgegenzutreten zu können.
Während Angelina noch, das Leintuch zwischen ihren Schenkeln eingeklemmt, schlief, bestellte Roman Frühstück.
Dann deckte er sie ab und klopfte ihr auf das Gesäß.
„Komm“ sagte er, „Aufstehen!“
„Komm du zuerst!“ Sie spreizte die Beine und zog sie an den Körper. Sie räkelte sich, die Arme weit hinter den Kopf streckend, mit einem langgezogenem, ausatmendem „Aaah“
Und weiter über ihren Kopf, während sie die Beine aus dem Bett schwang und aus der Sitzposition Richtung Badezimmer verschwand:
„Gestern hattest du Teamgeist genug gezeigt. Ich schwenke dir heute im Qualifying die Zielflagge im Einzelbewerb. Ich geh nur schnell duschen und Zähneputzen.“
Roman zog den Bademantel über als der Zimmerservice das Frühstück am Balkon servierte. Sein Hemd war in eine Plastikhülle, sauber und gebügelt, nur per Übernahme zu bestätigen, übergeben worden.
Danach nahm Roman einen Schluck vom schwarzen Kaffee und sah auf die Flussmündung Richtung Meer hinaus.
Angelina setzte sich tropfnass an den gedeckten Tisch.

„Angelina, ich hab zu arbeiten hier. Das Rennen ist zu Ende. Wir haben gestern beide gewonnen, dabei sollten wir es belassen!“
„Ich verlang ja gar nicht, dass du nochmals mit mir schläfst. Aber einen Abschiedskuss wirst du doch noch akzeptieren?“
„Auf den Mund, ja“, antwortete er, vorsichtig, den Tonfall in ihrer Stimme auslotend.
„Lass mir doch die Freude, es bietet sich sonst nie Gelegenheit dafür“.
Damit war Angelina auch schon unter den Tisch gerutscht und klammerte sich an seinen Oberschenkeln fest.
Bald danach gingen ihre Sätze in Konsonanten über. Vorrangig in A und O.
„So funktioniert das schon gar nicht! Entweder ich sehe dich dabei und lebe meine Empfindungen in deinem Angesicht aus oder du lässt es.
Welche Pornofilme hast du gesehen?“

Angelina kam unter dem Tisch hervor. „Du hast recht. Ich hab keine Erfahrung auf dem Gebiet. Ich möchte mich an dir festsaugen und mich dabei streicheln.
Gut, gut, ich kenne das nur aus Filmen“ fügte sie an. „Aber das weibliche Model schien Spaß daran gehabt zu haben.
Können wir beide das nicht auch? Können wir nicht einen Kompromiss aushandeln?
Du willst mich sehen, wenn ich mich befriedige. Ich will dich dabei in meinem Mund haben“.

„Das Frühstück ist für die Katz!“ Sagte Roman auf Deutsch. „ Na komm schon“, schnurrte Angelina. „Leg dich aufs Bett“.

Sie zog ihn mit beiden Händen ins Zimmer.

Roman hatte sein Wissen über Kontakte zu Raubkatzen nur aus BBC-Sendungen. Er wusste auf dieser Basis und vom Hörensagen, dass man sich bei Großkatzen im Angriffsfall so ruhig wie möglich zu verhalten hätte. Die Angriffslust würde damit gemindert.

Von Herzklopfen dabei war in diesem Bericht keine Rede.

Angelina legte sich gegengleich neben Roman und begann ihn mit ihren Lippen zu stimulieren.
Je mehr sie ihm mit ihrer Körperwärme seine Defensive nahm, umso mehr fand sie Gefallen an ihrem eigenen Jagdinstinkt.
Es wurde immer greifbarer, ihrer beider Gefangenschaft entfliehen zu können.
Roman entkam als Erster und bäumte sich vor Angelina auf. Es war ein zufriedener Laut, den er von sich gab.
Freiheit!
Neugierig blieb er stehen, ob sie ihn auch einzuholen vermochte.

Wie ein Gepard im Gehege, der auszubrechen versucht, lief sie ästhetisch ihre Einfriedung ab.
Roman umfasste ihre Taille und küsste den Mund, der ihm die Freiheit verschafft hatte.
Wie durch Zauberhand öffnete sich das Tor auch für Angelina.
„Simsalabim!“
Roman nahm sie in seine Arme und hielt sie so über Minuten.

Später erinnerte er sich daran, gesagt zu haben: „jetzt ist die Butter warm und der Kaffee kalt.“ Das war das einzige, was ihm an dieser Nacht leid getan hatte.

Inspektor Sedlazek, wie immer als erster im Polizeipräsidium wegen seiner schnarchenden Frau, räumte das Fax aus und überflog die Seiten.
„Da schau her! Was Ausländisches!“ entfuhr es ihm zwischen Kaffee und Kipferl. Was für unsern Leutnant!“ brabbelte er vor sich hin.
„Wozu ist er denn auf die Akademie gangen?“

Sedlazek erinnerte sich als Amtsrat Othmar Huber in Pension ging. Titel gibst ja nimmer, berichtigte er sich in Gedanken, also als Oberinspektor Othmar Huber in Renten gangen is
Damals kam frisch von der Polizeiakademie der Novak.
Jung, bunt und mit an Schüdl auf seiner Uniform English Spoken! Danach is er aber nur mehr im Anzug herumgrennt und haast seitdem Leutnant. Für an Amtsrat wär er sowieso vü' z'jung g'wesen., sinnierte Sedlazek.

Seinem Namen in Verbindung mit dem Lied von Hugo Wiener, „Der Novak lässt mich nicht verkommen", verdankte seine Polizeiarbeit schon einiges an Lorbeeren.
Eine halbe Stunde nach Eintreffen in der Polizeidirektion Wien hatte Nikolaus Novak bereits das Räderwerk bezüglich Ausforschung von Julia Roberts in die Wege geleitet.

Zwei Stunden später hatte er an die fünfzig Namen dazu auf seinem Schreibtisch liegen. Er ließ ein Fax an Edinburgh senden ob eine Eingrenzung nach Bezirken Wiens vorzunehmen möglich ist.

Gegen Mittag hatte Dr. Einsteen einen Anruf von der Polizei in Edinburgh. Er saß über den MR-Bildern von Arthur Roberts, als das Telefon läutete.
„Einsteen, sie wünschen?"
„Hallo Doktor, hier spricht MacGillian. Wien hat eine Anfrage gestellt bezüglich der Tochter von Arthur Roberts. Eine Einschränkung ihres Wohnsitzes auf einen Bezirk würde die Polizeiarbeit schneller vorantreiben.
Haben sie schon Möglichkeiten mit Mister Roberts zu kommunizieren?"
„Ja, in der Tat. Miss Horne war der Auslöser. Mister Roberts kann mit den Augenlidern Zeichen setzen. Ich geh gleich zu ihm…, wie viele Districts hat Wien?

Und die entstehende Pause hinein, „Egal ich fang mit dem Ersten an. Ich melde mich danach bei ihnen.

„ Mister Roberts?“ Ich weiß durch Miss Horne, dass sie sich mitteilen können. Das erleichtert die Diagnose, beziehungsweise eine anstehende Operation ungemein. Ich bin sehr optimistisch, auch wenn Sie zum augenblicklichen Zeitpunkt diesen Eindruck selbst nicht haben sollten. Die Neurochirurgie hat in den letzten Jahren große Fortschritte gemacht.
Zum Zeitpunkt setzt die Polizei alles daran, ihre Tochter Julia ausfindig zu machen.“

Arthur fühlte sich amüsiert, er spazierte doch gerade mit Julia den Spey entlang. Aufsteigende Nebel hingen noch in den Baumkronen der grünen Wiesenlandschaft. Es war früher Morgen.
Julia lief aufgeregt dem Flusslauf hinterher und dem Papierschiffchen darauf, dass er ihr gefaltet hatte.
Als Doktor Einsteen ihn ansprach, nahm er Julia schützend auf den Arm und drückte sie an sich.
„Mister Roberts“, vernahm er die Stimme Einsteen‘s wie ein aufziehendes Gewitter.
„Ihre Tochter in Wien! Trägt sie noch ihren Mädchennamen?“
Arthur setzte Julia ab und stellte sich schützend vor sie.
„Ich verliere mein Schiff aus den Augen“, sagte Julia weinerlich.
Arthur spannte seine große Hand wie einen Schirm über ihren Kopf auf.
„Bleib du hier stehen, ich geh nur ein paar Schritte um mit Doktor Einsteen zu reden“.

„Wie schlimm ist mein Zustand?“ Fragte er Einsteen ohne eine Antwort zu bekommen. Und weiter, „meine Tochter ist nicht verheiratet und trägt noch den Familiennamen. Sie wohnt in Wien, im ersten Bezirk. Sie arbeitet für eine internationale Modeagentur. Sie besucht mich einmal im Jahr für zwei, drei Tage wenn sie in London ist. Zurzeit ist sie in Lissabon. Was ist heute für ein Tag?“

Er drehte sich nach Julia um und stellte erschreckt fest, dass sie nicht mehr da war.

„Wir suchen ihre Tochter, kam die Gewitterfront jetzt näher. Ich zähle ihnen die Districts durch und sie geben mir mit ihren Augenlidern Zustimmung. Ja, einmal, Nein, zweimal!

Einsteen begann: „First District?“ Er legte eine Pause ein und beobachtete die Mimik von Roberts. Er nahm ein Zucken um die Augen wahr. Trotzdem musste er sich vergewissern und ging weitere drei Bezirke durch. Alle gefolgt von einem zweimaligen Zucken der Lidmuskulatur. „Also der Erste“, Arthur bestätigte nochmals.
„Ich melde mich umgehend bei ihnen, wenn wir ihre Tochter informieren konnten.“

„Sie besucht mich am siebten August sowieso, rief Arthur noch hinterher“, ohne dass Einsteen davon Notiz genommen hätte.
Danach machte sich Arthur auf die Suche nach Julia.
Das Unwetter war in der Grafschaft dahinter nieder gegangen.
Der bedrohlich schwarze Himmel begann sich aufzuhellen.
Julia saß an der Flussbiegung und weinte ihrem Schiffchen nach.

„Komm ich mach dir ein Neues. Wir gehen jetzt zu den Macallans Mittagessen.
Julias kleine Hand versteckte sich in seiner und der Tränenregen verzog sich, wie eben das Gewitter.
„Hi, Vater, betrat Arthur den großen Küchenraum mit Essplatz.
Mit „Grüß dich Opa“, machte Julia einen Knicks vor ihm und reichte artig die Hand. Mädchen dürfen die zuerst ausstrecken, hatte Vater sie gelehrt.
Die Tochter und geschäftsführende Gesellschafterin des Macallan Clans begrüßte ihn.
Er gehörte durch seinen Vater, Großvater und dessen Vater, die alle Blendmeister bei den Macallans sind oder waren, zum Haus.
Er spürte körperlich die umarmende Atmosphäre bei seinem Eintreten.

„Ich bin's Angelica. Wie geht es dir?“ „Eingesperrt“ sagte er und wartete auf eine Ja oder Nein Frage. „Frag mich auch wie sich dein Körper an meiner Brust anfühlt!“

Die Stimmung aus Craigellachie verflüchtigte sich im Spey in der Flussbiegung unterhalb des Hügels.

Angelica bemerkte nach ihrer Umarmung Arthurs das Zelt, das sich unter seinem Laken im Schritt aufzustellen begann und ließ los.
„Ich habe mit Einsteen gesprochen. Du bist absolut stabil. Auch wenn du es nicht weißt, es geht dir gut“. Sie drückte seine Hand. Angelica dachte ihn mit ein paar flotten Sprüchen aus seinem Seelenzustand und von der augenblicklich angespannten körperlichenVerfassung herunterzuholen. Mit der Wirkung ihrer Körpernähe in seinem Zustand hatte sie nicht gerechnet.

Mit dem Loslassen von Angelicas Umarmung stand er da, wie neben dem Taxi als Juliane und Julia zum Flughafen abfuhren.
„Frag mich doch ob ich dich lieben könnte. Ich hab in den knapp zwanzig Jahren so viel dazugelernt.“
Arthur bewegte die Lidmuskulatur einmal in der Hoffnung, sie würde daraufhin die passende Frage stellen. Die Frage, die er soeben mit Ja beantwortet hatte.

„Ist dir meine Anwesenheit recht, hast du Empfindungen für mich? Willst du lieber alleine sein?“

Es gibt einen Gott, dachte er dankbar, um ihre dritte Frage beantwortend, zweimal mit den Lidern zu zucken.

„Du hast schon zwei Körperreaktionen. Augenmuskel, die du, wie die Ärzte nun wissen, steuern kannst und dein „Stehvermögen“.
War ich der Auslöser?“

Angelica blickte aufmerksam auf seine geschlossenen Lider. Sie bewegten sich einmal.

„Da die Visite Zweiteres sicher nicht an dir feststellen wird können, werde ich Einsteen informieren“.
Arthur wollte so gerne ihren Kuss erwidern, der sich beim Abschied auf seine Lippen legte.

„Medizinisch gesehen“, sagte Einsteen, „kann diese Information von Bedeutung sein.
Noch wichtiger, und davon gehe ich in meiner Berufung als Arzt aus, ist die Frage einer möglichen Ejakulation.
Wenn Mister Roberts fähig ist, Körperflüssigkeiten gezielt auszuscheiden, lässt das Rückschlüsse auf seine Gehirntätigkeit in Zusammenführung mit seinen Körperfunktionen zu.

Es liegt in ihrer Hand!“ Er schmunzelte unbeholfen, „wenn sie wissen was ich meine:“
Angelica nickte.

„Sein Urin wird ja mittels Katheder in seiner Harnröhre entsorgt. Sie müssen mir nur sagen, ob und wann sie sich für den Test entscheiden. Wir bereiten Mister Roberts dann dafür vor. Sie haben auch absolute Diskretion von meiner Seite.“

Arthur hatte eben den Freibrief für Sex auf Rezept bekommen! Angelica errötete. „Wir hatten noch nicht einmal ein Date! Was ich sagen will, ich hatte mir unser Kennenlernen romantischer vorgestellt.“

„Miss Horne, es geht augenblicklich um mehr als Romantik, so brutal das jetzt für sie auch klingen mag.
Meine Aufgabe ist es, Gehirnfunktion und Auslöser im Körper Mister Roberts zusammen zu führen. Sie haben schon so viel mit ihrer Anwesenheit erreicht. Ich dränge sie nicht!

Aber wer sonst käme in Frage?
Ich könnte auch eine Thailändische Schwester unter dem Titel Überstundeleistungen, beauftragen!
Sie haben ein Nahverhältnis zu Mister Roberts, das er willkommen akzeptiert. Und nachdem Mister Roberts auf Geruchs-und Tastsinn angewiesen ist, wäre das Verrat an ihm und hätte darüber hinaus keinen medizinisch relevanten Wert, den wir in seinem Gehirn mittels Apparaturen aufzeichnen können".
„Ich bin dabei auf Video?"
„Nein, um Himmels Willen. Sie sind nur Tinte und eine Nadel auf Papier, die ausschlägt".

„Wenn ich jetzt sage, ich muss es mir überlegen", stammelte Angelica, so trifft das nicht den Punkt…, ich muss nur vorher duschen und die Zähne putzen".
Jetzt hatte Angelica wieder ihren Humor gefunden und Einsteen honorierte ihre Entscheidung mit einem Lächeln.
„Ich hoffe nur, Arthur erinnert sich danach an mich", fügte Angelica kleinlaut hinzu.
„Ist morgen frühabends in Ordnung?" Doktor Einsteen nickte.

„Sehen sie die menschliche Seite in ihrer Entscheidung. Karitativ empfindet Mister Roberts ihre Besuche ohnehin nicht. Ein Mann wie er würde unter Mitleid nicht funktionieren!"

„Klopfen Sie morgen bei mir an bevor Sie zu Arthur Roberts gehen, ja?" Einsteen stand auf und verabschiedete sie.

Vom Spital in die Uni war es eine halbe Gehstunde. Angelica trödelte bewusst.
Sie empfand jeden Sonnenstrahl, der zwischen Häuserwänden in die aufkommende Dunkelheit dahinter verschwand, körperlich.
Vor zwei Tagen war die Welt noch so in Ordnung!

Arthur, morgen haben wir unseren ersten Sex. Ich lass mir die Aufzeichnungen davon kopieren und lege sie unseren späteren

Fotos bei. Ich liebe dich und wünsche, dass du schnell wieder wirst. Verzeih meine Ungeduld. Und verzeih mein Herzklopfen morgen wenn ich dich umarme.

Nikolaus Novak vom Polizeipräsidium in Wien hatte die Mitteilung aus Edinburgh erhalten. Miss Julia Roberts ist im ersten Wiener Gemeindebezirk wohnhaft. Die Bestätigung der Meldebehörde lag bereits auf seinem Tisch. Die Beamten, die er daraufhin in Marsch gesetzt hatte die Adresse zu besuchen nannten, nach nachbarlichen Aussagen, den Model-Verlag Christians im Haas-Haus als Ansprechpartner für Auskünfte des augenblicklichen Aufenthaltes von Julia Roberts… Heute sei da niemand mehr erreichbar gewesen.

Leutnant Novak überlegte was er tun würde, wenn es kein Morgen gäbe. Kein Fall würde jemals gelöst werden!

Roman trat forscher als geplant in das Bürgermeisteramt für Lagos und Umgebung ein.
Grund dafür war die viel zu leichtgängige Tür. Aber der Effekt saß. Alle in dem Vorzimmer legten ihre Pizzen oder Sandwiches weg. Eine Frau bot ihm Platz an, aß dann aber ebenfalls wie die anderen im Raum aus ihrem Fastfood-Karton weiter.

„Ich möchte den Bürgermeister sprechen", legte er seinen Angriff an. „Es geht mir um eine neue Yachtanlage im Großraum Lagos".
Der erste, der sein Futter hinunter gewürgt hatte, erhob sich dann doch und ging auf Roman zu.
„Haben sie einen Termin, Senor? Ich nehme an nicht! Der Bürgermeister ist nämlich jeden Tag um diese Zeit bei Tisch!"
„Nein, aber Pläne für einen Termin", antwortete Roman ebenso aggressiv. „Wann kommt er zurück?"
Eine der Sekretärinnen fühlte sich bemüßigt, an einen der Schreibtische zu gehen und einen Kalender aufzuschlagen.
„Er ist zur Einweihung des neuen Teils im Yachthafen in Vilamoura. Nach solchen Veranstaltungen kommt er meist nicht mehr in sein Büro. Kann Ihnen sein Stellvertreter vielleicht weiterhelfen, der kommt gegen fünfzehn Uhr?"

„Ich komme wieder", sagte Roman sich dem Ausgang zuwendend. Er wusste, dass er dieser Drohung nicht nachzukommen gedachte, als die Tür hinter ihm ins Schloss fiel.
Auf der Straße angekommen ging er nochmals die Flussmündung der Riba entlang.
Vorgelagert der Mündung könnte man mit Aufschüttung eines Dammes eine Mole bauen. Das aber würde die Gezeiten bis in die Stadt hinauf beeinflussen. Er würde sich dazu keine Genehmigung erteilen, entschied er.
Am Weg zum Hotel rief er Julia an.
„Hallo! Morgen am frühen Nachmittag kann ich bei dir sein. Treffen wir uns im Residenza do Carmo? Ich bin noch in Lagos und mache meine Küstenberichte für Wien fertig. Hab von denen

schon seit zwei Tagen keine Rückmeldung mehr bekommen. Ich habe da ein flaues Gefühl im Magen".
„Mach dir keinen Kopf, vielleicht funktioniert auch nur die Internet-Verbindung nicht! Hast du schon zu Mittag gegessen?
Julia kam ihm oberflächlich vor. Er hatte wirklich einen pelzigen Geschmack auf der Zunge, bezüglich der Ausschöpfung seines Auftrages. Ein bisschen eingeschnappt fragte Roman. „Und wie läufts bei dir?"

„Mein Konzept für den neunundzwanzigsten Juli steht fest. Die Leute von Vogue sind bis auf Lucas abgereist.
Ich bin alleine auf mich gestellt. Das gibt mir Sicherheit. Ich kann nicht arbeiten wenn mir jemand in die Töpfe schaut. Nach Wien und an Christians in London habe ich den Auftrag auch schon bekannt gegeben. Ich spüre jetzt noch das Schulterklopfen von denen durch das Telefon. Na ja, ein bisschen stolz bin ich schon. Entschuldige, wenn ich dich überfahren habe, aber meine Ampeln stehen alle auf grün.
Ich verarzte dich umgehend, wenn du da bist!"
„Was machst du heute Abend?" war Roman schon etwas versöhnlicher.
„Ich bleibe im Hotel. Ich lasse mir das Dinner auf die Terrasse bringen und trotz fertiger Planung des Neunundzwanzigsten Juli noch einmal Fotoeinstellungen Revue passieren.
Vormittags kommt die Änderungsschneiderin und passt die von Vogue geschickten Kleidungsstücke den Models an. Sharona fehlt mir noch, aber ihre Größe hab ich im Kopf.
Danach habe ich vor, an dich zu denken, mit allen Konsequenzen. Wir könnten es auch jetzt schon am Telefon tun."
„Es ist nachmittags, vier Uhr und ich stehe hier im Hafen, Julia. Wenn du willst dass mich die Policia abführt…"
„Du kannst es ja auch im Hotel machen!
Haben wir ein Date? sagen wir um zweiundzwanzig Uhr. Ich ruf dich an!"

Arthur Roberts lag in der Schlummerbeleuchtung der Intensivstation. Unter tags war es wärmer durch die Sonne, mutmaßte er. Die Nachmittagsvisite war bereits vorüber. Er spürte wie sein Tropf ausgetauscht wurde und nahm mindestens fünf Personen am Geräusch ihrer Schritte war.
Er konnte die Stimme, die ihn ansprach, Oberarzt Einsteen zuordnen.
„Haben sie Schmerzen Mister Roberts?“ Er spürte fast körperlich den Blick auf seinen Augen haften. Er zuckte einmal mit den Augenlidern und war stolz, schon eine Fertigkeit darin entwickelt zu haben.
Sie sind alle so fürsorglich. Fehlte nur noch, dass ihm jemand sein Lieblingsbuch vorlesen würde.
„Ihre Tochter wird gerade ausfindig gemacht. Im Laufe des morgigen Tages wissen wir, wo sie sich aufhält.“ Er spürte noch einen trockenen, sanften Händedruck auf seinem Handrücken.
Dann war wieder diese furchtbare piepsende Stille um ihn.
Warum lest ihr mir nicht alle Hauptstädte vor, da fändet ihr Julia schneller. Lissabon! Und in einer Woche ist sie sowieso bei mir!
Arthur knipste das Licht aus, gab Julia einen Kuss auf die Stirn und zog ihr die Decke unter die Achseln. Groß ist sie geworden.
Diesen Herbst kommt sie auf die Highschool!
Neunzehnhundertneuntundsiebzig. Ein langes Wort, wenn man es ausschreibt. Aber bloß eine kurze Zahl, wenn man sich trennt.
Er hatte viel um die Ohren. Damals.
Sein Job füllte ihn nicht mehr aus und er war gereizt, wenn er spät nach Hause kam. Manchmal auch leicht betrunken bis betrunken.
Juliane zog unter dieses Jahr einen Schlussstrich.
„Ohne mich“, stellte sie sachlich fest. „Ich nehme Julia mit nach Wien. Sie soll nicht, was sie an dir gehabt hat, verlieren. Dafür sorge ich. Sie soll ihren Vater in Erinnerung behalten, wie ich ihn kennen gelernt habe.
„Ich liebe dich Arthur“, sagte sie als sie ins Taxi zum Flughafen stieg.

Juliane hatte ihr Versprechen gehalten. Sie hatte ihm Julia nicht entfremdet. Nach dem Tod ihrer Mutter blieb Julia in Wien bei den Großeltern. Die Wohnung im ersten Bezirk hatte sie nach deren Tod übernommen. Seit ein paar Jahren, seit Abschluss der Modefachschule in Hetzendorf, und ihrem Job als Model Managerin für ein internationales Unternehmen der Modebranche, hatten sie Telefonkontakt und einmal im Jahr fand sie, nach ihrem Rapport in London, zwei bis drei Tage Zeit, ihn in Edinburgh zu besuchen.
Welcher Tag ist heute?

Roman setzte sich in unmittelbarer Nähe der Brückenkonstruktion über die Ufer der Riba auf einen Kaffee und ein Glas Portwein, an die Mole des Yachthafens.
Er nahm die Küstenpläne des Tejo Deltas aus seinem Pilotenkoffer und deckte damit den Tisch.
Es ist angerichtet!
Lustlos stocherte er mit seinem Marker darauf herum.
Bis zur Ejakulation um zweiundzwanzig Uhr beschloss er, sich die Marina in Vilamoura anzusehen.
Er stellte den Wagen ab und ging zu Fuß die natürliche Bucht ab. Romantik in der Stilistik konnte er den zweckmäßig angelegten Bauten nicht abringen. Dieser Teil von Lagos wollte seine moderne und luxuriöse Ausstrahlung gar nicht verheimlichen. Das bekam er auch an Hand der Preise auf den Menükarten zu spüren.
Der Bürgermeister von Lagos und Umgebung war mit seinem Stab bereits abgezogen. Nur bunte Fähnchen bewegten sich im Näherkommen des Abendwindes. Die Stühle für die Presse standen in unordentlichen Reihen vor einem Rednerpult, das gerade abgebaut wurde.
Roman beschloss trotzdem, hier zu Abend zu essen.
Der Tag hatte nur Ermüdung gebracht. Dem vorgegebenen Auftrag lief er ständig durch ein schon durchtrenntes Zielband hinterher.
Christopher Columbus fiel im spontan ein. Vielleicht entdecke ich Neuland. Ich brauchte nur vom >richtigen<Weg abzukommen!

Um neun Uhr dreißig abends übergab ihm die Rezeption den Zimmerschlüssel.
Im sechsten Stock angekommen trat er auf den Balkon. Die Abenddämmerung färbte noch immer den Himmel in einem schmalen Streifen zwischen Horizont und Wasser. Roman atmete durch und ging unter die Dusche. Warm, dann kalt.

Danach schloss er sein Notebook ans Mobiltelefon an und startete den Übertragungsvorgang an die Firma. Im Fernsehen lief eine portugiesische Unterhaltungsschau, als sein Telefon läutete. Roman sah auf die Uhr. Es war zehn Uhr abends.
Kurzerhand zog er das Übertragungskabel aus dem PC und meldete sich.
„Hallo Julia!"
„Bist du schon ausgezogen, Roman? Ich hab eben geduscht und liege nackt im Bett.
Ich versuch mich auf dich zu konzentrieren. Das einzig Unerfreuliche daran ist die verkrampfte Position zwischen dem Telefonhörer und meiner Schulter. Du hast es gut, du brauchst ja nur eine Hand". Roman schmunzelte. Er sah sie körperlich vor sich.

„Ich liebe dich, willst du Befriedigung, die ich mir für dich aufgehoben habe?" Roman nickte, um schnell ein Ja hinterher zu torpedieren.
„Dann greif dich an! Mit mir! Du weißt wie und wo du mich hochbringen kannst. Ich helfe dir dann auch beim Herunterkommen".
Julia nahm im Gespräch mit ihm immer mehr Gestalt an.
Er mochte nicht Columbus sein, doch das unentdeckte Land am Horizont begann er eben zu erkennen.
„Wo bist du gerade?" Fragte Roman. „Auf meiner Insel der Seligen. Ich nehme die Beine auseinander und spüre dabei die Anspannung der Muskel wie Brandung in meinen Schritt. Und du?"
„Ich bin hoch am Mast und halte Ausschau nach dir."

„Du kennst meine Körperfunktionen und Fantasien. Würdest du mich dafür Kielholen lassen?"
„Nein, bloß dich von einem betrunkenen Matrosen küssen und dir einen trockenen Finger ins Rectum stecken lassen".

„Betrunkener Matrose ist in Ordnung, aber bitte lass ihn zuvor seine Finger gleitfähig machen!“ Das sollte in den Kapitänskodex aufgenommen werden!“
Danach Stille.

„Julia, bist du noch da? Julia
Ich bin näher als du glaubst, ich bin bereits im Kommen. Das Telefon ist mir bloß dabei unter die Achsel gerutscht. Gut, dass ich vorher Duschen war“. Sie lachte angespannt.

„Komm vom Ausguck runter Roman. Ich bereite alles zum Anlegen vor. Gib mir Bescheid wenn sich das Tau spannt“.
„Die Strömung ist zu stark“, brachte Roman während des Anlegemanövers nervös ein. Ich muss das Seil kappen…Jetzt!“

Lediglich der Anker wird ihr Schiff die Nacht über in seinem Radius am Abtreiben hindern.
Der Anker in einer imaginären Bucht.

6. Tag

Mit offenen Armen zog sich Julia bei der Begrüßung an Romans Schultern hinauf an seine Lippen. Er hatte es geschafft, die knapp zweihundertsechzig Kilometer von Lagos bis Lissabon unter vier Stunden zurück zu legen.
„Willkommen in Lisboa“, brachte sie unter dem Druck seiner Umarmung gepresst hervor.

Der große Raum breitete sich vor ihm vertraut aus.
„Macallan, ja? Ich hab gestern nach unserem Telefonat eine neue Flasche bestellt. Ist aber schon angebrochen.“
Roman bejahte und ließ sich auf das Sofa fallen.
„Ich hab das Haar hochgesteckt, du weißt, wie im Flieger. Du kannst mir auch auf den Po sehen wenn ich mich nach der Flasche Whisky strecke!“
„Du wusstest…?“ Den Satz brauchte Roman nicht zu beenden. Julia ließ sich mit zwei Gläsern in Händen neben ihm auf dem Sofa nieder. Nach Freiwerden einer Hand durch Romans Griff danach, legte sie diese auf seinen rechten Oberschenkel.

„Soll das ein Déjà Vu werden?“ fragte er unsicher.
„Ist es das nicht immer? Was verbindet mehr als gemeinsame Eindrücke. Auch die Neuen werden einmal alt. Das hört nie auf! Im Übrigen funktioniert es ja, wie du siehst. Du erinnerst dich an den Tag unseres Kennenlernens und unserer Taxifahrt hierher“.

„Aber“, sie klatschte sich beim Aufstehen aus ihrer Sitzposition bestätigend auf die nackten Schenkel, dass sie ihr Übermut darauf brannte…
„Aber, ich hab auch eine Überraschung für dich. Ich hab dir doch versprochen mit der Electricas zu fahren, wenn du wieder in Lissabon bist.
Wenn du geduscht und umgezogen bist, können wir mit der berühmten Linie achtundzwanzig fahren, dem >28er<. Wir fahren

bis Endstation und gehen unterhalb vom Castello Sao Jorge in der Alfama essen. Ich kenn da ein schattiges Lokal mit lokaler, wie internationaler Küche“.

„Heute soll es laut Wettervorhersage über vierzig Grad bekommen! Was soll ich anziehen?“
„Eins deiner Bikini Kostüme vielleicht?“ Konnte sich Roman nicht verkneifen zu sagen.

Constable McPherson trat nach Anklopfen zu Chief Inspector MacGillian ein.
“Die augenblickliche Wohnadresse von Miss Roberts in Lissabon“ winkte er mit einem Zettel in der Hand. „Hotel Residenza do Carmo .Die Faxnummer hab ich auch gleich eruiert“.

„Geben Sie her, ich kümmere mich gleich darum. Halt, bleiben Sie noch,
Sie können die Info über den Zustand ihres Vaters gleich weiterleiten. Dauert eine Minute“.
MacGillian schrieb von einem Unfall ihres Vaters… und macht es notwendig für die Operation eine Einverständniserklärung zu bekommen. Am besten wäre, wenn Sie ein persönliches Erscheinen am Kommissariat, viertes Revier vor Ort, einrichten könnten. Edinburgh den 27. Juli 1994, mit freundlichen Grüßen. Das ganze klang warmherzig wie ein Polizeibericht.

Als Julia mit Roman das Hotel auf die Straße hinaus verließ, kündigte sich in der Rezeption das Faxgerät mit einer Mitteilung an. Sie wurde danach in Miss Roberts Brieffach deponiert.

Es war wirklich besonders heiß heute.
Zur Straßenbahn waren es etwa dreihundert Meter und Roman spürte Julias heiße, nackte Schulter auf seinem kurzärmelig bedeckten Arm.
„Am liebsten würde ich dich jetzt ausziehen". Julia nahm ihn um seine Taille und drückte ihn.
„Später, biss sie in sein Ohrläppchen. Zuerst Essen!"

Sie erreichten die Station. Sie erweckte mehr den Eindruck eines Abtransportes einer Kriegstruppe, als die Zweckmäßigkeit von A nach B kommen zu wollen.
„Sind wir in Pearl Harbour?" feixte Roman beim Anblick der vollbewaffneten Schlitzaugen.
„Oder ist ein Fotogeschäft ausgeraubt worden? Die sind ja schwerstens bewaffnet!"
„Na ja, das ist der legendäre >28e<r durch die Altstadt. Da kommen selbst Einheimische um diese Jahreszeit nicht drum herum, wenn sie damit fahren müssen."

Die Bim kam aus der Umkehrschleife und Julia schubste Roman noch vor der geführten Reisegruppe in den Wagon.
„Setz du dich ans Fenster, der Ausblick in die engen Gassen ist beängstigend schön.
Ist wie Geisterbahnfahren. Wenn du glaubst, du fährst auf eine Häuserfront zu, schlägt der Wagon knapp davor einen Haken."
In jeder Station stiegen Leute zu oder aus. Die zusammengepresste Reisegruppe hielt ihre überfallsartige Stellung gegenüber der eingeschüchterten einheimischen Bevölkerung.

Die Okkupation des Wagons hatte ihren Höhepunkt erreicht und schien zu eskalieren. Das Klicken der Fotoapparate manifestierte sich wie Granateneinschläge links und rechts von Roman.

Julia erfühlte die Abwehr seines Aggregatzustandes „Hast du Platzangst?“
„Nein solange alle Fenster geöffnet bleiben und der Fahrtwind den Schweißgeruch aus dem Inneren zieht, nicht!
Jetzt verstehe ich auch den Verfall der Häuserfronten. Schweiß ist ätzend.“
Julia drückte seine Hand. „Wir sind ja gleich da!“

Nach zweimaligem Stopp gegenüber der entgegenkommenden Tram hatten sie die Endstation erreicht.
Die Fähnchendame bellte ihre Schäfchen hinaus und trieb sie zusammen. Militärisch, versteht sich. Sitzplatzbedingt verließen Julia und Roman den Wagon als Letztere.

Die Vorstadt vibrierte unter dem Einfluss der Sonne und Julia nahm Roman in Richtung des Castelo am Arm. „Schau, wir sind am Miradona de Santa Luzia, einem der schönsten Aussichtsplätze der Stadt.“
Roman nahm das Panorama in sich auf. „Komm“, zog sie ihn weiter. Es ist nicht mehr weit zum Lokal!“

Nachdem sie am reservierten Tisch Platz genommen hatten, entspannte sich Roman.
„Du wirkst geschlaucht, was bedrückt dich?“
„Ach alles, ausgenommen du. Ich bekomme keine Rückmeldung meiner Firma auf den Rapport meiner Arbeit.
Zugegeben, sie ist nicht zufriedenstellend, vorrangig nicht für mich. Hier wird kein Diplomingenieur gebraucht sondern jemand, der provinzspezifische Politik intus hat.
Ich fühle mich verheizt“, er lüftete das Hemd um die Brust.
„Keiner fragt mich nach technischer Verwirklichung eines Projektes. Da hätte ich Kompetenz!

Der Weg, meine Erfahrung im Bau, beziehungsweise im Ausbau von Marinas umzusetzen, wird aber seitens der Kommunalpolitik blockiert. Und ich alleine kann keine Umleitung finden.
Ich bin mir sicher, dass Geld den Weg finden würde und habe das auch meiner Firma mitgeteilt.
Da sind wir wieder am Anfang: No comment! Die Geschäftsleitung, der ich unterstehe, hat sich seither nicht mehr gemeldet. Vielleicht bin ich schon im Papierkorb?“

Julia hatte Roman aufmerksam zugehört. „Ich hab dich noch nie so deprimiert gesehen, sei versichert, ich kenne den Abgrund auch“.
Und nach einer Pause…, „lass uns die Speisekarte durchsehen und Wein bestellen. Danach fahren wir mit dem Taxi ins klimatisierte Hotel und bauen deinen Stress ab.“
Beim Wort ‚Klimatisiert‘ lüftete Julia ebenfalls ihr Dekolleté.
„Du hast recht, ich brauche jetzt einen Halt, um nicht abzustürzen“, sagte er.

„Ich liebe dich“, gab Julia seinem eben begonnen Aufstieg Mut. „Wetterumschwünge passieren. Wichtig dabei sind die richtige Ausrüstung und das Vertrauen auf den Partner. Vielleicht arbeitet deine Firma an deinen Vorschlägen und ist bloß noch zu keinem Ergebnis gekommen.
Du hängst doch noch am Sicherungsseil?“
„Wenn du damit mein Gehalt und die Abdeckung meiner Spesen meinst, ja!“

„Ist doch eine wunderbare Beziehung!“ Julia lachte.

„Roman! Forderte sie ihn auf“, mit Blick auf das Glas Wein, dass der Kellner ihm zuschob, die linke Hand am Rücken angelegt und wartend.
Roman steckte seine Nase ins Glas, ließ einen Schluck des Weines in seiner Mundhöhle akklimatisieren und gab seine Zustimmung.

Der Kellner schenkte Julia das Glas zu zwei Drittel voll, dann Roman nach.
Roman setzte sich, nachdem die Gläser auf ihr Wohl zusammengeklungen waren, in eine entspannte Lehnposition.

Erst jetzt nahm er die Präsenz der Umgebung war. Föhren und Schatten spendende Akazienbäume. Die Teakholz-Garnituren darunter und das dazu passende Publikum.
„Du hast eine schöne Wahl getroffen“.
Und nach den Sardinhas in Zitronensauce mit grünem Salat: „Ich denke das Leben geht weiter!“
„So gefällst du mir.“ Julia tupfte mit der Serviette ihren Mund ab und beugte sich über den Tisch. Sie nahm seine Hände unter die ihren.
„Niemand bleibt eine unentdeckte Insel. Flaschenpost kommt immer irgendwann bei jemand an!“

„Zeit ist der Faktor, Julia, Zeit! Ich bin seit knapp achtundzwanzig Jahren unentdeckt“.
„Ich hab dich zum Beispiel gefunden“, entgegnete sie.
Jetzt fahren wir ins Hotel und ich beantworte deine Post.
Ich bezahle! Heute geht alles auf meine Rechnung!“
Roman zog ihr beim Aufstehen den Sessel zurück und sie hielten das erste Taxi, das ihnen entgegen kam, an. „Residenza do Carmo bitte“.

Es war gegen zwei Uhr nachmittags als sie vor dem Hotel vorgefahren wurden. In dem alten Peugeot schien bei jedem Mal Gas geben etwas zu explodieren. Eine Klimaanlage gab es nicht. Der heiße Fahrtwind durch die vier offenen Fenster verkrallte sich angriffslustig in ihren Haaren. Dann waren sie am Ziel. Julia bezahlte das Taxi und versuchte, nach dem Aussteigen und in Richtung des Hotelaufganges gehend, ihre Frisur zu korrigieren.

Die Rezeption war augenblicklich nicht besetzt.

Julia griff nach ihren Schlüssel vom Schlüsselbrett und zog Roman an der Hand in Richtung Lift.
Ihre Suite war auf vierundzwanzig Grad heruntergekühlt.
„Lass uns nackt auf der Terrasse einen Digestif nehmen!" Dabei zog sie auch schon den Rock runter und das Topp über den Kopf aus.
Roman registrierte, ihres nackten und glatten Körpers nicht müde zu werden.
Er entschied, sie niemals betrogen zu haben. Nichts mit ihr war und ist vergleichbar.
Er zog das Hemd aus und schüttelte die Hose von seinen Beinen.

„Ich würde dich gern als mein Eigentum sehen, Julia."
Sie nahm einen Schluck vom Macallan, um unmittelbar hinzuzufügen: „Du besitzt mich doch schon. Ich habe dich nie als Mieter betrachtet.
Soll das jetzt ein Heiratsantrag sein?" Roman sah ihr in die Augen und nickte stumm.
„Du weißt auch, dass du die Katze im Sack kaufen würdest? Ich hab erst in zehn Tagen einen Termin beim Gynäkologen.
Mit dem Herzen bin ich schon verheiratet mit dir… Häng dir nicht meinen Körper als Kloß ans Bein."
Roman ging um den Tisch herum und kniete neben Julia nieder.
Er nahm Ansatz von Tränen in ihren Augen wahr.
Julia stellte ihr Glas ab und umarmte Roman um den Nacken.
„Ich liebe dich von ganzem Herzen, aber ich möchte zuerst mit meinem Körper wieder eins werden. Ich will nicht, dass du jemals Seele und Körper getrennt lieben musst.

Auch ich will dich besitzen!"
Julia wischte sich über die Augen. „Komm stoß mit mir an. Meine Antwort ist zum richtigen Zeitpunkt kein Nein!

Arthur war am Weg zum Flughafen.
Sie ist sicher viel zu leicht für das Wetter hier angezogen, dachte er in der Ankunftshalle des Flughafens.
Julia hatte ihn vor ihrem Abflug in Wien informiert, was sie anhaben würde.
„Ich bin die ohne Schottenmuster in der Kleidung“ belustigte sie sich.
Es war der erste Kontakt zu Julia seit Neunzehnhundertachtzig in Wien beim Begräbnis ihrer Mutter, seiner Frau Juliane. Also vor knapp zehn Jahren.
Flight 258 British Airlines, London-Edinburgh, landed las er auf der Anzeigentafel.
Er hielt Ausschau nach einem zwanzigjährigen Wiener Madl.
„Ich komme nicht im Kilt, und ich sehe nicht aus wie Sean Connery. Beschrieb sich Arthur am Telefon. Wenn wir uns nicht erkennen sollten, lass mich am Informationsschalter ausrufen!“
Zwei Hände umfassten ihn von hinten.

„Mister Roberts! Dad?“

Mutter hatte sie über seine Gewohnheit, immer einen Schal im Schottenmuster zu tragen, informiert. Julia reagierte so siegessicher auf ihre Entdeckung, dass es jeder mit solchem Schal hätte sein können.
„Julia?“ mit Freudentränen drückte er sie an sich. „Entschuldige meine Emotion, aber dein „Dad“ hat mich ganz aus dem Konzept gebracht. Ich hab das schon zehn Jahre vermisst und war nicht vorbereitet“.
Julia schmiegte sich an ihn. So standen sie mitten im Fluss der ankommenden und abreisenden Passagiere. In Ebbe und Flut.
Er küsste sie auf die Augen, und schmeckte ebenfalls Tränen. Er versuchte sie beide vor weiteren Tränenausbrüchen abzulenken und zog Julia hinter sich her zum Ausgang.
„Mein Wagen steht auf Parkdeck D. Soll ich dir mein Oberteil umlegen? Es nieselt draußen und wir haben gerade achtzehn Grad.“

Julia in ihrem kurzen Armani-Rock und dem grauen Seidentopp, ging beim Heraustreten aus dem Flughafengebäude auf sein Angebot ein.
„Wir hatten in Wien beim Abflug bereits achtundzwanzig Grad Celsius. Das war um neun Uhr dreißig. Bei uns ist Sommer um diese Jahreszeit!
Mutter wusste schon was sie tat als sie dich verlassen hatte!
Ich denke nach zehn Jahren ist dieser Scherz verkraftbar, ja?"
Arthur nickte bedächtig in Anbetracht dessen, dass sie ihre gemeinsame Tochter ist.

„Der wahre Grund unserer Trennung war das aber nicht", antwortete Arthur. „Wärme hätte ich ihr auch bieten können. Wahr ist, dass ich damals überarbeitet war und getrunken hatte. Dass ich heute noch bin und sie nicht ist Ironie des Schicksals".
„Komm schon, Dad! Mutter hatte Krebs. Weder freundlicheres Klima noch die Trennung von dir hatten daran etwas ändern können!"
„Es geht nur um den Auslöser, Julia. Wir alle tragen den Tod in uns, der beginnt schon beim Zeugungsprozess.
Nicht loszulassen, ist eine Berufung. Ich hatte mich vor dieser Berufung Juliane gegenüber gedrückt.
Dieses Wissen hat mich niemals losgelassen. Ich hätte da sein müssen!
Wenn du mich auch jetzt nicht zu verstehen vermagst, es wird der Tag auch für dich kommen, wo du darüber nachdenken wirst."
Er nahm ihr sein Sakko von den Schultern und hielt ihr die Wagentür zum Einsteigen auf.

„Vater, wem oder was gegenüber bist du nachtragend? Things Happen. Wir haben nur einen kleinen Spielraum in dem wir uns bewegen können!"
Arthur startete den Wagen und lenkte ihn zum Hawles Inn am Firth Of Forth.

Julia war angetan von der Innenausstattung des Lokals.

„Warte erst bis das Essen kommt“, sagte Arthur. „Das schmeckt zwar nicht nach Wienerschnitzel“ sagte er und brach sich fast die Zunge beim Aussprechen des Wortes, „aber auch nicht nach englischer Küche.
Was trinkst du?“
„Was du trinkst, plus Mineralwasser“ Zwei Macallen achtzehnjährig vorzugsweise die neunzehnfünfundsiebziger Abfüllung. Und ein Mineralwasser! Hing Arthur der Bestellung noch an, als der Kellner die Speisenkarte vor ihnen geöffnet auf den Tisch legte.

„Ich empfehle dir die Duchy Oyster Soup und Brill with Somerset Cider, beides Spezialitäten und nicht jeden Tag verfügbar.
„Was ist Brill?“ „Eine dem Steinbutt ähnliche Fischart, harmoniert aber vorzüglich mit dem Rest des Rezeptes“, antwortete Arthur.

Sie nahmen beide einen Schluck vom Whisky und Julia verzog danach das Gesicht beim Schlucken.
Das ist der Abgang, sagte er belustigt beim Anblick ihres Gesichtsausdruckes.
„Mein Vater, mein Großvater und dessen Vater arbeiteten für die Macallans. Angeblich die besten Konstrukteure des Uisge beatha. Des Water of Life. Du weißt schon… du sollst keinen anderen haben neben mir. Arthur lachte.

Julia nahm unter diesem Aspekt einen weiteren Schluck. „Der ist erst dieses Jahr in Flaschen abgefüllt worden. Du bist doch geschäftlich öfters in Portugal. Dieser Whisky wird zum Reifen in Eichenfässern aus Portugal gelagert. Bis zu seiner Abfüllung, also achtzehn Jahre lang.
Ich will dich nicht betrunken machen, aber er schmeckt mit jedem Schluck besser.“

Das Essen wurde serviert. Suppe, Hauptspeise.

Nachdem sie dabei kaum sprachen, verbreitete das Piepsen der elektronischen Geräte im Raum wieder unangenehme Stille. Arthur konnte es kaum erwarten, bis Julia ihr Fischbesteck am Teller parallel abgelegt hatte. „Wars eine gute Empfehlung, hats dir geschmeckt?“ Julia tat begeistert.
„Ich hab so viele Fragen an dich!“ War sie froh, hinunter gegessen zu haben und ohne Ablenkung reden zu können. „Ich auch!“ Dass sie ihrer Mutter, bei seinem Kennenlernen von Juliane, sehr ähnelte, behielt Arthur für sich. Auch wenn ihm augenblicklich danach war, Julia in den Bilderrahmen seiner Frau zu stecken.

Er hatte Julia nach zehn Jahren zum ersten Mal wiedergesehen und sie saß noch immer so vor ihm wie als Kind. Hübsch und frisch mit ihrem brünetten Haar, den angriffslustigen Augen. Und einem Körper, der Jagdinstinkte in jedem Mann erwecken musste!
„Hast du eine Beziehung, einen Freund?“
Julia sah verloren dem Kellner nach, der eben den Tisch abgeräumt hatte. „Nein“, sagte Julia nach einer Pause. „Was Fixes hat sich noch nicht ergeben. Dates ja, aber meistens mit meinen Freundinnen gemeinsam. Da fiel dann manchmal auch ein Kerl für mich ab. Wir bewegen uns mit Riesenschritten auf die Präservativzeit zu. So wird sie einmal in die Geschichte eingehen“, untermauerte Julia mit sich selbstbestätigendem Nicken.
Arthur musste innerlich schmunzeln.
„Die ist nichts für mich. Ich mag keine Würstchen mit Haut!“ Jetzt lachte Arthur lauthals. „Männer im Gummianzug sind was Unnatürliches. Sextaucher eben!“ Lachte Julia jetzt mit.

„Wie ich Zwanzig war konnten wir nicht so offen über Sex reden“, warf Arthur ein.

„Wir werden auch heute anders damit konfrontiert! Damit umzugehen ändert auch die Regeln.“

“ In den Aufbaujahren nach dem zweiten Weltkrieg waren Verhütungsmittel verpönt. Ein paar Hundert Millionen verlorene Menschen waren nachzuproduzieren!“

Während ihres gegenseitigen Abtastens über die vergangenen zehn Jahre, war es mittlerweile früher Abend geworden. Die Tische um sie herum waren alle schon frisch eingedeckt. „Wollen Sie zum Abendessen bleiben, Madam, Sir?“ fragte der Kellner. „ Ab neunzehn Uhr sind die Tische reserviert“. Arthur winkte ab.

Er wandte sich der Tür zu. Plastiküberzieher raschelten auf sein Bett zu.
„Arthur ich bin es, Angelica“.
Er spürte wie sich die Matratze neben ihm absenkte. „Wie spät ist es?“ Angelica nahm seine Hand.
„Heute ist der siebenundzwanzigste Juli. Es ist knapp neunzehn Uhr. Kannst du mich verstehen?“ Sie blickte aufmerksam in sein Gesicht und erhielt ein Ja!

Angelica hatte geduscht und trug eine ihrer weißen Leinenblusen und den Rock, den sie auch am Innenhof der Uni getragen hatte, als sie Professor Arthur Roberts angesprochen hatte. Selbst die Unterwäsche vom Vormittag hatte sie gegen frische getauscht.
„Zieh das raschelnde Zeug aus, forderte Arthur Angelica auf. Die Ärzte kommen auch ohne damit rein. Ich hab sowieso einen Verband über meiner Wunde!“

Doktor Einsteen hatte ihr versprochen, dass sie ungestört mit Mister Roberts sein werde. Lediglich ein paar Apparaturen würden die Intimsphäre mit ihr teilen.
Auf Grund ihrer Nervosität hatte er ihr sogar einen Schlüssel für die Tür gegeben. Angelica drehte ihn hinter sich zweimal im Schloss um.
Sie vibrierte am ganzen Körper als sie Arthur eine Hand auf seine Bauchdecke legte, sich über ihn beugte und mit den Lippen seinen Mund berührte.

Arthur kam ihr entgegen und erwiderte die Zärtlichkeit. Er lief übermütig mit ihr zum Wasser.
„Kann Nebel nicht auch eine Faszination haben? Wie Milchglas hinter dem der Weihnachtsbaum aufgeputzt steht. Es brauchen nur noch die Kerzen angezündet zu werden. Mach schon, zünde die Kerzen an!“
Angelica brachte Kerze um Kerze zum Entflammen. Jedes Licht brachte ein weiteres Lächeln in die Apparaturen um sie.
Abkühlung Ende Juli, ging es Arthur im Schneesturm durch den Kopf. Die Schneeflocken schmerzten im Sturm auf seinen offenen Pupillen. Trotzdem wollte er die Augen nicht schließen. Die Kraft des Sturms, die Vereinigung von Wasser und Wolken am tiefen Himmel, hatte ihn in ihren Bann gezogen.

„Lass mich noch ein paar Minuten so stehen, ich will dieses Gefühl dir gegenüber noch nicht verabschieden. Gehen wir zurück zur Uni, wo wir uns vor zwei Tagen verabredet hatten.“

Angelica streichelte Arthur über den Kopf und zog ihn langsam mit sich. „Komm nach Hause“, flüsterte sie, „ die Bescherung wartet. Willst du die Überraschung überhaupt?“
Arthur hoffte, dass sich seine Lider wirklich nur einmal bewegten. „Ja!“
Angelica streifte das Laken auf Arthurs Körper beiseite.

„Das ist unser erstes Date“, sagte sie. „Normalerweise ergreift der Mann dabei die Initiative. Lass mich dein Mann sein!“ sagte sie schmunzelnd um die eigene Unsicherheit zu überspielen.

Arthur versuchte Zeichen zu setzen in dem er Angelica hinterher lief. „Ich kriege dich!“ Mit beiden Händen, nachdem er sie am Pier eingeholt hatte, drückte er sie an sich und ließ nicht mehr los. „Ich liebe dich“, sagte er atemlos. Auch Angelica klopfte das Herz bis zum Hal, als er auf sie zugekommen war. Sie nahm ihn bewusst mit beiden Händen und drückte ihn an sich.

Arthurs Nerven zuckten durch seine Muskulatur in die Apparaturen rund um ihn.

Jetzt kommt sicher gleich ein Arzt, dachte Angelica, als es auch schon an der Tür klopfte. Sie drehte den Schlüssel zweimal in die Gegenrichtung. Das einzige, was jetzt noch rückgängig zu machen war.
Professor Einsteen trat ein. Arthur lag nackt auf seinem Bett und Angelica wendete sich zum Waschbecken, den Augenkontakt zu Einsteen vermeidend. Sie fühlte sich nackt und dabei überrascht. Einsteen spürte das und beschäftigte sich unmittelbar an den Messgeräten. Anschließend beugte er sich über Mister Roberts und deckte seinen Körper wieder zu.
„Ihre Emotionen Miss Horne gegenüber haben uns wichtige Hinweise sener Gehirnfunktionen und Auslöser auf ihr Nervensystem geben können.

„Mister Roberts, wir haben gute Chancen mit einer Operation, sie aus ihrer Gefangenschaft zu befreien.
Fühlen sie sich wohl?“ Arthur nickte mit den Augenlidern einmal!

Einsteen trat zu Miss Horne an das Waschbecken und tippte mit einer Hand an ihre Schulter.
Angelica war bemüht die eben entstandenen Flecken auf ihrer Bluse auszuwaschen und sah ihn dabei nicht an.
„Kommen sie noch auf einen Kaffee in mein Büro?“ Angelica nickte stumm.

Als Einsteen das Zimmer verlassen hatte, setzte sie sich nochmals auf den Bettrand zu Arthur.
„Ich werde dem Professor über deine Reaktionen soeben berichten. Du hattest Muskelzuckungen, und das nicht nur während deiner Ejakulation.
Ich hab das aus Zuneigung und Liebe zu dir gemacht. Du darfst mir die Zweckmäßigkeit für eine Diagnosestellung nicht übel

nehmen. Ansonsten hätte das eine thailändische oder koreanische Schwester für die Überstundenpauschale erledigt.
Ich wollte dich keiner Erledigung überlassen…Ich habs auch für mich getan, setzte Angelica noch hinten dran. Nimmst du mir das übel?“
Arthur blinzelte zweimal.
Er dachte nur, mach mir die Augen auf, ich will dich jetzt sehen.

Professor Einsteen hob den Kopf als Angelica eintrat. Ihre Bluse zeigte noch Waschflecken.
„Nehmen sie Platz, Miss Horne. Ich bin gerade an der Auswertung der empfangenen Daten.
Er schob die Ausdrucke beiseite. „Kaffee?“
„Haben sie auch was Stärkeres, ich hab noch immer Herzflattern. Verstehen sie mich nicht falsch. Natürlich habe ich in meinem Alter Erfahrung auf dem eben praktizierten Gebiet.
…Aber es lief alles so mechanisch ab. So zweckmäßig.
Wie ein Orgasmus in schwarz-weiß. Wie in einem Stummfilm ohne Mann am Klavier!“

Einsteen riss sich ein Blatt Papier vom Block und begann Angelicas Versuch einer Rekonstruktion von eben zuzuordnen.

Vorher schob er Angelica ein Glas Martell XO Surpreme zu und schenkte sich selbst auch ein Glas ein.
Stockend beginnend kam Angelica dann doch in einen, für Einsteen, auswertbaren Gesprächsfluss.

…„Das bestätigt mir, dass nur die Umsetzung von Befehlen des Gehirns auf den Bewegungsapparat und das Sprachzentrum in Mitleidenschaft gezogen worden ist. Das Nervensystem funktioniert. Empfindungen seiner Psyche ebenfalls.
Die Polizei hat über Wien seine Tochter in Lissabon ausfindig machen können und ich nehme an, dass sie in den nächsten zwei Tagen hier eintreffen wird.

Wir brauchen die Einverständniserklärung eines nächsten Verwandten für einen Eingriff.
Mit all unserem Können und mittlerweile Wissen und dank ihrer Mithilfe besteht eine große Chance, Mister Roberts wieder zu ihrem Arthur zu machen. Aber keine Hundertprozentige", fügte Einsteen ernst hinzu.
„Verzeihen sie wenn ich seinen Vornamen benutzt habe".
„ Ist schon in Ordnung, heulte Angelica los. „Brauchen sie mich noch, ich würde gerne alleine weiterheulen".
Professor Einsteen stand auf und trat hinter ihren Sessel. Er legte beide Hände links und rechts auf ihre Schultern.
„Miss Horne, soll ich ihnen ein Taxi bestellen?"
Angelica nickte nur. „Ich begleite sie noch hinaus!"

Seine nackte Position und ihre ausgestreckte Hand nach ihm erinnerten Roman an die Fresken Michelangelos im Petersdom oder an Federzeichnungen aus dem Alten Testament. Allerdings ohne Feigenblatt und züngelnder Schlange im Apfelbaum.
Als Julia ihm den Apfel reichte, ohne Konsequenzen einer Verweisung aus dem Paradies, nahm er ihn in seiner knienden Position bereitwillig entgegen.
Sie waren alleine. Nackt. In der Idylle der Terrasse im achten Stock unter den Palmen.
Julia öffnete im hochziehen der Beine auf den Sesselrand ihren Schritt und drückte seinen Mund an ihre Lippen.
Sie erwiderte seinen Zungenkuss mit einem Wohllaut. „Steck mir einen Finger hinten rein.
Bitte!"

Julia brachte seinen Mittelfinger an ihren Mund und saugte ihn nass.
„Steig ein und fahr mich damit an das Licht am Ende des Tunnels. Bring mich da raus!"

Nach wenigen Momenten hatte Roman das Funktionieren ihrer Karosserie verstanden und ließ sich von Julia auf die Raststation einweisen.
„Ich bin auf Reserve", sagte sie atemlos. „Ich tanke dich auf und wir fahren weiter bis dein Sprit auch alle ist", umarmte sie ihn.
Nach einem weiteren Schluck Macallan wechselten sie die Seiten und Roman nahm den Beifahrersitz ein.
Julia steckte den Schlüssel in die Startvorrichtung. „Volle Batterieleistung, bestätigte sie mit Blick auf die Armatur vor ihr. Wir können losfahren!"

Die Straße begann bald danach steil anzusteigen.
„Was, wenn mir die Hand vom Schaltknüppel abrutscht, wenn mein Finger deine Prostata stimuliert? Bewirkt das für dich eine Notbremsung, oder kommen wir über den Berg?

„Ich glaub du kannst mich überall hinbringen“, sagte Roman neugierig. „Wenn der Motor dabei abstirbt, bist du die Erste die das merkt.
Ich hab irgendwann darüber gelesen, ich glaub beim praktischen Arzt im Warteraum. Soll ja angeblich einen Turboeffekt auslösen“.
„Bei mir schon“, sagte Julia, sich auf Grund ihres oralen Einsatzes etwas undeutlich artikulierend.
„Ja oder nein?“ wiederholte sie die Frage und hob sich mit ihrem Busen auf seine Brust.
„Ich bin Jungfrau auf dem Gebiet.“ warf Roman ein.
„Nur ein Fingerglied…, nach dem Anderen“, ergänzte sie scherzend. „Du kannst mir jederzeit ins Lenkrad greifen und die Spur wechseln.
Trotzdem Roman erotisiert von ihrer Idee war, bremste er. „Lass endlich die Bremse los!“ bemühte sich Julia, weiterzukommen.
Julia zog Roman die Oberschenkel ein wenig auseinander und versenkte ihren Kopf wieder in seinem Schritt.
Julia hob sich atemlos aus seinem Schoß um nach Luft zu schnappen. „Schalt die Zündung endlich ein!“
Schieb weiter, gleich geht's bergab. Nur ein Stück noch weiter, atmete Roman erleichtert aus. „Der Wagen kommt ins Laufen!“
Julia schluckte zufrieden als der Motor angesprungen war.
„Unglaublich wie Muskatnuss- und Mandelgeschmack harmonieren“.
Roman versuchte sich aus seiner liegenden Position auf den warmen Fliesen der Terrasse hoch zu heben.
„Bleib, ich will dich umarmen und mich noch ein paar Minuten an dich drücken.“

„Dann will ich dich küssen. Ich möchte deinen Hering-Geschmack mit meinem Muskat- und Mandelgeschmack in Verbindung kosten.“
Ein Zwicken in seinen Oberarm, der sie fest an sich drückte, war vorprogrammiert.
„Ich kenne meinen Geschmack: Honig- Ingwer Wir können die Gewürzmischung aber auch mit einem Whisky ablöschen“.

„Nein, passt schon. Du schmeckst wirklich nach Honig-Ingwer. Und du duftest wie eine frisch gemähte Wiese nach einem Regenguss.
Nachdem du zwei Jahre deines wirklichen Alters vor mir verheimlicht hast, müsstest du eigentlich schon nach Heu riechen!“
Diesmal war es ein Rippenstoß der ihn traf. „Mein Finger aus dir riecht nach Stallluft!“
„Stier-oder Kuhstall? Dein Stall oder mein Stall? Sind wir jetzt quitt?“

Sie schob sich seinen und ihren Mittelfinger gleichzeig in die Nasenlöcher. „Schwer zu sagen, kuschelte sich Julia danach an seine Brust. Wenn man bedenkt wie alt Schweine werden und uns damit vergleicht, so riechen wir wie knusprige Spanferkel in Rosmariensafterl.
„Zufrieden?“ „Zufrieden“, nickte Roman.

Angelica hatte sich während der Taxifahrt entschieden, schon früher auszusteigen und das letzte Stück des Weges zu Fuß zurückzulegen. Sie brauchte jetzt Luft, um Abstand vom Tag zu bekommen.
Dichter Nebel zog, wie auch die letzten Tage um diese Zeit, vom Firth Of Forth herauf und machte aus dem bunten Menschengetümmel eine graue Masse.
Im aus Lokalen und Geschäften auf die Straße fallenden Licht, versuchte sie sich immer wieder ein Stück davon in ihren Sichtkanal mitzunehmen. Immer wieder rempelte jemand, aus dem Nichts kommend, ihre Gedanken an. „Sie tauchen aus dem Nichts hervor um gleich darauf auf ihrem Weg dorthin zu verschwinden“, murmelte Angelica unverständlich in den Nebel hinein. Ohne Echo.
Im erstbesten der zahlreichen Pubs, die sich um das Universitätsviertel angesiedelt hatten, suchte sie Schutz.
„Entschuldigung Miss, ist der Platz neben ihnen noch frei?“
Angelica nickte nur ohne sich der Person zuzuwenden. „Ich darf mich vorstellen? MacPherson“. „Angenehm, Horne!“
„Haben sie ein Thema des Tages“ fuhr sie nach einer Pause und nach ausgeführter Bestellung ihres Sitznachbarn fort.
„Sie brauchen nicht so schroff zu sein“, wehrte sich ihr Ansprechpartner. „Sie können auch eine Schweigenacht einlegen. Ich arbeite am vierten Revier bei der Polizei in der Mord-und Totschlagabteilung. In der MacGillian Sondereinheit. Naturgemäß ist meist keine Konversation mit dem Klientel dabei möglich.
Also gehe ich abends auf meinen Cider, oder zwei und halte mich an die Lebenden.
Angelica wendete sich ihm zu. Sie wirkte plötzlich nicht mehr müde.
„MacGillian“, fragte sie interessiert. „Der von der Polizeizentrale?“ MacPherson nickte. „kennen sie ihn?“
„Ja leider, über einen Freund… Und nach einer Pause, in der sie ihre Aufregung unter Kontrolle zu bringen versuchte: „Haben sie die Tochter von Mister Roberts schon ausfindig machen können?“

„Für die eben noch Schweigsame sprudeln sie ja ganz schön los! Ich darf über Polizeiarbeit keine Auskünfte geben, besonders wenn sie noch in den Ermittlungen steckt“.
Angelica legte ihre Hand über die von MacPherson. „Ich arbeite in der Uni“, ihre Augen flehten nach Antworten. „Bitte!“
„Sie sind wunderschön. Wenn es dabei um Mister Roberts geht, beneide ich ihn von ganzem Herzen.“ Er bestellte noch einen Cider. Und Sie Miss Horne?“ „“In Ordnung, für mich auch einen. Soll einem ja angeblich in den Schlaf helfen“.
„Nachdem sie so viel an Hintergrundwissen besitzen, mache ich eine Ausnahme“. sagte McPherson. Währenddessen er sprach hingen die Augen von Angelica nur auf seinen Lippen. Sie könnte den Mann morgen nicht mehr beschreiben.
„Also“, setzte er an, „wir haben die Adresse seiner Tochter in Wien ausfindig machen können. Sie hält sich zurzeit in Lissabon auf und ist per Fax benachrichtigt worden. Ich denke, dass sie spätestens heute Abend im Hotel ihre Post überarbeiten wird. Jetzt haben sie ihr Thema des Tages! Mister Roberts soll ja in einer Art Koma liegen?“ Setze er vorsichtig nach.
„Das stimmt so nicht ganz. Er bekommt seine Umgebung mit, nur kann er keinen motorischen Einfluss darauf nehmen. Ich weiß nicht ob es schlimmer ist, von nichts zu wissen, oder sich seines Wissens bewusst, dieses nicht umzusetzen zu vermögen.
Ich stelle mir dabei einen Ertaubten vor, der das erste Klavierkonzert in b-Moll von Tschaikowsky plötzlich nur mehr visuell wahrzunehmen imstande ist“. Tränen schossen Angelica in die Augen.
MacPherson reichte ihr eine Serviette vom Tresen.

Angelica kam nach zwanzig Uhr in die Old College University. Eine Gruppe Burschen und Mädchen verließen durch das Haupttor die Universitätsanlage. Sich entfernender Übermut und Lachen wechselten jäh wieder in ihre Stille über, als sie im dritten Stock ihr Zimmer aufschloss.
Der Ohrensessel flößte ihr ein Gefühl der Geborgenheit ein. Sie sah ihn liebevoll an und nahm Platz auf seinem Schoß. Eines der

wenigen Möbelstücke, die sie sich aus Thurso hatte nachschicken lassen. Ein Fleckchen zu Hause für Tage wie diesen.
Hab ich Arthur heute verraten, sind Gefühle kaputt gegangen?
Bitte lieber Gott, lass seine Tochter bald da sein und die Operation gelingen!
Der Cider und ihre Gebete ließen sie im Sessel einschlafen.

Arthur lag ungeduldig in seinem Bett und ging immer wieder zur Tür, ob nicht Besuch davor wartete. Als er die Tür wiederholt öffnete, tat sich immer nur ein leerer Neonlicht-Korridor vor ihm auf. Er hatte das Bedürfnis, auf die Toilette gehen zu müssen.
Die Frau aus dem Sekretariat des Rektors war hinter ihn getreten. Er kannte sie trotz der vielen Jahre an der Universität nicht namentlich. Nur ihren Spitznamen: Hirschkuh! Wie die im Stadtwappen mit einem Mädchen abgebildete. Er kannte die Grausamkeiten bei Spitznamengebung der Studenten. Während seiner Studienzeit karikierten sie das gesamte Professoren-Kollegium.
Hirschkuh, sinnierte er. Vielleicht ihres Flaumbartes unter den Nüstern und ihres übermächtigen Busens wegen. Er wies sie noch darauf hin, dass sie sich in der Herrentoilette befände. Danach hatte jemand das Licht ausgknipst.
Jetzt ging die Tür auf. Endlich! „Ich bin's Einsteen und Schwester Margret, Mister Roberts. Wir müssen den Katheder wieder setzen, kann ein bisschen brennen".
Es brannte wie versprochen.
Eine warme Hand hob sein Gesäß hoch und schob eine kalte Porzellanschüssel darunter.
„Es ist notwendig Mister Roberts, dass sie Stuhl haben". Ich komm in zehn Minuten wieder".

Arthur erinnerte sich an seine Militärzeit Mitte der sechziger Jahre. Am Morgen nach dem nächtlichen Übungsmanöver war unter einem Sitzbalken eine Grube ausgehoben worden. Wie die Spatzen auf einer Stromleitung saßen die Soldaten darauf und unterhielten sich.
Wir sind in Friedenszeiten und ich scheiße lieber alleine, entschied Arthur damals. Er borgte sich von einem Kameraden Toilettenpapier und brachte fünf Reihen Waldbäume hinter sich, mit denen er die Tür hinter sich für menschlich unumgänglichen Handlungsbedarf schloss.
Daran hatte sich bis heute nichts geändert.

„Brav“ sagte Schwester Margret als sie die Schüssel zehn Minuten später unter seinem Becken wegzog, ihn reinigte und in eine Windel packte. „Sicher ist sicher!
Professor Einsteen und ich wünschen Ihnen eine gute Nacht“. Sie drückte sein Handgelenk und ging mit dem miesen Geruch seiner Leistung aus dem Zimmer.

„Gehen wir ans Delta runter?“ weckte ihn Julia. Roman war auf dem warmen Steinboden unter den Palmen eingeschlafen. Er stand auf und richtete sich die Knochen ein. „Ganz schön hart das Liebeslager“, kommentierte er seine Streckübungen.
„Delta, Wasser…Durst!“ Er ging in den Salon und trank eine Mineralwasserflasche leer.
Wie spät ist es“, fragte er Julia, die eben aus dem Badezimmer kam. Sie ging zur Kommode und sah auf ihre Uhr. „Knapp nach achtzehn Uhr. Komm dusch dich auch, dann können wir den Sonnenuntergang am Wasser sehen“ Sie ging und machte die Tür zur Terrasse hinter Roman zu, damit sich die Klimaanlage wieder erholen konnte.
„Senora Roberts!“ beeilte sich der Mann in der Rezeption sie einzuholen. „Es ist Post für sie da. Julia hielt kurz im Schritt inne und drehte sich um. „Die hol ich mir bevor ich schlafen gehe“.
„Da ist auch ein Fax aus Edinburgh dabei, ist bereits heute Mittag angekommen“.

Roman, den die Drehtür nach dreihundertsechzig Grad wieder in die Hotelhalle zurückspie, stellte sich neben Julia. Er legte seine Hand um ihre Taille und merkte, dass ihr ganzer Körper vibrierte.
„Ist was passiert“ Julia nickte nur. „Mein Vater hatte einen Unfall.“
Mehr brachte sie nicht hervor. Wie ein Virus manifestierte sich der Schlusssatz beim Lesen des Fax in ihrem Gehirn: …Und macht ihr persönliches Erscheinen notwendig…

So banale Dinge, wie übermorgen der Shooting-Termin oder der verlorengegangene Sonnenuntergang heute, spülten ihre Tränen immer wieder an dem Stück Papier in ihren Händen an.
Roman hatte über ihre Schulter mitgelesen und hielt sie nur schweigend an sich.
„Das ist eine Flaschenpost“ lächelte sie unbeholfen unter Tränen.
„Ich flieg morgen auf seine Insel und hol ihn da weg“.
„Senor, buchen sie mir bitte den erstmöglichen Flug nach Edinburgh. Und wenn es über das Nordkap sein muss. Haben Sie Papier und Stift? Ich muss eine Antwort nach Edinburgh faxen.

Wir sitzen in der Lounge. Geben Sie mir umgehend Bescheid wenn Sie alles beisammen haben. Und,…Danke".
Roman sah Julia erstaunt an. Sie erklärte sich. „Ich habe meinem Vater einmal gesagt Things Happen, Dinge passieren, als er keine Lösungen parat hatte. Da war ich zwanzig und glaubte daran. Jetzt will ich alles in meiner Macht stehende tun, um meine Aussage von damals rückgängig zu machen".
Roman winkte dem Kellner und bestellte zwei doppelte Macallan.

„Unfall, das kann alles sein", beruhigte sie Roman. „Nicht wenn ich persönlich erscheinen soll" widersprach sie und nahm einen kräftigen Schluck vom servierten Whisky.
Als der Kellner die Destinationen der Flüge von der Rezeption an ihren Tisch brachte überflog Julia die Papiere.
„Da fliegt heute noch eine Maschine nach Glasgow. Mit Anschlussflug nach Edinburgh.
Um einundzwanzig Uhr. Ankunft null Uhr dreißig in Edinburgh. Die nehm ich, dann bin ich gleich in der Früh in der Polizeidirektion." Roman sah auf die Uhr.
Während Julia das Fax handschriftlich aufsetzte und an der Rezeption abgab, ersuchte sie um eine Hotelbuchung noch für heute Nacht In Edinburgh.
Auch das erledigte das Hotel prompt.
„Sie haben ein Zimmer im Intercont, in Nähe des Flughafens, hier ist Ihre Bestätigung. Senora. Ist was passiert?" „Mein Vater", brachte sie nur kurz hervor.

„Fährst du mich auf den Flughafen, ja?" „Ja!"
Roman half ihr noch, in ihrem konfusen Zustand den Koffer zu packen. „Nimm eine Jacke mit und Unterwäsche! In Schottland hat es mit Sicherheit um Mitternacht keine dreißig Grad". Julia gehorchte und suchte sich eine der Kollektionskostüme und La Perla Dessous aus der Präsentation für Vogue aus.
„Sonnenuntergänge kommen immer wieder, Väter nicht", entschuldigte sie ihre Nervosität.

„Als sie alles beisammen hatte, fragte sie, „wie spät ist es, geht sich noch ein Doppelter aus?“
„Die Eincheck-Zeremonie berücksichtigend, haben wir noch eine gute Stunde Zeit“, gab Roman zur Antwort und drückte sie auf das Sofa.
„Jetzt beruhige dich erst einmal. Nichts an deiner Hektik verändert den Ablauf der Zeit. Auch wenn Längengrade dazwischen liegen. Tut mir leid, wenn ich so mathematisch daherrede. Ich bin in meinem Beruf auf Logik ausgerichtet worden.
Ich will sagen: Bringe dich bei einem Rettungsversuch nur soweit in Gefahr, dass du auch noch die Kraft behältst, dein eigenes Leben in Sicherheit zu bringen.
Alles andere wäre fahrlässig und würde wieder neue Retter auf den Plan rufen.
Der Starke ist am stärksten allein. Hab ich irgendwo gelesen, könnte von Nietzsche sein…

Roman zog sie unter den Armen hoch und drückte sie an sich.
„Ich liebe dich. Grüß deinen Vater von mir und sag ihm, ich freue mich darauf ihn kennenzulernen.“

Kaum fiel die Tür hinter Margret, mit seiner Leibschüssel in der Hand, ins Schloss, stand Arthur auf und half sich aus dem Bett. „Ich geh in den Park der Uni, bis zum zweiten Wahldurchgang habe ich fast eine Stunde Zeit. Nach Essen ist mir jetzt nicht zumute!“ Es nieselte ganz leicht aus dem Hochnebel und man konnte die Sonne darüber schon spüren. Er hatte sich einen Erdrutsch-Sieg erwartet. Sir Rowland stand jetzt das vierundzwanzigste Jahr der Old College University vor und führte sie mit Riesenschritten ins vergangene Jahrhundert. Die anderen Kandidaten, einschließlich seines Adlaten, Scott MacKenzie, hatten keine neuen Parolen auf ihre Banner geschrieben: „Wir müssen. Wir werden. Wir machen!“ Diesen Wortschatz hatte keiner von ihnen geöffnet!
Arthur blinzelte in die eben aus dem Grau über ihm durchbrechende Sonne. „Ich habe den Schlüssel und ich werde den Rektor damit wegsperren“. Murmelte er halblaut vor sich hin.
„Herr Dozent“, unterbrach Angelica Horne seinen Gedankenfluss. „Nein antwortete Arthur im Stehenbleiben. Es gibt noch keine Entscheidung.“ Er musterte Angelica Horne im Näherkommen, bis sie ihn eingeholt hatte. Im Arbeitskittel kam ihre Figur nie zur Geltung. Ihre Brüste hoben und senkten sich nach ihrem Einholmanöver unter der Leinenbluse. Die schlanke Taille war mit einem breiten Ledergürtel um einen knöchellangen Lederrock betont.
In diesem Moment durchbrach die Sonne die Wolkendecke. „Welch wunderschöne Farben“, holte Arthur mit einer Halbkreis ziehenden Handbewegung, die Miss Horne einbeschloss, aus. Er meinte damit ihr dunkelbrünettes Haar und ihre braunen Augen genauso, wie ihren blassen Teint, der sich in der Sonne eben färbte.
Was könnte eine Frau wie sie an einem Fünfzigjährigen mit zwanzigjähriger Abstinenz für Erwartungen haben? Arthur bekam Panik.
Gehen wir ein paar Schritte. Haken Sie sich unter. Lassen Sie mich Ihre Hände wärmen, sie frieren , bereitete er sich auf den , die Stille brechenden Satz vor. Während Arthur fieberhaft überlegte wie er seinen Wunsch, sich gegenüber Miss Horne

einzubringen, ihr gegenüber vertreten könne, sagte Angelica Horne: „Lassen Sie mich unterhaken und wir gehen ein paar Schritte. Sie haben ja eiskalte Hände!“
Arthur lachte laut. „Lassen sie mich noch eins draufsetzen. Darf ich sie heute Abend zum Essen einladen? Sie schauen heute nach freiem Tag aus!
„Was hat Sie eben so belustigt?“ Ihre Frage kam so unsicher rüber, dass Arthur sie zu sich drehte. „Meine eigene Unsicherheit!“
Mach schon, küsse sie, wir müssen wieder aufs Zimmer. Die Nachtvisite kann jeden Augenblick kommen! drängte der Augenblick Arthur.
Arthur berührte bloß ihre Lippen und glitt Angelica von den Oberarmen mit seinen Händen in ihre. „Heute Abend, ja? Ich hole Sie um sechzehn Uhr in der Mensa ab. Ihr Druck in seinen Händen bestätigte die Einladung.

„Ich muss noch kurz auf die Toilette, es ist ja nur noch eine Viertelstunde bis zum zweiten Wahldurchgang“. Versuch es zurückzuhalten, alle anderen sind schon da, nur du nicht! sagte die Stimme zu ihm. Arthur riss sich los.

„Was machen Sie hier Miss…“Hirschkuh“ behielt er für sich. Das hier ist die Herrentoilette!“

Julia schob die Tasche mit der darüber geworfenen Kollektionsjacke mit dem Fuß Schritt um Schritt dem Checkpoint entgegen. Endlich hielt sie die Boardingcard, Gate B, Flight 128, British Airways in der Hand. Sie setzte sich ins nächste Café und ließ die Luft raus. Als der Aufruf aus den Lautsprechern tönte, war sie eine der Ersten beim Ausgang zum Flieger. Ich mache mir wirklich Sorgen, durchfuhr es sie elektrisierend bis in den Bauch. Ich war noch nie so rechtzeitig am Gate.
Auf Grund der Destination wurden auch englische Zeitungen angeboten. Sie griff nach dem Daily Mirror. Genau so gut hätte es die Times sein können. Julia verstaute ihr Handgepäck über ihrem Sitzplatz und legte die geborgte Jacke vorsichtig darüber. Das Neonlicht der Innenbeleuchtung flimmerte durch ihre geschlossenen Augenlider. Wenig später rumpelte das Flugzeug auf die Startbahn. Sie nahm noch das Pfeifen der sich aufladenden Turbinen und nach dem Abheben das Einziehen des Fahrwerkes wahr. In der Schleife über dem Flughafen war Julia bereits eingeschlafen.

Ihr Sitznachbar stupste sie an als das Essen serviert wurde. „Nein danke, nur ein Glas Rotwein".
Die Stewardess verwies auf ein bisschen Geduld, sie müsse erst das Essen austeilen. Julia blätterte in der Zeitung bis zum Wein. Danach schlief sie bis Glasgow.
Es verblieben nur zwanzig Minuten zum Anschlussflug nach Edinburgh. Die Abfertigung fügte sich reibungslos in die verbleibende Zeitspanne. In einer halben Stunde würde sie den Boden von Edinburgh betreten und niemand würde sie dort abholen. Eine weitere Viertelstunde später würde sie alleine im Doppelbett liegen.

Detective Chief Inspector MacGillian fasste sich kurz wie immer…"das ist vor zwei Tagen passiert. Die Ärzte sehen gute

Chancen, Mister Roberts wieder herzustellen. Ich bring sie gerne mit meinem Wagen ins Spital", Julia nickte. „Ja bitte".

„Kann ich meinen Vater sprechen?" Oberarzt Professor Doktor Albert Einsteen schloss die Tür mit gleichnamiger Aufschrift hinter Julia.
„Sie können Ihren Vater gerne sehen. Sein Gehirn wurde durch den Schlag nicht unerheblich beschädigt. Eine Behebung ist nur mit einer nicht unriskanten Operation verbunden.
Er kann allerdings alles akustisch wahrnehmen. Das Wissen wir durch Miss Horne, Sie kennen sie?" Julia schüttelte den Kopf.
„Dank Miss Horne wissen wir auch, dass sein Nervensystem funktioniert und dass er sich mittels Bewegen der Augenlider, in mit ja und nein zu beantwortenden Fragen, artikulieren kann.
Kommen Sie mit und ziehen Sie bitte den Umhang und die Schuhüberzieher an" Einsteen öffnete die Tür zu Intensivstation.

„Mister Roberts, Ihre Tochter Julia ist bei mir, ich lasse Sie beide alleine." Damit verließ er das Zimmer.
„Julia! Du bist ja eine Woche früher da", setzte sich Arthur auf und streckte ihr die Hände zur Umarmung entgegen, wobei sein Körper unbeweglich im Bett liegen blieb. Julia nahm sie und drückte ihn fest an sich.
„Vater, ich hab gehört, du kannst mit den Augen sprechen": Ein einmaliges Zucken seiner Lider bestätigte sie. „Ich werde jetzt nicht Frage an Frage reihen und dich damit quälen. Nur eines muss ich von dir wissen und ich halte deinem Augenkontakt stand. Willst du mein Vater bleiben, dann müssen die Ärzte operieren!
Dazu brauchen sie meine Einverständniserklärung. Die kannst nur du mir geben. Die medizinische Einschätzung deiner Rehabilitation danach liegt bei über siebzig Prozent.
Arthur spürte Tränen auf seinen Augenlidern und ihre heißen Hände auf seinen Wangen durch die Bandage hindurch.
„Ob ich hier oder im Sarg liege unterscheidet nur den Traum von der Wirklichkeit. Ich möchte Angelica in Fleisch und Blut

gegenübertreten können und natürlich dir, mein Kind. Ich will noch kein beweinter Grabstein sein!“
„Gib mir ein Zeichen, Vater. Mich kannst du nicht abschütteln, egal wie deine Entscheidung ausfällt!“
Arthur drückte ihre Hände die über seinen lagen und blinzelte einmal! „Ja!“ Arthur bewegte nochmals seine Augenlider. „Einmal“, setzte er mit Nachdruck ein Zeichen.

„Ich muss jetzt zu Doktor Einsteen unterschreiben gehen. Sie haben einen Operationssaal frei für neunuhrdreißig. Wenn du aufwachst bin ich da!“
„Warte rief ihr Arthur noch nach, den Termin für siebten August beim Gynäkologen hab ich dir ausgemacht, die Adresse liegt auf meinem Schreibtisch zu Hause. Lass ihn in jedem Fall schön von mir grüßen“, setzte er noch leise nach.

Nachdem Julia ihre Unterschrift unter das Freigabeformular zur Operation gesetzt hatte, verließ sie das Spital Richtung Innenstadt. Doktor Einsteen hatte gemeint, sie müsse mit mindestens drei bis fünf Stunden für den Eingriff rechnen. Es muss ein Teil der Schädeldecke mit Titan ersetzt werden.
„Verzeihen Sie, wenn ich Ihnen emotionslos erscheine. Ein Feinmechaniker hat auch keine Tränen für seine Arbeit. Gehen Sie in die Stadt und lenken Sie sich ein bisschen ab. Sie haben ein Mobiltelefon wo ich Sie erreichen kann?“ Julia hinterließ ihre Nummer.
Das mit Granitsteinen eingearbeitet Mosaik eines Herzens vor der Saint Giles Cathedral am Beginn der High Street, soll nach schottischen Überlieferungen Glück bringen, wenn von der äußeren Umrandung hineingespuckt wird. Julia sah sich nach links und rechts um, ob sie beobachtet würde….Dann spuckte sie.
Julia ging die ansteigende High Street Richtung Castle und hielt Ausschau nach dem Edradour.
Bei ihren Besuchen war sie jedes Mal mit ihrem Vater dagewesen. Meist vor ihren Nachtflügen nach Lissabon oder Wien.

Julia erinnerte sich, wie die graue Stadt sich aus niederhängendem Nebel erhob. Wie ein solider Niederschlag aus dem Nebel.
Sie erinnerte sich an die Kindheit mit Vater, wenn er sich Gespenstergeschichten ausgedacht hatte und sie damit gruselte. Sie hatte sie alle mit ihrer Mutter nach Wien mitgenommen und später alleine für sich behalten müssen. Bis auf einmal im Jahr, seit fünf Jahren beim Besuch ihres Vaters.
Julia hatte das Edradour gefunden und trat ein. Sonnenstrahlen von draußen malten Bilder in den Tabakrauch.
„Lady, was darf ich Ihnen bringen. „Macallan und Wasser bitte“. „Sie erinnern mich an jemand“, sagte er fragend beim reichen des Glases. „Ich bin nur einmal im Jahr hier“, antwortete Julia dankbar für ein Gespräch jeder Art. Eine dicke Hand schob sich ihr entgegen, „Ich bin Der Edradour und Sie sind die Tochter von Arthur, Miss Roberts?“ Julia bestätigte mit einem Kopfnicken. „Wie geht es ihrem Vater, ich hab von seinen Kollegen davon gehört“.
Er wird gerade operiert. Wenn Sie ein Gebet haben, dann ist jetzt der richtige Zeitpunkt, es zu sprechen“, weinte Julia los. Edradour drückte ihre Hand und zerquetschte sie fast dabei.

„Habe ich, sagte er bedächtig:

Die Nacht lag kalt im ersten Schnee
Ich traf der Träumer viele
Sah schlittschuhlaufend sie am See
Und treiben ihre Spiele.

Und weiter zog‘s mich, weiter fort
Stille hatt‘ mich längst umgeben
Da fand ich die Geliebte dort
Auf längst nicht mehr begang‘nen Wegen.

Was mich trennte war die Angst
Die Furcht, dass wenn ich riefe
Du um mich nicht bangst
Und denkst, dass ich ruhig schliefe.

Leise fiel der Schnee hernieder
Tränen froren diese Nacht

Und sie tauten weinend wieder
Vor Freude in Erwachens Pracht.

„Das ist von Norbert Erich Leisch, einem österreichischen Dichter. Aber was rede ich, Sie sind ja aus Wien. Arthur hat oft von Ihnen erzählt.
Ich hab mich auch schon mehrmals an diesen Reimen festgehalten. Sie strömen so viel Zuversicht aus. Es bedarf nur des Mutes zur Geduld. Things Happen!“

Er ließ ihre Hand wieder los und kam mit zwei Gläsern Whisky zurück. „Edradour“, schmunzelte er, den mochte Arthur nie. Das wird ihn sicher wachrütteln!“
Julia wischte sich die Tränen aus dem Gesicht und lächelte ihm beim Anstoßen zu.
„Auf Dad!“
„Wollen Sie nicht ein paar Eier mit Speck, Sie haben sicher noch nicht gefrühstückt.
„Nur Kaffee, ich hab in der Früh nichts runter bekommen, ja bitte“.
Julia schreckte durch eine Art Donner auf. Das muss die Ein Uhr Kanone gewesen sein!
Sie sah auf ihre Uhr und stellte sie danach. Ihr wurde dabei bewusst, was zwei Minuten an Differenz auszumachen vermögen.
„Einen trink ich noch, dann bin ich beschwipst“, bestellte Julia.
„Der geht auf Arthurs Rechnung, Ich schreibs ihm an!“.Die Selbstverständlichkeit seiner Zuversicht beruhigte Julias Angespanntheit.

Wieder auf der Straße, schaute Julia abwechselnd auf die Uhr und in die Auslagen. Eines der Kiltmaker Shops stach ihr mit diversen Schals ins Auge. Sie fand einen passenden mit grün-orange-beigem Muster. Der passt, war sie sich sicher, zu vielen seiner Anzüge.

Am Weg in die Castle Hill hinauf bis zur Esplanade vor dem Castle, läutete ihr Telefon. „Einsteen hier!. Miss Roberts die Operation ist gut verlaufen. Es wird aber noch ein bis zwei Stunden dauern bis ihr Vater ansprechbar sein wird".
Julia packte den eben gekauften Schal aus dem Papier und legte ihn sich um. Dann kuschelte sie sich in den Schal des Vaters und weinte Freudentränen.

Einsteen hatte auch MacGillian informiert. „Können Sie Miss Horne über den positiven Verlauf der Operation informieren?"
„Ich bin gerade am Aufbruch in die Uni", antwortete MacGillian.
Wenig später parkte er den Dienstwagen am Uni-Gelände. Die Spurensicherung hatte ihre Auswertung heute Vormittag auf seinem Schreibtisch deponiert. Im Vergleich mit den Röntgenaufnahmen aus dem Spital, passte ein Golfschläger zu den Verletzungen Arthur Roberts.
MacGillian fühlte sich aufgekratzt beim Eintreten in die Mensa. Es kam selten vor, dass er Überbringer guter Nachrichten sein konnte. „Miss Horne?" Nur noch wenige Personen hielten sich um diese Zeit im Speisesaal auf. Vorrangig solche aus dem Lehrkörper, die Tee tranken und sich auf eine Vorlesung vorbereiteten.
Angelica kam mit einem Geschirrtuch in der Hand aus dem abgetrennten Küchenbereich hervor.
MacGillian breitete seine Arme aus und sagte freudestrahlend: „Es hat geklappt!"
Angelica lief mitten in MacGillian hinein und stieß ihn dabei fast um.
„Borgen Sie mir ihr Geschirrtuch?" Fragte er nach dem ersten Ansturm? „Ich kann nicht mit ihren Freudentränen meine Ermittlungen fortführen. Deswegen bin ich nämlich da. Meine Männer warten draußen auf mich. Ach ja, Doktor Einsteen sagte, in etwa zwei Stunden ist Mister Roberts wieder ansprechbar".
„Danke, danke, danke", stammelte Angelica. Und: „Finden Sie

bitte denjenigen, der ihm das angetan hat, ja?“. MacGillain nickte und löste sich aus ihrer Umarmung. „Das werde ich Miss Horne“.

„Sir George Rowland?“ Trat er mit seinen Männern ohne Voranmeldung in das Büro des Rektors ein. „Hier ist ein Durchsuchungsbefehl. Wir wissen jetzt, dass die Tatwaffe ein Golfschläger gewesen sein könnte und ein Eisen aus ihrem Carrybag gefehlt hat. Wer aller hatte Zugang zu Ihrer Ausrüstung?“
„Meine Vorzimmerdamen und jeder, der einen Termin bei mir hatte“. „Aber das wird doch kaum in Ihrer Anwesenheit geschehen sein“, mutmaßte MacGillian. „Es kommt vor, dass ich den Raum für ein paar Minuten verlasse um ein Telefonat ungestört zu führen. Aber wie sollte jemand einen Golfschläger unbemerkt aus meinem Zimmer bringen. Ist ja wohl kaum als Spazierstock zu tarnen“. MacGillian nickte bestätigend.
„Wir werden nach dem Golfschläger hier in der Uni suchen. Ich gehe von der Möglichkeit aus, dass der Täter den Schläger wieder seinem Platz zuführen wollte. Was Sie wiederum in den Verdacht der Tat bringen sollte. Das Motiv scheint mir, ist in der Ausschreibung zur Wahl des Rektors zu suchen.
Ich hab mir die Wahlstimmen angesehen“, formulierte McGillian weiter. „Zwischen Ihnen und Mister Roberts lag die Entscheidung.
Mir scheint, Sie lenken bewusst den Verdacht auf sich, indem Sie den Golfschläger verschwinden ließen und durch Ihr bestätigtes Alibi seitens Mrs.>Hirschkuh<, geborene Agatha Butcher, die Bibliothek nicht verlassen zu haben, um damit den wahren Täter zu schützen. Sie sehen, ich kenne schon eine Menge der Spitznamen an Ihrer Universität. Jeder Nickname stellt auch eine Verbindung zum Charakter her. An den Zusammenhägen arbeiten wir. Nur die Wahlkandidaten, Sie eingeschlossen, und Mithelfer, davon gehen wir zum jetzigen Zeitpunkt aus, kommen als Tatverdächtigte in Frage.

Sie entschuldigen mich jetzt Sir Rowland. Ich komme wieder auf Sie zu“.

Die Männer vom vierten Revier waren damit beschäftigt, alle Spinde der Studenten zu durchsuchen. Es war alles vorhanden. Vom Cannabis über pornografische Hefte- und Literatur bis zum Alkohol in Mineralwasserflaschen. Wie wenig sich doch verändert hat, dachte MacGillian, als er Bericht erstattet bekam.
„Kein Fund! Soll ich Ihnen einen Schirm bringen Chief“, fragte MacPherson. „Es regnet draußen Cats and Dogs.
„Ein Schirm besteht aus einem langen Griff, nicht wahr? Sinnierte MacGillian. „Wie ein Golfschläger! Wo stellt man Schirme ab, MacPherson?“ „Na in Schirmständern“, antwortete er selbstverständlich.
„Nehmen Sie alle Schirmständer in Augenschein. Und zwar schnell, bevor die Leute die Uni verlassen!“

Angelica war mit dem Taxi zum Hospital gefahren. Es hatte zwar nach Regen ausgesehen, aber was jetzt auf sie runter kam war die Sintflut. Sie lief auf den Haupteingang zu und nahm den Lift in den vierten Stock. Beim Schild Oberarzt Professor Doktor Albert Einsteen klopfte sie an. Nach Aufforderung trat sie atemlos und nass ein. Einsteen beruhigte sie. „Mister Roberts liegt noch im Aufwachraum unter Kontrolle. Die Operation ist ohne Komplikationen verlaufen. Aber er wird Zeit brauchen, die Befehle seines Gehirns umzusetzen. Er wird sie sehen können! Ich sag das wegen Ihres Swimmingpool-Effektes“ lachte er und drückte ihre Hände. „Ich freue mich mit Ihnen! Soll ich Ihnen vom Automaten Kaffee oder Tee bringen?“
„Haben Sie noch von dem Cognac, sozusagen zum Geburtstag?“ Einsteen stand auf und ging zum Arzneimittelschrank. Dann nahm er aus dem Schreibtisch zwei Gläser und schenkte ein. Angelica nahm einen Schluck und einen Seufzer, dann nochmals einen Schluck.

„Ich bin Ihnen so dankbar Professor“.
„Ich bin nicht alleine am Erfolg beteiligt. Mister Roberts ist uns die ganze Strecke über gefolgt und hat am Ende gewonnen. Das war sein Sieg, wir waren nur die Mitläufer. Arthur Roberts wollte Leben“. Jetzt nahm auch Eisnsteen einen Schluck Cognac. „Ich denke, dass er Sie als Ziel vor Augen gehabt hatte. Angelica stiegen wieder Tränen in die Augen. „Wenn Sie wollen können wir jetzt einmal rüber schauen. Der Aufwachraum liegt am selben Gang, ja?“ „Ja!“
Arthur vernahm das schlürfende Geräusch von Plastiküberziehern auf sich zukommen.
„Mister Roberts?“ Erkannte er Einsteens Stimme, „sind Sie schon bereit Miss Horne zu empfangen?“ Arthur wollte einmal mit den Lidern blinzeln und ertrank im Licht. Ist das jetzt der Übergang in eine andere Welt. Träumte er seine Wünsche. War das das Licht am anderen Ende, war er tot?
Langsam fokussierten sich seine Pupillen. Ich hab nicht geblinzelt, ich hab die Augen geöffnet! Arthur pinkelte vor Freude in seine neben dem Bett hängende Flasche als Angelica in sein Gesichtsfeld trat. Sie nahm seine Hand und schob ihre Finger zwischen seine. Sie fühlten sich noch kalt nach der Narkose an.
„Angelica!“ bewegten sich tonlos Arthurs Lippen. Einsteen sah es auch. „Ich lasse sie jetzt alleine, Ihre Tochter ist auf dem Weg hierher“.
Angelica vermeinte einen leichten Druck in ihrer Hand zu verspüren. Sie zitterte am ganzen Körper vor Erregung. „Darf ich Ihnen das Du-Wort anbieten?“ War wohl der Gedanke, den Arthur umsetzen wollte. Sie vermeinte unter dem Verband ein Grinsen wahrzunehmen. Obwohl sie nur Bruchstücke verstanden hatte, wie: „Darf ich Ihnen, Duort bieten“, liefen ihr Tränen die Wangen hinab.
„Ach Arthur darüber sind wir doch schon hinaus. Du warst immer schon Du für mich, schon lange bevor wir uns kannten“. Der Druck in ihrer Hand verstärkte sich. „Du zerquetscht mir ja schon fast die Hand“, lächelte sie ihn an und beugte sich über seine Lippen. „Du sollst dich nicht überanstrengen. Lass dir Zeit. Es gibt nichts, was du an mir einzuholen brauchst. Fangen wir

mit einem leichten Spaziergang an, nicht gleich mit einem Dauerlauf!“
Arthur hob in Zeitlupe die andere Hand und legte sie an Angelicas Wange. Dann schlief er weg.
Die Messgeräte bestätigten den Ruhezustand Arthur Roberts und die beaufsichtigende Schwester nahm sich einen Kaffee und las in ihrem Buch weiter. Kein Gerät piepste aus der Reihe und so konnte sie dem Mörder auf den Fersen bleiben.
Schwester Margret zuckte zusammen als es klopfte. Auch Angelica, die vor sich hin gedöst hatte, Arthurs Hand immer noch in der ihren haltend, schreckte hoch.
„Ich bin Julia Roberts, die Tochter. Kann ich meinen Vater sehen?“ Sie sah in dem grünen Umhang und den grünen Überziehern über die Schuhe aus wie jemand von einem anderen Stern.
„Mister Roberts war schon kurz bei sich. Er hat Besuch und schläft zurzeit wieder. Was haben Sie da bei sich?“ „Einen Schal“, „Den dürfen Sie aber nicht ins Zimmer mitnehmen, Miss?“ …„Roberts“ half Julia nach. „Doktor Einsteen hatte gemeint, wenn Sie ihn desinfizieren, sei das kein Problem“.
„Wenn der Oberarzt was meint ist das immer ein Befehl“ murmelte Schwester Margret vor sich hin und stopfte den Schal in das Desinfektionsgerät. „Dauert zwei Minuten, wenn er dabei einläuft, kann ich nichts dafür.“ Murmelte sie offensichtlich ungehalten über diesen Sonderwunsch.

Die beiden Frauen musterten sich. „Ich bin seine Tochter. Was machen Sie hier?“ Ich bin sein Beischlaf“, sagte Angelica.
„Können wir uns vertragen?“ lenkte Julia ein. Arthur, mein Vater sollte uns das wert sein“.
„Angelica Horne“, stellte sie sich beim Entgegenstrecken ihrer Hand vor. „Julia, Julia Roberts, antwortete sie und nahm die Hand entgegen.
„Dad war schon bei sich, hat die Schwester gesagt. Kann er schon sprechen, kann er sich bewegen?“
„Ja“, Angelica nickte.

„Wie lange kennen Sie sich schon, Vater hat mir nichts über Sie erzählt oder geschrieben“.
„Das ist eine lange Geschichte, die erst vor Kurzem passiert ist. Genau genommen vor zwei Tagen. Wir hatten uns im Innenhof der Uni zwischen zwei Wahlgängen für den Posten des Rektors unterhalten. An diesem Tag war er nicht Dozent und ich nicht Köchin. Ich leite die Mensa an der Uni“, hängte sie erklärend an. Danach passierte das hier, sie streichelte Arthurs Handrücken dabei.
Julia legte ihre Hand über die Hände der beiden. „Vater ist es so viel wert, geliebt zu werden. Sie lieben ihn?“ „Ja!!“ Das Echo der Antwort hallte so für lange Zeit im stillen Raum nach.
Arthur musste davon wach geworden sein. Er schlug die Augen auf und sah Julia. Nicht schon wieder dieser komatöse Zustand! Julia kommt doch erst in einer Woche.
„Julia?“ Formulierte er bedächtig. „Dad?“
Arthur versuchte die Hand zu heben und ihr Gesicht zu berühren. Julia beugte sich seinen Bemühungen entgegen. „Schön du da“. Und nach einer Erholpause: „Scheiße!“
„Jetzt sei nicht ungeduldig. Es freut mich, dass es schön für dich ist, dass ich da bin. Überanstrenge dich nicht. Du bist erst vor zwei Stunden aus dem Operationsaal gekommen.
Schau was ich dir mitgebracht habe. Einen Schal. Ich hab ihn schon geknuddelt und wenn du ihn umlegst, häng ich dir im Nacken. Wie als Kind, als du mich Huckepack getragen hast“.
Arthurs Schmunzeln war unter dem Kopfverband nicht sichtbar. Julia wusste aber darum und lächelte in ebenfalls an.
„ Vater, ich muss morgen um neun Uhr früh ein Fotoshooting in Lissabon ausstatten. Ich nehme noch heute einen Nachtflug nach Lissabon. Miss Horne bleibt bei dir.“ Julia wartete auf eine Bestätigung von Angelica. Angelica nickte und rückte ihren Sessel wieder ans Bett von Arthur und drückte seine Hand.
„In einer Woche bin ich wieder da, dann können wir ja zu Dritt Essen gehen. Falls dein Verband bis dahin schon entfernt ist. So gehe ich mit dir nicht aus. Im Worst Case koche ich ein Dinner mit Angelica“, versuchte Julia Aufmunterung ihrem Vater entgegen zu bringen. Angelica bejahte.

Julia zog die Hand Arthurs an ihre Lippen, dann küsste sie seinen Mund. „Ich werde der Schwester sagen, sie soll dich rasieren, dein Bart sticht“.
Arthur hatte während Julias Verabschiedung aus seinen Bausteinen einen Satz fertiggestellt. Stolz darüber sagte er: „Julia, ich liebe dich, ich freue mich auf nächste Woche. Hab, komme an“. Beim letzten Satz purzelte seine Konstruktion über ihm zusammen.
„Ich werde einen guten Flug haben und gut ankommen, Vater“. Sie gab ihm noch einen Kuss und Miss Horne die Hand.
Im Vorraum zog sie die Plastikhüllen aus und klopfte noch bei Einsteen an. „Ja, bitte?“ Wie geht es Ihrem Vater, wie hat er Sie angenommen?“fragte er um den Schreibtisch gehend und Julia Platz anbietend.
„Bewusst, er hat mich sofort bewusst wahrgenommen. Nur seine Sprachsteuerung funktioniert nicht ganz“.
„Das ist bei einem so schwerwiegenden Eingriff nichts Ungewöhnliches, Miss Roberts. Der Neurochirurg musste Gehirnströme wieder miteinander in Verbindung bringen. Bis Mister Roberts durch Therapie hundertprozentig hergestellt ist, bedeutet es für ihn, Umleitungen nehmen zu müssen. Sie kennen das ja vom Autofahren. Manchmal ist es schwierig den Hinweistafeln Sinnhaftigkeit zuzuordnen. Hat er einen Lieblingsautor?“ „Rudiyard Kippling“, zögerte Julia nicht, umgehend zu antworten.
„Wir werden Ihren Vaters mit Worten und Inhalten aus dessen Büchern konfrontieren. Das schließt Umleitungen in seinem Gehirn aus, weil er den Weg kennt. Haben Sie ein wenig Geduld. Ihr Vater kann bereits Körperfunktionen steuern und das zwei Stunden nach der Operation. Ungeduld wäre jetzt die schlechteste Therapie.“
Julia sah auf die Uhr. „Ich muss noch zu Detective Chief Inspector McGillian, er will mich noch sprechen.“
Julia verabschiedete sich und verließ, an der Waschküche vorbei, das Spital. „Wenn wir Wiener Wäschermädel warmes weiches Wasser hätten, würden wir warme weiche Wäsche waschen.

Dieser Radebrecher ging ihr dabei durch den Kopf, als sie im kalten Regen Ausschau nach einem Taxi hielt.
Endlich hielt eines und genau vor einer unergründlich tiefen Wasserlache. Bedingungslos stieg Julia ein und sagte, „ Polizei, viertes Revier bitte!“

Ihr Vater lebte und wird gesund werden. Sie saß wieder im Sattel und spornte mit der Reitgerte ihr Pferd in die zielführende Gerade an. Sie fühlte sich in den Bewegungsablauf vollends einbezogen. In ihrem Schritt empfand sie dabei jede Bewegung des Galopps…und den Sieg.
„Fünf Pfund!“ „Ich wette nicht“, antwortete Julia und ließ sich vom dampfenden Körper des Pferdes gleiten.
„Mam, fünf Pfund, wir sind am Ziel!“ ließ sich der Taxifahrer nicht beirren. „Wenn Sie sich betrunken haben, dann sind Sie hier genau richtig. Wir sind am vierten Revier der Polizei!“

Julia war im Taxi vor Erschöpfung eingeschlafen und beeilte sich jetzt der Aufforderung nachzukommen. Während sie den Geldschein aus ihrer Tasche nahm und dem Taxifahrer in die Hand drückte, griff sie sich mit der anderen Hand an die Unterwäsche. Das war kein Traum, ich bin gekommen! Also bin ich! Plato fiel ihr dazu ein.

Julia lief mit der Jacke über dem Kopf in das Polizeigebäude. „Zu Detective Chief MacGillian“ bitte, sagte sie.
„Haben Sie einen Termin Miss“….“Roberts“ fügte Julia ein.
„Ja“.

„Entschuldigen Sie die Wartezeit, darf ich Sie in mein Büro bitten?“ Julia folgte MacGillian wie eine gebadete Katze. „Und“, fragte er, nachdem er Julia Platz angeboten hatte. Geht es Ihrem Vater gut?“ „Er kann seine Umgebung wahrnehmen und kriegt wieder Zugang zu seinem Bewegungsapparat.
Haben Sie den, der ihm das angetan hat, schon?“ „Nein aber wir haben die Tatwaffe gefunden, sie ist bei der Spurensicherung.“
Julia sah abwesend vor sich hin.

„Darf ich von Ihnen aus mein Hotel anrufen? MacGillian schob ihr das Telefon über den Schreibtisch. „Haben Sie auch noch Papier und einen Stift für mich?“ „Auch da!“ schob ihr MacGillian beides hin. „Roberts hier, konnten Sie für heute Nacht noch einen Flug nach Lissabon auftreiben?“
Julia machte auf dem vor ihr liegenden Zettel Notizen. „Danke“, dann legte sie den Hörer in die Gabel.
MacGillian sah sie erwartungsvoll an. „Alles geklappt?“ Julia nickte nur. „Das waren strenge vierundzwanzig Stunden und morgen kommen noch einmal so viel dazu. In einem durch.“
„Wann geht ihr Flieger?“ „Um zweiundzwanziguhrfünfzig, über London mit Anschluss um Mitternacht nach Lissabon“. „Sie haben noch zweieinhalb Stunden bis dahin. Gehen wir was essen?“ Julia war einverstanden.
„Im Jackson’s, da gibt es die die besten Steaks vom Angus-Rind, Haggis oder frischen Lachs. Alleine gönne ich mir das sowieso nie. Danach bringe ich Sie zum Flughafen. Einen besseren Deal kann ich Ihnen nicht anbieten. Ist der Koffer“, er zeigte mit der Hand darauf, „Ihr einziges Gepäck?“
„Ich hab nur Waschzeug, einen Reserverock und zwei Tops mitgenommen. Und Unterwäsche, log sie. Wir hatten beim Abflug gestern Abend achtundzwanzig Grad.“

MacGillian nahm ihren Koffer auf und lief mit ihr im strömenden Regen zu seinem Wagen. Er schloss schnell auf, damit sie einsteigen konnte. „Als einfacher Inspektor müsste ich noch weiter hinten parken“, entschuldigte er sich als er hinter dem Lenkrad Platz nahm.
„Scheiß Regen! Entschuldigen Sie bitte, aber Nässe macht mich rabiat“. „Ist schon in Ordnung, mich auch!“ Dabei versuchte Julia die nassen Haare mit ihren Fingern wieder in Form zu bringen. „Ich habe immer einen Schirm dabei, aber der liegt auch immer im Auto!“

Wenig später öffnete MacGillien Julia die Wagentür. „Wir sind da! Wir parken hier hinter dem Lokal. Jackson’s ist gleich um die Ecke in der High Street, auf zweihundertneun.“ Er half Julia aus

dem Wagen. Sie blieb kurz, den Blick Richtung Castle ausrichtend, stehen. Nebel und Regen holten sie mit ihrer Kindheit ein und blockierten sie am Weitergehen. „Miss Roberts, wir ertrinken gleich!"
Julia ließ sich am Oberarm nehmen und in das Lokal führen. Beim Ablegen seiner Jacke fragte MacGillian. „Stehen Sie unter Schock?" „Nein nur unter Kindheitserinnerungen", lächelte sie ihn an und ließ sich an den zugewiesenen Tisch führen.
„Ich habe Hunger wie eine Zehnjährige!" „Ist wirklich alles in Ordnung mit Ihnen Miss Roberts?"
„Aber ja, alles Bestens. Mir gings schon lang nicht mehr so gut. Ich hab eben alle Gespenstergeschichten, die Vater sich jemals ausgedachte hatte, in einem Augenblick erlebt. Bis ich zehn Jahre alt war und wir nach Wien zogen.
Die Kulisse des Castle im strömenden Regen hat das ausgelöst. Ich hatte so wenig Kindheit mit Vater verbracht und mich von ihm weggelebt. Heute habe ich alles wiederbekommen, was er die Jahre über für mich aufgehoben hatte. Ich bin nass und übermüdet, aber es geht mir gut."
Mac Gillian nickte beruhigt und richtet sich das bestellte und aufgetragene Angus Rind für die Attacke her. Julia ging ihr Steak weniger aggressiv an. Aber sie erlegte es mit dem Hunger einer Zehnjährigen.
„Kann ich mit Legosteinen bezahlen, fragte sie übermütig, als der Kellner die Rechnung brachte. Sein Unverständnis für den Scherz brachte auch Julia auf den Boden der Wirklichkeit zurück.
„Visa Card, oder Mastercard" fragte sie flach. Das Gesicht des Kellners flackerte auf: „Beides Madam, nach Belieben"." „Und bringen sie mir noch zwei doppelte Macallan!", überließ sie ihm die Kreditkarte.
Als der Whisky kam bezahlte auch MacGillian und sah danach auf die Uhr. „Wir sollten zum Flughafen fahren".
„Sie haben einen Vornamen?" Fragte Julia beim Anstoßen.
„Francis" „Wollen wir uns beim Vornamen anreden, Francis?
„Warum nicht, Julia!" „ Sie kennengelernt zu haben, war von der Augenweide abgesehen, angenehm und herzlich. Ich wünschte ich hätte jemals so eine Tochter haben können."

„Und warum haben Sie nicht?“ Julia wartete interessiert auf eine Antwort. „Ich habe eine Tochter, in etwa Ihrem Alter. In Chicago! Ich kenne sie nur als Zweijährige. Ich hab keine Ahnung, wie sie als fertiger Mensch heute aussieht und falls sie geheiratet hat, kenne ich nicht einmal ihren Namen. Ich habe im Gegensatz zu Mister Roberts keine Tochter die mich besuchen würde. Kommen Sie Julia, wir müssen los. Ihr Flieger wartet nicht!“

Vor dem Lokal stand noch immer die Regenwand. „Da müssen wir durch“, zog sie McGillian mit sich. Sie flüchteten beide zwischen den Rinnsalen unter seinem Regenschirm ins Auto. Lange Zeit war nur das Geräusch der Scheibenwischer quietschend an der Windschutzscheibe Kulisse zwischen ihnen. Und das klickende Geräusch des allfälligen Blinkers.

„Sie sagten die Tatwaffe, die meinen Vater so zugerichtet hat, gefunden zu haben?“
„Ja, es kann, wie vermutet, ein Golfschläge sein. „Wer um Himmelswillen braucht an der Uni einen Golfschläger?“ unterbrach Julia. „Der Rektor ist Golfer und noch drei weitere vom Lehrkörper spielen Golf.“
„Miss Roberts, Julia. Der Regen heute hat mich auf die Idee gebracht, den Golfschläger in Schirmständern zu suchen. Sir George Rowland fehlte einer aus seinem Carrybag. Alle anderen haben ihre Golfausrüstung daheim und komplett.
Entweder ist er sich seines Alibis so sicher, dass er den Verdacht bewusst auf sich lenkt, um den wahren Täter zu schützen. Oder der Golfschläger wurde tatsächlich in seiner Abwesenheit entwendet. Zurzeit arbeitet das Labor an auswertbaren Hinweisen.
Jetzt hab ich Ihnen genug vertrauliche Hinweise gegeben. Nehmen Sie die außer Landes und behalten sie für sich. In einer Woche, habe ich mitbekommen, sind Sie ja wieder hier. Dann weiß ich mehr.
Wir sind da“, fuhr er den Wagen unter der Leuchtschrift Departures vor.

McGillian legte seinen Dienstausweis hinter die Windschutzscheibe. „Wegen des Halteverbotes“, grinste er. Dann nahm er ihren Koffer und betrat mit Julia die Halle.
Um diese Zeit hielt sich der Menschenstrom bereits im erträglichen Bereich.
„Trinken wir noch einen Kaffee, ich brauche meine Tabakration, griff MacGillian nach seiner Pfeife. Julia verstaute ihre Boardingcard in der Außentasche ihres geborgten Kostüms. Das muss morgen noch aufgebügelt werden, speicherte sie ab.
„Ich nehm aber einen Drink. Sonst kann ich im Flieger nicht schlafen.“ „Flugangst?“ fragte MacGillian. „Nein, Francis, nur aufgekratzt und gleichzeitig hundemüde. Ich müsste noch kurz telefonieren, machen Sie die Bestellung? Einen Macallan für mich, bitte“.
Während Julia aus dem Kreis der Tische im Café einen Ausweg suchte, wählte sie Romans Nummer.
„Hallo Roman. Entschuldige den späten Anruf. Ich bin noch am Flughafen in Edinburgh und komme um zirka zwei Uhr morgens an.“
„Was ist mit deinem Vater“, klang Roman verschlafen. „Er wird wieder, ich konnte bereits mit ihm sprechen. Er wurde unmittelbar nach meiner Einverständniserklärung operiert. Ich komm so leise wie möglich ins Zimmer. Wecke mich bitte morgen um sieben Uhr. Ich liebe dich, ich muss jetzt zum Einchecken.“ Julia trennte die Verbindung und ging zu MacGillian an den Tisch zurück.
„Es wartet jemand auf Sie?“ Julia nickte im sich Hinsetzen. „Schön, ich könnte bis zum Dienstantritt hier abhängen. Erst danach würde ich jemandem abgehen“. Julia betrachtete ihn „Sie haben umdisponiert, Sie trinken keinen Kaffee? Aber Sie müssen noch Autofahren!“
MacGillian winkte ab. „Ich stell das Auto auf einem Parkdeck ab und fahr mit dem Taxi nach Hause. Morgen lass ich mich von einem Dienstwagen zum Flughafen bringen und hol es wieder. Dienstreise.“ grinste er breit.
„Ich bin vor Jahren mit meiner Frau oft auf Flughäfen herumgehangen, weil ihre Familie in Chicago lebt. Nach jedem

Todessfall nahmen wir einen Flug in den Himmel. Anders hab ich den Himmel nie kennengelernt“ MacGillian nahm einen großen Schluck Whisky.
„Ich bin draußen! Für das Spiel zwischen Gefühlen sitze ich nur mehr auf der Ersatzbank. Ich geh jeden Tag mit dem Tod um. Wie Liebende miteinander. Ist doch eine Art von krank, oder?“ bestellte er nochmals dasselbe.
Julias Maschine wurde zum zweiten Mal über Lautsprecher ausgerufen. „Francis, ich muss ans Gate, wir sehen uns in einer Woche“. MacGillian stand auf und verabschiedete Julia.
Um Nulluhrfünfzehn, nach dem letzten Abflug von der Rollbahn in Edinburgh, verließ McGillian das zusperrende Café und brachte sein Auto aufs Parkdeck.
.

Nach der Landung am Heathrow Airport in London, setzte sich Julia mit Menschen gleichen Zieles Richtung Anschlussflug nach Lissabon in Bewegung. Zwei Stunden später stieg sie vor der Residenza do Carmo aus dem Taxi. Lissabon hatte sie wie ein großes Frottiertuch eingehüllt und abgetrocknet.
Roman wachte auf, als Julia vorsichtig die Bettdecke zurückzog und sich darunter schob.
„Er umarmte sie und küsste sie zwischen ihren Brüsten. „Wie spät ist es?“ „Fast drei Uhr morgens. Ich bin übernächtigt! Stört es dich wenn ich kurz masturbiere, ich muss den Stress wegkriegen. Ich kann auch ins Badezimmer gehen…? Ich bin auch ganz schnell fertig, wenn du meinen Busen dabei anfasst.“
„Ich bin ja schon zwischen deinen Brüsten. Na los. Fang an!“.
„Ich hol noch schnell eine Banane aus der Obstschale. Seit ich dich kennengelernt habe ist mein Vertrauen in Größe gewaschen.“
„Geht es deinem Vater gut?“ fragte er, während Julia von der Obstschale im Salon wieder ins Bett kroch. „Ja. Wir reden morgen Nachmittag darüber, nach dem Fotoshooting. Jetzt

brauch ich einen befriedigenden Schlaf. Halt mich fest, ich bin gleich soweit!“
Roman hörte nur noch das Fallenlassen des Obststückes neben dem Bett. Ihren Kuss dagegen träumte er bis zum Morgen.

7. Tag

„Wir könnten jetzt, wenn du willst. Im Gegensatz zu mir ist deine Banane über Nacht matschig geworden!“ Weckte Roman Julia Punkt sieben Uhr auf.
„Wer, warum und wieso bin ich“, stammelte Julia, sich die Augen reibend. Hat sich Sharona schon gemeldet? Die anderen beiden Modelle?“
„Nein, aber es ist erst sieben Uhr. Du sagtest das Shooting beginnt um zehn Uhr.“ Julia quälte sich aus den zerdrückten Laken. „Kannst du bitte dem Zimmerservice sagen, dass eine Kostümjacke aufzubügeln ist. Die ist mir in Edinburgh fast ertrunken!“
„Mach ich“.
„Frühstück auf der Terrasse? Und für wie viele?“ „Fünf“, antwortete Julia und verschwand im Bad.
Sie war in eine schwarze Jeans geschlüpft deren Naht sich in den Schritt fügte und zog sich beim Verlassen des Schlafzimmers ein weißes Top über den Kopf.
„Kommst du mit zum Elevador do Santa Justa? Nachmittags können wir dann das Delta abfahren. Sag ja, ich bin so kaputt ohne dich.“ Julia wirkte total übermüdet. Das Make-up vermochte nur teilwiese ihre Übermüdung zu verdecken. „Das Delta ist nachmittags auch noch da“, drückte er ihre Hand. „Ich komme mit“.
Mit dem Frühstück gleichzeitig kam die Schneiderin, wenig später Lisa, Patty und als letzte Sharona.
„Großvater meinte, er müsse mich persönlich absetzen“. Sie verdrehte die Augen dabei „Wir sind bereits um Mitternacht losgefahren! Ich hab hinten im Wagen geschlafen. Kann ich mich frisch machen? Darf er mit uns frühstücken?“ Julia nickte und ließ noch ein Gedeck an den Tisch bringen.
Während Sharona duschte und sich auch die beiden anderen Mädchen für das Shooting vorbereiteten, setzte Julia Anthony

Roberts über den Zustand seines Sohnes in Kenntnis. Großvater Roberts beging Anfang dieses Jahres seinen achtzigsten Geburtstag. Und er sah müde aus.
„In einer Woche bin ich wieder in Edinburgh. Arthur kann sich nach der Operation schon bewegen und sprechen, wenn auch noch alles ein bisschen holprig funktioniert."
„Gut, gut. Wir Alphatiere sterben nicht aus", grinste er zufrieden in seine Marmeladesemmel.
Lisa und Patty kamen um knapp vor acht. Sie setzten sich an den Tisch. „Vogue, ja? Wo sind die Klamotten?" Alles auf dem fahrbaren Kleiderständer im Vorzimmer", antwortete Julia „Das Hotel lässt sie zum Elevador da Santa Justa bringen. Wir haben nur eine Stunde Zeit für die Aufnahmen, solange hält die Executive unser Motiv frei".
„Das artet ja in Arbeit aus. Herbstmode bei dreißig Grad, maulte Lisa. Und wer trägt den Pulli und den Schal?" „Das entscheide ich vor Ort, den Schal auf jeden Fall um den ältesten Hals!"
„Man sollte nie dreißig werden", motzte Lisa auf. Es ist diskriminierend wie man behandelt wird". Großvater hustete in seine Serviette. „Fräulein, ich bin achtzig. Glauben Sie mir, irgendwann gehen die Schals aus!"
Mittlerweile kam Sharona aus dem Bad. „Da ist ja auch Unterwäsche vom Feinsten dabei. Ziehen wir die auf der Straße an?" Großvater hob den Kopf. „Unterbekleidung? Die sieht sowieso keiner! Anhaben ja, herzeigen: Nein!"
Julia sah Sharona strafend an. „Mister Roberts, das sind keine langen Unterhosen mit Eingriff und auch keine Nachthemden mit Ausnehmung für den Sexualverkehr. Wir schreiben das Jahr neunzehnhundertvierundneunzig. Wir Frauen entscheiden selbst über den Mantel unsere Intimsphäre. Und wer es sich leisten kann wählt Seide dafür. Diese Fotos entstehen im Aufzug unter Ausschluss der Öffentlichkeit.
Stell dir gebratene Tauben oder Rehbraten vor. Ohne irgendwas, auf einem nackten Teller. Erst die Trauben, die Preiselbeeren und das Grün der Zitronenmelisse ziehen das Auge an. Das sind Dessous. Je augenfreundlicher man etwas anrichtet, desto besser schmeckt es auch!"

Das Equipment stand. Die Schaulustigen drängten sich um die Absperrung am Elevador do Santa Justa.
Patty wurde als Erste auf der Plattform abgelichtet. Dann Lisa mit Cape und Schal. Die Ablichtungen von Sharona erreichten wieder einmal die Grenzwerte. Sie stand breitbeinig im oberen Rundgang des Elevadors und konnte es nicht lassen, das pelzverbrämte Kostüm bis zum Ansatz ihrer Brustwarzen zu öffnen. Körbchengröße A, Ton in Ton mit der Oberbekleidung. Die Rasta-Strähnen fielen dabei teilweise in ihr Gesicht und sie öffnete die angefeuchteten Lippen.
Während die Fotografen an ihrem Zoom der Kameras arbeiteten, applaudierte die Menschenmenge unter ihr. Sie zog den Rock links hoch, bis man die Ansätze der Strapse sehen konnte und beugte sich über das Geländer, bis ihr Busen die Eisenkonstruktion berührte.
Julia fuhr mit dem Lift hinauf zu ihr „Der Playboy kann warten, Sharona. Wir haben ein Zeitlimit und noch zehn Modelle vorzuführen. Wenn du das hören willst: Du bist erotisierend, aber jetzt machen wir wieder Modefotos. Die Fotografen kommen hier rauf und machen Detailfotos. Zieht euch die Stiefel an und die Mäntel. Nach Konfektionsgröße habe ich eure Namen darauf vermerkt. Lisa und Patty hatten schon ihre Stiefeletten und Kostüme in weichen warmen Herbst/Winterfarben angezogen. Sie borgten sich das Antitranspirant-Spray gegenseitig aus. „Hast du eine Slip Einlage für mich?“ fragte Patty Lisa. „Unter dem Pelzmantel zerfließe ich. Ich glaub der ist echt“. Sie konnte die Einlage noch rechtzeitig unterbringen, bevor sich die Fotografen um sie verteilten.
„Patty du sollst als Erste erlöst werden! Leg deine Hände beidseitig ans Revers und öffne den Mantel, damit man dein Kostüm darunter sehen kann. Wir bleiben auf der Plattform. Das gibt einen schönen Hintergrund mit der Stadt im Rücken. Und es geht ein wenig mehr Wind hier oben. Stell dir vor, du packst dich einem Liebhaber gegenüber aus!“ Patty ist Profi. Sie ging mit wiegendem Schritt die Plattform einmal im Kreis ab, platzierte

sich ein wenig breitbeinig und ließ den Pelz nach hinten über ihre Schultern abgleiten.
Die nächste Einstellung war im Sitzen. „Eine Männerhand muss her, forderte Julia auf. Drei meldeten sich und Julia krempelte ihnen die Ärmel hoch. „ich brauch eine mit mehr Haaren, wegen des Kontrastes. Ein kleiner Dicker, den die Haarbüschel beim Hemd herauszuwachsen schienen, trat vor.“Gut“, nickte Julia. „Während Patty in ihrem Kostüm sitzend die Beine überschränkt und einen Kaffee trinkt, legen Sie ihre Hand auf ihren Handrücken. Sie sind nicht im Bild, nur ihre Hand“ sagte Julia sich den Fotografen zuwendend.
Lisa kam umgekleidet auf die Plattform. Sie trug einen grauen Hosenanzug und Krawatte.
Business Kleidung passte gut zu ihrem Auftreten. „Eine Zigarre bitte“, sagte Julia, „oder auch eine Zigarette und Papier und Kugelschreiber. Noch besser ein Laptop“ was sie gleich wieder verwarf. Dahinter würde Lisa ja kaum mehr wahrzunehmen sein. Lisa ging in Pose. Nachdem weder Zigarre noch Zigarette aufzutreiben waren, führte sie den Kugelschreiber an die Oberlippe und setzte ihrer Mimik einen nachdenklichen Ausdruck auf.
Sie musterte die unbeschriebenen Papiere vor sich. Scheiß Hitze, scheiß Anzug, scheiß Lagerfeld schrieb sie unter den Blitzlichtern.
„Sharona!“
Sharona trat in einem kurzen Wildlederrock, Stiefeln die über die Knie reichten und einem Wollpullover in hellbraun auf. Das Anziehen des Schuhwerks war so anstrengend, dass die Visagistin ihr Makeup in Ordnung bringen musste. Sie fuhr ihr noch einmal mit den Fingern durch ihre Haare. „Voila!“ sagte sie und nahm ihren Platz wieder ein.
Julia zog Sharona zu sich.“ Keine Eskapaden! Wir sind ein Team“. „Ich bin seit zwei Tagen keine Jungfrau mehr“ War der Stolz in ihrer Aussage unüberhörbar. “Wer“, fragte Julia. „Eine Flasche Vinho Verde!“
„Wir reden später drüber, jetzt mach deinen Job“.

Es war ein leichtes für die Fotografen, Sharona ins rechte Licht zu rücken. Ihre Augen strahlten direkt in die Linsen, sie nahm in keinem Moment ihren Blick zurück. Außer zwischen den Stiefelenden und dem Rock zeigte sie kein Fleisch. Sie wirkte gelöst und prostituierte sich nicht wie früher. „Sie hat sich zurückzunehmen gelernt. Weniger ist mehr, wenn man die Sicherheit hat, Frau zu sein", überlegte Julia. Das erinnerte sie an ihre Pubertät.
Roman trat hinter sie.
„Wann sind die Dessous Fotos dran?" „. Gleich anschließend", beantwortete Julia die Frage. Und zu Sharona. „Jetzt setze dich auf eine Ferse und lass ein Bein nach außen fallen. Hebe den Pullover hoch aber nur bis zum Brustansatz und nicht höher als dein Gesicht. So als würdest du dich Anziehen wollen. Das verleiht der Kleidung Reiz".

„Ich brauche nochmals Patty mit dir gemeinsam" sagte sie danach zu Sharona. „Fürs Cover! Gummistiefel und Südwester. In gelb und blau. Gelb ist für Patty."
Beide Mädchen gingen sich umkleiden. Patty hatte das Gefühl in einem Sado-Maso Film die Domina zu verkörpern, als sie sich in den Overall zwängte. Sharona hatte wieder Probleme mit den nackten Füßen in die Gummistiefel zu kommen. Sie sahen sich an und lachten. „Ist ja wie in einer Sauna", sagte Sharona, dann stapften sie vor die wartenden Fotografen. Die hatten allesamt Nebelfilter und Filter mit Regentropfen auf ihren Kameras aufgesetzt. Julia nahm aus dem Fundus ein hölzernes Steuerrad und wies einen Assistenten an, es vor die Oberkörper der beiden Mädchen zu halten. Da standen sie bei Windstärke null. Die Sonne brannte sich in die Gummikleidung und das einzige Wasser weit und breit war unter ihren Anzügen. „Umfasst das Steuerrad und seht euch dabei an. Foto ab!"
„Drinnen sind Frottiertücher und Deo. Wir sehen uns in der Aufzugskabine. Die Dessous sind beschriftet…und La Perla schenkt sie euch. Wir haben nur mehr zwanzig Minuten, also beeilt euch."

Roman ging mit Julia in die Aufzugskabine. Sie war wunderschön im Stil der Jahrhundertwende, holzgetäfelt und verspiegelt. Überall waren Messingbeschläge. „Aber…da passen ja nicht alle rein!“ „Hab ich alles gecheckt. Drei Mädchen auf der linken Seite, der Fotograf, du und ich auf der anderen. Die rote Polsterung macht sich gut mit der Modefarbe „Oliv“ in diesem Herbst. „Küsse mich“, sagte Roman zu Julia „Bevor die anderen reinkommen, ich hab dich so vermisst!“
Sharona kam als erste in die Aufzugskabine, gefolgt von Lisa und Patty. „Wenn jetzt einer unten den Knopf drückt, stehen wir alle halbnackt auf der Straße!“ Feixte Sharona.
Die drei Mädchen legten ihre Dessous an, als der der Fotograf endlich kam. „Alle anderen sind schon weg und ich nahm die Gelegenheit war, für kleine Jungs zu gehen“, entschuldigte er sein Zuspätkommen. Er setzte das Nahobjektiv auf seine Kamera. „Busen, Schritt, Totale?“ Julia bestätigte. „Soweit eine Totale hier im Aufzug möglich ist. Kein Fischauge! Aber sie können ja den Spiegeleffekt nutzen“.

„Du trägst eine Slippeinlage in Unterwäsche von La Perla?“ Erstaunte sich Julia. Patty errötete. „Ich bin sehr feucht, das sind meine ersten Aufnahmen dieser Art und sie erotisieren mich“. „Tu sie raus!“ Reichte ihr Julia ein Papiertaschentuch zum Abtupfen. „Was glotzen Sie, Diskretion ist Ihnen wohl ein Fremdwort, Herr Fotograf?“ Pfauchte Julia ihn an. „Gonzales, wenn ich mich vorstellen darf, gnädiges Fräulein, machte er einen Buckel im hochheben seines Hintern. Roman betrachtete die Inneneinrichtung des Aufzuges zum wiederholten Mal. „Bist du soweit?“ Patty richtete sich noch den Büstenhalter ein und nickte. „Schritt zusammen, Schritt auseinander, Lippen öffnen und an Beischlaf denken“, kamen die Anweisungen von Gonzales. Alle im Aufzug beobachteten den bildweisen Ablauf an Patty. „Setzen Sie sich auf meine Seite, ich möchte Lisa auf dem roten Sitzkissen von oben fotografieren. Lisa, die erfahrenste unter ihnen, löste eine Fotoserie seitens des Fotografen aus. Ohne einen Kommentar abgeben zu müssen zeigte sie ihre seidenverhüllten Reize.

„Und jetzt noch eines für meine Privatsammlung“ forderte Gonzales sie auf. Lisa schob das Gummiband ihres Höschens ein wenig zur Seite und streifte das Oberteil ab. „Privat genug?“ Er blitze im Stakkato, bis Julia ihre Hand über seine Linse hielt. „Sie können sich ja verabreden, wir haben noch weitere drei Dessous abzulichten.“
Während sich Patty und Lisa die nächste Wäsche vornahmen, wartete Sharona auf ihren Einsatz.
„Setz‘ dich auf den Boden, mit dem Rücken an die Sitzbank gelehnt und halte die Beine halbgeöffnet“, beugte sich Gonzales über sie. Schön, jetzt drücke das Becken noch ein bisschen vor. Perfekt!
Tief einatmen, damit dein Busen ein bisschen zur Geltung kommt.“
Beleidigt holte Sharona Luft.
Roman sah, wie sie das Höschen im Schritt einschnitt. Julia holte es da wieder raus. „Ich bin nicht nur ihre Tante, ich bin auch verantwortlich für seriöse Fotos! Lassen Sie Ihre erotischen Ambitionen gefälligst hinten anstehen. Wir haben noch zehn Minuten und drei Fotoserien vor uns. Warum gibt es keine schwulen Fotografen für Shootings dieser Art?“
„Was tragen Sie drunter?“ stachelte er sie auf. Julia reichte es. Sie ließ die Jeans fallen und hob ihr Top. „Und wenn es jetzt blitzt, hören Sie den Donner als Erster!“
“Geben sie mir den Fotoapparat! Julia schoss die nächsten drei Serien. Danach wurde ihr erst bewusst, dass sie nackt da stand. Sie zog ihre Jeans wieder rauf und das Top runter. „Morgen Vormittag möchte ich die Bilder im Hotel haben, plus die Negativfilme. Sonst war das Ihr letzter Auftrag von einer Modell-Agentur! Und jetzt raus!“

Die Mädchen schlüpften in ihre Überbekleidung und gemeinsam mit Julia und Roman verließen sie den Elevador do Santa Justa auf die Straße.

Portugiesen. Ob Ärzte oder Fotografen. Geil sein kann ich auch ohne sie! „Machen wir einen flotten Fünfer, Untergriff sie Lisa und Patty.

Roman?

Sharona, jetzt wo du Frau bist?!“

„Fünfer ist gut!“ Schloss sich Roman an. Den letzten hatte ich im Gymnasium unter Hascheinfluss. Das Tejo-Delta ist morgen sicher auch noch da.

Chief MacGillian hatte Miss Butcher ins Präsidium geladen. „Mister Roberts ist wieder bei Bewusstsein. Er sprach von Ihnen Miss…“ Hirschkuh, hatte er sich ertappt, fast gesagt zu haben, „Miss Butcher! Es besteht augenscheinlich ein Zusammenhang zwischen der Wahl und dem Anschlag auf der Herrentoilette. Wir haben auch den Golfschläger, mit dem diese Tat ausgeführt worden ist, mittlerweile sicherstellen können. Es sind Ihre und Sir Rowlands Fingerabrücke darauf. Wie erklären Sie das?“
Regen schlug plötzlich an die Fensterscheiben… „Ich hab keinen Schirm mit“, versuchte sie Zeit zu gewinnen und danach „Sir Rowland steht auf Dicke. Das bezieht mich in sein Liebesleben ein. Er wollte, dass ich mit ihm golfe. Er hat mir in den Mittagspausen die Hand am Schläger geführt.“
“Sie waren aber auf der Herrentoilette als Mister Roberts niedergeschlagen worden ist!“
„Das ist die nächste Toilette neben der Kanzlei, wir Frauen müssen ein Stockwerk tiefer. Ich habe mir bloß das Talkum Puder von den Händen waschen wollen.“
„Wo war Sir Rowland in der Zwischenzeit?“ „Ich sagte ja schon, die haben wir gemeinsam verbracht.“ „Die ganze Stunde? Und warum fanden wir den Golfschläger in Ihrem Schirmständer und nicht bei seiner Golfausrüstung?“ „Weil er ihn dort immer nach unserer mittäglichen Übungen hineinstellte.“ „ Er hatte ihn aber gesucht“, ließ MacGillian nicht locker. „Warum, wenn er wusste wo er war?“ „Also gut, ich hab an diesem Vormittag alleine geübt, es waren ja alle mit der Wahlvorbereitung in der Upper Librairy oder in der Mensa beschäftigt oder sind erst gegen elf in die Uni gekommen. Ich habe vormittags Schlagtechniken geübt und ihn dort abgestellt. Sir Rowland wusste nichts davon. Als ich ihn das Zimmer betreten hörte, hatte ich den Golfschläger dort versteckt und wollte ihn später, wenn er wieder das Zimmer verlassen hatte, zurückbringen. Er ist sehr penibel, was seine Ausrüstung betrifft. Als Mister Roberts auf die Toilette kam, bin ich sofort ins Sekretariat zurück gegangen. Sir Rowland ging ein Viertel vor eins wegen der Wahl wieder in den Festsaal der Bibliothek. Er hatte sein Büro hinter sich zugesperrt, wo hätte ich den Golfschläger unterbringen sollen? Meine Kollegin und ich

waren auch im Aufbruch wegen der Stimmauszählung und als Aufsichtspersonal."
„Sie lieben ihn, er ist nicht verheiratet?" Beides bejahte Miss Butcher. „Sie hatten also Sex in der Mittagspause und die Hände zu dem Zeitpunkt gar nicht voll Talkum?" Miss Butcher schaute verzweifelt auf den Schreibtisch und räumte in mit ihren Augen auf.
„Seien sie beruhigt, das geht die Polizei nichts an. Ich muss nur ihre beiden Alibis überprüfen." Miss Butcher nickte. „Ich muss ein deutliches Ja oder Nein hören!"
„Ja, wir hatten zwischen zwölf und ein Viertel vor eins Sex. Danach ging ich in die Herrentoilette daneben weil die Zeit schon drängte und die Bibliothek im selben Stock liegt. Als ich Mister Roberts zuletzt sah, kam er eben aus der Toilette in den Waschraum. Da lebte er noch." „Er lebt noch immer und er wird bald eine Aussage machen können!" Log MacGillian. Er konnte keinerlei Beunruhigung in Miss Butchers Körpersprache ausnehmen. „Auch Mitwisserschaft und Beihilfe sind strafbar", bohrte MacGillian nach. „Ich hab mich nur gereinigt als ich von Mister Roberts überrascht worden bin und habe die Toilettenanlage auf der Stelle verlassen!"

Wenn der Tötungsversuch nicht aus Leidenschaft war und Sir Rowland durch Miss Butcher ein Alibi hat, gehen mir die Motive langsam aus, überlegte MacGillian. „Wer sonst könnte, ihrer Meinung nach, Mister Roberts das angetan haben? Und mit welchem Hintergrund? Gibt es noch Frauen im Lehrkörper, und welche?" Miss Butcher nannte sie und MacGillian notierte mit. „Das wärs dann, danke für Ihr Kommen." MacGillian legte die Aussage von Miss Butcher MacPherson zur Eingabe in den Computer auf den Tisch.

„Ich bins Einsteen". Arthur zog sich aus seiner liegenden Position hoch. „Um Himmelswillen bleiben Sie liegen", herrschte ihn Einsteen an. „Morgen stehen Sie das erste Mal auf. Wir entfernen Ihren Katheder und befreien Sie aus Ihren Windeln, beziehungsweise von Ihrer Leibschüssel. Der Sprachtherapeut kommt gegen elf Uhr Vormittag. Sie haben sehr gute Fortschritte gemacht. Der Kopfverband muss allerdings noch zehn Tage bleiben. Haben Sie Wünsche?“ „Nein, spät ist es, Julia Lissabon gut gekommen.“ Er warf dem Arzt einen verzweifelten Blick zu. Einsteen beruhigte ihn. „Seien Sie nicht ungehalten mit sich selbst. Die fehlenden Worte kommen alle wieder. Ihre Tochter ist gut angekommen und es ist drei Uhr Nachmittag. Schlafen Sie, ich geb Ihnen ein Beruhigungsmittel, das Ihnen über die Nacht hilft. Wenn Sie jetzt das ganze Alphabet traktieren, schadet das dem Heilungsprozess“. „Angelica?“ „Sie hat angerufen, sie besucht Sie noch vor dem Einschlafen“.

Am Empfang schöpfte niemand Argwohn als Patty, Lisa und Sharona mit Julia und Roman den Zimmerschlüssel verlangten.
„Senora Roberts!“, übergab der Rezeptionist den Schlüssel.
„Zwei Flaschen Champagner auf Nummer achthundertzehn, bitte“ bestellte Julia. Dann verschwanden sie alle fünf übermütig im Lift.
Julia war die Erste, die sich der Kleidung entledigte. Die anderen folgten. Roman, als einziger noch angezogen, nahm den Champagner in Empfang. Julia brachte Gläser und schenkte übersprudelnd ein. Sie reichte Roman das Glas an die Lippen und beugte sich an sein Ohr.
„Ich möchte sehen wie du fickst. Ich will, dass du heute das bekommst, was ich dir zurzeit nicht geben kann. Ich bin bei dir und ich liebe dich. Sharona hat mir von ihrer Entjungferung erzählt. Sie hat mehr verdient als das. Wir drei Mädchen schauen euch dabei zu. Julia legte ihre Lippen an seine und öffnete sie.
„Schon Lust?“ Roman drückte sie ganz fest an sein Herz.
„Steck‘ ihn jeder meiner Freundinnen rein.
Bis zum Umfallen. Waren doch einmal deine Worte, oder?“ Der heutige Nachmittag ändert nichts an unserer Beziehung. Los zieh dich aus, wir waschen dich.
Julia zog Roman ins Badezimmer und sechs Hände seiften seinen Körper ein. Sharona stieg aus der Wanne wie das Opferlamm. Sie war genauso glatt und schön wie Julia und der Mechanismus der Natur setzte alles Weitere in Gang. Julia legte sich als Erste auf das große Bett, Patty nahm neben ihr Platz, sitzend und sich über die Brüste streichelnd. Links von Julia schmiegte sich Lisa an.
„Alles Walzer“, eröffnete Julia.
Sharona sah Roman unbeholfen an. Roman nahm sie an der Hand und zog sie an die Bettunterseite. Das können wir auch, ich zeig dir den Schritt!

Julia hatte aus dem Nachtkästchen Lisa ihren Vibrator in die Hand gedrückt. Lisa befeuchtete ihn und schob ihn sich in die Scheide. Julia küsste ihre Brüste dabei und Patty rutschte ihre Hand zwischen die Schenkel. Alle waren beschäftigt.

Als Lisa fertig war zog ihr Julia die Hand mit dem Vibrator aus ihrem Schritt. Lisa nahm an, dass Julia ebenfalls vaginal stimuliert werden wollte, doch Julia drückte ihre Hand sanft eine Etage tiefer. „Da?“ fragte Lisa. „Ja?“ Julia antwortete mit dem Auseinanderziehen ihrer Pobacken.

Patty mochte knapp über zwanzig Jahre alt sein. Neugierig verfolgte sie das Szenario. Sharona nahm Roman in den Mund und Roman beugte sich in ihren Schritt. Ein bekannter Honig-Ingwer Geschmack breitete sich auf seiner Zunge aus.
Patty war hochrot im Gesicht vor Aufregung. Oral, vaginal, anal, dass alles kannte sie nur vom Hörensagen.
„Kann ich dir helfen? Streckte Julia ihre Hand nach Patty aus. Patty öffnete sich bereitwillig unter Julias Frage.
„Komm mit deinem Schoß an meine Zunge. Ich mag dich schmecken“. Patty gehorchte ihrem Trieb und dem Zünglein der Schlange. Sie war so überreizt, dass sie schon durch den bloßen Atem Julias einen Orgasmus bekam.
„Schön?“ blickte Julia fragend den Körper über ihr hinauf. Patty seufzte tief durch und fuhr sich mit den Fingern durch ihr kurz geschnittenes Haar. „Schön, wie neues Spielzeug!“

„Bist du bereit? Du weißt, dass ich Julia liebe!“ Sharona zog Roman an sich und seufzte erleichtert auf als er in sie drang. „Ich weiß, lass es mich trotzdem genießen! Sie zog sich an seinen Schultern hoch und drängte Roman ihr Becken entgegen. „Julia ist ja bei uns, alles ist gut.

Lisa setzte sich, nachdem Julia die Zielflagge geschwenkt hatte, neben Roman und Sharona. „Ihr seid ja gut im Rennen wie man sieht. Boxenstopp gefällig?“
Patty bot sich an. „Wenn du willst kann ich dein Co-Pilot sein. Erfahrung allerdings hab ich noch keine“. „Willkommen im Rennstall, sagte Lisa und löste die Bolzen für den Radwechsel in Windeseile. Allerdings sprang dann ihr Motor nicht an. Das geht sich nicht einmal für den letzten Platz aus“, rügte sie Patty und griff selbst an das Steuerrad.

Roman drückte Sharona an sich: „Komm mit mir ins Ziel“ Ich kann nicht, das ist mein erstes Rennen“ brachte sie atemlos aus sich heraus.
Julia küsste Roman tief in den Mund und streichelte dabei die Klitoris von Sharona. „Seid ihr jetzt noch immer so weit auseinander? Sharona bäumte sich auf. „Ich hol‘ dich ein, Roman!“ Der Fahrtwind nahm Roman in Julias Kuss mit in die Zieleinfahrt.
„Die Ehrenrunde bleiben wir umschlungen, wenns den Damen nichts ausmacht. Ihr habt euch ja die erste Reihe ausgesucht. Ich war noch nie so nah am Publikum.“

„Scheiß auf Selbstbefriedigung“ sagte Sharona nachdem sie wieder zu Atem gekommen war.

Lisa stand noch immer in der Box mit schnurrendem Motor. Roman ging duschen. Dann tranken sie den Champagner leer. „Da ist jetzt aber keiner mehr da für den Runden-Schnellsten,“ murrte Lisa. „Eine Rekordrunde würde ich in meiner Stimmung schaffen.
Roman?“

Patty und Julia frottierten Roman ab und stellten ihn vor Lisa. „Und wer hebt die Startflagge?“ fragte sie. Julia feuchtete einen Finger und reizte damit Roman zwischen seinen Gesäßbacken. Patty griff zögerlich nach seinem Penis. „Na also, wir können losfahren. Doch Roman kam nie an. Es lag kein Motorschaden vor, es war der Teamgeist, der ihn blockierte.

Patty saß da und wartete auf ihre Chance, sich zu qualifizieren. Sie war neugierig aber ohne Helm im Cockpit.
Roman wollte sich nicht eingestehen, dass ihm Sex mit ihr was bedeuten könnte.
„Patty“, zog er sie aus ihrer Sitzposition hoch. „Lass uns Luftschnappen gehen. Das alles sollte keinen Tiefgang bekommen. Wir haben uns heute das erste Mal gesehen und ich

möchte nicht ein mechanischer Ablauf in deinen Gefühlen sein. Menschen sind nun einmal keine Maschinen. Willst du mit mir schlafen?“
„Ich dachte schon ich komm nie dran“, lächelte sie. Ich hab dir zweimal zugesehen und jetzt möcht ich dich in mir haben. So wie du Sharona beigeschlafen hast.
Du liebst Julia? Warum tust du dann sowas?“ Patty legte Romans Hand auf ihren Busen. „Weißt du was da drunter ist? Herz und Seele.“
„Julia ist exzentrisch und hat körperliche Probleme, über die ich nicht sprechen mag. Blödsinn, was soll's. Sie hat Unterleibsschmerzen und ist einer normalen Penetration nicht fähig. Sie liebt mich und ist dafür bereit, mir die Befriedigung zu verschaffen, die sie nicht geben kann.
Wollen wir trotzdem miteinander schlafen, ja?“ „Ja!“ „Dann müssen wir es vor den anderen tun.“
„Wo seid ihr Turteltäubchen“ trat Lisa aus dem Salon ins Schlafzimmer. Julia hat nochmals Champagner bestellt, hier zwei Gläser für euch!“ Sie nahmen die Gläser entgegen und prosteten Lisa zu.
„Wir legen das Bettzeug raus und machen's auf der Terrasse. Es ist so angenehm lau“, und leise zu Patty ins Ohr. „Und intimer“.
Julia und Lisa breiteten das Bettzeug auf dem Steinboden aus. Sharona stand in der Flügeltür und sah dabei zu.
„Los beginnt schon, wir trinken auf Euch! Wenn der eine oder andere Orgasmus für uns dabei abfällt, darf euch das nicht stören. Wir sind auch ganz leise.“
Es war eine skurrile Kulisse. Sonnenuntergang, Palmen und drei nackte Frauen die masturbieren würden.

Roman bettete sein Gesicht zwischen Pattys geöffnete Schenkel und stimulierte sie beide damit. Er hob ihre Beine über seine Schultern und wusste, dass bei diesem Anblick Julia feucht im Schritt werden würde.
Sharona hingegen musste sich die Lippen mit dem Champagner befeuchten um Erinnerung an eben runter zu spülen.

Patty hielt sich brav und hielt die Augen geschlossen. „Woran denkst du“, fragte Roman leise. „An ein Zimmer mit dir alleine“. „Der Zeitpunkt ist ungünstig. Ich fühle einen Finger in meinem Rectum!“ „Ich auch. Ich glaub ich komme, lass mich jetzt nicht alleine!“

„Schön für euch? Fragte Julia und streichelte seine Lenden mit beiden Händen?“

„Wenn nicht dir, wem gehören dann die Finger in uns?“

„Sharona!

Lisa ist mit sich selbst beschäftigt, fertig zu werden. „Na, könnt ihr so kommen?“

„Grenzt ja fast schon an Nötigung. Sharona hör auf! Wir wollen das allein hinkriegen!“ Sharona ließ los.

„Verliebte unter sich! Ein netter Abend! Ich befriedige mich jetzt selbst. Komm Julia, lass uns den beiden zuschauen“.

Patty war von dem Zwischenspiel so angetörnt, dass sie selbst ihre Finger rectal an sich einsetzte. Sie nahm in der Bewegung zwischen Rectum und Vagina Roman sozusagen am kleinen Finger mit.

„Na geht ja“, sagte Sharona während ihrer Selbststimulation. Auch Julia und Lisa erreichten den Zustand der beiden.

Julia stand auf und streichelte Romans Rücken. „Komm runter. Und du Patty setzt dich auch wieder zu uns an den Tisch. War’s schön für Euch?“

Roman und Patty sahen Julia nicht in die Augen. Nach einer Pause sagte Roman. „Was wir getan haben, damit sollte man nicht so leichtfertig umgehen, wie wir es eben getan haben.“

Patty schaute auf. „Später werde ich das wahrscheinlich als Bereicherung meines Sexuallebens einstufen. Für den Augenblick bedeutet es mir mehr“.

„Ich wollte dich nicht kompromittieren. Alltag raus, Sperma rein!“ wendete Julia ein.

Sharona blickte stumm auf den Tisch vor ihr und Lisa schenkte die Gläser wieder voll.

„So helft mir doch eine! Hattet ihr keinen Spaß heute Nachmittag?“ fragte Julia betroffen.

„Lisa geh‘ doch bitte kurz in den Salon!“ sagte Sharona. „Ich muss sowieso duschen“, war ihre Antwort beim Aufstehen.
„ Julia, du weißt, ich darf immer reden, weil ich die Jüngste bin. Roman war Dank dir der erste Mann in meinem Körper. Wie steckt man das unter einem Spaß am Nachmittag weg? Roman zu verborgen ist keine Lösung. Weder für deine Probleme, noch um meine oder Pattys Gemütsverfassung jetzt zu rechtfertigen. Ich weiß, dass du ihn liebst. Und Roman dich genauso. Liebe aber lässt sich nicht vermieten. Du hast Patty und mich betrogen! Für deine Zwecke!“
Patty weinte los und lief in den Salon. Noch immer nackt, zog sich Roman eine Hose über und trat hinter Patty.
„Sharona hat recht, wir sind verkauft worden. Du, sie und ich. Nichts davon kann ich wieder gut machen. Ich liebe Julia mit all ihren Vor-und Nachteilen. Aber mit dir den Ballonflug gemacht zu haben, nimmt mir keiner mehr weg. Wirf die Sandsäcke ab und steig in die Lüfte, der Wind möge dir günstig sein“. Sie presste ihren nackten Körper und das nasse Gesicht an seine Wange und küsste ihn. „Lebewohl!“

Arthur hob den Kopf an. „Schön, dass es dich gibt, noch schöner, dass du da bist“ formulierte er bedächtig. „In deiner Gegenwart bekomm ich schon ganze Sätze zusammen, wenn auch langsam“ Sein Verband lächelte sie an und sie streichelte die ausgestreckte Hand mit den Ihren.
„Du musst nicht sprechen Arthur, ich verstehe dich auch so. Du sollst dich laut Einsteen noch nicht überfordern. Im Übrigen waren das bereits komplette Sätze. Du hörst doch, was du sprichst?“ Arthur ließ ihre Hand nicht los und nickte bloß.
„Erzähl von deinem Tag.“
„Ach, kochen wie immer. Wie MacGillian, der versucht ein Täterprofil zusammen zu brauen.

Er ist sicher, dass die Tat mit der Wahl des Rektors unmittelbar in Verbindung steht." „Apropos stehen", räusperte sich Arthur beim Blick in ihr Dekolleté. „Wir hatten ja bereits Sex, der diente aber ausschließlich therapeutischer", dieses Wort kam nicht ganz klar von seinen Lippen, „dem Heilungsprozess", formulierte er um. „Heute könnte ich dich dabei sehen!"
Angelica suchte nach Möglichkeiten. „Aufsitzen kann ich nicht, das würde dein eben operiertes Gehirn zu sehr durchschütteln. Mit Flecken auf der Bluse möchte ich den Raum aber auch nicht verlassen müssen." Sie küsste seinen Mund."Willst du meine Lippen spüren? Da kannst du mich sehen", beugte sie sich in seinen Schritt und zog die Decke beiseite. Das krieg ich aber alles zurück!" setzte sie bestimmend nach. Das ist Sex auf Kredit und ich erwarte die Zinsen mit Stichtag Verbandabnahme. Arthur unterschrieb diesen Vertrag mit einem Streicheln ihrer Schulter. „Lass mich nur noch den Zimmerschlüssel von Einsteen holen, ich bin gleich wieder da!" Angelica hatte vergessen ihn wieder zuzudecken und Arthur kam dem nach. Ihr Duft schmeichelte noch seiner Nase und seiner Vorfreude. „Natürlich bekommst du alles zurück", murmelte er dabei.

Einsteen sah beim Eintreten Angelicas erstaunt auf. „Miss Horne, ist was nicht in Ordnung?“
„Darf ich Sie nochmals um den Zimmerschlüssel bitten?“ Ihre Wangen röteten sich während ihrer Anfrage. Sie vermied es, ihren Blick von seinem unaufgeräumten Schreibtisch zu nehmen.
„Miss Horne, Mister Roberts ist auf direktem Weg zur Genesung. Ihnen den Schlüssel vorzuenthalten, würde bedeuten, um diese Genesung einen Kreis zu fahren.“
„Ich bin Arzt und Mann. Ich weiß um den direkten Weg zur Gesundung. Da haben Sie den Schlüssel und gehen Sie schon. Einen Cognac vorher?. „Lieber nachher“, sah ihm Angelica jetzt in die Augen. „Danke!“

Als sie die Tür hinter sich zugesperrt hatte, ging sie an Arthurs Bett. Sie half ihm in eine Sitzposition. Dann hantierte sie am Waschbecken und kam mit Seife und Schwamm zurück.
„Zimmerservice“, lächelte sie und schlug das Laken zurück.
„Du kannst ja schon alleine aufstehen, schmunzelte sie als sie mit der Waschung fertig war. Arthur griff an den Kleidersaum um ihre Schenkel. „Ich hab ja Halt. Lass mich deine Brüste küssen“. Angelica beugte sich über Arthur .Wenn das Bild surreal für einen Betrachter aussehen mochte, Angelica verstand es mit ihrem Herzen sehr real. Sie ließ ihre Finger an seinen Lippen und beugte sich in seinen Schoß. So konnte sie ein wenig von dem mitbekommen, was Arthur zu fühlen begann. Arthur strich ihr das heruntergefallen Haar aus dem Gesicht.
Angelica saugte wie ein Baby am Schnuller und schluckte.
„Schmeckt wie Milch und Honig mit ein bisschen Ingwer“, streichelte sie seinen Mund, der sich dabei in ihrem Finger verbissen hatte. „Ich hoffe, dir hat’s nicht so weh getan wie meinem Finger?“

„Ich hab die ganze Zeit zugesehen. War wie ein guter Porno, nur dass ich mitgespielt hab! „Schön gewesen?“ fragte Angelica und zog sich wieder an seine Brust. Seine Armmuskulatur war noch schwach, aber die setzte er beim umarmen Angelicas voll ein.
„Ich liebe dich, Angelica. Und nicht nur wegen eben jetzt!“

Angelica wischte sich über den Mund und klopfte bei Einsteen an. „Steht das Angebot mit dem Cognac noch?“ Einsteen ging zum Arzneischrank und kam mit zwei Gläsern und der Flasche zurück. Geht’s Mister Roberts gut? Und Ihnen?“ Sie legte den Zimmerschlüssel auf den Schreibtisch zurück und nickte. „Milch, Honig und Ingwergeschmack, abgesehen davon fühlt sich mein Magen flau an. „Ich bin zurzeit verliebt in einen Verband!“ Tränen begannen wieder in ihr aufzusteigen. „Reden kann Arthur auch schon fließend!“
„Die Therapie schlägt gut an“ meinte Einsteen. „ Adrenalin kann vieles Bewirken. Entschuldigen Sie mein emotionsloses Verhalten. Sie haben jederzeit Zugang zu Mister Roberts, auch mit Schlüssel, ich muss nur wieder Cognac kaufen“, legte er ihr die Hand auf und lächelte warmherzig.

„Wie wird Arthur aussehen ohne Verband? Wird er entstellt sein für sein weiteres Leben, hat er Haare am Kopf?“
„Langsam, langsam. Mister Roberts hat eine künstliche Schädeldecke auf der rechten Seite implantiert bekommen. Sein Gesicht ist in keinster Weise entstellt oder verändert. Lediglich das mit den Haaren wird ein bisschen dauern. Beruhigt?“
Angelica nickte und trank aus. „Danke Doktor. Das Schlüsselangebot steht? Arthur hat sich so wohl gefühlt.“
Einsteen bejahte und brachte Angelica an die Tür. „Haben Sie eine gute Nacht Miss Horne!“

8. Tag

Roman graste das Tejo-Delta wie eine futtersuchende Ziege nach einer Baumöglichkeit für eine Marina ab. Julia war nicht mitgefahren. Sie sagte, sie hätte Migräne und Katzenjammer von gestern. Außerdem täten ihr ihre Fantasien von gestern Nachmittag leid. Sharona wollte ihn auch nicht begleiten. Sie bräuchte Abstand, hatte sie gesagt. Patty und Lisa waren wieder abgereist. In seiner Hosentasche fand er einen Liebesbrief von Patty. Was für ein Tag!
Er kramte im Café den zerknitterten Zettel hervor. So in etwa musste sich Patty gestern gefühlt haben. Roman strich ihn liebevoll glatt. Cascais, las er und holte die Landkarte aus seiner Tasche. Direkt am Meer! Er schlug noch im Reiseführer nach: Sprühend vor Glamour und Charisma. Die Küste sei ein Muss für jeden Portugalbesucher.
Roman kringelte Estoril und Cascais auf seiner Karte ein und fuhr wieder ins Residenza do Carmo. Von hier aus ließ er sich ein Zimmer in Cascais mit Blick aufs Meer buchen. Vier Sterne aufwärts, deponierte er noch an der Rezeption. Während Roman Sachen für eine Nacht zusammensuchte, kam Julia gähnend aus dem Schlafzimmer.
„Noch da, oder schon wieder?“ fragte sie sich streckend. „Was haben wir für Uhrzeit?“
Beides beantwortete Roman.
„War eine Scheiß Idee gestern. Ich sehe das ja ein. Wenn ich könnte, würde ich das rückgängig machen. War doch nur Sex. Oder?“ Stille hing zwischen Frage und Antwort. „Roman, sag was!“ „Für zwei von uns fünf augenscheinlich nicht. „Und für dich“, hakte Julia nach? „Ich wollte doch nur, dass du einmal ordentlich einen wegsteckst. Ich liebe dich und komme mir dir

gegenüber wie ein Krüppel vor. Ich hatte gewünscht, du denkst dabei an mich. Hast du"
„Auch" antwortete Roman, „aber eben nur auch. Es lief alles plötzlich aus dem Ruder."
Roman setzte sich und zog Julia auf seinen Schoß. Ihr Körper gab noch die Bettwärme von eben ab. „Lass mich jetzt nicht so stehen, wir bestellen ein Frühstück mit Butter. Ich möchte dich so zufrieden sehen, wie ich dich gestern mit Patty und Sharona sehen musste und das anfänglich ja auch wollte.
Heute ist davon nur mehr Traurigkeit und Neid übrig geblieben.
Ich brauche dich!
Ich bin leer und möchte mich wieder ausgefüllt wissen. Hilf mit bitte dabei. Ich liebe dich!"

Julia löste mit ihrem Kuss einen Sog bis in seine Hoden aus.
„Also Butter?" stand er auf und bestellte. „Einmal kontinentales Frühstück bitte auf Zimmer achthundertzehn. Und sich wieder neben Julia setzend „Was machen wir mit den Semmeln und der Marmelade?"
Julia drückte sich an ihn und umfasste seinen Brustkorb. „Das Gebäck lassen wir einfach hart werden", kniff sie ihn in die Brustwarzen. „Ich geh duschen. Wenn das Frühstück kommt, Kaffee und Butter sind für mich.
„Wieso arbeitest du heute nicht?" rief sie aus der Dusche. „Ich war schon", stellte sich Roman zu ihr in den Türrahmen. Ich muss heute noch nach Estoril und Cascais. Mach dir aber keinen Druck".
„Ich würde gerne mitfahren aber der Fotograf, Gonzales, hat die Bilder abgeliefert und auch die Negative. Dann hab ich wenigstens den ganzen Salon für mich, die Bilder am Boden auszubreiten."
Das Frühstück kam und Roman nahm es dem Kellner ab und stellte es auf den Couchtisch.
Als Julia aus dem Bad kam fragte Roman,."Was willst du zuerst Butter oder Kaffee?"
Sie lachte, na Kaffe, der wird sonst kalt, die Butter kann ruhig temperiert sein. Auch einen Schluck?" Roman winkte ab.

Julia löste das Stanniol von der Frühstückbutter. „Willst du?“ Hielt sie ihm den ausgepackten Butterwürfel entgegen, „oder soll ich? Schöner wäre du willst!“
Julia ging in eine kniende Position auf dem Salonboden. Dabei drückte sie ihren Rücken durch, bis ihre Brüste jeden Knoten des Teppichs zu spüren bekamen. „Das ganze Stück?“ Julia zog ihre Gesäßbacken auseinander. „Ja und mitten rein, bevor dir der Spaß in der Hand zerrinnt“. Roman sah auf die Butter. „Du hast recht, ich fang an bevor nichts mehr davon da ist.. „Wie fühlen sich sechs Grad da an, wollte Roman wissen? „Erfrischend“, drehte Julia ihren Kopf nach hinten zu ihm. „Ist alles drinnen?“ Roman klopfte ihr auf das Gesäß. „Operation gelungen“, schob er noch seinen Finger dem Butterwürfel nach.
Julia drehte sich auf den Rücken. „Und jetzt nimm mich!“
Wie du Patty genommen hast behielt Julia in dem Moment für sich. Sie drehte sich um und legte die Beine über seine Schultern und hob ihr Gesäß Roman entgegen.
Julias Rectum nahm Roman zur Gänze auf. Blut pumpte durch die Arterien ihrer Sexualorgane bis zum Überdruck. „Ich lass mich gehen wenn du kommst brachte Roman in ihrer Umklammerung stoßweise hervor. „Versprochen“ fragte Julia atemlos „Ja! In solchem Moment lügt man nicht, Patty!“
Julia stieß ihn von sich. „Ich mach mich jetzt alleine fertig, Schau wie du damit umgehen kannst. Danach ziehst du aus!“
Julia verschaffte sich einen kurzen und heftigen Orgasmus ohne Roman dabei anzusehen. „Julia, ich war so knapp davor, lass mich jetzt nicht alleine! Das war doch alles deine Idee gestern“. Julia stand auf.
„Ich wollte dir schon immer beim Masturbieren zusehen, aber deine Fantasien tragen nicht meinen Namen. Ich gehe mich waschen und lass dich mit Patty alleine. Viel Spaß dabei!“
Roman ging nach ihr ins Badezimmer und wusch sich die Frühstücksbutter und sein Sperma ab.

Wenig später machte er das Verdeck des Peugeot auf und lenkte ihn auf die Landstraße Richtung Sintra. Die Spätnachmittagssonne lag weich auf den harten Küstenfelsen.
Wenn nur der gestrige Nachmittag so verzeihbar sein könnte. Roman zog den Brief von Patty aus der Hosentasche und überflog ihn während der Fahrt:
„War eine blöde Idee gestern… Ist mir bloß alles entglitten…Zuerst wars nur das Adrenalin, die Ausstrahlung von Julia und Erwartung an das süße Leben. Jetzt bin ich davon verbittert. Ich hoffe es war schön für dich in mir zu sein…Ich spür dich noch immer…Ich umarme dich. Da du nichts von mir weißt außer meinem Model-Namen: Ich heiße Candida Sanchez, die Adresse hänge ich dir dran: Cascais, Rua das Flores Nummer 43, vierter Stock. Ich wohne alleine. Vielleicht sehen wir uns eines Tages. In Liebe…
Immer wieder hatte er diese Zeilen gelesen. Nach dem Ortsschild Cascais suchte er am Plan sein Hotel. Hotel Albatroz, in der Rua Frederico Arouca einhundert.

Die fünf Sterne gewährleisteten die Wagenübernahme auf den Parkplatz, sowie das Gepäck auf sein Zimmer zu bringen. Roman nahm ein Bier aus dem Kühlschrank und setzte sich vor den Stadtplan, den er an der Rezeption mitgenommen hatte. Die Rua da Flores war nur drei Seitenstraßen entfernt und lief parallel zur Uferstraße.
Er ging an die Balkonschiebetüre und trat auf die kleine Terrasse hinaus. Beim Blick in den Sonnenuntergang entschied er trotzig: Ich bleibe heute nicht alleine. Mein Versprecher soll sich ausgezahlt haben. Er schaltete sein Mobiltelefon aus und holte tief Luft.
Unter seinem Balkon vertrieben sich Menschen an der Promenade die Zeit im Spaziergang. Oder an offenen Bars am Strand. Roman zog sich um und ging dem Plan nach: Drei Seitenstraßen, Nummer dreiundvierzig.

Er betrat das alte Haus und seine vier Stockwerke darin. Sanchez Candida, las er links vom Treppengeländer.

„Wer ist da?“ hörte er nach seinem Anläuten fragen. „Posta, Senora“. Gleich danach öffnete sich die Tür. Candida „Patty“ stand wie erstarrt im Türrahmen. „Wo sind die anderen?“ „Ich bin alleine hier, dein Brief…“, sagte er verlegen. Ihr Gesicht hellte sich auf und sie fiel ihm um den Hals. „Komm rein, ich glaub ich träume.“
„Nein, nein du bist hellwach!“
Roman sah sich im Raum um, alle Fenster waren weit geöffnet und es roch nach verbranntem Fett. „Was ist passiert, riecht ja entsetzlich!“ „Vergiss es, das hätte mein Nachtmahl werden sollen. Hab das Gas schon abgedreht und den Braten gelöscht. Ich bin ein bisschen konfus, schon den ganzen Tag. Der Job gestern. Und vor allem das Danach! Komm doch rein.“
Roman nahm sie an den Schultern. „Candida, schön deinen richtigen Namen zu kennen“. Sie zitterte am ganzen Leib. „Beruhige dich, nichts kann so anbrennen, dass man nicht noch was daraus machen könnte. Alte Weisheit durchgefallener Kochlehrlinge!“ Sie lachten beide. Candida zog ihn an der Hand zum Sitzplatz. „Willst du was trinken?“
„Ich bin da, dich zum Essen einzuladen. Ich wohne im Albatroz, drei Straßen von dir. Da unten gibt es jede Menge Restaurants am Strand.“
Candidas Antwort war, sich die Schürze abzunehmen. Mit, „du kennst mich ja nackt“, zog sie ihre Jeans und das Top aus und öffnete den Kleiderschrank. Sie warf drei Kleidungsstücke über einen der Sessel und hielt sich das Vierte an den Körper. „Was hältst du davon? Trägerlos und kurz genug für unsere Bekanntschaft, oder?“
Roman schluckte. „Hast du einen Brandy oder was Ähnliches?“
Candida stellte ihm eine Flasche Remy Martin hin und ein Glas. „Ist aus meinem letzten Werbespot! Ich dusche nur schnell, dann können wir los.“
Kurz genug für unsere Bekanntschaft, das saß! Ob sie wusste, was sie da von sich gegeben hatte?

Mrs. Karen Albright ist auch eine üppige Dame. Nach Aussage von Miss Butcher eine Vorliebe von Sir Rowland. Ob es da eine Verbindung gibt? Immerhin hatte sie als Lehrkörper jederzeit Zugang ins Vorzimmer. Die anderen drei Kandidaten bezeugten aber, dass Mrs. Albright bereits knapp nach zwölf Uhr wieder bei ihnen in der Mensa war. Miss Horne verabschiedete Mister Roberts ein Viertel vor eins im Hof der Uni.
MacGillian sah hinaus in den Regen. Es muss noch eine Verbindung geben, wenn sich Mister Roberts nicht selbst den Kopf eingeschlagen hat. War da nicht eine zweite Vorzimmerdame? Wollte jemand keine Veränderungen der Organisation an der Uni? Mister Roberts war bekannt für seine Neuerungsvorschläge.
MacGillian griff sich seine Pfeife aus der Lade neben der zerbrochenen Porzellanschale und nach der Flasche Whisky.
Es war fünf Uhr und eigentlich Dienstschluss.
Hatte Miss Butcher nicht erwähnt, dass Golfer nur einen Handschuh tragen würden? Und dass sie in Ermangelung eines zweiten Talkum Puder verwendet hatte?
„Ist MacPherson noch im Haus, wenn ja, soll er bitte sofort zu mir kommen." MacGillian legte den Telefonhörer auf die Gabel und lehnte sich in seinem Sessel zurück.
Der Regen macht mich noch krank, dachte er als es klopfte.
„Sir?" Trat MacPherson ein.
„Haben wir die Namen der anderen Golfspieler aus dem Lehrerkollegium? Und wie war der Name der zweiten Vorzimmerdame, die halbtags arbeitet?" „Haben wir Chief, aber ich komm heute nicht mehr an die Daten. Wartungsarbeiten, heißt es."
„Können Sie einen Schirm für mich auftreiben, meiner liegt im Auto." „Kann ich Chief, bring ich gleich. Morgen ab acht Uhr haben Sie die gewünschten Informationen am Tisch. Noch was?
„Nein, MacPherson, einen schönen Abend noch."

rthur hörte aufmerksam Rudiyard Kipplings: Der Mann, der König sein wollte, zu. „Da war ja die Verfilmung mit Sean

Connery und Michael Caine noch besser als Ihre Vorlesung", sagte Arthur Roberts nach dem ersten Kapitel. Ein Buch, einen Roman muss man leben, nicht bloß lesen.
„Sie können sich ja schon ganz schön zum Ausdruck bringen" meinte der Therapeut. Das festzustellen bin ich bei Ihnen, nicht wegen einer Oskar- Nominierung im Vortrag."
„Leihen Sie mir Ihre Brille?" fragte Arthur, „Ich möchte selbst ein Stück daraus vorlesen". Er blätterte das Buch durch bis er an die Stelle kam, an der der Traum vom Königsein sich auflöste, und las vor: „Beachtlich, Sie hätten Dozent werden sollen!" „Bin ich, lächelte Arthur über die geborgte Brille hinweg.
„Und Sie sollten lesen lernen." Er nahm die Brille ab und reichte sie mit dem Buch zurück. „Danke für Ihr Kommen", sagte Arthur. Der Therapeut konnte es sich nicht verkneifen zu sagen: „Danke für Ihr Bleiben, Mister Roberts. Ich besuche Sie morgen wieder. Und ich freue mich aufrichtig, dass Sie durch den Unfall keinen Schaden genommen haben, soweit dürfen Sie meinem Urteil vertrauen. Ich werde auch Lesestunden nehmen. Leben Sie wohl für heute." „Können Sie mir eine Uhr besorgen", rief Arthur noch nach. „Ich sag Doktor Einsteen Bescheid."

Artur war eingenickt als ihn das Schlüsselgeräusch weckte. Angelica hatte wieder zweimal das Schloss hinter sich verriegelt. Sie wechselte die Blumen aus der Vase gegen die neuen aus. „Und da ist die Uhr mit Grüßen von Einsteen" Arthur sah darauf. Was! Erst siebzehn Uhr? Die Zeit vergeht rein gar nicht! Noch an die zweihundert Stunden bis zur Abnahme meines Verbandes. Angelica küsste ihn auf die Lippen. „Soll ich dich waschen?" „Nur wenn du mich auch an deine Wäsche lässt". „Bist du sicher?" Arthur streckte seine Zunge raus wie Albert Einstein, „Antwort genug? Fragte Arthur. „Ist schon eine sonderbare Konstellation. Sex mit einem Mann ohne Gesicht. The Beauty and the Biest, schoss ihr in den Kopf. „Ich wasch dich jetzt! Ich hab Seidendessous an seit ich dich besuche. Willst du sie ausziehen oder soll ich?"
„Komm über mich, wie du bist."

Angelica hob ein Bein über Arthurs Gesicht und kniete so über ihm, dann beugte auch sie sich in seinen Schritt. Arthur mochte das schon viele Male praktiziert haben aber heute war ihr erstes Mal mit ihm. Angelica genoss seine warmen Hände auf ihrem Gesäß und seine Zunge an ihrer Klitoris. Ist schon lange Zeit her, das letzte Mal so offen auf einen Mann zugegangen zu sein. Dass Arthur sich diesen Anblick über zwanzig Jahre aufgehoben hatte, konnte sie dabei nicht ahnen. Aber sie saugte die angestaute Zärtlichkeit ohne Kompromisse in sich auf.

Candida kam in der Unterwäsche von La Perla ins Wohnzimmer. „Wie du siehst lebe ich von und mit Werbegeschenken aus meinen Spots oder Shootings“, erklärte sie ihr Outfit. Dann zog sie sich das trägerlose Kleid über die Beine nach oben und richtete den Busen darin ein.
„Hellgrau harmoniert mit deinem gebräunten Teint, schönes Kleid“, bemerkte Roman.
„Ist von Lagerfeld, nachdem es auf mich zugeschnitten worden war, durfte ich es behalten. Alleine würde ich mich so nackt nicht auf die Straße trauen. Gibst du mir einen Schluck Remy?“
Roman reichte ihr das Glas hoch und bemerkte beim Zurücknehmen, keinen Lippenstiftrand darauf vorzufinden. Er stand auf und nahm Candida in die Arme. Dass sie bekleidet war bekam er unter dem weichen Stoff nicht zu spüren.
„Essen und Schlafen?“ Fragte Roman.
Sie kämmte mit beiden Händen durch ihr kurzes, braunes Haar und blickte wechselweise in seine Augen. „Bist du dir sicher, dass es nicht nur Appetit, sondern immer wiederkehrender Hunger ist? Dass der Wunsch, deine Seele mit mir zu befriedigen, nicht nur das Bett mit mir teilen will?“
„ Nein…, weiß ich nicht! Ich weiß, dass die Stunde aus sechzig Minuten besteht und dreitausendsechshundert Sekunden beinhaltet. Dazu kommen noch Zehntel und Hundertstel. Alles hat seinen zugewiesenen Platz in der Zeit. Aber ich weiß, dass jeder Teil einer Stunde mit dir mir die Zeit bewusster macht.
„Was bist du von Beruf?“ „Diplomingenieur.“
„Komm mein mathematischer Froschkönig, gehen wir ans Meer. Ich möchte die Zeit mit dir vertrödeln und dir zeigen, wie man sie verlängern kann“. „ Bin ich nicht schon der geküsste Prinz?“ warf er ein. „Du bist da, das ist märchenhaft. Und ich fühle mich als das Papier, auf das das Märchen geschrieben werden soll. Lass uns unter die Leute gehen, Hunger hab ich auch“.
Sie zog Roman an die Tür, griff nach dem Lichtschalter und verschloss die Wohnungstür hinter sich.

Angelica seufzte tief durch und drückte sich Arthur an den Mund. „Jetzt du! Lass los, ich fang dich auf.“

Arthur sprang, um dem Feuer zu entkommen. Beide lagen nach dem Brand nebeneinander auf der Bahre. „Wir sind gerettet!“ streichelte Angelica Arthur. Er umarmte sie und drückte sie an sich. „Wie sehe ich aus“, fragte er. „Ich möchte dir einen Antrag machen. Wartest du noch zweihundert Stunden?“
„Maximal“, sagte Angelica. Ich bin vor drei Wochen fünfunddreißig geworden. Sie nahm seinen Gesichtsverband zwischen ihre Hände und küsste Arthur.
„Lässt du mir deinen Slip da? Ich bin kein Unterwäsche-Fetischist. Ich möchte nur etwas von dir zum Schmusen haben! Ohne Oberbekleidung will ich dich aber auch nicht gehen lassen!“
Angelina drückte ihm ihr Höschen in die Hand. „Lass es aber niemand sehen, bitte!“
„Ich halt es fest und lege es vor der Visite ins Nachtkästchen. Da haben die Ärzte noch nie reingeschaut. Ich liebe dich Angelica.“
„Ich dich auch Arthur!“ sie lächelte ihn an. „Mir wird im Schritt kalt sein ohne dich…und meiner Wäsche, es gießt in Strömen draußen“.
„Im Kasten links oben liegen Windel“, scherzte Arthur. „Was machst du heute noch?“
„Ich richte das Essen für Morgen her, ich muss noch an die sechzig Lammkeulen marinieren.
Danach setze ich mich in meinen Ohrsessel und lese den Liebesroman, den ich vor zwei Tagen mittendrin abgebrochen hatte, zu Ende.
Ich muss jetzt Einsteen den Schlüssel bringen.“ Sie strich Arthur mit ihren Fingern über die Lippen und küsste seine Augenlider. „Wenn ich Morgen bei dir bin, sind es wieder vierundzwanzig Stunden weniger Verband!“

„Und“, fragte Einsteen. „Cognac?“ Angelica nickte. „Unser Therapeut hat heute einiges von Mister Roberts mitnehmen können. Er sprach von einem Rhetorik-Kurs, den er belegen wolle. Mister Roberts scheint alle Körperfunktionen wieder steuern zu können. Er ist wieder voll da.“ „War er… ist er“, besserte sich Angelica schnell aus“.

„Ihrem Freudschen Versprecher nach zu urteilen klappt auch sein Sexualtrieb und die Steuerung, damit umzugehen“. Angelica sezierte den Schreibtisch vor sich. Dann blickte sie Einsteen in die Augen.
„Wir wechseln morgen den Verband Miss Horne. Wenn möglich nehmen wir ihn auch ganz ab. Das hängt von der Verheilung seines Implantats ab.“
„Das wünscht er sich am Meisten!“ Warf Angelica ein.
„Unterwäsche haben Sie keine im Spital, oder?“

Einsteen schmunzelte und griff in eine seiner Schubladen im Schreibtisch. „Sowas?“ Schwenkte er ein weißes Stück Stoff in seiner Hand. „Das ist von meiner Frau. Sie war ungefähr so alt wie Sie, als sie starb. Ich möchte es morgen wiederhaben. Sie sind ihr sehr ähnlich und ich denke“, sagte er während er ans regennasse Fenster trat, „Sie könnten es wiederbeleben.“
„Was ist passiert?“Angelica war in den Slip geschlüpft und hatte ihr Kleid darüber gezogen. Sie trat hinter Einsteen. „Es war ein Wetter wie heute, wir fummelten während einer Autofahrt verliebt aneinander rum bis zu dieser verdammten Kurve. Ich hätte beide Hände am Steuer haben sollen! Er wendete sich Angelica zu: „ Die Unterwäsche, die Sie jetzt an haben, machte beim Petting Probleme. Das brachte sie um. Ich möchte sie morgen wieder haben“. Mister Roberts ist auf die Verpackung nicht angewiesen wie ich. Er hat den Inhalt!“ Fügte Einsteen noch hinzu.
Angelica legte den Zimmerschlüssel auf seinen Schreibtisch.
„Danke für alles, Doktor.“

Roman fragte: „Nehmen wir vor dem Essen an einer der Strandbars einen Drink, ja?“
„Ja!“ „Wie lange bleibst du in Cascais?“ „Maximal zwei Nächte, dann muss ich weiter nach Porto.
„Also bin ich nur Durchreise für dich? „ Candida legte die Dekoration des Drinks neben das Glas und nahm einen kräftigen

Schluck vom Planters Punch. „Bedürfnisopfer, oder was?“ „Nein, nippte Roman an seinem Manhattan. „Ich will dich nur einmal für mich alleine haben, ohne Publikum!“.
„Haben sagtest du, nicht lieben! Habenwollen ist selbstsüchtig“, gab sich Candida trotzig.
„Ich bin aus Wien und muss dort auch wieder hin. Ich möchte mit dir schlafen, ohne Zuschauer! Vielleicht am Strand wo die Lichter aufhören? Ich brauch dich nicht zu sehen, nur spüren möchte ich dich. Ist das zu viel verlangt?“
Candida wendete sich Roman zu und drückte sich an ihn. Dann lass es uns im Bewusstsein tun, uns nie wieder zu sehen. Und morgen noch einmal, bevor du abreist?“
„Ist in Ordnung. Willst du vorher oder nachher essen?“ „Nachher, dann hab ich länger was von dir!“

Sie trugen ihre Schuhe in der Hand und Roman hatte seine Hose bis unter die Knie aufgekrempelt.“Ganz schön kalt das Wasser!“ „Bleiben wir hier?“ stoppte Candida seinen Schritt, „bevor wir kalte Füße bekommen!“

Die letzten Lichter der Promenadenbeleuchtung waren bereits weit hinter ihnen. „Da“, zeigte sie mit ihrer Hand, „im Schutz der Felswand?“ Sie entfernten sich vom flutenden Atlantik und tauchten ein. Der Mond deckte Candida dabei versöhnlich zu. „Mann im Mond“, flüsterte sie dabei. „ich glaubte bis heute nicht daran, dass es ihn gibt!
“
Und danach:

„Gehen wir ins Meer uns abkühlen? Wer sich als Erster traut muss Morgen den Abend gestalten!“ Übermütig stieß Candida Roman aus ihrer Umarmung und lief in die schäumende Brandung. „Nachdem du gewonnen hast“, rief er ihr laut nach, um die Brandung zu übertönen, „sehe ich keine Notwendigkeit als Zweiter zu frieren.“

Candida kam aus dem Wasser und wärmte sich an Roman. „Darf ich dir über mich erzählen, bis ich trocken genug bin, mich anzuziehen?“
Eine stumme, nur vom brandenden Meer begleitete Pause entstand.

„Verzeih! Mit dir geschlafen zu haben macht mich wortlos. Da ist augenblicklich noch die Leere, die du eben ausgefüllt hast. Lass uns beim Essen darüber reden. Ich möchte jetzt der Erinnerung nachhängen.“
„Auswertung, oder sowas, Herr Diplomingenieur?

„Mathematisch und technisch betrachtet, ja. Du hast meine Festplatte überfordert.
Du verplanst also den morgigen Tag? Aber bitte erst ab zwei Uhr. Ich hab vormittags einen Termin bei der Stadtverwaltung in Cascais. Bist du trocken?“

Candida kleidete sich in Beantwortung seiner Frage an.
Roman schlüpfte ebenfalls in Unterwäsche, Hose und Hemd.
„Lassen wir den Mond da?“ Fragte sie. „Den nehmen wir mit für jedes Mal wenn wir Sehnsucht für einander empfinden“ umarmte Roman Candida. „Du meinst jeder alleine für sich?“
„Nur bis du jemanden gefunden hast, den du liebst, …ja.“
„Du hast nicht im Plural gesprochen“, brach Candida das entstandene Schweigen.
Sie hatten die Strandpromenade wieder erreicht. „Du hast schon wen gefunden, den du liebst, Julia?“ „Ich glaube ja!“
„Was hat dann er Mond mit uns zu tun?“
„Nun er ist da. Wie du und ich. Es gibt ihn zunehmend, abnehmend, voll und als Neumond. Ich wollte dir aber keine Präsentation darüber machen.“
„Brauchst du auch nicht. Es ist heute das Schönste, was ich je erlebt hab, passiert. Du musst dich nicht in meine Gefühle drängen. Du bist mitten drinnen.“ Gab Candida zur Antwort.

9. Tag

MacPherson trat mit einigen Ausdrucken in der Hand in MacGillians Büro und legte sie vor ihn auf den Schreibtisch.
„Das sind die Daten, die sie gestern hinterfragt hatten.“
„MacGillian sah auf. „Ich wollte eben in die Uni fahren, bevor der Rektor da ist. Ich muss mit der Halbtagskraft in seinem Büro sprechen.“ Er klaubte die Zettel, die ihm der Costable auf den Tisch gelegt hatte, auseinander.
„Brauchen Sie mich noch Chief?“ „Nein danke, ich fahre selbst.“
Patricia Wyngard-MacKenzie war also ihr Name, dann stutzte er. Verheiratet mit Mister Scott MacKenzie? Ist das nicht einer der Kandidaten gewesen? So unter ferner liefen. MacGillian blätterte die Kandidatenliste durch. Richtig! Vielleicht bestand hier ein Zusammenhang?
Er trank den mittlerweile kalt gewordenen Kaffee aus und ging auf den Parkplatz zu seinem Wagen. Es hatte in der Nacht schon aufgehört zu regnen. Nur mehr Pfützen schwammen noch in den Untiefen der Pflasterung des Parkplatzes.
Er schloss den Wagen auf und legte die komplette Akte Roberts auf den Rücksitz.
MacGillian ließ den Scheibenwischer ein paar Mal über die noch nasse Windschutzscheibe quietschen und startete sein Auto in Richtung der Universität.

Mit dem Ordner in der Hand klopfte er an die Tür des Sekretariats und trat ein.
„Detective Chief Inspector MackGillian, Police“, stellte er sich vor,
Miss Butcher kannte ihn ja bereits.
„Mrs. Patricia Wyngard-MacKenzie?“ Trat er auf die junge Frau zu. „Können wir uns alleine unterhalten?“

Miss Butcher schob ihren Sessel demonstrativ und laut auf dem Parkettboden zurück und verließ den Raum. „Bin in der Teeküche“, sagte sie kurz angebunden.
„ Patricia gib mir Bescheid wenn ihr fertig seid! Borgst du mir deine Tageszeitung?“ Miss. Hirschkuh schloss die Tür hinter sich.
„Darf ich ablegen?“ MacGillian sah sich nach einem Kleiderständer um.
„Neben der Tür hinter Ihnen. Worum geht es? Ich hab zu arbeiten. Mein Dienst ist um ein Uhr zu Ende. Bis dahin muss der Schreibtisch aufgearbeitet sein.“ Sie wies auf einen beachtlichen Stoß Papiere vor ihr.
„Darf ich mich setzten?“ Setzte sich MacGillian ihr gegenüber und legte seine Akte vor sich auf ihren Schreibtisch. Sie zog ihren Papierkram aus seinem Bereich an sich. „Bitte, Sie sitzen ja bereits!“
Er schlug den Ordner auf. „Sie sind geborene Patricia Wyngard! Verheiratet mit Mister Scott MacKenzie! Er setzte den Satz als Feststellung an und nicht als Frage.
„Ja?“ „Wo waren sie zum Zeitpunkt, als Mister Roberts auf der Toilette niedergeschlagen worden ist?“ „Hier!“ „Alleine?“ hakte MacGillian nach. „Ich sagte ja, dass ich bis ein Uhr Dienst habe. Ich esse nicht in der Mensa. Ja, ich war alleine hier! Sonst unterweist Sir Rowland Miss Butcher in Golftechniken. An dem Tag war er in seinem Zimmer. Miss Butcher war mit den Unterlagen des ersten Wahldurchgangs bei ihm.“
„Haben Sie gewusst, dass Sir Rowland den Golfschläger nach Unterweisung Miss Butchers danach immer hier im Schirmständer deponierte?“
Eine Antwort blieb aus.
„Sie sind eine sehr attraktive Frau und ich schätze zwei Drittel jünger als Mister McKenzie. Stehen sie in einer Art Hörigkeit zu ihm? Sir Rowland geht in fünf Jahren in den Ruhestand. Können Sie sich vorstellen, dass eine Titelverteidigung ein Motiv gewesen sein könnte? Dass Ihr Ehemann mit Sir Rowland um die Nachfolge kooperiert hat?“
Und nach einer Pause:

„Mister Roberts ist bekannt dafür, das ganze System an der Uni erneuern zu wollen. Vielleicht würde Sie das wegrationalisieren? Mrs. Wyngard-MacKenzie, ich möchte in alle ihre Schreibtische und Kästen sehen!"
„Das ist doch schon geschehen", erwiderte Patricia nervös. „Ja, aber da wussten wir noch nicht, wonach wir suchen sollen. Wir hatten nur nach der Tatwaffe gesucht!"
„Und wonach suchen Sie jetzt?" „Das sag ich Ihnen, wenn ich es gefunden habe." antwortete MacGillian im Aufstehen.
„Brauch ich einen Anwalt?!" Das weiß ich erst nach meinen Ermittlungen. Lassen Sie mich an Ihren Schreibtisch, bitte!"
Mrs. Wyngard-McKenzie stand auf und trat zurück. „Dürfen Sie das überhaupt! Müssen Sie dazu nicht sowas wie eine amtlich bestätigte Durchsuchung vorzeigen?"
„Wenn Sie nichts zu verbergen haben nicht. Ansonsten lasse ich die Kanzlei versiegeln, Sie kommen mit aufs Kommissariat und bleiben da, bis ich den Durchsuchungsbefehl habe. Sie können wählen!"

Cascais, am Ende der Costa Lisboa, lag an grünen Hügeln, die sich bis Cabo Raso hinter den Buchten anhoben. Bei seinem Termin um elf Uhr in der zuständigen Behörde, ersuchte man ihn noch ein paar Minuten zu warten. „Der Amtsdirektor musste außer Haus, käme aber gleich. Nehmen Sie bitte Platz Senor Polansky, Kaffee?“ Roman bejahte und hatte ein gutes Gefühl, hier seiner Aufgabe für seine Firma nachkommen zu können. Zwei Kilometer südlich des Campingplatzes hatte er in der Früh eine Möglichkeit für einen Yachthafen ausgemacht. Die Meerestiefe der Bucht betrug acht Meter. Es müssten lediglich Bojen für die Verankerung der Boote angebracht werden. Nachdem der Meeresboden sich nach etwa zweihundert Metern vom Strand wieder auf drei bis vier Meter anhob wäre das Ideal und auch kostengünstig für einen schützenden Damm gegenüber der Brandung von Ebbe und Flut.

Er trank seinen Kaffee aus und folgte Senor Rodriquez, der eben den Raum betreten hatte und ihn aufforderte, in sein Büro mitzukommen. „Entschuldigen Sie die Verspätung Senor Polansky“, streckte er ihm eine starke, trockene Hand entgegen. „Setzen Sie sich bitte.
Sie haben schon konkrete Vorstellung für eine Marina?“ ging er die Sache direkt an.
„Ja!“ Roman breitete den Plan des Küstenstreifens um Cascais vor Rodriquez aus. „Hier“, legte er die Karte mit seinen Markierungen auf den Schreibtisch. Rodriquez nahm seine Brille aus dem Etui und beugte sich darüber.
„Ein gut gewählter Platz“, nickte er. „Wir haben von dort bis in die Stadt jede Menge Restaurants und Bars. Und wir haben Estoril im Rücken. Eine Stadt mit internationalem Hintergrund. Alleine schon wegen des größten Spielcasinos Europas. Unsere beiden Städte, Cascais und Estoril, sowie die ganze Costa Azul sind mittlerweile auf Tourismus angewiesen. Wir haben in etwas investiert, was erst zu bezahlen ist, wenn Sie verstehen was ich meine. Welche Sicherheiten bringen Sie ein?“
„Die Firma First Vienna Yacht Club, FVYC, ist führend in Österreich. Da Wien auch Drehscheibe zum Osten ist, haben wir

noch zusätzlich finanzkräftiges Investoren von dort. Wir betreiben schon Marinas in Jugoslawien, beziehungsweise in den Ländern Kroatien und Slowenien. Und an der Adriaküste Italiens."
„Unter der Voraussetzung, dass Ihre Firma komplett für den Ausbau der Bucht aufkommt und das unter Einbeziehung unserer regionalen Bauunternehmungen, ist unsere Behörde mit Ihrem Vorschlag einverstanden. Ich benötige noch die Bilanz vom FVYC des letzten Jahres und eine einjährige Bankgarantie. Wenn ich die in Händen habe, haben Sie auch den Amtsstempel auf Ihrer Einreichung."
Roman nickte und wollte aufstehen. „Warten Sie noch, wie stellen Sie sich die Treibstoffversorgung vor?"
„Steht alles in den Unterlagen in Ihren Händen. Eine schwimmende doppelwandige Dieseltankstelle gleich hinter der geschützten Mole." Das Meer ist dort bis zu acht Metern tief. Ankerplätze liefert der Damm selbst, sowie im Boden verankerte Bojen." „Ich sehe Sie haben Ihre Hausaufgaben gemacht", blitzten Rodriquez Zähne ihm entgegen. „Es war mir sehr angenehm, Senor Rodriquez. Rechnen Sie mit vierzehn Tagen für unsere Anbotslegung. Wir würden gerne noch vor den schweren Herbststürmen die Ufermole aufgebaut wissen."
Rodriquez erhob sich ebenfalls aus seinem Sessel und reichte Roman die Hand. „Auf Wiedersehen Senor Polansky!"

Roman stieg ins Auto. Es war knapp vor Zwölf. Er fuhr sofort ins Hotel und setzte sich an den Laptop. Er klopfte alle Informationen auf der Tastatur in die Elektronik. Auch eine ungefähre Kostenrechnung stellte er anhand seiner Tabellen auf.
„So! Senden an, Enter und dann duschen!"
„Ich bin's, Candida", hatte sie ihn ans Telefon geklingelt. „Bist du schon fertig mit deiner Arbeit?" „Den Moment, ich dusche grad, Kommst du zu mirzu dir, oder du zu mir?"
„Komm du zu mir. Der verbrannte Geruch ist aus der Wohnung…Und ich möchte dich in meinem Bett haben. Nicht morgen schon in der Hotelwäsche landen".
„Ist gut, ich freue mich! Gib mir eine halbe Stunde, ja?"

MacGillian hatte jemand aus dem Revier angefordert.
Als ein Constable eintraf, begann er die Schreibtische der beiden Sekretärinnen zu durchsuchen.
„Guter Versuch, Mrs. Wyngard-MacKenzie!“ wendete er sich ihr zu. „Golfer tragen nur einen Handschuh, links oder rechts“ „Das hier, nahm er aus einer der Laden von Miss Butcher, ist ein Linkshänder-Handschuh. Miss Butchers ist Rechtshänderin!
Ich könnte mir vorstellen, dass Reste von Talkum Puder, das sehr gut Fingerabdrücke konserviert, darauf zu finden sind, die nicht von Miss Butcher stammen. Sie spielen selbst auch Golf?“ „Hin und wieder mit meinem Mann, ja!“
Auf Mordversuch stehen bis zu zwanzig Jahre Haft. Ohne entlastenden Hintergrund für die Tat bekommt der Täter mit Sicherheit dieses Höchstmaß!
Miss Butcher trug keine Handschuhe bei ihren Trainingsstunden mit Sir Rowland. Und sie war zum Tatzeitpunkt hinter dieser Tür.“ Er wies auf das Rektorenzimmer. „Sie hatte glaubhaft machen können, mit Sir Rowland zwischen zwölf und ein Uhr mittags Sex gehabt zu haben. Sie war zum gleichen Zeitpunkt wie Mister Roberts auf der Herrentoilette um sich, sagen wir, die Hände zu waschen. Sie wollte sich das Stockwerk tiefer ersparen. Mister Roberts hat das bestätigt. Sie wussten, dass zwischen dem Rektor und Miss Butcher was läuft. Außerdem ist dieser Handschuh hier sicher nicht Miss Butchres Größe. Also!? Wollen Sie jetzt einen Anwalt?
Kommen Sie! Sie können einen vom Revier aus anrufen. Oder eine Aussage machen. Sie sind festgenommen!
Ach, und wo ist die Teeküche? Ich muss Miss Butcher noch sagen, dass Sie Ihre Arbeit vorläufig mitmachen muss! Wir wollen doch beide nicht, dass Sir Rowland überfordert wird?“

„Mister Roberts, wie geht es Ihnen?“ Mit Einsteen kamen zwei Schwestern und dem Neurochirurgen ins Zimmer. „Ich fühle mich Ihnen gegenüber sehr verbunden“, scherzte er.
„Sie haben ja Riesenfortschritte gemacht! Wir wechseln jetzt Ihren Verband und werden sehen, was wir davon weglassen können.“ Beide Ärzte machten sich daran Roberts Schädel und sein Gesicht freizulegen.
„Darf ich mir an den Schädel fassen?“ fragte Arthur, „ehe Sie den neuen Verband anlegen?“ Einsteen nickte und Arthur griff die kahl geschorene Hälfte seines Kopfes ab.
Er ertaste eine elliptische Naht, wo die Schädelplatte eingesetzt worden war. „Da spür ich mich nicht!“ „Das wird, Mister Roberts. Die Nervenenden müssen noch zusammenwachsen. Wir cremen jetzt die Wundränder ein und dann kriegen Sie diese wunderschöne Spitalshaube auf den Kopf“. Er zeigte ihm einen gefütterten Helm. „Das ist nur für die Eventualität, dass Sie in der Nacht an den Schädel greifen. Der Heilungsprozess wird Sie bald jucken“.
„Haben Sie einen Spiegel, Professor?“ „Ich geb Miss Horne einen mit, wenn sie Sie besucht. Wir befestigen die Haube nur mit einem Helmband. Die Schwestern waschen Ihnen das Gesicht noch vorher. Ich wünsche Ihnen einen schönen Abend.“
Gegen fünf Uhr kam das Essen. Um sechs Uhr Angelica mit dem versprochenen Handspiegel.
„Du greifst dich schon wieder wie ein Mensch an“, streichelte sie seine Wangen und gab ihm einen Kuss. „Lass mich in den Spiegel schauen“, bettelte Arthur. „Gib schon her!“
Arthur zog Grimassen und betrachtete sich darin. Dann sagte er: „Warum soll ich dich heiraten wollen? So wie ich aussehe kann ich jede kriegen.“
„Soll ich die Schwesterntruppe antanzen lassen? „Warum drohst du mir?“ sagte Arthur vorwurfsvoll. Ist die Polizei schon weiter gekommen?“
„Sie haben eine Spur. Ich hab heute mit dem Chief Inspector telefoniert. Er geht von einer Art Verschwörung aus. Details könne er in einer laufenden Ermittlung keine bekannt geben“. Während Angelica die Blumen von gestern am Fensterbrett neu

steckte und die welken entfernte, fragte sie: „Dir ist nichts aufgefallen, oder dazu eingefallen, was da mittags zwischen den beiden Wahlperioden vorgefallen ist?"
„Ich weiß nur, dass Miss Hirschkuh, ich kenn ihren Namen bis heute nicht, am Waschbecken in der Toilette vor mir stand, als ich rauskam. Sie streifte den Moment ihr Kleid über die Beine runter. Dann wurde mein Erstaunen, sie auf der Herrentoilette zu sehen, abrupt beendet. Mehr weiß ich nicht".

MacGillian hatte eine Theorie aufgestellt. Patricia Wyngard-McKenzie war sicher nur Werkzeug einer Verschwörung. Dahinter vermutete er ihren Ehemann und vielleicht sogar den Rektor.
MacPherson bezog vor der Spiegelwand des Vernehmungsraumes seinen Platz. Er hatte die Polizeischule eben abgeschlossen und war der Kriminalabteilung MacGillians zugeordnet worden. MacGillian hatte ihn in die Schule empfohlen. Heute war sein erster Tag im Dienst als Inspector. Als der Chief in den Verhörraum zu Mrs Wyngard-MacKenzie trat, drückte MacPherson seine Nase fast an die Scheibe.
„Wie ich sehe, wurden Ihnen die Fingerabdrücke bereits abgenommen." Patricia wischte immer noch pedantisch mit einem Feuchtigkeitstuch daran herum und sah nicht auf, als MacGillian den Raum betrat und sich hinter sie stellte. Er legte das Aufnahmegerät auf den Tisch und schaltete es ein. „In ein paar Stunden haben wir den Vergleich zu den Fingerabdrücken in und auf dem Handschuh. Das Nappaleder ermöglicht uns präzise Vergleiche anzustellen. Patricia", beugte sich MacGilian vertrauensvoll vor. „Sie können Ihre Situation nur noch verbessern."
Patricia saugte sich mit ihrem Blick an der gläsernen Tischplatte vor sich fest. Dann hob sie plötzlich den Kopf. „Wir alle vier waren es!"
„Können Sie mir das verdeutlichen, ich brauche Details", legte MacGillian seine Hand auf ihre. „Kommen Sie, je mehr Sie erzählen, umso besser kann Ihre Situation nur werden. Wurden Sie zu der Tat angestiftet?"

Patricia holte tief Luft. „Vor zirka vier Monaten, als die Nominierung zur Wahl des Rektors vorbereit worden ist“ bejahte sie.
In die entstandene Pause fragte MacGillian:„Und weiter?“
Wir, Miss Butcher und ich, kannten die Konzepte der Bewerber. Wie natürlich der amtierende Rektor, Sir Rowland“.

„Mein Mann hat diese Informationen bei mir hinterfragt. Auch er hatte ja ein Konzept für seine Nominierung zum Rektor abgeben müssen.

Ich will in kein Lesben-Gefängnis, verstehen Sie? Ich will auch keine ganze Knackwurst einmal in der Woche für ordentliche Führung in die Zelle bekommen.
Wenn Sie so wollen bin ich eine Sklavin. Hörig, wie Sie das genannt haben.
Ich unserem Haus und meinem Kind, dass ich in mir trage, gegenüber. Und Miss Butcher gegenüber dem Rektor.“
Und nach einer Pause:
„Wir saßen im März, also mein Mann, Sir Rowland, Miss Butcher, Sir Donald Scott und ich im Büro vom Rektor.

„Wenn es Mister Roberts, Professor Doktor, gelingt, seine Ideen an der Uni umzusetzen, so wird das krasse Einschnitte in unseren Arbeitsablauf bringen“, sagte Sir Rowland. „Ich habe Sie drei aus aktuellem Grund zu mir gebeten. Mister MacKenzie“, mein Adlatus sprach er nicht aus, um nach der eingetretenen Kunstpause fortzufahren. „Ihr Mann, Miss Wyngard-MacKenzie wird, wenn Mister Roberts Rektor werden sollte, an der Uni nicht mehr gebraucht. Genauso wenig wie ich. Und damit auch nicht mehr Miss Butcher. Ich habe schon über zehn Jahre keinen Unterricht praktiziert und Sie MacKenzie als Vertreter des lutherischen Glaubens sind genauso abkömmlich. Wir wären dann allesamt übrig gebliebene Nieten nach einer Neukonstruktion

Sie, Patricia und Sie, Scott sind doch vor ein paar Wochen in die Queen Street gezogen mit Blick über Queen Street Gardens auf das Castle.
Ich selbst hab Ihnen die Gehaltbestätigung für die Bank ausgestellt! Ich kann, wenn ich nicht mehr Rektor bin, keinen von Ihnen halten. Jemand anders wird sich in die Bibel einlesen. Mister Roberts denkt da sicher an Doktor Emanuel Prentiss. Als Humanist könnte er Ihre Vorlesungen den Studenten ebenfalls nahebringen. Außerdem sind die sowieso kaum belegt. Und Ihre Funktion als persönlicher Sekretär wird Roberts sicher auch nicht beanspruchen.
Das war der Einstieg".
„Warum haben Sie kein Veto eingelegt?" fragte MacGillian.
Zum ersten Mal konnte er Tränen in ihren Augen sehen.
„Bemitleiden Sie sich jetzt selbst oder sehe ich Reue?" „Reue, wenn Sie's fürs Protokoll verwenden können", schluchzte Patrica los.
McGillian schob ihr ein Taschentuch über den Tisch. „Wollen Sie einen Kaffee oder ein Wasser?" „Wasser, bitte. Ja."
MacPherson, der draußen vor der Spiegelwand der Vernehmung, wie es das Protokoll vorsieht, beiwohnte, führte das Stichwort Wasser aus.
Nachdem Mrs. Patricia Wyngard-MacKenzie ihre Fassung wiedergefunden hatte, schaltete MacGillian das Aufnahmegerät am Tisch wieder ein.
MacPherson schloss die Tür hinter sich und bezog wieder Stellung.
Er nippte an seinem viel zu heißen Kaffee aus dem Automaten am Gang „Heiß tut er weh, trinkwarm schmeckt er fürchterlich", maulte er vor sich hin.
„Sie haben das Attentat, das eigentlich ein Mord werden sollte, über so viele Monate geplant?" MacGillian sah Patricia aufmerksam an.
„Es war ein Mordgedanke, natürlich. Alles andere hätte niemanden einen Vorteil gebracht!"
„Und Sie haben das Los gezogen?"
Patricia heulte los. „Alle haben mich im Stich gelassen!

Sir Rowland vergnügte sich mit Miss Butcher hinter verschlossener Tür.
k
Mein Mann war nicht da. Wie ich durch Ihre Ermittlungen erfahren habe, war er mit dem Lehrkörper bis zum zweiten Wahldurchgang in der Mensa.
Ich wollte ihn ungefähr zur Tatzeit holen gehen. Ich dachte Mord ist doch Männersache!
Die Toilettenanlage für Herren ist gleich neben unserer Kanzlei. Ich schloss die Tür wieder hinter mir, als ich im Stiegenhaus Mister Roberts den Weg dorthin einschlagen sah. Irgendwas muss her, ihn damit zu erschlagen, suchte ich fieberhaft nach einem Gegenstand.
Ich dachte in diesem Moment nur an unser Kind in meinem Bauch und an seine Zukunft. Ohne Haus und unsere Jobs!"
MacGillian unterbrach ihren Redeschwall, und ergänzte: „Und jetzt auch ohne seine Eltern!"
„Ich will einen Anwalt", sagte Patricia." Ohne Anwalt sage ich gar nichts mehr!"

„Kommen Sie, Miss Wyngard! Sie haben sowieso schon alles gestanden.
Warum haben Sir Rowland, Miss Butcher und vor allem Ihr Mann Sie im Stich gelassen? Wollte Ihr Mann das Kind nicht? Wollte er Sie loswerden?"
„Bin ich in Ihren Augen krank, mit knapp Sechsundzwanzig Jahren einem Mann an die Ich hab für siebzehn Uhr eine Schifffahrt vom Hafen unten nach Cabo Raso und zurück für uns gebucht.
In den Sonnenuntergang, mit Candlelight Dinner. Vier Gänge mit Weinführung. Wir sind alleine am Schiff!"
„Geld spielt keine Rolle!", rügte Roman. „Ich spar wieder wenn du weg bist, dann habe ich Zeit genug dafür". Candida küsste Roman auf den Mund und schwang sich aus dem Bett. Roman verschränkte die Arme hinter dem Kopf und sah sich an der weißen Decke nochmals den eben abgelaufenen Film an. Im

Nachspann wurden drei Namen erwähn: Roman, Candida und die Regie: Julia Roberts!"
Sechzig hörig zu sein? In jeder Beziehung! Er wusste um das Leben nach dem Tod und wie man es sich auf Erden schon richten kann."
„Also pervers im langläufigen Sinn, oder war er spezialisiert?" fragte MacGillian gnadenlos weiter. „Er war am Anfang so romantisch und so viel anders, als die jungen Leute um mich, die selbst nicht wussten was sie wollten. Scott konnte mir die Dinge erklären die mich reinigen, von Anfang an. Er hatte auf alles eine Antwort."
Patricia griff nach dem Glas Wasser und MacGillian lehnte sich im Sessel wieder zurück.
„Ich weiß nicht warum mich alle im Stich gelassen haben. Vielleicht muss man was aufgeben, um eine Veränderung herbeizuführen? Ich weiß es einfach nicht!
Sie machen mir jetzt seit über einer Stunde Türen auf, die vor mir versperrt gewesen waren. Ich trau mich da nicht alleine weiterzugehen".
„Sie brauchen nur geradeaus laufen, Patrica. Sie sind noch im Keller. Mit jeder Stufe, die Sie nehmen, mit jeder Tür, die Sie selbst aufmachen, werden Sie sicherer.
Wie war der Hergang, nachdem Sie Mister Roberts die Treppe raufkommen sahen?"

Patrica schluckte. „Ich ging zurück ins Sekretariat. Als erstes fiel mir der Briefbeschwerer ein. Genauso schnell wurde mir bewusst, dabei auf Körperkontakt mit Mister Roberts gehen zu müssen. Ich hab noch nie gemordet und suchte den Körperkontakt dabei zu vermeiden. Da fiel mir der Golfschläger im Schirmständer ein. Ich zog meine Handschuhe an. Ich hab immer welche dabei, weil ich damit das Lenkrad besser bedienen kann." „Wir haben nur einen Handschuh gefunden. Und den in Miss Butchers Schreibtischlade. Wie erklären Sie das? Hat Ihr Mann den Ablauf manipuliert oder Sir George Rowland. Wer hat Ihren zweiten Handschuh?" Schweigen!

„Ich kann's Ihnen sagen, Ihr Mann!“ „Sie werden einiges von mir bei meinem Mann finden. Es heißt doch Mann und Frau!“ Versuchte Patricia sich wieder dem Strudel, der sie hinunterzuziehen drohte, zu entziehen.
„Hat Mister Roberts Sie nicht bemerkt, als sie in die Herrentoilette gingen?“
„Nein. Er muss sich gerade auf der Toilette befunden haben.“ Ich hörte die Wasserspülung und versteckte mich in einer der Toiletten.“
„Und Sie haben zugeschlagen, als er heraus kam?“ „Wollte ich, aber da kam noch jemand herein. Als ich Miss Butchers Stimme identifizieren konnte, riss ich allen Mut zusammen und trat hinter Mister Roberts, der sich eben Miss Butcher zuge wendet hatte. Dann schlug ich mit meiner ganzen Kraft zu.“
„Haben Sie mit Sir Rowland und Ihrem Mann darüber gesprochen?“ „Nein, wozu auch. Die Mission war auftragsgemäß erledigt. Und jeder von uns wusste ob er's getan hatte oder nicht.“
„Auftragsgemäß! Also wurden Sie angehalten, Mister Roberts zu erschlagen?“
„Wenn Sie so wollen, ja. Ich sah in dem Moment keine andere Option. Ich war für die anderen drei die Erpressbarste. Sie wissen, mein Kind, unser Haus, der Job!“
„…Und Ihr Mann, Mister Scott MacKenzie“, fügte sich MacGillian in ihren Monolog ein, „ war ebenfalls knapp vor eins aus der Mensa gegangen. Wie auch das gesamte Lehrerkollegium. Alle waren danach auf dem Weg in die Bibliothek. Und der führt am Sekretariat und somit an der Herrentoilette vorbei.
Es könnte jeder gewesen sein. Warum Sie?“
„Ich habe Ihnen alles gesagt Chief Inspector. Ich will jetzt einen Anwalt!“

„Gut“, erhob sich MacGillian. „Sie können gehen, haben sich aber zur Verfügung zu halten. Bis dahin haben Sie auch Zeit, sich um einen Anwalt zu kümmern.

Und…Mrs. Patricia Wyngard-MacKenzie. Ich glaube Ihnen kein Wort!“

Candida öffnete Roman die Tür. Am Weg hatte er Veilchen gekauft, wo immer die um diese Jahreszeit auch herkommen mochten. Candida nahm die Blumen entgegen. Noch freudiger aber nahm sie Roman in die Arme.
„Komm doch weiter!"
Die Wohnung war aufgeräumter als gestern. Es roch auch tatsächlich nicht angebrannt.

„Ich hab eine Kleinigkeit zum Essen vorbereitet", zog sie ihn an den Tisch.
„Mittags Kerzen?" Betrachtete Roman den gedeckten Tisch.
„Warum nicht! Die hatten alle schon einmal meine Körpertemperatur und ich brauch sie heute nicht", lachte sie. „Du weißt, heute verplane ich den Tag! Setz dich, ich hol den Wein."
Aus der Küche hörte er das Hantieren mit Tellern und das Öffnen einer Weinflasche.
„Das ist ein Rioja Riserva. Hab ich bei Fotoaufnahmen für eine Weinkellerei in Granada bekommen. Der sollte noch ein bisschen atmen." Sie stellte zwei Teller mit Serrano Schinken, schwarze Oliven und ein Körbchen mit Weißbrot auf den Tisch. Dann schenkte sie die Gläser halbvoll ein.
„Wie war dein Vormittag? Willst du vielleicht ein Bier zur Erfrischung?"
„Hast du?"
Candida stand noch einmal auf, um mit einem Glas Bier zurückzukommen. Dann setzte sie sich wieder neben Roman.
„Es lief gut. Ich war auf der zuständigen Behörde in Cascais. Wir konnten uns über den Bau der Marina unterhalb des Campingplatzes einigen. Ich hab auch schon eine grobe Kostenaufstellung angestellt und nach Wien gemailt. Und du?"
„Du siehst ja, ich hab meine Wohnung aufgeräumt und die angebrannten Reste von gestern beseitigt. Ich hab das Bett frisch überzogen. Damit ich Erinnerungen darin noch lange nachhängen kann.
Ich liebe dich so sehr…! So sehr", drückte sie Roman an ihre Brust.

.„Ich glaub, der Wein hat jetzt lange genug geatmet. Stoßen wir auf den heutigen Tag an!“ Versuchte er ihrer angenehmen Umklammerung zu entkommen. Ihr Körper schmiegte sich ihm an und duftete nach ihr.
„Also“, sagte Roman und lenkte sich von ihrer Seele ab. Er nahm die beiden Gläser und reichte eines davon Candida. „Auf uns beide!“
Candida nahm einen durstigen Schluck. „Willst du duschen?“
„Hab ich grad, bevor ich zu dir gekommen bin.“ „Ich auch“, sagte Candida.
Sie öffnete seine Hose und zog ihn am Inhalt ins Schlafzimmer. „Ich muss lustig sein, sonst sterbe ich!“
Roman küsste sie auf ihre Lippen und in ihren Mund. Danach setzte er sich aufs Bett, schob Candidas Kleid über ihr Becken hinauf und wiederholte seine Zärtlichkeit in ihrem Schritt.
Das Bett quietsche unter ihrer beider Last, als sie ihr Kleid nach obenhin abstreifte und sich übermütig neben ihn fallen ließ. „Lass mich dich auch küssen“, drückte sie Roman in die frisch gewaschene Bettwäsche.
„Mit Mund-oder Schamlippen?“ „Eins nach dem Anderen! Ist mein Plan-Tag heute, schon vergessen?“ hielt Candida ihn unter Kontrolle.

Die Sonne hüllte in ihrem sich ständig verändernden Einfallswinkel letztendlich das ganze Zimmer in Helligkeit und Wärme.
Sie zogen beide gleichzeitig die Vorhänge zu, um sich abzukühlen. Das Licht im Raum wurde milder und blendete nicht mehr. Sie konnten sich wahrnehmen, was sie sich eben waren
.
„War‘s schön für dich ?“ streichelte Candida Roman's Brust. Ihre Brustwarzen waren noch immer gespannt und ihr Atem unter der Bauchdecke beruhigte sich langsam.
„Mein Körper wollte dir ständig davonlaufen, normalisierte sich auch Romans Atem wieder. „Bis ich draufgekommen bin, dass hinter dir herzulaufen erstrebenswerter ist. Roman zog Candida von neben sich auf sich.

„Du hast mich aber doch eingeholt? Ich bin absichtlich langsamer geworden“, lächelte Candida. Trinken wir den Wein noch aus?

„Überraschung! Ich hab heute zwei gute Nachrichten für dich“ trat Angelina ins Zimmer zu Arthur. „Welche willst du zuerst hören?“

Sie trat an sein Bett. „Gut siehst du aus ohne Komplettverband“, nahm sie seine Wangen zwischen ihre Hände und küsste seinen Mund.

„Die erste ist meistens die Gute. Ich nehm die Zweite zuerst! Spann mich nicht auf die Folter, sag schon!“

Ich hab dir Austernsuppe und Jakobsmuschel mit Langustinos und Spinatmousse mitgebracht. Die Schwestern haben mir erlaubt, ihre Mikrowelle zum Aufwärmen zu benutzen.

„Stand das heute am Menüplan der Mensa? Ist unsere Mensa zur Haubenküche avanciert?“ „Meine Haube zu deiner Haube“, antwortete sie übermütig und legte ihm das Besteck vor.

„Ich hab auch Porzellan von zu Hause mitgebracht. Komm setzt dich an den Tisch und iss, bevor es kalt wird.“ Arthur nahm seine Beine aus dem Bett und setzte sich neben Angelica an den Tisch. Zwischen Ah und Hm fragte Arthur nach der zweiten angekündigten Überraschung. Angelica schob den Zimmerschlüssel über den Tisch. „Der ist die Nachspeise, wenn du noch Gusto auf ein Dessert hast.“

„Du hast meine Fragepriorität mit deinen Antworten manipuliert! Hast du?“ Angelica nickte und griff nach seiner Hand. „ Du hast eine gute Reihenfolge gewählt“, antwortete Arthur auf ihr Stillschweigen. „Mir wird angenehm bewusst, dass was immer du wünschst, du es konform mit mir steuerst.“

Mit Satzende ging Angelica an die Tür und sperrte zu.

„Das hab ich gemeint“, umarmte er sie und zog sie ins Bett.

Julia hatte die Auswahl an Fotos für Vogue abgeschlossen. Gonzales hatte sie vormittags angeliefert und auch die Negative, die sie verlangt hatte, mitgebracht. Sie hatte Lisas Ausschweifungen aus den Negativfilmen und die Fotos zerschnippselt.
„Der Wichser hat sich sicher Abzüge davon gemacht!“ murmelte sie vor sich hin.
Sie setzte sich auf die Terrasse.
Der Nachmittag schickte eine angenehme Brise vom Tejo-Delta und das Sonnenlicht wurde bereits weicher.
Im achten Stock war sie für die niedrigeren Gebäude rundum nicht einsehbar.
„Ich lass jetzt einfach gestern raus. Roman, die Orgie, die Arbeit und meinen angestauten Druck. Ich dreh alle Ventile auf und lass mich auslaufen!“ sich selbst bestätigend, rutschte sie mit ihrem Becken an den Sesselrand vor. Ihre stimulierte Klitoris wie auch der Drang zu pinkeln kombinierten angenehm mit ihrem Stressabbau. „Und jetzt ein Macallan,“ murmelte sie halblaut im Aufstehen. Doch selbst nach einem doppelten war Roman immer noch da.
„Warum hab ich ihn rausgeschmissen. Ich hab doch diese Sex-Orgie injiziert! Welche Schuld traf ihn dabei?
Seine Funktionalität? Wofür mache ich ihn eigentlich verantwortlich? Für meine Idee?“ Julia hatte Gewissenbisse - und danach noch einen Macallan.

Sie steckte die Fotos und Negative in ein A4 Kuvert und schrieb die Wohnadresse von Lucas in Lissabon darauf. Persönlich wollte sie ihn nicht mehr sehen. „Geiles, nach Seife duftendes, überhebliches Arschloch“, sagte sie beim zukleben des Umschlages.
Sie hatte Roman aus Fantasien gewiesen, die sie selbst ihm angeboten hatte. Das ging ihr die ganze Zeit durch den Kopf. Jetzt versuchte sie ihren Vorwurf Roman gegenüber zu spezifizieren. Nach dem nächsten Glas Macallan bereits, vermochte sich kein Vorwurf mehr zu halten.

„Ich liebe ihn. Er hat nur getan wozu ich ihn verleitet habe in unserem Paradies. Ich war's, der ihm den Apfel gereicht hatte! Aber ich bin nicht Willens, ihn deshalb aus meinem Garten zu verweisen! Lieber töte ich die Schlange“, schlug sie auf die Fliege auf ihrem Oberschenkel. Na, geht doch!
Julia nahm ihr Telefon und wählte Romans Nummer. „Zurzeit kein Anschluss unter dieser Nummer…!“

Im Hafen empfing sie der Skipper der Carnaval II. „Senor, Senora! Willkommen an Bord, mein Name ist Federico. Wenn Sie so freundlich wären, Ihre Schuhe auszuziehen? Wegen eventueller Streifen auf dem Teakholzboden an Deck. Danke."
Roman unterfasste Candidas Arm beim Ablegen der Schuhe.

„Ich darf Ihnen die Yacht zeigen?" Federico ging vor. Diese Motoryacht misst sechsundvierzig Fuß und hat vierhundert PS. Wenn wir außerhalb des Hafens sind, können Sie sich auch ohne Kleidung an Deck bewegen und tun, wozu immer Sie Lust haben. Wir bewerben unser Angebot ja nicht umsonst als schwimmendes Wasserbett", lachte er. Candida und auch Roman empfanden körperlich, wie er dabei Schmieröl seinem Motor zuführte und ihn anwarf.
„Ist es machbar, dabei alleine zu sein?" fragte Roman argwöhnisch.
„Wenn Sie mit runter kommen", wich Federico aus, „stelle ich Ihnen den Koch und den Stewart vor und zeige Ihnen die Kabinen und die Hygieneräumlichkeiten, wie Dusche und WC." Sie zogen beide die Köpfe ein und folgten dem Skipper in die unteren Räumlichkeiten. „Das ist Santos, der Heilige, weil er noch nie was versalzen hat, und das Nandou. Nandou ist blind und Eigner dieser Yacht. Er kennt jeden Zentimeter hier. Sie können ihm blind vertrauen." lachte Federico erneut. Nandou streckte seine Hand in ihre Richtung aus.
„Madam", sagte er, als er die Frauenhand spürte, „Sir!" Sie sind bei meinem Service absolut unbeobachtet. Ich wünsche Ihnen, was Sie sich erwarten!"
Federico führte sie beide wieder nach oben. „Ich muss die Yacht natürlich lenken. Ich versichere Sie aber, alle befriedigt in den Hafen gebracht zu haben, füllte er Schmierstoff in seine Stimme nach. „Santos bleibt unter Deck und trinkt meistens den Kochmadeira leer. Und Mister Nandou ist blind, wie schon gesagt."
„Madeira ist ein gutes Stichwort", warf Roman ein. „Können wir zwei Gläser davon haben?

Ich meine, wenn wir damit dem Koch nicht die Reserve wegnehmen!" „Aber ja, ich veranlasse das sofort. Getränke der Gäste-Bar sind für ihn Tabu.
Wollen Sie jetzt im Hafen speisen, am Cabo Raso am offenen Meer, oder hier nach dem Anlegen?"
Candida sah Roman an. „Ich denke, draußen am Cabo Raso", entschied Roman.
Federico startete die Dieselmotoren. Während die Häuser im Hafen hinter ihnen kleiner und die Sonne vor ihnen größer wurde, schmiegte sich Candida an Roman.
„Komm, stell das Glas ab und steck ihn mir rein. Ich hab nichts an drunter", hob sie einladend ihr Kleid hoch.
„Aber der Skipper! Er sieht uns durch das Brückenfenster". „Sag ihm er soll von hinten steuern".
Roman klopfte an die Glasscheibe vor Federicos Kopf. Er deutete ihm mit einer gestischen Handbewegung auf das Steuerrad an, nach hinten zu gehen und von dort aus zu steuern. Federico nickte und verschwand.
Mit jedem Knoten, den die Yacht jetzt am offenen Meer zulegte, wurden beide sensitiver. Mit jedem Schlag der Wellen an den Bug nahm ihn Candida gegensteuernd in sich auf.
„Da ist schon der Leuchtturm von Cabo Raso, wir sind gleich da", ließ Candida den Anker los und wartete auf den Ruck, wenn er sich im Meeresboden einhakte.
Gischt schlug über ihnen zusammen, als der Skipper das Boot aus der Geschwindigkeit nahm. Candida klammerte sich in Romans Schulterblätter und Roman hielt ihre Taille fest.
„Wir sind angekommen! Vor uns ist der Leuchtturm." streifte Candida ihr Kleid hinunter und versuchte Romans Hose zuzuknöpfen. „Wird der nicht wieder klein?" nahm Candida einen zweiten Anlauf, den Zippverschluss zuzuziehen.
Das Meer wogte schwer und träge wie Quecksilber. Die tiefstehende Sonne färbte ihre erhitzten Gesichter noch zusätzlich.

Es klopfte an der Tür. „ Mister Roberts? Ich habe hier einen Anruf für Sie von Ihrer Tochter.“ „Einen Moment bitte“, beeilte sich Angelica aus dem Bett zu kommen und Arthur zuzudecken. Sie schlüpfte in ihren Rock und zog die Bluse über. Die Unterwäsche stopfte sie Arthur unter die Decke. „Bin schon da“ drehte sie den Schlüssel um und machte die Tür auf. Einsteen reichte ihr das Telefon durch den schmalen Spalt. „Sie können es mir zurückbringen wenn Sie gehen, Miss Horne.“
„Einen Moment noch, bitte!“ sagte Angelina in den Hörer.
„Sind Sie eine Schwester, wie geht's meinem Vater.“ „Gut geht's ihm. Angelica Horne ist am Apparat. Ich geb Sie an Arthur weiter.“
„Ich hab nur mehr eine Haube auf“, antwortete Arthur auf Julias Fragen.
„Was treibst du?“
„Ich hab meinen Auftrag in Lissabon erledigt. In drei Tagen bin ich in London und gebe meinen Bericht ab, danach komme ich drei Tage zu dir, bevor ich nach Wien fliege. Liebst du Angelica?“
„Wenn ich da raus bin, heiraten wir, Antwort genug?“ streichelte er dabei Angelicas Handrücken.
„Ich freu mich für dich, Vater!“
„Was ist mit deinem Roman?“ „Zurzeit ist er geschäftlich unterwegs.“ Julia holte tief Luft und durchschwamm den ganzen Atlantik…“Ich musste mich wem mitteilen“, hörte er sie fast weinerlich.
„Kopf hoch! Wenn er hängt, ändert das gar nichts. Erhobenen Hauptes kannst du besser auf die Dinge zugehen. Dein Blickfeld ist dann nicht eingeschränkt und auf den Boden unter deinen Füßen fixiert. Schau einfach hoch und behalte deine Wünsche fest im Auge. So ferne sie uns manchmal auch vorzukommen scheinen, mit jedem Schritt kommt man ihnen näher.“
„Ich liebe dich, Vater.“ „Ich dich auch, Julia, und ich freue mich auf ein Wiedersehen. Mach's gut!“
Angelica nahm ihm das Telefon aus der Hand. „Einmal noch?“ Arthur schlug die Bettdecke zurück.

Julia setzte sich mit einem Glas Macallan, nach dem Telefonat mit ihrem Vater, wieder auf die Terrasse hinaus. Die Steinplatten unter ihrem Sessel waren mittlerweile aufgetrocknet.
Der Abend kam sanft über die Stadt und streichelte ihre Seele. Doch Ruhe konnte er ihr nicht bringen. Julia beschloss, ins A Severa zu gehen. Sie hatte Sehnsucht nach Körperkontakt.
„Servus", umarmte Ana sie.„Ich bleibe bis zur Sperrstunde, wenn du magst", erwiderte Julia die Begrüßung. Ana küsste sie auf den Mund und im diffusen Licht schien es Julia, als könne sie das Glitzern von Tränen in ihren Augen ausnehmen.
„Vielleicht ist heute der Zeitpunkt gekommen, auf einander einzugehen". „Notnagel?" fragte Ana vorsichtig. „Nein!" Nein, bestätigte sich Julia nochmals Ana gegenüber
„Ich hab mir meine Gefühle gestern total kaputt gemacht. Ich will sie mit deiner Hilfe wieder hinkriegen. Es ist zwar ein Notfall, wenn du so willst. Aber ich will mit dir in einem Bett genesen. Bis zu einem neuen Morgen."
„Ich kann mir frei nehmen! Das Personal ist für heute überbesetzt", legte Ana Julia ihre Hände auf die Schultern. „Bleib mir nur hier stehen! Ich sag schnell Bescheid." Schon im sich Abwenden entfernte sie ihre weiße Schürze.
„Komm", kam sie nach einer Minute zurück. Sie zog Julia hinter sich nach. „Wir bringen ganz schnell das feuchte und von Küchengerüchen penetrierte Stiegenhaus hinter uns."
Das Zeremoniell des Aufsperrens war Julia ja bereits bekannt.
„Setz dich! Trinken wir Wein?" Julia bejahte.
Ana nahm neben Julia Platz. Sie öffnete die Flasche und füllte die Gläser. „Auf einen guten Morgen!" Dabei legte sie ihre heiße, trockene Hand um Julias Schulter und drückte sie herzlich an sich. „Ziehen wir uns aus? Ich hab keine Klimaanlage! Darf ich dir dabei helfen?" Julia bestätigte unter Herzklopfen. „Ana rollte ihr das Top über den Kopf. Dann strich sie unter Julias Achseln über die Brüste hinab zum Rockverschluss. Dabei behielt sie den Augenkontakt wegen eventueller Einsprüche. Die blieben aus.
„Ich bin noch nie so erotisch ausgezogen worden", war das einzige, was Julia zu ihrer Entkleidung vorzubringen hatte.

Ana streifte im Stehen ihr Kleid ab und setzte sich in ihrer Unterwäsche neben Julia. „Du hast noch nie eine Frau ausgezogen, nicht wahr?“ „Doch wahr!“ Julia wendete sich Ana frontal zu und schaute ihr in die Augen. „Du hast eine Jungfrau diesbezüglich vor dir“.
Ana legte die Handinnenflächen Julias um ihren Büstenhalter. „Jetzt mach mich nackt!“
Julia streifte die Körbchen von Anas Busen. Danach öffnete sie den Verschluss. Sie zog ihn Ana über ihre gehobene Arme aus „Ist wie im Krimi, Hände hoch, oder Leben!“
„Von mir kannst du beides fordern!“ Ana drückte Julias Kopf zwischen ihre Brüste und ließ ihr die Freiheit, zwischen links und rechts zu wählen. „Funktioniert wie Hütchen verschieben am Jahrmarkt! Mit dem Unterschied, dass unter jedem Hütchen ein Gewinn liegt“, lachte Julia und bemühte sich um den Slip von Ana. „Was du aber auch alles anhast. Heb dein Gesäß, dass ich an dich rankomme!“.
Ana half mit, den Slip auszuziehen und hob ihr Becken an. „Duschen wir schnell?“ Sie wartete die Antwort auf ihre Frage nicht wirklich ab, sondern entzog sich Julias Händen. „Gemeinsam?“

„Das Dinner wird in einer halben Stunde serviert“, kam Federico um die Steuerkabine von hinten herum zu ihnen an den Bug vor. „Möchten Sie eine Erfrischung. War der Wellengang auch nicht zu stark für Sie?“ „Der Wellengang war nicht unangenehm und wir hätten gerne zwei Gläser Orangensaft“, antwortete Roman und drückte Candida schützend an sich.
Es gibt immer irgendwo ein Versteck, aus dem man beobachtet werden kann. Roman dachte an seine Pubertätszeit und an die Löcher in den Wänden zu Damentoiletten. Federico schien ihm so ein Lochbohrer zu sein.

Die untergehende Sonne zog eine rote Spur über das Wasser. Nandou brachte den Orangensaft an Deck. Roman und Candida ließen sich am Bug von den Wellen ausschaukeln.
„Setzen wir uns und nehmen ein Glas Wein?“ fragte Roman. „Zwei Glas Madeira“, schickte er Nandou auf den Weg. „Wir setzen uns aufs Hinterdeck!“
Der Tisch war bereits eingedeckt und das Licht des Leuchtturms am Cabo Raso gab der jetzt schnell einsetzenden Dämmerung Halt. Candida suchte seine Hand und klammerte sie. Sie ließ sie erst bei Tisch wieder los.
Sie schien das Muster des Tischtuchs abzuspeichern, als sie anfing, zu sprechen.
„Meine Eltern vergewaltigten mich zum ersten Mal, als ich dreizehn Jahre alt war. Sie waren für mich immer nur Mann und Frau. Niemals hatte ich den Schutz einer Gemeinschaft in ihrer Gegenwart gespürt.
Kannst du dir vorstellen wenn eine Alkoholfahne in dir explodiert?
Kannst du nicht!“ schnitt sie Roman die nicht ausgesprochene Antwort ab.
Mutter steckte sich, nachdem Vater fertig war, meine Hand in die Vagina und schob sie wie wild rein und raus. Ich weiß noch, dass ich am nächsten Tag eine >Fünf< in Mathe heim gebracht hatte. Da füllten sie beide wieder das Klischee von Eltern mir gegenüber aus!

Schläge auf den nackten Po! Das ging so, bis ich fünfzehn war. Ich riss dann mit einer Freundin, die ähnliche Familienverhältnisse zu Hause durchlebte, aus.
Obwohl wir nie über Details gesprochen hatten, versuchten wir, einander Zärtlichkeit und Liebe zukommen zu lassen. Es war so schön damals, Estella zum Kuscheln zu wissen. Ich glaub, ich hab ihr damals eine Mutterrolle zukommen lassen. Sie küsste mich auf den Mund und streichelte mich in den Schlaf.

Wir wurden in einem Abbruchhaus im späteren Brandviertel Lissabons von der Polizei aufgefasst und in eine Anstalt für schwer Erziehbare gebracht. Wir! Nicht unsere Eltern! Zumindest ist uns die Brandhölle von Neunzehnhundertachtundachtzig dadurch erspart geblieben. Ich hab das damals nur im Fernsehen im Freizeitraum mit angesehen. Es war wie ein endgültiger Schlussstrich unter einem Lebensabschnitt.

Mit achtzehn setzten sie uns wieder aus. Ich hab meine Matura in Abendkursen nachgemacht. Während all dieser Jahre im Heim haben sich meine Eltern nicht blicken lassen…Ich hab damals beschlossen, sie ohne Begräbnis tot sein zu lassen!

Estella prostituiert sich in Estoril. Sie schleppt dort die Kunden aus dem Casino ab.
Wir haben aufgrund unserer mittlerweile entstandenen Unterschiedlichkeiten kaum mehr Kontakt zueinander.
Vor etwa zwei Jahren hab ich Estella zum letzten Mal gesehen. Da wollten wir, wie Männer es auszudrücken pflegen, die Sau raus lassen. Bei uns bedeutet diese Redewendung also folglich, die Sau rein lassen.
„Wähl dir Klamotten aus meiner Garderobe aus. Zieh dich um! Wir gehen auf Aufriss!“ Rief sie mir übermütig zu. „Diese teuren Kleider anziehen, um sie aufgerissen zu bekommen?“ fragte ich halbherzig, während ich mich in mindestens drei davon schon verliebt gehabt hatte. Vor dem Spiegel stellte ich fest, dass ich mich in solcher Verpackung sehr appetitlich fand.

Das war der Auslöser, mich bei einem Casting zu melden. Estella schenkte mir für meine Vorstellung bei Christian's Model Agency ein Kostüm von Prada. Da lernte ich dann Julia kennen."
„Hat aber nicht bloß wegen der Verpackung geklappt, wenn ich dein Gesicht und deine Figur ansehe!" Roman legte seine Hände an ihr Gesicht und strich über die Augenlider, die Candida vertrauensvoll schloss. Sie spürte angenehm seine Hand zwischen ihren Schenkeln. „Sag, wo ich deine Seele finde?"
„Sie ist, wo du bist," sagte Candida leise.
Federico war plötzlich hinter ihnen. Er war immer da, wo immer man ihn auch nicht brauchte. „Wollen Sie noch Wein?"
„Wir kommen runter, wenn wir was brauchen, danke!" antwortete Roman schroff.
„Im Gegensatz zu mir", Candida nahm sich aus ihrer entgegenkommenden Sitzposition Roman gegenüber zurück. „Wohnt sie in einem Penthouse mit zwei Bädern und zwei Schlafzimmern. Einem privaten und einem für die Freier. Und sie hat einen festen Freund. Ob der sie nur abzockt, weiß ich nicht. Aber ich denke, es ist besser einen Freund zu haben als keinen!" Candida lachte los.
„Was ist daran so lustig?" „Ach mir fällt gerade ein, dass sie einmal erzählt hatte, seinen Bart beim Orgasmus gefressen zu haben. Sie drückte sich so aus weil wir weit nach Mitternacht in einer Bar schon ein paar Drinks zu viel intus hatten." Roman sah sie fragend an.
„ Ihr Freund hatte ihn wegen der Steuerfahndung nur aufgeklebt. Mittlerweile sei ihm ein echter Vollbart gewachsen." Candida lachte nochmals lauthals, sich die Tränen aus den Augen wischend.
„Wenn ich mir das so vorstelle!" lachte Roman mit. „Mit einem Toupet hätte das eine richtig haarige Angelegenheit werden können."

Nandous schwarzer Schatten mit der Menükarte in der Hand ließ ihre Lachsalven verstummen. Er zündete die Kerzen rund um sie an und tastete sich blindlings die Treppe hinunter zur Küche.

„Bei seiner Blindheit kann es ihm ja egal sein, wie dunkel es beim Servieren ist. Ich bekomme aber langsam Hunger“ schlug Roman die Karte auf und hielt sie in den Kerzenschein. „Gut dass er weiß gekleidet ist, sonst würde man ihn kaum mehr in der zunehmenden Dämmerung ausnehmen.“
„Ist doch romantisch“, lehnte sich Candida an seine Schulter. Küss mich bitte!“ Sie zog seinen Kopf zwischen beiden Händen an ihre Lippen.
Der Leuchtturm begann, seine Arbeit aufzunehmen. Er leuchtete die aufkommende Nachtschwärze aus dem Osten aus. Wie ein Fixstern. Immer und immer wieder.
Wenn jetzt doch alles so unveränderlich auf seinem Platz stehen bleiben könnte, hielt ihn Candida fest umschlungen, bevor sie los ließ.
„Tortilla de Alcachovas y ajos Tiernos!”
Nach diesem Anlauf Romans nahm sie ihm die Menükarte aus der Hand und hielt sie ans Kerzenlicht.“Das ist Omelette mit Artischocken und jungem Knoblauch. Super Vorspeise! Arroz marinera, Suppe auf Seemannsart und Fidedos con agnas, Seehecht mit Nudeln.“ Sie legte die Karte beiseite. „Danach schwimmen wir einmal ums Boot bis zur Birne in Madeira?“

„Nimmst du Verhütungsmittel?“ scherzte Julia, als sie Ana umarmte und sich beide in das Bett fallen ließen. „Bist du verrückt? Ich will ein Kind von dir und ich will es austragen! Warum hast du nicht schon vor zwei Tagen mit mir geschlafen? Dann wüssten wir bereits, ob es ein Bub oder ein Mädchen wird!“ küsste Ana Julias Brüste.
„Kann ich einen Zungenkuss von dir haben?“ Ana zog Julia an ihrem Haarschopf an ihre Lippen und feuchtete sie, bevor sie Julia in sich aufnahm.
In beider Atem legte sich die Dämmerung im Zimmer zu ihnen. Beide hielten ihr den Platz frei und genossen die milde Wärme des Abendwerdens.

„Bist du bereit?“ streichelte Ana Julia. „Darf ich zuerst?“ „Bitte!“ hielt Julia den fragenden Augenblick stand. „Ich lerne und revanchiere mich danach an dir. Also sei gut!“ lachte sie.
Ana beugte sich in Julias Schoß….“Du weißt, dass ich Schmerzen in der Vagina habe?“ „Ich weiß. Hab Vertrauen. Ich tu dir nicht weh…niemals.“

„Und? Kannst du das bei mir auch? Auf deine Art?“ fragte Ana, nachdem sich Julia ihr mit einem Wohllaut offenbart hatte und die Umarmung um Ana lockerte.
„Du willst was im Po? „Weiß nicht… Ja! Hab ich noch nie probiert. Probier mich! Neugierig bin ich schon. Du hast eben den Eindruck gemacht, dich dabei wohl gefühlt zu haben. Muss ein schönes Gefühl sein, wenn das zurück kommt.“
„Ist es auch!“ drehte Julia Ana in die Kissen und auf den Rücken. Die Dämmerung hatte den Platz zwischen ihnen und der Nacht frei gegeben. Julia legte ihren Kopf in Anas Schoß.
„Ich bin Schütze. Heute mit Aszendent Jungfrau. Hab Geduld mit mir.“
Ana nahm Julias Hand und saugte ihren Zeige-und Mittelfinger nass. „Ich möchte die in mir spüren“, öffnete sie ihre Beine. „Ich will’s nicht länger erwarten müssen!“

„Schön für dich?“ fragte Julia Anas Aufforderung nachkommend. „Ich hab‘s mir selbst schon seit zwei Jahren nicht mehr so machen können.“
„Wunderschön“, presste ihr Ana den Schoß entgegen.
„Soll ich jetzt in deinen Po? Da kenn ich mich aus. Ja?“ „Ja! Aber bleib wo du bist. Nimm die andere Hand dafür.“
Julia spürte angenehm, wie sich Ana an ihren Bemühungen sensibilisierte.
„Kannst du so kommen?“ Ana umgriff Julias Handgelenke. „Wenn du jetzt aufhörst, sind wir Feinde fürs Leben!“ brachte sie stoßweise hervor. Im gleichen Moment umklammerte Anas Vaginal-und Analmuskulatur Julias Eindringen in sie.
„Wahnsinn“, atmete Ana aus und zog Julia an ihre Brust. „Ich liebe dich! Ich glaube, Liebe ist der Schlüssel“, atmete sie immer

noch heftig und hielt Julia an sich gedrückt. „Dein Aufsperrdienst hat besser funktioniert als meine Bemühungen am Türschloss!“ Julia küsste Ana auf den Mund. „Wir haben es geschafft, herrinnen zu sein. Nur das zählt!
Du weißt aber auch, dass du mich wieder raus lassen musst?“ streichelte Julia Anas Schoß und Busen.
„Morgen kommt erst in sechs Stunden. Solange lass ich dich eingesperrt!“ umarmte Ana sie.

Candida und Roman entkleideten sich." „Ich trag das Geschirr ab." War auch Federico zur Stelle.
„Klar, Nandou kann sowieso nichts von deiner Nacktheit in seine Kabine mit nehmen", sagte Roman halblaut zu Candida. „Komm ins Wasser", zog er sie an den Bootsrand. „Meine Haare!" konnte sie grad noch deponieren. Dann löste sich ihr Depot auch schon im Wasser auf.
„Ist verrückt schön" tauchte Roman in Candidas Schritt unter.
„Ich muss jetzt pinkeln sagte sie beim dritten Mal Auftauchen Romans. „Nur zu, du bist auf einer der größten Wassertoiletten der Erde. Ich schwimm einmal ums Boot."
Der Leuchtturm zog mit immer wiederkehrendem Licht eine Spur durch den Ozean.
Die Nacht hielt den Mond hoch und führte ihn in Richtung ihrer Mitte.
Federico riss sie beide emotionslos aus der Romantik des Augenblicks. „Wir müssen nach dem Dessert los. Ist schon serviert", rief er in die Spiegelung des Mondes am Wasser hinab.
Nandou hatte die Birnen in Madeira an Deck serviert und Federico ließ die Motoren warm laufen. „Hübsch sieht das aus, hinter dir ins Boot zu klettern. Ich mag deinen Arsch!" klopfte Roman bestätigend darauf. „Hast du schon mal?"
Candida reichte Roman die Hand und zog ihn die letzten Treppenstufen an Bord. „Willst du?" „Und du?"
„Lass uns abtrocknen", legte sie das Badetuch danach um ihre Taille und setzte sich wieder an den Tisch. Das Boot nahm Fahrt auf Richtung Cascais.
„Und, willst du?" fragte Candida nochmals. „Ich will nichts an dir ausgelassen haben. Keinen Millimeter!"
„Holst du zwei Drinks mit Eiswürfel und sagst, dass wir ungestört sein wollen. Willst du mich salzig oder soll ich duschen?"
„Bleib da und bleib wie du bist."
Roman kam mit zwei Gin- Tonic wieder an Deck. Candida nahm kurzerhand einen Eiswürfel aus ihrem Glas und ließ ihn in ihr Rectum gleiten.. „Brrr, ganz schön kalt", wendete sie ihm ihr Hinterteil zu. „Komm schon, wärme mich!"

Roman kam hinter sie und führte sich ein.
Ihre Brüste rieben sich am Tischtuch bis es auf den Boden rutschte und die Reste des Nachtischs mit sich nahm.
„Ich greife mich jetzt an und mach mich fertig. Kannst du schon? Sag wenn du bereit bist. Ich möchte es mit dir gemeinsam erleben. Ich kann mich steuern".
Roman brauchte nichts zu sagen. Candida spürte wie das Eis aufschmolz und danach die überströmende Wärme in ihren Körper kommen.
„Bleib wo du bist… Bitte. ..Ich kann noch mal!"
Roman drückte Candida so fest er konnte an sich. „Ich helf dir runter", griff er nach ihrer Hand und führte ihre Finger in ihre Scheide. „Spürst du mich? Ich bin hinter dir!"
„Und ob!" Candida stöhnte auf und beschleunigte den Ablauf. Sie erlöste sich und küsste Roman frontal.
Danach sagte sie „Mann und Frau, und das gemeinsam zu sein, ist das Schönst, was es gibt auf der Welt!"
Die herannahende Küste nahm Formen an und der Boden unter ihren Füßen kam viel zu schnell näher.

10. Tag

„Ich denke nicht, dass Mrs. Patricia Wyngard-MacKenzie die Tat an Arthur Roberts ausgeführt hat. Sie sind alle vier durch den Rektor erpressbar gewesen“, nahm MacGillian einen Schluck Automatenkaffee. Ähnliche Gedanken wie MacPherson gingen ihm dabei über die Geschmacksnerven.
Es klopfte. „Chief? Ich hab hier Fingerabrduckfragmente aus dem Labor. Zu Mrs. Wyngard-MacKenzie gehören sie nicht.“
„Setzen Sie sich“, forderte MacGillian ihn auf. „Übrigens, Gratulation zu Ihrem ersten Fall, Inspector. Willkommen an Bord! Nehmen Sie auch einen Kaffee?“ „Nein Danke“, war folglich die Antwort mit dem Wissen um seinen Geschmack.
“Ich denke, die einzige Wahrheit in der Aussage von Mrs. Patricia Wyngard-MacKenzie ist, dass alle vier daran beteiligt waren. Zumindest bin ich mir sicher, dass sie alle davon gewusst haben, was an dem Tag abzugehen hatte. Mrs. Wyngard-MacKenzie sagte im Verhör, und das hat sich mir eingeprägt, Mord sei Männersache. Ich denke, dass man ihr den schwarzen Peter aufgrund ihrer Schwangerschaft zugespielt hat. Sie wissen schon, Hafterleichterung wegen ihrer Schwangerschaft, Mutterschutz, etcetera, etcetera… Sie schütz ihren Mann!
Meine Theorie ist: Miss Butcher und Mister MacKenzie folgten Mister Roberts. Die Butcher erstaunte und lenkte Mister Roberts auf der Herrentoilette ab. Ob gewollt oder ungewollt. Sie muss dabei gewesen sein!“
„Und wie kam der Golfschläger ins Spiel?“
„Den gibt es, aber der war nicht die Tatwaffe.“ „Was dann?“ beugte sich MacPherson interessiert vor. „Der Briefbeschwerer! Sie hat ihn angesprochen. Die Auswertung ist noch ausständig. Ich habe aber mit Doktor Einsteen und unserer Pathologin darüber gesprochen. Von den Abdrücken der Verletzung kann er die Tatwaffe genauso gewesen sein. Es ist der Zünder einer

Fliegerbombe aus dem zweiten Weltkrieg. Schweres Metall, Blei oder so.
Mit Männerkraft geführt, ist es kein Problem, jemandem den Schädel damit einzuschlagen.
Um elf", er sah auf die Uhr, „habe ich Mister MacKenzie, Sir Rowland und Miss Butcher herbestellt. Können Sie sich um die Fingerabdrücke kümmern?"
„Mach ich, Chief! Warum macht eine so junge und hübsche Frau das für einen alten Mann?"
„Er ist Dekan und Professor der lutherischen Religion. Solche Menschen haben oft starke Ausstrahlung und fanatische Anhängerschaft. Unter dem Deckmantel der Kirche passierten schon immer die unmenschlichsten Dinge."

Patricia hatte Angstgefühle, Angstgefühle Scott gegenüber, als er ihr sagte, bei der Polizei vorgeladen zu sein. „Ich hab doch schon gesagt, dass ich Roberts niedergeschlagen habe. Was können die von dir wollen?" „ Lass uns Kerzen anzünden und beten, ja?" Patricia legte sich wie immer auf den Boden und streckte alle vier Gliedmaßen weit auseinander. „Bist du zur Buße bereit?" fragte Scott.
„Mach dich nackt!" Ging er an die Kommode und kam mit den Relikten zurück. „Buße bedarf der Schmerzen. Du hast das hoffentlich nicht vergessen?" „Nein", jammerte sie bei der ersten Kerze die er über nackten Körper anzündete und das Wachs auf ihre Bauchdecke tropfen ließ. Bis jetzt konnte Patricia dem etwas abgewinnen. Heute tat alles weh, alles war anders.
„Diese sind angeblich tropffrei", sagte Scott als er Kerze um Kerze in ihre Scheide einführte. Nach der vierten nahm er erste Anzeichen von Schmerz in Patricias Gesichtszügen wahr und begann, sich wohl zu fühlen. „Entspanne dich! Nur mehr eine noch" beruhigte er Patricias Blick auf die drei Kerzen in seiner Hand. Die anderen beiden sind für dein Rectum". „Lass gut sein, Scott, du tust mir weh. Bitte nicht hinten auch noch. Du hast mich ja nicht einmal waschen lassen!"
„Schmutz ist keine Schande. Ich mache dich sauber. Komm schon", schob ihr Scott die Leibschüssel unter das Becken. Ich

klistiere dich. Du brauchst nichts anderes zu tun, als tief Luft zu holen. Der Rest erledigt sich von selbst. Ich mache dich sauber!"
„Du bist ja von Sinnen! Mach doch deinen Scheiß selbst. Warum tust du mir das an?"
Hilflos musste Patricia spüren wie sie den Inhalt des Klistierballens nicht mehr halten konnte.
„Ich weiß nicht, was MacGillian gegen mich in der Hand hat" stellte Scott die Schüssel auf den Boden." Aber ich weiß, was ich in der Hand habe und was ich jetzt dagegen tun werde!"

Scott hatte alle sieben Kerzen in Patricia angezündet. „Los, wichs dich!"
„Wichs dich selbst! Ich hab dein Tu' Buße Spiel satt. Tu alleine Buße. Ich mag wieder ein normales Liebesleben führen. Du hast mir seit Monaten nicht mehr beigeschlafen. Das Kind ist nicht von dir und auch nicht von den Kerzen die du mir dauernd irgendwo reinsteckst.
Bei so viel Licht muss man ja sehend werden!"
Sie räumte ihren Körper aus und sprang auf. Scott lief ihr mit seinem Sperma in der Hand in den Salon nach.
„Nicht unser Kind! Wie? Wir haben doch einmal miteinander geschlafen. Mit wem schläfst du noch?" Riss er sie herum.
„Einem Studenten aus deinen Vorlesungen, den du vergewaltigt hast. Er suchte Schutz im normalen Liebesleben. Heute verstehe ich ihn noch besser als zum Zeitpunkt, als wir miteinander geschlafen haben."
Patrica schlüpfte in ihre Unterwäsche und weinte. „Ich hab deine Spiele gemocht, bis ich draufgekommen bin, dass du sie, ohne mich mitspielen zu lassen, spielst. Du magst nur deine Ejakulation. Ich war dabei immer alleine.
Jetzt hab ich mich für dich schuldig erklärt, Roberts niedergeschlagen zu haben. Ich war nur Werkzeug für dich und Sir Rowland.
Mac Gillian weiß durch meinen Versprecher", sagte sie, während sie das Kleid überstreifte „von dem Briefbeschwerer. Ich sagte sofort, dass ich auf Abstand sein wollte und den Golfschläger

benutzt hätte. Er antwortete mir nach dem Verhör, mir kein Wort zu glauben. Deswegen bin ich noch auf freiem Fuß.

.

Wasch dir die Hände, du bist ekelig."

„Ich bin ekelig? Ja?" Scott war außer sich vor so viel Zurückweisung. „Da schmeck mich", wischte er seine Hand über ihrem Mund ab. Er würgte sie am Hals und befahl ihr einen Orgasmus. Fast ohne Luft griff Patricia sich in den Schritt. „Lass mich los! Ich mach ja schon!" Tränen liefen ihr über das Gesicht. „Lass mich los! Ich steck' dir auch eine Kerze in den Arsch. Tief, wie du das so gerne hast, ja? Raus und rein. Immer und immer wieder bis du spritzt. Das willst du doch? Aber bitte, lass los, ich krieg keine Luft! Du bist doch mein Ehemann!", bettelte Patricia. Scott drückte immer fester zu, während er um eine neuerliche Ejakulation bemüht war.

„Nehmen Sie Platz Miss…“, schaute er auf den Bewerbungsbogen, „Miss Wyngard,“ rückte Scott MacKenzie ihr den Sessel zurecht. „Ich bin Scott MacKenzie und für den Arbeitsablauf in der Kanzlei zuständig. Darf ich Ihnen was zu trinken anbieten?“ Patricia bejahte. „Kaffee bitte.“
„Miss Butcher“, bestellte er, „bringen Sie zwei Kaffee.“ Jetzt fiel ihr ein, dass er niemals ein >Bitte< verwendet hatte. „Ich habe Ihre Referenzen durchgesehen. Sie scheinen für den Job hier an der Uni geeignet zu sein. Sie sind noch sehr jung. Haben Sie vor, demnächst einen Familienstand zu gründen?“ Patricia verneinte. „Das ist gut, denn wir sind bereits eine große Familie.

Nach ihrer Anstellung an der Uni setzte sich Mister MacKenzie mittags in der Mensa immer zu ihr an den Tisch und hofierte sie. Sie fand ihn charmanter als die jungen Leute, die sie kannte.

Patricia durchlebte die erste Nacht mit ihm:
Er war am Parkplatz im Begriff, in sein Auto zu steigen und wandte sich ihr beiläufig zu, als sie ihr Auto aufschließen wollte. „Ich bin, wie Sie wissen, Religionsprofessor. Ich halte ehrenamtlich einmal im Monat eine Messe ab. Wollen Sie dabei sein?“ Damals wäre ihr nicht im Traum eingefallen, dass er sie in seinem Kopf schon vergewaltigt hatte

.
„Ich hab den Tag nicht verplant. Warum nicht?“ dachte sie

.
„Als Belohnung lade ich Sie zum Essen ein und wir reden über Ihre Eindrücke. Ich spreche zu meist jungen Menschen. Menschen, die durch missliche Umstände aus der regulären Bahn geworfen worden sind“. Auch das Wort Belohnung, wusste sie im Moment, hätte sie hellhörig machen sollen.
„Ich mag alles an Ihnen“ griff Scott MacKenzie beim Dinner nach ihrer Hand. „Sie könnten meine Tochter sein, ich weiß, ich weiß! Aber vielleicht begehre ich deshalb ihre Nähe.
Wir könnten uns austauschen. Ich kann was, was du nicht kannst!“ Mein Gott, warum war sie nur so neugierig? Sie sah das keuchende rote Gesicht über sich.

Er war damals so zärtlich und so liebevoll.
„Gott hat uns aufgetragen, einander zu lieben. Ohne Kompromisse“, hatte er gesagt. „Lass mich deine Liebe sein und werde meine Frau.“ Sie heirateten noch am selben Abend unter seiner Priesterschaft und für sie fremden Trauzeugen aus seiner Gemeinde. Er hatte alles Notwendige dafür in ein paar Stunden aufgetrieben.
„Wie gerne würde ich jetzt die liebevoll gesteckten Blumenarrangements sehen. Lass mich doch endlich los!“ schrie sie stimmlos.
Die Hochzeitsnacht vollzogen sie nicht in einem kuscheligen Bett und mit romantischer Hintergrundmusik. Scott hatte den Platz vor dem Altar in der Kirche dafür ausgewählt. Schon damals irritierte sie, dass sie mit meinem Rücken am kalten Steinboden, seinen Orgasmus wärmen musste.
Dann kamen seine Perversionen. Wobei es die Bezeichnung dafür noch gar nicht für ihren Sex gegeben hatte. Pervers wurde es erst, als die Übereinstimmung fehlte. Alles was er mit ihr anstellte, war neu für sie.

„Scheiß auf Jesus Christus! Lass endlich los, Scott, ich werde ohnmächtig!“

Als er mit den brennenden Kerzen vom Altar kam, dachte sie noch, Kerzen wären zumindest beständiger als Scott. Und der Zweck heiligt bekanntlich die Mittel. Aber er hatte sie für sich selbst verwendet und sie angehalten, sie auszublasen. Dann stieß er seinen Orgasmus in ihre Vagina. Sperma hatte sie später nur mehr zwischen ihren Brüsten oder im Mund gehabt. So wie jetzt eben.

„Fick dich!“ Patricia konnte sich einen Moment seinem Würgegriff entziehen und holte tief Luft. „Du bist doch gekommen, was willst du noch?“
Die erste Nacht mit Scott verlor schnell an Kontur bis sie zur schwarzen Masse mit dem Nichts verschmolz.

„Ich ersticke gleich!“ bäumte sich Patricia auf, bevor sie das Bewusstsein verlor.

„MacKenzie am Apparat. Rowland?“ „Seit wann gehen wir so formlos miteinander um? Ich darf doch um mehr Kontenance bitten.“ „Da müssen Sie warten bis wir auf der Polizei sind, die bringt Ihnen sicher die gewünschte Kontenance entgegen. Jetzt geht es um Wichtigeres.
Meine Frau liegt erwürgt im Salon! „Was ist passiert?“ Ein Unfall, ich brauch ein Alibi. Und das will ich mit Ihnen absprechen, bevor ich in einer Stunde vom Chief Inspector vernommen werde. „Sie auch?“ hörte er Rowland ins Telefon sagen.“„Wie stellen Sie sich das vor? Sollen wir die ganze Nacht Sex miteinander gehabt haben.“
„Ist keine schlechte Idee. Sie sind Single und leben alleine. Wir haben uns betrunken und dann zwei Nutten bestellt!“
„Was ist passiert?“ Fragte Rowland nochmals. „Darüber können wir später sprechen. Sache ist, dass meine Frau den Mordversuch der Polizei gegenüber bereits gestanden hat und jetzt tot ist. Damit sind wir alle aus dem Schneider.
Ich bin verpatzter Pfarrer und Sie verpatzter Rektor. Wir passen doch gut zusammen. Jetzt können wir uns auch noch ergänzen!“
„Und wie erklären Sie den Mord an ihrer Frau?“
„Hab ich jetzt das Alibi? Ich muss noch einen Einbruch vortäuschen…! Und die Vergewaltigung meiner Frau mit Todesfolge.“
„Sie wollen einer Toten beischlafen? Wenn Sie jetzt Fehler machen sind wir doppelt dran. Ich wegen falscher Zeugenaussage und Sie wegen Mordes an Ihrer Frau und Mordversuchs an Roberts.
Sie sitzen dann um zehn Jahre länger im Gefängnis“, sagte Rowland.“Sie sind zehn Jahre jünger als ich!“
„Fällig sind Sie wegen Anstiftung sowieso“, antwortete MacKenzie unbeirrt. Ich muss jetzt Vorbereitungen treffen und die Polizei verständigen. Hab ich mein Alibi? Die Zeit drängt!“
„Und wenn die Polizei nach Beweisen unserer sexuellen Ausschweifungen heute Nacht fragt?“ warf Sir George Rowland ein. „Nutten haben keine Adresse. Sie sind da, wenn man sie braucht!“ antwortete MacKenzie.

„Denken Sie an was Schönes und füllen Sie ein Kondom an. Ich bring Ihnen meines in einer halben Stunde vorbei und wir verteilen sie beide im oder ums Bett.
Hab ich jetzt ein Alibi“, fragte MacKenzie zum dritten Mal.
„Duzt man sich danach? Ich befürchte, dass in diesem Fall unsere Ejakulation mit gemeinsamem Hintergrund das der Polizei gegenüber voraussetzt. Ich such mir jetzt ein Pornoheft und warte danach auf dich, Scott!
Wann gleich müssen wir im Yard sein?“
„Um elf Uhr“, legte Scott den Telefonhörer in die Gabel und sah auf seine Uhr. Es blieb noch Zeit genug, seiner Frau beizuschlafen und die Wohnung in Unordnung zu bringen.
Scott nahm einen Suppentopf und füllte ihn mit warmem Wasser an. Er suchte ein Tuch und das Geschirrspülmittel. Damit ging er vorsichtig, um den Inhalt nicht überschwappen zu lassen, in den Salon. Er kniete neben Patricia nieder und zog ihr das Kleid bis über die Hüften hoch.
Einen Moment lang bedauerte MacKenzie, das sie sich von ihm verabschiedet hatte. Sie lag noch so hübsch angerichtet vor ihm. Er beugte sich über ihren Körper und nässte das Tuch.
Penibel wischte er mit Hilfe des Geschirrspülmittels alle in Frage kommenden Fingerabrücke um ihren Hals ab. Er wusch ihren Oberkörper bis in den Schritt und wechselte das Oberteil ihres Dessous mit seinem Sperma gegen ein Frisches, dessen Träger er zerriss und eine der Brüste darunter entblößte. Gleiches tat er mit ihrem Dessous im Schritt. Scott wurde zum Beten zumute. „Was du uns bescheret hast. Amen!“ Er zog Patricia das Höschen bis unterhalb der Knie wieder herunter.
„Lieber Gott, lass mich jetzt ein Kondom finden“, fuhr es ihm heiß durch den Körper. Er durchwühlte die Laden im Salon und dann im Schlafzimmer. Die Unordnung hätte ich jetzt hergestellt, sah er um sich. Fehlt nur noch ein Kondom! „Bitte lieber Gott, lass mich eines finden!“
Welcher Gott immer ihm dabei geholfen haben mochte, in der Handtasche von Patricia wurde er fündig.
„Warum hast du das bloß nicht für deinen Studenten verwendet?“ dachte Scott. „Das spielt aber in deinem jetzigen Zustand auch

keine Rolle mehr!“ Er sah auf die Uhr. „Ich rasiere dir jetzt den Schambereich! Du hast dich ja immer dahinter versteckt.“ Scott stellte ihre Beine hoch und auseinander, soweit es ihr Slip zuließ.

Das Telefon läutete. „Wo bleiben Sie? >Du<“ verbesserte sich Rowland. „Wie spät ist es“ Fragte Scott.“Gleich zehn Uhr. Ich hab alles erledigt, du verstehst was ich meine.“
„Ich bin noch dran.“ Scott legte auf und sich auf Patricia. „Komm schon Patricia. Lass mich in dieses verdammte Kondom kommen! Ich werd dir meine Hand einführen.
Jetzt brauch ich mir dein Gejammer dabei nicht mehr anzuhören! Mach dich passend!“ Fummelte er an dem leblosen Körper Patricias herum. Scott drängte seine Hand zwischen ihre Beine und in ihre Vagina bis zum Cervix. Er bewegte abwechselnd seine Hände in ihr und an sich.
Rowland wohnte nur einen Häuserblock entfernt im Stevenson House. >Robert Louis Balfour Stevenson<. Über dem Haupttor hing das nasse Banner. Hundertster Todestag von R. L Stevenson. Wie sinnig, gerade jetzt dieses Haus aufzusuchen. Scott dachte dabei nicht an Treasure Island sondern mehr an Dr. Jekyll und Mister Hyde. „Bin ich nicht auch Zwei! Lebe ich nicht auch zur Wirklichkeit parallel?
Ich habe allen glauben machen können, die Dinge aus der Sicht des Pfarrhauses sehen zu müssen. Ich hab unsicheren Charakteren auf die gute Seite geholfen!“
Seine Überlegungen machten einen Umweg, um in der Saint Andrew Church Buße zu tun. Seine Abbitte fiel wesentlich kürzer aus als der Todeskampf, den Patricia unter seinen >helfenden< Händen durchzustehen gehabt hatte.

Als John Dunlop in den dreißiger Jahren dieses Haus aus dem sechzehnten Jahrhundert restaurieren ließ, wurde der rechte Flügel mit den nötigen Standards ausgestattet und auf dem Immobilienmarkt inseriert. Neunzehnhundertdreiundsiebzig klappte dann seine Vormerkung dafür. Das Haus hat mehrere Ein-und Ausgänge, sodass man mit dem fließenden

Tourismusverkehr, der dieses Haus ständig frequentiert, nicht konfrontiert werden musste.
Scott war schon ein paar Mal bei Rowland eingeladen gewesen. Das erste Mal, als er vor zehn Jahren den Tod seiner Frau gefeiert hatte.
Obwohl es grad erst halb elf vorbei war, standen schon die ersten Busse vor dem Haus. Scott stellte sein Auto in der ersten freien Parklücke ab und ging um das Haus herum.
Der Tag schien freundlich zu werden. Nebel stiegen, vom Sonnenlicht angezogen, aus den nassen Straßen und aus dem Grün der Queen Street Gardens.
In ihrer Kraft begannen sie sich jetzt schnell aufzulösen und gaben einen blauen Himmel frei. Die Dunkelheit hatte sich mit Scott MacKenzie und Sir George Rowland in das Haus zurückgezogen.

„Sind Sie's, McKenzie? Bist Du's Scott? Wurde aber auch Zeit! In einer halben Stunde müssen wir am Revier sein. Wollen Sie ein Glas Wein?
Haben Sie das Kondom dabei?"
„George, du solltest das Siezen ganz schnell ablegen! Und Wein trinke ich immer nur in großen Schlucken damit er schneller weg ist.
Whisky wäre mir lieber!
Wo ist dein Schlafzimmer. Hast du das Bett nach einer Orgie aussehend gemacht?" Rowland öffnete ihm die Tür. „Ich habe mich dabei in meine Jugend zurück erinnert gefühlt!" Zeigte er stolz den zerwühlten Arbeitsplatz. Ich hab auch noch Parfum von meiner Frau gefunden um dem Schauplatz Aktualität zu verleihen. Sie trug immer nuttige Parfums."
Scott deponierte seine Jagdbeute unter dem Doppelbett. „Wo ist dein Kondom?" „Achtlos in der Bettwäsche. Irgendwo! Die Polizei hat sicher mehr Erfolgserlebnis, wonach auch immer sie suchen mag, es nicht gleich zu finden!"

„Denke dran George, wir haben heute Nacht einen Drauf gemacht. Wir haben einen weggesteckt, uns abgehen lassen! Im Übrigen vergiss nicht beim Verhör, dass wir uns duzen. Zwei Professoren, die ihre Nacht mit Nutten, und das in einem Bett gemeinsam, verbringen, siezen sich nicht.
Ich muss nach Hause und die Polizei benachrichtigen. Hast du George“, übte sich Scott ein „noch einen Whisky? Wegen der Alkoholfahne! Du solltest dir auch eine zulegen. Sei pünktlich beim Yard. Ich werde sicher vor Ort aufs Revier mitgenommen werden.“

Nachdem Scott zehnmal um den Salontisch gelaufen war, wählte er sich atemlos ins Netz ein.
„ MacPherson am Telefon. Was kann ich für Sie tun?”
„Ich habe um elf Uhr eine Vorladung bei Detective Chief Inspector MacGillian Ich bin gerade eben nach Hause gekommen um mich umzuziehen… Meine Frau!... Sie liegt tot im Salon.“ sprach er aufgeregt in den Telefonhörer. Und auf MacPhersons Frage antwortend:
„Sieht nach einem Einbruch und nach Vergewaltigung aus!“ Scott gab die Adresse bekannt. „Notarzt und wir sind gleich zur Stelle.“ MacPherson setzte alle notwendigen Maßnahmen in Bewegung und informierte MacGillian. „Ist doch die Frau von Scott MacKenzie! Ich komme mit“, zog er sich die Jacke über, um das Schulterhalfter mit der Schusswaffe zu verdecken. „Sonderbar, eine halbe Stunde vor seiner Vorladung!“ setzte er sich neben MacPherson in den Polizeiwagen.

„Wann musst du morgen früh nach Oporto? Ich könnte mitfahren!“ Roman hielt ihre Hand fest beim Austeigen aus dem Boot. „Du meinst, wir sollten das Ultimatum uns gegenüber verlängern?“ „Der feste Boden unter den Füßen macht mich sicher.

Ja!“ umarmte ihn Candida

Ein paar Leute stießen im Vorbeigehen an ihnen an, wie sie so umeinander geschlungen mitten am Weg stehen geblieben waren.

„Ich lad dich noch auf einen Drink ein! Ich geh nur noch schnell auf die Toilette“, sagte Roman.

In der sonderbaren Landschaft zwischen abgespulter Klopapierrolle und nassem Umfeld um die Fäkalien in der Klomuschel, wählte Roman Julias Nummer. „Hab ich dich geweckt, du hast mich an die zehnmal versucht, zu erreichen.

„Wo warst du?“ fragte sie. Den Tonfall kannte er noch, als sie ihm Platz in ihrer Hotelsuite angeboten hatte. Auch ihre fehlende Unterwäsche stimulierte ihn beim Gedankenflug. Er hörte wie Julia ihren Mut mit einem tiefen Atemzug aufblies.

„Lass uns wieder vertragen. Vielleicht hat das alles passieren müssen!

Ich möchte mir ein Leben ohne dich nicht vorstellen müssen!“

Neben ihm betätigte jemand die Wasserspülung. „Du bist auf dem Klo?! Du rufst mich aus dem Rest Room an?!“ Julia knallte ihr Telefon auf die Gabel.

MacPherson parkte sich auf der Heriot Row am Gehsteig ein. Noch während des Aussteigens trafen den Moment Notarzt und die Spurensicherung ein. Der Arzt kam schon eine Minute später aus dem Erdgeschoss auf die Straße. Während er sich eine Zigarette ansteckte, nahm er Blickkontakt zu MacGillian auf.
„Doktor Pabbey", streckte er ihm die Hand entgegen. „Wie lange ist Mrs. Wyngard-MacKenzie schon tot?" MacGillian registrierte die Spurensicherung ins Haus gehen zu sehen. „Wie lange in etwa?" fragte er nochmals ungeduldig. Ich muss mir ein Bild vom Tatort projezieren! Wie lange also? „So etwa zwischen acht und neun Uhr heute Morgen." „Und? Kommen Sie mit Ihren Nasenlöchern näher. Damit ich mir die Antworten herausziehen kann."
„Ich bin nicht Polizeiarzt! Ich bin Notarzt", sagte Pabbey beleidigt. Aber ich denke Mrs.…? Wie war ihr Name?"
MacGillian schaute ihn so ungeduldig an, dass sich Pabbey einen zweiten Anlauf ersparte.
„Sie weist Hämatome, also Würgemale, um den Hals auf. Außerdem scheint sie vergewaltigt worden zu sein. Meine Aufgabe ist Hilfestellung bei Notfällen. Die Not von Mrs.… ist vorbei. Ich bestätige Ihnen hiermit ihren Tod", reichte er MacGillian den Totenschein.

„Warum bleibt unser Polizeiarzt so lange aus?" trat MacGillian hinter MacPherson. Die Constabler hatten mittlerweile ihre gelben Absperrbänder unter Kontrolle gebracht, um die Blaulicht-Schaulustigen vor dem Haus fern zu halten.
Doktor Sylvia Perkins wies sich aus, als sie vor dem Tatort eintraf und ihren Durchlass damit bewirkte.
„MacGillian, hallo!. Einmal schönes Wetter und dann das hier! Wir hatten draußen am Calton Hill, bei der alten Sternwarte, einen niedergestochenen Mann im Park.
Und was haben Sie für mich?"
„Hallo Sylvia", drehte sich MacGillian zu ihr um. Sehen Sie selbst. Kommen Sie in den Salon!"
Sylvia Perkins folgte seiner Aufforderung und kniete neben der leblosen Frau nieder.

Sie deckte Patrica ab und untersuchte ihren Körper.
„Abgesehen von ihren Würgemalen sieht ihre Vagina aus, als wäre ein Baseballschläger über sie hergefallen.
Ich weiß, Sie wollen den Bericht gestern schon in der Hand gehabt haben. Ich fahr sofort ins Labor, liefert mir die Leiche so schnell ihr könnt nach. Ich bin fertig, es ist Ihre Leiche, Francis.“
MacGillian trat an den Frauenkörper heran und beugte sich über ihn.
„Wer tut einer so hübschen Frau sowas an? Er sah die Blutlache zwischen ihren Beinen und zog die Decke wieder über Mrs. Wyngard-MacKenzie. „Sie können sie jetzt in die Pathologie bringen“, machte er den wartenden Männern mit dem Zinnsarg Platz.
„Wenn es tatsächlich ein Einbruch gewesen ist, so galt er vorranging der Schändung der Frau“, wendete er sich von MacPherson ab und Mister Scott McKenzie zu.
„Sir, mein Beileid! Haben Sie schon feststellen können, ob was vom Wohnungsinhalt fehlt?“ Er trat wieder einen Schritt vor dem Alkoholgeruch in MacKenzies Atem zurück.
„Nein. Nein ich hab noch nicht nachgesehen. Sie müssen meine Prioritäten verstehen!“
„Ich verstehe. Ist es üblich, dass Ihre Frau am Morgen alleine ist? Dass Sie erst um zehn Uhr vormittags nach Hause kommen? Wo waren Sie?“
„Das ist eine delikate Angelegenheit“, vergrub er sein Gesicht in seine Hände. „Unfassbar für mich, was da passiert ist!“
„Wo waren Sie?“ fragte MacGillian, der hinter Scott MacKenzie getreten war.
Scott nahm die Hände von seinem Gesicht. „Ich hab ein Abkommen mit meiner Frau. Wie Sie wissen, ist sie um fast dreißig Jahre jünger als ich. Einmal im Monat gönnen wir uns eine Auszeit.“ „Und?“ Schob MacGillian sich ihm aufmerksam entgegen um gleich wieder dem Wind in seiner Fahne auszuweichen.
„Ich gehe zu Nutten und lasse mich bedienen. Das ist weniger anstrengend, als beizuschlafen.

Oh Gott, oh Gott, ich kann es noch immer nicht glauben, was da passiert ist!" stützte er wieder sein Gesicht in die Hände.
„Und von gestern auf heute?" fragte MacGillian „Wo waren Sie da?"
Scott sah die ungläubigen Augen seiner Frau vor sich, als sie mitbekam, was er vor hatte.
Es waren sicher noch Spuren des abgetropften Wachses am Teppich. Eventuell auch ein Kerzenrest, mit dem er sich in ihrem Angesicht dabei befriedigt hatte. Daran hatte er nicht gedacht. Jetzt, wo er sein Alibi vorbringen musste, mutmaßte er, dass die Spurensicherung die Wohnung auf den Kopf stellen würde.
„Mister MacKenzie, nochmals: Wo waren Sie heute zwischen sieben und zehn Uhr früh! Sir?"
„Um es kurz und schmerzlos auch für Sie zu gestalten", zog er den angespannten Vorhang zwischen MacGillian und ihm zurück.
„Meine Frau und ich hatten gestern Abend noch Sex. Ich hatte das Gefühl, dass sie meinen Tank leer fahren wollte und mich bei meinen Alleingängen auf einen kleinen, überschaubaren Radius einschränken wollte. So wild war sie zuvor noch nie, Sie wissen schon!" „Nein weiß ich nicht, aber Sie können mich aufklären" MacGillian wurde ungeduldig. „Sie trieb Sklavenspiele mit mir. Oh Gott, Oh Gott, warum bin ich nicht zu Hause gewesen!?"
„Und warum waren Sie nicht zu Hause?" „Ich sagte Ihnen doch, es war mein freier Tag."
MacGillian holte Luft. Bevor er sie noch auslassen konnte, beeilte sich ScottMacKenzie, zu antworten.
„Ich war mit George zusammen und wir haben Nutten vom Firth Of Forth mit zu ihm in seine Wohnung genommen". „Und wie heißt George noch, hat er einen Nachnamen?" MacGillian ging langsam die Geduld aus. „Sir George Rowland."
„Der Rektor und Sie? Sie machten also einen Einkaufsbummel?"
„So ähnlich, wenn Sie wollen. Ich möchte nur nicht, dass Sie das öffentlich machen. Das ist Privatsphäre!"
„Ist das Ihre tote Frau nicht auch?" antwortete MacGillian mit Abneigung in seiner Stimme. „Sie wissen, wir müssen das überprüfen?! Ich fahr jetzt aufs Revier. Ihr Rektor ist für elf Uhr

vorgeladen und sicher schon da. Halten Sie sich bitte zu unserer Verfügung. Noch besser, wir nehmen Sie gleich mit für eventuelle Fragen.“ MacGillian griff zum Telefon.
„Ist Sir George Rowland schon bei euch? In Ordnung, dann holt euch gleich einen Durchsuchungsbefehl und fahrt an die Wohnadresse von Sir George Rowland. Sie ist angeblich ein Alibi.“
MacGillian hatte dieses Gespräch absichtlich vor MacKenzie geführt, um ihn zu verunsichern. Tatsächlich wirkte er angespannt.

Aufstehen!“ Candida kam mit dem Frühstück ans Bett. „Es ist schon elf! Ich hab alles, was du willst, dabei. Du kannst deine Auswahl und die Reihenfolge bestimmen!“
„Frühstück, duschen, und alles, was ich will, ja? elf Uhr sagtest du?
Ich muss unbedingt Kontakt zu Wien aufnehmen und ein Zimmer in einem Hotel in Porto bestellen!“ streckte er sich unter der Bettdecke. „Musst du den Bademantel anhaben? Ich sehe so gerne deine Brüste.“
Candida streifte den Umhang von ihrem Körper. „War nur zum Abtrocknen nach der Dusche. Iss!“ Griff sie unter die Nachtwärme seiner Decke.
„Eier, Kaviar und Buttertoast!“ überschaute er das gereichte Tablett. „Sehr vielversprechend“, schob Roman das Tablett an die Seite und machte Candida Platz.
„Ist das der legendäre Morgenurindrang oder deine Sehnsucht nach mir, die dich so aufgestaut macht?“ fragte sie spitzbübisch.
„Find es heraus. Lass mich vorher einen Schluck vom Kaffee nehmen. Damit ich deine Streicheleinheiten bei vollem Bewusstsein mitbekomme.“ Er gähnte plakativ und streckte sich Candida entgegen. Ohne die Hand unter der Decke wegzunehmen reichte Candida Roman die Kaffeetasse. Sie küsste ihn von den Lippen abwärts. „Ich halte deine Eier warm, bis wir fertig sind“, stellte Candida das Tablett neben dem Bett ab und beugte sich über ihn.
Julia kam immer näher. Sie setzte sich neben ihn auf das Bett und legte ihre Hand auf seinen Oberschenkel. Mehr bedurfte es nicht, sich von Candida zu befreien. Die Zeit überholte ihn mit immer schneller werdendem Flügelschlag. „Ich liebe dich!“ brachte er sich gleichzeitig mit seinem Orgasmus, Julia ein. „Ich dich auch!“ schmeckte er danach sein Sperma in Candidas Kuss. Julia sah ihm vorwurfsvoll in die Augen. Sie stand auf und ließ ihn ohne ihre Körperwärme zurück. „Bleib noch!“, versuchte er Julia zu halten. „Es hat nicht die Bedeutung, nach der es ausgesehen haben mag!“ „Ich war da, du bist gegangen!“ entzog sie ihm ihre Hand als er die Augen öffnete.

„Ich bin doch da!“ beugte sich Candida nach dem Frühstück am Boden, um es Roman wieder ins Bett zu stellen. „War’s schön für dich?“
„Was hab ich eben gesagt?“ fragte Roman, sich seiner Worte bewusst werdend.
„Ich hab deine letzten Worte grad weggeschluckt und ich möchte mich nicht an einer anderen Frau verschluckt haben... War es Julia?“
„Ich mach dir nichts vor. Ja. Aber sie hat mich erst beim Orgasmus überrascht.“ log er.
„Und wo hast du mich dabei verloren?“ Candida stellte das Frühstück mit Nachdruck auf Romans Schoß.
„Ich hol mich jetzt runter. Und ich tu es vor dir und ich tu es ehrlich! Oder soll ich damit aufs Klo gehen?“
„Es tut mir leid. Sei nicht eingeschnappt!“ Roman stellte das Tablett mit dem Frühstück wieder neben dem Bett ab.
„Ich kann dir dabei helfen, wenn du mir noch vertraust.“
„Dann deck dich für mich wieder ab! Ich mach mir den Sonnenaufgang selbst. Ich bin voll Sehnsucht nach Licht.“ Sie wartete die Einwilligung dazu nicht ab, sondern begann mit sicheren Schritten den Aufstieg. Als Candida oben angelangt war, trug sie sich nach Luft schnappend, mit fahrigen Schriftzügen in das Gipfelbuch ein.
Die Sonne kam in diesem Moment über den Horizont und stieg immer höher zum Zenit auf.
Roman spürte ihre Stärke und bot Candida Schatten an. „Bevor du einen Sonnenbrand bekommst.“ legte er sie mit dem Rücken in die Kissen. Candida ließ von sich ab und sich die Seele von Roman einkremen.
„Mach, mach, mach! Ich nehm dich mit“, umkrampfte Candida seine Schultern und seine Präsenz in ihrem Schoss. Mit Blitz und Donner schlug das Wetter um. Das Gipfelkreuz war im einfallenden Nebel kaum mehr wahr zu nehmen. „Lauf mit mir um die Wette! Wir müssen beide runter!“ Candida vergrub ihre Hände in seinen und zog ihn hinter sich her. Ihr stoßweiser Atem gab ihm die Luft, die er schon fast nicht mehr hatte. „Sauerstoff!“

japste Roman und ließ sich neben Candida in die Bettwäsche fallen.
„ Das war die schnellste Talfahrt meines Lebens. Und die aufregendste!“ schmiegte sich Candida an Roman. „Woran hast du gedacht?“
„Ich hab nicht gedacht. Ich schwör es! Es war einfach nur schön, mit dir so hoch oben gewesen zu sein!“ „Dann haben wir gleichzeig an das Selbe gedacht“ schien Candida ihren Kuss in seinem Mund nicht beenden zu wollen.
„Darf ich trotzdem nach Porto mitkommen? Auch wenn ich dich nervend liebe.“
„Um Himmels Willen! Du nervst nicht“, drückte Roman sie an sich.
„Gibst du mir den Kaviar um mich aufzuladen?“ Und mich aus deiner Umarmung zu befreien, dachte er ohne es auszusprechen. Candida schien seine Gedanken gespürt zu haben.
„Bin ich jetzt Julia, Patty oder Candida? Oder überhaupt nur das passende Geschlecht?“ beugte sie sich aus dem Bett und hob Roman das Tablett mit dem Frühstück zum dritten Mal über seine Beine.
„Hier deine kalten Eier! Ich geh duschen“.
„Belasse es doch dabei, dass es ist, wie es ist!“, stellte Roman das Tablett wieder beiseite, schwang sich aus dem Bett und ging Candida ins Badezimmer nach.
„Ich bin in großen Geschäften unterwegs, lass mich bitte alleine!“ Roman schloss die Tür hinter sich.

Julia probierte die Dessous aus der Kollektion von gestern und schob sich die Seide im Schritt danach beiseite. Sie wählte die Spiegeltür zum Badezimmer zu ihrem Partner, als sie sich ins Bett fallen ließ. Ist schon eine hübsche Verpackung, diese Unterwäsche von La Perla. „Mag ja sein, dass ich narzisstisch veranlagt bin, aber befriedigend ist es allemal!
Spieglein, Spieglein an der Wand, was machst du mit meiner Hand? Komm hinter die sieben Berge und bring deine sieben Zwerge!“ dieser Kinderkram spulte sich in ihren Gedanken ab. Sie fühlte sich aufgeregt übermütig, als alle sieben mit Romans Gesicht vor ihr antraten.
„Kommt, befriedigt mich! Nachher gibt es auch Milch und Honig für euch. Nehmt mich in eure Mitte und tanzt mit mir!“
Julia nahm einen nach dem anderen von ihnen um die Taille und ließ sich mit vorgestreckten Becken im Kreise drehen bis sie atemlos vor dem Spiegel liegen blieb.
„Aufhören!“ hämmerte es in ihren Adern. „Du kannst nicht mehr!“
„Nur einmal noch“ bettelte der siebte Roman. „Dann gib mir den Vibrator“ griff Julia in die Schublade. „Zieh mir die Wäsche aus. Julia streifte das bisschen Seide über die Beine ab. „Komm da rein“ half sie mit Nachdruck dem Vibrator in ihr Rectum.

Roman hielt Julia um ihre Hüften und drückte ihre Brustwarzen mit den Fingerkuppen. „Schön, mach weiter. Ich spür dich schon überall.“ Julias Fantasien wurden intensiver. „Ich brauch nur noch ein bisschen Speichel“, führte sie Zeige-und Mittelfinger an ihren Mund und feuchtete sie an.
„Jetzt mach schon Körper! Du lässt mich ja sonst auch nicht im Stich. Nur einmal noch! Tu’s für Roman.“
Spieglein, Spieglein an der Wand…Wer ist die einsamste im ganzen Land. „Ich bin‘s hinter den sieben Bergen…“ Julia gab erschöpft auf, um sich rücklings ins Bett fallen zu lassen.
„Lass uns gemeinsam einschlafen“ murmelte sie. „Ich liebe dich. Danach ruf ich dich an. Versprochen!“

Die Spiegeltür gab einen abgedunkelten Raum wieder. Julia kuschelte sich in den kühlen Überwurf des Doppelbettes und nahm ihn zwischen ihre Beine.
„Stimuliere deine wunde Seele mit mir. Drücke mich und ich halte dich bei deinen Träumen in meinen Armen. Du kannst auch in mich weinen. Tränen jeder Art, was immer du los werden willst. Glück, Traurigkeit, jede Art von Fantasie! Ich komme jeden Tag in die Waschmaschine des Hotels. Für mich ist jeder Tag ein Neubeginn.
Meine Webart ist aus euer beider Fäden entstanden und macht ein wunderschönes Muster. Und, wie du siehst, in feinster Knüpfung. Schlaf und drück dich in mich. Auch wenn ich nur Bettdecke bin. Dein Duft fasziniert mich und du liegst so leicht auf mir. Dreh dich auf den Bauch und schlafe mit mir. Ich möchte deinen Geschmack mit in die Wäschekammer mitnehmen, bevor mich das Hotelpersonal wieder hygienisch zu einem vier Sterne Laken macht. Du hast keine Ahnung, wie heiß so ein Bügeleisen sein kann!“
Julia schmiegte sich in ihren wirren Träumen immer fester an das Laken. Sie nahm Sonnenblumen wahr, die im Zeitraffer aufgingen. Und Bienen und Hummeln, die daraus den Nektar sogen. Ein Schwalbenschwanz-Schmetterling ließ sich auf ihrer Blüte nieder und führte seinen Rüssel in die Blütenstaude ein. Er tat das so zart, dass sie nur den Flügelschlag wahrnahm und den Abstoß seiner Beine, als er zum nächsten Honigtopf flog.
„Ist es das, was du von mir wolltest?“ wachte Julia eine Stunde später auf und hob das Lacken mit dem feuchten Fleck hoch.
„Wenn du willst versteck ich dich in einem der Kästen…
„Ich brauch jetzt einen Macallan“, stand sie verschwitzt aus ihremTraum auf. „Jetzt rede ich schon mit Bettdecken. Kaum zu glauben!“

Die erste Auswertung der Spurensicherung lag bereits am Tisch. Es wurden Wachsreste auf Mrs.Wyngards Brüsten und auf ihrem Schoß festgestellt. Ferner ein abgebrannter Kerzenstummel im Salon unter dem Sofa mit Fäkalienresten gefunden. Fingerabdrücke nur von zwei Personen, eine davon ist Mrs. Wyngard-MacKenzie zuzuordnen, der zweite muss erst abgeglichen werden. Es ist aber anzunehmen, dass es sich um die ihres Mannes handeln wird. Sollte tatsächlich ein Einbruch stattgefunden haben, so trug der Täter Handschuhe.
„Wir benötigen die DNS, um Mister Scott MacKenzie in den Mordfall einbeziehen zu können, oder ihn auszuschließen", hatte sich MacGillian mit der Staatsanwaltschaft verbinden lassen.
„Mrs. Wyngards Vagina ist ein Schlachtfeld". „Hallo Sylvia", begrüßte Francis die Pathologin. „Nehmen Sie Platz." „Keine Anzeichen von Gegenständen, die ihr eingeführt worden sind", antwortete sie auf seinen fragenden Blick." Ich vermute, es war ein Stalker, ein Wichser, und er hat sie mit der Hand penetriert. Wir haben Sperma am Bauch und auf ihren Brüsten trotz des Spülmittels, das verwendet worden war, um sie zu reinigen, gefunden. Aber keines in ihrer Scheide oder im Rectum. Die Unterwäsche war klinisch rein. Irgendjemand muss sie ihr danach gewechselt haben." Doktor Sylvia Perkins sah MacGillian an.
„Welcher Einbrecher befriedigt seine Bedürfnisse um zehn Uhr vormittags und stiehlt außer Sex nichts?" hakte Sylvia nach.
„Kranke zum Beispiel" schaute MacGillian vom Bericht auf.
„Wenn es aber ihr Mann war, warum sollte er sie dabei erwürgen?" „Wie sie zugerichtet worden ist, muss sie große Schmerzen gehabt haben", antwortete Sylvia.
„Sie kriegen Ihre DNS! Vielleicht ist sie post mortum so zugerichtet worden?"
„Sie mögen recht haben, Francis. Ich würde bei so einer Misshandlung um mein Leben schreien, dass alle Nachbarn zusammenlaufen. Arme Frau!"
„MacPherson ist am Weg in die Wohnung von Sir Rowland und überprüft dort das Alibi von Mister MacKenzie. Ich lasse Ihnen alles sofort runter schicken was wir sicherstellen. Essen wir

mittags gemeinsam?“ „Ich bin auf Diät, vielleicht ein anderes Mal“, zog sie die Tür hinter sich zu.

Candidas Stichwort: Geschäft verrichten, erinnerten ihn an seine Erledigungen. Roman schloss das Notebook ans Netz und fuhr es hoch. „Fertig?“ fragte er durch die geschlossene Badezimmertür. „Ich such mein Telefon. Hast du’s gesehen?“ „Nur noch fertig pinkeln. Ich komm gleich raus!“
Roman hörte sie die Hände waschen. „Was hast du gesagt, ich hab dich durch die Tür nicht verstanden“ kam Candida aus dem Bad. „Mein Telefon, hast du’s gesehen. Ich muss meine Firma kontakten.“
„Wo warst du zuletzt?“ „Bei dir“, sagte Roman etwas ungeduldig. „Komm hilf mir suchen. Ich muss auch ein Hotel buchen und dann möchte ich mit dir essen gehen.“ Candida setzte sich aufs Sofa und trank einen Schluck Mineralwasser aus der Flasche am Couchtisch.
„Da!“ zog sie es unter ihrem Gesäß hervor. „Was ist das für eine Nummer auf dem Display, wen hast du angerufen?“ fragte Roman.
„Die Nummer hab ich blind gewählt.“ Sie mussten beide lachen. „Es lag am Sofa und ich hab mich grad drauf gesetzt.“
Candida hielt ihm das Telefon entgegen und Roman schloss es an seinen Rechner an. Dann wählte er sich nach Wien ein, um Kontakt zu eventuellen E-mails zu bekommen.
„Das dauert sicher! Hast du außer Mineral noch was da?“
„Portwein?“ stand Candida auf und ging in die Küche. Roman bejahte.
„Kennst du Porto?“ setzte sich Roman danach neben Candida und streichelte ihren Busen. „Ich war mit Julia einmal da.“ Sie ärgerte sich, ihren Namen eingebracht zu haben. Doch Roman machte keine Anstalten aufzuhören, sie weiterhin zu streicheln. „Ja, wir haben da am Douro vor der Kulisse der alten Segelschiffe, die unseren Portwein einmal um die Welt gesegelt hatten, eine Fotosession abgehalten. Da gab es so viele verwinkelte Gassen mit Bars, Restaurants und natürlich Portweinkellereien, dass wir erst im Morgengrauen wieder ans Wasser gefunden haben.
Wir setzten uns ziemlich weit außerhalb der Stadt an das Ufer und die ersten Frauen kamen in die Waschhäuser und sangen Lieder beim Wäsche waschen. Als die Sonne aufging, machte der

Douro wirklich den Eindruck eines goldenen Flusses. Es war kalt und wir wärmten uns gegenseitig. Julia", jetzt kam ihr der Name schon leichter über die Lippen, „Julia hatte meine Hand genommen und sie sich in den Schritt gelegt. Sie trug schon damals keine Unterwäsche, musst du wissen. Du hast ja eiskalte Hände, hat sie gesagt, und wärmte sie in ihrem Schoß.
Wir waren noch nachttrunken als wir vormittags im Hotel ankamen. Du kannst dir nicht vorstellen, wie die alten Häuser am Uferdamm uns in ihren Armen aufgenommen haben. Diesen Eindruck von Porto trage ich immer noch in mir."

Der Rechner begann sich mit eingegangenen E-mails zu melden.
„Entschuldige! Ich les das nur rasch durch."
Roman stand auf und setzte sich an den Rechner. „Bla, Bla, Bla", überflog er die Meldungen bis zu einer Lesemeldungsbestätigung.
...Mit vorzüglicher Hochachtung. Die Geschäftsleitung.
„Sehr geehrter Herr Polansky!" traf ihn der Faustschlag mitten ins Gesicht.
Roman wartete noch die zehn verbleibenden Sekunden bis zum Abbruch des Boxkampfes ab. Dann klappte er sein Notebook mit lautem Knall zu.
Die vom Ringrichter hoch gehobene Hand seines Gegners klemmte er mit ein.
„Ist was, du siehst blass aus!" trat Candida hinter ihn. „Ich hatte die letzten zwei Tage keine Verbindung zu Wien. Um es auf den Punkt zu bringen: Ich bin gekündigt. Die haben mich mit einem schönen Urlaub ins Ausgedinge abgeschoben. Ich hab noch vier Wochen auf Firmenkosten in Portugal."
„Was ist passiert?" „Scheiße ist passiert. Ich hab's nur nicht gerochen. Ich war zu sehr mit der Füllung der Klopapierständer beschäftigt. Ich bin von Anfang an nur verwendet worden.
Ich hätte aufmerksam werden sollen, als mein Freund und Kollege Thomas Keller mir schon vor Tagen eine E-Mail schickte. FVYC arbeite an Destinationen am Schwarzen Meer und er sei dafür abgestellt worden.

Ich hab eine Genehmigung für den Bau einer Marina in Cascais! Die storniere ich“, griff Roman zum Telefon. Wenn meine Firma mich austrickst, kann ich das auch.“
„Komm wieder runter“, versuchte Candida ihn zu beruhigen. „Hast du mit keinen rechtlichen Konsequenzen zu rechnen, wenn du das Geschäft platzen lässt?
Ich hol dich mit der Hand runter. Dann gehen wir essen! Lass mich dich ablenken und überdenke die Situation!“
„Du machst es mir leicht, an was anderes zu denken“, lehnte sich Roman im Sessel zurück und ließ sich in die Unterwäsche greifen. „Heb dein Gesäß an, damit ich dich nackt machen kann! Denk nur an dich!“ beobachtete Candida Romans Gesicht. „Und schau mir zu wenn ich dir einen runterhole. Ich möchte dabei nicht verwechselt werden! Ich liebe dich“.
Roman machte die Augen auf und griff nach Candidas Brüsten und hinunter in ihren Schritt. „Ist ja verrückt schön“, steigerte sich seine Zuneigung in Candidas Hand. Candida spreizte sich in seiner Berührung. „Kannst du so kommen? Sag!“
Roman sah ihr zu, wie ihre Hand immer schneller an ihm wurde. „Komm befriedige dich in meiner Hand!“
Candida erinnerte sich an den Orgasmus von Julia. „ Ich kann den Himmel sehen!“ bäumte Julia sich mit zwei Fingern anal hoch. Wir alle waren Zeugen ihrer Befriedigung.
Ich möchte überall bei Roman sein, wo sie gewesen sein könnte, ich will nichts auslassen. Ich hab das Bedürfnis eines Tieres, dass sein Revier absteckt. „Mit diesem Finger“ Candida feuchtete ihren Mittelfinger mit Speichel, „möchte ich deinen Orgasmus spüren. Komm in meine Hand! Lässt du mich?“
Candida stellte ihn auf die Abschussrampe „Countdown läuft schon! Drei, zwei, eins!“ überrumpelte sie Roman. „Ist das gut für dich?“ Candidas Frage beantwortete sich im selben Augenblick in ihrer Hand.
„So! Waschen und Essen gehen.“ Küsste Candida Roman. „Bleib noch“, zog er sie an sich. „Aber dein Sperma?“ „Wisch es in meine Unterwäsche. Ich wollte sie sowieso wechseln. Bleib noch bei mir. Ein paar Minuten! Ich liebe dich aber sei dir bitte im Klaren, dass wir beide uns nicht behalten können. Außer unseren

gemeinsamen Momenten sind wir jeder für uns in zwei Tagen alleine.“ „Ich darf also mit nach Porto?“ umarmte Candida Roman und wollte nicht mehr los lassen.
Danach tauschte sie ihre Fröhlichkeit mit Romans Realität aus.
„Gehen wir gemeinsam essen! Einem Kellner gegenüber musst du mich doch nicht abstreiten, oder?“
„Jetzt sei nicht sauer“, zog Roman frische Unterwäsche an. Du ziehst dir keine an?“
„Nein“, schlüpfte sie in ein hellgelbes Kleid und rückte ihren Busen darin zurecht. „Es hat bereits vierunddreißig Gad. Gehen wir ans Meer! Da gibt es super Miesmuscheln, die du auslutschen kannst… Und es werden die ersten frischen Feigen angeboten“, beugte sich Candida nach ihren Sandalen.
„Wenn ich dir beim Bücken zusehe, brauche ich keines von beiden.“ „Soll ich doch ein Höschen anziehen?“ kam die unsichere Antwort Candidas.“ Nein, nur dich nicht auf der Straße bücken!“
Das Telefon neben dem Notebook läutete als Candida die Tür hinter sich in Schloss zog.
Julia ließ es zehn Mal läuten.

„Mister MacKenzie, kommen Sie bitte weiter“, öffnete MacGillian die Tür in den Verhörraum. „Wollen Sie was trinken?“ „Nein danke. Ich möchte das hier so schnell wie möglich hinter mich bringen.“ „Liegt ganz an Ihnen“, setzte sich MacGillian ihm gegenüber und schaltete das Aufnahmegerät ein. „Sie haben selbst bestätigt, dass nichts aus Ihrem Haus entwendet worden ist. „Eine Vergewaltigung am helllichten Tag in Ihrer Wohngegend ist zumindest sonderbar. Hatten Sie Sex mit Ihrer Frau als Sie von Sir Rowland in der Früh nach Hause kamen?
„Ich hatte reichlich Sex zuvor. Das habe ich Ihnen doch schon gesagt. Was sollte mich veranlasst haben, was einzufordern, wofür meine Gegenleistung nicht mehr vorhanden war!
Ich habe mir auch Gedanken gemacht. Dass nichts aus dem Haus fehlt war vielleicht voreilig. Ich müsste noch den Schmuck meiner Frau kontrollieren. Das Geld in meiner Schreibtischschublade fehlte“ „Die war aber nicht aufgebrochen“, warf MacGillian ein. „Patricia hat einen Schlüssel dafür. Patricia hat es jedes Mal wieder zurückgelegt, wenn Sie auf der Bank gewesen war. Sie kaufte oft spontan was ein.“
„Ich muss Sie das jetzt Fragen: Haben Sie Ihre Frau zuweilen mit der Faust penetriert oder irgendwelche Wachsspielereien getrieben? Wir haben eine angebrannte Kerze mit Fäkalienresten im Salon gefunden. Von wem stammen die?“
„Wahrscheinlich von meiner Frau. Sie mochte Analspiele. Hören Sie Chief Inspector. Sie greifen hier in unsere Intimsphäre ein. Ich war bei Sir Rowland und beantworte Ihnen keine Fragen mehr ohne meinen Anwalt.“
MacGillian zog mit Genugtuung den gerichtlichen Beschluss für eine DNS Analyse hervor und schob ihn MacKenzie über den Tisch. Er ließ ihm die Zeit, ihn durchzulesen.

„Doktor!“ wandte sich Francis an Sylvia. „Mund auf! Auf“, befahl er MacKenzie.
Doktor Perkins nahm das Wattestäbchen aus seiner sterilen Verpackung und führte es MacKenzie in die Mundhöhle. „Wir werden die Hautpartikel in der Vagina Ihrer Frau danach zuordnen können. Die Spuren am Hals sind peinlichst gesäubert

worden. Allerdings haben wir auch Reste von Sperma und Wachstropfen auf Mrs. Wyngards Busen und Bauchdecke, sowie auf ihrem Schoß, sicherstellen können. Die Intimrasur fällt in etwa den gleichen Zeitraum, wie ihr Tod. Damit schließt sich für mich eine Affekthandlung eines Fremden aus!“ knallte MacGillian seine Hand auf den Tisch.

„Wir mögen für Ihre Begriffe vielleicht abstrusen Sex gehabt haben. Sperma auf der eigenen Frau und die, wie Sie es nennen, Fäkalien auf einer Kerze stammen wahrscheinlich von uns gemeinsam!“ Scott ärgerte sich noch immer über die Kerze. Und auch darüber, sie seiner Frau nicht nach ihrem Gebrauch in ihr Rectum gestoßen zu haben. „Manchmal verwende ich Hilfsmittel, beziehungsweise verwendet sie meine Frau, um den Ablauf unserer sexuellen Beziehung zu beschleunigen.“
Sylvia konnte sich nicht verkneifen „Amen“ zu sagen, als sie mit der DNS-Probe ins Labor ging.
MacGillian machte die Tür hinter ihr zu und setzte sich. „Sie sind Priester?“ „
„Ich praktiziere das nur in meiner Freizeit. Ich habe an der Old College University einen Lehrstuhl. Ich bin Lutheraner.“ „Und das schließt Bestialität aus?“ Stellte sich MacGillian dumm. „Ich weiß, und habe eine Aussage von Miss Butcher, dass ein Komplott gegen Arthur Roberts im Gange war. Wir haben auch schon Beweise, dass er nicht mit dem Golfschläger niedergeschlagen worden ist. Ihre Frau, die sich dazu schuldig bekannt hatte, hatte einen Briefbeschwerer erwähnt, den wir daraufhin untersucht hatten.“ Das Ergebnis ließ MacGillian Scott MacKenzie gegenüber offen.
„Sie ist meine Frau und arbeitet im Sekretariat“. „War“, besserte MacGillian nach. „Sie war ihre Frau!“ „Wenn Sie Anspielungen vorzubringen versuchen“, fuhr MacKenzie unbeirrt fort. „Jeder der dort ein- und ausging, hat sich irgendwann darauf verewigt.“
„Ich spreche von frischen Fingerabdrücken und noch nicht zuzuordnenden Abdrücken“ antwortete MacGillian lauernd.

„Ist ihre Frau bei Ihren Sexspielen von Ihnen ermordet worden oder weil sie tatsächlich die Täterin beim Anschlag auf Mister Roberts war! So sprechen Sie doch endlich! War's Rowland? In beiden Fällen sind Sie und Rowland die Hauptverdächtigen. Ich führe Sie morgen dem Haftrichter vor. Bis dahin bleiben Sie zwei Zellen voneinander entfernt in Gewahrsam bei uns. Ist ja zum Kotzen." Verließ Francis den Vernehmungsraum.

Er ging in die Pathologie im ersten Kellergeschoß. „Sylvia, sind Sie da?" Doktor Perkins schaute auf. „Ach Sie sind's, Francis. Ich habe noch nichts für Sie.
Dass Mrs. Wyngard-MacKenzie erwürgt worden ist war ja schon am Tatort klar. Die DNS von Rowland und MacKenzie wird mit allen Spuren auf und in ihrem Körper verglichen. Das dauert aber sicher noch bis morgen."
„Kaffee?" hielt ihr Francis einen Pappbecher entgegen. Sylvia nahm ihn. „Kann ich gebrauchen, danke ja!"
Was hast du gesagt, was das sein soll!?" prustete Doktor Perkins den Schluck spontan aus sich und über seinen Anzug. Sylvia versuchte, mit der Hand die Flecken vom Sakko zu wischen, mit dem Erfolg sie nur großflächiger zu verteilen. „Normalerweise küsst man sich, wenn man sich das erste Mal duzt" nahm er Sylvia den Becher aus der Hand und zog sie an sich.
„Unser erstes Date hatte ich mir zwar anders vorgestellt. Aber endlich kommt dem Kaffeeautomaten in unserer Etage eine Bedeutung zu." „Hab ich Sie geduzt, tut mir leid. Das muss der…, wie nannten Sie das, Kaffee? gewesen sein." Francis ließ sie keinen weiteren Satz mehr beginnen und nahm ihr die Worte mit einem Kuss aus dem Mund.
„Du bist ja nervös wie ein Teenager! Du gehst doch sicher schon auf die Vierzig zu." Sylvia biss ihn die Unterlippe. „Bis dahin müssen noch vier Mal dreihundertfünfundsechzig Tage vergehen. Schaltjahrtage nicht mit eingerechnet."
MacGillian grinste. „Jetzt wo ich dich so angreife, kann ich das nur bestätigen." Sylvia brachte sich wieder auf Abstand.
„Nervös bin ich nur weil ich keinen Schlüssel für die Tür habe. Und wie Sie feststellen können, Detective Chief Inspector,"

hänselte Sylvia ihn, „ist sie nur angelehnt. Ich bin mir noch unsicher, sie hinter uns schließen zu wollen.
„Bleiben wir beim du, sonst bringe ich dir noch einen Kaffee! Lass uns Leben in diese Todeskammer einhauchen!
“
„Wie gehen wir nachher mit einander um? Wir arbeiten doch zusammen!“ fragte Sylvia irritiert seinen zärtlichen Angriffen entgegen. „Lass mich dich einfach lieben. In meinem Kopf tu ich das seit einem Jahrzehnt.“
„Ich heiße Sylvia.“ streckte sie ihm die Hand entgegen. „Francis, angenehm“ nahm er beide ihrer Hände und streckte sie Sylvia hoch um ihr das Kleid über den Kopf auszuziehen. „Drunter bist du noch viel schöner als drüber“, legte sie Francis auf den Seziertisch. „Ich wusste gar nicht wie kalt der ist“, hielt sich Sylvia um seine Schultern fest.

„Ich hab umdisponiert“ überlegte Candida, als die Hitze des Asphalts auf der Straße zum offenen Angriff auf die Schweißdrüsen ausholte. „In der Altstadt gibt es in einigen Seitengassen zwischen den alten Mauern noch kühlere Plätze als am Meer. Da ist es schattig und die alten Steinmauern brauchen bis in den Nachmittag, um sich aufzuheizen. Ich zeig dir mein Lieblingslokal“.
„Zu Fuß?“ „Ja sind kaum zehn Gehminuten von hier.“
„In Ordnung, es ist deine Stadt, lass uns gehen, ich bin hungrig!“
Von der Rua San Fernandes Tomá war ein kleiner Platz in einer Seitengasse ohne Namen eingebettet. An seine alten Steinmauern schmiegte sich eine Gastwirtschaft. „Da sind wir!“ verkündigte Candida und ging auf einen freien Tisch zu. Roman rückte ihr den Sessel auf den holprigen Pflastersteinen zurecht und setzte sich ebenfalls.
„Am Abend sind hier meist die Schauspieler aus dem nahen Theater nach der Vorstellung anzutreffen. „Willst du kalt oder warm essen? Die bieten mittags immer zwei Menüs an.“ „Heiße Suppe, kaltes Essen, denke ich“ sagte Roman. „Probier‘s mal umgekehrt. Was hältst du von Ajo blanco con uvas“. „Was ist das?“ „Kalte Mandel-Knoblauchsuppe mit Muskatellertrauben, dann gibt‘s noch Dorada a la sal und Txangurro al horno, das ist aber sehr teuer. Scheinbar haben die heute frische Seespinnen gefangen. Das ist eine Delikatesse und nur selten auf einem Speiseplan in Gaststätten dieser Art zu finden“. „Hat die Spinne Füße?“ „Nein, am Teller nicht mehr. Sie sieht wie eine große Muschel aus. Ich werd mir das, und die Suppe vorher bestellen.“
„Dann schließ ich mich dir an. Das mit der kühlen Luft hat ja auch gepasst. Im Übrigen bist du die nächsten zwei Tage mein Gast. Das zahlt alles die Kündigungskasse!“
„Entschuldigen Sie“, unterbrach der Kellner ihr Gespräch, „Senor, Senora, das es etwas länger gedauert hat. Was darf ich Ihnen zu trinken bringen?“ „Trinken wir eine Flasche Weißwein?“ Schaute Roman Candida fragend an. „Ja! Vinho Verde, der schmeckt so schön spritzig!“ Scheint ja bei Frauen sehr beliebt zu sein, ging es Roman durch den Kopf. „Haben Sie vorher noch ein Bier für mich?“ Candida übersetzte die

Bestellung. „Die Seespinne wird ein bisschen dauern“ verneigte sich der Kellner und ging schnellen Schrittes in den Hausflur um gleich darauf mit Wein und Bier zurückzukommen.
Roman prostete Candida mit dem Wein zu um sich danach herzhaft seinem Bier zuzuwenden. „Du siehst aus wie der Weihnachtsmann im Sommer“, lachte Candida. Roman wischte sich den Bierschaum vom Mund.
„Was wirst du machen, wenn du in Wien bist?“ „Mir einen Job in Portugal suchen.“ „Nein, ernsthaft jetzt, was hast du vor?“ „Ich weiß es noch nicht. Ich muss erst auf Abstand gehen. Genau genommen beträgt meine Kündigungsfrist fünf Monate. Kommt drauf an, ob ich nach diesem Monat freigestellt werde oder die restlichen vier Monate in Wien die Büros für mein Gehalt aufwaschen muss.
Es gibt da noch den AYAC. Allerdings sind die nur an der Adria tätig. Ich werde meine Antenne in diese Richtung ausfahren. Immerhin hab ich universelle Praxiserfahrungen sammeln können, abgesehen von meinem Studium zum Diplomingenieur.“
Sie hoben beide die Unterarme und ihre Gläser vom Tisch, als der Kellner ein neues Tischtuch auflegte. „Ajo blanco con uvas, por favor“, murmelte der Kellner beim servieren der Suppe.

„Wie lange, glaubst du, brauchen wir nach Porto?“
„Ich hab mir das auf der Karte angesehen, es sind knapp zweihundertfünfzig Kilometer.“ „Ja kilometermäßig ist das richtig, aber die Autobahn geht immer wieder in Bundestraßen über. Ich denke um die vier Stunden mit einer kleinen Pause eingerechnet“, antwortete Candida.
„Gehen wir am Abend aus, zeigst du mir Porto bei Nacht?“ „Ja“, legte sie den Löffel in den leeren Teller und lehnte sich im Sessel zurück.
„Hat’s dir geschmeckt?“ „Suppen waren für mich bis jetzt immer heiß, antwortete Roman. „Leberknödelsuppe kann ich mir kalt nicht vorstellen“ „What the Hell is Leberknödelsuppe?“ „Liver Ball Soup“. „Das kenn ich auch auf Englisch nicht. Wenn du so weitermachst, komm ich dir auch mit Ureinwohnerrezepten aus Portubál“, drohte Candida.

„Schon gut, schon gut“, wehrte Roman ab und lachte. „Arbeitest du nur für Christian‘s oder andere Agenturen auch?“
„Ich war schon im nationalen Fernsehen in Werbespots. Ich denke das auszubauen, das bringt mehr ein als nur Mode zu präsentieren.“
Nach der Tingel-Tangel Konversation kam die Seespinne auf den Tisch. „Sieht ja lecker aus“, bemerkte Roman und kostete vorsichtig davon. „Hmm, sehr gut, kannst du bitte ein paar Stück Weißbrot bestellen?“
Candida rief ihren Wunsch noch dem enteilenden Kellner nach, der es umgehend brachte. Als sie fertig gegessen hatten, entschuldigte sich Roman, mit seinem Kollegen Thomas Keller in Wien telefonieren zu müssen. Er ging in den Hausflur, in dem es durch Zugluft noch kühler war als auf dem Platz.
„Julia! Ich bin’s. Nein, ich bin nicht am Klo, ich bin schon am Weg nach Porto.“ In seine Kündigung weihte Roman sie noch nicht ein. „Tut mir leid, dich von der Toilette aus angerufen zu haben, aber ich war sehr im Stress und da hatte ich kurz Zeit gehabt. Verzeih!“
„Muss auch mal sein, war nur in dem Augenblick, wo ich dich am meisten vermisst habe, ein wenig unromantisch. Willst du wieder einziehen bei mir, wenn du zurückkommst? In drei Tagen fliege ich nach London und dann weitere drei Tage zu meinem Vater nach Edinburgh. Ich vermisse dich so sehr. Es tut mir leid wegen deinem >Patty< so reagiert zu haben. Dabei heißt sie nicht einmal Patty, sondern Candida. Es war alles meine Schuld. Sharona ist deswegen auch noch sauer auf mich.“
„Hör auf, dir die Schuld zu geben. Wir waren fünf erwachsene Menschen und zu gleichen Teilen daran beteiligt. Deine Inspiration hatte bei mir halt mehr Tiefgang bekommen, als ich selbst vermutet hätte. Zumindest hab ich daraus gelernt, mich auf sowas nicht mehr einzulassen. Dazu bin ich zu labil. Ich liebe dich mit jedem Tag mehr, den ich von dir getrennt bin. Behalt das aber für dich, sonst wirst du wieder übermütig.“ Roman konnte körperlich spüren, wie sie die Steine aus ihrem Herzen im weiten Kreis um sich verstreute.

Candida kam in den Hausflur. „Du bist schon so lange weg, ich hatte Angst, du willst die Zeche prellen!“ hielt sie im Satz inne als sie sah, dass Roman im Auf- und Abgehen noch telefonierte. Sie blieb auf Abstand stehen. „Ich muss jetzt auflegen. Ich bin in Estoril und hab noch zweihundertfünfzig Kilometer vor mir“ log Roman. Nachdem Julia von Candida gesprochen hatte, vermied er es intuitiv Cascais zu sagen.
„War Thomas Keller vielleicht alias Julia?“ fragte Candida misstrauisch. „Komm lass uns wieder Platz nehmen“, zog Roman Candida am Arm hinter sich an ihren Tisch zurück.
„Ja, es war Julia!“ sagte er nach einer Pause. Ich werde in wenigen Tagen nach Wien zurückfliegen. Nur du weißt bis jetzt, dass mein Auftrag hier beendet ist. Ich will nicht auch noch eure Freundschaft auf dem Gewissen haben. Deswegen hab ich Julia nichts von dir gesagt.
„Du liebst sie einfach! Wenn du sie so liebst wie ich dich, dann kann ich dir nicht einmal einen Vorwurf daraus machen. Mir ist zum Heulen zumute“, heulte sie los.
„Wenn es möglich wäre, würde ich euch beide heiraten.“ versuchte Roman ihren Tränenfluss auf das Ungeschickteste zu stoppen.
„Heiraten?!“ Candida holte zu einer Ohrfeige aus, die sich so klatschend auf Romans Wange legte, dass die anderen Gäste sich nach ihnen beiden umdrehten.
„Ihr wollt heiraten! Soll ich dabei die Brautschleppe tragen, oder euch die Ringe als Trauzeuge reichen?“
„Das war bloß eine Redewendung!“ Während sich Roman noch immer die linke Wange hielt, setzten die anderen Gäste wieder ihre Unterhaltung fort und wendeten sich ihrem Essen zu.
Das Flor do Rosa war Exzesse spontaner Art, wie dieser eben jetzt, gewohnt. Es war schon oftmals Bühne für ein Finale nach einer Theatervorstellung gewesen. Die Dramaturgie wurde hier nicht nur einmal umgeschrieben oder neu inszeniert. „Gefühle hinten anzuhalten, macht krank“, entschuldigte sich Candida.
„Ich liebe dich!“
„Ist schon in Ordnung.“ Roman verlangte nach der Rechnung.
„Bloß, eine Redewendung war es trotzdem!“

…Zum richtigen Zeitpunkt wird meine Antwort kein Nein sein, hatte Julia gesagt. Er musste sich eingestehen, dass der Auslöser für sein Verhalten eben diesen Hintergrund widergespiegelt hatte. „Hast du einen Führerschein? Willst du mit dem Cabrio fahren?“ „Hab ich und will ich“, nahm Candida hinter dem Steuer Platz und richtete sich die Spiegel und den Sitz auf ihre Körpergröße ein. „Wie geht das Dach auf?“ Roman drückte den Knopf auf dem Armaturenbrett dafür. „Jetzt aber los, sonst verbrennen wir!“ Candida lenkte den Wagen aus Cascais auf die Autobahn an Lisboa vorbei Richtung Coimbra. Der Fahrtwind kühlte ihre Köpfe wieder ab. Bei Aveiras, nach knapp sechzig Kilometern Autofahrt, ging die Autobahn bereits in die E1 Bundestraße über. Es waren maximal achtzig Stundenkilometer zu fahren möglich, manchmal auch weniger, wenn ein Lastkraftwagen vor ihnen ein Überholen in der kurvenreichen Straße unmöglich machte.
„Bist du müde, soll ich fahren?“ „Ich bin nicht müde. Es ist schön, ein neues Auto zu fahren. Mein Mazda ist zwölf Jahre alt und riecht, wenn es heiß ist, immer nach Benzin. Dafür springt er im Winter nur nach Laune an. Es gibt Tage, da haben wir an die minus zehn Grad.“
Nach Coimbra stieg rechter Hand die Sierra do Caramula bis über eintausend Meter an.
„Machen wir einen Umweg über Aveiro an die Buchtenlandschaft? Ist nur ein Umweg von zwanzig Kilometern. Pinkeln könnte ich auch in der Landschaft.“ „Nur zu, vor zehn Uhr abends wird es sowieso nicht finster.“
Candida lenkte den Wagen vor dem nächsten Autobahnstück links Richtung Küste. Gelb blühende Ginsterbüsche hoben sich die leichte Hügellandschaft hinauf und verschmolzen am Hügelkamm mit der tiefstehenden Sonne zu einem glitzernden Meer.
Candida tauchte darin unter. Roman vertrat sich die Beine und setzte sich zwischen die Sträucher auf den warmen Boden. Eine Fliege hatte sich im Netz einer Spinne zwischen zwei Zweigen des Ginsters verfangen. Ihre Vibration im Netz löste ein unmittelbares Erscheinen des Raubtieres aus. In Sekundenschnelle war ihr Opfer eingesponnen und rührte sich

nicht mehr. Ein Augenblick der Unachtsamkeit oder einer Fehleinschätzung entscheiden über Leben und Tod! Wobei Roman das Zeitverständnis einer Fliege nicht nachvollziehen konnte. Wenn es eine sogenannte Eintagsfliege war, so müssen ihr Sekunden wie Stunden vorkommen. Things Happen, resignierte Roman.
Die Ginsterbüsche teilten sich und Candida hockte sich neben Roman. „Schläft du mit mir? Hier in der Natur!"
„Ich hab grad die Grausamkeit der Natur beobachten können an Hand eines einfachen Spinnennetzes. Natur ist nur oberflächlich und für unser Auge schön. Darin spielt sich der gleiche Kampf ab, wie zwischen uns Menschen. Darwin hat seinerzeit gut beobachtet."
„Ich hab aber nur zwei Arme und zwei Beine und die sind dir gut gesinnt", umarmte sie Roman. Sie spann unmerklich ihre Fäden und machte ihn willenlos.
„Im Gegensatz zu Spinnen heb ich dich nicht für magere Zeiten auf. Ich nehm dich gleich!"
Einen wunderschönen Orgasmus später warf Roman im Aufstehen und zum Auto gehend nochmals einen Blick auf den eingesponnenen Körper der Fliege. Die Spinne bearbeitete den leblosen Körper mit ihrem Schneidewerkzeug und saugte ihn aus. Candida lenkte ihn ab. „Bleiben wir in einem Restaurant stehen und trinken Kaffee und essen den berühmten Pudim de Abade de Priscos? Dann fahren wir nach Porto de Norte. Nach Porto", fügte sie hinzu, als sie den Ansatz einer Frage bemerkte.
„Porto war mal die Hauptstadt Portugals und hat daher diesen Namen für die Einheimischen beibehalten." Sie fuhren jetzt über einige der Brücken über die vielen kleinen Gewässer bis nach Baira am offenen Atlantik. Das Lokal, vor dem Candida den Wagen anhielt, glich fast einem Schutzhaus. Es war erst achtzehn Uhr. Der Himmel hielt sich verdeckt im Nebel der Gischt vom Wasser. Der Wind blies unangenehm kalt. Roman schloss das Verdeck des Peugot und ging mit Candida bis an den felsigen Steilküstenrand. „Das ist nicht so spektakulär wie am Cabo Rocca, aber der Wind trägt auch hier vom Meer die Gischt in feinsten Wassertropfen herauf."

Beim Zurückgehen kaufte er an einem Verkaufsstand zwei Stück angebotene Seemannspullover in Lammschurwolle. Sie zogen sie beide gleich über. „Leck mal an deinem Handrücken“, forderte Candida Roman auf. „Er ist klebrig und schmeckt salzig! Gehen wir ins Schutzhaus.“

Sie mussten kurz warten, um in das Innere zu gelangen. Eine Gruppe Touristen drängte aus dem Lokal, um sich beim Bus zu sammeln. Danach war der Eingang frei und Roman trat mit Candida in den einladenden Gästeraum mit seinem alten Ziegelgemäuer und dem Holzgebälk ein.

Die Kellnerin war beschäftig, die Tische in Ordnung zu bringen. Sie hatte einen ausgeprägten Damen-Oberlippenbart und stemmte die Hände vor ihnen in die Hüften.

Candida bestellte die >Bombensüßspeise<. „Pudim de Abade de Priscos zwei Mal und einen Kaffee leite creme. „Und ein großes Bier!“ hing Roman der Bestellung noch an.

„Es war doch grad eben noch Sommer mit über dreißig Grad!“ versuchte er die Kälte abzuschütteln. „Das ist die Westküste“, sagte sie kurz angebunden um mit dem Löffel endlich die Süßspeise attackieren zu können. „Koste, wird dir schmecken.“

„Zuerst das Bier gegen den Salzgeschmack.“ Im Kopf zurücklehnend und das Bier auf zwei Schluck austrinkend, nahm er die uralte Deckentäfelung und das Gebälk aus. Am anderen Ende des Raumes bullerte ein offenes Kaminfeuer. Am Stammtisch daneben hatten Portugiesen die gleichen Pullover an wie sie. Wahrscheinlich Fischer aus der Region, mutmaßte Roman. Die Wände, aus einer Ziegel-Holzfachwek-Konstruktion, gaben dem großen Raum sein Ambiente.

„Fährst du weiter bis Porto, oder soll ich übernehmen?“ Fragte Roman.

Durch die kleinen Fenster Richtung Atlantik ausgerichtet konnte man in einem rötlichen Rund die Sonne vermuten. Die Fensterscheiben waren nebelfeucht und verzerrten dieses Bild schemenhaft.

„Ich fahr gerne weiter.“ Roman bestellte sich daraufhin noch ein kleines Bier. „Dein Pudim de Abade de Priscos“ schluckte er sich

frei. „war ausgezeichnet. Aber jetzt brauch ich einen Hopfen-Abgang.“
Die Kellnerin setzte sich zum Rechnung schreiben kurzfristig an ihren Tisch. Roman ging bei näherer Betrachtung ihres Gesichts durch den Kopf, sich heute Abend rasieren zu müssen.
Eine halbe Stunde später und zwanzig Kilometer weiter hatten sie wieder Ende Juli in Portugal erreicht. Die Temperatur war auf achtundzwanzig Grad angestiegen und sie hatten das Autodach wieder geöffnet.
„Villa Nova de Gaia, hier ist auch der Hafen zum offenen Meer. Wir sind gleich in Porto. Da vorne ist schon die Brücke, wie der Elevador de Santa Justa in Lissabon, auch aus dem Konstruktionsbüro von Eiffel. Die Ponte de Dom Luis I.“
Die Stadt öffnete sich ihnen zu beiden Seiten des Duoro an der steilen Felsküste aufbauend, in der rötlich-goldenen Abendsonne. Sie schien ihre Arme nach ihnen auszustrecken. „Wollen wir zuerst ins Hotel und uns frisch machen? Die Nächte können lang werden in Porto.“
„Ich bin dafür“, Roman holte die Faxbestätigung aus seiner Hemdtasche. „Pousada Casa Casal dos Loivos am Cais da Ribeira Das muss den Duoro aufwärts vom Zentrum liegen!“
Candida hatte auf der oberen Fahrbahn die Brücke überfahren und quälte sich im starken Abendverkehr an den Kai hinunter.
„Da ist es!“ rief ihr Roman zu und zeigte auf ein steingemauertes Gebäude inmitten eines alten Baumbestandes.
Candida schwenkte durch die Einfahrt auf den Hoteleingang zu. „Das ist ja wunderschön, muss über fünfhundert Jahre alt sein“, nahm sie den Zündschlüssel aus dem Schloss.
Einen klösterlichen Säulengang entlang gehend standen sie in einer Halle mit der Rezeption. „Haben Sie noch vor, heute das Hotel zu verlassen?“ Beide nickten. „Dann parken wir ihr Auto vor dem Eingang. Ich darf Sie willkommen heißen“, gab er die beiden Pässe zurück. „Haben Sie Gepäck? Ich lasse es in den ersten Stock bringen. Zimmer einhundertfünf, mit Blick auf den Fluss, wie Sie es gewünscht hatten. Ich wünsche Ihnen einen angenehmen Aufenthalt. Senora, Senor!“ Deutete der Concierge

eine leichte Verbeugung an und wendete sich wieder seiner Arbeit am Bildschirm zu.
Roman fiel auf, dass, entgegengesetzt zu den meisten Hotels oder Restaurants, die Frau zuerst erwähnt worden war.
„Ach“, drehte sich Roman nochmals um, „können wir eine Flasche Champagner aufs Zimmer bekommen?“ „Wird sofort erledigt, Senor. Moet oder Veuve Cliquot? Wir haben aber in Porto Sektkellereien die aus Trauben lokaler Anbaugebiete vorzüglichen Sekt keltern. Ich kann Ihnen meine Empfehlung dafür aussprechen.“ Roman sah Candida an. „Warum nicht, trocken muss er sein!“
Sie betraten ihr Erkerzimmer. Schwere Vorhänge waren an den Seiten der Fenster zusammengerafft. Der Salon lud mit einem gemütlichen Sofa vor einem offenen Kamin ein. Der Kellner zündete das Kaminfeuer an, nachdem er die Flasche Champagner auf dem Salontisch mit zwei Gläsern abgestellt hatte. „In der Nacht kühlt es hier auf unter fünfzehn Grad ab. Das liegt an den alten Mauern, die die Wärme von außen kaum durchlassen. Ich wünsche Ihnen einen angenehmen Aufenthalt“, nahm der Kellner das Trinkgeld entgegen und zog die Tür hinter sich ins Schloss.
„Nimm mich in deinem Schoß auf“, inspirierte Roman der Funkenflug der brennenden Holzscheite im Kamin. Candida zog ihr Kleid über Kopf aus und breitete sich auf dem Sofa vor ihm aus. „Ich bin schon feucht, du brauchst nur mehr reinzukommen“, umarmte sie Roman mit beiden Händen um den Nacken. „Gemeinsam, zur gleichen Zeit, ja? Ich biete niemand anders diesen Platz an.“ Roman spürte Bitterkeit in ihrem Wohlbefinden. „Du hast mich. Ich lauf dir nicht davon und jemand anders hinterher“, drückte er Candida in ihrem Beben an seinen Körper und küsste ihre trockenen Lippen nass.
„Durst“, japste Candida nach Luft und hob die Arme entspannt hinter den Kopf.

„Das eben war wunderschön“, wischte sie sich mit den Handinnenflächen über die verschwitze Brust. Sie erwiderte Romans Kuss und umarmte ihn dabei. „Du warst bei mir,als ich dich am meisten ersehnte. Das war mein schönster Höhepunkt!“

Roman entzog sich Candida und schenkte zwei Gläser mit dem Rest des Champagners halbvoll. Selbst wenn er Julia nicht lieben würde, welche Zukunft würde sich Candida und ihm auftun? Er beließ es dabei, sich für den Moment fallen zu lassen. Es war ein wunderschön, beschissener Zustand! Er war jetzt noch zittrig beim Reichen des Glases an Candida. Aber welche Zukunft hatte diese Liebesaffäre. Er in Wien und sie in Cascais! „Ich werde dich nie vergessen, aber sehen werde ich dich übermorgen nach meiner Abreise nie mehr“, sagte Roman brutal, um seinen Halt wiederzufinden.
Der Duoro verlor seinen goldenen Glanz in der untergehenden Sonne und schob sich der Nacht entgegen. Mit sich nehmend, trieb das kleine Schloss aus Träumen, dass Candida liebevoll aufgebaut hatte, ins offene Meer. Uferlos!
„Ich weiß!
Ich geh duschen und danach möchte ich mich besaufen!“

Solange die Dusche lief, telefonierte Roman mit Julia. „Ich könnte dich in Edinburgh treffen, wenn du willst.“
„Und deine Arbeit?“ „Ich bin die nächsten zwei Tage in Porto und nehme Kontakte auf. Danach wäre ich sowieso wieder in Lissabon und am Tejo Delta. Drei Tage Abwesenheit würden meiner Firma nicht auffallen. Vor deinem Abflug nach London könnten wir uns am Nachmittag noch bei dir im Hotel treffen.“
„Ich will, ich will, ich will…! Du fehlst mir so sehr!“ jauchzte Julia auf. „Ich werde mir einen Vorfreude-Orgasmus machen. Wie die Indianer um den Totempfahl vor einem Kampf, werde ich tanzen.“
Die Dusche hörte auf. „Julia, ich hab noch einen Essenstermin mit einem Kommunalpolitiker. Ich muss jetzt auflegen. Ich liebe dich…Und sei nicht zu übermütig mit dir, ich möchte auch noch was davon haben!“

„Gehst du duschen? kam Candida mit einem Handtuch aus dem Badezimmer. „Ich hab schon Hunger.“
Sie fuhren den Kai Richtung Innenstadt auf der unteren Brückenkonstruktion an das Südufer des Duoro. Vila Nova de

Gaia. Hier lagerte das Exportgut Nummer eins Portugals, die Portweine, in den Kellereien. Auch viele Restaurants luden mit ihren Speisekarten vor den Lokalen ein. „Die da haben keinen Busparkplatz“, zog Candida ihn in ein kleines Lokal am Duoro, der um diese Zeit Nachtschwarz und leise an die Boote und das Ufer klatschte. Musik klang lauter an ihr Ohr, je weiter sie sich in dem alten Haus in das Innere bewegten.
„Die Gitarre klingt nach Paco de Lucia. Ich hab Enrique Montoya mit ihm in Granada erlebt“. Roman öffnete die Tür und Candida blieb wie erstarrt stehen.“Ich werd verrückt! Das sind sie!
Bitte einen Platz für zwei Personen!“ bettelte sie den Kellner an. Ich lebe nur noch zwei Tage!“ „Und ihr Begleiter ist ihr Arzt, darf ich annehmen?“ War die schroffe Antwort. „Sie sehen, wir platzen aus den Nähten. Wir sind nicht die Notaufnahme!“ „Wir kommen von der Agentur Christian‘s in London!“ gab Candida noch nicht klein bei. Dass es sich dabei um eine Modellagentur handelt erwähnte Candida nicht.
„Was hier abgeht, machen Paco und Enrico zu ihrem persönlichen Vergnügen.“
„Ich könnte Flamenco dazu tanzen!“ wandte Candida ein.
„Können Sie? Wenn Sie ein Musikstück durchstehen, haben Sie und Ihr Arzt auch einen Platz!“
„Ich brauch ein klassisches Kleid, meines ist zu eng dafür“, merkte Candida an.
„Ich hole eines aus dem Fundus unserer Kellnerinnen, besser noch Sie kommen mit und probieren ihre Größe an.
Mein Lokal ist bekannt für Spontanität und Sessions mit Künstlern. Wie heißen Sie?“
Candida Sanchez, meine Mutter war Spanierin. Wir können uns duzen, wenn Sie wollen?“ Candida reichte ihm die Hand entgegen. „Nicolo Nasoni, mein Vater war Italiener. Du hast ja drunter nichts an“, bemerkte er beim Umziehen Candidas.
„Dieses hier passt“, ging Candida nicht darauf ein. Ich bin bereit, habt ihr Kastagnetten?“
„Unten im Musikerzimmer.“
Als Candida in Position auf die Bühne trat, lächelten sie Montoya und Paco de Lucia Auge in Auge an und nickten ihr auffordernd

zu. Dann setzten sie zu La Tarara an. Candida begann sich in den Rhythmus fallen zu lassen. Immer wilder wurde ihre Beinarbeit dem vorgegebenen Takt folgend. Das Klopfen der Kastagnetten prallte an die Trommelfelle der begeisterten Menge. Ein schlanker, großer Frack-Pinguin mit Rose im Mund kam auf die Bühne und machte ihr den Hahn. Candidas Rock bewegte sich in ihren immer schnelleren Drehungen bis knapp über die Hüfte. Der tosende Applaus galt aber nicht alleine ihrer Nacktheit unter dem Rock. Enrique Montoya und Paco de Lucia standen auf und umarmten sie herzlich. „Das war eine sehr gute Leistung für eine Portugiesin!“
„ Schlafen wir nachher miteinander?“ „Ich hab nur mehr zwei Tage zu leben“, keuchte Candida. „Ich bin in Begleitung meines Arztes hier.“

Der Wirt hatte sein Wort gehalten und einen Tisch und zwei Sessel noch zusätzlich in den Raum bringen lassen. Sie streifte die Kastagnetten von Daumen und Mittelfingern und ließ sich neben Roman auf den Sessel fallen. Nicolo kam an ihren Tisch. „Was darf‘s sein, geht aufs Haus.“
„Für mich bitte Mineralwasser, einen Eimer voll!“
„Senor Dottore?“ „Wie alt bist du?“ beugte sich Roman Candida entgegen. „Im Mai war ich einundzwanzig.“ „Also einen Vintage Portwein neunzehnvierundneunzig minus einundzwanzig Jahre. Haben Sie?“ gab Roman seine Bestellung ab.
„Eine Flasche Vintage neunzehndreiundsiebzig und einen Eimer Mineralwasser. Kommt sofort in die Notaufnahme!“ „Halt!“ rief Roman noch nach. „Zwei gegrillte Doraden und ein großes Bier. Ich zahle das aber, wir sind gerne Ihre Gäste.“
Nicolo drehte sich zu Roman um. „Für uns sind Sie Freunde. Freunde tauschen sich aus und bezahlen niemals mit Geld. Geld hat was Anonymes. Und: In zwei Tagen zu sterben ist besser, als jeden Tag zu Grabe getragen zu werden.“
„Sie machen den Job hier alleine? Sie sind Inhaber und Personal zugleich?“ hielt ihn Roman im Wort fest. „Ja, ich hab nur Mietpersonal für besondere Anlässe. Das heute war Überraschung pur. Auch für mich. Aber ich liebe genau wegen

solcher Anlässe meinen Job. Die Küche ist ständig voll besetzt, da habe ich Verantwortung gegenüber dem Reiseführer. Ich bring jetzt Ihre Bestellung!" wendete er sich dem Kücheneingang zu und verschwand dahinter.
Das Lokal mochte knapp achtzig Personen Platz bieten, zwanzig Tische um ein kleines Podium mittig angelegt. Wie in einer Boxkampfarena. Die Tische standen in zwei Reihen, höhenversetzt, darum. Es strömte Clubatmosphäre aus. Daheim und doch nicht zu Hause. Nicolo brachte Wein, Mineralwasser und Bier. Roman und Candida tranken zweiteres in einem Zug aus. Roman nahm die geöffnete Flasche Vintage Portwein und schenkte ihnen die Gläser halbvoll ein. Enrique und Paco hatten wieder auf der Bühne Platz genommen. „Da unser Essen noch eine Zeit dauert, spielen wir Que Carretera. Wäre schön wenn uns Candida Sanchez nochmals dazu begleiten würde. Ist ein echter Aufputz für unseren spontanen Besuch heute.
Candida bist du dabei?" ließ Montoya seinen Blick im Lokal herum gleiten. „Bist du noch da?" Candida hatte sich bereits wieder umgezogen und stieg in ihrem engen Straßenkleid auf die Bühne.
Lagerfeld schien für jeden Auftritt gerüstet zu sein. „Pop Flamenco", grinste Paco und schlug auf die Gitarre ein. Jede ihrer Bewegungen passte in die Musik. Im Gegensatz zu einem klassisch langen Rock war das Muskelspiel an ihren Oberschenkel zu erkennen. Die makellos glatten Achselhöhlen beim Klappern mit den Kastagnetten und ihr in die Hände klatschen mit erhobenen Armen, lösten beim Publikum Euphorie aus.
Selbst Enrique und Paco improvisierten sich auf Candida ein. Candida kreuzte die Beine und machte eine tiefe Verbeugung. Der Frack-Pinguin aus dem Publikum hatte sich nicht mehr auf die Bühne getraut. Paco hielt ihr die Hand beim Hinabsteigen und führte sie an ihren Tisch. „Ist das dein Arzt?" fragte er am Tisch angekommen. „Ja, das ist meine Sterbehilfe." „Verrückt, wenn so viel Leben auf den Tod trifft" zwinkerte Paco Candida zu. „Guten Appetit!"

„Ich fühl mich so richtig aufgekratzt" atmete Candida noch heftig. „Lass uns auf unsere zwei Tage anstoßen!"
„Du willst auf unseren Sterbetag trinken?!" „Hab ich eine andere Wahl?" entgegnete Candida.
„Entschuldigung Senorita, ich bin vom Corrida del Oporto, darf ich ein Foto mit Ihnen, Enrique Montoya und Paco de Lucia schießen? Sie waren ein wunderbares Team!"
„Wenn die beiden nichts dagegen einzuwenden haben, gerne. Lassen Sie mich zuerst fertigessen" unterbrach Candida den Redeschwall der Reporterin.
Sie wendete sich wieder Roman zu. „Was ist, du bist so schweigsam?" Roman umgriff ihre Hände. „Ich wusste nicht, wie viel Lebensfreude ein Sterbender aufzubringen vermag, so kurz vor seinem Tod."
„Das ist doch nur Morphium gegen die Sehnsucht nach dir, ich mach das als Therapie", stiegen Candida Tränen in die Augen. „Willst du bis zu unserer Trennung nur ein Taschentuch für mich sein?"
„Nein will ich nicht!" „Dann lass mich um mein Leben rennen!" Ich möchte heute jede Träne für dich aus mir rausschwitzen."
Montoya kam an ihren Tisch. „Dürfen wir dich noch einmal bitten? Wir werden deine Ideen in unsere Choreographie einfließen lassen. Ist zeitnaher als die klassische Kleidung. Gibst du uns noch einmal die Ehre?"
Bei El puente konnte Candida ihre Körpersprache mit der Gitarre Paco de Lucias total synchronisieren.
Es war vier Uhr morgens, als die letzten Gäste das Lokal verlassen hatten. Die Fenster hatte Nicolo zur Gänze geöffnet, um die kühle Morgenluft vom Duoro in die Hitze der alten Gemäuer einfließen zu lassen. Sie saßen zu fünft und Paco und Enrique hatten auch Roman das Du-Wort angeboten. Paco de Lucia orderte nochmals den dreiundsiebziger Vintage Portwein.
„Candida, du warst Klasse. Das war eine der schönsten und spontansten Jam-Sessions meines Lebens." Montoya nickte bestätigend. „Warum willst du in zwei Tagen sterben?"

„Ach, das ist privat“. „Also nicht offiziell“, warf Paco ein. „Roman fliegt in zwei Tagen nach Wien und wir werden uns nie wiedersehen. Ist das nicht sterben?“
„ Ich sing dir jetzt einen Fado“, sagte Enrique und Paco griff zur Gitarre.
Wie Verschwörer saßen Nicolo, Paco, Enrique und Roman um Candida:

„Es tut so gut und schmerzt zugleich
Erinnerungen zu empfinden
An deiner Lippen Kühle.
Und weil es brennt und kühlt zugleich
Vermag ich nicht mich einzufinden
In die Vielfalt der Gefühle.

Im süßen Duft verträumter Gärten
Gab der Frühling sich dir hin
Ihn mit Atem zu entwerten
Ihn zu schenken, war dein Sinn.

Nun bleibt nur Duft verbrannter Blätter
Fast süß, als wolltest abermals erblühn
Nun ist es Augenblick der Schwäche
Und Feuer, sie verglühn.

Verbrannt
Verbannt.
Und Winde ziehn vorbei
Vorbei…

Und diese ferne Melodie
Mit ihrer Stetigkeit
Fügt Tag für Tag sie bis ans Jahr
An ihr zerbricht mir Poesie
Und plötzlich bin ich nicht mehr,
Der ich war.

Fern deiner Ufer
Inmitten der Stadt
Fern deiner Wärme
Löst sich ein Blatt."

Paco spielte noch ein paar Akkorde nach, und stellte dann die Gitarre neben sich ab.
In die entstandene Stille im Raum fragte Candida: „Von wem ist der Text." Sie konnte ihre Tränen nicht länger halten. „Von Norbert Erich Leisch, ich mag seine Lyrik. Das ist eines der wenigen Gedichte, die auch ins Englische übersetzt worden sind, und heißt Farewell."
„Trinken wir noch ein Bier und gehen dann alle nach Hause", stand Nikolo auf, um den Zapfhahn zu bedienen. „Candida, ein Glas Sekt?"
„Ja, bitte."
Der Morgen dämmerte an.
Enrique und Paco und auch Nikolo drückten Candida fest an sich beim Auseinandergehen. „Vergiss nicht, dass es besser ist, in zwei Tagen zu sterben, als jeden Tag zu Grabe getragen zu werden."
Nikolos Worte elektrisierten Candidas Kopf, als er sie links und rechts auf die Wange küsste.

11. Tag

Die Sonne begann ihre Arbeit vom Hinterland aus. Sie tauchte zuerst die Dächer der Kirchen auf der Anhöhe in ihr goldenes Licht und dann bis hinunter zum Kai am Fluss. In jedem der Fenster der alten Häuser spiegelte sie sich, in eitler Selbstbetrachtung. „Schön ist sie.“ „Wer?“ „Die Sonne. Sie kann auch oftmals nicht durch die Tränen der Regenwolken sehen. Und trotzdem nimmt sie jeden Tag einen neuen Anlauf. Ich werde hinter meinen Tränen aufgehen wie sie. Kein Regen kann ewig dauern.“

Roman und Candida hatten sich auf eine der Bänke am Ufer des Duoro gesetzt und gaben sich gegenseitig Wärme. So zeitig des Morgens brachte der anbrechende Tag Gezeitenwind den Fluss herauf. „Geblähte Segel entgegen dem Wind“, betrachtete Roman die Schiffe, die aufgereiht am Fluss lagen.
Candida seufzte an Roman gekuschelt und Wärme suchend. „Das sind präparierte Werbeträger für die Portweinkellereien. Nur das Schaukeln in den Wellen versetzt sie in Erinnerung ihrer einstigen Nutzung. Ich habe Angst, auch so zu enden.“
Roman war Candida gegenüber mies zumute und er versuchte in dem Schlamassel die Flucht nach vorne anzutreten. „Gibt es um die Zeit schon irgendwo Frühstück?“
„Im ältesten Viertel der Stadt, in Ribeira. Da müssen wir aber auf die andere Seite, über die Brücke.“
Roman ging, um den Wagen zu holen und hielt Candida die Tür auf. Er hatte sich dreimal verfahren, bis er auf der unteren Brückenkonstruktion der Ponte de Dom Luis I. endlich die andere Seite des Duoro erreichte.

Am Bahnhof Sao Bento fand Roman einen Parkplatz. „Wenn ich das richtig in Erinnerung habe, so müsste links davon die Rua do Loureiro sein“ sinnierte Candida. „Da gibt es Unmengen von Kneipen, aber auch Lebensmittelgeschäfte, die ab fünf Uhr morgens geöffnet haben.
Bei den Lokalen ist oft schwer nachzuvollziehen ob sie noch offen, oder eben aufgesperrt haben.“ Überall standen Tische vor den Gasthäusern auf der Straße, die von Nachtschwärmern frequentiert waren. Es roch nach Kaffee und Essen in der verwinkelten Gasse.
Candida zog Roman über die Straße ins Café Oasis. „Gehen wir da rein, mir ist kalt!“
Das Auge musste sich vom beginnenden Morgen erst wieder an die Lichtverhältnisse der zu Ende gehenden Nacht im Lokal anpassen. Aber die offene Küche strahlte Wärme bis an die Tische aus. Die Stromleitungen waren über Verputz verlegt, und obwohl augenscheinlich frisch ausgeweißt worden war, blätterten jetzt schon Teile davon vom Verputz ab.
„Sie haben Cordonizes en Hoja de Parra auf Ihrer Speisekarte, gibt’s die um diese Zeit schon?“
„Ich hab sie gestern eingebeizt, weil sie heute auf der Menükarte stehen. Ich kann Ihnen welche machen. Für Sie beide?“ „Wachtel in Weinblättern“ übersetzte Candida in Romans fragenden Blick. „Was zum Beißen und trotzdem leichte Kost für den Morgen nach einer langen Nacht!“ „Dauert ein bisschen“, sagte die Köchin und Serviererin und wahrscheinlich auch Chefin vom Café. „Wollen Sie was trinken?“ „Café leite und einen Espresso?“ Roman bestätigte mit einem Kopfnicken. „Und ein Bier bitte, ich brauch was Isotonisches!“
„Wenn ich jetzt schlafen gehe, stehe ich vor Morgen früh nicht mehr auf“, brach Roman die eingetretene Stille nach der Bestellung. „ Das war ein faszinierender Abend mit dir.
Mit diesen beiden Künstlern von Weltrang an einem Tisch zu sitzen und stolz auf dich gewesen zu sein…Ich krieg jetzt noch angenehme Gänsehaut wie du getanzt hast.“ Roman zog Candida an sich und küsste sie.

„Mutter hatte das als Beruf ausgeübt. Und du weiß ja um den Nachahmungseffekt von Kindern. Ich bin damit aufgewachsen. Ich hab über zehn Jahre nicht mehr Flamenco getanzt."
Und nach einer Pause: „Ich sag dir, was wir heute tun. Nach dem Frühstück schauen wir uns den Praca da Liberdade an, das Herz von Porto, und machen einen Einkaufsbummel in der Avenida dos Aleados. Danach fahren wir mit der Electrico der Linie Infante an die Flussmündung nach Foz do Duoro, der Endstation. Da können wir am offenen Meer was Essen. Anschließend das gleiche zurück. Dann gehen wir in die Pousada und schlafen eine Runde bis zum Abendessen" konnte Candida dabei ein Gähnen nicht unterdrücken. Die Wirtin hatte die Schürze abgelegt und servierte die Wachteln in Weinblättern mit einem freundlichen „Bueno Apettito!"
Nach den ersten rosafarbenen Fleischstückchen machte sich der Hunger bei Roman erst richtig bemerkbar.
„Du hast was von einer Schamanin?" legte er das Besteck auf dem leeren Teller ab. „Wie kommst du darauf?" „Na weil du immer schon vor mir weißt, was gut für mich ist. Mir wäre nie die Idee auf ein Mittagessen zum Frühstück eingefallen." Roman stand auf und trat hinter Candida. Er beugte sich über sie und umarmte sie um ihren Busen und drückte ihren Rücken an seine Brust.
„Wir machen den Ausflug ans Ende der Welt, ich bin dabei!" Candida drückte sich ihm entgegen. Dann stand sie auf „Gehen wir schoppen, ich hab wieder normale Körpertemperatur erreicht." entzog sie sich seiner Umarmung.

Sharona wohnte seit dem Fotoshooting bei Julia in der Suite. Als ihr diesen Morgen die Sonne hinter den Fenstern des Arbeitszimmers immer näher rückte, wachte sie auf und deckte sich ab. Dann ging sie zögerlichen Schrittes auf Roman zu. Obwohl er sich nicht bewegte, konnte sie den Abstand zu ihm nicht verringern.
„Ist wie in meinen Kindheitsträumen. So sehr ich mich auch bemühte ein Ziel zu erreichen oder davor wegzulaufen, ich kam keinen Zentimeter weite“r.
Sie ging in den Salon und nahm frische Mandarinen aus der Obstschale auf der Kommode und filetierte eine nach der anderen. Eine fürs Kröpfchen und eine fürs Töpfchen, gurrte sie bei jeder Spalte die sie dem Töpfchen zuordnete. Sie ließ es zu, sich von Roman dabei beobachten zu lassen.
„Was wird das? Obstsalat!“ stand Julia fragend in der Tür. Roman stand auf und verließ den Raum. „Jetzt hast du ihn vertrieben“, schloss Sharona ihre Beine. „Wer es auch gewesen sein mag, ich nehm seine Stelle ein. War's Roman?“ fragte Julia. Sie setzte sich neben Sharona aufs Sofa im Salon.
Die letzte Taube verließ flatternd das Zimmer durch das offene Fenster.
„Mach mir Platz“, entfernte Julia Spalte für Spalte der Mandarinen aus Sharonas Schoß. „Schmeckt ja richtig gesund“, scherzte sie, als sie ihre Finger ableckte. „Ich wollte mich eben verabschieden“ brachte Sharona ein.
„Du hast versucht, Roman zu benutzen?“ „Ja!“ sagte Sharona. „Da war aber diese Glaswand zwischen uns und keiner von uns war fähig, sie einzuschlagen.“
„Es ist mein Roman, der macht nichts kaputt! Ich helf dir beim Abschied nehmen, drück deinen Schoß meiner Hand entgegen bis über mein Handgelenk, und dann küsst euch ein letztes Mal.“
Sharona zog Julia den engen Pullover über den Kopf. Sie ruckte hin und her bis er endlich über ihren Kopf ging und sie die Brüste von Julia greifen konnte.
„Ich kann deinen Cervix pulsieren spüren,“ schmuste Julia Sharonas Angriffslust. „Hör endlich auf zu drängeln. Ich hol dich da raus.“ bewegte Julia ihre Hand sanft in Sharonas Vagina.

Roman kam immer näher. Er ging durch die Glasscheibe als gäbe es die nicht. Sharona legte sich seine Hände auf die Brüste und öffnete ihre Lippen zum Kuss.
„Lebewohl!“
Sie umgriff den Unterarm Julias und befreite sich von ihrer Präsenz in ihrem Schoß. „War’s ein schöner oder ein trauriger Abschied?“ setzte sich Julia wieder auf.
„Beides! Danke!“
„Willst du auch?“ „Nein ich will Roman und mir erst die Zeit geben, alles zu verarbeiten. Er kommt morgen am frühen Nachmittag nach Lissabon.“
„Dann sollte ich besser wieder zu meinen Großeltern fahren. Kannst du mich bringen?“
„Warum nicht, das verkürzt mir die Wartezeit. Ich hab dann morgen Vormittag noch genügend Zeit, meinen Rapport für London zu überarbeiten. Ich bestell jetzt erst einmal Frühstück“, ging Julia ans Telefon. „Zweimal Frühstück bitte auf Achthundertzehn, auf die Terrasse!“
„Ich verdank dir so viel“, stellte Sharona ihre Kaffeeschale auf die Untertasse zurück. Sie hatte weder Marmelade noch die Butterkipferl angerührt. Die Sonne stand auf zehn Uhr Vormittag und legte an Kraft zu.
„Eigentlich alles, was mit der Entdeckung meines Körpers zu tun hatte, Tante!“ lachte sie los.
„Einmal noch >Tante< und du gehst zu Fuß nach Portimao!“
Sharona gluckste immer noch vor Lachen. „Entschuldige, du bist meine beste Freundin“, kriegte Sharona sich wieder ein. Sie schmierte sich dann doch Butter auf ein Kipferl und würgte es hinunter. „Hast du Mineralwasser da? Und einen Macallan?“
„Macallan immer! Mineralwasser muss ich erst checken. Beides vorhanden“, kam Julia aus dem Salon wieder auf die Terrasse.
„Du brauchst den Schirm nicht aufzuspannen, Sharona! Mit Mittagessen brauche ich zirka zehn Stunden hin und zurück. Ziehen wir uns an.“
Sharona packte ihre paar Sachen plus der Unterwäsche von La Perla in ihren Trolly.

An der Rezeption griff Julia nach der Briefpost aus ihrem Fach. Galaempfang am dritten August abends um zwanzig Uhr im Church Pub. Das ist doch in Nähe der Downing Street, wenn ich mich nicht irre. Eine alte Kirche, die zu einem Pub umfunktioniert worden war.
„Willkommen! Sie werden um neunzehnuhrdreißig vom Hotel abgeholt. Vorsicht Presse! Und das Bestätigungsfax für Ihren Flug am dritten August um Zehnuhrfünfunddreißig nach London, Heathrow Airport.“ Beides legte sie wieder in ihr Fach zurück.
„Gute Nachrichten?“ blieb Sharona mit ihrem Trolly hinter Julia stehen. „Ja, diesmal schon!“
„Ich hol den Wagen vom Parkplatz vor, warte hier!“

MacPherson und der Chief Inspector gingen die Auswertungen der Spurensicherung und des Labors durch. Der Briefbeschwerer wies Lederrückstände der in Miss Butchers Schreibtischlade gefundenen Handschuhe auf. „Aber wie passen die Hände von Scott MacKenzie oder die des Rektors da rein. Da sind drei Größen dazwischen? Ich brauch Miss Perkins!
Sylvia? Können sie für einen Moment ins Büro kommen?“
Und zu MacPherson: „Holen Sie mir Scott MacKenzie in den Vernehmungsraum. Und halten Sie die Stellung vor der Spiegelwand.“
Sylvia betrat den Raum. „Guten Morgen, Francis.“ „Guten Morgen auch dir. Ich brauch deine Hilfe. Die Hände der Verdächtigen passen einfach nicht in die Handschuhe!“
Sylvia beugte sich über Mac Gillians Schultern und die am Schreibtisch ausgebreiteten Fotos.
„Mir ist da was aufgefallen. Ein nicht zuzuordnender Abdruck in dem weichen Leder der Handschuhe von Mrs. Wyngard-MacKenzie. Und zwar auf der Außenseite des rechten Handschuhs. Da! Da ist das Foto!“ knallte sie es wie das Ass, Francis vor die Nase. „Mister Scott MacKenzie ist jetzt im Verhörraum“, schreckten sie beide an MacPhersons Stimme hoch. „Ich komme gleich“, sagte er zu MacPherrson.
Und zu Sylvia: „Ich lade dich heute Abend zu mir zum Essen ein. Der Edelstahltisch gestern war auch mir zu kalt!“
MacGillian musterte MacKenzie von oben bis unten mit Gewichtung auf seine Hände.
„Sie tragen einen Ring ohne Stein?“ MacKenzie fummelte an seinem linken Ring herum bis ein zweikarätiger Diamant mit Kronenfassung zur Geltung kam. „Der folgt immer der Schwerkraft, ich sollte den Ring enger machen lassen.“
„Das hätten Sie schon vor dem Mordversuch an Arthur Roberts tun sollen. Wir haben genau diesen Abdruck im weichen Leder feststellen können. Wir gingen immer davon aus, dass der Täter die Handschuhe angehabt hatte. Sie haben aber bloß damit den Briefbeschwerer aufgenommen. Dass Miss Butcher sich zur selben Zeit auf der Toilette aufgehalten hatte, kam Ihnen als Ablenkungsmanöver nur recht.“

„Aber meine Frau hat doch“…“Ihre Frau hat sich auf Grund ihrer Schwangerschaft für einen Schweinepriester geopfert. Mir ekelt vor Ihnen. Ihre DNS wird zurzeit noch ausgewertet. Wir werden die Vagina Ihrer Frau unter den neuen Aspekten nochmals untersuchen. Wenn ihre Hand die abgefeuerte Patrone in der Vagina ihrer Frau war, so finden wir im Schusskanal sicher Übereinstimmung mit dem Projektil. Wir hatten viele unerklärliche Auffälligkeiten festgestellt, ohne sie bisher zuordnen zu können.
„Für jede“, Francis stellte das Aufnahmegerät ab, „ für jede Ihrer Abartigkeiten wünsche ich Ihnen, im Gefängnis Schwänze lutschen zu müssen. Die Jungs mögen sowas! Zum Ficken sind Sie, pardon, zu unattraktiv. Abführen!“

„Ich habe hier die Aussagen von Mrs. Wyngard-McKenzie und Miss Butcher. Beide bestätigen, von Ihnen zum Mord, der dann in einem Versuch endete, an Mister Arthur Roberts angestiftet worden zu sein.“ MacGillian hatte den amtierenden Rektor, Sir George Rowland, in den Verhörraum bringen lassen.
„Was kann Ihnen die Ausbeute einer Toten übermitteln? Sie hatte ja bereits ein Geständnis abgelegt?“, fragte Sir Rowland. „Sie war nicht immer tot, Mister! Von der Anrede >Sir< nahm MacGillian bewusst Abstand.
„Ihr Alibi, das Sie Scott-MacKenzie im Mordfall Patricia Wyngard gegeben haben, beruht lediglich auf zwei gebrauchten Kondomen. Wir konnten keine Scheidenflüssigkeit an ihnen feststellen. Mit einem Kondom zu Wichsen ist unter Einbeziehung des zerwühlten Bettes nicht nachvollziehbar.
„Wir hatten uns eine Lesbennummer bestellt“, improvisierte Sir Rowland. Es waren aber tatsächlich Lesben und sie wollten nicht mit Sperma in Berührung kommen.
Es wird immer peinlicher, ich möchte einen Anwalt. Sofort!“

MacGillian ließ Sir Rowland wieder in die Zelle abführen. „Sie können vom Korridor aus Ihren Anwalt anrufen. Ich gleiche Ihre Aussage mit der von ihrem Freund ab. Sie sind doch gute

Freunde?" „Wir duzen uns, wenn Sie das meinen." Erinnerte sich Rowland an die Vorgabe von MacKenzie.

Es war bereits früher Nachmittag, als Julia den Wagen nach Sines von der Autobahn runter lenkte. „Essen wir am Cabo da Sines. Ich war schon ewig lang nicht mehr da. Und Halbzeit ist auch. Die Bundestrasse ist ganz schön anstrengend zu fahren. Ständig diese Touristen vor uns, die sich keine Lastkraftwagen überholen trauen! Ich bin ein bisschen müde und der Wind am Felsen wird mich auffrischen."
Der Wind blies so stark, dass er Julia die Gazpacho vom Suppenlöffel und aus dem Teller schwappte.
„Ich geh noch schnell auf die Toilette, dann fahren wir weiter", sagte Julia im Aufstehen.
„Lässt du mich ein Stück fahren?" bettelte Sharona. „Aber du *hast doch keinen Führerschein und das ist ein* Mietwagen. Nein!"
„Dann lass mich meine Hand unter deinen Rock legen. Du siehst müde aus, als würdest du einen Adrenalin-Stoß gebrauchen können."
„Ist keine schlechte Idee, ich merke mir nur noch den Kilometerstand. Ich rechne dir bis zum Orgasmus auch den Sprit ab!" lachte Julia übermütig und zog ihren Rock hoch. „Bei der holprigen Straße brauchst du nur deinen Finger drauf zu halten!"
Ob bewusst oder unbewusst, Julia lenkte den Wagen mitten in die von der Hitze aufgebrochenen Asphaltlöcher der Straße. Sharona brauchte tatsächlich nur ihre Hand fest in Julias Schoß zu drücken. Der Rest erledigte sich mit einem Bremsmanöver von selbst. „Fast zwanzig Kilometer!" atmete Julia aus und lehnte sich im Sitz zurück.
„Machst du mir jetzt den Beifahrer? Lass mich ein Stück fahren! Ich bin schon öfters mit Autos gefahren, wenn die Jungs zu betrunken waren." Julia gab sich geschlagen. „Bei der nächsten Sandstraße Richtung Meer kannst du übernehmen."
In dem Moment las sie das Straßenschild Vila Nova de Milfontes und bog nach rechts ab. „Du hast fünfundzwanzig Kilometer für einen Orgasmus bis wir wieder auf der Bundestraße sind. Wenn du vorher fertig wirst, können wir im Ort was trinken. Liegt ganz bei dir", tauschten sie ihre Plätze aus.
Julia schob Sharonas Kleid die Oberschenkel hoch. Sie steckte den Mittelfinger in die wartende Vagina, mit der Daumenkuppe

reizte sie Sharonas Klitoris. „Jetzt lass den Wagen ordentlich auf der Straße rumpeln.“ „Ich glaub, außer unserem, gibt es hier keinen Verkehr!“ Sharona rückte mit ihrem Schoß Julia entgegen. „ Ich kann deine Pedalarbeit spüren“, ließ Julia unverändert ihre Hand wo sie war. „Fahrschullehrer sollten das in ihre Tauglichkeitsprüfung aufnehmen!“
„Sprich bitte nicht, ich versuch mich zu konzentrieren. Ich glaub da vorne kommt mein Hügel mit Doppelbodenwelle. Halt mich fest!“ Der Wagen holperte auf der Straße und der aufgewühlte Staub setzte sich an den Scheiben ab. „Hast du kommen können?
„Puh! Ja, und wie! Fährst du jetzt weiter?“
Julia hatte wieder hinter dem Steuer Platz genommen und lenkte den Wagen nach Vila Nova de Milfontes. In der Bucht lagen ein paar Fischerboote und Hunde belagerten einen Restmüllcontainer hinter einer Fleischhauerei.
„Trinken wir was“, setzte sich Julia an den Hafen und bestellte Mineralwasser und zwei Glas Weißwein. Sharona setzte sich ihr gegenüber. „Danke fürs Fahren lassen… und alles!“

Candida hatte in der Avenida Aliados ein paar Kosmetikartikel gekauft und für Roman eine lederne Geldbörse. Am Brunnen auf dem Praca Liberdade tauchte sie ihre Hände ein und erfrischte ihr Gesicht, einschließlich ihrer Achselhöhlen, als niemand schaute.
„Ich zeig dir noch die Rua Alexandre Braga. Da sind unvergesslich schöne Häuserfronten mit Azulejo Verkleidungen. Fliesen mit meist klerikalem Hintergrund. Danach gehen wir runter zur Franziskaner Kirche. Von da aus fährt die Tram das gesamte Duoro-Ufer bis zur Flussmündung entlang. Dann ist es auch Mittag und wir können was essen. Oder willst du mit dem Schiff fahren?"
„Was würdest du empfehlen?" „Die Tram! Da ist nicht der Massentourismus pur, wie auf den Schiffen. Außerdem ist es die Nahverbindung mit den Vororten von Porto. Ich hab, wie ich das erste Mal damit gefahren bin, neben einer Ziege gesessen."

Als sie den steilen Stadtteil zum Fluss hinab gingen, nahm sich die Sonne immer mehr zurück. Der Himmel hatte sich in ein helles Grau verwandelt aus dem hin und wieder auch ein Regentropfen fiel.
An der Station warteten zirka zwanzig Personen und keine Ziege. Lediglich eine ältere Frau hatte einen Käfig mit zwei Hühnern dabei.
„Wie lange fahren wir?" „Eine gute Stunde, die Electrico hat viele Haltestellen. Auch wenn das Wetter jetzt umschlägt, ich finde die Fahrt den Duoro entlang hat was Malerisches. In jedem Licht!"
Roman drückte Candida an sich. Die Hühner hatten ganz hinten im Wagon Platz genommen und es roch nur angenehm nach Candida.
„Schlafen wir, wenn wir ins Hotel kommen, miteinander?" „Ja, zuerst fest und dann ganz tief", lächelte Candida ihn spitzbübisch an. Roman strich ihr liebevoll durchs Haar.

Der Fluss nahm an Breite zu. Die Uferbegrünung zog sich zurück und machte Kies und Sand Platz. „Sieht aus, als wären wir bald am Ziel. Vor uns liegt schon offenes Meer!"

Der Wagon war bereits zur Hälfte leer, auch die Hühner waren einige Stationen vorher ausgestiegen und es regnete.
„Die Umkehrschleife hat ein Dach“, sagte Julia. „Foz do Douro“, rief der Fahrer in das Wagoninnere. „Endstation!“
Sie stiegen aus.
Ein alter Mann mit Regenüberwurf hatte an die zehn Regenschirme über seinem Arm hängen und die Aussteigenden drängten sich um ihn. „Kaufen wir einen?“ fragte Roman. „Frag, was er dafür verlangt!“
„Er sagt, er vermietet sie nur.“ „Hat er keine Angst, sie nicht zurück zu bekommen?“ Candida stellte diese Frage und der alte Mann lächelte. Das sei der einzige Platz, von hier wieder wegzukommen.
Während des Gesprächs zwischen Candida und dem lebenden Schirmständer nahmen die Schirme an seinem Unterarm rapide ab. Roman kramte schnell seine neue Geldbörse hervor und bezahlte zweimal zwanzig Pesetas.
Sie vermieden es am Weg ins Dorf in unergründliche Wasserlachen zu steigen. Eine Zeit lang funktionierte das auch. Aber nichts währt ewig, so auch nicht ihr ausgeklügeltes Brückensystem.
„Durch den Schutz des Schirms hab ich einen trockenen Kopf, ich brauche was zu trinken! Und kalt wird mir auch“, meckerte Roman. Candida lief das Wasser aus den Sandalen. „Ich krieg kalte Füße“, sagte sie, „gehen wir wo rein. Hinter uns wird der Himmel bereits wieder blau. Das Unwetter zieht Richtung Meer ab. Lass uns das irgendwo drinnen abwarten!“
„Was hältst du von der Tascas dort drüben?“ zeigte Roman auf ein einstöckiges Haus im Stil der Zwanzigerjahre.
„Einverstanden. Schwimmen wir rüber!“

„Nochmals, und in dem Fall für Sie beide!“ saß Sir George Rowland am frühen Nachmittag mit seinem Anwalt vor MacGillian im Vernehmungsraum. „Aus den unterschriebenen Geständnissen von Miss Butcher, sowie Mrs. Wyngard-MacKenzie wurde unabhängig voneinander eine Verschwörung gegen Mister Arthur Roberts, die von Ihnen ausging, zu Protokoll gegeben.
Mister MacKenzie ist bereits der schweren Körperverletzung und des Mordes an seiner Frau überführt.“
„Sie brauchen gar nichts zu sagen“, beugte sich der Anwalt an das Ohr von Rowland.
„Nun, wenn Sie nicht reden, dann tu ich es eben“, holte MacGillian Luft.
„Sir Donlad Scott scheint nur Mitwisser am Attentat Arthur Roberts zu sein. Was ebenfalls eine strafbare Handlung ist, auch wenn er zum Tatzeitpunkt seinen Schwanz eingezogen hatte, so winselte er doch als Mitwisser mit der Meute mit. Miss Albright war nicht mit einbezogen in Ihren Plan. Ist sie zu wenig fett für Ihre Sexeskapaden gewesen?“ Sir George Rowland wurde rot vor Zorn und wollte zu einem Satz ausholen. „Nicht doch Sir, lassen Sie ihn das Märchen weitererzählen“, bremste ihn sein Anwalt ein.
„Sie haben sich ausschließlich auf Abhängige konzentriert. Mister MacKenzie war durch die neue Wohnung verschuldet und seine Frau schwanger. Sie haben ihm eine frisierte Gehaltsbestätigung für die Bank ausgestellt. Die MacKenzies wollten ihren Standard finanziell wie auch familiär beibehalten. Und Miss Butcher hatte in Ihnen ihre letzte Chance gesehen, an Sex zu kommen.
Sie hatten vier Stangen Knetmasse, um sie nach Ihren Fantasien zu formen!“
“Welches Motiv können Sie meinem Mandanten dafür nachweisen?“ schaltete sich der Anwalt dazwischen.
„Keinen Leerstuhl seit über zehn Jahre gehabt zu haben. Nur Rektor gewesen zu sein! Wäre Arthur Roberts an diesem Tag zum Rektor gewählt worden, so hätte er die Spreu vom Weizen getrennt!

Ich habe mir die Bewerbungsunterlagen besorgt. Mir fiel bei Ihrer Hausdurchsuchung auf, dass sie nicht in der Uni, sondern in Ihrem Schreibtisch zu Hause lagen. Ist das üblich, vertrauliche Informationen mit nach Hause zu nehmen? Noch dazu, wenn, wie Sie glaubhaft zu machen versuchen, Orgien mit Nutten, also wildfremden Menschen, in Ihren Räumlichkeiten abgehen?
Sie kneteten sich mit Ihren vier Wachsstäbchen ein Fort um sich. Sie können sicher sein, dass wir Indianer in der Überzahl sind und gewinnen werden."
Sir George Rowland flüsterte mit seinem Anwalt, der daraufhin nickte.

Die Dorade im Salzmantel wurde serviert. Mit dem Fischbesteck brachen sie die verschmolzene Salzkruste auf. Darunter kam ein fangfrischer Fisch zum Vorschein.
“Und du bist sicher, dass sie nicht versalzen ist?“ nahm Roman einen Bissen vorsichtig auf.
„Das Salz bewirkt nur, dass die Dorade keine Flüssigkeit verliert. Das Salz wird durch ihre Haut absorbiert. Du brauchst nur noch etwas Pfeffer und ein wenig Zitrone“, reichte ihm Candida die Pfeffermühle über den Tisch.
„Wir haben das als Kinder jeden Sonntag bekommen, mit Gemüse oder Salat. Vater war bei einer großen Firma als Netzausleger angestellt und da gab es die B-Ware als Gratisgabe. An einem Dezembermorgen spielte das Netz verrückt und Vater sprang beherzt in das kalte Wasser um nachzusehen. Er konnte zwei Delphine vor ihrem Tod bewahren. Ein Katzenhai hatte die Situation anders eingeschätzt und zu seinem Vorteil genutzt. Er riss ihm den Unterarm ab. Als sich das Meer rot färbte sprangen drei weitere Männer mit Harpunen bewaffnet meinem Vater hinterher. Er war bereits bewusstlos und will sich bis heute nicht daran erinnern. Ich befürchte nur, dass er den Angriff des Hais voll mitbekommen hatte.“ „ Was macht er jetzt? Und deine Mutter?“
„Er hat das Küstenpatent absolviert. Mit der Abfertigung seiner Firma zahlte er einen kleinen Fischkutter an und hat sich auf jede Art von Muscheln und Schalentiere spezialisiert. Heute ist er vorrangig auf Seespinnen aus, die wie Gold gehandelt werden. Das Meer hat ihn nie verloren.
Die Zeit der Flugzettel und der großen Ankündigungen meiner Mutter in Tageszeitungen ist vorbei. Aber sie tanzt noch immer Flamenco, wenn auch nur mehr in kleinem Rahmen. Zu Firmenanlässen, oder wenn eine Reisegesellschaft einen Raum dafür anmietet. Sie ist noch immer eine sehr begehrenswerte und schöne Frau. Ich kenne niemanden, der Flamenco so auszudrücken imstande ist, wie sie.
Vielleicht bedarf es dafür mehr als Choreografie. Vielleicht muss man was von seinem Innersten dafür geben. Vielleicht sollte es in dem Fall die rechte Hand ihres Mannes gewesen sein. Er war

Rechtshänder und es war ihre Lieblingshand! Sie ging oder saß immer rechts von ihm. Auf jeden Fall hat sich ihr Leben danach entscheidend verändert. Sie führten ein noch engeres Familienleben. Ich besuche sie meist einmal im Monat.
Nicht unweit vom Leuchtturm am Cabo da Roca, in Praia Grande haben sie sich ein kleines Haus am Meer gekauft. Vom Steg aus macht Vater auch seine Tauchtouren.
An den steilen Riffen halten sich gerne Seespinnen auf. Allerdings ist das nicht ungefährlich wegen der starken Brandung. Vater taucht immer noch mit. Im Wasser, sagt er, gehe ihm der rechte Unterarm weniger ab als an Land.
Wasser mache es ihm um so vieles leichter, sich nicht als Krüppel zu fühlen...Und Delphine kommen auch nur mit ihren Schwanzflossen aus. Er hat sogar ein Patent für Schwimmflossen entwickelt.
Hast du Familie in Wien?"
Roman gähnte herzhaft und entschuldigte sich sogleich dafür.
„Die ganze Nacht durch und jetzt dieses vorzügliche Essen! Das macht träge."
„Trinken wir einen Digestif", schlug Candida vor. „Der räumt auf und belebt. Zwei große Kräuterschnäpse?"
„Na gut, bis der Regen aufhört, schaut ja schon gut dafür aus!"
Letzte Wolkenfetzen verzogen sich und die Sonnenstrahlen wärmten durch die Fensterscheiben. Roman hielt seine Hände in den schmalen wärmenden Spalt, den die Sonne auf die Tischplatte warf.
„Hast du Familie in Wien?" fragte Candida nochmals und prostete Roman zu.
„Ja, beide Elternteile kümmern sich wie um ein Kleinkind um mich, wenn ich in Wien bin. Vielleicht hab ich auch deshalb noch keine ständige Freundin. Bei jeder erdenklichen Möglichkeit zerren sie mich ins Theater oder in Konzerte. An Familiensonntagen warten sie mit Spielen wie Trivial Persuit oder Mensch ärgere dich nicht, auf.
Ich hatte bis zu meinem Auftrag in Portugal jeden Tag neue Unterwäsche und frisch gebügelte Socken in meinem Zimmer auf der Kommode!"

Candida verzog angeekelt das Gesicht. „Warum ziehst du nicht aus?“
„Das ist ja der Clou. Ich bin seit acht Jahren ausgezogen. Aber ich wohne im selben Haus! Mutter ist gelernte Schneiderin und näht in Heimarbeit. Mein Vater ist Beamter in der Rossauer Kaserne, er ist Abnehmer für Führerscheinanwärter. Kleinbürgerlicher kannst du dir ein Leben schon gar nicht mehr vorstellen…Ich will noch einen Schnaps trinken!

Die Sonne kommt auch schon raus! Dann möchte ich frischen Wind spüren und die Seeluft atmen. Und die Freiheit! Die Kündigung alleine macht mich nicht so depressiv, es sind die Gedanken, wieder in Wien sein zu müssen.“

„Julia könnte dir das raus helfen?“ fragte Candida vorsichtig.
„Wenn du es als Option sehen willst: Ja! Wenn ich nach Hause komme, verkaufe ich meine Anteile am Haus an meine Geschwister. Mit der Abfertigung von FVYC geht sich die Anzahlung für ein Fertigteilhaus aus. Ich habe auch schon ein Grundstück ins Auge gefasst. Altbaumbestand an der alten Donau. Vorneweg zum Wasser unverbaubar und zehn Minuten in die Innenstadt.
„Wo Julia eine Wohnung hat?“ „Ja am Graben“. „Passt ja“, sagte Candida etwas verhärmt.
„Du willst Julia und mich doch nicht mit deiner Fragetechnik auseinander bringen oder?“
„Nein! Entschuldige, ich war nur noch nie so nah an was dran, was ich mir erwünschte!“ „Ich auch nicht. Zahlen bitte!“ rief Roman zur Schank hin.
„Sei mir bitte wieder gut, ich kann nichts für meine Gefühle!“ Candida spürte körperlich wie die Leiter, die sie versucht hatte, an Roman anzulehnen, Sprosse für Sprosse unter ihren Füßen wegbrach. Mit beiden Händen versuchte sie sich an der Führung vor dem freien Fall zu schützen und spürte jeden Holzspan, der sich beim Abrutschen in ihr Fleisch bohrte. Sie weinte vor Schmerz.

„Wir haben noch hundertdreißig Kilometer zu fahren", bezahlte Julia die Rechnung.
Wie lange können vierundzwanzig Stunden dauern? Julia war am Zählen. Sechsundachtzigtausendvierhundert Sekunden ergaben rechnerisch ungefähr den Moment, in dem Roman ihre Suite betreten würde. Der alte Nissan ächzte auf der Bundestraße Richtung Portimao unter dem Gaspedal Julias Fußes. „Ich vergess immer wieder die Straßenverhältnisse", sagte sie Sharona zugewandt.
Ihre Großeltern wohnten im Westen Portimaos in einem Wohnkarton aus den siebziger Jahren im fünfzehnten Stock. Hier teilte Sharona die Räumlichkeiten mit ihren Besuchern in einem Gästezimmer. Die Großeltern Sharonas luden Julia ein, zum Essen zu bleiben.
„Du hast noch einen langen Weg zurück nach Lissabon." Achtundsechzigtausendvierhundert Sekunden. Noch neunzehn Stunden, überschlug Julia im Kopf. Neunzehntausendachthundert würden es weiniger werden, wenn sie zum Essen bliebe. „Gerne", nahm sie die Einladung an. „Finster wird es auf der Heimfahrt sowieso!"
„Wir haben was Leichtes für den Abend vorbereitet: Sardinhas mit grünem Salat und Kartoffeln.
Sharona bereitete den Tisch für das Abendessen vor.
Während Großmutter die Sardinhas in Mehl schwenkte und die Marinade für den Salat zubereitete, zog Sharona Julia in ihr Zimmer. „Ich hab mein Bett in Richtung Balkontür ausgerichtet. Jetzt kann ich die Morgensonne sehen, wenn ich aufwache." „Seit wann hast du einen Schreibtisch? Kannst du überhaupt schreiben?" hänselte Julia.
„Ich hab zu zwei Magazinen Kontakt aufgenommen. Hustler, da muss ich aber unbedingt achtzehn sein und zu Playboy in Spanien/Madrid." „Publiziert Hustler nicht Pornografie?" fragte Julia. „Diese Schiene kann dir mehr kaputt machen als deiner Karriere dienlich sein. Bei deinen Großeltern hast du dein eigenes Zimmer. Leb deinen Sex aus ohne Hochglanzfotos für Wichser. Nimm diesen Delfin." Julia hob den gläsernen Briefbeschwerer, einen auf der Schwanzflosse stehenden Delfin in seiner schönsten

Ästhetik, und hielt ihn Sharona hin. Reagiere dich damit ab, bevor du deine Fotos an Hustler oder Playboy schickst. Lass die Fotografen und Herausgeber von Sexmagazinen alle im Kopf an dir außen vorbei, ehe du dich als Wichsvorlage präsentierst. Ich kann deine Fantasien nachvollziehen. Ich war auch schon mal knapp soweit. Mach schnell, ich bewache die Tür. Du willst dich dabei zeigen, dann zeig dich mir!"
„Ich soll mich jetzt präsentieren? Damit?", nahm sie den Delfin aus Julias Hand.
„Mach schon, das ist ein Shooting. Ich mach dir eine Fotoserie", griff Julia nach der Nikon auf dem Regal und kontrollierte, ob auch ein Film eingelegt ist. „Ich zeig dir, wie professionell du dabei aussiehst. Du wirst nach der Entwicklung des Films nur Genitalien in Großaufnahme sehen. Das ist die Professionalität solcher Magazine. Den Kick kann ich dir auch verschaffen. Stell dir vor, deine Großeltern sind die Crew und das Abendessen ist gleich fertig. Du hast keine zehn Minuten!"
Der Delfin verschwand und tauchte auf. Immer und immer wieder. Julia lehnte an der Tür zum Zimmer und schoss Fotos im Zoombereich. „Kommt ihr? Das Essen steht auf dem Tisch", rief Großmutter hinter der Tür im Vorbeigehen ins Esszimmer.
„Schnitt", unterbrach Julia Sharonas Anstrengungen. Ich hab alles was ich brauche im Kasten", legte sie den Fotoapparat wieder zurück. „So ungefähr läuft's. Du gibst dich für was her, was anderen einen Orgasmus bereitet. Essen ist wahrscheinlich vertraglich auch nicht inbegriffen." „Lass mich Kommen, ich bin knapp davor!" „Nein", sagte Julia konsequent. „Wir brauchen das Studio für das nächste Mädchen. Du bekommst von uns Bescheid. Danke für deine Präsentation, wir melden uns bei Bedarf!"
Sharona stellte missmutig den Delfin wieder auf seinen Platz. „Und, willst du noch immer Pornomodell werden? Wenn du den Film entwickeln lässt, kannst du das ohne Bedenken überall tun. Es sei denn, jemand kennt die Merkmale deiner Genitalien. Du hast ein Muttermal auf der Innenseite deiner äußeren Schamlippen. Ansonsten bist du anonym wie ein Taxifahrer."

„So, meinst du läuft's ab?" sreifte Sharona ihr Kleid wieder über die Oberschenkel hinab.
Sie setzten sich zu Tisch und Großmutter legte jedem von Ihnen die brutzelnden Sardinen auf den Teller und füllte die Salatschüsseln.
„Willst du auch ein Glas Wein zum Essen?" fragte Großmutter Julia. „Ich frage weil du noch an die dreihundert Kilometer autofahren musst."
„Ein Glas als Geschmacksverstärker trinke ich gerne", hob Julia ihr Glas über den Tisch der Flasche Wein entgegen. Habt ihr auch Mineralwasser?"
Anthony Roberts arbeitete jedes Rückgrat der Sardinen mitsamt der Schwanzflosse pedantisch heraus und legte es an den Tellerrand. Alle anderen trennten nur den Kopf vom Rumpf ab.

„Du fliegst nach London und dann zu Arthur nach Edinburgh. Es geht ihm wieder gut, hat Sharona mir erzählt?" „Ja, Dad hat sich total erholt…Und das Neueste: Er hat Angelica kennengelernt und will sie heiraten." „Heiraten? Das klingt nach Neubeginn, Arthur war schon viel zu lange alleine. Weiß Homer und seine Frau Bescheid? Fliegen sie auch nach Edinburgh zur Hochzeit? Anne und ich sind zu alt, diese weite Reise anzutreten!"
„Meine Eltern", sagte Sharona „haben Aufträgen mit Madeira nachzukommen. Vielleicht fliege ich nach Edinburgh mit! Augenblicklich bin ich ohne Arbeit." „Willst du nicht schon nach London mitfliegen?" weckte Julia Sharonas Interesse. „Ab dem frühen Nachmittag hab ich jeden Tag Zeit für dich. Wir könnten gemeinsam die Stadt unsicher machen! Morgen habe ich einen Flug gebucht, was hältst du von der Idee? Wir könnten dann gemeinsam bei einem schottischen Hochzeitszeremoniell dabei sein. Roman kommt nach Edinburgh nach."
„Wenn ich jetzt zusage, fahren wir wieder gemeinsam nach Lissabon. Ganz schön irre. Ich pack ein paar Sachen für eine Woche!"
Großvater tunkte den Saft auf dem Teller mit dem Weißbrot auf.
.

Julia ging zu Sharona ins Zimmer und half ihr beim Packen. “Besucht dich Roman morgen, bevor du abfliegst?“ „ Er kommt zwischen zwölf und viererzehn Uhr von Porto. Ich hätte gerne, dass du am Nachmittag shoppen gehst bis zum Abflug. Lass mir die paar Stunden Roman. In Ordnung?“ Sharona nickte zustimmend.
Julia rief den Flughafen an. „…Einen zweiten Passagier von Pontela nach London, Heathrow Airport um siebzehnuhrdreißig. Morgen. Sharona Roberts, ja“, bestätigte Julia.

„Setz dich bitte auf den Koffer, damit ich ihn zubekomme“, bat Sharona Julia. „Ich hab nicht gewusst, was London und Edinburgh an Kleidung abzuverlangen vermögen.
Meinen Knirps! Packte Sharona noch den Schirm ins Handgepäck. Ich hab deinen Vater, meinen Onkel, das letzte Mal beim Begräbnis deiner Mutter in Wien bewusst wahrgenommen. Da ging ich grad in die erste Unterstufe. Lass uns fahren, ich bin fertig. Ruft ihr meine Eltern an, wandte sich Sharona beim Verabschieden an ihre Großeltern?“
„Machen wir Kind! Habt eine gute Anreise und einen guten Flug“, küsste Großmutter Sharona und Julia.
„Ich fahr dieselbe Straße zurück. Durchs Landesinnere ist es bergiger, wenn auch schöner. So spar ich aber Zeit!“
Die Sonne stand auf sechzehn Uhr und blendend tief, wenn auch von links und nicht frontal. Sie brauchten viereinhalb Stunden für die knapp dreihundert Kilometer, bis Julia das Auto im Hinterhof des Residenza do Carmo abstellte.
„Ich lass mein Gepäck im Kofferraum“, sagte Sharona beim Aussteigen. „Oder gehen wir abends aus?“ „Wir essen was, da passt deine Kleidung“, gab Julia zur Antwort.
Die Sonne zog sich jetzt schnell aus der Stadt zurück. Vom Tejo wehte eine Brise durch die Gassen und Straßen.
„Ich muss mir die Beine vertreten. Wir können in der Alfama in einer der Tascas eine Kleinigkeit essen, vielleicht in einem Vorgarten?“ „Einverstanden.“ nahm Sharona nur ihre Kosmetiktasche aus dem Kofferraum.

Sie duschten gemeinsam und schäumten sich gegenseitig mit Duschgel ein.
„Du schläfst heute aber im Arbeitszimmer. Ich schlafe mich heute selbst in Vorfreude auf Roman ein.
Ist das klar?“ „Geht in Ordnung, ich hab ja meinen Delfin mitgenommen!“
Sie brauchten vom Hotel durch die Baixa in die Alfama eine knappe Stunde. Schuld daran waren die vielen Auslagen der Geschäfte.
„In der Rua do Santo de Castelo warten viele Gassenlokale auf. Schauen wir, ob wir wo Platz bekommen“, zog Julia Sharona an der Hand auf die andere Straßenseite. „Da ist ein Tisch frei, den nehmen wir“ setzten sich beide.
„Wie ist mein Onkel so?“ „Der einfühlsamste Mensch der Welt. Ich hab das über ein Jahrzehnt nicht zuordnen können, was ich vermisst hatte“, antwortete Julia. „Dann hat mich Dad unter Freudentränen in die Arme genommen…

Am späten Nachmittag ließ sich MacGillian Scott MacKenzie nochmals vorführen.
„Wir haben nach dem DNS-Abgleich Spuren ihrer Haut in der Vagina ihrer Frau feststellen können. Der Todeszeitpunkt liegt zeitlich vor den Abschürfungen ihres bemerkenswerten, hochkarätigen Ringes in der Vagina Ihrer Frau. Leichenschändung ist Ihnen mit Sicherheit nachzuweisen. Warum haben Sie sie erwürgt? Haushaltsreiniger um den Hals einer Frau ist eher selten vorzufinden. Ihre Frau weist Hämatome um den Hals auf, also Würgemerkmale, und wurde danach pedantisch von eventuellem Fingerabrücken am Hals gereinigt. Sie haben sie umgebracht, damit die Aussage ihrer Frau, den Anschlag auf Mister Roberts ausgeführt zu haben, so stehen bleibt. So stehen wie Ihre Männlichkeit, die Sie mit einer Kerze in Ihrem Rectum herzustellen versucht hatten, um das Kondom, dass anschließend bei Sir George Rowland deponierten, anzufüllen. Was für Art Schweinepriester sind Sie?"
„Meine Frau hat mich penetriert!" versuchte MacKenzie sein menschliches Gesicht zu wahren. „Ich hatte Schmerzen dabei und wollte mich davon befreien. Dabei ist es passiert!"
„Unsere Pathologin und ich sehen das anders. Wie Sie den Mord an Ihrer Frau den Geschworenen rüberbringen und den versuchten Mord an Mister Roberts, sei Ihnen und Ihrem Anwalt überlasen. Dr. Sylvia Perkins und ich werden vor Gericht forensische Fakten sprechen lassen. Was mich noch interessiert, ist der Auslöser für die Kettenreaktion."
Scott MacKenzie begann weinerlich und faltete die Hände wie zum Gebet: „Unser Rektor stellte die Position Professor Doktor Arthur Roberts im März dieses Jahres zur anstehenden Rektorenwahl wie eine Rute ins Fenster. Wenn er die Wahl gewinnen würde, blieben wir, das Sekretariat, seine Position, wie auch mein Lehrstuhl als überflüssige Nieten nach einer Konstruktion, auf der Strecke. Meine Frau und ich hatten Existenzängste. Dazu kam, dass sie schwanger war. Mit Miss Butcher hatte er Sex. Fünfmal die Woche in der Mittagspause. Wir waren erpressbar. Ich verließ um Viertel vor eins die Mensa, wie ein Großteil des Lehrkörpers. Das schien mir unauffällig und

Mister Roberts Schwenk auf die Toilette half der Gelegenheit nach. Meine Frau, Patricia, machte die Mittagspause immer durch, weil sie um eins nach Hause geht. Wo ist Rowland, fragte ich beim Eintreten ins Sekretariat. Schon in die Bibliothek unterwegs, antwortete meine Frau.
Gib mir schnell deine Handschuhe und den Briefbeschwerer, sagte ich nervös zu ihr. Die Handschuhe passten mir natürlich nicht. Ich umfasste den Briefbeschwerer damit und ging auf die Toilette. Miss Butcher war gerade dabei, sich ihr Kleid wieder runter zu streifen und ich verschwand hinter einer offenen Toilettentür, als ich auch schon die Wasserspülung von Roberts hörte. Als er erstaunt Miss Butcher wahrnahm und ansprach, trat ich hinter ihn und schlug zu. Was sich jetzt so holprig anhört, war eine runde Sache."
„Sache, ja? Und Rund! Für wen? Ich lass Ihr Protokoll tippen und dann unterschreiben Sie es. Warum haben Sie ihre Frau die Schuld auf sich nehmen lassen?" MacGillian hatte sich zwar die Frage vor zwei Tagen schon selbst beantwortet, aber er benötigte sie authentisch. „Wir alle vier waren der Ansicht, dass eine werdende Mutter milder bestraft werden würde."
MacGillian nickte vor sich hin. „Sie können sich sicher die nächsten zwanzig Jahre, wenn Sie nicht vorher sterben sollten, mit dem Gefängnisgeistlichen einmal die Woche austauschen. Vielleicht ist auch ein schneller Fick während des Innenhof-Spazierganges für Sie drinnen. Ich wünsche Ihnen eine peinliche Gerichtsverhandlung!" stand MacGillian auf und verließ den Verhörraum. „Einen Kaffee, bitte", ersuchte er MacPherson. „Schlimmer als die Wahrheit kann der jetzt auch nicht mehr sein!"

Kaum war die Sonne hinter der Wolkendecke wieder hervor gekommen, hatte es angenehme fünfundzwanzig Grad. Sie hatten beide ihre Schirme dabei, um sie an der Endstation der Linie Infante beim Zurückfahren dem alten Mann zurückzugeben. Candida suchte mit ihrer Hand zwischen die Finger Romans zu kommen. Es kam ihr vor wie ein Gnadengesuch.
„Ich hab dich lieb,… lieb, lieb!"
Roman hielt im Schritt inne und drückte sie mit ihrem kleinen Busen und den abstehenden Brustwarzen an seinen Körper.
„Candida!" nahm er tief Atem in sich auf und streichelte ihre Schulterblätter. „Warum glaubst du, bin ich in Cascais vor deiner Tür gestanden, warum war ich am Cabo Raso am Schiff mit dir und bin jetzt hier? Aber, um es mit Shakespeare auszudrücken, ist es morgen Früh die Lärche und nicht die Nachtigall, die ruft."
„Willst du mit mir sterben?" „Ist jetzt rein hypothetisch, oder? Ich bin älter als du und Frauen haben eine längere Lebenserwartung!
Anzunehmender Weise, Nein!"
Roman verspürte ein Ziehen vom Magen abwärts bis in die Knie. Candida löste sich von ihm und nahm ihre Sandalen in die Hand. „Ich gehe mich ertränken, ließ sie Romans Hand los und lief auf das Mündungsufer zu.
Fast zu spät realisierte er die Ernsthaftigkeit ihres Vorhabens und stürzte sich ihr nach.
„Bist du verrückt? Pumpte er das Wasser aus ihrer Lunge und beatmete Candida. „So ein schönes junges Mädchen wie du bist! Ich bin das nicht wert, was ich dir wert bin. Bitte atme wieder!" Roman weinte erleichtert, als Candida das Wasser raus prustete und die Augen aufschlug.
„Candida, Candida", küsste er ihre Lippen warm.
„Vielleicht bekommen wir die Schirmeinsätze zurück, wenn wir so nass an der Station ankommen. Gewährleistung oder sowas?" Candida lächelte ihn erschöpft an. Mir hat alles plötzlich so weh getan." „Ist ja schon gut! Kannst du schon gehen? Wir trocknen uns in der Sonne ein bisschen auf." Roman zog Candida an sich hoch.

„Meine Firma mietet mich immer im London Marriott County Hall ein. Das ist im alten Rathaus gegenüber des Big Ben, dem Parlamentsgebäude.
Im fünften Stock ist ein Wellness-Bereich mit Swimmingpool. Topp Klasse mit Doppelzimmer. Die Nächtigung kostet zweihundert Pfund. Wenn du bei mir schläfst", sagte Julia zu Sharona, „kostet dich das gar nichts. Die Agentur Christian's ist im selben Gebäude und von neun bis fünfzehn Uhr besprechen wir die Frühjahrs- und Sommeraktivitäten. Der Winter ist unmittelbares Thema und den gilt es über diese drei Tage auszuarbeiten. Sie haben durchblicken lassen, die Kulisse Wien als Hintergrund dafür zu wählen. Dann wäre ich wieder eine Zeit lang zu Hause.
Zur Empfangsparty im Church Pub heute Abend komme ich zu spät an. Aber es gibt morgen Vormittag eine Houseworming Party für die gesamte Crew.
„Und wann kommst du wieder nach Lissabon?" „Danach! Im Jänner oder Februar. Die Stadt hat das ganze Jahr über ihren Charme. Und Castings werden schon über Jahre von hier aus erarbeitet.
Trinken wir einen Macallan? Ich hab einen auf der Karte gesehen." „Trinken wir!" bestätigte Sharona. „Ich spüre schon die angenehme Wärme des Alkohols in meinem Schritt. Ich mache dort weiter mit meinem Delfin, wo du mich brutal unterbrochen hast. Ich freu mich schon den ganzen Abend drauf!"
„Ich schwimme mit dir um die Wette, wenn du mich danach auch damit befriedigst. Fisch ist leichte Kost vor dem Schlafengehen!"
„Wir haben einen One-Night-Stand?
„Darf ich dann heute neben dir einschlafen? wenn du mich so verführst!
Ja!"

Im Hotel übergab der Empfang die beiden Flugtickets an Julia. Beide Frauen fuhren in den achten Stock und beeilten sich, die Kleidung vom Körper zu bekommen. „Lass uns duschen und zur Sache kommen. Ich halt das schon seit heute Nachmittag

zurück.“ Sharona ließ sich tropfnass auf das Bett fallen. Julia öffnete die Balkontür zur Gänze und ließ die warme Abendluft und das letzte Licht des Tages ins Zimmer.
„Wo ist dein Delfin?“ Sharona kramte in ihrer Handtasche und drückte ihn Julia in die Hand. „Gib ihm seine Freiheit und mir seine Freude darüber.“
Julia beugte sich in Sharonas Schoß und drückte ihr Gesäß gegen ihr Gesicht. Julia passte sich dem Rhythmus Sharonas an und nahm angenehm deren Präsenz in ihrem Rectum wahr. „Lass deinen Finger genau dort! Willst du auch?“ Das Aufbäumen Sharonas beantwortete eine eventuelle Notwendigkeit. „Nein, ich bin gekommen, deine Frage danach hat den endgültigen Reiz ausgelöst!“ Normalisierte sich ihr Puls langsam wieder
„Willst du in der Stellung bleiben oder dich auf den Rücken legen?“ fragte Sharona. „Bleiben“, reichte Julia den Delfin nach hinten. „Kopf oder Schwanz?“ „Normalerweise Schwanz…! Kopf natürlich, steck schon rein solange er noch feucht ist!“ Sharona begann Druck auszuüben, bis sie nur mehr die Schwanzflosse zwischen ihren Fingern hielt. Julia stimulierte ihre Klitoris über Wasser während der Delfin immer tiefer in sie tauchte. Sie teilte übermütig die Wellen und kam über Wasser, um Luft zu holen. „Danke!“ drehte sie sich um und küsste Sharona auf den Mund. „Am liebsten würde ich alles lassen, wo es ist. Ich schlaf auf dem Bauch ein und reib mich noch ein bisschen am Bettzeug in den Schlaf. Borgst du mir den Delfin bis morgen früh?“ „Solange du willst: Mi casa, su casa“, scherzte Sharona.
Julia hatte eine unruhige Nacht und einen nassen Fleck im Bett beim Aufwachen.

MacGillian stellte boshafter Weise Sir George Rowland einen Kaffee aus dem Automaten auf den Tisch. „Sir, Sie haben eine Verschwörung angestiftet. Da gibt es drei übereinstimmende Aussagen. Sir Donald Scott war zwar eingeweiht, hatte aber augenscheinlich einen Rückzieher gemacht und sich nicht eingebracht. Gefängnis droht ihm jedoch genauso! Die Haftzeit wird ein Geschworenengericht für Ihre Tat festsetzen. Sie haben bewusst ein Alibi gefälscht. Das ist Vorsatz im Falle Patricia Wyngard-MacKenzie. Die Planung des Mordes an Arthur Roberts haben Sie mit den anderen drei Mitwissern zu verantworten. Wegen der Gefahr der Absprache lasse ich Sie wieder in eine Einzelzelle führen. Kaution wurde ja heute Vormittag vom Haftrichter abgelehnt. Im Umkleideraum wartet die Gefängniskleidung auf Sie!" erhob sich MacGillian.
Um das Erlebnis, den Kaffee strafweise zu trinken, brachte ihn Sir George Rowland.

12. Tag

„Kommt deine Tochter in drei Tagen?“ räumte Angelica das Geschirr vom mitgebrachten Essen ab. „Einsteen hat gesagt, den >Helm< musst du noch acht Tage tragen. Du wirst freigelassen wenn Julia kommt, musst dich aber jeden Tag im Spital melden bis zur Nahtentfernung!“
Arthur nahm den Spiegel zur Hand. „Dann statten wir eine jiddische Hochzeit aus“, sagte er seine Kappe betrachtend. „Ich will dich im Castle in der Kapelle heiraten!“
Das Telefon läutete:
„Dad? Wie geht es dir? Sharona und Roman kommen mit nach Edinburgh zu deiner Hochzeit.“
„Ich hab mir im Castle die Kapelle der heiligen Margaret dafür ausgesucht, am achten August“, sprach Arthur wie aufgezogen. „Wir feiern in ganz kleinem Rahmen, die Eltern von Angelica kommen aus Thurso und ihr natürlich. Schlechte Nachricht, du musst mit meiner Kopfbedeckung noch vorlieb nehmen.
Ich habe einen Tisch nach der Hochzeit um achtzehn Uhr im Caledonian, das ist eine Nobelherberge mit einem der besten Restaurants der Stadt, dem Pompadour, bestellt. Das ist zwei Häuserblocks von meiner Wohnung entfernt, in der Prinscess Street mit Blick aufs Castle.
Arthur zählte durch, „für sieben Personen, ich lade Doktor Einsteen auch ein. Wenn du einverstanden bist, reserviere ich dir zwei Zimmer, die Eltern von Angelica und auch wir beide werden die Hochzeitsnacht dort verbringen. Dann können wir am nächsten Morgen gemeinsam Frühstücken. Geht alles auf meine Rechnung…
Wann kommt ihr?“ „Am sechsten August gegen Mitternacht, nach meinem London-Aufenthalt. Roman fliegt direkt von Lissabon an.“

„Vergiss nicht, ich hab dir einen Termin bei Dr. Mabuse ausgemacht“ „Bei wem??“
„War ein Scherz, komm einfach und ich hol dich vom Flughafen ab. Der Arzt hat seine Praxis einen Stock über mir und nimmt dich dran, wenn du da bist. Welcher Flug?“ „Flug 713, British Airways, Ankunft um achtzehnuhrdreißig von London!
Ich umarme dich Vater“, sagte Julia und legte auf.

Am Bidet versuchte sie den angetrockneten Delfin zu entfernen und wusch ihn wieder zum Briefbeschwerer. Sharona überraschte sie dabei. „Darf ich pinkeln? Ich muss ganz dringend!“ Julia quetschte die Zahnpaste auf die Zahnbürste und legte den Delfin auf den Waschbeckenrand.
„Das war gestern berauschend mit dir“, sagte Sharona. „Ich lass mich morgen für Geld ficken. Ich hab im Internet einschlägige Etablissements ausmachen können. Kostet hundert bis zweihundert Pfund. Nachdem ich mir die Nächtigungen spare, geb ich mein Geld dort aus.
Gehst du mit mir nach Soho? Da macht‘s jeder mit jedem. Das sind Clubs ohne Tabus. Penetration wo du sie willst! Geh mit mir“, bettelte Sharona. „Ich hab da auch zwei Swinger Clubs im Internet rausgesucht. Das kostet außer dem Abendessen der Eintritt und die Sauna für Frauen gar nichts. Ich bin schon so voller Vorfreude, Sperma in seinem Erguss in mir zu spüren!“
„Nimmst du überhaupt die Pille? Hast du keine Angst vor Krankheiten?
Du weißt, dass die Pille eine Vorlaufzeit benötigt?“ „Nein wusste ich nicht, wie lange?“ „Ungefähr zwei Wochen! Lass dich ins Rectum vögeln oder nur Leute im Gummianzug in dich rein.“
„Dann Gummianzug“, entschied Sharona, „ich will Sex haben, wo er hingehört und ich möchte einen Schwanz für mich alleine haben“. „Du hast doch nicht noch immer ein Trauma nach unserer Orgie?“ „Doch hab ich! Ich möchte Sex auf mich bezogen wissen und nicht als Ersatz für dich herhalten müssen. Roman hat an dem Nachmittag dich im Kopf gefickt als er mir beischlief. Bei Patty bin ich mir nicht sicher“.

„Patty heißt Candida, Candida Sanchez, Patty ist nur ihr Model Name“, sagte Julia etwas schroff. „Ich hatte selbst den Eindruck, du brauchst mir das nicht unter die Nase zu reiben!

Es hat mir genauso wie dir seelischen Schaden zugefügt. Du und Patty waren der Risikofaktor bei dem Spiel. Ich war blind vor körperlicher Geilheit, wie du jetzt auch.

Lass Gefühle zu und du wirst dich beruhigen. Mechanische Abläufe enden, die seelischen bleiben dir erhalten!“

„Wir lassen uns morgen in einem Swinger Club aufreißen!“ hellte Julia Sharonas Gesicht wieder auf. Aber nur mit Verhütungsmittel, verstanden? Und kein Wort zu Roman, bitte!“ Sharona wechselte aufs Bidet.

„Ich wäre gerne heute zu dem Galaempfang bei Christian’s um zwanzig Uhr gegangen. Eigentlich wollte ich dabei sein“, griff Julia zum Telefon und meldete sich ab. „Egal, am Tag drauf haben wir das gleiche in der Firma. Da ist dann auch der Boss-Boss dabei. Das heute Abend ist sowieso nur ein >die Sau raus lassen Fest < für die Angestellten, wenn auch in einem exquisiten Ambiente. Heute um zweiundzwanziguhrdreißig Uhr geht unser Flieger“, verließ Julia nach einem Blick in den Spiegel das Badezimmer.

Es war knapp Mitternacht vorbei. Zwei Kerzen brannten noch im Raum und verströmten angenehmen Duft nach Lavendel und Honig. Candida spürte noch immer Romans heißen Erguss in ihrer Vagina und seine Umarmung, als sie ihm dieses Glück hatte zukommen lassen. Ihr Körper war so durcheinander, dass sie nicht fähig war, einen Orgasmus zu haben. Was sie vorgetäuscht hatte, versuchte sie, während er schlief, neben ihm mit ganz kleinen Bewegungen und allen Gefühlen, die sie ihm entgegenzubringen im Stande war, aus sich zu holen. Es war ein kleines intensives Beben und sie drückte sich an seine Schulter dabei.
Vorsichtig hob sich Candida danach neben Roman aus dem Bett und schlüpfte in ihr Kleid. Sie löschte die beiden Kerzen und verließ mit Romans Autoschlüssel das Hotelzimmer.
Zwischen Esposende und Mar steht ein Leuchtturm an den Klippen. Kaum fünfzig Kilometer nördlich von Porto. „In einer knappen Stunde kann ich tot sein“ sagte sie halblaut und lenkte den Wagen auf die Straße Richtung Norden. Die Scheinwerfer brannten sich auf dem Asphalt fest und verloren sich immer wieder für Momente in der kurvenreichen Straße im gähnenden Dunkel vor ihr. Candida öffnete das Verdeck und ließ den Fahrtwind über ihre Tränen streichen.
Sie fuhr die Anhöhe zum Leuchtturm hinauf und stellte das Auto ab. Sie faltete den Zettel und legte ihn in Romans Führerscheinetui.
Dann lief sie in die Nacht bis sie den Boden unter den Füßen verlor.

13. Tag

Roman wachte auf und griff auf die kalte Seite des Bettes neben sich. „Candida?“
Er rief in der Rezeption an, ob Senora Candida Sanchez das Hotel verlassen hätte. Man wüsste nichts davon, Nachricht gäbe es auch keine, gab man ihm zur Antwort.
Er rief ihr Handy an „Keine Verbindung zur Zeit unter dieser Nummer!“
Roman hatte bereits den dritten Kaffee und den vierten Whisky. Der Morgen kam blutrot vom Landesinneren über den Duoro.

Zwei Polizisten fragten nach ihm an der Rezeption und wurden zu ihm in die Lounge verwiesen. „Senor Polansky? Geht Ihnen nichts ab?“ „Was sollte mir abgehen?“ fragte er erstaunt und hatte wieder dieses Ziehen vom Magen bis in die Kniekehlen.
„Wir haben ihr Auto fünfzig Kilometer von hier gefunden. Beim Leuchtturm in Esposende. Und eine tote Frau unterhalb der Klippen. Sehen Sie da einen Zusammenhang? Roman übergab sich vor den beiden Beamten und zitterte am ganzen Körper.
„Candida Sanchez? Sagen Sie bitte Nein!“
„Sie trug nichts bei sich, wir haben nur ihren Führerschein im Handschuhfach des Wagens gefunden mit einer Nachricht an Sie. Der Leuchtturmwärter hatte uns aufmerksam gemacht, weil dort ein Fahrverbot besteht.
Der Kellner reinigte Romans Übergabe auf dem Teppich und Roman griff mit zittrigen Fingern nach seinem Führerschein und faltete den Zettel darin auseinander: „Ich wollte nicht länger alleine sein, jetzt kann ich dich endlos lieben…Ich liebe, liebe, liebe dich Roman! Verzeih mir bitte! Danke für die wunderschöne Zeit mit dir.“
Roman wusste nicht, wem er seine Tränen zuordnen sollte. Zorn oder Trauer.

„Sie ist mit dem Rücken aufgeschlagen, Senor. Wir brauchen eine Identifizierung und wir müssen wissen, wohin wir sie überführen sollen. „Sie ist in Cascais gemeldet, ihre Eltern leben, glaube ich, in der Nähe des Cabo da Roca“ sagte Roman leise mit brüchiger Stimme.

Die kleine Wohnung, die nach versengtem Braten roch und die Freude, ihn vor ihrer Tür stehen zu sehen. Das Bett, das sie frisch überzogen gehabt hatte, um ihre Erinnerung an ihr erstes Mal alleine mit ihm so lange wie möglich darin aufzubewahren…!
Die Lounge begann sich um ihn zu drehen.
„Kommen Sie bitte zum Leichenwagen, Ihr Auto haben wir auch mitgebracht.“
Die Beamten hoben den Deckel des Zinnsarges hoch. Candidas Gesicht schien engelsgleich und war unverletzt. Nur eine kleine Blutspur aus ihrem Ohr und die Blässe ihrer Haut ließen den Blutverlust des zerfetzten Rückens erahnen. Roman strich mit der Handinnenfläche über ihr Gesicht, bevor er ohnmächtig zusammenbrach.

„Senor, Sir!“ rüttelten die Beamten ihn an den Schultern. Bleiben Sie noch in Portugal, falls wir Fragen haben?“ Der Notarzt aus dem Leichenwagen holte ihn mit einer stabilisierenden Spritze wieder zurück.
„Ja, ich wohne im Hotel Residenza do Carmo in Lissabon. In drei Tagen fliege ich nach Edinburgh.“
„Gut… Tut uns leid, aufrichtig“, verabschiedeten sich die Polizisten und der Arzt.

Roman fuhr mit dem Lift in sein Zimmer und ließ sich auf die Betthälfte mit Candidas Parfum fallen.

Nach zwei Stunden rief er Julia an. „Es ist was Fürchterliches passiert. Patty…Candida… ist tot. Ich geb mein Auto in Porto ab. Ich kann nicht fahren, kannst du mich abholen?“

Julia war so geistesgegenwärtig jetzt die Details nicht zu hinterfragen. „In welchem Hotel? Ich brauch aber sicher drei Stunden.“
„Wann immer du da bist, ich bin da!“
Er ging sich wieder übergeben, um dann den nächsten Whisky zu bestellen. Dann ließ er den Wagen über das Hotel zurückholen. Julia kam um knapp vierzehn Uhr ins Hotel zu Roman.
„Was ist passiert?“
Roman erzählte in Kurzform von seiner Kündigung und vom Liebesbrief Candidas in seiner Sakkotasche nach ihrer Orgie.
“Es ist meine Schuld, wobei Schuldzuweisung jetzt keinen Stellenwert mehr hat. Wir haben einen Engel für ein teuflisches Spiel geopfert!“
„Trinken wir auf Candida“, drückte Julia Roman das Glas in die Hand.
“Ich hab mich schon betrunken! Bring mich nur nach Hause. Ich muss erst Abstand bekommen. Aber ich liebe dich und das war der Auslöser für Candida, sich das Leben zu nehmen. Ich bin ein Arschloch!“ „Bist du nicht! Ich bring dich nach Hause. Komm! Hast du schon gepackt, soll ich dir dabei helfen?“
„Nein ist schon alles eingebunkert, ich lass das Gepäck vom Personal runterholen und in deinen Nissan tragen. Peinliches Auto, im Übrigen“, kam ihm erstmals wieder ein Scherz über die Lippen. „So gefällst du mir schon besser, Things Happen und das Leben wartet uns allen ein Ende auf!“
Roman küsste Julia und ertappte sich dabei, Candida zu halluzinieren.
„Fahren wir, ich muss da raus...!
Moment noch!“ hielt Roman den Kellner im Vorbeigehen auf. Ich trink doch noch einen Whisky mit dir“, wendete er sich Julia zu. „Vielleicht hilft mir das!“ Er dachte sich damit leichter mit beiden Frauen auf der Fahrt nach Lissabon versöhnen zu können. Die Fristsetzung von Candida, ihre Gefühle zu erwidern, war eben abgelaufen…
„Ich hab das Bedürfnis, den leeren Raum, in dem ich stehe, mit jemand teilen zu wollen, der nicht mehr kommen wird.

Der Zeitpunkt, etwas gutzumachen, ist heute Nacht unwiderruflich vorbei“, sammelten sich alle Nervenenden in Romans Kopf.

Julia griff nach seiner Hand. „Vater macht seine Hochzeit in der alten Kapelle im Castle“, versuchte sie Roman abzulenken, und dass Sharona mit ihr nach London fliegen würde und danach nach Edinburgh.
„Lass uns fahren, griff Julia nach dem Autoschlüssel am Tisch. Ich möchte heute noch mit dir schlafen. Willst du?“
„Wann bist du beim Gynäkologen?“ fragte Roman automatisiert aus seinen Gedanken gerissen. „In drei Tagen, am siebten August. Vater hat mir den Termin vereinbart. Ich hab im Hotel eine Überraschung für dich!“.
Roman schlief die ganze Anreise nach Lissabon. Das Hin und Her auf der kurvenreichen Straße schaukelte sich mit Erinnerungen auf der Motoryacht in seine Träume.
„Geiler Federico!“ „Wie bitte?“ hinterfragte Julia, nachdem sie ihn endlich wachrütteln hatte können. „Ach, ich muss bloß fantasiert haben“, schlug Roman verschlafen die Augen auf.“Sind wir schon da?“

Angelica hatte Einladungsbillets zu Arthurs Spitalsbesuch mitgebracht. Sie hatten mehr den Effekt von Tischkarten, auf Grund der Spontanität des Hochzeitstermins. Ihre Eltern informierte Angelica per Telefon und sie stimmten freudig zu, zu kommen. „Du weißt, wir haben keinen Flughafen, wir kommen mit dem Zug. Kannst du uns vom Bahnhof abholen?“
„Mach ich Mutter, lass Dad schön grüßen!“ Legte Angelica den Hörer auf. „Alles unter Kontrolle“, setzte sich Angelica an Arthurs Seite. „Soll ich zusperren?“
„Wenn ich deiner Vergewaltigung zustimme, willst du dass wir dabei überrascht werden?“ Angelica drehte den Schlüssel zwei Mal im Schloss nach rechts.
„Zu“, zog sie ihr Kleid aus. „Du trägst ja keine Unterwäsche!“
„Die geht mir auch langsam aus“, griff sie in die Nachttischlade und holte drei Garnituren daraus hervor. „Die nehm ich heute mit nach Hause“, setzte sie sich auf Arthur und streichelte ihn in ihrer Vagina. Arthur zog sie an seinen Oberkörper und drückte ihren Busen an sich.
„Kannst du so?“ legte Arthur seine Hände um ihre Gesäßbacken und spannte sie. Angelica gab keine Antwort sondern drängte sich an seinen Unterleib bis sie ebenfalls zusammenzuckte.
„Ja, du bist so stark in mich gekommen, dass du mich damit mitgenommen hast. Ich werde dieses Spital niemals vergessen!“
„Schön wäre jetzt noch an deiner Seite einschlafen zu können! Soll ich das Fenster über Nacht offen lassen? Es ist lau draußen! Ich beneide dich, du kannst in dem Bett liegen in dem wir uns geliebt haben!“
Arthur hielt Angelica noch an der Hand zurück. „Ich liebe dich und ich freue mich auf den Moment, wo ich dir konventionell beischlafen kann. Wie in Märchen Prinzen den Prinzessinnen. Klassisch!“ Angelica stopfte ihre Unterwäsche weg und wusch noch das mitgebrachte Essgeschirr grob sauber, bevor sie es in ihrer Umhängetasche verstaute.
„Tust du mir noch einen Gefallen?“ „Jeden“, antwortete Angelica, „außer den, meine Wäsche wieder da zu lassen!“ wendete sie sich ihm zu. „Nimmst du mir die Kappe ab, ich

möchte sehen ob sich schon Haarflaum auf meiner Wunde gebildet hat."
„Aber Doktor Einsteen hat gesagt..." „Bitte, nur ganz kurz!" Angelica öffnete das Kinnband und zog vorsichtig die Kappe hoch. Arthur kreiste mit dem Spiegel über seinem Kopf „Wenn das so weiterwächst, muss ich vor unserer Hochzeit noch zum Frisör! Kaufst du mir eine bunte Wollmütze mit Schottenmuster?" Arthur kramte in seiner Kästchenlade herum."Da ist mein Schlüssel zur Wohnung. Im Vorzimmer sind Wandschränke. Such mir einen passenden Hochzeitskilt und passe die Mütze bitte an. Arthur zog noch den zusammengelegten Schal hervor. „Der ist von Julia, ein Geschenk zwischen Himmel und Erde. Ich möchte ihn bei meiner Hochzeit mit dir tragen!"
„Ich schließ dich jetzt weg, wie einen Jeannie", setzte sie Arthur die Haube wieder auf.
„Gedulde dich. Es sind nur mehr drei Tage bis zu deiner Entlassung. Hab eine gute Nacht!" küsste ihn Angelica in den Schlaf.

Angelica kramte aus ihrer Umhängetasche eine Flasche Remy Martin XO hervor und stellte sie Dr. Einsteen auf den Schreibtisch.
„Sie haben Medizin mitgebracht?" Etwas verlegen antwortete Angelica, „Und ihre bringe ich zurück", schob sie den Zimmerschlüssel über den Schreibtisch. „Wollen Sie zu unserer Hochzeit kommen. Es wäre uns eine große Ehre!"
„Wie ich Professor Doktor Roberts einschätze, in schottischem Stil. Richtig?"
„Ja, in der Saint Margaret Kapelle im Castle. Am achten August um sechzehn Uhr. Anschließend haben wir im Caledonian, im Restaurant Pompadour, einen Tisch reservieren lassen. Unser erstes Date hätte im Hawles Inn stattfinden sollen. Diesen Nachschlag will sich Arthur für uns beide alleine aufheben, nachdem unser erstes Date so brutal unterbrochen worden war. Kommen Sie bitte. Sie haben so viel für uns getan!"
„Ich nehme an. Ich komme gerne!

Hoffentlich regnet es, das macht das Ganze stilechter“, lachte Einsteen. „Trinken Sie einen Remy mit mir?“ „Gerne!“ schob Angelica die Flasche über den Tisch und Einsteen holte zwei Gläser.

„Du hast von einer Überraschung gesprochen“, fragte Roman, als Julia die Tür zum Salon aufmachte.
„Ich hab mir stark schmerzstillende Pillen in der Apotheke und Babyöl besorgt. Wir können heute konventionellen Sex haben, wenn du willst. Ich hab Sharona auf einen Einkaufsbummel geschickt. Vor sieben Uhr hat sie ein Verbot, zurückzukommen. Ich will, dass du in meiner Vagina kommst. Ich bin ein bisschen aufgekratzt und ferngesteuert durch das Medikament. Auch wenn es wie blinde Liebe für dich scheinen mag. Ich sehe dabei! Mach mir den Hahn!“ kitzelte sie Roman
„Hör schon auf damit!“ lachte er sich krumm.
Zehn Minuten später hatte er Candida zurückgelassen. „Schön zu wissen, zu Hause zu sein. Ich hoffe, der Arzt kann dein Problem beheben.“, brachte Roman noch stoßweise aus sich heraus.

Es war ein Viertel nach sieben, als Sharona die Suite betrat. Sie trug einige Einkaufspäckchen mit sich. „Psst, Roman schläft. Patty hat sich heute nach Mitternacht in der Nähe von Porto die Klippen hinuntergestürzt… Sie ist tot!“
„Roman war bei ihr?“ fragte Sharona. „Nicht zu diesem Zeitpunkt!“
„Ich mochte Patty so sehr…!“
Sharona ließ die Päckchen auf das Sofa fallen und schlug die Hände vor ihr Gesicht. „Welches Arschloch steckt dahinter? Roman?!“
„Sie selbst“, sagte Julia vorsichtig.
„Sie hieß Candida Sanchez, als Patty wurde sie nur in der der Kartei der Modellagentur geführt.“
Julia hatte Sharona noch nie zuvor so weinen gesehen.

„Wir müssen bald los. Der Flieger geht um zweiundzwanziguhrdreißig. Komm packen wir! Roman fliegt in drei Tagen direkt von Lissabon Edinburgh an.“
„Hast du was Alkoholisches?“ Scharona wischte sich die Tränen aus den Augenwinkeln.
„Whisky oder Champagner?“ „Was trinkst du?“ „Macallan“, antwortete Julia. „Dann trinke ich den auch!“

Für ein paar Minuten entstand absolute Stille, während beide die Gläser an die Lippen führten.
„Auf dich, Candida“, sagte Julia leise, „wo immer du jetzt sein magst!“ „Auf dich Patty“, trank auch Sharona ihr Glas leer.

14. Tag

Big Ben schlug sieben Mal die Stunde an. Durch die Fenster des London Marriott County Hotels hatten sie das Ziffernblatt zum Greifen nahe vor Augen. Nur die Themse war zwischen ihnen.

„Wird ein klarer Tag“, war Julia aufgestanden und ans Fenster getreten. „Der Klang ist zum Einschlafen schön“, gähnte Sharona. „Macht‘s dir was aus, alleine frühstücken zu gehen?“

„Ist schon in Ordnung“, frottierte sich Julia die Haare trocken und gab Sharona einen Morgenkuss auf die Stirn. „Ich hab dir den Stadtplan im Salon auf den Tisch gelegt. Wir treffen uns zwischen fünfzehn Uhr dreißig und sechzehn Uhr in der Lounge!“

Vom fünften Stock führte ein Korridor in die angeschlossenen eingemieteten Büros von Christian’s Model Agency. Julia hatte sich in Business-Kleidung geworfen, eine Bundfaltenhose und ein Sakko von Armani. Die passende Seidenbluse mit diskretem Ansatz von Rüschen, war von Chanel.

„Schön, Sie wieder einmal zu sehen, Miss Roberts!“ begrüßte sie die Direktrice. „Kommen Sie weiter, wir haben Champagner und Brötchen vorbereitet. Der >Big Boss< ist persönlich aus New York eingeflogen. Ich denke, wegen Ihres Auftrages von Vogue. Der Bann ist durch Sie gebrochen worden, Christian‘s war bei Vogue seit Jahren immer wieder vorstellig geworden. Ohne Erfolg! Ihre Modellauswahl war der Durchbruch… Kommen Sie, ich stelle Sie vor!“

Ein bisschen schwindlig war Julia schon, als sich alle Gesichter in dem Raum ihr zuwandten.

„Richard Christian“, streckte sich ihr eine starke Hand entgegen.

„Ich bin der Zampano und ihr Chef-Chef aus New York!“ lachte er Julia an. „Gratuliere zu Ihrer Leistung. Sie haben ein Auge für neue Gesichter. Wir haben schon einen Vorabdruck der Septemberausgabe von Vogue bekommen. Ihre Patty kam besonders gut an, auch Sharona!“

„Patty ist tot, sie hat sich gestern das Leben genommen“, stiegen Julia die Tränen in die Augen.
Nach einer Schweigeminute sagte Christian und hob sein Champagnerglas Julia entgegen. „Auf ihr ewiges Leben, das Sie festgehalten haben. Haben Sie sich diesbezüglich Vorwürfe zu machen?“ Julia senkte den Kopf und wich seinem Blick aus. Dann setzte sie das Glas an die Lippen und trank den Champagner in einem Zug aus.
„In New York gebrauchen wir dafür die Redewendung: Things Happen and Life Goes On. Sie sind unser bester Modelscout.“ Er nahm ein Stofftaschentuch aus seinem Jackett und tupfte damit Julia die Tränen aus den Augenwinkeln.

„Ich muss jetzt ans Rednerpult und danach sind Sie dran. Kopf hoch!“
Wie hatte doch Dad ähnlich gesagt: Erhobenen Hauptes nimmt das wahrzunehmende Spektrum zu. Die Perspektive sollte nicht aus der Beobachtung der Schritte auf das Ziel sein, sondern das Ziel selbst! Meinte er auch ohne Rücksicht und Konsequenzen? Julia nahm sich vor ihn danach zu fragen, wenn sie in Edinburgh ist.

„…und darf Ihnen Miss Julia Roberts vorstellen, die durch ihre Auswahl der Modelle die Septemberausgabe von Vogue für Christian‘s an Land ziehen konnte.
Miss Julia Roberts, bitte!“

„Sie kriegen eine Reportage im Firmenjahrbuch, also los!“ flüsterte Christian bei der Pultübergabe Julia ins Ohr und gab gleichzeitig den Fotografen das Zeichen zum Blitzlichtgewitter.

Nach Vorstellung ihrer Person und dem Stellenwert ihrer Zugehörigkeit zur Agentur, legte Julia eine Pause ein und klappte ihre Themenmappe zu.
„Ich bin ein emotionaler Typ“, fing sie frei zu sprechen an und sah den Leuten vor ihr bewusst ins Gesicht. „Danach habe ich die Models ausgesucht. Für mich musste mehr als nur kosmetische

Scharlatanerie rüberkommen. Ich habe mich immer nach Ästhetik, einstellungsmäßig, wie ausdrucksmäßig, an den Models orientiert.
Viele der Fotos habe ich selbst gemacht. Ich bin stolz darauf, dass eine Vielzahl davon von Auftraggebern angenommen worden sind.
Von den drei, für Vogue posierenden Models, deren Erfolg wir ja heute feiern wollen, Lisa, Sharona und Patty, fühlte ich mich verantwortlich, wie für alle Mädchen die jemals unter meiner Aufsicht posiert hatten…
Patty ist tot!"
Julia nahm die verneinende Handbewegung Christians und seinen Finger, andeutungsweise die Lippen verschließend, wahr.
Sie ließ sich aber nicht beirren und setzte bereitwillig Zeichen, Fragen der Reporter zu beantworten.
„Daily Sunday, Harrow, Mein Name. Hatte der Suizid von Patty mit ihrer Arbeit zu tun gehabt?"
„Ihr wirklicher Name ist Candida Sanchez. Im weitesten Sinne, ja. Besonders für junge Mädchen, denen sich das Tor zur großen Welt öffnet, lief sie mit ausgebreiteten Armen in eine imaginäre Liebe. Sie hat sich der Zurückweisung davor auf ihre Art entzogen. Das mindeste, was wir ihr an Ehrerbietung geben können, ist ihre Entscheidung zu respektieren. Geben wir ihr alle eine Minute des Schweigens und unserer Trauer."
Julia senkte den Kopf und faltete unbewusst ihre Hände hinter dem Rednerpult.
Die Direktrice schaute ratlos auf Christian und er ratlos im Kopfsenken zurück.

Eine Minute! Sechzigmal in der Sekunde die Tränen unterdrücken! Ein Leben lang dem Schweigen nachlauschen!

Nachdem Sharona geduscht hatte, nahm sie sich den Stadtplan von London und den Reiseführer am Couchtisch vor. Frühstück von sieben bis zehn Uhr, lag die Information darunter. Schon zehn vorbei! Sie bestellte ein kontinentales Frühstück aufs Zimmer und schlüpfte in eine Jeans und einen Sweater. Während sie ihre Buttersemmel mit Marmelade aß und zum zweiten Mal Kaffe in ihre Schale goss, blätterte sie die ausgedruckten Internetseiten einschlägiger Clubs in London durch und suchte sie mit dem Zeigefinger auf dem Stadtplan. Die meisten Schweinereien waren im Stadtteil Soho zu erwarten. Sie faltete den Plan gesäßtaschengerecht zusammen und steckte ihn ein. Sharona verließ in ihrer grauen Jeans und dem blass rot verwaschen Sweater auf dem Hold Tight eingestickt war, und der einladend ihre Brüste unterstrich, das Hotel auf die Themsepromenade.
Die nächste Underground Station war hinter dem Hotel, die Waterloo Station, gleich neben dem Park, der an das alte Rathaus, die County Hall, anschloss. Sie überlegte ein Touristenticket für drei Tage zu kaufen, beließ es dann aber doch beim Einzelticket. Westminster Abbey, ihr erstes Ziel, übertraf all ihre Vorstellungen einer Kathedrale. Sie vermittelte den Eindruck eines überdachten Friedhofes, wenn auch unter der Prämisse eines Eintrittsgeldes. Sharona stopfte ihre Geldbörse in die enge Jeans zurück und zündete eine Kerze für Patty unter Tränen an. „Lebewohl, wo immer du sein magst. Candida Sanchez!"
Nach diesem klerikalen Abschied ging Sharona zu Fuß zum Piccadilly Circus. Sie trat an einen Tisch auf dem Platz vor einem Cafés wo noch zwei Sessel frei standen.
„Darf ich? Alle Tische sonst sind besetzt!" „Bitte, You'r Welcome! Sind sie zum ersten Mal in London? Wir, drückte er die Frau neben sich, machen unsere Hochzeitsreise. Wir sind aus dem Süden, aus Brighton und haben uns für eine Hochzeit in London entschieden. Ist schon beeindruckend die Stadt, oder?"
„Ist sie! Ich bin zum ersten Mal hier. Ich komme aus Portugal. Mein Vater ist Schotte, meine Mutter aus Portugal. Ich mache Zwischenstation am Weg nach Edinburgh zum Besuch des Bruders meines Vaters. Auch er heiratet in fünf Tagen."

„Sie sprechen ein sehr gutes Englisch für eine Portugiesin! Wieso das?“ „Ich bin Fotomodel und da ist das die Umgangssprache! Einen doppelten achtzehnjährigen Macallan, bitte“, bestellte Sharona auf die Frage der Kellnerin und legte die Karte wieder auf den Tisch zurück.
„Ich bin James und das ist meine zukünftige Frau Jeanne aus Paris. Deswegen auch ihr Wunsch, in einer Großstadt zu heiraten.“ Jeanne lächelte Sharona an und reichte die Hand über den Tisch. Sie trug trotz der Jahreszeit ellbogenlange Lackleder-Handschuhe „Mein Englisch ist noch fürchterlich, reicht gerade fürs Bett, sagt James immer! Sie kicherte und schlug die Beine übereinander ohne Sharonas Hand loszulassen. Sharona musterte das Lederoutfit und befreite sich aus dem Handgriff von Jeanne. “Sie meinen mit Reitgerte, Lederstiefel und so? Aus Ihrem Mitteilungsvermögen kommen mir kolonialistische Plagiate aus der Zeit der Sklaverei, die ich aus Schulbüchern kenne, in den Sinn! Die Waffen-SS hat in Deutschland ähnlicher Perversität gefrönt. Lecken Sie mich am Arsch! Und zwar bis Ihnen der Kopf platzten möge!“
Sharona quälte fünf Pfund aus ihrer Jeans und legte sie auf den Tisch. „Sie hätten gleich sagen können, dass sie den Tisch für sich alleine haben wollen! Ein schönes Derby wünsche ich Ihnen noch“, rutschte sie ihren Sessel zurück, stand auf und ging wütend über den Platz.
Wenn sie sich nach links hielt, sah sie auf ihren Stadtplan, müsste sie in zirka dreihundert Metern den Hyde Park erreicht haben. Sie hatte den Wunsch, sich auf die Wiese zu legen und ein wenig von der seltenen Sonne in diesem Land in sich aufzunehmen… Wärme in ihr kaltes Blut bringen und Boden unter sich spüren.

Romans Schlaf wurde immer wieder von Candida unterbrochen. Schweißnass quälte er sich gegen zwölf Uhr mittags aus dem Bett. Er ging zum Eiskasten, um sich ein Bier aufzumachen. Die Flasche trug ein Slip-Dessous als Krawatte. Daneben lag eine Karte.
Guten Morgen, Roman. Ich liebe dich! Das war das letzte Höschen, das Candida bei der Modenschau getragen hat. Ich konnte es nicht wegwerfen. Das soll deine Entscheidung sein!
Roman nahm das Stück Seide und heulte hinein.
Was ihm im ersten Augenblick als Farce und unverständlich erschienen war, machte, je länger er sich mit seinen Gefühlen beschäftigte, Sinn.
Julia erhoffte seinen Abschied von Candida und wollte ihn dabei nicht einschränken!
„Bringen Sie mir eine Flasche achtzehnjährigen Maccalan in die Suite von Senora Roberts...Und einen Esslöffel“ legte er den Telefonhörer danach auf.
Als er die Tür öffnete und die Bestellung entgegen nahm, fragte er: „Wie oft gießen sie die Palmen auf der Terrasse?“ „Täglich, Senor“, war die erstaunte Antwort. „Hier noch der bestellte Esslöffel, Senor, Sir!“
Mit dem Löffel lockerte Roman die Erde in einem der großen Töpfe mit den Kokospalmen und ging nochmals ans Telefon.
„Haben Sie Dreiundsiebziger Vintage Portwein im Haus?“
„Einen Moment bitte…Ja haben wir!“ „ Würden Sie bitte eine Flasche auf Zimmer achthundertzehn bringen? Ich warte!“
Roman war nicht bewusst, dass er bei Entgegennahme des Portweins das Dessous-Höschen in Händen hielt.
Erst der Blick des errötenden Mädchens, das die Bestellung ausführte, machte ihn darauf aufmerksam. „Entschuldigung“, murmelte er und nahm den Portwein entgegen.
„Auf deine Geburt und dass es dich gegeben hat“, nahm Roman einen Schluck aus der Portweinflasche. Er legte ihr Höschen in die kleine, ausgelöffelte Grube unter der schönsten Palme und schob mit seinen Händen so zärtlich wie er konnte die Erde wieder darüber. Danach ließ er den Rest des Portweines in der Erde versiegen.

„Cascais oder irgendwo, wo immer du dich ausrasten möchtest. Ruhe in Frieden!“

Der frühe Nachmittag holte Sharona aus ihrem Schlaf im Grün des Hyde Parks.
Sie sah erschrocken auf die Uhr. Julia müsste schon im Hotel sein!
Sie stand auf und wischte über Rücken und Gesäß mit den Händen ihre Kleidung ab. Sie gähnte herzhaft und schlug den Weg zur Underground ein. Hyde Park Corner, dann bei der Station Green Park umsteigen nach Waterrloo Station. Vergegenwärtigte sie sich ihren Standort und Zielpunkt.
Auf ihrem Mobiltelefon waren zwei Anrufe in Abwesenheit. Es war in beiden Fällen Julia.
„Hallo Julia! Ich hab im Park verschlafen. Jetzt bin ich nicht mehr müde, aber jeder Knochen tut mir weh. Ich bin am Weg und in einer halben Stunde im Hotel, in Ordnung?"
Das letzte Stück ging sie die Belvedere Road und durch Jubilee Gardens, direkt an der Themse, zum Marriott County Hotel.
Bevor sie den Lift ins Zimmer nahm, warf sie einen Blick in die Empfangshalle, ob Julia da sei. Tatsächlich! Nach Seife und Parfum duftend saß sie in einem Ohrensessel und schaute sinnierend auf die Themse hinaus. „Hallo Julia, du bist ja schon umgezogen. Was ist das?" „Tüll von Prada. Ich spür rein gar nichts um meinen Körper. Der Abend wird lau, da dachte ich, das ist passend" Und Sharona fragend:
„Ziehst du dich nicht um, was hast du den Tag über gemacht?"
„Ich hab Abschied von Candida genommen und ihr Wünsche hinterher geschickt.
Geht sich noch ein Macallan aus, bevor ich mich frischmachen und umziehen gehe?" Julia gab dem Kellner ein Handzeichen.
„Wir sind ja nicht auf der Flucht!" Julia nahm Sharonas Ausdruck aus dem Internet zur Hand.

„Ich hab mir deine ausgewählten Swinger Clubs angesehen" bestellte Julia Sharonas Wunsch. „Wir fahren einfach mit der Underground bis Oxford Circus. Da können wir auf zwei Quadratkilometern einmal Sex-Touristen sein!
Fisch oder Fleisch?" Sharona schaute Julia ratlos an. „Was meinst du? Seeleute oder Cowboys?!"

„Nein, das Rules, Londons ältestes Restaurant.
Zum Zeitpunkt unserer Tagung sind dort immer drei Tische für Christian's Agancy reserviert. Und zwar nicht in einer Reihe sondern im Restaurant an den besten Plätzen verteilt. Dieses Jahr bin ich V.I.P und habe Zugang." „Oder?" Fragte Sharona.
„Fisch! J. Sheekeys's nicht unweit vom Rules."
„Dann genieß ich mit dir deinen Erfolg in Luxus pur im ältesten Restaurant der Stadt! Was soll ich anziehen?" „Nur nichts Pastelliges, soll ich mit rauf kommen?"
Während Sharona duschte und Zähne putzte, legte Julia eine rote Jacke und eine kurze Hose und dazu passende rote Lackschuhe aus der Schuhlade auf das Sofa.
Eine wunderbare Abendkleidung, empfand sie, für einen Spaziergang durch die Altstadt.
„Bin ich heute Rotkäppchen und du der große böse Wolf?" warf Sharona einen überlegenden Blick auf die Auswahl von Julia.
„Wozu hast du dieses Kostüm mitgenommen, als Ballast oder als Aufputz? Du musst wie achtzehn aussehen, sonst kommen wir in keinen Klub!"
„Muss ich mir jetzt auch noch Stirnfalten schminken?" Sharona schlüpfte in die nach unten weit geschnittene Rock-Hose und zog sie sich in den Schritt. Dann knöpfte sie ohne was drunter, das Sakko bis zu ihrem Busenansatz zu.
„Hübsch, sexy und alt genug!" klatschte Julia Applaus.
„Hunger! Fahren wir was essen". „Lass uns fahren!"

„Warst du schon einmal in so einem Klub?" fragte Sharona beim Essen. „Vor knapp zwei Jahren, in einem Privatklub mit Sauna. Das war bevor ich Schmerzen in der Vagina bekommen hatte. Irgendwann reichte mir die alte Selbstbefriedigung nicht mehr. Ich war auf der Suche nach neuen Auslösern dafür."
„Und?" beugte sich Sharona über den Tisch, nachdem der Kellner das Tafelgeschirr abgeräumt hatte. „War's schön, bist du zufrieden gewesen?"
„Damals war's für mich ein bisschen abstrakt. Ich hatte noch nie zuvor so viele Männer auf meinen Körper ausgerichtet gesehen. Ich hatte erstmals Sperma auf meinen Lippen und im Mund.

Ficken konnte mich ja immer nur einer. Und sie machten ein Roulette daraus. Ich hatte mehrere Orgasmen, aber am Ende war meine Seele leerer, als meine Vagina und mein Mund voll waren."
Sharonas Brustwarzen hoben sich unter ihrem Jackett ab.
„Mehrere Orgasmen? Ja? Sagst du!"
„Du musst unbedingt bei einer Penetration auf Verhütungsmittel bestehen, vergiss das nicht!" Sharona nickte in ihrer roten Kleidung mit angepassten Wangen. „Fremde Männer, die sich einfach rücksichtslose Befriedigung nehmen turnen mich an."
Julia bezahlte mit der Firmenkarte.
„Lass uns die Underground nach Oxford Circus nehmen"; stand sie auf.
Wenn London auch nicht die Temperaturen Lissabons erreichte, so war die Stadt doch noch in einen angenehmen Mantel der Tagestemperatur gehüllt.
„Die neuen Züge haben keine menschlichen Züge mehr!" stellte Sharona beim Einsteigen fest. Vormittags bin ich mit einer alten holprigen und holzausgestatten Underground gefahren. Das hatte was aus Miss Maple und der Paddington Station an sich. Fahren wir über Paddington?"
„Ist dreimal Umsteigen, aber um diese Tageszeit verkehren die Züge im Drei-Minuten-Takt. Von mir aus!"
In jeder Station, die sie durchfuhren, stiegen mehr Leute zu als aus. Sharona lachte und Julia setzte mit ein. „Warum lachst du?"
„Du steckst mich an damit!" Sharona gluckste dicht an Julia gedrängt noch nach „ Mein Busen wird zum Brett, wenn noch ein Einziger zusteigt!" Julia lachte wieder auf. „ich hab einen Steifen an meinem Schenkel, wie schaut er aus, umdrehen kann ich mich nicht!"
„Links oder rechts?" „Rechts! Links hab ich einen Ellenbogen an meinem Busen reiben."
Sharona warf einen Blick über Julias Schulter. „Sieht aus wie ein typischer Rush Hour-Fahrer. An die Sechzig und wahrscheinlich mit einem vergünstigten Pensionistenticket unterwegs. Tut mir leid für dich!"

„Das Leben ist hart!“ versuchte Julia sich Richtung Ausstieg zu bewegen. „Komm, die nächste Station ist Paddington.“ Der ältere Herr rückte zur nächsten Dame auf und auch der Ellenbogen suchte sich ein neues Ziel.
„Ist ja total Jahrhundertwende“, drehte sich Sharona im Kreis.
„Auf zwei Stockwerken unter der Erde. Wir müssen uns Richtung Baker Street halten“, zog Julia Sharona hinter sich, im Gegenverkehr der Menschenmasse.
Drei Stationen und zehn Minuten später atmeten sie wieder die Luft in ihren Schritten und durch die Atmungsorgane. „Puh, war ja schon halber Geschlechtsverkehr. Und das öffentlich!“ nahm Julia den Plan mit den Ausdrucken der Klubs unter einer Straßenbeleuchtung zur Hand.
„Wir müssen uns links halten, in die Riding House Street. Welch sinnlicher Name!“

„Gibt es eine Art von Gesellschaftsraum, um sich kennen zu lernen, in solchen Klubs?“ fragte Sharona, während sie die Seitenstraßen nach ihren Namen abgingen.
„Mortimer Street, las Julia, die nächste muss es sein. Auf elf!“
„Kann man vorher was trinken?“ wurde Sharona nervös. „Kann man sich einen Partner auswählen…Und wie reagieren Leute, die so einen Klub besuchen auf eine Abweisung? Ist der Besuch nicht verpflichtend?!“
„Jetzt halt mal die Luft an. Das ist ein hochseriöser Klub. Menschen aller Neigungen treffen sich hier zu einem entspannenden Abend. Du kannst saunieren oder es dir im Pool wegschwimmen. Du kannst es dir wegmassieren lassen von Profis, die kosten extra! Ansonsten ist das ein Privatclub mit >einverständlichem< Sex jeder Art.“
Julia läutete. „Schau jetzt aus wie achtzehn!“ befahl sie Sharona. Sharona hatte sich vor zwei Tagen die Rastasträhnen entfernen lassen und trug ihr blondes Haar hochgesteckt. Das ließ sie älter erscheinen.
„Ladies? Herzlich Willkommen“, öffnete sich die Tür in einen großen Salon vor ihnen.

„Darf ich Ihnen ein Glas Champagner anbieten und Sie an einen Tisch führen?“
Beim Setzen rutsche Julias Tüllkleid die Schenkel hoch und sie zog es zurecht und stellte die Beine unter dem Tisch schräg und zusammen.
„Ich hasse Gold und Rot!“
„Du trägst rot, hielt Julia Sharona ihr Jackett-Reverse unter die Nase. „Ich meine diese überladene Art von roten Samtbezügen und der Vorhänge an den Fenstern. Die Maler in den Goldrahmen müssen Überstunden für diesen Kitsch gemacht haben!“
„Willst du Sex, oder Kultur und Interieur?“
„Das wirkt alles so steif hier!“ „Ist es hoffentlich auch“, antwortete Julia und nahm einen Schluck vom Champagner.
Als Neuankömmlinge wurden sie von der Gesellschaft im Raum seziert. „Da sind sicher Aristokratie und Börsenheinis dabei. Auch Pärchen auf dem Kick-Trip!“ neigte sich Julia an Sharonas Ohr. „Lassen wir uns von einer Massage in Stimmung bringen. Die bieten hier Shiva an. Erotisierung bis zur Entspannung! Dann schwimmen wir eine Runde und saunieren.“ Sharona und Julia standen auf und gingen in den Wellness-Bereich. Unter aller im Raum befindlicher Blicke.
Angenehme meditative Musik und orientalische Düfte strömten in die erwartungsvolle Stimmung von Sharona und Julia.
„Wollt ihr von Männern oder von Frauen massiert werden?“
„Von einem Mann!“ antwortete Sharona spontan. „Und du?“ „Ich kann zurzeit nur rektal eine Befriedigung erreichen. Ein Mädchen, bitte! Macht ihr sowas?“ „Mit Handschuh zwanzig Pfund, ohne, fünfzig Pfund!“ las das Mädchen die Antwort aus der Preisliste vor.
„Ich brauch Menschlichkeit und keinen Operationssaal. Ich kaufe die handschuhlose Version.“
„Wollt ihr gemeinsam in einem Raum sein, oder getrennt?“
Während das Schreibwerkzeug vor dem Kästchen der Frage wartete, sahen sich Julia und Sharona an. „Willst du mit mir?“
Sharona nickte. „Gemeinsam bitte!“ Der Stift machte das letzte Kreuz auf dem Blatt Papier.

„Geht bitte weiter und macht es Euch bequem. Teebeutel liegen neben dem Samowar. Die Masseuse und der Masseur sind in ein paar Minuten bei euch!“

„Ich will Roman nicht betrügen, deshalb die Masseuse!“ erklärte sich Julia.
„Im Gesellschaftsraum, wenn du dir beischlafen lassen willst, schau ich dir zu und stimuliere mich dabei. Es ist mit Sicherheit nicht auszuschließen, Sperma von hochherrschaftlicher oder künstlerischer Prominenz bei unserer Befriedigung abzubekommen.“
Sie hatten sich nach dem Tee beide auf die Bodenmatte gelegt und warteten auf ihren Orgasmus.
Wenig später saugten sich Hände mit warmem Öl um ihre Körper und massierten Verspannungen zum Höhepunkt.
Sharona lag schon auf dem Rücken und genoss die Gesäßbacken des Inders auf ihrer Bauchdecke und seine Finger an ihrer Klitoris. Intuitiv griff sie nach seinem Schwanz.
Ihr Herz klopfte wie verrückt. „Ich bin jederzeit bereit!“ teilte sie sich Julia mit.
„Mach!“ drehte sich Julia ebenfalls auf den Rücken und spreizte die Beine vor ihrer Masseuse. „Soll ich dir schon den Finger reinstecken? Welchen?“ „Abwechselnd, einen nach dem anderen.“
Julia drückte ihr Becken impulsiv jedem Fingerende entgegen. „Nimm noch Öl!“ Mit der analen Stimulation stürzte das Kartenhaus unter Julias heißem Atem ein. „Schön!“ seufzte sie durch „Einmal noch. Ich wichs mich dabei selbst hoch.“ Das zierliche Thaimädchen passte sich dem Rhythmus Julias an. Es dachte an Schnurspringen und konzentrierte sich, keinen Fehler zu machen, damit Julia nicht stolpere.
Als Sharona los ließ und sich wieder auf den Bauch drehte, als Masseuse und Masseur das Zimmer verlassen hatten, kuschelte sich Sharona an Julias Körper. „Gehen wir duschen und dann in die Sauna? Danach möchte ich Fleisch in mir spüren. Da sind sicher auch genug Arschficker unter den Gästen für dich…!

Ich wollte dich damit nicht beleidigen", drückte Sharona Julia, die sich etwas verspannt hatte.
„Ist schon gut. Ich mach's mir heute lieber selbst. Ich bin draufgekommen, dass ich mich dabei gerne präsentiere."
„Ist es der Kitzel, Dornröschen beim Erwachen zu spielen?"
„Die Frage hat mir noch nie jemand gestellt. Ich finde mich schön und aufreizend und ich finde es befriedigend, mich zu präsentieren, ohne erreichbar zu sein, wenn du das meinst."
„Exhibitionismus?" fragte Sharona. „Was weißt du schon davon!" knallte Julia die von Sharona spaltbreit geöffnete Tür wieder zu und ließ sie davor stehen.

„Sie müssen das Zimmer jetzt frei machen", kam das Mädchen von der Anmeldung in den Massageraum.
Sharona und Julia zogen die Bademäntel über und gingen in den Wellness-Bereich.

„Willst du Sex mit mir haben?" legte ein schlanker, großgewachsener Mann seine Hand um den schwitzenden Körper Sharonas in der Sauna.
„Wie alt bist du?" „Alt genug, um Befriedigung geben zu können und zu empfangen!" „Bist du Wichser oder übernimmst du die Verantwortung für deinen Vorstoß zu mir?" fragte Sharona offensiv.
„Ich bin alleine und das erste Mal hier. Wir haben Tagung bei Christian's, der Klub war die Empfehlung eines Taxifahrers! Wenn ich dich richtig interpretiere, willst du Spaß, wie auch ich, haben. Ich hab noch kein Mädchen alleine auf der Strecke gelassen! Beruhigt?"
Sharona lehnte sich zurück und gab den Blick auf Julia frei. Meine Freundin will dabei sein und sich selbst befriedigen, ist das O.K. für dich?"
„Miss Julia Roberts!?" entfiel ihm der Rest seines Satzes… „In Anbetracht der Situation können wir uns ruhig duzen", versuchte Julia ihrer beider Gesicht zu wahren.

„Wie ist dein Vorname?“ fragte Julia. „Tommaso, ich leite die Agentur in Rom. Sie,…Du bist ja der Stern der Stunde heute gewesen.“
„Die Sternstunde hat eben begonnen, lasst uns im Pool abkühlen und danach heiß werden“, stand Julia auf und suchte einen Weg zwischen den Körpern aus der obersten Reihe der Saunabänke in den Duschraum.

„Ich miete einen Raum nur für uns drei. Morgen machen wir uns offiziell bekannt, ist Sharona deine Freundin?“
„Meine Cousine und Model in unserer Agentur in Lissabon. Geh umsichtig mit ihr um, sie hat ihre Jungfernschaft erst vor ein paar Tagen selbst beendet.“ „Was meinst du mit selbst?“
„Sie war es leid, hinter ihren Schulkolleginnen anstehen zu müssen und deflorierte sich mit einer Flasche Wein.“
„Wie alt ist Sharona? Ich bin fünfunddreißig, ist sie vor dem Gesetz minderjährig?“
„Komm, das ist ein Privatklub. Gönne ihr den Spaß. Der Türsteher hat sie rein gelassen. Belasse es dabei!“
„Und du willst wirklich dabei nur zusehen? Ich kann zweimal, wenn du Lust bekommst!“
„Wenn du mich jetzt als Tante einschätzt, liegst du falsch. Ich bin bei eurem Sex nicht der Aufpasser! Ich möchte anal stimuliert werden. Dazu brauch ich mehr als deine zwei Hände, auf denen du dich über Sharona abstützt! Und morgen siezen wir uns…unter tags!“
„Hab verstanden“, nahm er Julia um die Taille. „Ich komme gleich nach, muss nur noch pinkeln“, wendete sich Sharona den Toilettenräumen zu…

„Tommaso, dein Englisch ist fürchterlich“, sagte Sharona, als er versuchte, eine Konversation für das Vorspiel aufzubauen. Willst du es nicht französisch probieren?“ drängte Sharona seinen Kopf zwischen ihre Schenkel und machte sich weit. „Jetzt verstehe ich dich schon besser“, schmuste sie sich an seine Lippen und seiner Zunge an.

Julia sah sich um. „Gibt es nicht sowas wie einen allgemeinen Raum, wo jeder mit jedem nach Bedarf seinen Wünschen nachkommen kann?“
„Gibt es! Aber da sind mehr Spanner als Akteure. Ich kann dir einen Finger in den Anus stecken, während ich Sharona penetriere. Willst du?“
Julia antwortete nicht, sondern kniete sich mit durchgedrücktem Rücken über Sharona und hielt Tommaso ihr Hinterteil hin. „Kann auch der Schwanz sein! Ist schon egal! Zieh den Gummi ab und fick mich. Sharonas Vagina ist tabu, sie nimmt erst seit einer Woche die Pille“, spürte sie seinen Druck im Rectum, der nicht aufzuhören schien. „Ich hab extra den Gummi für Sharona übergezogen, soll sie jetzt leer ausgehen?“ „Haben die keine Hilfsmittel hier“, öffnete Julia die Kästchenladen neben dem Bett, während sie den Avancen Tommasos, in sie zu dringen, Gegendruck gab.
„Du kannst doch zweimal?!
Ich bin die Tante! Schon vergessen? Und Sieger des heutigen Tages!“
Julia nahm den heißen Samen in ihrem Rectum angenehm auf und entspannte sich. Sie löste sich aus dem Zungenkuss Sharonas.
„Schau, ob in einer deiner Laden vielleicht ein Dildo liegt!“ Statt der Bibel lag da ein in Folie eingeschweißter Vibrator in der Lade. „Gib her“, sagte Julia und riss die Verpackung auf. „Der hat fleischliche Merkmale, den menschlichen Aspekt bringe ich ein, drückte Julia den Gummischwanz in Sharonas Vagina. Du kannst Tommaso dabei in den Mund nehmen.“
„Ich will Pulsation und nicht Vibration haben“, maulte Sharona undeutlich. „In mich ein Plastikding reinstopfen kann ich alleine auch, da brauch ich nicht einmal einen Schwanz dabei zu lutschen! Das ist doch ein Swinger Klub und keine Selbsthilfegruppe hier! Oder?“
„Aber wenn du erst seit einer Woche verhütest?“ schaute Tommaso Julia ratlos an. „Dann nimm mich und spritz, wenn du soweit bist, auf meinen Bauch. Aber mach zu! Ich will meine Festplatte gelöscht wissen.

Wenn ich schwanger werde, so in einem der besten Klubs der Stadt!“ sagte Sharona trotzig.
„Beruhige dich doch, Sharona“, streichelte Julia über ihre Bauchdecke zum Busen hinauf. Anal?“ sah Julia abwechselnd Sharona und Tommaso an. Er nickte, sie verneinte.
„Mein Freund ist zeugungsunfähig. Ärztlich bestätigt! Feinde von mir sagen, er sieht besser aus als ich“, zuckte Tommaso mit den Schultern. „Ich geh ihn holen. Er zog seinen Bademantel über und verließ den Raum.
Sharona drehte sich auf den Bauch. „Egal, wie er aussieht, ich möchte mit ihm alleine sein!“ „Ist in Ordnung, Tommaso und ich gehen was Trinken und wir treffen uns dann an der Bar!
Hab Spaß, meine Lieblingscousine“, klopfte Julia Sharona auf den Po. Bis später!“

„Das ist jetzt der komplette forensische Bericht, die Fälle Arthur Roberts und Miss MacKenzie-Wyngard betreffend“, legte Sylvia Perkins nach dem Eintreten die Unterlagen auf MacGillians Schreibtisch. „Die Querverbindungen herzustellen sind Ihre… Deine Aufgabe.“
„Nimm doch Platz, Sylvia“, ging er um den Schreibtisch und schob ihr den Sessel zum Platznehmen zurecht.
MacGillian setzte sich danach wieder und öffnete die klemmende Schreibtischlade mit seiner Pfeife, dem Whisky und der halben Porzellanschale.
Er hob das Bruchstück Sylvia entgegen. „Ich würde gerne wieder ein Ganzes dafür haben. Die andere Hälfte ist seit zwanzig Jahren in Chicago. Ich will mit dir gemeinsam eine neue Tasse kaufen gehen. Komm heute Abend zu mir und hilf mir beim Ausräumen nicht mehr verwendeter Erinnerungen… Bitte!“
„Aber nicht als Putzfrau!“ deponierte sie bewusst störrisch. Sie mochte Francis schon immer. Und seine Macken gemeinsam aufzuarbeiten, schloss sie in sein neues Leben momentan mehr ein als die Vorstellung, Sex mit ihm zu haben.
„Ich war in Gedanken“, zwängte er die Schreibtischlade in ihre Verklemmung zurück. „Was hast du gesagt?“schob er seinen Sessel zurück und trat hinter Sylvia und umarmte sie zärtlich. Am Ansatz ihres Busens hielt er inne. Ihm wurde bewusst, dass da so viel mehr zwischen ihnen erwachte als bloß sexuelles Bedürfnis der Berührung.

„Wir könnten gemeinsam essen gehen und dann die Nacht miteinander verbringen. Ohne Operationslampen und Nirosta-Seziertischen“, umschmeichelte er mit seinen Fantasien ihren Körper, der sich angenehm an ihn lehnte.
„Ich wohne am Grassmarket. Altbau, aber sehr gepflegt mit Blick auf den Markt. Aufgeräumt ist auch, ich schlaf da nur.
Mittags esse ich in der Kantine und abends, wenn ich noch Hunger habe, gehe ich mit MacPherson an einen Hot Dog Stand. Das erspart mit Brösel am Tisch zu Hause!“ Grinste er breit…

„Ich hab da ein paar Adressen von Restaurants, die zu schade dafür sind, alleine besucht zu werden. Hast du Lust auf einen Stadtbummel?“
Sylvia griff beherzt nach der halben Porzellanschale auf dem Schreibtisch und warf sie mit ganzer Kraft auf den Boden.
„Komm, die Geschäfte haben noch eine gute Stunde offen!“
MacGillian packte die Unterlagen, die Sylvia ihm auf den Schreibtisch gelegt hatte, weg.
Die Pfeife und den Tabak steckte er in die Jacke, die er sich beim Verlassen des Büros überzog. Dabei ließ er die Scherben am Boden unter seinen Füßen gänzlich zerbröseln.

„Sharona?“, öffnete ein mittvierzig, trainierter Körper mit fragendem Blick die Tür in den Raum. Sharona zog intuitiv den Bademantel über sich. „Und Sie…du?“ „Um dich zu beruhigen, ich bin nicht von der Sitte und beim Türsteher bist du ja auch durchgekommen. Du bist da! Der Spaß wird vom Klub propagiert. Ich bin der Letzte, der dir Holz zwischen die Beine wirft. Alles andere dafür hab ich dabei!“, lächelte er. „Ich heiße Francesco.“

Sharona registrierte die angenehme Stimme und vor allem sein Aussehen. Unter den warmen braunen Augenblicken atmete seine leicht behaarte Brust ruhig. Sie registrierte wohltuend von seinem Bauch abwärts seine Muskulatur und die bemerkenswerten Geschlechtsmerkmale.

„Ich hab als Kind Hepatitis gehabt, seit dem bin ich zeugungsunfähig!“ setze er sich neben Sharona aufs Bett. „Francesco de Assisi.“ streckte er die Hand aus. „ Du siehst, ich will keine Anonymität. Wie ist es mit dir?“ „Sharona, Sharona Roberts!“ überwand sie sich.

„Du bist noch keine achtzehn, stimmt’s?“ Sharona deckte ihre Brüste ab. „Die werden nicht mehr größer!“

„Das meinte ich damit nicht“ rollte Francesco die Decke von ihrem Körper abwärts auf. „Seit wann bist du nicht mehr Jungfrau?“ „Seit zirka einer Woche“, gab sie kleinlaut Antwort auf seine Frage. „Aber ich hab’s selbst getan, mit einer Flasche Wein!“

„Und seither?“

„Wir waren nach einem Fotoshooting zu fünft in einem Bett. Vier Frauen und ein Mann. Der Freund von Julia! Ich konnte mir und ihm keinen Orgasmus verschaffen. Obwohl er mich den seinen glauben zu machen versucht hatte. Wir hatten scheinbar beide dieselbe Hemmschwelle zum gleichen Zeitpunkt erreicht.“

„Wenn wir die Seele beiseitelassen, so bestehen wir doch alle aus den gleichen Zutaten: Aus Fleisch und Blut!“

Francesco zog Sharona aus dem zerknüllten Bettlaken an seine Brust und streichelte ihren Rücken. „Lass einfach meiner Zuneigung zu dir einen Spielraum. Bewege dich, als würdest du

dazugehören:“ „Sind das die Regeln?“ fragte Sharona. „So einfach ist das?“
„So einfach kann das sein!“
„Sharona öffnete ihre Schenkel und ließ zu, sich seinen Geschmacksempfindungen auf seiner Zunge auszubreiten.
„Honigtopf, bist du bereit?“ hob sich Francesco über sie und drang in ihre Wünsche. „Denk dran, wir arbeiten an derselben Sache!“

„Großen Hunger hab ich keinen“, sagte Sylvia, als sie aus dem dritten Geschirrgeschäft wieder auf die Straße traten.
„Jetzt müssen wir das nur noch zum Frühstück einweihen!“ schwenkte Francis das Päckchen mit der rechten Hand. „Gehen wir ins Black Bull, das ist schräg gegenüber von meiner Wohnung, am Grassmarket. Da gibt es Imbisse und Whisky…Und Whisky. Ein Whiskytempel halt. Der beste der Stadt mit Live-Musik. Da können wir uns einüben, uns anzuschreien.“
„Warum nicht, darf ich mich bei dir noch vorher frisch machen?“
„Zweiter Stock links, hielt Francis Sylvia die Haustür auf und ging hinter ihr das Treppenhaus hoch. „Kein Lift!“ stellte sie atemlos oben angekommen fest. „Da war auch noch ein Mezzanin dazwischen. Ich bin nicht ans Training von Polizeibeamten gewöhnt!“ „Aber deine Beine sind unter dieser Bearbeitungstechnik wunderschön anzusehen“, nahm Francis sie in den Arm und sperrte die Wohnungstür mit der anderen Hand auf.
„Bis wir alt sind, gibt’s auch einen Aufzug. Sie bauen ihn im Hinterhof. Ist in zwei bis drei Monaten fertig!“
„Du gehst davon aus, in dieser Zeit zu altern? Was hab ich mir da angetan! Die junge Frau und der Greis! Die Leute werden reden über uns.“
„Komm schon!“ schubste er Sylvia in den Korridor und machte das Licht an. „Rechts das Badezimmer, daneben die Toilette. Gegenüber das Gästezimmer, falls du schnarchst“. Er öffnete am Ende des Korridors eine zweiflügelige Tür: „Mein Wohnzimmer und dahinter das Schlafzimmer für Privilegierte!“
„Ich hab auch Verbindungen zum örtlichen County Gefängnis,“ konterte Sylvia, „da ist alles inklusiv.“

Sie war während ihrer beider Wortgeplänkel in den Salon gegangen. Es gab keine Vorhänge und durch die sauberen Fensterscheiben konnte man das bunte Treiben unten am Grassmarket beobachten. Wenn man nah genug an die Fenster trat, um die Spiegelung des Raumes darin zu brechen, hatte man das Gefühl, im Freien zu stehen.

Sylvia ging an den gekachelten Kaminofen und nahm ein Bild darauf zur Hand. „Du hast ein Mädchen?“ „Ja, in der Neuen Welt, in Chicago, ich bin in meiner Alten geblieben!“ Sylvia hielt den Kopf leicht schief um die Buchtitel, die fast eine ganze Wand in Anspruch nahmen, zu identifizieren.
„In Anbetracht, dass du die alle gelesen hast, warst du ja beim Sex ganz schön gut drauf!“
„Den verlernt man genauso wenig, wie das Radfahren, hat mal jemand gesagt!
Einen Drink?“ Sylvia nickte und setzte sich auf das gemütliche Sofa mitten im Raum mit Blick auf die Fenster. Die Küche war auf der anderen Raumseite dezent integriert. Eiskasten, Elektroherd und Geschirrspüler hinter einer Essbar.
„Schön hast du’s hier. Warum bleibst du immer bis als Letzter im Büro?“
„Ben Nevis“, wich Francis einer Antwort aus und hielt ihr eine Flasche Single Malt entgegen. „Cask N. 756, Jahrgang Neunzehndreiundsiebzig, dreiundfünfzig Komma neun Prozent Alkoholvolumen.“
„Dein Scheidungsjahr?“ Francis bejahte, „ nach unserem gemeinsamen und letzten Urlaub am Ben Nevis. Wir waren da Schifahren! Das Umfeld, auf dem wir uns bewegten, wurde uns in diesem Jahr zu glatt und wir rutschten endgültig ab“, öffnete er die Flasche und schenkte zwei Gläser daraus ein. „Ich hab bei einem dienstlichen Einsatz eine Niere verloren. Mehr war meine Frau nicht bereit, von mir herzugeben. Du weißt schon: Alles oder Nichts.“

Sylvia prostete wortlos Francis zu. „Darf ich pinkeln und duschen? Komm ich mit meinem Patholgen-Kostüm überhaupt in deinen Whisky-Tempel?“
„Du kannst in frische Jeans wechseln und einen Sweater haben. Alles, was in keinen Flugkoffer gepasst hat, ist noch da! Wenn’s dir nichts ausmacht?“
Francis öffnete im Schlafzimmer zwei Wandschränke.

Als Sharona und Francesco an die Bar kamen, bezahlte Tommaso gerade die Drinks.
„Ihr habt euch aber viel Zeit genommen. Wir dachten schon, ihr seid auf Hochzeitsreise! Lasst uns ein paar Snacks essen und dann in den Gemeinschaftsraum gehen."
„Wir nehmen nur schnell zwei Gin Tonic zum Abschied!" sagte Sharona.
„Wieso Abschied? Es ist erst knapp nach zehn!" sah Tommaso auf seine Breitling. Francesco lächelte ein trauriges Lächeln. „Für mich war es eben fünf vor zwölf! Ich kratz die Kurve, bevor ich kleben bleibe."
Sharona machte keinen Mucks und sah nur in ihr Glas. Julia drehte Sharonas Gesicht zu sich. „Was ist los? Ich hab's gewusst! Unter-Achtzehnjährige sollten Francescos nicht an ihre Seele oder sonst wohin lassen!" „War's so schön oder so fürchterlich?"
„So schön", sprudelten Tränen unter Sharonas Augenlidern hervor und ihre Wangen abwärts. Julia reichte ihr eine Serviette vom Tresen.
Sie sah Francesco fragend an. „Na ja, ich bin dreiundvierzig und Sharona wahrscheinlich knappe siebzehn Jahre alt. Die Zeitschere würde uns nach kurzer Zeit in ein nicht mehr zusammenfügbares Puzzle zerschneiden. Ihr könnt sicher sein, mir ist auch zum Heulen zumute."
Tommaso bestellte vier Gin-Tonic.
"Gehen wir nach diesem Drink in den Wellness-Bereich?", schlug Julia vor. „Lasst uns kleine brustschwimmende Schwänze und schwerkraftlose Busen im Pool schauen!" lachte sie etwas gekünstelt.
Francesco stand von seinem Barhocker auf und trat hinter Sharona. Er griff unter den Ausschnitt ihres Bademantels und drückte ihre Brüste während er ihre Lippen mit einem Kuss verband. Dann löste er sich abrupt.
„Einmal noch, Morgen?" hielt Sharona ihn am Revers seines Bademantels zurück.
„Morgen?"

Morgen bedeutet immer nur, als Klischee für gestern herhalten zu müssen. Nur ein Etwas, das wir als Anhaltspunkt zur Bemessung unserer Erinnerungen heranziehen!
Vier Gin Tonic noch, bitte!“ tippte Francesco an die leeren Gläser.
„Morgen ist das Heute von gestern“, setzte Francesco danach fort. „Und gestern haben wir uns noch gar nicht gekannt.“
„Scheiß auf die Logik“, antwortete Sharona bewusst brutal. „Bei mir hört der zeitliche Ablauf nicht um Mitternacht auf. Ich lebe durchgehend!“
„Dann dauert es eben vierundzwanzig Stunden. Denk an dein Alter, die Zeit läuft in deinem Schritttempo mit! Die Aus-Zeit gibt es, was ich weiß, nur in ein paar Sportarten. Und die orientieren sich ebenfalls an Chronometern und nicht an über vierzigjährigen Frauen, die ihre Uhr nicht mehr aufziehen wollen!“ sagte Francesco, belustigt über seine Auslegung des Themas.
„Dein biologisches Alter ergibt sich aus deinem körperlichen Zustand und basiert ebenfalls auf Zeit. Wir leben mit der Zeit!“

Irgendwie brachte Francescos Monolog Sharona wieder auf den Boden zurück.
„Arrivederci! Ich bin jetzt betrunken genug. Du brauchst dich nicht länger bemühen, dich mir auszureden. Du hast meine Höchstwertung, jetzt aber geh bitte! Schau dass du aus meinen Augen kommst! Du Zeitgeist!“ Sharona nahm sein Gesicht zu beiden Seiten in ihre Hände und küsste Francesco auf den Mund. Francesco legte danach die Hände auf Julias und Tommasos Schultern. „Ciao“, drückte er sie und verließ die Bar
.
„Bist du wieder?“ Sharona nickte und nahm den Rest ihres Drinks. „Geht schon. Ich war nur ein Kalb für einen Stier!“
„Gehen wir unter die Kühe und Stiere, der Raum ist nur eine Tür weiter!“
Julia ließ sich vom Barkeeper zwei Präservative geben. „Nur falls einer der Männer mit seiner DNS persönlichen Kontakt

aufnehmen will“, nahm sie die beiden Päckchen entgegen und hielt sie Sharona entgegen.
„Pfirsich oder grüner Apfelgeschmack?“
„Keinen von beiden. Ich möchte keine Geschmacksverstärker. Mach's du mir! Wir lutschen dabei Schwänze bis zum Abwinken! Tommaso kann dich ja dabei von hinten nehmen, wenn dir meine Finger nicht reichen. Versuchst du einmal, deine Hand in mich zu stecken?“
„Ja...Wenn du das willst!
„Es werden aber viele Wichser dabei zusehen“
Egal, ich mach die Augen zu“, drückte Sharona die Tür zum Gemeinschaftsraum auf.
„Ist aber erotisch, blinzeln solltest du zumindest!“ merkte Julia an.

„Hast du auch frische Unterwäsche?“ fragte Sylvia. Francis öffnete die unterste Lade der Kommode an der Wand. „Gib ihr wieder Leben! Ich hab das lange genug vermisst, den Duft aus Kleidung und Dessous in meine Fantasien aufzunehmen.
Sylvia zog sich nackt aus und streifte die weiche Seidenunterwäsche über. „Schön!“ sah sie an sich hinunter. „Ganz mein Geschmack!“
Gestern fühlte Francis nur ihren heißen Busen und ihre Brustwarzen, ihren aufgeregten Atem und die nasse Scheide unter dem hochgezogenen Kleid.
„Du bist ja fast schön!“ brachte er trocken hervor, als sie in den Dessous seiner Frau vor ihm stand. Ihr gespielt empörter Blick und die Antwort: „Du warst das sicher auch einmal“, gingen in eine heftige und herzliche Umarmung über.
„Zieh dich aus, wir gehen gemeinsam duschen! Komm mach!“

Chief Inspector Francis MacGillian kam dem Befehlston mit polizeilicher Präzession nach. Socke für Socke, Oberhemd, Unterhemd, die Waffe, Handschellen, Gürtel und Hose. So stand er in seiner Boxershort vor Sylvia. „Ich bin Pathologien, schon vergessen? Hose runter!“„Aber ich bin nicht tot!“ widersprach er und überlegte, ob er morgens frische Unterwäsche angezogen hatte.
Er bückte sich und streifte das letzte Hindernis gegenüber Sylvia ab.
Sie betrachtete ihn im Licht der Raumbeleuchtung. „Kein Wunder, dass sich das gestern so gut angefühlt hat“, legte sie ihre Arme um seinen Nacken und drückte ihn an ihren Körper.
„Einmal duschen oder zweimal? „Einmal, danach!“ hob Francis sie hoch und trug Sylvia ins Schlafzimmer.

„Was ist, du bist so still?“ fragte Sylvia, als Francis die Tür auf die Straße hinter sich ins Schloss zog. „Ich hab an früher gedacht!“ „An deine Frau?“ „An ein gemeinsames Leben, ja! Du hast mich dem so nahe gebracht“. „Als Ersatz für Gewesenes?“ Sylvia entzog sich seiner Hand.

„Komm schon, das ist zwanzig Jahre her!“ nahm er wieder ihre Hand und führte sie durch den regen Verkehr und die Menschen über die Straße zum Black Bull.
Als sie an dem reservierten Tisch Platz nahmen und Francis Sylvia den Sessel zurechtgerückt hatte, holte er tief Luft.
„Es ist meine Liebe, die ich empfinde und es bist du, die sie auslöst.“ Er ließ sich vom Kellner nach der Frage nach ihren Wünschen nicht ablenken. „Die Karte, bitte“, unterbrach er sich bloß, um sich sofort wieder Sylvia zuzuwenden.
„Was bin ich dir?“ fragte Sylvia. „Nur ein Sexobjekt, das passende Teil?“ „Wäre schlimm, wenn dem nicht so wäre!“ Francis brachte ein verzerrtes Grinsen in sein Gesicht und hielt ihre Hand fest unter der Seinen, als er den Ansatz eines Rückziehers spürte.
„Sylvia, ich liebe dich! Der einzige Ersatz bin ich!“

Roman saß in der Lounge des Hotels do Carmo. Ihm war nicht nach dem Sonnenuntergang auf der Terrasse zumute. Ihm war nach überhaupt nichts zumute.
3 SAT oder eine Schnulze im ZDF, ein alter Tatort. Nur nicht alleine in die Gegend starren müssen!
Ein Gast setzte sich ihm gegenüber auf ein Sofa und zündete mit sorgfältiger Hingabe eine Zigarre an. Er blies den ersten Rauch seiner Bemühungen vor sich in die Luft.
Roman hustete und nahm einen Schluck Whisky.
„Entschuldigung, belästige ich Sie mit meiner Zigarre?“
„Nein, nein. Lieber Zigarrenrauch als nur Luft“ entschuldigte Roman den Hustenanfall seinem Gegenüber.
„Sie sprechen Englisch, Gott sei Dank. Sie sind alleine hier?
Ich darf mich vorstellen: „Bernhard >Bernie< Przihoda.“
„Angenehm“, antwortete Roman, ich heiße Roman Polansky. Ihrem Akzent nach zu urteilen ist Englisch auch nicht Ihre Muttersprache?“
„Nein, Deutsch. Ich bin gebürtiger Wiener.“
„Ich auch, also Servus in Lissabon…Bernie“ hielt Roman ihm die offene Hand entgegen.
„Warum nicht“, schlug Bernhard >Bernie< Przihoda ein.
„Selten so viel Spaß gehabt“ sagte Roman höflich eine Stunde später in der Bar und nach dem zwanzigsten Witz, den er schon gekannt hatte, zu Bernie.
„Und du fliegst fünfmal die Woche zwischen Wien und Lissabon, du bist Flugkapitän?“
„Aber ja! Ist sau fad. Ich fliege für die Lufthansa Städteflüge in vierzig bis fünfzig Personen fassenden Propellermaschinen. Hauptsächlich Geschäftsreisende.
Kennst du den schon?“ unterbrach Bernie Romans weiteres Fragen… „Vergisst der Pilot nach der Begrüßung der Passagiere das Mikrofon auszuschalten und sagt zum Copiloten: So, jetzt einen Kaffee und dann lass ich mir von der Stewardess einen blasen!“ Bernie kicherte und Roman vollendete den Witz synchron mit Bernies Ausführung…“Die Stewardess läuft hochroten Kopfes zum Cockpit vor. Ein älterer Passagier hält sie auf.

Warum die Eile Fräulein, er hat doch ausdrücklich gesagt, vorher noch einen Kaffee trinken zu wollen!"
Bernie knallte sich die Hand auf seinen Oberschenkel und lachte. „Oder kennst du den schon…?"
„Frag mich, welchen ich nicht kenne! Nicht böse sei, ich bin müde", sagte Roman. „Eines noch: Fickt ihr die Stewardessen wirklich, wie das Klischee von euch es glauben machen möchte?"
Bernie war schon etwas betrunken: „Nein! Wusstest du nicht, dass Geschichten aus dem Stoff der Träume gemacht werden. Das entstammt alles Menschen, die im Kopf Jongleure sind. Wir kaufen Nutten, wie unsere Geschäftsreisenden auch. Gratis ist nur die Liebe und die kostet Zeit, die wir nicht haben."
Der letzte Satz arbeitete noch in Romans Kopf, als er schon über eine halbe Stunde im Bett lag und den Schlaf nicht finden konnte. Wenn Zeit der Faktor ist, so hast du alle mir zur Verfügung stehende, Julia!
Zum richtigen Zeitpunkt wird meine Antwort kein **Nein** sein, hatte Julia seinen Heiratsantrag im Raum stehen lassen. „Lass ihn bitte eintreten, diesen Zeitpunkt! Gute Nacht, Julia."

15. Tag

Sylvia spülte die Porzellanschale, die sie gestern gekauft hatten, unter heißem Wasser ab, während Francis noch im Bett des privilegierten Schlafzimmers leicht schnarchte. Sie schmunzelte. Eigentlich müsste er im Gästezimmer schlafen!
Sie nahm vier Portionen Kaffeepulver und nach Durchlauf des Wassers, die Tasse, die Milch und den Zucker mit ans Bett.
„Aufwachen Chief, du musst heute den Fall Old University abschließen.“ In dem Moment begann auch der Wecker zu läuten.
„Was für ein Timing! Ist das eine Art Verschwörung oder Psychoterror?“
„Nichts davon, bloß Morgenkaffee“, reichte Sylvia ihm die Kaffeetasse entgegen. Du zuerst!“

„Du könntest bei uns am Revier sofort die Stellung des Kaffeeautomaten haben!“ sagte Francis nach dem ersten Schluck. „Pathologen finden wir dann schon einen!
Der schmeckt ja wunderbar! Vielleicht sollte ich mir heute frei nehmen und den ganzen Tag nichts anderes tun, als Kaffee zu trinken?“
„Steh schon auf, ich hab am Markt unten frische Croissants und Butter gekauft. Außer Licht beim Öffnen deines Kühlschranks war da sonst nichts drinnen.“
Francis brachte mit den Fingern die Haare in eine andere Unordnung, sozusagen in die Tagesordnung, und schlüpfte in seinen Morgenmantel.
„War ein schöner Abend, gestern im Black Bull“, setzte sich Sylvia neben ihn an die Essbar.
„Ja, ich hab mich schon lang nicht mehr so gehen lassen, wenn du das meinst?“ Francis nahm einen genüsslichen Schluck des heißen Kaffees.
„ Du warst tatsächlich schon zweimal verheiratet, oder hab ich das in meinem Zustand nur doppelt gehört?“

Sylvia bestrich das zerteilte Croissant mit Butter und legte es Francis auf den Teller.
„Willst du auch ein bisschen Hagelzucker drauf? Hab ich auch gekauft, der knirscht so schön süß!“
„Zweimal! Hast du richtig gehört! Ich bin in Nairn, am Morray Firth aufgewachsen. Als ich knapp siebzehn war, hatten wir einen Austauschstudenten aus Kanada bei uns. Seine Eltern waren Franzosen. Ich sollte im Gegenzug mein Französisch aufpolieren. Als meine Eltern wieder einmal einer Veranstaltung frönten, waren wir alleine im Hause und da passierte es.“
„War es einseitig orientierter Sex?
„Nein, er bemühte sich aufrichtig, zärtlich zu sein und brachte mich trotz meiner Schmerzen beim ersten Mal ans Ziel. Er war wunderbar!“
„Und?“ schenkte sich Francis zum dritten Mal Kaffee nach.
„Nachdem meine Regel ausgesetzt hatt, offenbarte ich mich meiner Mutter. Sache danach war, dass alle vier Elternteile uns zu einer Heirat überredeten. Der Junge und ich sahen zum augenblicklichen Zeitpunkt keine Alternative.
Als ich innerhalb der nächsten paar Wochen wieder einen klaren Kopf bekam, entschied ich, in meinem Alter kein Kind austragen zu wollen. Und auch keine Gebärmaschine für den Jungen und unsere Eltern sein zu wollen. Vater bezahlte mir die Abtreibung in Holland. Danach half er mir noch bei der Annullierung der Ehe.“
„Und der Zweite?“
„Nach der Highschool war ich nach Glasgow gezogen, um meinen Doktor an der Uni zu absolvieren. Da war ich dann dreiundzwanzig. Anschließend machte ich zwei Jahre Praxis im Aberdeen City Memorial Hospital.“
„Willst du’s nun wissen oder an mir rumfummeln?“ versuchte Sylvia Francis Hand aus ihrem Schritt zu bekommen. „O.K., beides! Ich hab noch jede Menge Gutstunden, ich könnte mir den Vormittag frei nehmen“, zog er seine Hand zwischen Sylvias Schenkel zurück und griff erneut nach der Kaffeekanne.
„Schlafen wir anschließend miteinander?“ „Zuerst der Oberarzt“, drückte sie ihm einen Kuss auf die Wange.

„Ein Oberarzt wies mich in die Praktiken des Arbeitsablaufs im Spital ein. Ich wurde in der Pathologie eingesetzt. Ohne ihn hätte ich meinen Doktor für Chirurgie damals hingeschmissen. Grob beschrieben, war er in etwa wie du.
Vor etwa zehn Jahren, bevor ich in den Polizeidienst bei euch als Pathologien angetreten habe, überraschte ich ihn beim Penetrieren einer jungen Frauenleiche auf dem Seziertisch. Du kannst dir meinen Ekel und die Scham, meinen Mann sowas tun zu sehen, nicht vorstellen.
Ich machte die Anzeige, was eine Scheidung von ihm sehr beschleunigte."
„Und das alles hast du mir gestern erzählt?" „Nicht alles, du warst schon sehr betrunken." streichelte Sylvia seine Wangen und ließ seinen Händen Freiraum an ihrem Körper.
„Und die Seele?", fragte Francis. „Meinst du, dass die Narben verheilt sind?" Sylvia schaute nachdenklich ans Fenster, an das sich das Grau des beginnenden Tages legte. „Ich meine nicht deine Narben, darüber scheinst du hinweggekommen zu sein", schaute Francis Sylvia in die Augen. „Ich rede über meine.
Mein Kaffee ist alle!"
Es folgte eine angedeutete Ohrfeige von Sylvia, die in eine Umarmung überging. „Ach Francis, gehen wir duschen. Ich glaub, du brauchst mehr als nur Koffein!"

„Ich ruf kurz im Revier an, dass ich erst nach dem Mittagsmenü Sir George Rowland und Mister Scott MacKenzie zum Nachtisch einlade."
„MacPherson?" fragte Francis nach Abheben des Telefons auf der anderen Seite. „MacPherson hat sich heute Morgen noch nicht zum Dienst gemeldet, kann ich Ihnen helfen, Chief?" „Ich möchte, dass Miss Butcher und Sir Donald Scott ins Präsidium gebracht werden. Ich möchte das gesamte Komplott gegen Doktor Arthur Roberts und den Mord an Patricia MacKenzie-Wyngard um fünfzehn Uhr auf Papier abschließen. Wenn MacPherson da ist, soll er mich bitte rückrufen!"

War ja gestern echt schräg am Ende. Ich hab noch nie so viele masturbierende Männer um mich gehabt, als du mir den Arsch aufgerissen hast."
Sharona schlug verschlafen die Augen auf. „Hab ich? Haben wir für die Show Geld bekommen?" gähnte Sharona und spreizte die Schenkel, sich morgendlich die Knochen streckend. „Wie spät ist es?"
„Sieben Uhr, willst du was von gestern zurück? Wir waren ein gutes Team."
„Passt in meine Stimmung", legte Sharona ihre Hände an Julias Brüste. „Bring mir gestern in Erinnerung. Zuerst lass mich noch pinkeln gehen!"
„Nichts da! Pinkle ins Bett wenn du kommst. Ist ja nur Hotelwäsche!"
„Aber!", wollte Sharona einen Einwand einbringen, da spürte sie auch schon den Druck der Hand von Julia in ihrer Vagina und auf ihre Blase. „Du meinst, ich soll dabei pinkeln?" „Tu's wenn du kommst. Ist wunderschön!"
Julia übte mit der freien Hand Druck zwischen Sharonas Gesäßbacken auf ihren Anus aus und zog langsam ihre Hand aus Sharonas Vagina.
„Orgasmus mit Morgenurin, der geilste Druck, dem man sich in dieser Kombination entledigen kann!" Sharona ließ sich in den offen atmenden Mund von Julia küssen. Dann schlug sie ihre Hände über ihrem Gesicht zusammen. „Wahnsinn, der schönste Morgen meines Lebens! Willst du auch?"
„Aber nicht in deinem angepinkelten Laken", umarmte Julia Sharona und drückte sie an sich.
„Steck mir in der Badewanne die Flasche mit dem Badezusatz in den Po. Oder noch geiler! Ich schraub den Brausekopf ab und du schiebst mir den Brauseschlauch rein und klistierst mich damit. Handwarm! Tust du's?"
„Ich bin keine Krankenschwester, wann ist genug?" „Wenn ich aufhöre einzuatmen. Bis der Überschuss, den ich nicht halten kann, aus mir raus kommt."
Julia hatte den Brausekopf abmontiert und drückte Sharona, nach Kontrolle der Wassertemperatur, die sprudelnde Öffnung in die

Hand. Sharona stopfte den Metallteil in Julia, bis nur mehr ein paar Wassertropfen noch zwischen Julias Gesäßbacken tröpfelten. Julia atmete tief ein bis der Druck sich an ihre Blase drückte und sie urinierte. „Soll ich dich wichsen? Du hast doch nur gepinkelt?!“
Sharona stoppte den Wasserzufluss.
„Ja“, resignierte Julia „du hast Recht, pinkeln kann ich alleine auch. Schieb mir die Kettenglieder des Brauseschlauchs wieder rein. Und streichle meine Klitoris dabei mit der Seife“
„Wasser ab?“ fragte Sharona. Julia spreizte ihre Beine.
„Tief genug?“
„Egal was dabei rauskommt, tiefer!“ führte Julia Sharons Hand. Wasser ab?“ „Wasser ab“, bestätigte Julia.
Augenblicke später bäumte sie sich wie ein harpunierter Fisch auf. Sie zerriss die Leine, um ihr Leben zu retten.
„Ich wasch dich!“ duschte Sharona den pulsierenden Seifenschaum zwischen Julias Schamlippen ab. Julia zitterte noch immer, als ihr Sharona das Frottiertuch um die Schultern legte. Julia stieg aus der Wanne und beruhigte sich langsam.
„Gehen wir nachmittags in Notting Hill Shoppen? In die Portobello Road? Dort essen wir bei einem Koreaner oder Chinesen. Heute ist Markttag mit Flohmarkt, da geht es bunt und lustig zu. Das erinnert mich an unseren Flohmarkt am Naschmarkt in Wien! Was ist…?“
„Ich möchte das auch mit dem Brauseschlauch an mir ausprobieren, bevor ich den Brausekopf aufschraube. Lässt du mich alleine dabei? Ich weiß nicht, ob bei mir alles so sauber abläuft wie bei dir!“
Julia nahm das Badetuch beim Verlassen des Badezimmers um ihre Hüfte. „Gehen wir nun anschließend in die Portobello Road?“

Sylvia knotete Francis die Krawatte um den Hals. „Du musst dem Rektor der ältesten Universitäten Schottlands gegenübertreten."
„Und einem Mörder!" lockerte er den Krawattenknopf wieder.
„Behalte einen klaren Kopf, die Frau ist tot und der Mörder überführt. Dir muss es nur mehr um die Anstiftung zum versuchten Mord an Arthur Roberts gehen." „Du hast ja recht", lockerte er den Krawattenknopf noch weiter und machte den obersten Hemdknopf auf. „Bist du bei der Anhörung dabei?"
„Als Pathologin, ja, wie du siehst", schlüpfte sie in die kochfeste Baumwollunterwäsche.
„Nervös?" fragte Sylvia. „Nur wenn ich sehe, wie du deine begehrenswertesten Sachen so lieblos verpackst!"
„Lass uns Dienst nach Vorschrift machen!" lenkte Sylvia ab und knöpfte ihm das Hemd wieder zu.
"Hast du den Dienstwagen vor dem Haus geparkt?" Francis nickte und schloss die Tür hinter Sylvia.

„Wenn Sie mich für alles, womit ich mich in meinem Leben mit Menschen ausgetauscht habe, zur Verantwortung ziehen…“
„Lassen Sie präzise Fragen zu!“ beschwichtigte sein Anwalt Sir George Rowland „und antworten Sie nur, wenn ich nicke!“
Chief Inspector MacGillian rutschte seinen Sessel näher an den Vernehmungstisch und packte Akten aus seiner Tasche auf der Tischplatte aus. Er ließ sich Zeit, bis auch Doktor Perkins neben ihm Platz genommen und ihre Unterlagen vor sich am Tisch penibel ausgebreitet hatte.
„Wird das jetzt ein Psycho-Terror?“ Der Anwalt legte seine Hand auf die von Rowland. „Ja Sir, oder die beiden sind unvorbereitet. Ich vermute Zweiteres!“ sagte er so laut, dass auch Perkins und MacGillian es hören konnten.

„Haben Sie eine Anklage gegen meinen Mandanten vorzubringen, dann bitte vor zwanzig Uhr, da bin ich bereits zum Essen verabredet!“
„Wir können’s auch ganz schnell machen. Sir George Rowland ist wegen Anstiftung zum Mord angeklagt, und wegen falscher Zeugenaussage im Mordfall an Mrs. Patricia MacKenzie-Wyngard..
Und jetzt nicken Sie endlich, damit ich von Ihrem Mandanten Antworten bekomme, Herr Anwalt!
Mister Scott MacKenzie wartet bereits auf seine zwanzig Jahre Haft“.

„Antworten! Die Zeit läuft mir sonst davon!“
MacGillian verließ den Raum und gab MacPherson, der eben am Revier erschienen war, die Türschnalle in die Hand.“Miss Perkins, Herr Anwalt, Sir George Rowland! Das ist kein Nachmittagstratsch, sondern ein Verhör.“
MacPherson räusperte sich. „Sir George Rowland, ein Alibi-Wichser“, schaute er, die Akten betrachtend, nicht einmal von den Unterlagen auf.
Rowland holte Atem. Sein Anwalt kam ihm bei seinem Ausatmen zuvor:

„Da waren zwei junge Frauen, die sich vor Männern prostituierten. Und sie wollten kein Sperma auf ihren Körpern, was liegt da näher, als ein Kondom zu verwenden?“ warf er ein, bevor Rowland noch antworten konnte.
„Wenn ich für Sex bezahle, spritze ich wohin es mir passt. Keine Nutte der Welt könnte mich daran hindern!“
Sylvia Perkins sah MacPherson maßregelnd an, „Contenance, wenn ich bitten darf!
Ich bin Doktor Perkins, Pathologin hier am Revier“, nahm sie das Gespräch auf. „Nach forensischer Untersuchung des Bettzeuges waren da nur Hautschuppen von Sir George Rowland , nicht aber die von Scott MacKenzie, geschweige denn, die DNS oder Körperflüssigkeiten von Frauen, die unumgänglich bei Kontakten der beschriebenen Art entstehen, vorhanden.“
Sir George Rowland sah seinen Anwalt hilfesuchend an. Der schüttelte den Kopf.

MacGillian trat nach dem Verhör mit Sir Donald Scott wieder in den Raum.
„Holst du bitte Kaffe für Sir George Rowland und seinen Anwalt, als Strafverschärfung“, flüsterte er Sylvia zu. Und zu MacPherson: „Guter Polizist, böser Polizist?“
„Wenn Sie um zwanzig Uhr beim Dinner sein wollen, Herr Anwalt“, sah MacGillian auf die Uhr, „dann sollte Ihr Mandant jetzt schnell kommunikativ werden. Ich kann das Verhör über die ganze Nacht ausdehnen!“
„Was haben Sie gegen meinen Mandanten in der Hand? Dass er einem Kollegen ein Alibi verschafft hat? Ich bitte Sie, das sind drei bis fünf Monate auf Bewährung!“
„Ich habe die Aussagen von Miss Butcher und Sir Donald Scott vor mir liegen“, sagte MacGillian sanft. „Mister Scott MacKenzie rennt um sein Leben. Dabei, wie Sie sich vorstellen können, hat er kein Mittel ausgelassen. Ihr Mandant ist nach drei Zeugenaussagen der Anstifter des Attentats an Mister Roberts. Sir Donald Scott, wie Miss Butcher sind ebenfalls der Mitwisserschaft angeklagt!“

MacPherson holte tief Luft, er war das erste Mal in seinem Leben >böser< Polizist.
„Wir werden Ihre angebliche Eskapade in iihrem Schlafzimmer der Presse zuspielen. Nachdem, wie unsere Pathologin festgestellt hatte, sonst niemand mit im Spiel war, haben Sie eindeutig selbst Hand an sich gelegt, um ein Kondom zu füllen. Was für eine Presseüberschrift: Masturbierender Rektor der Old University unter Verdacht der Falschaussage und Anstiftung zu einem Mord!"
„Wir wollen einen Deal!" mischte sich jetzt der Anwalt ein. „Sir George Rowland wird eine Aussage machen, dafür verlangt er aber keine Pressemeldung! Er wird sich aus seinem Amt zurückziehen."
„Er ist schon zurückgezogen worden! Morgen trifft die Kommission aus London ein, eine neue Wahl für den Rektor der Old University unter ihrer Kontrolle auszuschreiben. Nur ein vollständiges Geständnis sichert zu, dass keine Details den Raum verlassen! Das ist unser letztes Angebot. Guter Polizist Ende!"

Sylvia brachte zwei Becher Kaffee und stellte sie schadenfroh vor Sir Rowland und seinen Anwalt. Sie dachte, der wiegt schon die halbe Bewährungszeit auf, als sie die Gesichter beim ersten Schluck fixierte.
„Sir George Rowland wird jetzt seine Aussage zu Protokoll bringen", schob der Anwalt seinen Kaffee zur Seite. Keine Pressemeldung? Versprochen?"
MacGillian nickte nur und schaltete das Aufnahmegerät ein. Rowland räusperte sich und stellte den Kaffee ebenfalls aus seiner Reichweite.

.

„Im März dieses Jahres hatten wir eine Besprechung bezüglich der Kandidatur zur Wahl des Rektors an der Universität. Mister Scott MacKenzie als meine rechte Hand, seine Frau, weil Sie ebenfalls in der Kanzlei arbeitete, und Miss Butcher…Mit der ich ein persönliches Verhältnis aufgebaut hatte. Die Auswertungen der Profile der sich beworbenen Kandidaten machten Arthur Roberts zum gefährlichen Favoriten. Unser aller Job betreffend!

Sir Donald Scott stellte sich mit den Worten, der Beste soll gewinnen, ins Abseits und verließ den Raum.
Ich mag vielleicht die Fährte aufgenommen haben, aber die Jäger taten die Arbeit!"
„Und der Mord an Mrs. Wyngard-MacKenzie? Was wissen Sie darüber?" „Nichts, Scott rief mich an und erpresste mich auf Grund unseres Gesprächs im März und dem Attentat an Arthur Roberts. Seine Frau sei tot! Der Mordanschlag auf Arthur Roberts sei von ihr gestanden worden, er bräuchte ein Alibi."
Rowland hob den Blick zu Sylvia Perkins. „Den Rest hat ja Ihre forensische Recherche aufgedeckt!
Ich habe das Bett in den Zustand meiner Sturm-und Drangzeit nachgestellt. Scott brachte sein Kondom zu mir und wir platzierten unsere Leistungen im Schlafzimmer.
Der März hatte diese Kettenreaktion ausgelöst. Mit dem Mord an Patricia habe ich nichts zu tun!"
„Außer der Falschaussage", warf MacGillian ein.
„Hatten Sie jemals Sex mit der Frau von MacKenzie?" Rowland sah seinen Anwalt an. Der nickte.
„Nach Bekanntwerden des Anschlags auf Mister Roberts kam Sie nochmals in die Uni. Sie legte irgendwelche Handschuhe in eine der Laden von Miss Butcher.
Ich überraschte Sie dabei und Sie lenkte meine Frage ab, indem sie sich mit Oralverkehr eine Antwort ersparte! Das dauerte keine fünf Minuten. Ich bin ein Mann, so eine Gelegenheit lässt man da nicht aus! Ich hab Sie niemals geduzt, auch danach nicht. Es ging ab wie ein Geschäftsabschluss!"
„Und Scott MacKenzie?" „Der hatte um fünfzehn Uhr noch eine Vorlesung und soviel ich weiß, ab sechzehn Uhr seinen Auftritt in der Saint Andrew Church, um Jugendliche zu retten."
MacGillian sah in seine Unterlagen. „Mittlerweile haben wir vier Anzeigen seiner Tätigkeit in der Kirche zuordnen können, die Rettung von Jugendlichen betreffend! Vorzugsweise Teenager jeden Geschlechts. Was war Ihre Funktion dabei, und wie viele Mädchen und Jungen waren es wirklich?"

„Ihr perversen Schweine!“ Nahm McPherson das Gespräch auf. Der Anwalt machte Anstalten den Mund zu öffnen. „Wir können das in einem öffentlichen Schwurgericht auch erörtern.“ verschloss MacGillian mild den Mund des Anwalts.
„Braucht Ihr mich noch?“ stand Sylvia auf, „meine Leichen warten“, verließ sie den Raum.
„Nun sind wir ja Männer unter uns!
Scott MacKenzie hat vor Publikum Mädchen defloriert und Jungs vergewaltigt. Wir sprechen von einem Radius von Zwölf- bis Vierzehnjährigen. Und Sie waren einer der Zuschauer.
Eltern selbst halfen mit Kerzen neben dem Opferstock in Scott MacKenzies Rectum nach. Damit er fertig wird, wenn ihre Kinder zu laut vor Schmerzen schrien!“
„Ich hab mir nur die Mädchen angesehen. Ehrenwort! Scott ekelte mich an und auch die Kerzenspender!“
„Wie soll ich mir das Verbildlichen. Wichst ihr da alle im Kreis, während einer eine brennende Kerze im Arsch hat und sich an einem Kind befriedigt?“
„So in etwa“, nahm Rowland jetzt den Blick nicht mehr von der Tischplatte. „Sie können sich nicht vorstellen, welche faszinierende Erotik von diesen glatten jungen Körpern ausgeht… Ich möchte eine Therapie!“
„Die bekommen Sie für die nächsten zwanzig Jahre, wenn Sie’s erleben.
Versprochen! Abführen…! Nein, der rechts ist der Anwalt!“.

Julia und Sharona waren von der Waterloo Station mit einmal Umsteigen nach Notting Hill Gates gefahren. Die späte Nachmittagssonne lag auf dem bunten Treiben in der Portobello Road und die Hitze strahlte von den alten Hausmauern und machte sie durstig. „Da oben ist ein Dachgarten“, sagte Julia „essen und trinken wir da was? Mit Konsumation gibt es auch Alkohol!“
„Klingt verlockend“, stieg Sharona vor Julia die außengeführte Wendeltreppe am Gebäude hoch.
„Zweimal Huhn Sechzuan und zwei Gin Tonic? Suppe süß-sauer?“ fragte Julia und Sharona bestätigte.
Als das Essen serviert wurde, gaben beide nochmals Order für Gin Tonic.
„Schön ist es, von hier oben in die Straße zu schauen.“ „ Das Viertel ist auch eines der buntesten Londons“, nahm Julia einen Eiswürfel in ihren Gin und prostete Sharona zu. „Da findest du fast jeden Erdenbürger. Ethnische, für europäische Begriffe, Minderheiten vorrangig!“
„Kaufen wir was?“ trank Sharona aus und Julia bezahlte.
„Indische Seide aus Kaschmir, Schals oder einen Sarong. Der trägt sich besonders angenehm ohne Unterwäsche. Und dann gehen wir in ein Shiva Massageinstitut!“ schlug Julia vor.
„Einen Gin Tonic noch für jeden von uns, den bezahle ich“, bestellte Sharona.
„Was ist Shiva Massage?“ „Erotisierende Ganzkörpermassage, wahlweise von einem Mann oder einer Frau ausgeführt. Sie knien nackt über dir und streicheln dich mit ihren Händen bis zur Entspannung.“ „Orgasmus?“ fragte Sharona. „Mehr als das! Ätherische Öle, meditative Musik und Hände, die dich wie ein Flügelschlag vom Boden abheben lassen“, schwärmte Julia.

„Kaufen wir uns so ein durchsichtiges Seidenkleid und gehen nackt darunter durch die Portobello Road? Mich reizt der Gedanke, meinen Busen zur Schau zu stellen. Julia schaute Sharona auffordernd an. „Wenn ich nackt bin komm ich schon beim Gehen!“
„Dann lass uns gehen!

Ecke Lonsdale Road ist ein indisches Massageinstitut. Wir können uns dort als Paar oder einzeln massieren lassen".
„Als Paar, das ist kribbeliger, du warst schon da?"
„Nehmen wir Männer oder Frauen als Masseure?" wich Julia aus.
„Frauen sind wir selber", gab Sharona zur Antwort, und in Wiederholung, „du warst schon einmal da?" „Komm", zog Julia Sharona, nachdem sie da Restaurant verlassen hatten, in eine Boutique. „Schauen wir uns einmal um!"
Nach dem dritten Shop indischer Kleidungs-Couture zwangen sie sich durch die Menschenmenge Richtung Lonsdale Road.
„Schön, nackt angezogen zu sein", stellte Sharona fest und nahm sich Sicherheit, indem sie nach Julias Hand griff.

Roman fühlte sich beschissen. Trotz des sechsten Whiskys, mit dem er sich auf der Hotelterrasse eingestimmt hatte, ging ihm seine Kündigung nicht aus dem Kopf. Er bestellte ein Taxi zum Hotel. Den Mietwagen hatte er ja bereits zurückgegeben.
„Nach Belém, bitte“ stieg er in das Taxi ein. Er hatte sich vorgenommen, den vorletzten Tag in Lissabon und dessen Geschichte, in sein Allgemeinwissen aufzunehmen.
Von hier aus hatte Vasco da Gama abgelegt, um einen Seeweg nach Indien zu finden, las er im Reiseführer, den er sich am Weg besorgt hatte.
Roman spazierte am Flussufer bis zum Torre de Belém, der sich schon von Weitem sichtbar, weiß in den blauen Himmel hob.
Hier also begann die Epoche der Entdecker! Interessierte er sich im Kloster Jeronimos, für das Museum der Schifffahrtsgeschichte und das Grabmal von Vasco da Gama und dem portugiesischen Poeten Luis de Camoes. Er kannte einige Übersetzungen ins Englische und hoffte auf eine Büste, um sich ein visuelles Bild verschaffen zu können.

In den Klöstern und Kirchen bekam man die Außentemperatur von fünfunddreißig Grad nicht zu spüren. Folglich war die Klosterkirche Santa Maria de Belém sein nächstes Ziel.
Durch die, sich in den Kirchenfenstern brechenden Sonnenstrahlen, hatte man den Eindruck, der Außenwelt entrückt zu sein. Roman nahm in einer der alten Bankreihen Platz und ließ sich von dem außergewöhnlichen Glanz im Raum einfangen. Er griff nach der imaginären Hand von Julia! Er hätte jetzt so gerne Seele und Körper mit ihr in dieser Stimmung geteilt. In diesem Moment meldete sich sein Telefon.
Ungefähr vierzig alte Augen von mutmaßlichen Witwen sahen ihn strafend an. Die Touristen in der Kirche nahmen keine Notiz davon und filmten oder fotografierten heftig weiter.
Roman verließ, nach einem Blick auf das Display, so schnell er konnte das Kirchenschiff.
„Augenblick noch, Julia“, kämpfte er sich durch die Gaffer zum Ausgang.

„Wo bist du? Portobello Road? Ich war noch nie in London! Ich weiß nur, dass sie rote Stockautobusse dort fahren und rote Telefonzellen haben. Und Big Ben kenne ich vom Glockenschlag im Wohnzimmer meiner Eltern."
Julia lachte herzhaft ins Telefon. „Alles in Ordnung bei dir? Was macht mein Lissabon ohne mich?!"
„Es hat ein leeres Bett mehr und niemand dreht sich nach mir um, wenn ich auf der Straße gehe."
„Dann muss es wohl an mir gelegen haben! Ich vermisse dich auch, Roman!
Morgen haben wir noch die letzten Besprechungen in der Firma und wahrscheinlich meine Siegerehrung zur Miss Christian's, du weißt schon, wegen meiner Profilierung bei Vogue. Mein Flieger geht um siebzehnuhrfünf nach Edinburgh. Wenn du willst, hol ich dich mit Vater und Sharona vom Flughafen ab."

„Quantas, Flug 147, Ankunft in Edinburgh um achtzehnuhrzwanzig", las Roman das Ticket ab und faltete es wieder für seine Hosentasche zusammen.
„Wär schön, wenn du mich abholst. Ich war grad in der Santa Maria de Belém und ließ unser beider Leben eine Zukunft zu. Ich liebe dich!"
„Ich liebe dich auch Roman, übermorgen habe ich meinen Termin beim Gynäkologen. Ich hab kein gutes Gefühl bei dem Gedanken. Ich bin mir unsicher, was er entdecken könnte!"
Der Tod ihrer Mutter zerhackte wie ein Stroboskoplicht ihr augenblickliches Glücklichsein.
„Bist du noch dran?"
Roman hatte Julia in jeder Situation immer nur sorglos kennengelernt.
„Ich bin da, natürlich, ich bin immer da für dich!" ließen ihre Ängste in ihm keine Ruhe zu. „Was macht dich so pessimistisch?" „Ach nichts!
Wo bist du gerade?"
„Ich schau mir noch den Torre de Belém und dann das Castelo de Sao Jorge. an Ich mache einen Kulturtrip, dazwischen werde ich die berühmten Pastéis de Belém probieren."

„Du hast dir einen Reiseführer zugelegt?

„Ja, nachdem ich gekündigt worden bin, möchte ich so viel wie möglich von Lissabon mit nach Hause nehmen. Dich eingeschlossen!“

Jetzt stellte Roman die Frage: „Bist du noch dran?“

„Doch nicht fristlos?“ kam die zögerliche Antwort. „Wie viel Zeit haben sie dir in Portugal noch gelassen?“ „Vor drei Tagen, einen Monat.“

„Dann bleibe so lang bei mir, zu zweit ist Lissabon viel schöner. Wartest du?

Ich fliege Ende August nach Wien und bereite dort alles für die Winterkollektion vor. Drei Monate dauert das sicher!“

„Fürs Erste, nimm mich morgen in Edinburgh in die Arme und drücke mich. Ich hab solche Sehnsucht nach dir!“

„Geh du heute ins >A Severa< und lasse dir von Ana einen Platz zuweisen. Sag, dass du von mir kommst und mit mir am liebsten schlafen würdest. Ana weiß dann schon, was zu tun ist.“

„Sex mit einer anderen Frau?“ „Nein, sie ist Lesbierin. Ich verleite dich sicher nie mehr, mit jemand anders zu schlafen. Lass dich von ihrer Selbstbefriedigung verführen und denk dabei an mich!

Mein Akku ist gleich leer, ich hol dich Morgen vom Flughafen ab!“

Arthur nahm seine Entlassungspapiere des Spitals entgegen und klopfte mit Angelica an seiner Seite bei Dr. Einsteen an. „Ich habe gehört, es gibt Cognac bei Ihnen?“
„Sie sehen aus wie Frankenstein“, öffnete Einsteen seinen Arzneimittelschrank. „Aber unser Therapeut kann durch Sie bereits ganze Sätze zum Ausdruck bringen, und ich muss sein Zuhörer dabei sein!
Dafür sollte ich Ihnen nicht dankbar sein!“
Einsteen hob sein Glas. „Auf Ihre Genesung und Miss Horne, die uns beiden dabei sehr geholfen hatte!“
Angelica errötete und drückte sich an Arthur. „Danke Doktor!“
„Ich bin Humanmediziner und das schließt alles mit ein. Sie müssen nur vorsichtig beim Umgang miteinander sein“, er sah Angelica dabei an, und zu Arthur: „Vermeiden Sie Anstrengungen, die Ihnen die Natur der Sache abverlangt. Sonst platzt Ihnen der Kopf. Fangen Sie wieder mit Petting an, wie in Ihrer Schulzeit!“
„Aber wir waren darüber schon hinaus“, warf Arthur ein.“ „Ich geh auf die Toilette“, verließ Angelica den Raum.
„Von Mann zu Mann“, nahm Einsteen einen Schluck vom Cognac. „Sie sollten noch keinen konventionellen Sex haben. Sie wissen schon, Mann oben, Frau unten. Die Anstrengung dabei könnte Nähte und Blutgefäße zum Platzen bringen. Nehmen Sie das bitte ernst. Verschieben Sie die klassische Hochzeitsnacht um einen Monat!“

Angelica setzte sich wieder neben Arthur.
„Miss Horne, stellen Sie Ihre sexuellen Wünsche bitte noch hinten an. Es ist die Versuchung und der natürlicher Trieb von Männern, der Partnerin entsprechen zu wollen. Die Entlassung Mister Roberts aus dem Spital basiert auf Ihrem gemeinsamen Wunsch zu heiraten und Ihre Tochter und Nichte dabei haben zu wollen.
Ich freue mich, auf Ihrer Hochzeit eingeladen zu sein. Aber setzen Sie Mister Roberts Leben nicht *wegen einer Nacht* aufs Spiel!“

„Knutschen und lutschen, also“, drückte Arthur nach Verlassen des Spitals Angelica an sich. „Vergiss nicht, dass ich dazwischen auch noch einen Job hab!“ gab Angelica Gegendruck.
„Komm bitte mit mir nach Hause. Ich hab sicher jede Menge Post zum Aufarbeiten. Warum bist du heute so spät gekommen? Ist ja schon fast achtzehn Uhr.“ löcherte Arthur Angelica.
„Ich hab dir deine Schottenmütze passend zu deinem Hochzeitskilt und dem Schal besorgt. Die Post hab ich dir auf deinem Schreibtisch aufgestapelt.“
„Taxi!“ hob Arthur die Hand.
„Kommst du noch mit rein? Ich kann uns Tee machen, willst du? Ich möchte so gerne, dass dein Flair auf alles in meiner Wohnung überspringt.“ Angelica hob die Post des heutigen Tages vom Vorzimmerboden auf und legte sie auf die Ablage.
„Wenn ich die Nacht über bei dir sein darf, neben dir einschlafen und dich halten darf, Ja!“
„War ja ein ganz schön langer Satz für, ich liebe dich“, merkte Arthur an.
„Du machst den Tee, nahm Angelica mit einem Rundblick das angenehme Ambiente des Wohnzimmers in sich auf, und ich lass frische Luft rein!“ öffnete sie die Fenster. Sie nahm seinen Kopf zart zwischen ihre Hände und küsste ihn auf den Mund.
„Ab in die Küche!“

Bairro Alto, legte Roman seinen Zeigefinger auf den Stadtplan. Julia hatte ihm die Adresse des >A Severa< gegeben und Ana. Er solle auf jeden Fall vorher Essen gehen, denn das Menü dort sei der absolute Gegensatz zur künstlerischen Leistung der Fado-Musiker und des stimmlichen Materials.

Er verließ das Hotel zu Fuß und suchte den Weg über Chiado, den ausgebrannten Stadtteil. Alleine gingen ihm die vom Feuer geschwärzten Hausmauern als Kulisse und den mittlerweile aufgestellten Baukränen noch mehr unter die Haut als beim ersten Besuch mit Julia. Seine Fantasien über das Geschehen versetzten ihn mitten in den Brandherd. Beißend imaginierte er den Rauch und die Flammen darunter. Das Schreien verbrennender Kinder, Mütter und Väter, von Männern und Frauen, die sich vor der Flammenhölle in die Straßen hinabstürzten.

An der Praca de Luis de Camoes ging er auf einen freien Tisch einer Restauration zu und setzte sich.

“Senor?“ hielt ihm die Kellnerin die Karte entgegen und lächelte. „Zu Trinken?“ „Ein Bier bitte“, nahm Roman die Speisekarte zur Hand. Er war sich unsicher wieder Meerspinne, Txangurro Relleno oder Venusmuscheln nach Seemannsart, Almejas a la Marinera, zu bestellen. „Venusmuscheln“, sagte er, als sein Bier gebracht worden war.

Es war heute besonders schwül. Am Tag war die achtunddreißig Gradmarke erreicht gewesen und der Luftzug vom Tejo brachte dazu noch Feuchtigkeit ein.

Was soll ich mit einer Lesbe? Masturbieren vor einem wildfremden Mädchen? Wie in einer Peep-Show? Roman bestellte noch ein Bier, nachdem er fertig gegessen hatte. „Einen Brandy, aber doppelt!“ setzte er nach.

„Hallo Roman!“ „Du, Bernie? Ich dachte, du fliegst gestern schon wieder nach Wien.“

„Bin ich auch, und wieder da. Das ist Fliegen. Darf ich mich zu dir setzen, scheint ja eine kleine Stadt zu sein, dieses Lissabon, wenn man sich jeden Tag trifft. Was trinkst du da“, hielt er die

Kellnerin am Ärmel zurück. „Brandy und Bier!“ „Mir das Selbe“, ließ er seinen Griff um die Hand der Kellnerin wieder los.
„Prost Roman, ich möchte mit dir auf meinen Geburtstag und den von achtundvierzig Passagieren und Crewmitgliedern anstoßen!“
Roman schaute fragend und hielt Bernie das Bierglas entgegen.
„Wir hatten gestern in Schwechat eine Notlandung, ein Propeller ist ausgefallen!“
„Und da fliegst du am nächsten Tag schon wieder?“ „Things Happen! Morgen fliege ich wieder meine Maschine, bis dahin ist der Schaden behoben.
Die Landung hab ich toll hingekriegt. Darauf lass uns noch einen Brandy bestellen. Ich lade dich ein!
Ich hab sogar die dritte Seite in der Kronen-Zeitung bekommen. Bernhard Przihoda im Kampf gegen Bruchpiloterie! Mit einem Foto von mir. Ich hab die Zeitung mit, willst du’s sehen?“
„Nicht böse sein, Bernie“ schaute Roman auf die Uhr. Ich hab noch eine Verabredung. Vielleicht fliegen wir ja mal gemeinsam?“
„Willst du einen Witz hören?“ „Nein Bernie, ich bin schon im Verzug. Heb ihn mir auf bis zum nächsten Mal! Servus und einen schönen Abend.“

Roman suchte die Rua das Gaveas Nummer 51/61. „Arbeitet eine Ana bei Ihnen“, fragte er beim Eintreten in die schummrige Lokalhöhle. „Ja, hat heute Schankdienst.“
Nachdem sich Romans Augen dem Dunkel angepasst hatten, fand er auch den Weg zur Schank. „Ana?“ trat er auf das Mädchen zu und registrierte ihren zierlichen Körperbau. Sie strich sich eine Haarsträhne aus dem Gesicht und sah auf. „Sie wünschen?“ „Ich soll Ihnen schöne Grüße von Julia ausrichten.“
Wäre da nicht in ihrer Jugend diese Vergewaltigung gewesen, könnte sie Romans Auftritt etwas abgewinnen. So aber öffnete sie nur den Türspion, um zu sehen, wer da draußen was von ihr wollte.
„Und? Was soll ich damit anfangen? Julia ist eine Freundin von mir, was hat das mit Ihnen zu tun?“ Roman wich verlegen aus. „Julia hatte gemeint, ich sollte Sex vor Ihnen haben. Ohne gegenseitigem Anfassen. Sie hätten den erotischen Liebreiz, der mir durch ihre Abwesenheit fehlt.“
„Ich bin Ana, das weißt du ja bereits, und wie heißt du? Wir reden hier über sehr intime und persönliche Dinge. Ich glaube da sollten wir das Siezen beiseitelassen!“
„Roman ist mein Name!“ „Und du willst mit mir masturbieren? Ich nehme an, Julia hat dich über meine geschlechtliche Zuneigung informiert?“ reichte sie die fertig gezapften Biere an den Kellner weiter.
„Und warum machst du’s dir nicht alleine in deinem Hotel oder wo immer?“
„Du bist ein Teil, den Julia liebt, und den möchte ich mit ihr teilen!“
„Ich hab noch eine gute Stunde hier zu tun. Wie soll ich sicher sein können, dass du nicht doch auf krumme Gedanken kommst?“ War Ana noch unsicher „Außer einem Ehrenwort hab ich keine Argumente. Würde dich Julia reinlegen wollen?“
„Nein, niemals!“ „Siehst du! Und ich bin ihr Freund, der sie schon am liebsten morgen heiraten würde.“
„Ohne Anfassen, ja? Wir masturbieren jeder für sich in unserer gemeinsamen Gegenwart, versprochen?“ „Akzeptiert, ich freu mich deinen zierlichen Körper dabei als Vorlage zu genießen.“

„Und ich hab schon lange keinem Mann dabei zugesehen!“ lächelte Ana jetzt das erste Mal.
„Hast du einen Neunundsechziger Portwein? Ich möchte jetzt ein Glas trinken.“ „Nur, wenn du mich auch auf ein Glas einlädst, dann buhlen wir um Julia, wer zuerst umfällt hat verloren! Das ist doch Julias Jahrgang, oder?“ Roman nickte.

Eine Stunde später und nachdem Ana den Kampf gegen ihr Türschloss gewonnen hatte, nahm Roman bei ihr in der Wohnung Platz.
„Gemütlich hast du’s hier“, stellte er die halbvolle Flasche Portwein auf den Tisch.
„Ich bin ein bisschen betrunken“, räumte Ana den Tisch ab. „Ich bin noch der weiße Fleck in einem Atlas, was Männer betrifft, entledigte sich Ana ihrer weißen Schürze und schlüpfte aus dem schwarzen Kleid.
„Aber du bist schon entdeckt! Julia hat dich ausfindig gemacht. Ich folge nur ihren Spuren!“
„Für dich werd ich fremdes Land bleiben, wie du für mich. Willst du duschen?
Ich muss mir den Arbeitstag runter waschen. Seifst du mir den Rücken ein?“
Roman dachte dabei an seine Kündigung und die nahe Zukunft, um nicht aus der Spur zu kommen. „Du kannst ruhig dabei Erigieren!“ „Wie erigiert man ruhig?!“ war die logische Frage Romans.
„Am Sofa! Komm“, trocknete sich Ana ab.
„Willst du neben mir sitzen oder gegenüber? Gegenüber ist der bessere Platz“, empfahl sie, „ist wie die erste Reihe bei einer Premiere!“ setzte Ana ihn auf das Sofa. „Los greif dich an!“
Roman begann zögerlich, den Blick auf Anas Scham und den Finger den sie sich einführte, nicht abwendend.
„Wenn du sehen willst, wie ich komme, musst du auch mein Gesicht fixieren“, spreizte Ana ihre Schenkel und rutschte Roman entgegen.
„Wo bist du? Ich bin fast da!“ beugte sich Ana über Romans Bemühungen. „Vielleicht lasse ich heute meinen Albtraum hinter

mir“, durchzuckte es ihren Schoß bis in den Kopf. „Komm in meinen Mund!“
Ana schluckte und prustete, aber es war kein Ekel dabei. „Da hat sich Julia ganz schön in uns getäuscht, zumindest in mir“, wischte sie sich über den Mund und küsste Roman.
„Kann ich dich zu mehr verleiten?“ „Es ist nicht das männliche Geschlechtsteil grundsätzlich, das mich abstößt“, hob sich Ana aus dem Sofa hoch und verschränkte die Beine unter ihrem Gesäß. „Was dann? „Ich wurde von meinen Klassenkameraden defloriert und förmlich abgefüllt, ich will jetzt keine Details erzählen. Du schmeckst gut“, lenkte sie ab und umarmte Roman. Sie drückte ihn an ihren Körper und streichelte seine Lenden. „Darf ich dich bitten, es mit mir zu versuchen? Ich weiß nicht, wie ich darauf reagieren werde. Wenn ich ein Flop bin gleich ich dir das aus!“ „Ausgleich wie eben? Du willst es probieren, mit mir zu schlafen?“
Ana umarmte ihn: „ Du bist so gescheit“, lachte sie und stand auf. „Ich mach uns einen Käseteller mit ein paar Oliven. Willst du Bier oder den Portwein trinken?“ „Beides“, stand auch Roman auf und ging ihr in den Küchenbereich nach. Ana öffnete die Kühlschranktür. „Was ist da ganz unten drinnen?“ fragte Roman. „Nur Gemüse und Salat.“ „Dann möchte ich als Bouquet ein Salatblatt auf dem Teller!“
„Du willst, dass ich mich ganz nach unten bücke? Bitte greif zu!“ Es war ein übermütiges Übereinkommen, dass sich nicht mehr abwenden ließ.

Julia und Sharona hatten die Lonsdale Road erreicht. Shiva Massage Institute stand von der Portobello Road, wie auch von der Londsdale Road, einsichtig als Leuchtreklame von der Hausmauer weg.
„Da ist es! Zweiter Stock mit Lift.“

„Wir würden gerne Ihre Dienste in Anspruch nehmen“ sagte Julia auf die Frage der Empfangsdame. „Haben Sie einen Angebotskatalog? Meine Freundin ist zum ersten Mal hier.

Wir setzen uns in den Salon, zwei Jasmintees, bitte. Danke!“ Sharona nahm die Angebotsmappe zur Hand und las die Einleitung: „Sexuelle Energieharmonisierung, einfühlsame erotische Massagekunst…Eine modifizierte Form der Tantramassage. Dazu kommt, dass die meisten Menschen ihre sexuellen Wünsche und Sehnsüchte mit Schuldgefühlen oder aus Scham verschweigen. Dieses Verbergen kostet viel Energie. Die Wirkung der Shiva-Massage aktiviert die Lebenslust, allgemeines Wohlbefinden, bringt seelische Ausgeglichenheit und körperliche Entspannung. Na endlich, darum geht's mir!
Was ist“, las Sharona die Angebotsliste weiter, „Shiva-Prostatamassage? So was hab ich nicht.“ „Ich auch nicht, aber was bei Männern Prostatamassage ist, ist einfach das Rectum zu sensibilisieren. Und das hab ich auch! Wir müssen in jedem Fall Shiva-Sensitive wählen, ob als Partner oder einzeln, wenn wir einen Orgasmus haben wollen.“ „Ich will einen“, „ich auch!“ Sharona legte die Mappe beiseite.
„Melden wir uns an der Rezeption an. Nehmen wir männliche Masseure oder Masseusen, gemeinsam oder einzeln?“ fragte Julia.
„Ist ja wie bei der Essensauwahl. Gemeinsam, wenn's nach mir geht und einen Masseur.“ „Ich nehm eine Masseuse mit Prostata-Massage, gemeinsam ist in Ordnung für mich. Es macht mich an, deinen Orgasmus mitzuerleben.“
Julia bestellte das Menü an der Rezeption und die gab ihnen die Zimmernummer bekannt. „Es wird gleich jemand bei Ihnen sein, in der Zwischenzeit können Sie duschen“.
Selbst im Duschraum tönten die Klänge der Sitar. „Bei der Musik schrumpelt mir die Klitoris weg“, motzte Sharona auf. „Lass dich erst mal angreifen, dann stört die Musik nicht mehr“, schäumte sich Julia ab.
Masseuse und Masseur betraten gleichzeitig den Raum. „Wer will von wem eine Massage?“ fragten beide gleichzeitig. „Ich bin

das Arschloch!“ wendete sich Julia dem jungen afrikanischen Mädchen zu. „Hast du Erfahrung auf dem Gebiet?“ „Hab ich schon gemacht, aber nur bei Männern!“ „An dir selbst noch nie?“ Der Masseur begann Sharonas Waden aufwärts über ihren Po bis in die Schultern seine Massage. „Wenn Sie nur reden Lady, wird das nichts!“ wendete er sich Julia zu. „Ich drehe Ihre Freundin jetzt auf den Rücken und bringe sie zur körperlichen Entspannung. Sie können dabei sein oder nachkommen.“ Das Mädchen steckte unter Augenkontakt zu Julia vorsichtig den Finger ins Rectum. „So wie du damit umgehst, hast du es sicher schon an dir probiert? Schön machst du das“, spreizte sich Julia mit ihrem Gesäß dem Mittelfinger des Mädchens entgegen. „Komm Lady, strich sie über die Brüste von Julia, nimm die Beine so weit du kannst auseinander, deine Freundin ist schon knapp davor.“ Sharona war tatsächlich unter den Händen des Masseurs weich geworden und atmete dem Höhepunkt entgegen. „Sag mir, hast du’s dir schon selbst so gemacht?“ umklammerte Julia mit ihren Muskeln und Blutgefäßen den Finger in ihrem Rectum. „Ja, hab ich, und jetzt komm Lady…, wie ich dabei gekommen bin.“

Der Käseteller war bereits halbleer und Ana löste den Gürtel um Romans Bademantel.

„Ich will dich Julia nicht wegnehmen, ich denke nur, durch dich könnte ich mich an Männer wieder gewöhnen. Mach mir nur die Mechanik, lass alles andere aus dem Spiel!“

„Du würdest keine Emotionen zulassen? Wenn wir miteinander schlafen sind wir nicht mehr, die wir waren!

Du bist ein wunderschönes Mädchen und ich kann nicht gefühllos, oder mechanisch, wie du es nennst, mit dir schlafen!

Es sollte nur ein Abreagieren mit deiner Hilfe für mich sein, nicht mehr. So war es von Julia geplant!“

„Und wenn es mir hilft, aus meinem Trauma zu kommen? Ich belaste dich sicher nicht!

Tu mir den Gefallen, mich selbst zu finden. Und wenn es dir Spaß macht, hab Freude daran!“
Ana nahm Roman zärtlich in ihre Hände und führte sich ihn ein.
„Das tut gut, ich hab gar nicht gewusst, was ich über die Jahre ausgelassen hatte.“
„Warte noch einen Moment, ich komme mit“, Ana drückte Roman an sich und bäumte sich ihm entgegen. Roman brachte gleichzeitig seinen Gegendruck in Ana ein.

„Bin ich jetzt ein Lesbenflüsterer?“ drückte er Ana an seinen Körper und küsste sie in den Mund.
„Du bist ein Geschenk von Julia. Das behalte ich für mich. Keine Sorge!“
„Ich möchte, dass du heute Nacht bei mir bist und ich möchte mit dir aufwachen!“

„Ich kann dich morgen Früh in die Mensa fahren. Willst du?“
Angelica zierte sich nicht. „Aber fahren tu ich morgen mit dem Taxi in die Uni. Du musst dich schonen!“
Arthur zog Angelica aus und in sein Schlafzimmer. „Lass dich nicht irritieren, wenn ich an deiner Seite hochkomme. Ich möchte mich nur an dich schmiegen!“
„Ich kann dich friedlich machen und du streichelst mich dabei“, schmiegte sich Angelica an seinen Körper. „Hast du Lust?“ Sie nahm Arthurs Hand und steckte seinen Mittelfinger zwischen ihre Schamlippen. „Schön warm hast du’s da drinnen“, bewegte sich Arthur wohl in ihrer Vagina. „Lass deine Hand nur da! Ich bewege mich!“ nahm Angelica Arthur mit ihren Lippen auf.
Je unruhiger Angelica mit ihrem Schoß dem Höhepunkt ihrer Leidenschaft entgegen strebte, umso mehr passte sie sich auch Arthurs Bewegungen an.
„Konform! Wir sind das ideale Parr, wir sollten heiraten!“

16. Tag

Roman bemühte sich nach dem Aufstehen in Anas kleinem Wohnzimmer, an der Küchenzeile, um ein Frühstück. Bilder von Candida zogen an ihm vorbei. War er jetzt in ihrer Situation? Er wendete den Speck.
Ana trat verschlafen hinter ihn und legte ihre Arme um ihn.
„Scheint ja was dran zu sein, dass man mit Speck Mäuse fängt!“ gab Roman ihr einen Guten-Morgen-Kuss.
„Du wirkst so nachdenklich“, drehte Ana Roman zu sich und blickte ihm in die Augen. „Gib mir bitte vier Eier, sonst verbrennt der Speck“, suchte er auf Abstand zu gehen.
Er schlug sie über der Pfanne auf und gab noch einen Schuss Milch, Salz und Pfeffer dazu. Dann verrührte er alles miteinander. „Hart oder weich? „Weich, um diese Tageszeit!“
Ana legte am Tisch die Teller auf, den halben Laib Brot und die Butter. „Ist der Kaffee schon durch?“
Sie nahm aus einem der Küchenkästchen zwei Schalen und den Kaffee von der Heizplatte. Das alles tat sie komplett nackt. Roman war froh, einen Bademantel übergeworfen zu haben, während Ana voll auf das Frühstück ausgerichtet war.

„War's gestern befriedigend für dich?“ griff Ana nach Romans Hand und drückte sie.
„Es war mehr als das, du hast mich berührt! Ich hab den Sex gestern wie einen Taifun empfunden, der mich in seinem Sog zu entwurzeln drohte. Und wie durch ein Wunder stehe ich, nur mein Haus hat Schaden genommen.
Ich muss mein Haus wieder neu bauen.“
„Du meinst doch nicht zerstörte Liebe?“ „Doch, meine ich!“
Es trat eine lange Schweigepause ein.
„Es tut mir leid wegen gestern. Ich bin sicher, Julia wird dir beim Wiederaufbau helfen! Ich bereue, ihrem Vertrauen mir gegenüber, nicht nachgekommen zu sein. Nimm bitte meine

Entschuldigung mit dir. Du hast mich wieder zu einer Frau werden lassen, die keine Abneigung vor Männern mehr hat."

Julia peitschte ihr Programm durch. Sie hatte eine Power Point Präsentation mit Bildern vom winterlichen Wien zusammengestellt. Voran den Stephansdom, die Michaelerkirche, die Peterskirche, den Graben mit der Pestsäule, die Oper und natürlich die romanische Ruprechts-Kirche. Das Riesenrad durfte dabei auch nicht fehlen.
„Wann sind die Fotos entstanden", fragte Richard Christian. „Im Vorjahr!" „Und wann da?" „Zwischen Ende November und März", antwortete Julia. „Wir brauchen Schnee aber schon im September! Die Kulisse ist wunderschön, kriegen Sie das mit Fotomontagen hin? Sonst nehmen wir St.Elmo in Kanada. Da schneit es fast das ganze Jahr über", lachte er.
„Sir, mit den richtigen Equipments und Computerprogrammen, mach ich Ihnen Zimbabwe zum Wintersportparadies! Es sind nicht meine ersten Erfahrungen mit Fotomontagen!"
„Und der Oskar geht", stand er auf und hob Julias Hand hoch, „nach Wien!"

„Miss Roberts!" trat Tommaso hinter sie, "wollen Sie diesen Triumpf heute mit uns Italienern feiern?" Sie zog ihn vom Buffet in Richtung Ausgang. „Ganz schön mutig von dir, den Auftrag angenommen zu haben, kann zum Kamikaze Flug werden!" nahm er Julia um ihre Taille.
„Weiß ich auch, aber ich möchte wieder mal in Wien sein. Das krieg ich schon hin!"
„Herrentoilette oder Damentoilette? „Du meinst einen Quickie?"
„Ja, bevor alle ausgetrunken haben und die Toilettenanlagen aufsuchen!"

„Damen-Klo, das riecht weniger", verschwanden sie nach einem Blick nach links und rechts hinter der Tür.

„Ich bin aber trocken!“ ließ sich Julia das Kleid über ihr Gesäß hochschieben. „Ich hab eine Frühstücksportion Kaffeobers von der Kaffeebar mitgenommen, das sollte reichen.“ träufelte er die dickflüssige Sahne zwischen Julias Gesäßbacken und den Überschuss in ihr Rectum. „Bereit?“
„Bereit, sei aber leise dabei!“
„War schön mit dir zu frühstücken“, klopfte er Julia danach auf ihre nackten Pobacken.
„Stellst du dich bitte an die Tür, ich muss mich reinigen und fertig werden will ich auch!“ setzte sich Julia wieder auf die Brille.“Bist du nicht…?“ „Nein, war ein bisschen zu exzentrisch unter dem Aspekt, dass jemand reinkommen könnte. Aber ich spür dich noch und das möchte ich für mich ausnutzen! Geh schon, als Frau auf der Damentoilette falle ich weniger auf als du!“ „Ich kann dir auch dabei zusehen, wenn dir das hilft?“
„Würde sehr helfen“ seufzte Julia auf.
Sie zog ihre Beine so weit an, dass sie mit den Fersenabsätzen an der Klomuschel halt fand. „Lass mich kommen, lieber Gott“, wichste sie ihre Klitoris auf und ab und rundherum.“Streichle meine Brüste, Tommaso….Ich komme“ zuckte Julia mehrmals in sich zusammen.
„Was hältst du vom Big Boss, den Auftrag nach Wien vergeben zu haben?“ Zwei Frauen waren in den Raum gekommen. „Wir haben in Oslo ebenso schöne Kulissen, wie Wien sie hat, und mehr Schnee.“ „Aber auch nicht im September! Der September ist der magische Monat, eine Winterkollektion zu präsentieren“, antwortete die andere Stimme. Das Gespräch wurde nur vom Urinieren der beiden Stimmen unterlegt. „Warum nicht der Eispalast in Grönland? Ich war dort ein halbes Jahr Beverage Managerin.“ Du kennst dich mit Weinen aus? „Ja nur mit der Temperierung hatten wir Probleme!“ hörten Julia und Tommaso, wie sie das Toilettenpapier abrollten und raschelnd ihrem Schritt einfügten. Dann die Wasserspülung.
Die beiden traten an die Waschbecken und wuschen sich die Hände „Was hältst du von Julia Roberts?“ „Sie scheint mir sehr fähig zu sein. Ich finde, sie ist eine ausgesprochen schöne Frau. Ich würde auch gerne so aussehen und ihre Ausstrahlung haben.“

Tommaso drückte in der engen Abortzelle Julias Hand an seine Brust und küsste sie auf dem Mund.
Als die beiden die Toilettenanlage verließen, sagte Julia: „Jetzt mach schnell, dass du bei gutem Wind hier rauskommst. Ich will nicht kompromittiert sein."
Julia kontrollierte ihr Kleid rundum auf Kaffeeobers oder Spermaflecken. Tommaso hatte aufgepasst! Wenn ich jetzt Gusto auf einen kleinen Braunen bekomme, so brauche ich nur mehr einen Espresso schwarz zu bestellen. Den Rest habe ich schon in mir, lächelte sie innerlich.

Richard Christian trat neben Julia ans Mittagsbuffet, die sich ein paar Pasteten und grüne Salatblätter auf den Teller legte. „Miss Roberts! Darf ich Sie als unsere diesjährige V.I.P am Abend zum Essen einladen?"
„Tut mir leid, mein Flieger geht um siebzehnuhrzehn." „Aber Sie brauchen erst morgen auschecken. Ihr Zimmer ist bis dahin reserviert! Wohin und warum Ihre Eile?"
„Ich flieg nach Edinburgh, mein Vater heiratet!" „Ich nehme an, Sie sind sich Ihrer Verantwortung Christian's gegenüber bewusst. Ich bin Christians!" „Sir, ich werde Sie weiterhin mit meinen Arbeiten überzeugen, wenn Sie mir den Abstand lassen, den ich benötige. Ich habe Körpernähe zur Arbeit schon in Lissabon mit den Vogue Leuten abwenden müssen. Machen Sie es mir bitte nicht auch noch schwer! Ein Dinner mit Ihnen scheint mir besser für Volontäre Anreiz sein zu können!"
„Ich akzeptiere! Ich kann mir schon Ihre eiskalten Bilder aus Wien vergegenwärtigen, nach unserem Gespräch eben. Kann ich Sie zum Flughafen bringen?" „ Nach Heathrow? Und meine Cousine auch, Sie wissen schon Sharona?"
„Reizendes Mädchen, ich hab ihre Ablichtungen in Vogue und im La Perla-Katalog gesehen."
„Sie brauchen nicht in Vorfreude zu schwelgen. Die Volontärzeit überspringe ich mit ihr und mache sie zu einem Star."
„Ich glaub, ich brauche das Kontra!", trank Christian seinen Manhattan aus. „Je länger ich mich mit Ihnen unterhalte, desto

klarer wird mir, meine Nächte nur oberflächlich eingerichtet zu haben, und die Tage alleine zu leben.
Sie haben meine Wertschätzung“, reichte er Julia die Hand zum Einschlagen. Julia nahm sie aufrichtig an.
„Reicht es, wenn wir um sechzehn Uhr fahren? Ein Glas Champagner noch?“
Julia verneinte. „Am Flughafen, um die Wartezeit zu verkürzen, vielleicht! Ich muss noch packen und Sharona anziehen!“

„Gehen wir eine Tejo Kreuzfahrt machen..? Die beginnen mit der Nachmittagssonne um fünfzehnuhrdreißig vom Praca do Comércio aus, unterhalb der Alfama mit der Kulisse des Burghügels und seinem Castelo", stellte Ana die Frage in den Raum. „Oder wir können ein Fährschiff nehmen, nach Barreiro übersetzen und dort was Essen. Wann fliegst du heute?" „Um achtzehn Uhr!" „Dann geht sich eine obligate Kreuzfahrt sowieso nicht aus. Wir können auch eines der vielen Boote am Delta anmieten. Hast du ein Motorschiff-Patent" „Ja, habe ich, ich lebe ja mit und vom Wasser!"
„Dann fahren wir, und ich mach dir den Reiseführer. Wenn du willst, helf ich dir im Hotel zu packen."
„Das Notwendigste habe ich schon beisammen. Julia und ich kommen nach Edinburgh ja wieder nach Lissabon zurück. Ich hab nur einen Koffer und mein Notebook und Waschzeug im Handgepäck. Gibst du mir einen Kuss?"
Ana schlüpfte vor ihm in die Unterwäsche. „Dreh dich um, wenn ich mich anziehe", lachte sie, ohne auf seinen Wunsch einzugehen.
„Das hast du deinen Kuss", knutschte sie seine Wange, als sie angezogen war.
„Ich fahr uns in die Hafenmeisterei, hast du deine Papiere dabei?" Roman kramte in seiner zerschlissenen Jeans die Gesäßtaschen durch. „Da", wies er stolz über seinen Fund, den Ausweis vor.
„Dann los, wir fahren ans andere Ufer der Mündung, nach Barreiro", verbiss sich der Schlüssel hinter Ana im Schloss beim zusperren.

„Wie viele Male kann man vom Leben Abschied nehmen, was meinst du?" Ana sah ihn fragend an „Allgemein?" „Nein, Gleichzeitig! Erschrickt sich die Liebe, wenn sie sich zufällig gegenübersteht, vor sich selbst?"
„Scheiße, du bist verliebt in mich!" schlug sich Ana mit der flachen Hand an den Kopf. „Wenn ich dich da raus hole, wirst du immer wieder den Halt verlieren und meine Hilfe brauchen. Ich kann dein Sicherungsseil nicht sein und Julia dabei abstürzen lassen!"

Roman startete die Dieselmotoren. „Du hast Recht. Ich verdränge dich wie das Wasser vor dem Bug!“ schob er den Gashebel nach vorn.
Ana hielt sich, an auf sie zukommenden Fakten, fest
„Das ist die Die Brücke des fünfundzwanzigsten April, auch Vasco da Gama genannt und am Berg da oben ist die Statue des Erlösers mit Aussichtsterrasse. Welche Perspektive man sich davon auch immer von diesem Punkt erhofft.“ „Ich weiß“ sagte Roman“, ich habe den Reiseführer gelesen.“
Die Gischt wurde eins mit seinen Tränen. Der Hafen von Barreiro kam in Sicht und Roman reduzierte die Geschwindigkeit und seinen Tränenfluss. Ana stand am Bug und ließ sich den Wind durch ihre nackenlangen schwarzen Haare wehen. Ihr Kleid hob sich bei Windböen bis über ihre Unterwäsche hoch. Sie hielt es mit einer Hand im Schritt zusammen und wendete sich Roman zu.
„Leben ist Abschied nehmen, ununterbrochen. Du wolltest eine Antwort. Das ist sie!“

Roman parkte das Boot ein und half Ana den Steg hinab an den Kai. „Essen wir in der Innenstadt, im Hafen oder in der Marina?“ Ana nahm seit einer guten Stunde erstmals seine Hand zwischen ihre Finger. „Am Fischereihafen! Und dann spazieren wir am Wasser entlang und lassen unsere Schwingungen ausklingen…“

„Ich empfehle dir hier den Fischeintopf Caldeirada. Ist eine Spezialität des Landes“, sagte Ana, nachdem sie Platz genommen hatten. „Sieht schon aus wie das Meer“, breiteten sich Romans Augen über dem Delta aus. „Obwohl es nur die Mündung eines Flusses ist! So viel kann aus einem kleinen Wässerchen werden!“ „Ich verstehe deine Anspielung. Mach es mir nicht schwerer, als es schon für mich ist.
Dürfen Skipper trinken?“ „Wenn sie dabei nicht erwischt werden oder was beschädigen, immer!“
„Dann lad ich dich auf eine Flasche Wein ein, willst du?“ „Nur keinen Vinho Verde, sonst jeden!“ erinnerte er sich an diese Zeit.

„Wie alt bist du?“ fragte Ana. „Achtundzwanzig, warum?“ Ana rechnete zurück. „Also eine Flasche neunzehnsechsundsechziger Vintage Portwein, bitte und zwei Gläser“, bestellte Ana beim Abräumen des Tisches bei der Kellnerin. „Aber der kostet ein Vermögen!“ warf Roman ein.
„Du musst auf Grund meines Verhaltens dir gegenüber seit heute Morgen annehmen, dass du mir nichts bedeutest oder wert bist. Das möchte ich damit korrigieren.
Ich mach’s nicht wegen Julia, dich abzuweisen. Ich tu’s für mich. Und du solltest es für dich tun, weil unsere Gegenwart gleichzeitig Zukunft ist, die wir nicht gemeinsam haben können.
Roman sah auf das ruhige Wasser hinaus: „Du sagtest Leben ist Abschied nehmen, ununterbrochen? Ich hab so einen traurigen Satz noch nie in meinem Leben gehört!“
„Dann beobachte die Natur! Frühling, Sommer, Herbst und Winter, tauschen sich aus. Betrachte den Fluss. Hier im Delta ist er bereits ein alter Mann. Seine Strömung lahmt und wird doch aus den Bergen ständig wiederbelebt. Aber Tejo bleibt er!“
Ana füllte die Gläser zur Hälfte nach.
„Das sind aber alles Abschiede von Wiederholungen, wenn ich das richtig interpretiere?“ fragte Roman und nahm auch einen Schluck Portwein.
„Keine Jahreszeiten und kein Tropfen Wasser haben die gleichen Merkmale. Es sind unterschiedlichste, wenn du so willst, Fingerabdrücke. An Partnerschaften, wie auch an Eindrücken, die uns berühren. Du kannst den Augenblick nicht zweimal mit demselben Griff danach überlisten.
Das meinte ich mit ununterbrochenem Abschiednehmen. Das Leben umarmt uns rücksichtslos, sekündlich!“
„Und wenn es meine Sehnsucht, mit dir zu schlafen, zurückweist?“ „Das liegt an uns“, suchten Anas schwarze Augen Romans Gesichtszüge zu interpretieren. „Meine Enthaltsamkeit ist auch nur begrenzt“, antwortete Ana leise. „Nach meiner Theorie kann ich nach jedem Tod wieder auferstehen. Sekündlich! Nehmen wir den Rest des Weins mit an Bord?“
„Du würdest…?“ „Ich werde!“ zahlte Ana und nahm Roman an der Hand zum Hafen hinunter.

Richard Christian verließ um fünfzehnuhrdreißig sein Büro und hinterließ die Nachricht, zum Flughafen zu fahren. „Ich bin mobil zu erreichen, wenn was anstehen sollte. Sind eigentlich noch Gäste im Salon?“ „Ist noch alles in vollem Gange“, antwortete die Direktrice. „Einen guten Flug wünsche ich noch, Sir!“
„Ich bringe nur Miss Julia Roberts und ihre Cousine zum Heathrow Airport, danach komm ich wieder! Halten Sie bitte die Stellung bis zum letzten Gast.“ „Wie letztes Jahr, vier Uhr morgens?“ fragte sie spitz. „Ich gebe Ihnen zwei Tage Urlaub danach“, zog er die Tür hinter sich zu und ging den Korridor in die Hotelräumlichkeiten.

„Da sind Sie ja“, steuerte er in der Lounge des County Marriotts auf den Tisch von Julia Roberts zu. Er deutete einen Handkuss an, um sich danach unmittelbar Sharona vorzustellen.
„Sie haben ja tolle Begeisterung in der Modewelt ausgelöst!“ Er ließ seine Hand über der von Sharona liegen. Julia warf ihm einen maßregelnden Blick zu, worauf er sich zurückzog und die Beine überkreuzte. Julia trug ein Prada Kostüm mit Bluse, wegen der Temperaturen in Edinburgh und Sharona eine Kreation von Lagerfeld mit einem Halsschal, den sie aber neben sich auf den Sessel gelegt hatte.
„Ich hab gehört, Julia ist Ihre Mentorin und der heilige St. Florian, falls es Sie irgendwo brennen sollte?“ lachte Richard Christian, Sharonas Gesicht musternd. „In Natura sind sie noch viel schöner als in Hochglanz!“
Ein Mittvierziger, gutaussehend und der Boss-Boss, Sharona sah Julia ratlos an.
„Wollen Sie was trinken, ich lade sie ein!“ Julia sah auf die Uhr. „Wir sollten bald losfahren, um die Zeit ist Rush Hour in London!“
Das Dekolleté Sharonas war nur mit einem dünnen Faden um den Busen zusammengehalten, den Christian telepathisch zu öffnen versuchte. „Einen Bourbon bitte“, bestellte er bei einem der befrackten Pinguine, ohne den Blick von Sharona zu nehmen, „und zwei Sherry für die Damen.“

„Das Einchecken auf Inlandsflügen läuft innerhalb von zehn Minuten ab“, beruhigte Christian Julia.
„Gönnen Sie mir den Ausblick! Das ist es doch, was Sie beunruhigt?“ Sharona fühlte sich wie Ware und packte sich in ihren Schal ein.
Christian machte den Wagenschlag auf, um Sharona neben sich einsteigen zu lassen. Er schubste ein bisschen nach, um Julia dabei nicht den Vortritt zu lassen. Julia machte sich den hinteren Wagenschlag selber auf und stieg unmutig ein.
„Haben Sie denn kein Automatikgetriebe in Ihrem Bentley, dass Sie Ihre linke Hand ständig auf der Mittelkonsole und darüber hinaus bewegen müssen?!“ „Ist schon in Ordnung Julia, es ist nur Petting und es ist angenehm mit einem Lederhandschuh.“ beschwichtigte Sharona.
„Safer Sex im Auto! Und was mach ich dabei?“ „Sie können das genauso wie ich mit nach Hause nehmen und dort ausleben. Oder jetzt und da! Platz haben Sie ja genug im Fond.“ Stopp and Go-Verkehr ist geil“, zog Sharona, uneinsichtig für Julia, den Handschuh von Christians Hand und legte ihn ins Handschuhfach.
„Haben Sie nicht“, sagte Christian, den Kopf leicht nach hinten wendend, „das Bedürfnis, Empfindungen spontan freien Lauf lassen zu wollen, nachzugeben?“
Durch die schwarz getönten Scheiben des Wagens nahm Julia ein bizarres London wahr.
„Ich soll hier hinten masturbieren und Sharona Ihnen da vorne einen runterholen? „Ist doch eine Basis für einvernehmlichen Sex, oder?“ kam die kurze Antwort von Christian. „Oder wäre Ihnen ein Chauffeur als Zeuge dabei lieber“, schaute er in den Rückspiegel.
„Ich kann’s mir machen wo ich will, warum sollte ich es in Ihrem Wagen tun?“
„Weil Sie im Flieger dann vielleicht besser schlafen können. In der Flieger-Toilette würde Sie dabei sicher ständiges Klopfen an der Tür aus dem Rhythmus bringen. Ich bin Viel-Flieger, ich weiß wovon ich spreche.“

Julia kam die Chemie hoch, wie sie beim Flug nach Lissabon schon am liebsten auf Roman masturbiert hätte.
Sharona hatte die ganze Zeit über keinen Einwand entgegengebracht. „Willst du dir wirklich klebrige Hände machen?“, fragte Julia jetzt Sharona direkt. „Nicht klebriger, als seine Hand jetzt schon ist!“.
„Nun gut, dann stehen wir jetzt zu dritt im Verkehr!“
Sharona reichte Julia ein Flacon Eau de Parfum aus der Mittelkonsole des Bentley. Christian registrierte es ohne Hinterfragung, und ließ sich den Hosenbund von Sharona öffnen. Piccadilly Circus. Zirkus! Was für treffender Name für das, was jetzt im Wageninneren abzugehen begann!
„Du musst mir ein Taschentuch drüber halten wenn ich komme, sonst hab ich Flecken auf dem Anzug und ich muss anschließend noch in die Firma!“
Wenn ich mit seinem Eau de Parfum fertig bin wird er riechen wie ein Arschloch, dachte Julia beim Einführen des Fläschchens. Dann ließ sie sich in die Situation fallen, bis Christian, der Boss-Boss, den Wagen grunzend und abrupt zum Stehen brachte. „Das Taschentuch!“ Bei, „ich hab alles geschluckt“, wurde auch Julia fertig und gab das Eau de Parfum Sharona zurück.
„Sie haben noch eine halbe Stunde Zeit bis zum Abflug“, eselte sich Christian mit drei Koffern bepackt, hinter Sharona und Julia zum Checkpoint und der Gepäcksaufgabe.
„Ich bedanke mich für eben jetzt und Ihre Arbeit weiß ich, zu honorieren, Miss Roberts. Ich wollte Ihnen diesen Scheck über zehntausend Pfund nicht vorher geben. Sie sollten sich nicht käuflich fühlen. Ich werde Sie beide sehr vermissen!“ Christian küsste Julia links und rechts auf die Wange und Sharona auf den Mund. „Richard, ab heute für Sie, wenn Sie das akzeptieren wollen. Auch bei offiziellen Anlässen, halbe Sachen mache ich keine!“ „Wir akzeptieren, Richard“, sagten beide synchron. „War ein schöner Nachmittag mit Ihnen, haben Sie einen guten Flug, Sharona, Julia“, entließ er sie und wendete sich dem Ausgang zu.
„Hat er jetzt ein Arsch-Parfum, ja?“ Julia grinste und sie lachten beide. „Komm, ein Glas Macallan geht sich noch locker aus! Im Flieger gibst nur die Standardwhiskys, oder kalten Rotwein!“

Angelica suchte den Zettel mit den Ankunftszeiten von Julia und Sharona, während Arthur sich rasierte und duschte. Sie hatte ihm ein dunkelgraues Sakko zu seinem Kilt über den Sessel gelegt und die neu gekaufte Kappe und den Schal dazu. Es regnete ausnahmsweise nicht, doch der Himmel war bedeckt. Wolkenfetzen zogen in schneller Folge vom Firth Of Forth herauf und die ersten Nebel stiegen im zur Neige gehenden Tag auf.
„Wie sehe ich aus?" trat Arthur mit seiner Mütze vor sie hin. Sieht man den Verband darunter? „Nur wenn man es weiß", umarmte sie ihn. „Wann kommt Julia an? Ich hab nur den Abflug von Heathrow um siebzehnuhrzehn gefunden. Länger als eine dreiviertel Stunde fliegt sie sicher nicht. Wir sollten losfahren!"

Julia erkannte schon von Weitem ihren Schal um Vaters Hals. Als sie Vater erreicht hatte warf sie ihre Hände um ihn. „Vorsicht", gebot Angelica, „seine Wunde ist noch nicht ausgeheilt". „Herzlich willkommen in Edinburgh", drückte Arthur seine Tochter an sich. „Das ist also aus dem kleinen Mädchen von vor zehn Jahren geworden. Muss ja ganz schön an Futter gekostet haben", drückte er auch Sharona an sich. „Wie geht's meinem Bruder, deinen Eltern? Schade, dass sie nicht zur Hochzeit kommen können, man heiratet ja nur zweimal! Sagtest du nicht, dass Roman auch kommt?" sah er Julia fragend an.
„Er fliegt direkt von Lissabon an", Julia sah auf die Anzeigentafel. „Quantas Flug 147, voraussichtliche Ankunft von Lissabon um zwanziguhrfünf."
„Dann hol ich in er Zwischenzeit meine Eltern von Bahnhof ab und bring sie ins Calodonian, damit sie sich frisch machen können. So eine Bahnfahrt von Thurso ist ganz schön anstrengend. Um spätestens zwanziguhrdreißig bin ich wieder da. Gehen wir alle gemeinsam in der Stadt was essen?"
Arthur grinste unter seiner Schottenmütze. „Ist schon alles organisiert." Und zu Julia: „The Witchery by the Castle. Erinnerst du dich? Als ich noch nicht bei Geld war, haben deine Mutter und ich dich oft daran auf den Schultern vorbeigetragen. Ich hab dir

dann immer Gespenstergeschichten erzählt, und dass sich da drinnen vor achthundert Jahren die Hexen und Zauberer getroffen hatten. Erinnerst du dich noch? Heute hexen und zaubern sie da drinnen noch immer, aber nur in der vorzüglichen Küche."
„Ich muss jetzt zum Bahnhof, sonst komme ich zu spät, wir sehen uns dann hier in der Empfangshalle des Flughafens?" verabschiedete sich Angelica. „Ihr wartet sicher auf Roman?"

„Bist du ein Lord?" fragte Sharona Arthur. „Nein, die Kleidung alleine macht sowas nicht aus. Ich bin nicht einmal >Sir<. Spazieren wir ein bisschen durch die Shopping Mall, wir haben noch eine gute Stunde Zeit, bis die Maschine von Roman landet."
Sharona hatte sich eine pastellene Schottenmuster-Bluse gekauft und gleich angezogen. Mit nichts drunter fühlte sie sich in diesem Land doch ein wenig unterkühlt. Julia feixte, als Sharona aus den Shop kam: „Und gar keine Halbstrümpfe im Schottenkaro?"
„Können wir was Trinken", lenkte Sharona ab und stieß damit auf keinen Widerstand.
Gegenüber der Ankunft waren einige Cafés und Schnellimbisse.
„Hunger solltet ihr noch eine Stunde hinten anstellen. Der Tisch in der Witchery by the Castle ist zwischen neun und neunuhrdreißig reserviert", versuchte Arthur die beiden Mädchen vom Imbiss wegzulocken.
„Wir haben eine Stunde Zeitverschiebung hierher", liebäugelten beide mit den Kuchen aus der Vitrine.
„Ich nehm Feuillentine of Raspberries, Teigblätter mit Himbeerfüllung, das beruhigt den Magen, aber füllt ihn nicht" Und ich, sagte Sharona ein primitives und ausgiebiges Apple and Calvados Tart" „Für mich", sagte Arthur „einen doppelten Macallan und ein Glas Wasser!" „Für uns auch", setzten Sharona und Julia fast gleichzeitig ein.

„Willkommen in Schottland. Tut mir leid, dass das mit dem Regen heute nicht geklappt hat! Sonst regnet es immer."
„Wie ist dein Programm morgen", fragte Julia nach dem letzten Aufnehmen der Brösel von ihrem Teller. „In der Früh hast du

deinen Termin beim Gynäkologen. Du kannst ab acht Uhr da sein. Das Hotel, in dem ihr untergebracht seid, ist nur einen Katzensprung von meiner Wohnung, in der Prinzess Street, entfernt. Wir können auch gemeinsam vorher frühstücken und ich vertreibe mir die Zeit, die du beim Arzt bist damit, Sharona auszufragen. Würde mich interessieren was mein Bruder da in Portugal so treibt."
Quantas, Flug 147 from Lisboa – landed, las Julia auf den Bildschirmen. „Ich muss in die Ankunftshalle", unterbrach Julia das Gespräch.
Als Arthur gerade ansetzen wollte, Sharona abzufragen, setzte sich Angelica an ihren Tisch."Eltern planmäßig im Hotel abgeladen! Sie nehmen ein Taxi ins Restaurant. Alle passen nicht bei mir ins Auto. Können wir, wo ist Julia?"
„Im Arrival, Romans Maschine ist eben aus Lissabon angekommen." „Ich brauch ein Mineral", setzte sich Angelica neben Arthur.
Es war eine kurze und sympathische gegenseitige Aufnahme zwischen Roman und Arthur, als Julia ihn vorstellte. Arthur lief die Zeit um zwanzig Jahre zurück und brachte ihm Emotionen an ihn und Juliane in Erinnerung. Ein schönes Paar, möge Gott, oder wer immer gerade Zeit dafür hat, das segnen! Meinen Segen habt ihr, dachte er den Gedanken zu Ende.
Angelica hatte ihr Mineral ausgetrunken und sah vorwurfsvoll auf ihre Uhr. „Arthur wir müssen! Lasst uns beim Abendessen weiterplaudern!"

„Auch wenn es für Sie tragisch war, so empfinde ich immer noch angenehm den zitternden Körper ihrer Tochter, als sie sich Sorgen um Sie gemacht hatte. Ich war von einem Moment zum anderen vollkommen in ihr Leben einbezogen. Entschuldigen Sie", legte Roman bedächtig Messer und Gabel parallel auf den Teller.
„Ich verstehe, was Sie meinen" sagte Arthur, „Der Gedanke eines möglichen Verlusts intensiviert den Sinn einer Partnerschaft. Das ist ein elementarer Grund, warum Menschen in Not

zusammenhalten. Ich mache Ihnen keinen Vorwurf daraus. Passen Sie gut auf meine Tochter auf!“
„Ich liebe Ihre Tochter, auch wenn ich auf dem Weg zu ihr Hürden nehmen musste. Doch sie war jede Einzelne wert gewesen.
Wie steht es mit Ihnen, Mister Roberts. Haben Sie jeden Tag den gleichen Weg zurückzulegen, zum Beispiel, wenn Sie in die Arbeit gehen? Weiß Ihre zukünftige Frau, wo sie Sie finden kann? Wir, Julia und ich wissen das nicht voneinander. Ich beneide jeden, der den Weg seiner Liebe kennt!“
Angelica und Sharona hatten sich während des Gesprächs mit sich und der Dessertkarte bekannt gemacht. Julia ließ sich von Angelicas Eltern über Thurso erzählen. Es war ein gelungener und bunter Abend, der sie alle einander nähergebracht hatte.
„Fahr du deine Eltern und Roman ins Caledonian“, küsste Arthur Angelica und drückte Roman die Hand. Ich geh mit meiner Tochter und meiner Nichte die paar hundert Meter zum Castle hinauf und komme mit dem Taxi nach. Dann nehmen wir im Hotel noch einen Schlaftrunk!“
„Und wenn ich mein Auto morgen mit dem Taxi abhole? Ich hab einen guten Parkplatz! Roman und meine Eltern waren noch nie in Edinburgh und heute ist es ausnahmsweise nicht extrem nebelig. Wir könnten durch Princess Street Gardens ins Hotel spazieren. Gemeinsam!“
„Wenn ihr alle wollt, gerne. Ich kenne da jeden Weg, weil ich jeden Morgen im Park laufen gehe. Ist aber gespenstisch!“ „Ist doch das, was man sich in Schottland erwartet“, sahen sich Angelicas Eltern an und Roman griff nach Julias Hand. Sharona ging leer aus, bis Julia sie um die Schulter nahm. „Lasst uns gehen!“
„Wie ist dein Konzept für morgen?“ fragte Julia nochmals. „Wir werden im ältesten Gebäude der Stadt heiraten. In der Kapelle der heiligen Margaret im Castle, um sechzehn Uhr. Die Kapelle entstand eintausend und neunzig, als Gott womöglich noch göttlich war.“
„Gibt’s eine Kleidungsvorschrift?“ fragten beide Mädchen fast gleichzeitig.

„Nein, eure Kostüme, die ihr heute tragt, sind absolut passend. Sharona könnte ihre Schottenmuster-Bluse ebenfalls gegen eine neutrale Bluse tauschen. Ich trage meinen Kilt mit warmer Unterwäsche und einen dunklen Blazer, Angelica, nehme ich an, einen ihrer geliebten knöchellangen Wildlederröcke. Und natürlich einen obligaten Brautschleier. Wegen ihres Alters“, drückte er Angelica an sich.
„Wir dürfen kirchlich heiraten, weil Juliane ja verstorben ist.“
„Evangelisch?“ fragte Julia. „Ja, in der Landessprache, was immer das in Englisch für dich bedeuten mag.“
Sie hatten den Burgberg mit dem beleuchteten Castle erreicht und tauchten in das nebelige Dunkel des Parks ein.
„Anschließend gehen wir ins Caledonian im Pompadour essen und machen danach vorsichtig“, Arthur deutete an seinen Kopf, „Hochzeitsnacht!
Zwischen acht und neun Uhr möchte ich dich morgen bei Doktor >Sweet< Henry Leyle wissen.“ Wieso >Sweet<?“ So nennt ihn sein schwuler Freund!“
Arthur führte sie über Fußwege direkt an die Princess Sreet ins Hotel. Die mächtigen dunklen Mauern des Castle hinter sich lassend.
Ein schwuler Frauenarzt, das war die Lösung! Sie drückte ihrem Vater einen Kuss auf die Wange und drückte Romans Hand fest. Sie würde eine Untersuchung im neutralen Bereich über sich ergehen lassen!
Nach einem >Abhänger< im Hotel gingen Angelica und Arthur zu Fuß nach Hause. Der Rest bezog die Zimmer des Caledonian. Der Nebel war dichter geworden und Roman konnte beim Blick aus dem Fenster das Castle nicht mehr ausnehmen.
„Komm ins Bett, lass uns miteinander schlafen“, zog Julia Roman vom Fenster weg.

17. Tag

Die Schulkommission aus London traf gegen Mittag in Edinburgh ein. Ein Constable meldete sie bei MacGillian an. „Ist Mac Pherson schon im Haus?“ bekam er eine verneinende Antwort. Die drei Herren mit Melonen, die sie beim Eintreten abnahmen, stellten sich als interne Revision vor. Auf ihre Anfragen legte ihnen MacGillian die Berichte und forensischen Beweise, den Vorfall auf der Uni betreffend, vor.
„Wissen Sie, wann Professor Arthur Roberts wieder einsatzfähig ist? Diese älteste Universität Edinburghs benötigt schnellsten wieder eine Leitung. In knapp zwei Monaten beginnen die Semester. Darum wird unter unserer Aufsicht schnellstmöglich eine neue Wahl des Rektors veranlasst.“
„Heute heiratet Mister Roberts, ich denke, ab morgen kann er Ihnen zur Verfügung stehen!“
Miss Karen Albright oder Mister Roberts, beriet sich der Ausschuss. „Wir fahren jetzt in die Uni und aktivieren den gesamten Lehrkörper zu einer Entscheidung morgen Vormittag. Danke für Ihre Auskünfte, Sir, Detective Chief MacGillian!“

MacGillian packte wieder seine Chicken Nuggets aus der Schreibtischlade, als das Telefon klingelte. „Sylvia am Apparat, kannst du mal in die Pathologie runter kommen?“
MacGillian blieb das Herz stehen als er den Seziertisch sah. James MacPherson! Er war abgestellt, den Drogenhandel im Großraum Firth of Forth aufzudecken.
Es waren mindestens zehn Messerstiche in dem leblosen Körper. „MacGillian nahm ihm das festumschlungene Röhrchen mit Tabletten aus der Hand und legte ihm die Hände über dem bereits wieder zugenähten Körper zusammen. „Hat er?“ „Nein“, sagte Sylvia. Sein Mageninhalt war sauber, sein Blut ist es ebenfalls. Er

ist gestern knapp nach neun Uhr abends von einer Streife, niedergestochen, am Gehsteig aufgefunden worden."
„Und ich hab ihm noch dazu verholfen, Detective zu werden." MacGillian nahm das Gesicht von MacPherson zwischen seine Hände und konnte seine Tränen nicht halten. „Weil du auch immer böser Polizist spielen wolltest!
Auch wenn wir uns bis gestern gesiezt hatten, du warst mein einziger Freund!
Wo sind die polizeilichen Berichte und wo ist das passiert?", löste er sich von der körperlichen Umklammerung MacPhersons.
„Vor dem Lancers, Hamilton Place fünf. Einer Nobeladresse indischer Restaurants, deswegen wurde er auch so schnell gefunden." „War ein Notarzt da?" „Ja aber er konnte nicht mehr helfen. Dieser Stich", Sylvia zeigte auf einen aufwärtsgeführten Einstich unterhalb seines Herzens, „brachte ihm den Tod."
„Ich hoffe für James, dass es der erste war", wendete sich McGillian ab. „Ich geh mit ein paar Männern in das Lokal, ich lass alle festnehmen und auf Drogen oder Drogenbesitz überprüfen, egal wie ausgesucht die Gesellschaft dort auch sein mag. Ich komme heute später nach Hause, bis gar nicht, wenn ich im Büro über der Arbeit einschlafe!"
„Pass auf dich auf, Francis!" „Wir sehen uns spätestens in der Früh" drückte er Sylvia herzhaft und küsste sie.
MacGillian orderte seine Leute an die Adresse und ging ins nächste, noch offene, oder schon wieder geöffnete Pub.
„Den kürzesten Kaffee, den Sie zustande bringen und den besten Whisky, den Sie im Haus haben", bestellte er. Bei mir war es nur eine Niere, „Du wirst mir fehlen, James MacPherson!" sagte er so laut, dass ihn der Wirt irritiert anschaute. „Mit Verlaub Sir, Sie sollten nach Hause gehen, irgendwann ist es für jeden von uns genug!"
„Ist schon gut, ich trinke nur auf einen Kollegen, der heute Nacht ermordet worden ist. Interessiert Sie und die Welt wahrscheinlich genauso, wie wenn in China ein Fahrrad umfällt. Das ist das Schmerzlichste daran!"
„Hallo", meldete sich MacGillian am Funkhandy. „Chief, wir haben drei Leute wegen Drogenbesitzes festnehmen können,

einer davon hatte ein Messer dabei, dass auf die Tatwaffe passen könnte!“
„Ich bin gleich bei euch!“ bezahlte MacGillian und verließ die trostlose Morgenstimmung in dem Pub. „Holt mich bitte am Revier ab, ich kann jetzt nicht selber Auto fahren, mein Vergaser spinnt“, meinte er damit seinen Whiskykonsum.

„Wie sehe ich als Hochzeiter aus?“ drehte sich Arthur vor dem Spiegel “Ohne der Stutzen und dem Sakko, wie eine alte Frau in einem Schottenrock“, gab Angelica Arthur einen Klaps auf den Po. „Komm frühstücken!“ „Was ziehst du an?“ „Ich liebe naturfarbene Lederröcke und über meine weiße Bluse zieh ich ein weißes Cape an. Da passt der Schleier im Ton dazu. Ich lass den Büstenhalter weg, mein Busen schaut darunter so schön lasziv aus“, kokettierte sie mit ihrem Körper.

Doktor Henry Leyle öffnete eine verschweißte Packung mit Ärztehandschuhen und zog sie über seine Hände. „Glauben Sie mir, noch unpersönlicher kann ich die Untersuchung nicht gestalten! Ihr Vater hat mich über Ihre schnelle Libido informiert. Was auch immer passiert, verlässt diesen Raum nicht. Ich praktiziere jetzt seit dreißig Jahren und leite im Memorial Hospital das Labor. Außerdem sehe ich nur eine Notwendigkeit Ihre Vagina zu untersuchen. Auf was Sie in Ihrem Kopf daraus machen, oder er mit Ihnen, darauf nehme ich keinen Einfluss!“ „Wo kann ich meine Kleidung ablegen“, fragte Julia. Doktor Leyle wies auf einen Raumtrenner „Legen Sie ihre Wäsche ruhig über meine am Sessel!“ Julia warf auf Zehenspitzen einen Blick über den Rand des Paravents. Weißes Hemd, Krawatte und der weiße Kittel waren noch an ihm! Er lachte und Julia entspannte sich, als sie nackt hinter dem Paravent vor ihn trat. „Ich darf Sie bitten erste Reihe fußfrei Platz zu nehmen. Ich werde Ihnen dieses Spekulum einführen, richtete er sich die Stirnlampe auf Julias Vagina ein. Er entschied sich für eine Plexiglas-Version, die ihm auch Einblick an die Seitenwände der Vagina und nicht nur auf die Cervix erlaubte. Danach entfernte er das Spekulum. „Miss Roberts, ich muss Sie da drinnen abtasten. Mit meinen Fingern!“
„Müssen Sie, oder wollen Sie? „Wenn Sie wissen wollen wo Ihre Schmerzen herkommen, dann muss ich!“

„Entspannen Sie sich, ich hab's gleich." Doktor Leyle hatte den wunden Punkt gefunden als Julia mit einem Schmerzlaut versuchte die Beine zu schließen.
„Ich hab das Übel. Es scheint ein Polyp zu sein. Ich werde Ihnen nochmals das Spekulum einführen und dann den Auslöser ihres Schmerzes aus der Vagina entfernen. Das wird ein bisschen zwicken, ist aber gleich vorbei."
Julia gab sich tapfer, „ich bin bereit", versuchte sie sich den Instrumenten, die Leyle ihr einführte gegenüber wehrlos zu verhalten.
Julia zuckte heftig zusammen und schrie auf! „Schon vorbei", beruhigte sie Doktor Leyle und nahm die Gewebeprobe mit der Pinzette und danach das Spekulum aus ihrer Scheide.
„Sie sollten die nächsten paar Stunden eine Slipeinlage tragen. Haben Sie welche dabei?"
Julia verneinte und Leyle drückte ihr drei Päckchen aus einer seiner Laden in die Hand „Ich untersuch die Probe noch heute im Labor.
Jetzt ziehen Sie sich endlich an, ich kann keine nackten Frauen mehr sehen!" lachte er und schob Julia hinter den Paravent. „Es tut weh!" warf Julia ein. „Ich hab auch nicht den Ruf, dass Frauen in meiner Ordination einen Orgasmus bekommen!" Julia war mittlerweile angezogen. „Ist Gebärmutterhals-Krebs eine Option?" fragte sie zögerlich. „Mutter ist daran gestorben!"
„Ich weiß es nicht, Sie sollten sich bis zu einem Ergebnis aber auf keinen Fall den Spaß an der Hochzeit Ihres Vaters nehmen lassen." Things Happen ging Julia durch den Kopf, als sie kleinlaut, unsicher und vorsichtig ins untere Stockwerk zu ihrem Vater ging.
„Hast du Unterwäsche", fragte sie Angelica, „die du mir borgen kannst? Ich muss eine Slipeinlage tragen. Ich blute nach dem Eingriff ein bisschen."

Die drei Herren aus London betraten die Mensa der alten Universität."Dürfen wir kurz um Ihre Aufmerksamkeit bitten?" Es wurde still im Saal, das Besteckgeklimper auf den Tellern verstummte. „Wir hätten gerne den Lehrkörper anschließend in der Bibliothek versammelt gewusst. Es geht um Ihrer aller Zukunft und die der Universität!"
Die Bestecke wurden wieder aufgenommen und die Professoren verließen nach Fertigwerden, einer nach dem anderen die Mensa. Alle, auch die Studenten, die über den Sommer am Campus geblieben waren, wussten ja mittlerweile, was um und mit Professor Doktor Arthur Roberts geschehen war.
„Mein Name ist Sir Edward Aberdour", eröffnete er nach dem Eintreffen des Lehrkörpers in der Bibliothek, seine Ansprache. „Ich und meine zwei Kollegen sind eingesetzt, die Universität mit einem neuen Rektor zu besetzen. Die Wahl findet übermorgen statt, nachdem Mister Roberts heute heiratet und morgen einen Tag auf Hochzeitsreise ist. Wozu ihn unsere besten Wünsche begleiten." Knöchelklopfen auf den hölzernen Pulten unterbrach ihn.
Sir Edward Aberdour räusperte sich und zählte die Anwesenden durch. Es waren siebenunddreißig.
„Die Frage heute an Sie ist, wollen Sie zusätzlich Kandidaten aufstellen, oder es zu einer Stichwahl zwischen Mrs. Albright und Mister Roberts kommen lassen. Wir haben Ihnen Formulare für die Einreichung eventueller Interessenten für das Amt des Rektors an der Old University auf Ihre Pulte gelegt und würden diese gerne in der nächsten halben Stunde einsammeln. Morgen um elf Uhr geben wir Ihnen dann die Entscheidung bekannt, wer aufgestellt ist. Meine Dame, meine Herren, wir wünschen Ihnen einen schönen Nachmittag. Meine beiden Kollegen werden Ihre Vorschläge entgegennehmen", verabschiedete sich Sir Edward Aberdour.

MacGillian parkte seinen Wagen gegen neun Uhr vor der nobelsten Curry-Bude Londons, dem Lancers am Hamilton Place fünf.
Drei Streifenwagen mit Blaulicht standen quer geparkt davor und Constable kümmerten sich darum, die Schaulustigen vom Zutritt abzuhalten.
Jetzt muss ich den bösen Polizisten spielen, betrat er voller Zorn das Lokal. Er nahm in dem abgedunkelten Raum drei Inder mit Handschellen aus. Am liebsten hätte er sie zerquetscht, wie Kakerlaken.
„Wer von Euch ist der Boss? Der Messerstecher wohl kaum, der wird bloß als ausführendes Instrument wegen Mordes verhaftet. Drecksarbeit wird ja immer delegiert!
Wer von Euch ist der Drogendealer?“ zerrte MacGillian das Gesicht des Bestgekleideten an den Haaren hoch. „Ansehen und Reden! Jetzt!
Wir haben Rauschgift in Basmatireis-Jutesäcken gefunden, um ganz Edinburgh damit high zu machen!
Ihr könnt auch weiter schweigen. Wir haben einen Antrag auf Abschiebung nach Indien gestellt, wenn Euch unsere Gefängnisse nicht liegen.
In welchem Labor stellt ihr die Tabletten her, die mein Kollege mit in den Tod genommen hatte?“
MacGillian ließ die Kopfhaare wieder los und wendete sich der Toilettenanlage hinter der Küche zu. Momente später kam er mit der Klobürste zurück. „Wie ist dein Name?“
Schweigen!
„Wenn du nicht einmal Scheiße reden willst, dann friss sie“, stopfte MacGillian ihm die Klobürste in den Mund.
Als der Mann nur mehr röchelte, hielten zwei Constable MacGillian zurück. „Chief, Sir, das Arschloch ist Ihre Karriere nicht wert!“
„Führt ihn ab, er hat fürchterlichen Mundgeruch, und die anderen beiden nehmen Sie auch mit!“ beruhigte sich MacGillian langsam.
„Wo ist der Geschäftsführer? „Der kommt immer erst um sechzehn Uhr. Nehmt alle Absperrungen weg und gebt keine

Pressemitteilung raus“, sagte er, als der erste Fernsehwagen auch schon vorfuhr.
„Shit, jetzt ist er vorgewarnt. Von wo aus hat sich MacPherson das letzte Mal gemeldet?“ „Er war am Hafen, am Firth Of Forth.“
„Lassen Sie alle Schiffe, die bis dahin ihre Ladung gelöscht haben, kontrollieren und nehmen Sie Drogensuchhunde mit. Wie heißt der Geschäftsführer?“
Dedective Leutenant Banchory blätterte seinen Notizblock durch: „Salman Avhasi, er hat die englische Staatbürgerschaft, er ist Inhaber des Lokals und hat eine seetüchtige Motoryacht und zwei Limousinen der Oberklasse. Abgesehen von einigen Stadthäusern.“
„Kümmern Sie sich bitte um einen Durchsuchungsbefehl, es ist Gefahr im Verzug. Ich fahr an den Hafen. Eine Streife soll mit mir kommen, aber ohne Blaulicht, die Hunde nicht vergessen! Sie machen das mit der Presse?“setzte sich MacGillian ins Auto und fuhr los.

Sharona klopfte bei Julia und Roman an die Zimmertür. „Kann ich so gehen?“
„Wann hast du das gekauft?“ fragte Julia, als Sharona in Kniestrümpfen mit Schottenrock, weißer Bluse und einer Krawatte im Schottenkaro, die Tür öffnete. „Kann ich so gehen?“
„Vater wird begeistert sein, nicht alleine wie ein Schotte dazustehen.“ sagte Julia und Roman, der auch an die Tür getreten war, nickte bestätigend. „Kommt rein, wir trinken noch einen Macallan, dann fahren wir mit dem Taxi. Es nieselt ein wenig“ schlug Julia vor. „Findet ihr mein Outfit wirklich nicht kitschig?“ vergewisserte sich Sharona nochmals „Nessy ist kitschig, aber nie du“, tat Roman seine Beteuerung in Anwesenheit Julias sofort leid.
Julia hatte das überhört oder auch überhören wollen.
Fast gleichzeitig fuhren die Taxis auf der Esplanade vor dem Castle mit allen Familienmitgliedern vor. Einsteen stand im Torbogen mit seinem Kilt und der Schärpe seiner Universität. Arthur hielt Angelica an seiner Hand und ging voran durch das Torhaus des Castle. Sechs Dudelsackpfeiffer schlossen sich an und im Blitzlichtfeuer der Fotoapparate von unumgänglichen Touristen um diese Jahreszeit, schritten sie auf die Kapelle zu. Der Pfarrer reichte ihnen die Hände entgegen und hieß sie in einem der ältesten Gotteshäuser der Stadt willkommen. Er reichte Wein und Oblaten und sprach über jedem ihrer Häupter einen persönlichen Segen aus.
Als Roman das Glas an die Lippen gereicht wurde, sagte Roman. „Hochwürden, ich möchte die Frau an meiner Seite heute heiraten!“
Julia hoffte, dass niemand ihr Herz klopfen hörte. Sie lehnte sich fest an Roman und flüsterte, „Es ist doch die Hochzeit von Vater, ich weiß nicht ob er teilen will. Er hat sicher was Ganzes verdient!“
Der Geistliche stellte den Wein auf den Altar zurück und deckte die Oblaten mit einem weißen Tuch ab.
„ Mister Roberts, Ihrer Tochter ist in diesem Moment ein Heiratsantrag von Mister Polansky gemacht worden. Lassen Sie es zu, sich alle vier vor Gott das Ja-Wort zu geben?“

Arthur nahm seine Julia in die Arme, „warum hast du mir nichts davon gesagt?“ „Weil ich’s gerade eben erfahren habe“, traten Julia Freudentränen in die Augen. „Jetzt, wo ich beim Arzt war, steht nichts mehr zwischen Roman und mir!“

Auch Sharona und Angelica drückten Julia an sich. Arthur zog Roman beiseite. „Sie…Du hast das nicht geplant, richtig? Wir können dir nachher unsere Ringe borgen!“

„Nein, ich hab das nicht geplant, Aber seit Julia auf meine Frage gesagt hatte, zum richtigen Zeitpunkt würde ihre Antwort kein >Nein< sein, trage ich zwei goldene Ringe mit mir. In meiner Sakkotasche bin ich schon über eine Woche mit ihr verheiratet, sie hat es nur noch nicht bemerkt!

Darf ich um die Hand Ihrer Tochter anhalten, Sir?“

Arthur nahm Roman zur Seite: „Julia hat Gebärmutterhalskrebs, Doktor Leyle hat mich, noch bevor wir die Wohnung verlassen hatten, informiert. Es gibt da schon gewaltige Metastasen, letztes Stadium!“ Arthur bekam Tränen in die Augen. „Lassen wir sie glauben, es seien Freudentränen“, umarmte er Roman fest. Roman lief in den Regen hinaus und heulte sich vor der Kapelle aus. Julia sah ratlos ihren Vater an. „Hast du ihm meine Hand nicht gegeben?“ „Ich hab ihm beide gegeben, damit er dich halten kann, in guten, wie in schlechten Zeiten!“

Der Raum mit seinen fünfmal knapp vier Metern wäre zu klein für eine Orgel. Der Pfarrer gab den Dudelsackpfeiffern ein Zeichen und Roman kam aus der feuchten Kälte wieder in die Kapelle. Außer der Wärme, die die beiden Paare und natürlich auch Angelicas Eltern, Sharona und Einsteen sich gegenüber einbrachten, war es saukalt und feucht in dem alten Gemäuer. Die Pfeifer quetschten das uralte Lied >Auld Long Syne< aus ihren Ziegeneutern. Und der Regen rann draußen und spülte die schaulustigen Touristen weg…

„Mister Salman Avhasi?“ teilte MacGillian die anstehende Meute am Buffet. „Entschuldigen Sie, oder auch nicht, meine Störung Ihres Brunchs. Das macht keinen Unterschied.
Ein Kollege von mir ist heute in den frühen Morgenstunden erstochen vor Ihrem Lokal aufgefunden worden. Die Spur führt hierher in den Hafen.
Sie sind verdächtigt, mit Rauschgift zu handeln oder zumindest vom Handel zu wissen. Bis zum Eintreffen der Spürhunde und des Durchsuchungsbefehls möchte ich Ihre aller Hände nur am Buffet sehen.
Kommt Ihr Reis und Curry aus Mittelamerika? Wenn ich mir so Ihre Geschäftspartner ansehe, sind das keine indischen Kaufleute!“
„Freie Marktwirtschaft, noch nie davon gehört, das bezieht Kolumbien mit ein“, grinste Avhasi. Grinsen musste ein Geheimzeichen sein, die Waffen zu ziehen. MacGillian ließ sich zu Boden fallen und leerte sein Magazin im sich Abrollen in Richtung der Mündungsfeuer.
Gott sei Dank traf in dem Moment der Überfallswagen mit zwanzig ausgerüsteten und mit schusssicheren Westen bekleideter Constable ein.
Sie trieben die sieben bis acht Leute an Deck zusammen und legten ihnen Handschellen an. Danach stieg der Staatsanwalt aus seiner Limousine und kam an Bord. „Sie sind ja verletzt, MacGillian!“ „Ist nur ein glatter Durchschuss. Ich vermute, dass die Pillen hier an Bord hergestellt werden. MacPherson musste ein Röhrchen davon als Beweis entwendet haben und Salman Avhasi in seinem Lokal zur Rede stellen gewollt haben.
Wie ich ihn einschätze, wollte er einen Lorbeerkranz seiner Abteilung und endete mit einem Ehrenbegräbnis.“ sagte MacGillian verbittert.
Der Notarzt beugte sich über MacGillian und nahm sich dann weiteren zwei verletzten Kolumbianern an.
„Sie fahren jetzt ins Spital, den Rest übernehmen wir. Können Sie alleine gehen?“ MacGillian nickte, „ich vermute noch Personal, soweit man Chemiker so nennen kann, an Bord. Die sind durch die Schießerei sicher vorgewarnt! Seien Sie

vorsichtig!“ „Machen wir Chief“, sagte Detective Leutenat Banchory und verschwand mit den Spürhunden in der Motoryacht nach unten.

„Wir sind Mann und Frau!
Sind wir das nicht immer schon, ich Mann, du Frau?“ „Ja, aber bis eben waren wir nur du Tarzan, ich Jane!“ wirbelte Julia freudig um Roman herum. „Puh, jetzt ist mir schwindlig.“ Sie ließ sich aufs Sofa fallen.
„Wir haben Oral-Sex, ja? Ich hab heute einen kleinen vaginalen Eingriff gehabt, dauert noch ein paar Tage bis wir klassischen Sex haben können. Aber Hochzeitsnacht möchte ich trotzdem machen. Ich Mrs. Julia Polansy-Roberts!“

„Bringen wir uns in die Kosten für die Hochzeit mit ein?“ fragte Julia.
Roman lag mit offenen Augen neben ihr im zerknüllten Bett und streichelte ihre Brüste. „Ja, natürlich. Nur glaube ich nicht, dass dein Vater das zulassen wird. Der wird froh sein, dich in deinem Alter unter die Haube gebracht zu haben!
Das wird ein blauer Fleck“, war die Reaktion Romans auf Julias Rippenstoß. „Dann trink ich noch einen Macallan, bis ich so blau werde wie du“, stand Julia auf und schenkte sich ein Glas halbvoll ein.
„Weißt du, was Glücklichsein für mich bedeutet?“ sagte sie danach: „Ein und das selbe zu Hause zu haben! Die Tür zu öffnen und erwartet zu werden. Das gemeinsame Frühstück nach der Nacht und mit jemand in der Früh um die Toilette kämpfen zu müssen.“ Julia kuschelte sich wieder ins Bett zu Roman. „Ich werde dir immer Parole bieten, sonst ist es ein Leben alleine.“

Ihre Zimmerfenster im dritten Stock waren gekippt und das Prasseln des immer stärker werdenden Regens auf den Baumblättern drückte Roman die Augen zu.

18. Tag

„Vater hat angerufen“, rüttelte Julia Roman wach. „Ob wir mit zu den Macallans Mittagessen fahren. Um neunuhrfünf geht ein Flieger von Edinburgh nach Aberdeen. Von da aus nehmen wir einen Mietwagen und fahren die Whiskyroute nach Craigellachie. Angelicas Eltern wollen in Edinburgh bleiben und sich die Stadt ein bisschen ansehen. Was hältst du davon?“ rüttelte sie neuerlich Roman aus seinem Albtraum.
Roman ließ die fünfundzwanzig Rosen in das Erdloch fallen und weinte. „Du weinst ja, was ist los, hast du schlecht geträumt?“
„Geht schon wieder“, versuchte er seinen Tränenfluss unter Kontrolle zu bringen. „Ich liebe dich mehr als alles auf der Welt“, drückte er Julia an sich. „Ich geh überall mit dir hin!“
„Dann müssen wir aber schnell beim Frühstück sein, ohne was im Magen möchte ich nicht fliegen!“ Sie griff sich an die Bauchdecke und zuckte zusammen. „Mir ist schwindelig, ich glaub ich muss mich übergeben. Steh auf“ brachte Julia noch hervor und lief ins Badezimmer. „Ich fühl mich ganz schön schwach heute und zittrig.
Wenn ich es nicht besser wüsste, würde ich sagen ich bin schwanger.“
„Hat dir Doktor Leyle keine Medikamente verschrieben?“ „Doch, hat er, aber das sind laut Indikation Morphine, solche Schmerzen hab ich aber nicht. Dusch dich und wir gehen frühstücken. Dad und Angelica und die anderen sind sicher auch schon unten.“

Mit >unten< war im zweiten Stock des Caledonian Hotels eine ganze Etage mit Glaswand und Blick auf Princess Street Gardens mit dem Castle auf den schwarzen Basaltfelsen im Hintergrund gemeint. Der Regen hatte sich über Nacht verzogen und die aufgehende Sonne blinkte und blitzte auf den Wassertropfen der Blätter von Blumen und Bäumen in der Grünanlage.

„Habt ihr alle gut geschlafen? Ich finde Regen angenehm zum Einschlafen. Wir hatten die ganze Nacht das Fenster gekippt gelassen“, stellte Arthur die Kaffetasse wieder auf den Tisch. Arthur und Romans Blicke kreuzten sich. „Holen wir uns was zu essen, du hast ja noch gar nichts auf deinem Teller“, forderte Arthur Roman auf, mit ihm ans Buffet zu gehen.
„Wie geht's Julia“ fragte Arthur besorgt, während er wahllos Wurstblätter auf seinen Teller legte.
„Sie nimmt die Tabletten, die ihr Doktor Leyle verschrieben hat nicht, und sie hat heute Morgen erbrochen. Sie hat keine Chance, oder?“
Arthur schüttelte den Kopf und schob die Wurst wieder von seinem Teller zurück auf die Anrichteplatte.
„Ich möchte mir noch einmal ihre Kindheit vergegenwärtigen. Deswegen der Abstecher an den Spey und zu den Macallans. Auch wenn das jetzt egoistisch klingen mag. Ich brauch einen menschenwürdigen Abschied!“
„ Angelica weiß Bescheid?“ fragte Roman. „Ja, sie ist meine Frau!“

„Wie lange hab ich meine noch? Was meinst du?“
„Wahrscheinlich keine Woche mehr“, wurden Arthurs Augen feucht.
„Wird sie Schmerzen haben?“
„Nicht wenn sie ihre Tabletten nimmt!“
Julia gesellte sich zu Ihnen ans Buffet. „Ihr solltet nicht Plaudern sondern Essen aufnehmen, der Flieger geht in einer knappen Stunde!“
Sie nahmen beide Julia um die Taille und küssten sie links und rechts auf die Wange.
„Du hast recht, wie geht's dir? „Gut ein bisschen schwindlig und der Eingriff von gestern zwickt noch ein wenig.
Kommt, ich geb euch was auf die Teller, die Leute hinter uns warten schon auf den Zugriff!“

„Sir, Mister Roberts“, sagte Einsteen, „Wenn Sie wollen bringe ich Sie zum Flughafen. Es war eine wunderschöne Hochzeit und Ihre Wahl der Unterbringung, wie auch der Speisenfolge,

exzellent! Wir sehen uns in acht Tagen zur Entfernung der Nähte und bis dahin bitte keine Überanstrengungen!" dabei wechselte sein Blick zu Angelica.
„Abends sind wir wieder da", wandte sich Arthur an die Eltern von Angelica. Doktor Einsteen, Sie wollen nicht mitkommen?"
„Nein vielen Dank, ich hab eine ganze Menge aufzuarbeiten. Was nehmen Sie da für Medikamente?" sprach er Julia an, die sich drei Tabletten auf die Hand legte und sie mit Orangensaft runterspülte. Julia gab ihm bereitwillig die Packungen und Einsteen las jeden Beipackzettel aufmerksam durch.
Betroffen sah er danach auf.
„Warum sollen immer nur Frauen gemeinsam auf die Toilette gehen? Machen wir eine Herrenrunde", sprach er Arthur und Roman, im Sessel zurückschieben, an. Der Vater von Angelica hob sich ebenfalls aus seiner Sitzposition.

„Ihr könnt ja in der Zwischenzeit ein Damenkränzchen abhalten" lachte Arthur gekünstelt.
Sie gingen nicht auf die Toilette sondern blieben in der Lifthalle zu den Stockwerken stehen. Nur der Vater von Angelica stand ratlos im Korridor mit seinem Urindrang. „Sir, geradeaus, zweite Tür links! Wir haben was zu besprechen, bleibt aber unter uns?!"
„Sie wissen um den Krebs Ihrer Tochter und Ihrer Frau?" sprach Einsteen beide Männer an.
„Wie wollen Sie ihr gegenüber damit umgehen? Totschweigen? Das hat sie sich sicher nicht verdient. Lassen Sie sie am Leben teilhaben bis zum Abschied. Der Tod schweigt sie dann noch lange genug an.
Sie wird die letzten Tage immer schwächer, auch durch die Medikamente, und dann eventuell in einem Spitalsbett sterben müssen. Sie sollten ihr sagen, was auf sie zukommt. Sie scheint mir so lebensbejahend, dass Sie ihr keine Sekunde davon vorenthalten sollten." Roman rannen schon wieder die Tränen über die Wangen.
„Ich flieg mit ihr morgen nach Lissabon, sie will mir noch so viel davon zeigen", wischte er sich die Tränen aus den Augen. „Sagen

Sie‘s ihr Roman, Sie wird es aus Ihrem Mund richtig einzuschätzen wissen!“
Arthur drückte Roman an sich und Einsteen legte Ihnen beiden die Hände auf die Schulter. „Für Sie ist es ebenso fürchterlich, wie für Julia, damit umzugehen. Aber verhalten Sie sich dem Unausweichlichem gegenüber fair!“
Roman kamen die Worte des Pfarrers wieder in Erinnerung: Nehmt Zeit, Euch kennenzulernen. Liebe ist keine eine Nacht Sache! Die Zeit schien Julia aber genau jetzt im Stich zu lassen. Und mich mit ihr, quälte sich Roman.
„Sagen wir’s Sharona?“ Arthur nickte, „es wäre Verrat an jedem, der Julia liebt, es nicht zu sagen“, gingen alle drei zurück in den Frühstücksraum.
Als endlich auch der einzig Pinkelnde sich wieder an den Tisch gesetzt hatte, sah Einsteen auf die Uhr. „Lasst uns losfahren. Ohne Koffer dauert die Abfertigung maximal zehn Minuten, trotzdem drängt die Zeit. Wir müssen mit starkem Morgenverkehr rechnen!“
„Ich will nicht im Flieger an der Toilette anstehen, ich komm gleich wieder.“ Sagte Julia und übergab ihr Frühstück in die Klomuschel.
Arthur kümmerte sich am Flughafen um einen Mietwagen in Aberdeen.

Wann ist der richtige Zeitpunkt, einen Menschen auf sein Sterben vorzubereiten? Das hat Einsteen nicht gesagt, als er sie am Airport abgesetzt hatte.
„Wir haben jeweils in der Reihe elf zwei Sitze links und drei rechts. Ich sag’s Sharona, hatte sich Arthur, während Julia auf der Toilette war, zu Roman gebeugt. „In der Luft sind wir dem Himmel am Nächsten.“

„Ich hätte dich nicht geheiratet, wenn ich das gewusst hätte! Ich kann nicht einmal weinen. Zwei Whisky“, bestellte Julia bei der Stewardess und trank beide hintereinander in einem Zug aus

Selbstmitleid hilft mir jetzt auch nicht, oder? Es ist endgültig?
Roman griff nach ihrer Hand und drückte sie an seine Brust und vergrub sein nasses Gesicht in ihrem Nackenhaar. „Ja!“
„Na gut“, lehnte sich Julia an den weißen Überzug der Kopfstütze zurück und sah aus dem Fenster in die ungetrübte Sonne über der Wolkendecke. „Ob mit Achtzig oder mit Fünfundzwanzig, Abschied bleibt Abschied!“
Sharona quälte sich aus der Dreiersitzreihe gegenüber und fiel Julia heulend um den Hals.

MacGillian wurde mit dem Notarztwagen vom Spital nach Hause gebracht. „Durchschuss des Muskelgewebes am linken Oberarm. Nicht gefährlich, aber schmerzhaft“, hatte ihn der Arzt in häusliche Pflege entlassen.
MacGillian hatte sich vier Löffel Kaffee gemerkt und die Wassermenge dafür, als Sylvia die Wohnung betrat.
„Um Gotteswillen, was ist passiert, nahm sie ihm die Kaffeekanne aus der Hand. Setz dich, ich mach das schon!“
Während Francis ihr eine abgespeckte Version der Schießerei heute in der Früh vortrug, hatte Sylvia die gemeinsame Kaffetasse auf den Tisch gestellt und gefüllt.
„Trink einmal, bin gespannt wie er dir schmeckt“, schob er die Tasse Sylvia über den Tisch. „Die nächsten vierzehn Tage bin ich Hausmann!“
„Du lernst schnell, was den Kaffee angeht, aber kannst du auch Bügeln, Staubsaugen, Wäschewaschen und den Geschirrspüler einräumen! Hausmann ist nicht gleich Hausfrau. Sonst bräuchte kein Mann zu heiraten.“ „Ist das jetzt ein nachträglicher Heiratsantrag?“ Sylvia ging nicht darauf ein und fragte ernst: „Willst du einen Polster unter deinen Arm, hast du Schmerzen?“ Nachdem Francis verneinte, sagte Sylvia: „Heiratsanträge zu machen ist Männersache. Unsere Aufgabe dabei ist es sie abzulehnen, um nicht Bügeln, Wäschewaschen…und so weiter, zu müssen. Oder Krankenschwester zu spielen“, legte sie Francis die Hand auf den untergeschobenen Polster. „Du hast deine Chance verpasst!“ grinste sie Francis breit an und genoss ihre Fürsorge.

Sie hatten knapp eine halbe Stunde effektive Flugzeit nach Aberdeen benötigt.
„Dyce, der Flughafen, ist zwar zirka zehn Kilometer vom Zentrum entfernt, ich zeig euch trotzdem die Union Street und die Castle Street, dann habt ihr Aberdeen auch schon gesehen“, sagte Arthur. „Wenn jemand Bedarf nach Pinkeln hat können wir auch wo einen Tee, oder ein Bier trinken“. Er sah dabei Roman an.“ „Haben wir“, sagten Angelica und Sharona fast gleichzeitig.
„Wo stell ich das Auto ab“ wendete sich Angelica Arthur zu…
„Hinter der Fußgängerzone!“, wies er ihr den Weg an. „Und wir machen ein paar Schritte. Tut uns nach dem Flug sicher allen gut. In der Innenstadt sind die meisten alten Gebäude aus dem berühmten silbernen Granit aus der Umgebung, aber dunkelgrau von Emissionen, soweit sie nicht regelmäßig gereinigt werden. Um die Kathedrale Saint Machar ist das Studentenviertel. Ich war da vor ein paar Jahren an der Universität Gastdozent. Da gibt es eine Kirche, die als Pub umfunktioniert worden ist.“
Als Arthur seine Tochter vor der steinernen Kulisse aus hundertjährigen Bögen und Mauervorsprüngen, zierlich und winzig ihren Tee trinken sah, wurde ihm sein Herz zu eng.
„Kommt“, sagte er, „gehen wir ans Licht!“
Julia empfand Aberdeen beim Verlassen des klerikalen Pubs durch seine aneinandergereihten Häuser in ihren dunkelgrauen Granitfassaden, bedrohlich.
„Was gibt’s zu essen?“ fragte sie. „Ich hab mein komplettes Frühstück auf der Toilette gelassen.
„Ein Festmahl! Ihr wisst ja, dass der männliche Teil meiner Familie bis in meine Linie dort Blendmeister waren. Das muss so seit etwa Achtzehnhundertneunzig gewesen sein. Die Destillery ist noch immer zum Großteil im Familienbesitz der Macallans.
„Ich hab dir dort am Spey Schiffchen aus Papier gebaut“, machte Arthur die Augen zu und vergegenwärtigte sich das kleine glückliche Wesen, dass nie Ruhe geben konnte.
Roman hing ebenfalls den Momenten mit Julia nach. „Woran denkst du, Julia?“ fragte er als er die Augen wieder aufschlug.
„Solange ich noch denken kann, denke ich an dich! Halt mich fest!

Fliegst du mit mir nach Lissabon, ich hab dir noch so viel zu zeigen und so wenig Zeit dafür!" „Mach ich", drückte Roman sie im Fond des klapprigen Renaults an sich. „Und dann nach Wien. Ich möchte nicht alleine in einem Grab liegen." jetzt weinte Julia erstmals.

Eine Stunde später hatten sie Craigellachie erreicht und bogen zum Herrschaftshaus der Macallans ab. Angelica parkte den Wagen unter einmal Hupen vor der Auffahrt hinter einem schnittigen Aston Martin in rot. „Ah, der Junior ist auch da." „Wieso weißt du…?" Der Seniorchef ist älter als ich, da fährt man keine offenen Sportcoupés mehr!"
Die Haushälterin bat sie, einzutreten und führte sie in die Wohnküche, wo noch immer der alte Herd und der Kamin daneben in Betrieb waren. Die Tafel war festlich gedeckt, allerdings ohne Tischtuch, um das alte Holz der Tischplatte nicht zu verstecken.
„Nehmen Sie bitte Platz, ich muss mich um die Kochtöpfe kümmern. Mrs. Vera, ihr Mann Mortimer und ihr Sohn Peter werden gleich kommen. Sie finden Tischkärtchen vor."
Arthur nahm die Menükarte von der Tischmitte auf und las sich durch.
Die Vorspeise zu lesen bedurfte mehr Zeit als sie später zu essen: „Cornish Crab Salad With Lime And Pimentos, Grilled Scallops And A Warm Poatato Chive Salad On A Red Pepper Sauce. Ein Vorspeisenteller aus Krebsen und Fleischsalat mit gegrillten Jakobsmuscheln und warmen Kartoffelsalat auf einer Soße aus roten Paprikaschoten. Danach Clear Wild Mushroom Soup With Chives, klare Suppe mit Waldpilzen und Schnittlauch. Die Pilze wachsen hier in der Gegend", fügte Arthur erklärend ein: „Und? Gressingham Duck with Honey and Parnsnip on a Ginsauce . Ente mit Honig und Pastinaken Püree auf einer Gin Soße. Die Enten sind sicher vom Ufer des Spey. Hoffentlich sind sie nicht geschossen worden, wegen eventueller Schrottkörner im Fleisch", sagte er belustigt. „Und die Nachspeise?" fragte Julia.

Arthur nahm die Karte nochmals zur Hand, Nachspeisen waren nicht seine Sache. „New Forest Dessert, bestehend aus Maronen, Pilzen und Weinbrandsoße."
„Kennen die in Craigellachie keine Sachertorte mit Schlagobers", fragte Julia und suchte Verständnis bei Roman zu finden.
„Mutter hat, was ich noch so aus meinen Kindheitserinnerungen mitgenommen und später aus ihren Erzählungen erfahren habe, das Rezept dagelassen."
Die Hausherren kamen mit dem Junior in den Raum und begrüßten erst Arthur und dann den Rest der Gäste. „Herzlichen Glückwunsch zur Doppelhochzeit und alles Glück fürs Leben!"
Julia warf im Aufstehen den Sessel um und lief ins Vorhaus hinaus. Roman entschuldigte sich und ging ihr nach.
„Haben wir was Falsches gesagt, Arthur?" fragte Mortimer und schaute ratlos auf seine Frau. „Das Glück fürs Leben war der Auslöser. Julia wird innerhalb kurzer Zeit sterben! Und sie weiß es." Vera und Mortimer sahen sich bestürzt an. „Ist schon in Ordnung. Keiner kann ihr dabei helfen, damit fertig zu werden", beruhigte Arthur.
„Wir sind alle nur Schauspieler in einem Drama, und die Dramaturgie hat ihr dieses Leben vorgegeben. Wir haben alle bei der Geburt schon den Eintritt in das Schauspiel bezahlt. Wir sollten nicht aufstehen und gehen, nur weil uns ein Teil davon nicht gefällt. Keiner von uns verlässt das Schauspielhaus und keiner entzieht sich der Ehrerbietung Julia gegenüber. Bitte! Angelica, Roman, Sharona und ich, werden ihr eine Standing Ovation geben. Mein tapferes kleines Mädchen", zerbröckelte Arthurs Stimme.

Der Junior spielte mit seinem Autoschlüssel herum. „Was ist Martha, können wir die Vorspeisen endlich haben", drehte er sich dem Herd hinter sich zu.
„Schweig Peter!", stand Mortimer auf, und wendete sich Arthur zu: „Ich gehe ihre Tochter reinholen."
Julia und Roman setzten sich mit geröteten Augen wieder an den Tisch.

„Sie haben einen Wunsch bei mir offen", legte Martha ihre dicken, kurzen Finger, nachdem sie die Vorspeisen auf den Tisch gestellt hatte, links und rechts auf Julias Schultern. Aber sie legte nicht ihr Gewicht darauf, sondern streichelte sie nur sanft.
„Sachertorte mit Schlagobers?" fragte Julia zögerlich. Meine Mutter hat einmal ein Rezept bei Ihnen hinterlassen..."
„Ich hab's noch, Miss..., Mrs. Julia. Bis zum Kaffee mach ich die Torte fertig!"
Nach dem Vorspeisenteller ging Mortimer an einen Kasten, der sicher ein paar hundert Jahre alt war und öffnete die klemmenden Flügeltüren. „Da hab ich von jedem Jahrgang eine Flasche Macallan. Julia, neunzehnzweiundsiebzig/dreiundsiebzig?" Julia lächelte wieder. „Danke für Ihr Kompliment, aber es müsste schon eine Neunzehnneunundsechziger-Abfüllung sein!"
Mortimer kam damit an den Tisch zurück und öffnete die Flasche. „Lasst uns noch vor der Suppe anstoßen, da wirkt er schneller. Der hat die Cask Strenght von achtundfünfzig Prozent Alkoholvolumen!"
„Sie haben jeweils nur eine Flasche von jedem Jahrgang?" nahm Julia den Geruch des Whiskys mit der Nase auf. Mortimer nickte und Roman malte sich das Loch, das Julia zwischen den Whiskyflaschen hinterließ, aus. Er hatte das Gefühl dabei, einen Menschen wegzutrinken!
Martha servierte den Rest des Menüs.
Nach dem Essen verabschiedete sich der Junior, noch ein Date zu haben.
„Was ist, wenn wir gemeinsam bis zur Jause an den Spey runter spazieren", schlug Arthur nach dem Essen vor. „Spazieren ist gut, nur nicht laufen!" sagte Mortimer, „ich bin nicht so sportlich wie Sie."
Der Spey rückte ins Blickfeld. Er zog seine Spur wie einst durch das grüne Hügelland. Die Zeit hatte dieser Idylle nichts anhaben können.
Die Sonne wehrte sich gegen den aufsteigenden Nebel und berührte bereits den Boden unter ihren Füßen.

Roman klammerte Julias Taille im Gleichschritt. „Du bist bald über alles hinweg…Mein Abschied von dir wird mein Leben lang dauern“, sagte er.
„Ich hab so viel Morphium in mir, lass uns heute Nacht miteinander schlafen“, blieb Julia stehen und küsste ihn zärtlich in den Mund! Im Sonnenlicht konnte Roman die dunklen Tränensäcke unter ihren Augen trotz des Make Up erkennen. „Ich muss jede Sekunde nützen, dich in mir zu haben“ schmiegte sie ihren Körper an ihn.

Sie hatten das Speyufer erreicht. Arthur kramte ein Blatt Papier aus seinem Sakko und faltete es zu einem Schiffchen.
„Du erinnerst dich?“ Arthur gab es Julia in die Hand und sie setzte es auf das Wasser. „Ich weiß sogar, dass ich es hinter der Flussbiegung aus den Augen verloren habe! Doch diesmal hilft es mir nicht wenn du ein neues für mich faltest, Vater.
Hinter der Flussbiegung, wird niemand mehr nach meinem Schiffchen schauen! Es wird untergehen, und zum Nachlaufen fehlt mir die Zeit und die Kraft.“

„Untergang, wie Sie es nennen, würde bedeuten, nur oberflächlich existiert zu haben.“ Mortimer reichte den Flachmann an die kleine, eingeschworene Gemeinschaft weiter. „Wir versuchen ein Leben lang unseren Kopf über Wasser zu halten und unseren Atemrhythmus dem Wellengang anzupassen. Doch wir brauchen ein Ziel, ein Ufer, um nicht zu resignieren. Wenn das Festland außerhalb unserer Reichweite ist, sollten wir unsere Kräfte auf den Untergang fokussieren und loslassen!“
Vera, seine Frau, stieß Mortimer an. „Du solltest nicht so viel trinken!“, rügte sie ihn. Roman umarmte Julia und drückte sie fest an sich und Sharona weinte. Angelica versuchte, Arthur mit ihrer Umarmung Halt zu geben.
„Entschuldigen Sie, das hab ich aus vier Semestern Philosophiestudium, und deswegen habe ich es auch abgebrochen.“, setzte Mortimer den Flachmann wieder an seine Lippen.
„Logik ist beim Sterben das Letzte!“ fügte Mortimer noch an.

Sie waren ohne weitere Konversation den Hügel wieder hinauf gegangen und hatten das Herrenhaus erreicht. Die Wohnküche roch nach einer Backstube und Martha hatte die Torte schon stolz zum Rasten auf den Tisch gestellt.
„Die muss noch auskühlen, sonst hält die Schokoglasur nicht!“ sagte sie zu den Eintreffenden. „In einer Stunde bringe ich Ihnen Kaffee und Sachertorte mit Schlagobers.
„Sie haben Heimweh, Julia? Ich darf doch noch Julia zu Ihnen sagen?“
„ Ja, und Sie können mich auch duzen! „Ich habe allgemeines Weh! Sachertorte erinnert mich an eine gesunde Jugendzeit. Die möchte ich noch einmal nachempfinden!“
Vera half Martha beim aufdecken der Dessertteller und der Kaffeetassen.
Roman setzte sich mit Julia vor das Haus in die tiefstehende Sonne. „Ich bin so müde“, lehnte sich Julia an Romans Brust. „Bestrahlung und Chemo-Therapie sind keine Optionen?“ fragte er. „In meinem Stadium nicht mehr, ich hab das selber versaut, weil ich bei jedem Arzt ausgerückt bin. Die Hintergründe kennst du ja“ brach sie das Thema ab.
„Schön und friedlich ist es hier, ich will das alles mit mir nehmen, dich eingeschlossen, meinen Mann!“, fiel sie Roman weinend um den Hals.
„Ich will schwanger sterben, und wenn’s auch nur ein Fötus von dir ist. Ich will mit einem Teil von dir begraben sein!“
Roman hatte so viele Sätze im Kopf, die in diesem Augenblick seine Lippen nicht öffneten und es tat ihm leid um jedes Wort, das er nicht herausbrachte.

Martha hatte frisch geschlagenes Obers und eine perfekte Sachertorte gezaubert. Alle nahmen um den Tisch Platz.
„Wir hatten Euer Neujahrskonzert aus Wien gesehen und uns danach die CD der Wiener Philharmoniker unter Leitung Willi Boskovskys, gekauft. Passt das zu einer Sachertorten-Jause?“
„Sehr gerne, wenn es Euch nichts ausmacht, dass ich dabei heule. Ich heule immer beim Donauwalzer. Der strömt so morbide Lebenslust aus.“

Als der sechste Titel, der Donauwalzer, am Display des CD-Players aufschien, nahm Julia Roman spontan an der Hand.

„Komm Walzer tanzen! Schau nicht auf meine Tränen, ich möchte noch einmal ein natürliches Schwindelgefühl erleben!“

Arthur und Angelica, wie Mortimer und Vera setzten mit ein.

Martha nahm Platz neben Sharona.

„Was ist schöner als bei so einer Musik zu sterben“ wischte sie die Tränen aus Sharonas Augen. „Tschaikowsky, Rachmaninoff, Beethoven und Teile aus Mozarts Schaffen“, gab Sharona zur Antwort. „Möge sie das Gefühl überschwänglicher Lebensfreude wie ein Mantel umhüllen. Sie hat es nicht verdient zu frieren, wo sie jetzt hingeht!“

„Ihr wollt sie alle nicht gehen lassen! Doch es ist ihr Weg, begleitet sie dabei!

Ich bin eine alte Frau, ich bin schon einige Sackgassen alleine wieder zurückgegangen. Du kommst immer wieder auf eine Straße, wo’s weiter geht.“

Der Donauwalzer war zu Ende und >Unter Donner und Blitz< folgte, Mortimer schaltete atemlos den CD-Player aus und auch Arthur, Angelica, Roman und Julia, setzten sich wieder an den Tisch. Martha machte den Platz frei und schenkte Kaffee nach.

„Du hast auch dabei geweint?“ nahm Julia Sharona in die Arme.

„Ich hab mir diesen Walzer gerade ohne dich vorgestellt.“

„Komm schon, ich gehe und jemand anders wird kommen, ich kann damit umgehen!“ Ich muss es können, dachte sie und wischte sich die Donauwalzer-Tränen aus den Augen.

Sharona drückte Julia nochmals fest an sich.

Es war tatsächlich auf der Yacht von Salman Avhasi ein Drogenlabor eingerichtet. MacGillian hatte recht gehabt. Bewaffnete Männer, die sich auf Grund der Schießerei an Deck verbarrikadiert hatten, versuchten sich mit Waffengewalt dem Zugriff durch die Polizei zu schützen. Detectiv Leutenant Branchory ließ den Männern seiner Abteilung mit den schusssicheren Westen den Vortritt. Es gab danach zwei Verletzte auf Seite der Kolumbianer und einen Toten, der für einen anderen als lebendes Schutzschild herhalten hat müssen. „Holt die Spurensicherung her, ich brauche eine lückenlose Dokumentation!“, ging Branchory von Deck, „bis dahin betritt keiner das Schiff! Führt die Leute ab!“

„Bleiben Sie doch alle über Nacht hier, wir haben genügend Gästezimmer“, sagte Mortimer zu Arthur.
„Das ist lieb von Ihnen Mortimer und auch von Ihnen Vera. Ich muss aber morgen wieder in Edinburgh sein. Eine Kommission aus England ist da, Schulaufsicht aus dem Ministerium in London. Ich muss morgen bei der Wahl zum Rektor der Old University um elf Uhr anwesend sein. Die Frage für mich ist nur, einen Doktorhut von meiner Promotion, oder meine schottische Hochzeitsmütze zu tragen. Hochzeitsmütze, sagten alle Beteiligten fast einstimmig!“
„Unser Flieger geht um achtzehnuhrfünf. Mir einer guten Stunde müssen wir bis Dyce rechnen, mit dem Ein-und Auschecken! Wir sollten eigentlich jetzt aufbrechen.“
„Einen Neunundsechziger-Macallan noch?“ reichte Mortimer die Flasche in die Runde.
Julia dachte, so einfach und schmerzlos sind fünfundzwanzig Jahre hinter sich zu bringen!
„Ich nicht, ließ Angelica sich aus, ich muss noch bis Aberdeen fahren. Aber, danke!“

Der Flug lief planmäßig ab und erreichte Edinburgh um neunzehn Uhr. „Fährst du uns gleich ins Caladonian? Wir beide gehen dann zu Fuß nach Hause?“ fragte Arthur Angelica. „Wir können noch gemeinsam mit deinen Eltern da zu Abend essen.
Die haben sicher eine Menge vom heutigen Tag zu erzählen“.
So war es dann auch…

Nur die Essensgänge unterbrachen den Redefluss der beiden. „Wir haben uns vormittags das Castle angesehen. Ist ja schon fast wie ein Stadtstaat.“ „Gab’s wenigstens Nieselregen dabei?“ warf Arthur ein. Beide bejahten, „bis zum frühen Nachmittag. Dann sind wir über die Esplanade die Royal Mile hinunter bis zur St. Giles Cathedral spaziert. Wir könnten euch jetzt jedes Highligt der Stadt dokumentieren. Aber ihr kennt ja Edinburgh!“ Alle bejahten, selbst Sharona, die Edinburgh zum ersten Mal gesehen hatte, um den Redeschwall zu unterbrechen.

„Trinken wir einen Digestif", schlug Arthur vor, und zu Angelica", jetzt kannst du ja auch was trinken, wir gehen zu Fuß nach Hause.
„Habt ihr gewusst, dass in Greyfriars Church der älteste Friedhof ist?" plauderte die Mutter von Angelica nach dem ersten Anstoßen auf die Doppelhochzeit munter weiter:
„Da gibt es ein Hundedenkmal für Greys Hund, Bobby. Der Geschichte nach war dieser Hund achtzehnhundertachtundfünfzig dem Sarg seines Herrn gefolgt und hat über vierzehn Jahre, bis zu seinem Tod, den Friedhof nicht mehr verlassen. Eine Baronesse berührte das so sehr, dass sie dem Hund eine Hütte hat bauen lassen und nach seinem Tod ein Denkmal setzen ließ".
Roman vergegenwärtigte sich eine Hütte am Zentralfriedhof in Wien über Julias Grab. „Kann man sich so eine Treue als Mensch vorstellen?" Roman konnte, und Angelica, Sharona und Arthur griffen zu ihren Gläsern.
„Mrs. Horne, Mister Horne", sprach Arthur die Eltern Angelicas an. „Roman wird in Kürze in der gleichen Lage sein!" Dieses ständige Geschwätz hatte seine Nerven, und wie er vermutete, auch die von Julia und Roman angegriffen.
Julia sagte, sie müsse sich übergeben und verließ den Tisch.
„Julia, meine Tochter wird sterben, das kann in ein paar Tagen oder in zwei Wochen sein. Sie hat Krebs im letzten Stadium."Aber sie sieht doch blendend aus!" Warf Mrs. Horne ein. „Das macht es uns allen noch schwerer. Sie ist wie eine Schnittblume, der man das Wasser entzieht."
Roman entschuldigte sich „ich geh nach Julia sehen.". Er nahm ein Taschentuch aus seiner Hosentasche und schnäuzte sich.
Mutter und Vater Horne schwiegen betreten „Das konnten wir nicht wissen, sie sieht so glücklich aus!" „Das ist sie auch mit Roman, doch die Zeit läuft ihr nun davon.
Wenn sie zurückkommen, heben wir die Tafel auf. Die beiden müssen ganz alleine mit dem Tod einen gemeinsamen Nenner finden."

„Ich esse nur mehr, um es zu erbrechen“ Julia versuchte ein Lächeln auf ihr Gesicht zu zaubern. Sie nahm aus den verschiedenen Tablettenröhrchen jeweils eine Tablette und spülte sie mit Macallan hinunter.
„Schlaf mit mir, bevor ich dazu keine Möglichkeit mehr habe. Ich sehn mich so sehr nach Leben in meinem Körper.“
Roman hatte die Tür hinter sich versperrt. „Ich lass dir Wasser in die Wanne ein und wir nehmen gemeinsam ein Bad! Es war ein langer Tag, bist du nicht müde?“ „Willst du dich vor dem Sex drücken?“ zog ihm Julia die Kleidung aus. „Ich bin erschöpft, aber nicht müde!
Ich will, dass du mir was von deinem Leben einpflanzt. Die Erde ist vorhanden, es bedarf nur eines Setzholzes, den Samen einzubringen!“
„Na gut, dann machen wir eine Gärtnerei auf“, lachte jetzt auch Roman wieder.
Julias wärmende Sonne ließ die Samen wie im Zeitraffer aufgehen. Die Erdkruste hob sich und aus ihr sprießten duftende Blüten, an denen Roman nicht satt wurde sich zu erfreuen.
„Ich hab meine Klitoris nicht einmal berührt. Die ganze Lebenslust ist in mir passiert, dort wo Leben immer schon seinen Anfang genommen hat“, seufzte Julia und räkelte sich wohlig.
Es war eine nebelfreie Nacht und in die Zimmerfenster leuchtete das Castle im Scheinwerferlicht.
„Ich blute ein wenig! Doktor Leyle hatte gesagt, ich solle mir eine Woche Zeit lassen mit dem Sex. Bist du blutig?“ „Ein wenig“, sah Roman an sich hinab. Seit wann verhütest du nicht mehr?“ „Seit ich dich im Flieger kennengelernt habe, aber es gibt da eine Nachlaufzeit, bezüglich der Wirkung der Pille. Austragen werde ich ein Baby sowieso nicht mehr können“, rannen ihre kleinen Tränen die Wangen hinunter.
„Den Roman werde ich mit mir nehmen!“

19. Tag

„Letzter Aufruf, Abflug British Airways von Edinburgh über London nach Lissabon von Gate siebzehn um neun Uhr fünf“, sagte der Lautsprecher emotionslos. „Die Passagiere werden gebeten, das Gate aufzusuchen!“
Arthur umarmte Julia. „Gott weiß, wie gerne ich auf Wiedersehen sagen möchte!“ >Gott< hatte Arthur schon über zwanzig Jahre aus seinem Wortschatz gestrichen gehabt. Jetzt war er plötzlich wieder gegenwärtig. „Lebewohl mein Kind!“ Julia fiel ihm um den Hals.
„Dad, Dad, Dad…“ mehr brachte sie unter Tränen nicht heraus.
„Lass Mutter von mir grüßen“ zerdrückte er seine Tochter fast in seiner Umarmung. „Wir müssen gehen!“, mahnte Roman.
„Ist es nicht egal, von wo aus man geht?“ wollte Arthur nicht loslassen. „Sie möchte mir noch Lissabon zeigen und davon Abschied nehmen, respektiere das! Mach’s uns nicht schwerer als es ist.“ zog Roman Julia und Sharona hinter sich zum Gate siebzehn.
Zurück blieben Arthur und Angelica. Und ihre Eltern, die mit der Situation überhaupt nicht umzugehen vermochten. Ihre Tochter war gesund und verheiratet! Den Rest schienen sie zu verdrängen.
„Ich bring euch noch zum Bahnhof und dann fahr ich zu Arthur in die Wohnung, schlug Angelica den Weg zum Ausgang der Flughafenalle ein. „Arthur muss sich noch für die neuerlich anstehende Rektorenwahl umziehen“, zog sie auch Arthur hinter sich her, der sich immer wieder umdrehte, bis seine Tochter in der anonymen Menge verschwunden war.
Vielleicht war sie ja besser dran als ich es bin, mit Wünschen und Sehnsüchten nicht altern zu müssen. Arthur überlegte das ernsthaft.
Schlaffer werdende Haut, die sich um hundert Pfund Sterling Zuneigung kaufen muss, weil das Begehren unter der Haut noch

lebt? Oder unter der eigenen alten Haut gar ohne die Attribute, sich zu leben, sterben muss?
Dagegen zu halten sind da breiessende dritte Gebisse, in einsamen Räumen.
Kinder, die das Stadium von Mutter und Vater, von Großeltern oder sogar Ur-Großeltern durchlebt haben. Ich weiß nicht, wo ich mich lieber sehen möchte.
Julia gegenüber sicher als Vater und Großvater, Angelica gegenüber als der Liebhaber, der ich ihr heute noch sein kann!
Ich kann in diesem Moment dem Alter keinen Respekt abgewinnen, nur Traurigkeit.
„Wir müssen beide in die Uni, ich hab das Essen vorzubereiten und du dich auf deine Wahl!“, riss ihn Angelica aus seinen Gedanken, nachdem sie ihre Eltern am Bahnsteig nach Thurso abgesetzt hatte. „Du bist dir ja meiner Sache ganz schön sicher!“ schlüpfte Arthur in seiner Wohnung in seinen Anzug und nahm Angelica in seine Arme. Angelica richtete Arthur noch seine weiße Masche zentriert aus. „Wir fahren, es ist zehnuhrdreißig!“

„Ich mag vier Dinge noch in meinem Leben“, sagte Julia zu Roman im Flieger. „Die wären?“ drückte er sie an sich.
„Aus der Unterwäsche zu kommen, den Sommer auf meiner Haut zu spüren, dich in mir zu spüren und jetzt einen doppelten Whisky für meine Tabletten zu bekommen.“ Roman winkte der Stewardess. „Da ist einer deiner Wünsche“, reichte er den Whisky an Julia weiter.
„Könntest du dir vorstellen, dass uns unsere Kinder nach unseren Wehwechen fragen oder wir sie ihnen aufdrängen? Dass sie jeden Sonntag zum Beileids-Kaffee kommen und einen Strauß Blumen mitbringen?“
„Auf was willst du hinaus? Gib mir auch einen Schluck Whisky!“
„Ich will damit sagen“, lehnte Julia nach Einnahme von Tabletten und Alkohol den Kopf an die Kopfstütze: „Ist es nicht schöner würdevoll abzutreten, als dahinzusiechen und Matrix für eine Zukunft zu sein, die es nicht gibt?“
„Du bist mir von einem Augenblick zum anderen mit dem Schnellaufzug davongefahren und in der obersten Etage angelangt“, antwortete Roman. „Noch zwei Whisky, bitte“, orderte er bei der Stewardess. „Ich muss zu Fuß aufs Dach und in irgendeinem Stockwerk wird mir die Luft weg bleiben. Ich weiß am ganzen Weg dorthin schon, dass du springen wirst. Trotzdem versuche ich dir nachzukommen. Ich liebe dich, Julia.“
Julia war ihr Kopf seitlich weggerutscht und sie war eingeschlafen. Wie ein Engel über den Wolken.
Sharona hatte sich an ihrem zweiten Wodka-Juice stabilisiert und sah sich am Bord-Screen einen Zeichentrickfilm von Disney an.
„Wir befinden uns auf Höhe von Coimbra und setzen zum Sinkflug an“, meldete sich die Stimme des Captains. In Lissabon erwarten uns achtundreißig Grad Celsius! Ich bitte Sie, die Sicherheitsgurte wieder anzulegen und den Mittelgang freizuhalten“.
Julia wachte auf und quälte sich über Roman und Sharona in den Mittelgang. „Ich muss mich noch vorher übergeben!“
Die Stewardess machte Julia bereitwillig Platz, als sie die Notwendigkeit für Julias Ignoranz gegenüber den Zeichen über den Sitzen, erkannte.

„Der Whisky?“, beugte sie sich in Romans Reihe. „Nein der Tod, sie hat unheilbaren Krebs!“ Die Stewardess wendete sich mit einem undeutlichen “Sorry, Sir“, wieder ihren Pflichten zu.
Julia stolperte danach über Sharonas und Romans Beine wieder in die Sitzreihe an ihren Fensterplatz. Sie duftete nach Romans Lieblingsparfum und lehnte ihren Kopf an seine Schulter.
„Wir gehen heute in eine Kirche, ja? Ich muss Mutter finden! In die Igreja Sao Roque? Diese Kirche ist ein Musterbeispiel des horror vacui, der Angst vor der Leere.
Kein noch so kleines Mauerwerk in dieser Kirche wurde leer belassen.
Ich hab noch so viele weiße Flecken an mir.
Wir fahren vom Praca dos Restauratores mit der Standseilbahn Elevador da Gloria hinauf in das obere Stadtviertel. Von der Parkanlage Principe Real können wir Lissabon in der Nachmittagssonne sehen und wenn wir dann die Rua do Sédulco nehmen, kommen wir wieder nach Bairro Alto und besuchen ein Fado-Lokal.“
„Aber nicht das >A Severa<!“ „Wenn du nicht willst!? Ich würde Ana gerne noch einmal sehen!“
Der Flieger hatte an der Gangway angelegt und die Passagiere griffen nach den über ihnen abgelegten Koffern in den Fächern und drängten zum Ausstieg die Gänge entlang zur Gepäcksausgabe.
Lissabon umarmte Sharona, Julia und Roman als sie aus dem Flughafengebäude traten. Julia drehte sich im Kreis und ließ ihr Dessous, nachdem sie es über die Beine abgestreift hatte, übermütig, über den linken Daumen und den rechten Daumen und Zeigefinger der anderen Hand, am Gummiband durch die Luft schnalzen. „Lebewohl Nebel und Kälte“, setzte sie hinterher. „Lebewohl Vater!“ Brachte sie nach ihrer Überschwänglichkeit noch ein. „Ich werde dich vermissen…“

Im Residenza do Carmo angekommen, teilten sich Julia und Sharona zuerst das Badezimmer.

„Wenn ihr noch länger braucht, pinkle ich in die Palmentöpfe auf der Terrasse!“ drohte Roman. „Mit Blickrichtung auf den Elevador Santa Justa. Also beeilt euch!“

Es war knapp vor Elf, als Angelica Arthur vor der Old University absetzte und in ihren Küchenbereich verschwand. Arthur ging langsam die Treppe in den ersten Stock in die Bibliothek. Es gab eine Standing Ovation, als Arthur den Raum betrat.
„Ich darf mich vorstellen, Sir Edward Aberdour von der Schulaufsichtsbehörde in London, das sind meine beiden Kollegen, die mit mir für einen korrekten Wahlvorgang hier in Edinburgh abgestellt worden sind. Die Wahlzettel liegen auf Ihren Pulten, neue Bewerber gibt es keine. Sie und Mrs. Albright sind die einzigen Kandidaten für das Amt des Rektors!"
„Na, dann los!" nahm Arthur den Stift aus Sir Aberdours Hand entgegen und setzte sich an einen leeren Platz. Dass der in der ersten Reihe freigehalten worden war, schien ihm nach der Begrüßung, mehr als nur Zufall zu sein.
„Achtunddreißig!" Zählte Sir Edward Aberdour die Stimmzettel durch und gab sie zur Auszählung an seine beiden Assistenten. Das Stadtwappen von Edinburgh an der Stirnwand der Bibliothek musste heute ohne sein Ebenbild, der Hirschkuh und dem Mädchen, im Saal vorlieb nehmen.
„Das Amt ergeht an Professor Doktor Arthur Roberts, ohne Gegenstimme!" Verkündete Sir Edward Aberdour. Herzliche Glückwünsche. Auch dafür, dass Sie alle Mittel, die Sie in Ihrer Bewerbung fokussiert haben, zur Verfügung gestellt bekommen. Unsere Aufgabe hier ist beendet, Herr Rektor!" drückte er ihm die Hand. „Gratulation!"
Achtunddreißig weitere folgten, von Schulterschlägen abgesehen.
„Gehen wir essen", schlugen seine engsten Freunde vor. „Lasst uns im Innenhof noch ein bisschen die Beine vertreten." schlug Arthur vor. „Gebt meiner Frau noch ein bisschen Vorbereitungszeit für das Festmenü."
„Deine Frau?" „Ihre Frau?" prasselten die Fragen über Arthur nieder. Doch nicht Miss Angelica Horne?" „Doch, Mrs. Angelica Roberts, ab sofort! Wir haben vor zwei Tagen geheiratet."
„Und welche Neuigkeiten verheimlichst du uns noch?" Die Frage kam von seinem Freund, dem Geschichtsprofessor.
„Meine Tochter wird in Kürze an Krebs sterben."

Mrs. Albright heulte los, was auch Arthur die Tränen aus den Augen drückte.
Mrs. Albright umarmte Arthur herzlich. „Es tut mir so leid, ich hab meinen Mann vor acht Jahren daran zugrunde gehen sehen müssen. Sie sagten in Kürze?“
Arthur hielt dieses ältliche menschliche Wesen an sich, als ob es seine Tochter wäre und nickte.
Im Grün des Innenhofes angekommen, hielt Arthur sein Gesicht hoch in den herabfallenden Nieselregen, als könne er damit seine Trauer abwaschen.

„Die Jungs und Mädchen kriegen wie gestern und vorgestern das Essen von einer Fastfood-Kette.
Für Sie, meine Herrschaften habe ich Medaillons of New Forrest Vension with Cinnamom Pear and Blueberry Sauce, gemacht. Rehmedaillons mit Zimtbirne und Heidelbeersoße!“ „Sind Rehe überhaupt schon zum Abschuss freigegeben? „Nein“, sagte Angelica, „das ist ein Unfallopfer, ganz frisch vom Markt!“ „Hätten wir auch das selbe zu essen bekommen, wenn wir Arthur heute nicht zum Rektor gewählt hätten?“ meldete sich eine vorlaute Stimme aus dem Lehrkörper. Alle lachten.
„Nehmen Sie bitte wieder Platz, meine Herren, und Sie bitte Mrs. Albright, bedankte sich Angelica für die Ehrerbietung. Meinen Mann kennen Sie ja schon so lange wie mich, wir brauchen uns also nicht mehr vorzustellen.“ Setzte sich Angelica neben Arthur. Zwei Studentinnen trugen die Speisen auf. „Hast du deinen Kleiderschrank plündern lassen?“ Sah er den jungen Beinen hinterher. „Ich wollte deine Ernennung so stilvoll wie möglich gestalten“, küsste Angelica Arthur unter allgemeinem Applaus. „Und jetzt sieh mich an und nicht dem Nachwuchs hinterher!“

„Wir könnten auch schon links die Stufen zur Kirche hinaufgehen, ich fühl mich aber ein bisschen schwach“, sagte

Julia kurzatmig. Gehen wir zur unteren Station des Elevador da Gloria.

Am Praca Marques de Pombal steht sein Denkmal, darunter ist das Stadtwappen Lissabons als Pflasterbild.

Roman hätte lieber nach keiner Erläuterung gefragt.

„Die beiden Raben auf dem Segelschiff bewachen die Leiche des heiligen Vinzenz, des Stadtpatrons von Lissabon“, erläuterte Julia.

„Schön zwei Aufpasser wie euch zu haben“, versuchte sie nach ihrer Ausführung, ihre eigene Stimmung zu heben und zog Roman und Sharona zur Station in die Oberstadt.

Oben, im riesigen Park angelangt, wogte die Nachmittagshitze über den Dächern von Lissabon. Die Ufermündung des Tejo und das Castelo verschwammen unter der aufsteigenden heißen Luft zwischen den Hausmauern zu Irrbildern. Hitzewolken sammelten sich zu einer schnell nahenden Gewitterfront. Erstes Grollen und Regentropfen, die noch mehr Dunst in die Straßen brachten, lösten ihre Eindrücke wie Abziehbilder von ihren Augen. „Gehen wir in die Kirche“, sagte Julia, „ da sind wir vor dem Regen geschützt!

Hast du jemals mit Gott gesprochen?“, fragte Julia Roman, als sie durch das Haupttor die Kirche betreten hatten. „Nein“, kam die zögerliche Antwort.

„Lasst mich kurz mit ihm alleine, ich hab so viele Fragen an ihn.“ Julia ging vor den Altar und kniete nieder. Roman und Sharona sahen sich an wie zwei Kinder, denen die Sandburg kaputt gemacht worden war.

„Ich hab noch nichts zu Ende gebracht, Gott“, betete Julia. „Da hinten ist der Mann, der mich behalten will und den ich über alles liebe, daneben meine Cousine die ich nach Portimoa bringen soll und in Edinburgh mein Vater, den ich viel zu kurz an meinem Leben teilhaben gelassen habe. Willst du sie wirklich alle wegen mir im Stich lassen?“

Julia weinte ein >Vater Unser<.

Seine Hände nahmen die Wolken und schoben sie ins Hinterland. Danach malte er Julia den schönsten Spätnachmittag über die Stadt, den sie je gesehen hatte. Mehr konnte er für sie nicht tun!

„War ein fulminantes Mahl!“ klatschten alle dem Essen und natürlich seiner Köchin, Beifall.
„Wenn jeder seinen Alkoholvorrat aus seiner Schreibtischlade rausrückt, können wir das nahende Gewitter hier abwarten“, schlug Arthur vor und machte den Anfang, in sein neues Büro Einzug zu halten. „Wir treffen uns alle bei mir und trinken die Patina aus dem Raum, die Studenten brauchen ja nicht mitzubekommen, dass sich Ihr Lehrkörper besäuft! Wer ist dabei?“ Die Tafel löste sich geschlossen auf.

Die Gewitterfront hatte jetzt die Stadt mit ihrem Höhepunkt erreicht. Der Sturm peitschte die Blätter der Bäume und fegte die Straßen von Menschen leer. Alle standen mit ihren Gläsern in der Hand um Arthur Roberts.
„Soweit Platz vorhanden ist, dürfen Sie die hundertjährigen Sitzgelegen benutzen“, machte Arthur eine halbkreisförmige Handbewegung in den Raum. Die Bildergallerie von Sir George Rowland bedrohte noch mit seinen Bildern die Wand hinter ihm. Arthur setzte sein Glas ab. „Ich möchte Ihnen allen für das mir entgegengebrachte Vertrauen danken. Ich verspreche es zu erfüllen.
Unser Humanist und Deutschprofessor wird die Agenden von Mister Scott MacKenzie übernehmen, danke für Ihre Zusage Doktor Frederic Sharp!
Was Sir Donald Scott angeht, müssen wir uns einen neuen Kandidaten für die Naturwissenschaften suchen. Ich werde das gleich morgen mit Glasgow und Aberdeen absprechen. Zu Aberdeen habe ich persönliche Beziehungen. Ich denke da an >Darwin<, Doktor James Barrie. Ich durfte ihn, als ich als Gastdozent an der Universität Vorlesungen hielt, persönlich kennenlernen. Eine Persönlichkeit mit immensem Hintergrundwissen. Er hat eine Frau und zwei Kinder in Edinburgh. Selbst bewohnt er die ganze Woche eine Einzimmerwohnung am Stadtrand von Glasgow und fliegt jedes Wochenende nach Hause zu seiner Familie. Ihm den Job hier in Edinburgh anzubieten, ist mein Joker!“

Der Sturm und das Prasseln des Regens an die Fenster hatte abrupt aufgehört und die Spätnachmittagssonne saugte die Tropfen durstig von den Scheiben.
„Ich lasse das vom Sekretariat noch ans schwarze Brett heften, welche Vorlesungen bis dahin ausfallen."
„Sie haben schon Personal eingestellt?" „Ja, mich! Bis ich Zugriff auf eine Sekretärin mit Computerkenntnissen habe, schreibe ich das auf der Maschine, Tipp-Ex sind ja noch zur Genüge vorhanden." lachte Arthur.
„Morgen melden sich zwei Damen von der King's Buildings und von der Harriot Watt University. Wenn das nicht klappt, setze ich eine Annonce im Edinburgh Cronicle.
„Aber wir haben gar keinen Computer", warf Mrs. Albright ein.
„Morgen haben wir fürs Erste zwei davon. Es gilt vierundzwanzig Jahre >Regime Rowland< zu Fall zu bringen. Und das schnell! Dazu brauchen wir elektronische Hilfsmittel und Leute, die sie bedienen können!"
Arthur hob sein Glas: „Auf eine gute Zusammenarbeit und eine Bitte an Sie alle: Ich möchte, dass wir gemeinsam unsere Gedanken auf ein fünfundzwanzigjähriges Mädchen konzentrieren, das mit dem Tod ringt und verlieren wird… Meine Tochter!" Arthur liefen die Tränen über die Wangen hinab.
Auch die sitzenden Professoren standen auf und hielten gemeinsam mit Arthur eine Schweigeminute ab.
Der Geschichtsprofessor, Kevin, nahm Arthur in die Arme und weinte mit. „Das Warten ist das Schlimmste, Arthur! Wenn der Tod einmal da war, bleibt dir eine unveränderbare Erinnerung. Man stirbt, um neue Wurzeln zu schlagen. Jeder, der Julia gekannt und geliebt hat, ist ein neuer Trieb der Sonne entgegen. Jeden Sonnenstrahl, den wir Julia von uns aufnehmen lassen, gibt ihr die Kraft, zu Erblühen. Mach dich jetzt nicht kaputt!"
Arthur lockerte den Druck um Kevins Schultern. „Geht schon wieder", löste er sich von Kevin. Der Lehrkörper hatte still das Direktionszimmer verlassen.

Roman rief den Notarztwagen. Sharona und er legten Julia auf eine der Bänke vor der Kirche im Park, nicht bevor sie sie mit Taschentüchern vom abgezogenen Gewitter abgetrocknet hatten. Julia kam zu sich und setzte sich auf. „Ich hab den Ausblick von hier noch nie so klar über der Stadt wahrgenommen“, sagte sie schwach. „Was für ein Himmel!“

„Julia ist soeben verstorben.“ Aus der Hörmuschel des Wandtelefons im Spital war nur Entfernung zu hören. „Arthur, bist du noch da? „Im Gegensatz zu Julia…ja“, konnte Roman ein Aufschluchzen wahrnehmen. Er wischte sich selbst über die Augen.
„Arthur, es wurde ihr im Spital leicht gemacht. Sie hatte keine Schmerzen!
Ich soll dich schön grüßen lassen von ihr, das waren ihre vorletzten Worte.“ „Und die letzten?“ „Ich liebe dich Roman, bring mich nach Hause.“
Ich lasse sie auf ihren Wunsch hin nach Wien überstellen.
Und ich fliege mit ihr.
Der Vorhang ging nicht mehr auf, sosehr die Beteiligten auch auf eine Zugabe warteten.
„Arthur, willst du und Angelica mit Sharona mitfliegen?“ brachte Roman in das Andenken an Julia ein. „Ja, wir kommen alle mit!“

Roman rief in Wien am Zentralfriedhof an und leitete die Öffnung des Familiengrabes in die Wege.
In zwei Tagen, um vierzehn Uhr, bestätigte das Bestattungsinstitut. Mit Musik und Blumenkränzen? Die Namen auf den Schleifen? “ fragte teilnahmslos die Stimme weitere Löcher in Romans Gemüt. Roman gab die Namen bekannt und bestätigte den Musikwunsch. „sollte U2, >Your Blue Room< sein. Kann auch eine Musikkonserve, oder besser noch, soll eine Musikkonserve sein. Das Original! Und einen evangelischen

Pfarrer, bestand er noch darauf. Evangelisch, ja!" „Geht in Ordnung Herr Polansky."
Danach rief Roman in London bei Christian's an.
Roman fuhr ins Carmo da Residenza. Am Weg hatte er in einer Blumenhandlung fünfundzwanzig rote Rosen gekauft und legte sie in die Betthälfte von Julia. Er nahm ihr Parfum vom Waschtisch und sprühte damit die Laken ein. Dann träumte er in Wachträumen bis zum Morgengrauen ihr kurzes gemeinsames Leben.

Er stand auf und zog seinen schwärzesten Anzug an. Dann nahm er liebevoll fünfundzwanzig rote Rosen, die er gestern gekauft hatte, aus der Vase und legte Seidenpapier zum Abtrocknen darum.
Das Wiedersehen mit Arthur, Angelica, und Sharona in Wien war ein trauriges Erlebnis.
Die kleine, eingeschworene Gruppe bewegte sich bedächtig dem Sarg hinterher zum Grab Julias Mutter.
Grobe Erde und Lehm waren links und rechts der Grabstätte ausgehoben worden, um den Sarg hinabzulassen.
Ohnmächtig versuchte er seine Gedanken in Julia einzubringen und wartete auf eine Antwort. Doch die Stille um sie zerfetzte seine Gedanken in diesem wunderschönen Spätsommertag ohne jeden Widerhall. Bilder von ihnen wirbelten wie die ersten Herbstblätter im Nachmittagswind um seine Füße. Willenlos musste Roman zusehen, wie die Schwarzgestalten den Sarg mit jedem Handgriff tiefer der Dunkelheit des ausgegrabenen Loches entgegen abseilten.
Wie in Trance hielt er die fünfundzwanzig Rosen umklammert als wären sie Julia.
Er wollte sie nicht loslassen …

19. Tag

Roman quälte sich aus dem Bett, als das Telefon läutete. Er sah auf die Uhr und nahm danach den Hörer ab. Es war bereits zehn Uhr vormittags.
„Senor, hier ist die Rezeption. Die Firma Christian's hat die Suite mit morgen aufgekündigt. Brauchen sie noch etwas?"
„Kopfschmerztabletten und eine Flasche Macallan, achtzehnjährig! Und eine Blumenvase.
Die Obstschale können Sie mitnehmen, Mrs. Julia Roberts ist tot und benötigt keinen Aufputz dieser Art mehr!"
„Das tut mir aufrichtig leid Senor, Sir, wir erledigen ihre Wünsche umgehend". Roman wartete mit dem Duschen noch, bis es an der Zimmertür klopfte und nahm die Bestellung entgegen. Als das Zimmermädchen mit der Obstschale den Raum verlassen wollte, hielt er es am Oberarm fest. „Frühstück noch für zwei, bitte!"
„Aber" setzte das Mädchen an, „ich dachte Miss Roberts…"
„Mrs. Roberts-Polansky", berichtigte er sie und zog sie ins Schlafzimmer und wies auf den Rosenstrauß im Bett. „Sehen Sie, sie ist noch da und ich möchte auf der Terrasse ein letztes Mal mit ihr frühstücken, dafür auch die Vase."
„Sehr wohl Senor, Kaviar und Sekt?" „Nein, Kaviar und Champagner! Wie würden Sie Abschied nehmen?" „Weiß nicht Senor, Sir", versuchte das Mädchen sich seiner umklammernden Hand zu entziehen. „Ich bringe Ihnen Ihre Bestellung!"
Roman wünschte, wie bei seinem ersten Ausblick von der Hotelterrasse in die acht Stockwerke tiefer liegende Straße mit ihrem pulsierenden Treiben, Julia zu spüren, als sie hinter ihn getreten war.
Er duschte und zog sich den Bademantel über, als er dem Anklopfen an der Tür nachkam und sie öffnete.

„Ich hab Ihnen Bogomil Blüten als Aufputz auf die Teller gelegt. Sie wachsen auf fast allen Hausmauern in Lissabon und verblühen, während die nächsten sich öffnen. Das ist mein Wunsch für Sie“, machte sie einen Knicks und schloss die Tür hinter sich.

Roman war gerührt über die Anteilnahme. Wie bei Candida, räumte er Erde in einem der Palmentöpfe auf der Terrasse zur Seite und machte Platz für den Kaviar und begoss ihn anschließend mit dem Champagner.
„Guten Morgen Julia, den Macallan trinke ich bis zu meiner Abreise mit dir nach Wien alleine aus. Wir fliegen morgen nach dem Frühstück. Dein Vater und Sharona kommen auch mit nach Wien. Deine Mutter ist ja schon zu Hause“, trank er ein gutes Drittel der Flasche Macallan leer. „Wie schön wäre es, wenn du dich jetzt nach der Flasche in dem Schrank oberhalb der Kommode strecken würdest und mir nochmals ein halbvolles Glas davon reichtest.“ Roman schenkte sich nach und legte die Beine auf den Teakholztisch. Er musste zusehen wie die Bogomil-Blüten vor dem Hintergrund des Elevador de Santa Justa und den Dächern der Stadt, in der Mittagshitze verwelkten. Er legte sie rund um den Stamm der Palme auf die noch champagnerfeuchte Erde. „Begleitet mir Julia“ streichelte er jede einzelne Blüte.

Tag Null

„Soll ich dir was helfen, hast du auch nichts vergessen, einzupacken?“ Mutter war durch die angelehnte Tür zu ihm ins Zimmer getreten. „Las nur Mutter, die Hälfte hab ich schon in Vaters Wagen getragen“, machte Roman seinen letzten Koffer zu. „Vater bringt mich nach Schwechat auf den Flughafen. Ich habe noch zwei Stunden Zeit.“
„Mein großer Junge“, umarmte ihn Mutter, „pass gut auf dich auf!“
Sie drückte Roman zwei dicke Küsse auf die Wangen. „Vater ist schon im Wagen. Du meldest dich, ja? Wenn du zurückkommst, holen wir dich vom Flughafen ab. Wie lange bleibst du in Portugal, hast du gesagt?“ „Ungefähr sechs Wochen. Kommt ein bisschen auf die Umstände an. Servus Mutter“, drückte er sie an sich.
Auf der Umfahrungstangente von Wien waren es vom dreiundzwanzigsten Bezirk rund dreißig Kilometer bis Schwechat. Vater half ihm noch, das Handgepäck aus dem Kofferraum zu heben.
„Mach’s gut mein Junge“, drückte auch er ihn an sich.
Roman ging zum Lufthansa-Schalter, um sein Ticket abzuholen. „Flug 433 um zehnuhrzwanzig nach Lissabon“, sagte er.
„Ihren Pass bitte!“ lächelte ihn die Schalterdame professionell an. Roman kramte in seinen Taschen und dann in den Außentaschen seines Bordgepäcks. Ohne Erfolg.
„Ohne Reisepass können Sie nicht einchecken und kommen auch nicht durch die Security Control, tut mir leid. Ich hab zwar hier Ihre Buchungsnummer und das Ticket, aber ich benötige ein Ausweisdokument!“
„Wann geht der nächste Flieger, Fräulein und können Sie mich darauf umbuchen? Ich hab meinen Pass sicher in der Eile zu Hause liegen gelassen!“

Sie sah in ihrer Liste nach, „um zwölfuhrfünf, Lufthansaflug 276, allerdings ist das nur eine Fokker, aber um den bezahlten Preis können Sie erster Klasse fliegen. Wenn Sie rechtzeitig mit Ihrem Pass da sind!“
„Halten Sie mir diesen Platz bitte frei.“
„Habt ihr ein Gepäckdepot?“ „Richtung Toilette und dann rechts. Ich hab den Flug für Sie reserviert!“ sah Sie von der Tastatur auf. Roman flitze zum Taxi und war noch schneller zu Hause als sein Vater. Mutter war scheinbar einkaufen und er schloss sein Zimmer auf. Auf der Kommode lag sein grüner Reisepass und er steckte ihn in seine Gesäßtasche, als sein Vater ins Haus kam. „Ich dachte du bist schon in der Luft!“ „Ich hab meinen Reisepass hier liegen lassen, ich nehm den nächsten Flug, das Taxi wartet draußen.“
Ich könnte dich nochmals bringen?“ „Schon gut, Vater. Ich hab eine Pauschale ausgehandelt. Servus!“ drückte er ihn nochmals.

Diesmal klappte alles nach Vorschrift. „ Ihr Ticket, bitte sehr!“ Roman löste sein Gepäck aus und stellte sich beim Einchecken am Lufthansa-Schalter an.
Lufthansa Flug 276 Gate 35 B, gab ihm das Mädchen seine Boarding Card in die Hand.
Er trank noch einen Kaffee und einen Gin Tonic bis zum Aufruf.

Roman nahm sein Handgepäck auf und stieg in den Bus Shuttle zum Flieger. Er griff nach den Salzburger Nachrichten und der Kronen Zeitung beim Einsteigen in den Flieger. Immerhin werden es an die zwei Stunden Flugzeit bis Lissabon sein. Er suchte seinen Sitzplatz C8/B und setzte sich. Am Fensterplatz neben ihm saß eine wunderschöne junge Frau. Alleine schon ihr unaufdringlich präsentes Parfum reizte seine Hormone zu Aktivitäten.
Sie trug ihr braunes Haar hochgesteckt und ein farbenbuntes Kleid von Missoni, oder so.
Die Maschine rollte auf die Startbahn, beschleunigte und hob sich vom Rollfeld ab. Nach der Flugschleife meldete sich der Kapitän über die Lautsprecher. „Hier spricht Ihr Kapitän, mein Name ist

Bernhard Przihoda. Wir werden Lissabon um vierzehn Uhr erreichen. Es hat dort achtunddreißig Grad Celsius und es wird am Flug keine Turbulenzen geben. Haben Sie einen angenehmen Flug. Die Ansage wiederholte sich in Englisch.
Das monotone Geräusch der Propellermotoren schläferte Roman ein.

Die Tür zum Cockpit stand offen und Roman fragte die Stewardess, vorgehen zu dürfen. Ich kenne >Bernie< persönlich. Wir haben uns zweimal in Lissabon getroffen! „Hallo Roman, empfing ihn Przihoda. „Kennst du den, wo der Pilot flucht, weil die Landebahn breiter ist als lang? Setz dich, ich hab den Autopiloten an.“ Roman nahm hinter ihm Platz.
„Ganz schön viel Instrumente habt ihr da“, sagte er anerkennend. Nach dem dritten Witz entschuldigte sich Roman, wieder neben seinem Lieblingsparfum Platz nehmen zu wollen. „War schön, einmal im Cockpit zu sitzen. Danke!“
Die Stewardess stupste ihn aus seinem Schlaf. „Essen Sir, wenn Sie Ihr Tischchen runter klappen würden!“ Mittlerweile reichte Sie über ihn hinweg das Speisenpaket an seine Sitznachbarin. Als er fertig gegessen hatte wandte er sich an sie. „Ich darf mich vorstellen, mein Name ist Roman Polansky.“ Sie musste lachen. „Der?“ „Nein!“ „Und Sie?“ Sie reichte ihm die Hand entgegen, „Julia Roberts, aber nicht die“, musste sie noch immer lachen. „Wir könnten gemeinsam einen Film machen wenn wir der oder die wären!“
„ Bestellen wir uns was zu trinken?“ fragte Roman. „Weißwein mag ich nicht und der Rote ist immer zu kalt in Fliegern. Muss an der Außentemperatur von minus dreißig Grad liegen!“
„Gin Tonic oder Cognac“ schlug Roman vor. „Eins nach dem anderen!“ öffnete Julia ihre verschränkten Arme unter ihrer Brust. „Was treibt Sie nach Lissabon?“ fragte er nach Aufgabe der Bestellung.
Julia erzählte und hinterfragte auch Roman nach dem Grund seiner Reise. „Trinken wir noch einen Cognac? Danach möchte ich die Augen wieder zumachen, bin schon sehr früh aufgestanden heute und auch schon ein wenig beschwipst!“

Auch Roman verfiel wieder in einen Halbschlaf.

Er ging mit Julia am Strand entlang. Schweigsam. Die Brandung rollte regelmäßig über ihre nackten Füße. Roman hatte seine Hosenbeine aufgekrempelt und die Schuhe in der Hand. Julia hatte keine Probleme in ihren Sandalen und ihrem T-Shirt, das knapp ihre Oberschenkel abdeckte, nass zu werden. Mit der freien Hand hielt Roman Julia um die Schulter, als Julia plötzlich ausrutschte.
Roman unterhob blitzschnell ihre Arme und gab ihr Halt.
Für einen Moment fühlte er ihre heißen Achselhöhlen, dann stand sie auch schon wieder auf den eigenen Beinen. Ihre Busen hob und senkte sich noch vom Schreck und sie lehnte sich an ihn. Ihre Brüste glühten durch sein Seidenhemd. Nur jetzt nicht erigieren, wusste er noch aus seiner Tanzschulzeit. Das wäre unangebracht! Julia bedankte sich und drückte ihr Gesicht an seine Wange. Sie öffnete ihre Lippen und fixierte mit den Augen seine dabei. „Ich zeig dir Lissabon…"
„Ich hab nichts an als dieses T-Shirt", lockte sie Roman. Die Lebendfalle schloss sich in diesem Moment um ihn. Er rüttelte daran, um aus ihr rauszukommen und wachte dabei auf. Es war aber das Rütteln von Julia Roberts und nicht sein Eigenes, das ihn aufweckte. Alleine wäre er nicht seinem Käfig entkommen und er sah Julia fragend an. „Ich habe von Ihnen geträumt!" brabbelte Roman auf sie ein.
„Wir stürzen vielleicht ab und ich will das nicht alleine durchstehen. Der rechte Motor brennt! Ich komm mir vor wie eine Katze, die im Hauptverkehr versucht, die Straße zu überqueren."
Roman umfasste ihren zitternden Körper. Da sitzt Bernhard Przihoda im Pilotensitz, der hat schon einmal eine Maschine unter solchen Voraussetzungen sicher am Boden gelandet!"
„Sie kennen ihn?" „Ich hab von ihm geträumt, genauso wie ich Sie mir geträumt habe. Träume haben doch immer eine Grundlage, oder? Nichts entsteht aus nichts! Jede Fatamorgana entsteht aus dem eigenen Wunschdenken und schaukelt sich von der Eintönigkeit der Umgebung, an der sie sonst ohne unser

Vorstellungsvermögen nie hätte Formen annehmen können, zu unseren Wunschgebilden auf."
Der Kerosin-Tank der rechten Tragfläche explodierte und hinterließ einen Riss in der Flugzeugwand, der sich sekündlich vergrößerte. Die Sauerstoffmasken fielen Ihnen automatisch vor ihre Gesichter. „Setzen wir uns in die letzte Reihe, neben den Notausgang", zog Roman Julia schnell hinter sich her.
In dem allgemeinen Angstgeschrei gingen die Worte des Kapitäns unter. Sekunden später brach der Flieger entzwei und die vordere Hälfte mit dem Cockpit der Erdanziehung entgegen. Passagiere, die ihren Gurt nicht fest genug angezogen hatten, wirbelten durch die Luft und wurden aus dem Flieger gesogen. Julia und Roman umklammerten sich und suchten gegenseitig Schutz, den es nicht geben würde.
„Ich hab Lissabon nie gesehen, wie ist es?" schrie Roman gegen den Lärm an. „Schöner als hier augenblicklich" versuchte Julia ein verzerrtes Lächeln aufzusetzen. „Wir werden sterben! Noch bevor wir uns kennengelernt haben!" schrie sie in den Lärm hinein.
Der hintere Kabinenteil nahm jetzt ebenfalls die senkrechte Lage nach unten ein. Der Fallwind hatte die Sauerstoffmasken längst weggerissen. Auch die Bluse von Julia. „Wir wollen jetzt nicht hysterisch kreischen, in Ordnung!"
Durch die Fallgeschwindigkeit an die Rückenlehne gepresst, kämpfte Roman gegen die Fliehkraft an, um Julia zu küssen!
Der Lärm der Luftreibung am offenen Rumpf wurde unerträglich. Julia schrie Roman mit letzter Kraft, um den Todeslärm zu übertönen, leise zu: „Wann sind wir endlich tot!"
Der erste Kuss blieb ungeküsst…

„…Und stürzte eine Maschine der Lufthansa, Flug 276, am Flug von Wien nach Lissabon knapp nach Madrid ab. Wir bitten Angehörige und Freunde in die Kapelle des Flughafens."

Epilog:

Es wäre mein Albtraum für mich, wie Rosamunde Pilcher schreiben zu können, und alles würde gut ausgehen.
Millionen von Menschen würden dann vor einer Verfilmung meines Romans zur Hauptsendezeit mit welken Genitalien und blutendem Herzen vor ihren Fernsehern sitzen und Knabbergebäck oder Schokolade in sich stopfen. Mit Tränen in den Augen, versteht sich, um sich im Finale glücklich und mit Blähbauch an den Protagonisten hochzuschaukeln. Was aber, wenn niemand seine Chance bekommt, bevor er sie verliert?
Lebendigsein benötigt den Ist-Zustand und keine Konserve!
Kinder haben noch die Kraft ihre Seelenverwandtschaften zu leben, oftmals auch nur einem Teddybären oder einer Puppe gegenüber. Sie geben ihre Seele weiter. Liebe oder auch Hass will greifbar sein! Jemand zu drücken, zu herzen, zu knutschen, die Bärentatzen auszureißen, oder Puppenarme zu brechen…
Beseelt wird, was man zulässt, in sich aufzunehmen oder abzustoßen.
Fleisch und Blut sind die Mittler, um sie uns greifbarer zu machen. Wie das Plastik einer Puppe oder der Sägespäneinhalt eines Teddybären. Alles was sich bietet, Hass, Liebe, Traurigkeit und Glück zu teilen!

Wie ein Adler, der im Horst seine Jungen beschützt und mit Nahrung versorgt. Ihre Schnäbel füttert, bis sie flügge werden und selbst imstande sind, die Höhen und Tiefen ihres Lebens um sich auszuloten. Und wenn vorgesehen, daran zu sterben!
Ein Fallwind, eine winzige Verfehlung im Flügelschlag schon, können es die Auslöser dafür sein.
Und der Adler wird tagelang seine Kreise ziehen auf der Suche!

Menschen greifen zur Fernbedienung und schalten den Fernseher aus. Sie sind nicht einmal gezwungen, Schritte für ihr Handeln zu setzen… Aus!

Ein Buch ist wie ein Adlerhorst. Erste Reihe fußfrei mit Panoramablick! Ein zu Hause, in das man zurückkehren, und das man zum Einschlafen unter das Kopfkissen legen kann. Tränen der Wehmut oder der Freude können darin zum Lesezeichen werden, um weiter fortzufahren, wo man aufhörte, seine Kreise zu ziehen...
Etwas nicht ausgelebt zu haben dauert länger an, als daran zu sterben.
Jedes Ausweichmanöver gegenüber der Wirklichkeit heißt lebendig begraben zu werden! Schaufel um Schaufel.
Der Sinn des Sterbens also kann nur sein, den Samen seiner Emotionen gepflanzt zu haben. Ob in Mensch, Tier oder Pflanze. Oder in einen Gegenstand. Nichts um uns ist leblos, wenn wir es nicht dazu verdammen!

Danksagung:

An meine Lebensgefährtin Renate Tupy. Wir haben uns über fünfundzwanzig Jahre zusammengerauft, und rangeln weiter. Sie hat über zwei Jahre meine literarischen Eskapaden ertragen und dabei viel einstecken müssen. Ich widme dieses Buch ihrer Ausdauer mir gegenüber.
Ich liebe sie, auch wenn die Zeit versuchte, uns altern zu lassen. Meine Seele ihr gegenüber ist aufgeregt wie beim ersten Kennenlernen. Danke Renate!